Elisabeth Norel

Das Schweige-mädchen

Thriller

Aus dem Schwedischen von
Daniela Stilzebach

WILHELM HEYNE VERLAG
MÜNCHEN

Die Originalausgabe erschien 2017 unter dem Titel
»Säg att du är min« bei Bokförlaget Polaris, Stockholm.

MIX
Papier aus verantwortungsvollen Quellen
FSC® C083411
FSC
www.fsc.org

Verlagsgruppe Random House FSC® N001967

Vollständige Taschenbuchausgabe 02/2019

Wilhelm Heyne Verlag, München,
in der Verlagsgruppe Random House GmbH,
Neumarkter Str. 28, 81673 München
Printed in the Czech Republic
Redaktion: Hanne Hammer
Umschlaggestaltung: Nele Schütz Design unter Verwendung von
Shutterstock / Piotr Wawrzyniuk
Satz: Buch-Werkstatt GmbH, Bad Aibling
Druck und Bindung: CPI books GmbH, Leck

ISBN 978-3-453-42280-3
www.heyne.de

Stella

Ich liege auf dem Boden.

Die Beine angezogen, die Arme um die Knie geschlungen.

Atme ein. Atme aus.

Mein Herzschlag pulsiert in den Ohren, die Bauchschmerzen sind der Übelkeit gewichen, und ich habe aufgehört zu zittern.

Ich heiße Stella Widstrand, nicht mehr Johansson. Ich bin neununddreißig Jahre alt, keine neunzehn. Und ich bekomme keine Panikattacken mehr.

Graues Herbstlicht fällt ins Zimmer. Ich vernehme den Klang von Regen, es gießt noch immer in Strömen. Mein Sprechzimmer sieht aus wie immer. Die hohen Fenster, die moosgrünen Wände. Das Gemälde mit der weit gestreckten Landschaft, der Holzboden mit dem handgeknüpften Teppich darauf. Mein alter verschlissener Schreibtisch, die Sessel in der Ecke neben der Tür. Ich erinnere mich, wie ich das Zimmer eigenhändig eingerichtet habe, wie genau ich mit jedem Detail gewesen bin. Ich weiß nicht mehr, warum das so wichtig war.

Ich habe mir immer vorgestellt, dass ich sie finde. Nicht, dass sie mich aufsucht. Vielleicht aus Neugierde, um zu sehen, wer ich bin. Vielleicht um mich anzuklagen, damit ich es niemals vergesse.

Vielleicht um sich zu rächen.

Es hat mich Jahre gekostet, mein Leben wieder auf die Reihe zu kriegen, dorthin zu gelangen, wo ich heute bin. Doch auch wenn ich all das Geschehene hinter mir gelassen habe, habe ich nicht vergessen. So etwas kann man nicht vergessen, niemals.

Ich liege auf dem Boden.

Die Beine angezogen, die Arme um die Knie geschlungen.

Atme ein. Atme aus.

Henrik hat mich auf die Wange geküsst, ehe er zur Arbeit gefahren ist. Ich habe mit Milo gefrühstückt und ihn an der Schule abgesetzt, bevor ich nach Kungsholmen weitergefahren bin. Alles war wie immer. Beschlagene Frontscheibe, Stau auf der Tranebergsbron, Nebel über dem grauen Wasser des Mälaren und in der Stadt kaum Parkplätze.

Sie hatte den Termin vor der Mittagspause. Ich öffnete die Tür, nachdem sie geklopft hatte, und sah es sofort. Wir gaben uns die Hand und stellten uns einander vor. Sie nannte sich Isabelle Karlsson.

Kennt sie ihren richtigen Namen?

Ich nahm ihr die vom Regen nasse Jacke ab. Sagte etwas über das Wetter und bat sie hereinzukommen. Isabelle lächelte und setzte sich in einen der Sessel. Sie hat Lachgrübchen.

Wie bei jedem Patienten, der zum ersten Mal in meine Praxis kommt, bat ich sie zu erzählen, was sie zu mir geführt hat. Isabelle war vorbereitet. Sie spielte ihre Rolle sehr gut und behauptete, sie würde nach dem Tod ihres Vaters unter Schlafstörungen leiden. Sie bräuchte Hilfe, um ihre Trauer zu bearbeiten. Sie sagte, sie sei verwirrt und fühle sich unsicher, habe Schwierigkeiten im sozialen Umgang.

Alles war genau einstudiert.

Warum?

Sie hätte es direkt heraus sagen können. Sie hätte den tatsächlichen Anlass ihres Besuchs nicht verschweigen müssen.

Sie ist zweiundzwanzig. Mittelgroß, Sanduhr-Figur mit schmaler Taille. Kurze, unlackierte Nägel. Sie hat keine Tätowierungen oder Piercings, nicht einmal Löcher in den Ohren. Die schwarzen glatten Haare hingen lang den Rücken hinunter. Nass vom Regen glänzten sie im Kontrast zu ihrer blassen Haut, und ich dachte, wie hübsch sie ist. Hübscher, als ich es mir hätte vorstellen können.

Der Rest des Gesprächs verschwand im Nebel. Jetzt im Nachhinein fällt es mir schwer, mich daran zu erinnern, was ich gesagt habe. Etwas über die Dynamik der Gruppentherapie, vielleicht etwas über Kommunikation oder darüber, wie unser Selbstbild unsere Wahrnehmung von anderen beeinflusst.

Isabelle Karlsson schien genau zuzuhören. Sie warf ihre Haare nach hinten und lächelte erneut. Aber sie war angespannt. Sie war auf der Hut.

Erst kam die Übelkeit, dann der Schwindel und der Druck auf der Brust, der das Atmen erschwerte. Ich erkannte die Symptome. Ich entschuldigte mich, verließ den Raum und ging auf den Flur zur Toilette. Mein Herz raste, der kalte Schweiß lief mir den Rücken hinunter, und das Pochen hinter meinen Augen jagte mir ein Stechen durch den Kopf. Mein Magen zog sich zusammen. Ich kniete mich vor die Toilettenschüssel, versuchte mich zu übergeben. Es ging nicht. Ich setzte mich auf den Boden, lehnte mich gegen die Fliesen und schloss die Augen.

Hör auf, daran zu denken, was du getan hast.

Hör auf, an sie zu denken.

Hör auf zu denken.

Hör auf.

Einige Minuten später ging ich zurück, sagte, sie sei zur Gruppentherapie am kommenden Mittwoch um ein Uhr willkommen. Isabelle Karlsson zog ihre Jacke an, hob die Haare im Nacken an und schüttelte sie. Ich wollte die Hand ausstrecken und sie anfassen, hielt mich jedoch zurück.

Sie bemerkte es.

Sie sah mein Zögern, meinen Wunsch nach Kontakt.

Vielleicht hat sie genau das beabsichtigt? Mich zu verunsichern?

Sie nahm die Tasche über die Schulter, ich öffnete ihr die Tür, und sie ging.

Ich habe von diesem Tag geträumt. Fantasiert, wie es sein würde. Wie es sich anfühlen würde, was ich sagen würde. So hatte es nicht sein sollen. Und es tat weitaus mehr weh, als ich es mir vorgestellt hatte.

Ich liege auf dem Boden.

Die Beine angezogen, die Arme um die Knie geschlungen.

Atme ein. Atme aus.

Sie ist zurück.

Sie lebt.

Isabelle

»ISABELLE!«

Ich vernehme Johannas Stimme und drehe mich um. Ich bin zurück im M-Gebäude, dem abgelegensten auf dem Campus. Die Mittagspause ist zur Hälfte um, und der Raum ist voll mit Studenten, alle Tische und Stühle sind besetzt. Um die Mittagszeit ist es hier immer voll. Ich drehe eine Runde, entdecke Johanna jedoch erst, als sie aufsteht und winkt.

»Komm her«, ruft sie.

Ich habe keine Lust. Die vergangene Stunde habe ich unter Hochspannung gestanden. Alle Emotionen für mich zu behalten, hat mir das Gefühl gegeben zu explodieren.

Die Trauer. Die Wut. Den Hass. Den Versuch, alles zu verbergen. Zu lachen und die Nette zu spielen. Jemand anderer zu sein als die, die ich wirklich bin.

Am liebsten würde ich mein Sandwich alleine essen, bevor die nächste Vorlesung beginnt. Revue passieren lassen, was bei der Therapeutin passiert ist. *Aber es fällt mir schwer, Nein zu sagen.* Ich ziehe die Tasche auf die Schulter hoch, bevor ich an all den Menschen, den auf dem Boden abgestellten Taschen, den grünen Tischen und roten Stühlen vorbeimanövriere, um ans Ziel zu gelangen.

Johanna ist die engste Freundin, die ich habe. Die ich jemals gehabt habe. Seit der ersten angsteinflößenden Zeit an der KTH, als sie sich meiner angenommen und mich bei sich einziehen lassen hat. Warum, weiß ich nicht. Wir sind total verschieden. Sie ist erfahren und hat in ihrem Leben schon viel gemacht, die ganze Welt bereist. Sie hat die Haare lila gefärbt, Löcher in den Ohren und einen Nasenring, zudem hat sie ein Tattoo auf dem Rücken und ein zweites auf dem Unterarm. Ein Feuer speiendes Einhorn. Sie ist cool und selbstbewusst, weiß, was sie will.

Susie und Maryam, die neben ihr sitzen, sind auch supernett. Aber in Johannas Gegenwart entspanne ich, traue ich mich, ich selbst zu sein.

»Wo warst du?«, fragt Maryam. »Ich habe dich in der Mathestunde nicht gesehen.«

»Ich war nicht da«, antworte ich.

»Was ist passiert?« Susie führt eine Hand zu ihrem Herzen. »Du verpasst doch sonst nie irgendwas.«

»Ich musste was regeln.« Ich ziehe den Stuhl neben ihr nach hinten, hänge meine durchnässte Jacke über die Lehne und setze mich hin. Noch immer kann es mich in Staunen versetzen, dass Leute wissen, dass ich existiere. Dass jemand mich wahrnimmt. Mich vielleicht sogar vermisst. Ich bin es gewohnt, unsichtbar zu sein.

Ich öffne die Tasche und nehme das in Folie eingepackte Sandwich heraus, das ich bei 7-Eleven gekauft habe. Es ist hinüber, ich stopfe es zurück in die Tasche.

»Regnet es immer noch?«, fragt Johanna.

»Genauso stark wie heute Morgen«, entgegne ich.

»Montagsneurose«, sagt Susie und blättert im Mechanik-Lehrbuch. »Kapiert ihr auch nur irgendwas davon?«

»Letztens habe ich Unmengen über den Drehimpuls geschrieben«, sagt Johanna, »aber ich bin nicht sicher was.«

Sie lachen. Auch ich lache. Aber ein Teil von mir sitzt in einem durchsichtigen Glaskäfig und schaut nach draußen. Ich bin zwei verschiedene Personen, das weiß ich. Eine ist die, die alle sehen. Die wirkliche, die echte sehe nur ich, und der Unterschied zwischen den beiden ist abgrundtief. In mir existiert eine Schlucht der Dunkelheit. *Und ich tendiere dazu, melodramatisch zu werden.*

»Isabelle, du kapierst das doch«, sagt Maryam und dreht sich zu mir. »Ich kriege Panik, wir müssen bald anfangen, für die Prüfung zu pauken.«

»Wenn man das Buch liest, begreift man es ganz gut«, sage ich.

»Ähm, sprich nur aus, was du denkst. Wenn wir ebenso viel Zeit aufs Lernen verwenden würden wie du, statt zu feiern, würden wir es auch kapieren.« Susie knufft mich in die Seite und grinst.

»Gib zu, dass sie recht hat.« Johannas zusammengeknüllte Serviette trifft mich am Kopf. »Gib es zu, Isabelle.«

»Findet ihr mich öde?«, entgegne ich. »Haltet ihr mich für eine Langweilerin, einen Nerd, der sich nicht amüsieren kann? Ohne mich hättet ihr keine Chance, ihr Faulpelze.«

Ich werfe die Serviette zu Johanna zurück und lache aus vollem Hals, als mich direkt zwei andere am Kopf treffen. Ich bewerfe auch Susie und Maryam und bald herrscht an unserem Tisch der totale Serviettenkrieg. Wir lachen und schreien, im ganzen Speisesaal stehen die Leute auf und feuern uns an, und …

Mein Handy klingelt.

So was mache ich viel zu oft. Verschwinde in einer fiktiven Traumwelt. Lasse im Kopf kleine lächerliche Filme ablaufen. Szenen, in denen ich ebenso spontan und ungezwungen bin wie alle anderen.

Ich krame das Telefon aus der Tasche, schaue aufs Display.

»Wer ist das?«, fragt Maryam. »Willst du nicht rangehen?«

Ich drücke den Anruf weg und lege das Handy wieder in die Tasche.

»Es war nicht wichtig.«

Nach der Vorlesung fahre ich allein nach Hause. Johanna will zu ihrem Freund, Axel. Eigentlich wäre ich nach dem Besuch bei Stella am liebsten direkt nach Hause gefahren, so anstrengend wie die Begegnung mit ihr war, aber ich wollte nichts Wichtiges vom Unterricht verpassen.

Jetzt sitze ich in der U-Bahn. Einsam, eine von all den Fremden. Als ich hierhergezogen bin, fand ich das unheimlich, jetzt macht es mir nichts mehr aus. Nach einem Jahr in Stockholm finde ich es ganz gut. Am Anfang hatte ich höllische Angst, mich zu verfahren. Ich brachte Hässelby und Hagsätra durcheinander, kontrollierte dreimal, wie ich hinkam, wo ich hinwollte. Trotzdem bin ich viel herumgefahren und war in allen Einkaufszentren in Reichweite des Stockholmer Nahverkehrs.

Ich bin mit dem Pendelzug bis zu den Endstationen gefahren, habe alle U-Bahn-Linien sowie die meisten Busverbindungen in der Innenstadt getestet. Ich bin durch Söder, Vasastan, Kungsholmen, Norrmalm, vor allem aber durch die City gelaufen.

Ich betrachte meine Mitreisenden und stelle mir vor, alles über sie zu wissen. Die alte Dame da mit den orangefarbenen Haaren und der knallroten Brille; sie trainiert zweimal die Woche bei Friskis&Svettis, in farbenfrohen Tights aus den Achtzigern, dabei beobachtet sie frech die Männer im Fitnessstudio.

Das Händchen haltende und sich küssende Paar; er ist Medizinstudent, sie Grundschullehrerin. Sie sind auf dem Weg nach Hause in ihre Einzimmerwohnung am Brommaplan. Sie werden zusammen kochen, einen Film anschauen und auf dem Sofa einschlafen. Dann geht sie ins Bett, er holt den Laptop hervor und surft im Internet nach Pornos.

Der dünne, große Mann im Anzug; er hustet, bis er sich krümmt. Todkrank. Lungenkrebs. Niemand weiß, wie viel Zeit ihm noch bleibt.

Wie viel Zeit bleibt einem noch? Das Leben kann jeden Augenblick vorbei sein. *Es kann heute vorbei sein.*

Ich vermisse Papa. Vier Monate sind seit dem Tag im Mai vergangen. Vier leere, lange Monate. Im Nachhinein habe ich erfahren, dass er sich schon mehrere Wochen krank gefühlt hatte. Selbstverständlich hat er keinen Arzt aufgesucht. Ich habe von nichts gewusst. Papa war nie krank. Warum hätte er mich unnötig damit behelligen sollen?

Zu sagen, ich hätte ein schlechtes Gewissen, reicht nicht aus. Ich war viel zu selten zu Hause. Ostern habe ich ihn zum letzten Mal gesehen. Ich bin nicht mal das ganze Wochenende geblieben.

War es selbstsüchtig von mir auszuziehen? Papa hat gewollt, dass ich die Chance ergreife. Er hat mich ermuntert, hierzubleiben, die Wochenenden mit meinen neuen Freunden zu verbringen und mich abzunabeln.

Erst nach seinem Tod habe ich die Wahrheit erfahren. Was sie getan hat, werde ich ihr nie verzeihen. Von ganzem Herzen wünschte ich, sie wäre tot. Ich hasse sie.

Hasse sie.

Hasse sie.

Hasse sie.

Stella

ICH WACHE ZU HAUSE in unserem Haus im Alviksvägen in Bromma auf. Ich habe auf dem Bett geschlafen, zugedeckt mit einer Wolldecke. Ich habe das Gefühl, als hätte ich mehrere Tage hier gelegen.

Ich hatte Renate gebeten, meinen restlichen Patienten abzusagen und Migräne vorzuschieben. Im Regen habe ich auf der Sankt Eriksgatan ein Taxi angehalten. Der Rest ist weg. Als wir am Ziel waren, muss ich den Fahrer bezahlt haben, aus dem Auto gestiegen und ins Haus gegangen sein. Meine Schuhe und den Mantel ausgezogen haben und weiter ins Schlafzimmer gegangen sein. An nichts von alldem kann ich mich erinnern.

Meine Augen brennen, mein Schädel brummt, und für einen Moment frage ich mich, ob das alles nur Einbildung ist. Ob ich geträumt habe, dass eine Frau namens Isabelle Karlsson in meiner Sprechstunde aufgetaucht ist.

Ich wünschte, es wäre so.

Schmerz zu vermeiden ist ein grundlegender menschlicher Instinkt, besser fliehen, als dem begegnen, was wehtut.

Und ich wünschte, ich könnte fliehen.

Der Klang von Henriks Range Rover, der in die Einfahrt rollt. Ich stehe auf und gehe ans Fenster. Es regnet noch immer. Unser Nachbar steht in einer Regenjacke mit seinem kläffenden Köter am Zaun. Milo springt aus dem Auto und rennt zum Haus. Henrik grüßt den Nachbarn und folgt Milo. Die Haustür wird geöffnet, ich höre ihn Hallo rufen. Ich schließe für ein paar Sekunden die Augen, atme tief ein und gehe nach unten.

Milo schlendert an mir vorbei, fragt, was es zu essen gibt. Als ich ihm sage, dass ich keine Ahnung habe, geht er ins Wohnzimmer weiter und lässt sich auf eines der Sofas fallen. Henrik hebt meinen Mantel vom Dielenboden auf. Er hängt ihn auf einen Kleiderhaken und sagt, er habe versucht mich zu erreichen.

Ich entgegne, dass das Handy vermutlich noch in meiner Tasche liegt. Er schaut auf den Boden. Es liegt neben meinen Schuhen. Er hebt es auf, gibt es mir.

»Wir haben uns gefragt, ob wir von unterwegs was mitbringen sollen«, sagt er. »Du hast kein Abendessen gemacht.« Es ist mehr eine Feststellung als eine Frage.

»Ich bin nicht dazu gekommen.«

»Ist irgendwas passiert?«

»Warum glaubst du das?«

»Dein Auto?«

Mein Audi steht noch in Kungsholmen, nicht in der Auffahrt.

»Ich habe ein Taxi genommen.«

Henrik beäugt mich eingehend. Ich gebe ihm einen raschen Kuss, weiche seinem Blick aus und gehe in die Küche. Er folgt mir.

»Milo muss was essen«, sagt er und öffnet den Kühlschrank. »Er muss bald los.«

Ich habe Milos Basketballtraining vergessen. Im Normalfall würde mir das nicht passieren. Ich setze mich an den Küchentisch, kontrolliere mein Handy. Zwei entgangene Anrufe und eine SMS. Henrik nimmt eine Plastikdose aus dem Gefrierschrank und lässt Milo wissen, dass es bald Essen gibt.

»Wie war dein Tag?«, fragt er nach einer Weile.

»Gut.«

»Alles okay?«

»Ja«, antworte ich.

»Sicher?«

»Sicher.«

Henrik rührt die Pasta um und wärmt die Hackfleischsoße auf. Zwischendurch erzählt er etwas von einem Besuch bei seinen Eltern auf dem Land am nächsten Wochenende, von Milos Basketballspiel am Samstag. Von der Arbeit. Er stellt Teller, Besteck und Gläser auf den Tisch, füllt Wasser in die Karaffe. Redet weiter von der Arbeit.

Es ist wie an jedem anderen Montag, wir treffen uns nach der Arbeit zu Hause, wir plaudern in der Küche. Mein Mann ist wie immer, mein Sohn auch. Unser schönes Zuhause ist wie immer. Dennoch ist alles fremd. Als sei ich jemand anderer geworden. Als wäre ich eine Fremde in meinem eigenen Leben.

Henrik ruft Milo zu, dass das Essen fertig ist. Keine Reaktion aus dem Wohnzimmer. Er sagt ihm, dass er kommen soll, aber Milo lässt auf sich warten. Ich gehe ins Wohnzimmer zum Sofa. Ich nehme ihm die Kopfhörer von den Ohren und das iPad aus der Hand. Ich raunze ihn an, dass die Zeit drängt. Milo ist erst erstaunt, dann sauer. Er stolpert an mir vorbei und setzt sich an den Küchentisch.

Als Milo es nicht sieht, legt mir Henrik eine Hand auf den Arm. Ich weiß genau, was er sagen will. *Reg dich ab. Was ist los mit dir?*

Ich sollte über das Erlebte sprechen. Sollte mit ihm reden. Es sieht mir nicht ähnlich, Dinge geheim zu halten. Ich bin trotz allem Psychologin und approbierte Psychotherapeutin. Ich sage, was ich empfinde, ich diskutiere und analysiere ein Problem, worum auch immer es geht. Vor allem, wenn es etwas ist, das unser Leben komplett verändern wird. Und Henrik ist mein bester Freund. Wir sind immer offen zueinander, wir reden über alles. Er kennt mich besser als irgendjemand anderer, was es erschwert, etwas vor ihm zu verbergen. Ich hatte auch nie das Gefühl, das zu wollen. Bis heute.

Von dem Essen kriege ich nichts herunter. Henrik und Milo reden miteinander, worüber, weiß ich nicht. Ich höre sie, aber auch wieder nicht. Meine Gedanken wandern ständig zu ihr.

Isabelle Karlsson.

Ich frage mich, warum sie diesen Namen verwendet. Ich frage mich, wie viel sie weiß.

Milo erzählt von einem megatollen Fahrrad, das er haben möchte. Er nimmt sein Handy und will es uns zeigen. Ich entschuldige mich, stehe vom Tisch auf und verlasse die Küche. Ich gehe in die Waschküche und versuche, meine Gedanken zu sortieren.

Eine Panikattacke. Eine einzige in zwölf Jahren. Ich verliere die Kontrolle und kann nichts dagegen tun. Panische Angst und lähmender Schrecken übernehmen die Kontrolle über meinen Körper, dringen in meine Gedanken und Gefühle ein. Als würde man in einen Zug steigen und die ganze Strecke bis zur Endstation mitfahren müssen. Und dahin will ich nie wieder. Ich tue alles in meiner Macht Stehende, um das nicht noch einmal durchmachen zu müssen. Der Gedanke, meiner Familie das Ganze noch einmal zuzumuten, versetzt mich in Todesangst.

Hätte ich diesen Termin wahrgenommen, wenn ich gewusst hätte, wozu er führt? Hätte ich mich getraut, ihr zu begegnen, wenn ich gewusst hätte, wer sie ist?

Wenn sie es denn wirklich *ist*.

Ich sehe es vor mir, wie ich sie direkt frage. Wie ich ihr in die Augen schaue, die Frage stelle und beobachte, wie meine Worte in ihr Bewusstein vordringen und eine Reaktionskette in Gang setzen.

Nein, das bin ich nicht.

Wahrheit? Lüge?

Ja, das bin ich.

Wahrheit? Lüge?

Ich traue Isabelle Karlsson nicht. Wie sollte ich auch? Wie könnte ich ihr meine Fragen anvertrauen, wenn ich noch keine Ahnung habe, was sie will? Ich muss mehr herausfinden. Ich muss es wissen.

Henrik steht hinter mir, legt seine Hände auf meine Arme.

»Was ist los?«, fragt er. »Rede mit mir, Stella.«

»Ich bin müde.«

»Das allein ist es nicht«, sagt er. »Es scheint, dass etwas passiert ist.«

Er wird nicht aufgeben. Ich drehe mich um.

»Ich hatte einen miesen Arbeitstag«, sage ich. »Ich habe Kopfschmerzen bekommen, alle Termine abgesagt und bin nach Hause gefahren.« Bewusst bringe ich ihn dazu zu glauben, es würde um Lina gehen, eine Patientin, mit der ich Probleme hatte. Ich sehe ihm an, dass er begreift. Wusste, dass er es so auslegen würde.

Henrik streichelt meine Wange und nimmt mich in die Arme. Er fragt, ob ich Nachricht von der Aufsichtsbehörde für das Gesundheits-, Pflege- und Betreuungswesen erhalten habe. Das habe ich nicht. Noch nicht.

Er sagt, dass die letzten Monate anstrengend waren, sich aber alles klären wird. Dass er Milo heute zum Training fährt, dass ich zu Hause bleiben kann.

Als sie fahren, stehe ich am Küchenfenster und blicke ihnen hinterher.

Geh auf den Dachboden. Sieh in die Tasche.

Die Tasche auf dem Dachboden. Ich habe sie seit unserem Einzug hier nicht angerührt, aber auch zwölf Jahre später weiß ich noch genau, wo sie ist. Ich werde nicht hineinsehen. Wenn ich das tue, verliere ich wieder den Verstand.

Vor einundzwanzig Jahren wurde mein Leben zerstört, aber ich habe es wieder aufgebaut. Ich habe mich entschieden zu leben, was anderes konnte ich nicht tun. Die Alternative wäre der Tod gewesen, doch den Schritt zu gehen, brachte ich nicht fertig.

Ich konzentrierte mich stattdessen voll und ganz auf meine Ausbildung, auf das Erreichen meiner Ziele. Fünf Jahre später lernte ich Henrik kennen und verliebte mich in ihn.

Ich beerdigte sie. Das bedeutet aber nicht, dass ich vergessen habe.

Sieh in die Tasche, auf dem Dachboden.

Die heutige Panikattacke war eine einmalige Sache.

Es wird nicht wieder vorkommen.

Und ich muss nicht auf den Dachboden hochgehen. Was ich brauche, ist Schlaf.

Im Schlafzimmer spüre ich, dass ich zu müde bin, um zu duschen, zu müde, um mich abzuschminken. Ich bringe nicht einmal die Kraft auf, mir die Zähne zu putzen. Ich nehme die Armbanduhr ab, die ich von Henrik bekommen habe, und lege sie auf die Kommode. Die Hose und den Pullover werfe ich auf den Stuhl neben der Tür. Ich ziehe den BH aus und krieche unter die Decke.

Als ich mitten in der Nacht aufwache, trommelt der Regen noch immer gegen die Fensterscheiben. Ich muss tief und fest geschlafen haben, ich habe nicht gehört, wie Henrik und Milo nach Hause gekommen sind. Dank der dicken Gardinen ist es im Zimmer stockdunkel. Für gewöhnlich ziehe ich sie zu, aber heute Nacht fühlt sich die Dunkelheit erdrückend an.

Geh auf den Dachboden. Sieh in die Tasche.

Henriks Arm liegt über meiner Taille, er grunzt, als ich ihn runternehme. Ich stehe auf und streife den Morgenrock über. Ich schleiche mich aus dem Schlafzimmer und schließe die Tür. Im Flur hole ich einen Stuhl und stelle ihn unter die Dachbodenluke. Ich klettere darauf, greife nach der Klinke und ziehe. Halte die Luft an, als es quietscht. Ich klappe die Leiter aus, steige auf den Dachboden und schalte das Licht an.

Die Tasche steht ganz in der Ecke. Ich muss einige Kartons wegnehmen, bevor ich sie sehe. Paisleymuster, weinrot und blau, ich habe sie vor vielen Jahren von Mama bekommen. Ich nehme sie hoch, setze mich auf den Boden und öffne den Reißverschluss.

Die Spinne ist klamm geworden, schlaffe Beine in Lila und Gelb und ein breites, albernes Lächeln. Ich ziehe an der Schnur unter dem Bauch, aber nichts passiert. Sie hat einmal einige Takte von Itsy Bitsy Spider gespielt. Wir fanden das damals unglaublich lustig.

Eine weiße Wolldecke mit grauen Sternen. Ein kleines blaues Kleid mit Spitze um Ausschnitt und Ärmel, das einzige Kleidungsstück, das ich aufgehoben habe. Ich drücke die Nase hinein, aber es riecht lediglich nach Mottenkugeln.

Fotos. Auf einem davon sehe ich drei fröhliche Teenager. Daniel, seine Schwester Maria und mich.

Ich habe fast immer lange Haare gehabt. Sie sind dick und dunkelbraun und fallen natürlich. Als das Bild gemacht wurde, hingen sie lang meinen Rücken hinunter. Ich trage ein gelbes Kleid mit einem breiten, schwarzen elastischen Gürtel um die Taille. Daniel hat seinen Arm um meine Schultern gelegt, er wirkt frech und selbstsicher. Seine schwarzen Haare sind zerzaust wie immer, und er trägt eine verschlissene Jeans und das Flanellhemd mit den abgeschnittenen Ärmeln.

Ich frage mich, was er heute macht. Frage mich, ob er glücklich ist. Ob er manchmal an mich denkt.

Ich studiere Maria. Ihre mittellangen, glatten Haare sind genauso schwarz wie Daniels. Die Ähnlichkeit mit Isabelle Karlsson ist erschreckend. Sie könnten Geschwister sein. Oder Zwillinge.

Aber das ist Zufall. Das muss es sein.

Noch mehr Fotos. Eine Siebzehnjährige mit einem Baby auf dem Arm. Sie ist selbst fast noch ein Kind. Sowohl sie als auch das Kind lachen. Sie haben Lachgrübchen.

Es brennt in meinen Augen, und ich reibe sie mir mit dem Ärmel des Morgenrocks. Ganz unten in der Tasche liegt ein rotes, verschlossenes Buch. Ich nehme es heraus.

29. Dezember 1992

Hiiiilfe! Scheiße, scheiße, scheiße. Ich bin schwanger. Wie ist das möglich?! Na ja, das verstehe ich schon. Aber trotzdem. Deshalb bin ich vermutlich ständig so müde. Deshalb bin ich so fürchterlich launisch und weinerlich.

Wie heute. Ich, Daniel und Pernilla sind ins Einkaufszentrum nach Farsta gefahren, um Klamotten zu probieren. Ich hatte eine superschöne Jeans gefunden, kriegte sie aber nicht zu, obwohl es die richtige Größe war. Ich habe wirklich gekämpft, aber es ging einfach nicht.

Meine Reaktion war total übertrieben, das weiß ich. Ich habe mich auf den Hocker in der Umkleide gesetzt und geweint. Daniel hat überhaupt nichts kapiert und war so gefühllos wie nur möglich. »Hast du deine Tage? Versuch es mit einer Größe drüber, wo ist das Problem?« Ich bin so wütend geworden, dass ich noch mehr geweint habe. Pernilla hat ihn meinetwegen ausgeschimpft. Wir haben auf die Klamotten gepfiffen und uns stattdessen einen Kaffee gegönnt.

Wie soll ich das Mama sagen? Sie wird an die Decke gehen. Helena wird es furchtbar finden. Und Daniel, was wird er dazu sagen? Papa zu werden. Das ist nicht gerade das, was wir uns vorgestellt hatten.

Die Gefühle fahren Achterbahn. Mein ganzes Leben steht kopf.

Ich kann nicht begreifen, dass wir so dumm gewesen sind. So unverantwortlich. Alle meine Pläne, was soll ich jetzt tun?

Ich habe das Gefühl, verrückt zu werden. Ich lache und schluchze abwechselnd. Ich bin überglücklich. Ich habe eine Heidenangst. Ein Mensch. Einfach so?! Ist es möglich, dieses kleine Wesen jetzt schon zu lieben?

Ich will dieses Kind bekommen. Mit ihm. Ich hoffe, er will das auch, denn ich kann keine andere Entscheidung treffen.

Also, hallo und willkommen, wer auch immer du bist. Alles andere muss warten.

Isabelle

MITTEN IM morgendlichen Berufsverkehr. Susie steht am Bahnhof Östra einige Stufen hinter mir auf der Rolltreppe. Ich habe mich gerade umgedreht und bemerkt, dass sie mich gesehen hat. Das bedeutet, dass ich den ganzen Weg Konversation machen muss. Versuchen muss, sorglos zu erscheinen, normal zu sein.

Normal. Ich weiß nicht einmal, was das bedeutet.

Sein wie alle anderen?

Würde ich das irgendwann voll und ganz lernen? Sodass niemand merkt, wie sonderbar ich eigentlich bin? Wie böse ich in Wirklichkeit bin?

Böse. Ich kann es nicht anders bezeichnen. Ich tue nie jemandem etwas Böses. Aber manchmal habe ich Angst, dass ich es tun werde. Der Hass in mir, die zunehmende Wut. Sie machen mich böse. Ich weiß nicht, was ich machen soll, wie ich damit umgehen soll. Und ständig habe ich so ein Gefühl, dass das ein schlimmes Ende nehmen wird. Dass meine Gedanken, all die Gefühle, die in mir herumwirbeln, zu etwas Furchtbarem führen werden. *Bin ich jetzt wieder melodramatisch?*

Ich verlasse die Rolltreppe und warte auf Susie.

»Haaallo Isabelle!«, ruft sie, als sie auf mich zukommt. Sie redet immer mit Ausrufezeichen. »Echt irre, dass es nicht regnet! Wir hatten ja nun mehrere Tage Scheißwetter! Wo ist Johanna?«

»Sie wollte sich was zu essen kaufen, glaube ich.«

»Was zu essen kaufen«, lacht sie und ahmt die Melodie meines Dialekts nach. Es kommt inzwischen seltener vor als am Anfang, und es macht mich nicht mehr so befangen.

»Wo ist die Vorlesung?«

»In Q1«, antworte ich.

»Hast du die Vorbereitungsaufgaben gemacht?«

»Ja«, sage ich. »Und du?« Ich werfe die Haare nach hinten. *Eine Unsitte, die ich mir abzugewöhnen versuche.*

Susie zieht eine Grimasse. »Du bist so entsetzlich fleißig. Ich hoffe, dass ich die Aufgaben heute nicht erklären muss.«

Den Rest des Weges redet sie, wie schön es ist, dass Freitag ist, was am Wochenende ansteht; ein paar Leute wollen am Samstag ausgehen und ob ich mit will. Ihr Hund hat gestern Abend gekotzt, und sie hat einen Tierarzt im Freundeskreis, und die bekommen so viel Ekliges zu sehen, haha. Ich werde daran erinnert, dass der halbe September rum ist, die Zeit so schnell vergeht und es sicher wieder regnen wird.

Ich höre zu, brumme zwischendurch. Als wir an unserem Ziel angelangt sind, stürmt sie auf die Toilette zu. Ich ziehe die Tür zum Hörsaal auf und gehe hinein, obwohl die Vorlesung erst in elf Minuten beginnt. Ich sehe mich um, bevor ich die Treppe hinuntergehe. Ich entscheide mich für einen Platz am Rand der dritten Reihe.

Ich sitze immer in einer der vorderen Reihen. *Und komme sehr zeitig.* Mit Notizblock und Stiften vor mir, bereit, alles aufzuschreiben. Jede Zahl und jeden Buchstaben. Ich verwende Farben zum Markieren und Unterstreichen und Pfeile, damit ich alles nachvollziehen und besser verstehen kann. Das Ganze hat etwas leicht Neurotisches an sich. Das weiß ich, ich habe darüber gelesen. Ich habe ein Zahlengedächtnis. Obwohl ich weiß, dass ich mich an sie erinnern oder sie nie wieder brauchen werde, schreibe ich sie immer auf.

Wir sehen uns zwanzig nach drei. *15:20.*

Nimm Bus 515 oder 67 vom Odenplan. *515, 67.*

Du bist 163 cm groß, wiegst 56 Kilo. *163, 56.*

Viele denken, ich sei viel zu ernsthaft. Alle, die ich hier an der KTH kennengelernt habe, nehmen ihr Studium ernst, aber sie feiern auch viel. Da ist der Freitagspub im Nymble, wo die unterschiedlichen Fachrichtungen Studentenpartys, Wettbewerbe im Bierschnelltrinken und Pubrunden veranstalten, und die Prüfungszeit endet immer mit einem großen Fest. Um gar nicht erst von den Privatpartys zu reden.

Johanna und Susie versuchen immer, mich zum Mitkommen zu überreden, aber ich bin nur ein paar Mal mitgegangen. Das Fest für die Erstsemestler im Frühjahr war die einzige große Party, auf der ich war.

Es ist nicht so, dass ich nicht mitgehen *will.* Ich will Teil der Clique sein, und ich wünschte, dass es mir leichter fallen würde. Dass es leichter für mich wäre zu vergessen, wer ich bin.

Dennoch ist der Umzug hierher das Beste, was ich bisher getan habe. Die Anzahl meiner Facebook-Freunde ist drastisch gestiegen. Ich habe mehr Follower bei Instagram. Und ich habe mir Snapchat zugelegt. *Ich liebe es!* Ich dokumentiere meinen Alltag und mache Selfies. Meine digitale Wirklichkeit ist wunderbar, verrückt, großartig, jeder, der meine Bilder sieht, begreift, dass ich ein Leben voller besonderer Augenblicke lebe, mit tollen Freunden, die mich lieben. Jeder Like, jede Reaktion, die ich bekomme, stimmt mich fröhlich. Ich weiß, dass das oberflächlich ist, aber darauf pfeife ich. Es ist nichts falsch daran, oberflächlich zu sein. Und bis zum Frühsommer war ich auch im realen Leben sozial, nicht nur online.

Dann ist Papa gestorben.

Aus dem Augenwinkel heraus nehme ich eine Bewegung wahr und gucke hoch. Ein Junge, den ich nicht kenne. Er sieht gut aus. Er fragt, ob er durch kann, und ich glaube, ich werde rot. Ich stehe auf, und er lächelt mich an, während er sich in die Sitzreihe quetscht. Lange verweilt sein Blick auf meinem kurzen Kleid und meinen kniehohen Stiefeln.

Eine Sache, an die ich mich in diesem einen Jahr hier gewöhnt habe, ist die, dass Jungs mich anschauen. *Zu Hause war ich unsichtbar.* Meine Haare waren das Einzige, worauf ich stolz und womit ich zufrieden war. Mein Körper hingegen? Bisweilen werde ich *abgecheckt,* wie gerade eben. Das ist merkwürdig. Aber gleichzeitig eine Wonne. Niemand schaut hinter das Äußere, keiner blickt dahinter. Wie falsch und niederträchtig, verstört und verschroben ich bin. Niemand darf wissen, wer ich im Innersten bin.

Johanna und Susie haben mich einem Makeover unterzogen. Es hat damit angefangen, dass ich mir von Johanna einen Pullover ausgeliehen habe, der wirklich perfekt saß. Sie haben mich auch dazu gebracht, eines ihrer kürzesten Kleider anzuprobieren. Das definitiv zu kurz war. Ihnen zufolge war genau das der Sinn. Meine Beine seien es wert, gezeigt zu werden.

Sie haben mich zu H&M, Monki und Gina Tricot geschleppt, wir waren überall. Ich habe festgestellt, dass die Secondhandläden hier Sachen haben, die man zu Hause in Borlänge nicht findet. Jetzt habe ich eine komplett neue Garderobe. Kleider in Größen und Schnitten, wie ich sie nie zuvor gekauft habe.

Ich habe gelernt, gesehen zu werden. Das ist gar nicht so gefährlich. Im Gegenteil. Es macht es leichter, sich zu verstecken. Ich habe das Gefühl, entscheiden zu können, wer ich in den Augen der anderen bin.

Meine neu gewonnene Freiheit. Meine neue Stärke.

Ich wünschte nur, ich könnte mein wirkliches Ich komplett vergessen.

Und hier kommt Stella Widstrand ins Bild.

Als die Vorlesung beginnt, werden meine Gedanken unterbrochen. Ich höre konzentriert zu und schreibe bis zur Pause mit. Dann stehe ich auf und mache Platz, damit alle, die in meiner

Reihe sitzen, auf den Gang gelangen. Ich überlege, ob ich den Hörsaal verlassen oder sitzen bleiben soll, als ich höre, wie jemand seinen Namen ruft.

Fredrik.

Ich sehe mich in dem Stimmengewirr um. Einige Reihen über mir sitzt er. Er guckt hoch, unsere Blicke treffen sich, und er nickt kurz. *Ich weiß, dass ich ihn viel zu lange anschaue.* Er steht auf und sieht zu Medhi, der weiter hinten im Saal sitzt. Er ruft ihm etwas zu, das ich nicht verstehe.

Fredrik ist schmal und ein bisschen größer als ich. Seinen großen, blonden, schräg geschnittenen Pony schiebt er für gewöhnlich zur Seite oder fährt mit den Fingern hindurch. Er lacht oft, ich kann mir vorstellen, wie er als Siebenjähriger auf dem Schulfoto ausgesehen hat. Ungefähr wie jetzt, nur mit Zahnlücke.

Er trägt Jeans oder Chinos, die weit unten auf der Hüfte sitzen, und dazu fast immer ein gemustertes T-Shirt. Er fährt Longboard und hat mich einmal überredet, es auszuprobieren. Er ist nebenher gelaufen, hat meine Hand gehalten und aus vollem Hals gelacht. Als ich ihn gefragt habe warum, hat er gesagt, ich würde wie ein Mädchen quietschen. Er ist süß, cool und sieht gut aus. Und er tanzt gut, das weiß ich aus eigener Erfahrung vom Erstsemester-Fest. *Er darf niemals erfahren, was für eine ich wirklich bin.*

Neben ihm sitzt eine superheiße, megadünne Brünette. Sie steht auf, fasst ihn an der Hand, und er sieht sie an. Lacht über das, was sie sagt, als sie die Treppe hinauf zum Ausgang gehen. Er hält sich zurück. Vielleicht ahnt er es. Vielleicht weiß er es.

Vielleicht wissen alle, dass mit mir etwas nicht stimmt?

Ich setze mich wieder hin. Wünschte, dass mein Leben anders wäre. Dass ich hineinpasste und genauso wäre wie alle anderen. Dass es in mir keinen Schatten gäbe. Dass ich mich nicht mehr verstecken müsste. Aber nichts in meinem Leben ähnelt dem eines anderen.

Und das ist *ihr* Fehler.
Ich wünschte, ich könnte mich rächen.
Ich wünschte, sie würde leiden, wie ich leide.
Ich wünschte, sie würde nicht existieren.
Ich wünschte, sie würde sterben.

Stella

BOING, BOING, BOING. Basketbälle prallen gegen Boden und Wände. Dann und wann treffen sie mit einem dröhnenden Knall den Korb. Die Lautstärke ist ohrenbetäubend.

Ich gehe in der Vasalundshalle in Solna die Tribünentreppe hinunter. Den Pappbecher mit kochend heißem Kaffee fest in der Hand. Ich setze mich hin und nicke bekannten Gesichtern zu, widme mich dann aber dem Handy, um nicht mit anderen reden zu müssen. Die ganze Woche über bin ich zur Arbeit gegangen, habe meinen Patienten zugehört, eingekauft, gekocht und gewaschen. Habe das Spiel mitgespielt, dass alles wie immer sei. Aber ich habe an nichts anderes denken können als an Isabelle Karlsson. Ich denke die ganze Zeit an sie. Es hat keine Rolle gespielt, dass Henrik jeden Abend bis spät gearbeitet hat oder dass Milo voll und ganz mit seinen Freunden beschäftigt war.

Markus hat eine SMS geschickt: *Abendessen am Mittwoch, klappt das? Mein Bruder verweist auf dich.* Ich habe Henriks kleinen Bruder immer gemocht, habe momentan aber überhaupt keine Lust, irgendjemanden zu sehen. Dennoch antworte ich, dass wir uns freuen, endlich seine neue Liebe kennenzulernen. Und selbstverständlich auch ihn und die Kinder zu sehen.

Eine andere Basketballmama, die ich bereits kenne, fragt, ob sie sich setzen kann. Ich rutsche auf der Bank zur Seite und schaue auf das Spielfeld. Milo dribbelt ein Stück weit entfernt. Ich winke, aber er sieht mich nicht. Ich nehme mein Tagebuch aus der Tasche, lege es auf meinen Schoß. Als Teenager habe ich beinahe täglich Tagebuch geschrieben, das hier war das letzte.

Auf vielen Seiten geht es selbstverständlich um Daniel, aber auch um Gedanken, was ich aus meinem Leben machen wollte. Die Gedanken, Pläne und Träume eines Teenagers. Ich wollte Schneiderin werden. Oder Keramikerin. Vielleicht Designerin oder Raumausstatterin. Ich wollte alles machen. Ich wollte ein Tausendsassa sein, kreativ arbeiten, die ganze Welt bereisen, vielleicht ein paar Monate hier und ein paar Monate dort bleiben.

Daniel teilte meine Träume nicht. Er hatte kein Interesse daran zu reisen oder zu büffeln oder neue Sprachen zu lernen. Er wollte in Kungsängen bleiben und später eine Autowerkstatt eröffnen. Er war zufrieden mit seinen Autos, den Straßenrennen und damit, an den Wochenenden mit seinen Kumpels ein paar Biere zu kippen. Wir waren sehr verschieden. Aber ich war verliebt, und wir waren glücklich.

Im Herbst 1992 haben Daniel und ich jede freie Minute miteinander verbracht. Wir sind in seinem roten Impala umhergefahren, haben das Leben genossen und nichts von dem gewusst, was uns erwartete. Und beide wollten wir das Kind behalten. Wir haben sogar von mehreren gesprochen.

Ich habe über die Schwangerschaft geschrieben, über die Erwartung und die Angst. Über die Blicke in unserem Umfeld. Wir waren zwei Teenager, die ein Kind erwarteten, und nicht alle fanden das genauso fantastisch wie wir.

Über die Entbindung, das erste Mal, als ich sie an mich gedrückt habe. Daniel mit Tränen in den Augen und Alice in meinen Armen.

Über die erste Zeit, in der wir den kleinen Menschen kennengelernt haben, der unser Leben auf den Kopf gestellt hatte. Ihren Duft. Ich hätte die ganze Zeit an ihr riechen können. Ihren süßen kleinen Mund. Die Lachgrübchen.

Ich hatte erwartet, mehr zu empfinden, wenn ich das lese. Dass mich jedes Wort ergreifen, Freude und Lachen auslösen würde, oder Kummer und Tränen. Ehrlich gesagt, erinnere ich mich nicht an alles, was ich geschrieben habe. Es ist, als würde mir ein entfernter Bekannter seine Erinnerungen erzählen.

Doch bis jetzt habe ich mich geweigert, an den Tag ein Jahr später zu denken. Bis jetzt konnte ich die Tür zu diesem Raum verschlossen halten. Ich weiß nicht, ob ich es wage, diesem Schmerz zu begegnen, ob ich es aushalte, die Anschuldigungen zu hören. Ich glaube nicht, dass ich in der Lage bin zurückzukehren und mich erneut von der Schuldenlast herunterziehen zu lassen.

Warum warst du nicht da?

Ich zucke zusammen, als der Ball den Korb trifft und der Mann hinter mir aufbrüllt.

Milo tritt den Rückzug an und dribbelt über das Spielfeld.

Als er jünger war, war ich bei jedem Training, jedem Spiel dabei. Sowohl beim Basketball als auch beim Tennis. Obwohl es nicht nötig ist, begleite ich ihn noch immer oft. Er ist dreizehn. Und ich bin hoffnungslos überbeschützend. Er ist mein einziges Kind.

Ich frage mich, wann ich damit aufgehört habe, ihn als mein zweites zu bezeichnen.

Alle beide haben ihre Lachgrübchen von mir. Milo hat meine lockigen Haare und Alice meine grünen Augen. Ansonsten ähneln sie sehr ihren Vätern.

Alice. Daniel.

Milo. Henrik.

Verschiedene Leben.

Kollidieren sie jetzt?

Was wird das mit mir machen? Mit meiner Familie?

Es muss Zufall sein. Es muss Einbildung sein. Mehr als genug Zeit ist mit Hoffen und Glauben vergangen. Mehr Angst und sinnloses Warten halte ich nicht aus. Niemand kann das Geschehene ändern. Die verlorene Zeit bekomme ich niemals zurück.

Als wir die Vasalundshalle verlassen, werfe ich das Tagebuch in einen Papierkorb.

29. Juli 1993

Ich bin Mama geworden!

Alice Maud Johansson wird heute eine Woche alt.

Ich konnte mir nie vorstellen, wie es sich anfühlen würde, jetzt begreife ich es. Mein Leben hat sich komplett verändert.

Dass es möglich ist, für einen anderen Menschen eine so unmittelbare Liebe zu empfinden. Sie ist das Perfekteste, was man sich vorstellen kann. Winzig kleine rundliche Finger und Zehen. Ein kräftiger Schopf, der in alle Richtungen absteht. Sie hat eine angeborene Pelzmütze, meint Daniel. Wie er eine hat. Dicke, schwarze Haare.

Den süßesten kleinen Mund der Welt. Ich glaube, sie hat Lachgrübchen. Besonders auf der linken Seite, wie ich. Ihr rechtes Ohr sieht genauso aus wie die Ohren von Daniel und Maria. Ernsthaft. Das wird vererbt.

Sie ähnelt vor allem ihrem Papa, aber zumindest hat sie meine Augen. Sie ist eine Mischung aus uns beiden. Ich bin noch nie so glücklich gewesen.

Sie ist schutzlos, vollkommen von mir abhängig.

Was für eine Verantwortung.

Es ist noch nicht lange her, dass ich mit den Einkaufstüten in der Hand nach Hause gewatschelt bin und Daniel mich anschließend ausgeschimpft hat. Ich durfte nicht schwer tragen, nicht einmal einen Liter Milch und einen Laib Brot. Er hat sich mit dem Ohr an meinen Bauch gelehnt und gelauscht. Er hat Elvis-

Songs gesungen, Teddy Bear und Love me Tender. Er ist verstummt und hat mich mit großen Augen angestarrt, geflüstert, er würde spüren, wie sie sich bewegt. Dann hat er mit den Händen über meinen Bauch gestrichen, unser Baby gesucht, versucht, seine Füße zu erspüren. Das ist erst wenige Wochen her. Es fühlt sich an, als wäre es in einer vollkommen anderen Zeit gewesen.

Die Geburt hat die ganze Nacht gedauert. Es hat wahnsinnig wehgetan und sich angefühlt, als würde sie nie rauskommen. Es war furchtbar, aber gleichzeitig das Heftigste, was ich bisher erlebt habe. Als sie sie auf meine Brust gelegt haben, blaulila und runzelig, mit großen Augen, die direkt in meine sahen, war das der wundervollste Augenblick meines Lebens.

Daniel fand es anstrengend, mich so leiden zu sehen. Ich habe seine Hand so fest gedrückt, dass er geglaubt hat, ohnmächtig zu werden, hat er anschließend gesagt.

Und er ist tatsächlich ohnmächtig geworden. Genau in dem Moment, als Alice geboren wurde. Ist wie eine Kiefer umgefallen und hat sich den Kopf an einem Stuhl gestoßen. Jetzt, im Nachhinein, spricht er nicht gern darüber, aber er musste sogar mit fünf Stichen am Haaransatz genäht werden. Mein Liebling. Mein tapferer Held.

Als er sie das erste Mal in den Armen hielt, hat er geweint.

Ich liebe ihn mehr als je zuvor.

Mama und Helena waren heute da. Auch wenn Mama meint, wir seien viel zu jung, hat sie hier gesessen und wollte Alice kaum hergeben. Helena war richtig steif, sowohl zu mir als auch zu Daniel. Sie kann sich in seiner Nähe noch immer nicht entspannen. Und sie wollte meine Tochter nicht halten. Das hat mich traurig gemacht.

Je mehr Zeit vergeht, desto verschiedener werden wir.

Ich grüble ziemlich viel und bin zuweilen vielleicht ein wenig zu introvertiert. Aber wie soll man weiterkommen, wenn man nicht reflektiert und nachdenkt? Meine Schwester tut die Dinge einfach, sie denkt nicht so viel. Sie stößt sich die Hörner ab, egal, wie es sich anfühlt. Ich bin ungeplant schwanger geworden und weiß nicht so recht, was ich in Zukunft machen soll, sie hat ihr ganzes Leben bis ins kleinste Detail geplant.

Wünschte ich, es wäre anders? Wie könnte ich das tun? Was für ein Mensch wäre ich dann?

Das Leben ist nicht vorhersehbar. Alles kann passieren.

So sehr ich auch grübele, so sehr Helena auch plant. Keine von uns weiß, was kommt. Und das ist wohl der Reiz des Lebens? Ich weiß, dass ich jetzt albern bin. Ein Teenager, der versucht, ein bisschen tiefgründig zu sein und so.

Ich brauche vermutlich Schlaf. Daniel und Alice liegen hier neben mir und schlafen wie Steine. Meine Familie.

Stella

HEUTE IST Mittwoch. Die Zeit ist entsetzlich langsam vergangen.

Ich trinke meinen Kaffee aus, stelle die Tasse in den Geschirrspüler und schlage das Tagebuch auf, das auf dem Küchentisch liegt. Es wegzuwerfen, war idiotisch. Als ob das etwas ändern würde. Als wir auf dem Parkplatz der Vasalundshalle im Auto saßen, habe ich zu Milo gesagt, er solle sitzen bleiben und warten. Ich bin zurückgerannt und habe das Tagebuch aus der Mülltonne gezogen. Es abgewischt und in die Tasche gesteckt.

Darin zu lesen, erweckt alles wieder zum Leben. Ich wusste, dass das passieren würde. Die Schuld, die Angst. Das Wissen, was ich getan habe, dass ich es nie würde ungeschehen machen können. Aber ich habe keine Wahl, ich muss weitermachen. Zwischendurch versuche ich so zu tun, als wäre nichts geschehen. Henrik darf nichts erfahren. Noch nicht.

Ich schließe die Haustür ab und gehe zum Auto, als unser Nachbar ruft und winkt. Johan Lindberg verfügt über die Fähigkeit, fast immer dann draußen zu sein, wenn wir wegfahren oder heimkommen. Er hat kürzlich die Kündigung bekommen, er hat als Finanzberater bei einer bekannten Investmentgesellschaft gearbeitet. Er musste am selben Tag gehen, an dem herausgekommen ist, dass die Penisfotos, die seine Kolleginnen per E-Mail erhalten hatten, von ihm stammten. Aber selbstverständlich ist er weich gelandet. Wie üblich, wenn ein Mann auf diesem Niveau alle Grenzen überschreitet, ist ein Fallschirm ausgelöst worden. Johan Lindberg muss nie wieder arbeiten. Wir nennen ihn den Investor, er sitzt zu Hause und prahlt mit seinem neuen Leben als Daytrader. Er ist anstrengend, aber harmlos, und kann mitunter sogar ein richtig angenehmer Gesprächspartner sein. Heute steht mir jedoch nicht der Sinn nach Plaudereien, ich winke kurz und fahre los.

In der Praxis angekommen, begrüße ich Renate am Empfang. Sie erkundigt sich, wie es mir geht, findet, ich sähe blass aus. Ich erzähle nichts von meinem schlechten Schlaf oder dass ich den Appetit verloren habe. Stattdessen lächle ich und schiebe es auf meine Gene, schließlich bin ich immer blass. Sie lacht. Auch ich lache, sicherheitshalber, und gehe den Flur hinunter zu meinem Sprechzimmer. Ich hänge den Mantel auf und wechsle die Schuhe. Setze mich an den Schreibtisch und hole meinen Kalender sowie mein MacBook Air heraus. Ich blättere den Kalender durch und rufe mir die heutigen Sitzungen ins Gedächtnis. Zwei am Vormittag, dann nach dem Mittagessen die Gruppentherapie und anschließend noch ein Termin.

Es ist neun Tage her, seit ich ihr begegnet bin. Der Frau, die sich Isabelle Karlsson nennt. Neun Tage bis oben hin gefüllt mit Sinnlosigkeit. Neun Tage voll mit erdrückendem Nichts. Ich habe mehr getrunken, als ich es hätte tun sollen. Selbstmedikation versteht sich, was sonst?

Ich mag den Rotwein nicht, auf dessen Kauf Henrik besteht. Ich mag nicht einmal Wein. Er schmeckt bitter, ich kriege Kopfschmerzen davon, und jedes Mal, wenn ich mehr als zwei Gläser trinke, wird mir schlecht. Dennoch habe ich ihn mehrere Abende in Folge in mich hineingeschüttet, um schlafen zu können. Aber nicht einmal das hat geholfen. Obwohl es besser ist als Schlaftabletten. Wenn ich die nehme, ist mein Gehirn am nächsten Tag außer Betrieb. Aber Alkohol ist auch keine

Alternative. Je mehr ich trinke, desto höher ist das Risiko für einen Rückfall.

Die Ungewissheit ist unerträglich. Nichts zu wissen, den beständig in mir herumwirbelnden Schwarm aus Gedanken und Fragen nicht zum Schweigen bringen zu können. Mehrfach habe ich zwischen Überzeugung und Zweifel geschwankt. War sicher, dass mein Instinkt sich nicht irrt, war ebenso sicher, dass er sich irrt. Meine Laune ist schlimmer als je zuvor, ich habe keine Geduld.

Isabelle Karlsson. Heute wird sie zum ersten Mal an der Gruppentherapie teilnehmen. Ich erinnere mich nicht, wann ich zum letzten Mal vor einer Therapiesitzung nervös war. Oder Angst hatte, wie jetzt. Vielleicht hat mein Selbstvertrauen als Psychotherapeutin etwas abbekommen. Aber das, was mit Lina Niemi passiert ist, lag nicht an mir. Ich bin gut in dem, was ich tue.

Mein Irrtum bestand darin, dass ich früher hätte einsehen müssen, was falsch gelaufen ist. Ich habe es zu lange versucht, konnte ihr aber nicht helfen. Sie hatte sich in eine Abhängigkeit zu mir begeben, wollte, dass ich ständig für sie da war.

Lina Niemis inszenierter Selbstmordversuch erfolgte, nachdem ich beschlossen hatte, sie an die nächste Instanz zu überweisen. Anfang Mai hat sie eine Handvoll ihrer Antidepressiva genommen und mit Alkohol hinuntergespült. Ihre Mutter hat sie gefunden. Anschließend hat sie wegen Bauchschmerzen eine Nacht im Krankenhaus verbracht, das war alles.

Ihr Leben ist nicht in Gefahr gewesen. Aber Lina zufolge ist sie dem Tod gerade noch mal von der Schippe gesprungen. Sie hat mich beschuldigt, hat behauptet, dass alles meine Schuld sei, dass ich während unserer Gespräche nicht ausreichend zugehört, mich nicht um ihre Probleme gekümmert, ihren Hilferuf nicht vernommen hätte. Sie hat behauptet, ich hätte mich unprofessionell verhalten und sie in ein destruktives Abhängigkeitsverhältnis zu mir gebracht.

Linas Eltern haben nur auf ihre Tochter gehört. Was vielleicht nachvollziehbar ist. Seither schreibt Linas Mutter Agneta jedoch einen Blog über mich. Ich sei manipulativ, meine Methoden seien zweifelhaft, es würde mir einen Kick versetzen, gebraucht zu werden. Ich werde nicht namentlich genannt, aber in Kungsholmen gibt es nicht viele Psychotherapeuten mit den Initialen SW.

Dennoch hat es mich gewundert, als sie mich kurz vor dem Sommer bei der Aufsichtsbehörde für das Gesundheits-, Pflege- und Betreuungswesen angezeigt haben. Das ist mir nahegegangen. Hatte ich im Umgang mit Lina irgendwelche Fehler gemacht? Ich habe mich selbst so oft in Frage gestellt und bin jedes Mal zu der gleichen Antwort gekommen.

Nein, das habe ich nicht.

Allerdings bin ich mir keineswegs sicher, ob meine Kollegen diese Auffassung teilen. Das würde mir selbstverständlich den Rücken freihalten. Mehrfach haben sie mich gefragt, ob es wirklich keinerlei Anzeichen für selbstverletzendes Verhalten gegeben hat. Jedes Mal habe ich versichert, alles in meiner Macht Stehende für Lina Niemi getan zu haben. Sie haben sich gefragt, ob ich eine Pause brauche, und eine Beurlaubung vorgeschlagen. Ich habe ihnen klargemacht, dass das meiner Meinung nach nicht nötig ist.

Ich habe Linas Patientenakte eingeschickt und der Aufsichtsbehörde meine Version des Ganzen dargelegt. Auf eine Entscheidung warte ich noch.

In der momentanen Situation kann ich mir keine weiteren Beschwerden leisten.

Ich muss mich Isabelle gegenüber absolut professionell verhalten. Das Problem ist, dass ich keine Ahnung habe, was sie vorhat. Und das macht mir Angst.

Es klopft an der Tür.

Es ist neun Uhr, und der erste Patient des Tages ist da.

In wenigen Minuten ist es dreizehn Uhr. Meine Angst wächst. Noch eine Panikattacke verkrafte ich nicht. Ich versuche mir einzureden, dass ich ganz ruhig bin. Versuche zu vermeiden, dass die Gefühle die Überhand gewinnen. Versuche, mir zu sagen, dass ich vernünftig sein muss.

Das ist nur ein Hirngespinst, Stella.

Es gibt eine Erklärung dafür.

Alles ist ein Zufall.

Das ist ein Missverständnis.

Sie ist es nicht.

Einatmen. Ausatmen.

Es hilft nicht.

Nichts hilft.

Die Angst schlägt mir auf den Magen, und mein Blickfeld hat sich in einen diffusen Lichtfleck verwandelt.

Ich stürze hinaus auf den Flur und hinein in die Toilette. Vor der Toilettenschüssel gehe ich auf die Knie und übergebe mich. Danach stehe ich auf, klammere mich am Rand des Waschbeckens fest und schließe die Augen. Warte, bis der Schwindel sich legt.

Anschließend spüle ich mir den Mund aus, wische mir die Stirn und den Rest des Gesichts mit einem Papierhandtuch trocken. Studiere mein Spiegelbild. Versuche zu lächeln. Ich verlasse die Toilette und gehe in den Therapieraum.

Neun rote Lehnstühle rund um einen kreisförmigen Teppich. Jemand, vermutlich Renate, hat gelüftet, die Luft im Raum ist frisch. Ich setze mich auf meinen Platz und zwinge mich erneut zu entspannen, zu atmen.

Sonja kommt nach mir in den Raum, unmittelbar bevor die Tür zugemacht wird. Sie lässt sich auf den Stuhl in unmittelbarer Nähe zur Tür fallen. Am Ende der Stunde ist sie die Erste, die geht. Sie hat eine soziale Phobie und ist von allen am längsten Teil der Gruppe. Sie sagt noch immer nichts. Ich begrüße sie, sie erwidert den Gruß mit einer verlegenen Handbewegung.

Mein Rücken ist der einen Fensterfront zugewandt. Links von mir ist eine zweite Wand mit hohen Fenstern, rechts die Tür. Ich sehe auf die Uhr darüber und gleiche die Zeit mit meiner Armbanduhr ab. Ich nehme es sehr genau, immer pünktlich vor Beginn der Sitzung zu erscheinen und sie exakt neunzig Minuten später zu beenden.

Noch zwei Minuten.

Noch keine Isabelle Karlsson.

Clara sitzt schon auf ihrem Platz, ängstlich, wie sie ist, zu spät zu kommen. Sie sitzt links neben mir. Die Ansprüche, die sie an sich selbst stellt, sind enorm. Trotz ihres gut bezahlten Jobs als Projektleiterin bei einem erfolgreichen Medienunternehmen zweifelt sie ständig an ihren Fähigkeiten.

Magnus ist auch da. Er sitzt auf dem Stuhl mir direkt gegenüber, den Blick auf seine verschlissenen Schuhe gerichtet. Er sieht hoch, wischt sich die Stirnhaare aus den Augen, bevor er wieder zu Boden schaut. Chronische Depression.

Isabelle öffnet die Tür.

Die schwarzen, glänzenden Haare zu einem hohen Pferdeschwanz zusammengebunden. Sie trägt heute helle Jeans, ein schwarzes Top und darüber eine dunkelbraune Lederjacke. Vorsichtig schließt sie die Tür hinter sich und nimmt auf dem Stuhl neben Sonja Platz.

Ich merke, dass ich die Luft angehalten habe, und atme aus.

Ihr Gesichtsausdruck ist unmöglich zu deuten. Ich widerstehe dem Impuls, sie anzustarren. Zu meiner großen Erleichterung bleiben die starken Gefühle wie bei der ersten Begegnung aus. Sie ähnelt Maria, Daniels Schwester, nicht so stark, wie ich zuerst dachte. Davon versuche ich mich zumindest selbst zu überzeugen.

Unsere Blicke begegnen sich. Und ich sehe ein, dass nichts Zufall oder ein bloßes Zusammentreffen ist.

Isabelle ist aus einem Grund hier.

Sie ist hergekommen, um zu sehen, wer ich bin, nicht um eine Therapie zu machen. Ich muss in Erfahrung bringen, worauf sie wirklich aus ist. Muss mehr darüber wissen, was sie will, und warum sie so geheimnisvoll ist. Bevor ich es wage, sie direkt damit zu konfrontieren. Alles wäre so viel einfacher, hätte sie sich entschieden, ehrlich zu sein. Es ist mir unmöglich zu begreifen, warum sie es nicht ist.

Ich will gerade anfangen, als Arvid durch die Tür schlurft. Er setzt sich neben Magnus. Ich werfe ihm einen langen Blick zu und hoffe, er versteht, wie schlimm ich seine Unsitte finde, immer zu spät zu kommen. Er ignoriert mich. Zieht eine Schachtel Läkerol aus der Tasche und stopft sich eine Pastille in den Mund.

Ich ergreife das Wort: Willkommen. Wie ich euch in der vergangenen Woche mitgeteilt habe, haben wir ab heute ein neues Gruppenmitglied, Isabelle.

Kurzes Schweigen. Alle schauen Isabelle an. Sie lächelt, gibt sich schüchtern. Sie macht das gut. Wo hat sie gelernt, sich so überzeugend zu verstellen?

Magnus: Ich finde, Anna hätte nicht aufhören sollen. Sie hatte gerade angefangen voranzukommen.

Clara: Sie musste aufhören, um weiterzukommen, das hat sie doch gesagt. Es geht hierbei wohl mehr um dich, dass dir Veränderungen schwerfallen.

Magnus: Vielleicht. Aber trotzdem.

Schweigen.

Clara: Arvid, wie ist es dir übrigens ergangen? Warst du am Wochenende nicht zu Hause auf einer Familienfeier?

Arvid: Herrgott noch mal. Ich dachte, ich werde verrückt, bis ich da weg bin. Mehrere Tage mit der Familie unter einem Dach, was für ein verfluchter Albtraum. Meine Schwester war seltsam. Wie immer. Vater hat getrunken, meine Mutter hatte es mit den Nerven. Als die Verwandten angerückt sind, haben wir dann glückliche Familie gespielt. Verdammt. Was für ein total bekloppter Fake.

Die Tür geht auf, Pierre kommt herein.

Pierre: Sorry. Hab im Verkehr festgesteckt.

Erneut ein langer Blick meinerseits. Ich bezweifle, dass er es überhaupt registriert. Pierre zieht den Stuhl neben Isabelle nach hinten, setzt sich hin. Sie wirkt befangen.

Ich ergreife das Wort: Willkommen, Pierre. Schön, dass du es einrichten konntest. Wie ich den anderen bereits mitgeteilt habe, ist Isabelle ab heute Teil der Gruppe.

Pierre: Hallo Isabelle. Ich hoffe, du sprichst mehr als gewisse andere hier.

Er sieht Sonja vielsagend an. Isabelle richtet ihren Blick auf den Teppich. Ist sie verärgert?

Pierre: Es ist sinnlos, zur Therapie zu gehen und nie das Maul aufzumachen. Also, warum bist du hier?

Isabelle: Mein Vater ist vor einer Weile gestorben.

Ihre Stimme gerät ins Stocken. Sie räuspert sich, sieht mich an, sieht wieder zu Boden. Sie wirkt aufrichtig traurig. Habe ich sie falsch beurteilt? Oder ist das noch mehr Theater?

Isabelle: Es ging so schnell. Ich habe es nicht geschafft, nach Hause zu fahren. Wir haben uns nicht verabschiedet. Ich wusste nicht einmal, dass er krank war.

Arvid: Nach Hause? Woher kommst du, sprichst du Dialekt?

Isabelle: Ich komme aus Borlänge.

Sie wird rot. Falls sie spielt, dann macht sie das richtig gut.

Isabelle: Ich bin vergangenes Jahr im August zum Studium hierhergezogen.

Ich: Bist du in Dalarna geboren?

Die anderen in der Gruppe reagieren auf meine direkte Frage. Aber ich kann mich nicht beherrschen.

Isabelle: Ich bin in Dänemark geboren. Aber ich habe fast mein ganzes Leben lang in Borlänge gewohnt.

Magnus: Gefällt es dir in Stockholm?

Isabelle: Ich bin dank Papa hier.

Sie lacht, wirkt verlegen. Ich lächle aufmunternd. Weiß nicht, was ich glauben soll. Sieht sie Maria so ähnlich? Ich kann mich irren.

Ich: Es klingt, als hättest du deinem Papa sehr nahegestanden?

Isabelle sieht mich an. Herausfordernd und trotzig. Aggressiv. Sie weiß Bescheid. Daran gibt es keinen Zweifel mehr. Sie weiß Bescheid. Aber sieht sie mir an, dass ich verstehe? Sieht sie ein, dass ich weiß, wer sie ist? Und wenn ja, begreift sie, dass ich ihre sorgfältig konstruierte Fassade durchschaue?

Isabelle: Er war alles für mich. Daher war es ein Schock, als ich erfahren habe, dass er nicht mein richtiger Papa war.

Jetzt nähern wir uns. Jetzt kommt es. In ein paar Sekunden werden alle wissen, warum sie wirklich hier ist.

Arvid: Aber du hast es geglaubt? Dass er dein leiblicher Vater war.

Isabelle: Ja. Aber er hat mich adoptiert, als Mama und er sich kennengelernt haben. Ich weiß nicht, wer mein richtiger Vater ist.

Adoptiert?

Hat sie das bei unserer ersten Begegnung erzählt? Ich erinnere mich nicht. Wer ist die Frau, die sie Mama nennt? *Ist* es ihre Mutter? Ihre leibliche Mutter?

Das Gespräch nimmt seinen Lauf, aber ich kann mich überhaupt nicht darauf konzentrieren, was die Gruppenmitglieder sagen. Steht die Zeit still? Oder vergeht sie schneller als je zuvor?

»Stella? Auf Wiedersehen?«

Ich zucke zusammen, begegne Pierres höhnischem Blick und schaue zur Wanduhr. 14:33. Meine Armbanduhr zeigt die gleiche Zeit an. Unsicher, ob meine Stimme standhalten wird, nicke ich nur und stehe auf.

Mir ist bewusst, wie merkwürdig ich mich benehme. Ich habe die Zeit vergessen, ich war abwesend und habe Isabelle direkte Fragen gestellt, scheinbar ohne jeden Anlass. Für gewöhnlich ergreife ich das Wort nur, wenn das Gespräch ins Stocken gerät, mitunter, um jemandem zu helfen, in seinem Gedankengang voranzukommen. Jedoch nicht so. Nicht auf diese plumpe Art und Weise.

Sonja ist als Erste aus der Tür, die anderen folgen ihr. Für gewöhnlich verlasse auch ich umgehend den Raum. Jetzt stehe ich noch immer hier, bin nicht in der Lage, mich zu bewegen. Ich spüre, dass mein Atem stinkt. Ich schwitze unter den Achseln, hoffe, dass man es nicht sieht.

Ich kann den Blick nicht von Isabelle abwenden.

Sie hebt ihre Tasche auf und wirft den Kopf in den Nacken, als sie sie über die Schulter hängt. Sie dreht sich um, und der Pferdeschwanz gleitet zur Seite.

Ihr rechtes Ohr ist spitz und etwas länger als das linke.

Es gibt nur zwei Menschen auf der Welt mit einem solchen Ohr.

Ihr rechtes Ohr sieht genauso aus wie die von Daniel und Maria.

Die Einsicht schnürt mir den Magen zusammen. Die Übelkeit kehrt zurück.

Ich höre Daniels Stimme. So deutlich, als wäre er hier im Raum. *Ja, ich habe ein Elfenohr, glaubst du, du kannst mich damit ärgern? Das bedeutet doch nur, dass ich Magie in dein Leben bringe, Stella.*

»Isabelle?«, sage ich.

»Ja?«, entgegnet sie.

Ich will ihr sagen, dass ich über zwanzig Jahre auf diesen Tag gewartet habe. Ich will zu ihr gehen, sie in die Arme nehmen und sie nie wieder loslassen.

»Auf Wiedersehen«, flüstere ich. Das ist alles, was ich herausbringe.

Isabelle lächelt. Die Lachgrübchen in den Wangen werden tiefer. Sie geht.

Sie ist weg.

Ich sinke auf den Stuhl, schließe die Augen und balle meine zitternden Hände zu Fäusten.

Ich habe dich beerdigt.

Wir haben an dem Gedenkstein auf dem Friedhof gestanden. Wir haben geweint und Abschied genommen.

Trotzdem habe ich weitergesucht. Ich habe unter all den Fremden in der Menschenmenge nach dir gesucht, habe in Bussen, in Zügen, unter den Passanten auf der Straße nach deinem Gesicht gesucht. Jahr um Jahr.

Gehofft. Gewünscht. Gewartet.

Eines Tages würdest du zurückkommen.

Aber dann habe ich aufgehört. Aufgehört zu hoffen, aufgehört zu wünschen. Ich war gezwungen weiterzumachen. Entweder das, oder dir zu folgen, selbst zu verschwinden. Ich habe weitergemacht. Um meiner selbst willen, für meinen Sohn. War das falsch?

Ich verstehe nicht, warum du so tust, als seien wir Fremde.

Willst du sehen, was für ein Mensch ich bin?

Willst du sehen, ob ich Reue empfinde? Ob mich Schuldgefühle quälen?

Hasst du mich, wie ich mich selbst gehasst habe?

Willst du mich bestrafen? Mich Schmerz spüren lassen?

Den spüre ich bereits.

Der Schmerz wegen dir lässt mich niemals los. Der Schmerz

hält die Erinnerung wach, er ist ebenso ein Teil von mir, wie du es bist.

Was willst du wissen, was willst du mich sagen hören?

Ich kann nur sagen: Verzeih.

Verzeih, Alice.

Kerstin

ICH LEGE DAS Telefon auf den Tisch und sehe es an. Warte, dass es klingelt. Mittlerweile geht Isabelle selten ran, wenn ich anrufe. Sie ruft auch nicht zurück. So behandelt zu werden, ist ungerecht. Nach all den Jahren, nach allem, was ich für sie getan habe. Ich habe es getan, so gut ich konnte. Man kann nicht mehr als sein Bestes tun. Man ist auch nur ein Mensch.

Ich stehe auf und gehe zur Kaffeemaschine auf der Anrichte. Suche im Schrank nach einer Tasse, aber es ist keine mehr da. Ich gucke ins Abwaschbecken. Seit die Spülmaschine kaputt ist, ist es immer voll.

Hans hätte sie sofort repariert. Hans Karlsson hat alles repariert. Aber jetzt ist er weg, und ich bin einsam.

Es riecht unangenehm. Schmutzige Teller, schmutzige Gläser, Becher, Tassen und schmutziges Besteck. Alles liegt kunterbunt durcheinander. Ich müsste abwaschen. Ich bringe nicht die Kraft dafür auf. Zudem ist es entsetzlich langweilig zu kochen und alleine zu essen. Ein Butterbrot und ein Kaffee sind dagegen schnell gemacht. Und wen stört es, wenn der Abwasch stehen bleibt? Außer mir ist keiner zu Hause.

Ich kremple die Ärmel hoch und spüle einen Becher aus. Ich gieße Kaffee ein, gebe zwei Stückchen Zucker hinein und strecke mich nach dem dritten, als ich Hans' ermahnende Worte vernehme. *Pass auf, was du in dich hineinstopfst, Kerstin.* Wegen diesem letzten Stück Zucker hat er mich immer ausgeschimpft.

Wie kann es sein, dass er weg ist? Er war zwar zwölf Jahre älter als ich, aber neunundfünfzig ist doch kein Alter. Und er hat beispielhaft auf sich geachtet. Er hat nicht geraucht, sich nur eine Tasse Kaffee am Tag gegönnt, nur mäßig getrunken und tunlichst darauf geachtet, das Gewicht zu halten. Offenbar hat das keine Rolle gespielt. Er ist an einer Gehirnblutung gestorben.

Trotzig lasse ich ein drittes Stück Zucker in den Kaffee fallen und nehme den Becher mit in die Bibliothek. An dem kleinen Zimmer im Anschluss an die Küche steht Hans' Name. Ich trinke einen Schluck, betrachte die mit Büchern gefüllten Regale. Seine Bücher, zu allen möglichen Themen. Ich selbst lese selten. Begreife den Sinn daran nicht. Dazusitzen und sich in eine andere Welt hineinzuträumen, in seinem Kopf Worte zu hören, die nicht die eigenen sind. Nein, danke. Da schaue ich lieber Fernsehen. Irgendeinen schönen, lustigen Film, vielleicht irgendeine Serie. Es darf gern ein bisschen Romantik sein, aber am liebsten keine Bettszenen. Obwohl sowas heutzutage mehr oder weniger Standard ist. Man kann die Kiste kaum noch anschalten, ohne etwas Nacktes präsentiert zu bekommen.

Aber sind die Wände hier drinnen nicht ein bisschen dunkel? Doch wahrhaftig, ich glaube, das sind sie. Als wir das Zimmer eingerichtet haben, dachte ich, braun sei eine schöne und beruhigende Farbe. Vielleicht ist es an der Zeit, hier im Haus etwas zu verändern?

Ich versuche, mir selbst etwas vorzumachen, das ist offensichtlich. Denn daraus wird selbstverständlich nichts, das ist mir durchaus klar. Ich bin die Einzige, die diese Wände jetzt anstarren muss, das ist die Mühe nicht wert.

Seit Hans gestorben und Isabelle ausgezogen ist, ist das Haus viel zu öde und still. Die Pendeluhr an der Wand tickt, *tick tack, tick tack, tick tack*. Trotzdem steht die Zeit still, bewegt sich gefühlt keinen Millimeter vorwärts. Ich halte das Geräusch nicht mehr aus.

Ich gehe vorn aus dem Haus, folge dem Kiesweg rund um den Giebel zur Rückseite. Die Luft ist klar, und die Sonne scheint. Trotzdem liegt der Garten im Schatten. Die umliegenden Bäume sind hochgewachsen und lassen kaum noch Licht durch. Es ist, als würde man inmitten eines Fichtenwaldes wohnen.

Ich sehe zum Haus hoch, Falunrot mit weißen Ecken. Es war perfekt für unsere Familie; im Dachgeschoss das Badezimmer und für jeden ein Schlafzimmer, im Erdgeschoss Wohnzimmer, Bibliothek und Küche. Auch wenn es früher anders ausgesehen hat. Jetzt blättert an den Fenstern die Farbe ab, und das Regenrohr hängt schief. Eigentlich wäre auch ein neuer Anstrich fällig, dem Rot täte es gut.

Als wäre das nicht genug, hat oben im Badezimmer ein Rohr ein Leck und Flecken breiten sich über die Küchendecke aus.

Wie soll ich das alles hinkriegen? Wo soll ich das Geld dafür hernehmen?

Ich setze mich mit meinem Becher auf die Verandatreppe und schaue über den wild wuchernden Rasen. Nur einmal habe ich es geschafft, ihn zu mähen. Der Garten hatte mich gereizt, als wir vor fast zwanzig Jahren hierhergezogen sind. Jedes Frühjahr hatte Isabelle beim Bepflanzen geholfen. Doch als sie älter wurde, fand sie das langweilig. Schließlich war es auch mir egal. Jetzt ist alles zugewachsen.

Ich sollte die Gartenmöbel in den Schuppen stellen. Unsere schönen Gartenmöbel, einst war der Kunststoff ganz weiß. Jetzt ist er grau.

»Hallo Kerstin, ich habe dich lange nicht draußen gesehen.« Meine Nachbarin steht auf der anderen Seite des Zauns.

»Hallo Gunilla«, sage ich.

Sie streift die Gartenhandschuhe ab und wischt sich mit dem Pulloverärmel die Stirn trocken. Gunilla ist irgendwas zwischen fünfzig und fünfundfünzig. Ihre Haare sind kupferbraun gefärbt, ein offensichtlicher Versuch, die grauen Strähnen zu verbergen. Aber ihr Körper ist durchtrainiert, sie ist gesund und munter.

Sie gibt damit an, jedes Jahr den Tjejvasan zu fahren, am Vansbrosimningen teilzunehmen sowie den Vårruset und den Tjejmilen zu laufen, und sicher fährt sie mit dem Rad auch die Vätternrundan.

Sie und ihr Mann Nils lieben Aktivitäten an der frischen Luft. Sie haben keine Kinder und verwenden ihre ganze Zeit darauf, Sport zu treiben und sich fit zu halten. Vielleicht verwirklichen sie sich in irgendeiner Weise selbst, ich weiß es nicht. Nach der Saison wird die Ausrüstung in der pedantisch aufgeräumten Garage neben dem gemütlichen Haus mit dem gepflegten Garten verstaut. Keiner der beiden hat die geringste Ahnung, was es heißt, für ein Kind da zu sein. Sich zu allererst um jemand anderen als um sich selbst zu kümmern, ständig hinter den Bedürfnissen eines anderen zurückzustecken. Es ist schwer, sich nicht über sie zu ärgern. Und sie verabscheuen es, mich zur Nachbarin zu haben.

»Ein perfekter Tag für die Gartenarbeit, findest du nicht?«, sagt sie.

»Vielleicht«, antworte ich.

Gunilla legt den Kopf schief. Ihr Blick zeigt sowohl Anteilnahme als auch Verachtung.

Das bringt mich zu der Frage, wie andere mich wahrnehmen. Ich schaue auf den unförmigen, ungewaschenen Fischerpullover herunter, in dem ich für gewöhnlich herumlaufe. Ich fahre mir mit der Hand durch die Haare, die wahrhaftig so manche graue Strähne aufweisen. Nicht verwunderlich, so, wie mich das Leben behandelt hat. Die Falten sind zahlreicher und tiefer geworden, und die Haut unter dem Kinn hängt schlaff herunter. Außerdem habe ich in letzter Zeit zugelegt. Ich fühle mich deutlich älter als Gunilla. Ich *sehe* deutlich älter aus als Gunilla.

»Nils will heute zum Recyclinghof nach Fågelmyra fahren«,

sagt sie. »Er hat noch Platz, wenn du Hilfe brauchst, um etwas wegzutransportieren?«

Ein kurzes Zögern, das alles sagt. Sie meint den Haufen mit Gerümpel aus dem Schuppen, den Hans und ich angefangen hatten aufzuräumen. Der ist vor dem Haus liegen geblieben, als es Hans immer schlechter ging. Ein Dorn im Auge aller perfekten Nachbarn. Aber der kann liegen bleiben. Ich habe das Recht zu machen, was ich will. Ich muss niemandem etwas vormachen.

»Nein danke«, sage ich.

Gunilla erschrickt und streckt sich, sie macht sich bereit zu gehen. »Das war nur ein freundliches Angebot.«

Ich seufze, damit sie versteht, dass ich mir dumm vorkomme und dass mir bewusst ist, wie undankbar ich wirke. »Entschuldige«, sage ich. »Danke für das Angebot, Gunilla.« Ich lächle sie an, spüre aber, dass meine Gesichtsmuskulatur angespannt ist. Sie setzt sich auf die unterste Treppenstufe.

»Kerstin, wir helfen dir gern. Das weißt du hoffentlich? Es muss unheimlich einsam sein ohne Hans. Jetzt, wo auch Isabelle ausgezogen ist. Wir machen uns Sorgen um dich.« Sie legt eine Hand auf mein Knie, zieht sie aber weg, als ich erstarre. »Wir machen uns wirklich Sorgen um dich.«

»Danke, das ist nett gesagt«, entgegne ich.

»Früher bist du immer draußen im Garten gewesen.«

»Weißt du, ich bringe einfach nicht die Kraft dafür auf.«

»Das verstehe ich. Das verstehe ich.«

»Tust du das wirklich?«

»Was meinst du?«

»Zuerst zieht meine Tochter aus. Dann verliere ich meinen Mann. Ich bin jetzt ganz alleine. Wie fühlt sich das deiner Meinung nach an? Wie willst du das verstehen können?«

»Das Einzige, was ich zu sagen versuche, ist, dass wir da sind. Wir wollen nicht stören, aber es kann nicht gut sein, sich so zu isolieren.«

»Ich trauere. Das ist ein Unterschied, Gunilla.«

Sie blickt auf ihre bunten Joggingschuhe hinunter und seufzt. Für eine ganze Weile sagt keine von uns etwas.

»Sag einfach Bescheid, wenn wir etwas tun können«, sagt Gunilla. Sie steht auf und kehrt in ihren Garten zurück.

Ich wünschte, ich wäre besser, was Small Talk angeht. Aber ich sitze viel lieber alleine hier und denke nach. Mit Hans war alles leichter. Jetzt, im Nachhinein verstehe ich, dass er einen besseren Menschen aus mir gemacht hat. Wir waren glücklich, auf unsere Weise. Zusammen hatten wir eine feine Familie. Und Isabelle war nicht so zornig, wie sie es momentan ist.

Sie hat sich verändert. Warum, weiß ich nicht, sie erzählt mir nichts mehr. Sie ist nur noch abweisend und hart. Irgendetwas ist passiert, aber ich verstehe nicht was. Es ist mehr als nur die Trauer um ihren Vater. Jeden Tag frage ich mich, was in ihrem Kopf vorgeht. Ich wünschte, sie würde es mir erzählen, sich mir mitteilen. Wie sie das immer getan hat, als sie noch kleiner war. Sie war meine Puppe. Mein süßes, liebes, kleines Mädchen. Wir sind so gut miteinander ausgekommen, haben über alles Mögliche gesprochen, haben immer viel gelacht und Trost beieinander gefunden, wenn sich irgendetwas nicht gut angefühlt hat.

Plötzlich stehen mir die Tränen in den Augen. So wie es jetzt ist, haben meine Träume nicht ausgesehen. So wie es jetzt ist, hatte das Leben nicht sein sollen. Ich schütte den restlichen Kaffee neben der Treppe aus und stehe auf. Ich öffne die Verandatür und kehre zurück in das dunkle, stille Haus.

Isabelle

U-BAHN-STATION FRIDHEMSPLAN. Ich stehe auf dem Bahnsteig und warte auf die grüne Linie. Linie 19 nach Hässelby kommt in drei Minuten.

Ich denke an Stella. Denke die ganze Zeit an sie, kann nichts dagegen tun. Sie ist hübsch, sieht jugendlich aus. Ich frage mich, wie alt sie ist? Aber da ist eine Härte in ihr, die durchscheint. Sie selbst weiß das vermutlich nicht. Ich frage mich, was sie glaubt, verbergen zu können. Oder wovor sie sich schützen will. Hat sie Angst? Vielleicht.

Die sollte sie haben. Niemand weiß, was passieren kann.

Niemand.

Ich unterdrücke ein Gähnen und setze mich auf eine Bank. Ich bin müde, bringe kaum die Kraft auf, weiter verärgert zu sein.

Stellas Nägel waren heute in einer anderen Farbe lackiert. *Kirschrot.* Nicht eine Haarsträhne am falschen Platz. Schön geschminkt, diskreter Lippenstift, schicke Ohrringe, die teuer aussahen. Ihre schwarze Hose saß perfekt, ein graues Oberteil aus feinem Material. Es scheint ihr richtig gut zu gehen. *Sie ist sicher reich.* Sie ist verheiratet, am linken Ringfinger trägt sie breite Goldringe. *Einer davon ist mit Diamanten besetzt.*

Für Stella Widstrand ist alles selbstverständlich.

Sie sitzt aufrecht und entspannt, wirkt total selbstsicher. Wie ist sie so geworden? Vielleicht ist sie geübt darin, eine Maske zu tragen. Wie sieht sie wohl aus, wenn sie die ablegt? Ist sie ebenso hässlich und böse wie ich? Ich wünschte, ich würde mehr über sie wissen, als es der Fall ist.

Bevor ich den Raum betreten habe, war ich unsicher, ob ich das schaffen würde. Ich wollte viel loswerden. Alles erzählen. Aber es war zu viel. Alle haben mich angeschaut. Meine Stimme hat versagt, ich konnte nicht. Habe die Worte nicht über die Lippen gebracht, sie waren zu schwer.

Und Stella hat mich angestarrt.

Weiß sie Bescheid?

Versteht sie?

Ich hatte die Chance alles preiszugeben, als Pierre gefragt hat, was ich dort mache. Alle haben auf meine Antwort gewartet. Aber ich habe kein bisschen herausbekommen. Nicht ein einziges Wort von dem, was ich hatte sagen wollen. Ich habe Stellas fragende Blicke gespürt. Ich bin mir sicher, dass sie direkt durch mich hindurchgesehen hat.

Wenn einer von ihnen wüsste, was ich wirklich fühle, wenn einer von ihnen ahnte, wer ich bin. Wie ist es möglich, sich unter all den Menschen zu bewegen, ohne dass jemand es sieht?

Die U-Bahn fährt ein. Ich steige ein und setze mich einer alten Dame gegenüber. Sie umklammert ihre Tasche, lächelt jedoch, als sich unsere Blicke begegnen. *Auch sie sieht es nicht.* Ich erwidere das Lächeln, lehne mich gegen das Fenster und schließe die Augen, spüre die Kühle der Scheibe an meiner Stirn.

Alle haben Angst. Alle. Aber wir lächeln und lassen uns nichts anmerken, wir lügen mit unserem Gesichtsausdruck, damit das, was sich dahinter verbirgt, nicht durchscheint.

Aber ich habe mich entschieden. Beim nächsten Mal werde ich es erzählen.

Ich werde alles erzählen.

Die ganze Wahrheit.

Stella

VERFLUCHT ABER AUCH, sie sind schon da.

Ich stehe in der Küche, lausche den Geräuschen aus dem Flur. Dem Stampfen von Schuhen auf dem Flurteppich, dem Rascheln von Jacken und dem Klirren von Kleiderbügeln. Schrillen Mädchenstimmen, freundlichen Klapsen auf den Rücken und lachenden Männerstimmen, einer hohen, durchdringenden Frauenstimme, die Aufmerksamkeit und eine unmittelbare Reaktion fordert.

Henrik hat heute Morgen von dem Abendessen gesprochen, und ich habe so getan, als würde ich mich darauf freuen. Leider war es zu spät, Vorwände zu erfinden, um das Ganze abzublasen. Ich habe eine Cateringfirma angerufen, die mit ihrem schicken Herbstmenü vorbeigekommen ist. Das Personal hat im Esszimmer den Tisch gedeckt und das Essen auf Schüsseln und Teller verteilt, die sie dann in einen Wärmeschrank gestellt haben.

Wie soll ich das hier überstehen?

Nach der Gruppentherapie heute ist alles andere unwesentlich.

Ich trinke einen kräftigen Schluck von dem Wein, dankbar, dass Henrik vor ihrer Ankunft zu Hause war. Mit einem aufgesetzten Lächeln gehe ich in den Flur hinaus und begrüße unsere Gäste.

»Da ist sie ja.« Marcus strahlt über das ganze Gesicht, er umarmt mich.

»Stella«, zwitschert Jelena und verteilt Wangenküsse. »Endlich lernen wir uns kennen. Ich habe so viele fantastische Dinge über dich gehört.«

Marcus' Neue ist Fotomodell. Ihrer eigenen Aussage zufolge. Allerdings sieht sie auch aus wie eins. Sie verdient ihren Lebensunterhalt mit einem Blog über Schönheit, Gesundheit und Mindfulness. Sie lächelt unentwegt, ihre Zähne sind extrem weiß. Ihrem Körper fehlt es komplett an Unterhautfett, ihre langen durchtrainierten Beine sind goldbraun, perfekt. Sie zeigt sie gern in diesem kurzen, hautengen kleinen Schwarzen. Sie kann nicht älter als fünfundzwanzig sein und ist derart unerträglich perfekt und von sich überzeugt, wie es nur eine Frau in diesem Alter sein kann.

Ebba und Sophia, Marcus' Töchter, sind neun und fünf Jahre alt, sie sind laut und zanken sich ununterbrochen. Zu meiner großen Erleichterung kommt Milo aus seinem Zimmer und bietet ihnen an, ein Computerspiel mit ihnen zu spielen. Ich muss daran denken, ihn für diesen Einsatz reichlich zu belohnen. Henrik nimmt Marcus und Jelena mit ins Wohnzimmer und kümmert sich um die Konversation.

Ich folge in ihrem Kielwasser, ohne wirklich anwesend zu sein. Ich denke an Isabelle Karlsson.

An Alice.

Sehe die Lachgrübchen in deinen Wangen. Dein Ohr. Dein offenes, verschlossenes Lächeln, das nichts von dem verrät, was du denkst. Ich habe mehr an dich gedacht, als du es je begreifen wirst. Seit dem Tag deines Verschwindens hast du mir Schmerzen bereitet.

Was hast du durchgemacht?

Warum willst du es mir nicht erzählen?

Die gleichen Fragen, wieder und wieder. Unmöglich zum Schweigen zu bringen. Aber ich versuche es trotzdem, indem ich noch mehr Wein trinke.

Jelena erklärt, dass sie das Haus besichtigen möchte.

Unter dem Vorwand, ich müsse das Essen auf den Tisch bringen, fliehe ich hinaus in die Küche. Ich leere das Glas, fülle es wieder auf, als Jelena hereinkommt und mich an ihrem Enthusiasmus teilhaben lässt.

Sie ist ganz verliiiebt in unser enormes graues Sofa, in den Teppich und die mit Grünspan besetzten Kupferblumentöpfe mit den Riesenkakteen darin. Sie liiiebt die Schwarz-Weiß-Fotos an der Wand zur Terrasse, das große Landschaftsgemälde, die Läufer, Herrgott, was für krasse Läufer und die kleinen Skulpturen im Bücherregal, sie liebt alles! Unser Haus könnte sich in jedem Einrichtungsmagazin wiederfinden, es ist vollkommen krass, wie schön wir es haben.

Henrik kommt in die Küche und rettet mich. Sagt, dass ich schon immer ein Händchen fürs Einrichten hatte. Vielleicht rettet er auch sie, scheinbar spürt er, wie ich mich über sie ärgere.

Erneut leere ich mein Glas. Ich muss tiefer hinein in den Nebel. Weg aus der scharfen, stacheligen Wirklichkeit, die sich mir aus allen Richtungen aufdrängt.

Während des Abendessens bin ich so gut wie nicht da.

Stimmen bäumen sich auf und vermischen sich miteinander, Stühle schaben über den Boden, Besteck klappert gegen Teller, es wird gekaut und geschmatzt, die Geräusche dringen in mich ein, verursachen ein Stechen in meinen Ohren. Henrik erzählt von seiner Firma. Es läuft gut, sie expandieren, der Umsatz steigt, neue spannende Aufträge warten. Und wir? Wir sind seit fünfzehn Jahren zusammen, verheiratet seit, wie lange ist das jetzt, Liebling? Serrano-Schinken, Parmesan, in Curry geröstete Scampi. Und das andere da. Herrgott, was das für Leute waren. Bald vierzehn Jahre, und Milo ist dreizehn, und wir wohnen seit zwölf Jahren hier, und sicher ist es gut fünf Jahre her, dass wir die Küche renoviert haben, oder Liebling? Sonnengetrocknete Tomaten und im Ofen gegrilltes Gemüse in einer

Knoblauch-Vinaigrette. Und als wir angekommen sind, sind wir direkt ins Hotel gefahren. Ja, am Wochenende sehen wir uns in Widstrands Landhaus bei Nyköping, das wird schön. Nein, es ist lange her, dass Henrik an der Elchjagd teilgenommen hat. Feta und Halloumi und Spargel und so ist das … In Abu Dhabi, als wir …

All dieses Geschwätz kommt aus einem anderen Raum in einem anderen Haus, wo die Menschen um einen anderen Tisch herumsitzen und sich in einer Sprache unterhalten, die ich nicht mehr beherrsche. Henrik legt eine Hand auf meinen Oberschenkel und drückt leicht zu. *Komm schon. Wach auf.*

Nein, wir haben nicht vor umzuziehen, uns geht's gut hier, oder Liebling? Erneut ein vielsagendes Drücken. Ich nicke und lächle wie eine Idiotin, so als hätte ich in meinem Leben nie etwas anderes getan, als zu nicken und zu lächeln.

»Und du bist Psychotherapeutin?«, sprudelt es aus Jelena heraus. Sie lehnt sich zu mir hin.

Ich richte mich auf dem Stuhl auf. »Das stimmt«, lalle ich.

»Wie schaffst du es, jeden Tag anderen Menschen zuzuhören?«, fragt sie. »All ihren kleinen Sorgen und Problemen? Ich würde vollkommen bekloppt werden. Krass depressiv zumindest.«

So viel zum Thema Mindfulness.

Ich reiche Henrik mein Glas zwecks Nachschub. Er wirft mir einen beunruhigten Blick zu, den ich vorgebe, nicht zu bemerken. Er gießt ein wenig nach.

»In der Psychotherapie geht es im Übrigen nicht darum, Probleme zu wälzen«, sage ich und höre, dass ich wie ein Roboter klinge. »Ziel ist es, Muster oder Verhaltensweisen aufzuspüren, die verändert werden können. Zu lernen, mit Ängsten umzugehen. Alte Gewohnheiten durch neue zu ersetzen. Sich als Mensch zu entwickeln.« Meine Standardantwort, eine einfache Zusammenfassung für Idioten.

»Warum hast du dich von allen möglichen Berufen dafür entschieden?«

»Ich bin jemandem begegnet, der mich inspiriert hat.«

»Das ist unglaublich beeindruckend«, sagt Jelena. »Dass du das schaffst, dass du in der Lage bist, diesen Menschen zu helfen.« Sie sieht Marcus hingebungsvoll an und streichelt ihm mit den Fingerspitzen den Nacken. »Laut Marcus bist du immer fröhlich«, fährt sie fort. »Und du wirkst so herrlich ausgeglichen.«

Ausgeglichen? Ich würde am liebsten aufspringen, Teller und Schüsseln auf den Boden schmeißen und schreien, dass sie alle zusammen zur Hölle fahren sollen.

Henrik legt seinen Arm um meinen Rücken. »Stella ist fantastisch. Sie ist stark, zielstrebig, tut, was sie sich vorgenommen hat«, sagt er. »Das hat mich an ihr beeindruckt.«

»Ist sie immer so schrecklich harmonisch gewesen?«, fragt Jelena.

Marcus lacht. »Stella kann hitzig sein, glaub mir. Mit den Jahren ist sie jedoch ruhiger geworden. Oder was sagst du, Henke?«

Ja, Henke, was sagst du? Ist Stella ruhiger geworden?

Er grinst mich an. »Nur äußerlich.«

Idiot. Ich liebe dich Henrik, aber heute Abend bist du ein Idiot.

Nach dem Essen nimmt Marcus Jelena mit nach oben, um das Obergeschoss zu inspizieren. Die Zimmer hier unten hat sie bereits durch. Erneut verstecke ich mich in der Küche. Ich koche Kaffee, decke das schöne Porzellanservice von Rörstrand auf, das wir von Henriks Großmutter väterlicherseits bekommen haben. Habe gut Lust, den ganzen Kram gegen die Wand zu werfen.

»Du sagst heute Abend nicht viel.« Henrik kommt herein und lehnt sich gegen die Arbeitsplatte.

»Ist das nötig?« Ich trinke mein Glas Wein aus. Erneut.

»Liebling.« Er stellt es beiseite. »Jetzt bist du ungerecht. Und mehr als genug angeheitert.«

Von oben ertönt das Geräusch von Jelenas Absätzen, wenn sie zwischen den Zimmern hin und her trippelt.

Ich zeige Richtung Decke und zische: »Sie ist vollkommen hysterisch, das sonnenklarste Beispiel für Borderline, das ich jemals gesehen habe. Abgesehen vom Offensichtlichen, was findet Marcus an diesem überspannten Dummchen?«

»Wenn hier jemand überspannt ist, dann bist du das«, antwortet Henrik und sieht mich an. »Du wärst bereit, sie zu erwürgen, das sieht dir nicht ähnlich.«

Er nimmt meine Hand und zieht mich an sich, küsst mich auf die Haare. Ich lasse seine Umarmung eine Weile zu, bevor ich mich losmache und vorgebe, zur Toilette zu müssen.

Ich gehe ins Bad, setze mich auf den Klodeckel und vergrabe den Kopf in den Händen. Ich bin ein grauenhafter Mensch. Ich tue mir verdammt noch mal selbst leid.

Es ist still im Haus. Die Cateringfirma hat den Wärmeschrank, die Tabletts, die Kübel, Schüsseln und Servierteller abgeholt, sie haben abgeräumt und den Abwasch gemacht.

Die Gäste sind gegangen, Milo schläft. Henrik liegt hinter mir im Bett, er streichelt mich. Es ist lange her, dass wir uns mehr hingegeben haben als einem Gutenachtkuss. Ich versuche, seine Berührung zu genießen, kann aber nicht entspannen, trotz des ganzen Weins, den ich getrunken habe. Ich bin zu verärgert. Zu traurig.

Nach einer Weile zieht er sich zurück. Er gibt mir einen Kuss auf die Schulter, murmelt Gute Nacht und dreht sich um.

Als ich sicher bin, dass er schläft, stehe ich auf. Ich gehe nach unten und hole meine Tasche aus dem Flur. Ich krieche aufs Sofa und öffne das Tagebuch.

5. August 1994

Pernilla war heute hier. Das war eine schöne Unterbrechung meines Alltags, für eine Weile nicht in Babysprache reden zu müssen. Ich bin froh sie zu haben, von den anderen sehe und höre ich nichts mehr.

Aber wir sind stark, meine kleine Pelzmütze und ich. Meist ist sie zufrieden und fröhlich. (Alle fragen, ob sie ein »braves« Baby ist, so als wäre sie ein Hund oder so was. »Ja, sie ist brav, sie beißt nicht«, oder »Ja, sie ist nicht absichtlich dumm.«)

Obwohl sie in letzter Zeit häufiger quengelt als früher. Und sie hat einen leichten Schlaf. Sobald ich sie hinlege, wacht sie auf und protestiert. Liege ich neben ihr und stehe auf, ist sie sofort wach und schreit.

Sind weitere Zähne unterwegs? Das haben wir wochenlang geglaubt. Es hat sich zu einem Witz zwischen uns entwickelt, sobald sie unzufrieden ist: »Das sind die Zähne.« Aber es ist nicht mal ansatzweise was von neuen Zähnen zu sehen. Bauchschmerzen? Hungrig, pappsatt, müde, warm, kalt?

Vielleicht ist es ganz einfach nur eine neue Phase. Nicht gerade lustig.

Daniel ist auf jeden Fall zwanzig geworden, und er hat von unseren Eltern das denkbar beste Geschenk bekommen. Einen Kurzurlaub für uns drei. Juhuuu! Nächstes Wochenende fahren wir. Nach Strandgården, einem Ort an der sogenannten Blauen Küste in Småland.

Klingt das nicht schön? Strandgården.

Vielleicht schlafen wir dort besser als zu Hause, wer weiß. Ich hoffe es, zumal wir ziemlich erschöpft sind. Daniel hat den ganzen Sommer über wie ein Tier gearbeitet und sich von früh bis spät abgeschuftet. Wir haben uns super wenig gesehen und wenn, dann haben wir es kaum miteinander ausgehalten. Wir brauchen das hier. Einfach zusammen rauskommen. Im Auto herumfahren und alberne Lieder singen. Wir werden in einer kleinen Hütte wohnen, uns sonnen und baden.

Ich sehne mich richtig danach!

Stella

AM FRÜHEN SAMSTAGMORGEN ziehe ich mich an und koche Kaffee. Ich sollte etwas essen, aber das muss warten. Ich trinke den letzten Rest Kaffee, er ist heiß und hat einen leichten Beigeschmack von Reinigungsmittel. Ich spüle den Mund mit Wasser aus und spucke alles ins Abwaschbecken.

Dann gehe ich raus und setze mich in den Audi. Ich starte den Motor und drehe mich nach rechts, um auf die Straße auszuparken. Ich passiere die Zaunpfosten und will gerade das Lenkrad einschlagen, als es an der linken Seitenscheibe klopft. Ich bremse und sehe mich um.

Johan Lindberg grinst mich an. Hinter ihm steht sein kleiner Hund und zittert. Ich kurbele die Scheibe herunter. Erwarte einen kurzen Bericht über seinen letzten Börsencoup oder vielleicht einen etwas zu tiefen Einblick in seine »offene« Ehe mit Therese.

»Wir haben es wohl eilig«, sagt er.

»Entschuldige, Johan. Ich habe dich nicht gesehen.«

»Ich habe mich hinter der Hecke versteckt. Nicht dein Fehler.«

Ich kurbele die Scheibe wieder hoch. Johan legt eine Hand dazwischen. Er beugt sich vor und zwinkert mir zu.

»Und du wirst immer heißer, jedes Mal, wenn ich dich sehe.«

Ich schaue auf die Uhr. Lasse ihm ein Lächeln zuteilwerden, das nur in einer einzigen Weise ausgelegt werden kann.

»Und was hast du mit Henrik gemacht? Weiß er, dass seine kleine Frau allein zu Abenteuern unterwegs ist?«

»Mein Guter, sag Henrik nichts. Ich will nicht entlarvt werden.« Ich setze erneut zum Ausparken an. Johan Lindberg weigert sich, die Scheibe loszulassen. Der Schock steht ihm ins Gesicht geschrieben.

»Machst du Witze, Stella? Verdammt, wie geil. Ich sage doch, dass so was eine Beziehung stark macht. Ein bisschen Spannung. You go girl!«

Ich schwenke auf die Straße und fahre los. Im Rückspiegel sehe ich unseren Nachbarn mit seinem Häufchen von einem Hund mitten auf der Straße stehen. Aus einem für mich unbegreiflichen Grund reckt er eine geballte Faust in die Luft. Irgendeine Aufforderung zum Kampf? Ich lache vor mich hin. Wäre Henrik hier gewesen, hätten wir beide lauthals gelacht.

Ich bin gerade mal eine Stunde unterwegs, als das Telefon klingelt. Ich zucke hinter dem Lenkrad zusammen, das Geräusch ist schrill und kommt unerwartet. Ich fahre auf einen Rastplatz und gehe ran.

»Habe ich dich geweckt?«, sagt Henrik.

»Nein«, antworte ich. »Geht es euch gut?«

Der Wind rauscht in meinen Ohren, es klingt, als sei er draußen.

»Milo schläft noch. Ich war eine Runde joggen. Jetzt trinke ich im Garten Kaffee. Was machst du?«

»Nichts«, lüge ich.

»Ich vermisse dich«, sagt er. »Aber es ist gut, dass du zu Hause bist und dich ausruhst.«

»Ich vermisse dich auch«, antworte ich.

Sie sind im Landhaus der Familie Widstrand. Einem großen Gut mit Pferden, Jagdrevieren und einem Grundstück am Meer. Ich hätte auch dort sein sollen. Stattdessen bin ich anderswohin unterwegs.

Wir sprechen eine Weile über das Haus und das Boot, über das, was sie am Tag vorhaben. Er sagt, seine Eltern würden herzlich grüßen. Ich bitte ihn, sie ebenfalls zu grüßen und Milo fest zu drücken. Wir beenden das Gespräch, und ich fahre wieder auf die Straße.

Die Widstrands gehören einem anderen sozialen Kreis an als ich. Ich bin in Kungsängen in bedeutend einfacheren Verhältnissen aufgewachsen als Henrik. Mama war alleinerziehend, wir waren zu dritt, sie und ich und Helena, meine sieben Jahre ältere, große Schwester. Henrik stammt aus Lidingö, hat gute Schulen besucht, war segeln, hat Tennis und Golf gespielt. Seine Ex hieß Louise-von-irgendwas und war, als sie zusammen waren, eine erfolgreiche Jurastudentin mit einem geerbten Vermögen und einer Wohnung in Östermalm.

Mama und Helena haben nicht geglaubt, dass das zwischen uns halten würde. Aber Henriks Eltern haben mich mit offenen Armen empfangen. Seine Mutter Margareta war begeistert, dass ihr Sohn einen vernünftigen Menschen gefunden hatte, mit dem er sein Leben teilen wollte. Seither sind sie ebenso meine wie seine Familie.

Ich nähere mich Nyköping. Das Landhaus ist nicht weit von hier entfernt. Bis zuletzt hat Henrik versucht, mich zu überreden mitzukommen.

Er hat es mit ruhigen Abenden am offenen Kamin, Spaziergängen an der frischen Herbstluft, heißen Nächten und langen Morgen mit Ausschlafen versucht. Ich habe gesagt, dass ich mich schlapp fühle, dass ich müde und nicht sehr sozial bin. Dass ich allein sein will und mich ausruhen muss.

Im Normalfall hätte ich ein schlechtes Gewissen. Jetzt jedoch nicht.

Ich lasse die Abfahrt links liegen.

Zwei Stunden später biege ich Richtung Storvik und Strandgården ab. Als ich das letzte Mal hierhergefahren bin, saß Daniel am Steuer, ich hatte noch keinen Führerschein. Ich erinnere mich, wie er über die letzten Kilometer geflucht hat. Der Schotterweg war staubig, die Schlaglöcher waren tief und die Kurven eng. Er war besorgt um die Stoßdämpfer, wegen Steinschlägen im Lack und hat vorgegeben, sich Sorgen wegen einer Kollision mit irgendeinem dummen Bauern zu machen.

Mittlerweile ist der Schotterweg ausgebaut worden und asphaltiert. Früher bestand Storvik aus Wald und Äckern, jetzt stehen hier neu gebaute Häuser in Reih und Glied. Eins nach dem anderen, als wären sie einem Katalog entsprungen. Ausgedehnte Rasenflächen, rote Dreiräder, das obligatorische Trampolin und der Stein mit der Sonnenuhr darauf. Nicht ein Baum auf irgendeinem der Grundstücke. Einige von ihnen sind noch immer Bauplätze.

Ein Stück weiter endet der Asphalt, und der alte Schotterweg übernimmt. Hier gibt es keine neuen Häuser oder laufenden Bauprojekte.

Ich bremse abrupt ab.

Vor mir steht ein Rothirsch.

Das große Tier sieht mich mit dunklen, glänzenden Augen an. Sein Geweih ähnelt einem Baum. Ich öffne die Autotür, steige aus und strecke die Hand aus. Warum, weiß ich nicht, vielleicht als Gruß. Der Hirsch wendet sich von mir ab. Er macht einen Satz und läuft auf der anderen Seite über ein Feld weiter. Ich sehe ihm nach, bis er den Waldrand erreicht und zwischen den Bäumen verschwindet. Dann setze ich mich ins Auto und fahre weiter.

Es ist noch Vormittag, als ich auf den Waldweg einbiege. Nach über vier Stunden Autofahrt bin ich da.

Strandgården. Das Schild hängt noch immer über der Einfahrt. Es sieht so aus, wie ich es in Erinnerung habe, nur ein bisschen mitgenommen durch Wind und Wetter. Der Waldweg besteht aus zwei Furchen, dazwischen wächst hohes Gras. Beide Seiten sind dicht mit Gebüsch zugewachsen, und die Bäume recken ihre

Äste über den Weg. Langsam fahre ich durch einen orangefarbenen Tunnel aus Laub und gelange zum Parkplatz.

Dort steht ein verlassener alter Wohnwagen ohne Tür und mit kaputten Fenstern. An einer der Kiefern lehnen ein paar rostige Fahrräder. Der Boden ist mit Laub, Nadeln und Zapfen bedeckt.

Ich steige aus dem Auto und strecke meine steifen Glieder. Ich folge dem Kiesweg zum Hauptgebäude. Hinter dem niedrigen Haus breitet sich eine Grünfläche Richtung Meer aus, wie eine wild wuchernde Wiese. Die Minigolfanlage schräg links ist von Gras und Gestrüpp überwuchert. Der Veranda entlang des Hauses fehlen hier und da ein paar Bretter, während sich darunter die Büsche ausgebreitet haben. Die Fensterläden sind verschlossen. Das Feriendorf scheint seit Langem verlassen.

Ich gehe um das Hauptgebäude herum und folge dem Kiesweg rechter Hand zu den sechs Hütten. Sie stehen ein Stück voneinander entfernt zwischen den hohen Laubbäumen nahe am Wasser. Nummer eins liegt am weitesten entfernt.

Wir wohnen in einer Hütte, direkt am Strand. Nummer eins. Ich sitze auf der Veranda, Alice schläft im Wagen zwischen den Bäumen. Draußen in der Landluft zu schlafen, tut ihr besonders gut, glaube ich. Dicht belaubte Ulmen und Birken sorgen für kühlenden Schatten.

Am Strand entlang stehen weitere Hütten. Alle sind vermietet, und der Campingplatz ein Stück weiter weg ist voll belegt. Hier wohnen Deutsche und Holländer sowie eine ganze Reihe von Familien mit Kindern und Rentner in Wohnwagen.

Wir wohnen abgelegen, es ist ruhig und gemütlich. Nur Daniel, Alice und ich. Wir leben in unserer eigenen Luftblase. Die Tage hier sind wunderbar, es könnte nicht besser sein. Aber morgen ist unser Kurzurlaub vorbei, und wir müssen wieder nach Hause fahren, also gilt es, alles in vollen Zügen zu genießen.

Die Hütten bedürfen auch einer Renovierung. Zur Sonnenseite hin ist fast die komplette Farbe abgeblättert, und auf den Dächern hat sich stellenweise die Pappe gelöst. Ich gehe auf die Veranda der Hütte, in der wir gewohnt haben, und gucke durchs Fenster. Der Tisch und die drei Sprossenstühle unter dem Fenster sind verschwunden, das braun-orangefarbene Sofa, das Doppelbett, das im Schlafzimmer gerade so Platz hatte, nichts davon ist mehr da.

Ich empfinde nichts Besonderes. Keine Angst, keine stürmischen Gefühle. Ich bin hier in Strandgården. Wo alles geschehen ist. Es fühlt sich überhaupt nicht so an, wie ich es mir vorgestellt hatte.

Ich mache kehrt und gehe zum Strand hinunter.

Der Wind von der Ostsee. Der Geruch von Salz und Tang. Ich atme ein, fülle meine Lungen mit der frischen Herbstluft. Ich gehe in die Hocke und tauche eine Hand ins Wasser. Es ist eiskalt. Obwohl erst September ist, scheint der Sommer in weiter Ferne. Ich stehe auf, schaue über das blaugraue Meer.

Die Nacht, in der Alice aufgewacht ist und wir nach draußen gegangen sind. Hier war es, wo wir gesessen und zusammen den Vollmond betrachtet haben, wir drei.

Seltsamerweise fühlt es sich friedlich an, hier zu sein.

Dumpfes Hundegebell unterbricht die Stille.

»Buster!« Eine alte Frau in einem großen, unförmigen Mantel hastet in beachtlicher Geschwindigkeit ihrem Hund hinterher. Der springt ins Wasser, und als er mich sieht, kommt er mit einem fröhlichen Satz näher. Er bleibt vor mir stehen und schüttelt sein nasses Fell. Der Hund ist riesig. Der Sabber fliegt in hohem Bogen durch die Luft, als er seinen großen, breiten Kopf schüttelt.

»Keine Sorge, er tut nichts«, ruft die Frau und wickelt ihren Mantel um sich, während sie näher kommt. Die ganze Szene ist so komisch, dass ich ein Lachen einfach nicht unterdrücken kann.

Der Hund ist rotbraun, kurzhaarig und kräftig, und beinahe genauso groß wie sein Frauchen. Ich lächle sie an und streichle den Hund.

»Er ist leider schrecklich unerzogen«, sagt die Frau und nimmt den Hund an die Leine.

»Er ist sehr süß«, sage ich.

»Hörst du das Buster, du elender Köter?« Sie klingt freundlich, und der Hund antwortet mit einem dumpfen Gebell.

»Was ist das für eine Rasse?«

»Ein English Mastiff. Der beste Schoßhund, den man sich vorstellen kann.« Die Frau zwinkert mir zu. »Und was führt Sie hierher? Es kommt nicht oft vor, dass sich jemand nach Strandgården verirrt.«

Ich sehe mich um. »Ich war hier mal im Urlaub. Vor langer Zeit. Ich bin hier vorbeigekommen und war neugierig, ob es noch immer so aussieht, wie ich es in Erinnerung habe.«

»Das tut es vermutlich nicht, fürchte ich.« Die Frau holt mit den Armen aus. Dann lacht sie und streckt mir eine Hand hin. »Aber wo habe ich meine Gedanken. Ich bin Elle-Marja. Wir wohnen ein Stück entfernt, auf der anderen Seite des Hügels. Ich wohne seit mehr als vierzig Jahren hier, Buster seit acht.«

»Stella«, sage ich und wir geben einander die Hand. »Es war so idyllisch hier. Überall Blumen. Pflanzen in allen erdenklichen Farben, in Blumenkästen und Rabatten, gepflegte Sträucher und Bäume.«

»Wann sind Sie hier gewesen?«

»Vierundneunzig. Im August.«

»Es ist eine Schande, dass es einfach sich selbst überlassen worden ist. Damals war Strandgården in einem guten Zustand. Und beliebt. Im Sommer waren immer viele Gäste hier.«

»Warum kümmert sich niemand mehr darum?«, frage ich. »Das Grundstück muss doch ein Vermögen wert sein.«

»Im Laufe der Jahre haben viele Bauherren hier ihre Runden

gedreht. Alle wollten bauen und das Gelände erschließen. Aber es sieht noch immer so aus, Jahr für Jahr.«

»Wie kommt das?«

»Ich muss mal überlegen, Sie sind vierundneunzig hier gewesen, sagen Sie?«

Ich folge Elle-Marja am Strand entlang und lausche ihren Erzählungen. Die Sonne steht hoch am Himmel, und das Meer glänzt. Buster hat wieder freien Auslauf und springt voran, wühlt in Treibholz und Gerümpel herum, das an Land gespült worden ist.

»Mit den Jahren lässt die Erinnerung nach, dem sollten Sie sich bewusst sein«, sagt Elle-Marja. »Aber gewisse Dinge vergisst man nicht. In diesem Sommer ist ein kleines Mädchen ertrunken. Die Familie war in den Ferien hier. Die armen Eltern mussten ohne ihre Tochter nach Hause fahren. Das war furchtbar tragisch. Lundin hat das hart getroffen. Ihm gehörte Strandgården, und er hat das meiste selbst gemacht. Das hier war sein Lebenswerk. Direkt danach ist er gestorben. Ganz plötzlich. Jetzt gehört alles seiner Tochter. Aber sie macht nichts damit. Ich habe seitdem hier niemanden mehr gesehen.«

Unser Weg führt uns weiter am Strand entlang, vorbei am Hauptgebäude und den Resten der Minigolfanlage. Elle-Marja schnaubt, bevor sie fortfährt: »Sie war in dem Jahr für eine Weile hierhergezogen, ist dann später aber wieder verschwunden. Sie hatte ein Baby, vermutlich war es zu schwer, sich um alles alleine zu kümmern.«

Wir erreichen das Ende des Sandstrands. Ein Stück entfernt kreisen ein paar Möwen kreischend in der Luft, und Buster trottet los, um das Ganze näher in Augenschein zu nehmen.

»Sind wir schon am Ende?«, sage ich. »Damals dachte ich, der Strand sei unendlich.«

»Die Erinnerung spielt einem Streiche«, sagt Elle-Marja. »Das wird mit den Jahren schlimmer. Wenn Sie einmal so alt werden wie ich, merken Sie das.«

Wir setzen unseren Weg auf dem Pfad durch das hohe Gras fort, das entlang des felsigen Strandes wächst. Mir fällt ein, dass wir ihn Problempfad genannt haben.

»An diesen Pfad hier erinnere ich mich zumindest«, sage ich. »Es gab Stationen, wo man meditieren konnte.«

Wir bleiben an einem Kreis aus größeren Steinen stehen. In der Mitte liegt ein Haufen kleinerer, faustgroßer Steine. Auf einem schiefen Pfahl neben dem Kreis ist ein Schild angebracht. Elle-Marja beugt sich vor, legt eine Hand auf ihren Rücken und blinzelt.

»Wenn man gute Augen hat, kann man den Text vermutlich lesen. Ich erkenne absolut nichts. Ich kann mich auch nicht erinnern.« Sie klopft sich an die Stirn und gluckst.

»Der Sorgenkreis«, sage ich.

Ich betrete den Kreis. Ich nehme einen Stein und reibe ihn in der Hand. Ich denke an das, was mich beunruhigt, an meine Sorgen. Ich lasse sie los, indem ich den Stein aus dem Kreis herauswerfe. Ich tue das mit der größten Ernsthaftigkeit und spüre, wie der Kummer nachlässt. Als ich mich umdrehe, sehe ich Daniel, der mich angrinst.

»Vielleicht sollte ich dich aus dem Kreis werfen, Stella. Seit ich dich zum ersten Mal gesehen habe, hast du nur Kummer mit dir gebracht.«

Unter lautem Gebrüll habe ich ihn den Pfad entlanggejagt. Wir haben gelacht und uns umarmt, uns im Gras geküsst. Unwissend, dass im nächsten Moment alles kaputtgehen sollte.

Ich stehe im Kreis. Nehme einen Stein und reibe ihn in der Hand. Werfe ihn so weit weg, wie ich kann. Spüre keine Erleichterung. Nur abgrundtiefe Angst. Ich falle auf die Knie. Ich weine und schreie, bis Daniel kommt und mich von dort wegbringt.

Ich zucke zusammen, als ich Elle-Marjas Hand in meiner spüre. Sie drückt sie, henkelt mich ein, und wir gehen weiter.

Weiter vorn führt der Pfad einen steilen Hügel hinauf. Schräg unter uns liegt ein Schotterweg. Dort trennen wir uns. Elle-Marja und Buster wollen diesen Weg nach Hause nehmen, weil das schneller geht.

»Sonst wird Buster so quengelig«, sagt sie. »Er leidet unter niedrigem Blutzucker, müssen Sie wissen.«

»Ich weiß, wie das ist«, sage ich. »Mein Mann ist genauso.«

Elle-Marja lacht, und wir umarmen uns. Ich gehe den Hügel hinauf. Ich komme zu einem hohen Felsen und sehe linker Hand ein paar Bäume. Dort steht noch ein Gebäude, teilweise von Bäumen verdeckt.

Ich schlage die andere Richtung ein, zu einem Steilhang hin, der im Meer endet. Hier oben war ich damals nicht, mit dem Kinderwagen konnten wir nicht so weit gehen. Man kann meilenweit über die Ostsee schauen. Ich trete näher und gucke über die Kante. Weit unten schlagen die Wellen über großen Steinen zusammen.

Vor einem Busch schräg hinter mir steht ein kleines Reh aus Stein. Beständig auf dem Sprung zur Flucht, und dennoch für immer hier festgekettet. Ich setze mich für einen Moment daneben und schaue über das Meer.

Auf dem Rückweg bleibe ich an dem Sorgenkreis stehen. Ich gehe hinein und nehme einen Stein. Ich reibe ihn in der Hand. Dann werfe ich ihn weg, zwischen die Bäume.

Isabelle

»WIE SCHÖN ES hier ist.« Johanna streckt sich wie eine Katze neben mir auf der Decke aus.

Ich blinzle wegen der Sonne. »Wunderbar.«

»Habe ich doch gesagt. Assel.«

Es ist Samstag und Kurspicknick im Park Tantolunden. Ich bin froh, dass Johanna mich überredet hat mitzukommen. *Hör auf zu grübeln, versuch, für einen Moment auf alles zu scheißen.* Ich habe mich entschieden, das minimale soziale Leben wiederaufzunehmen, das ich vor Papas Tod hatte.

Ich öffne die Augen, als sie meint, Axel sei da. Sie winkt ihrem Freund, steht auf und geht zu ihm. Sie umarmen und küssen sich.

Mein Leben *müsste* wie ein Film sein können. Ein Feelgood-Film mit Studentenleben, Gekicher und Abenden mit Freundinnen. Wenn ich mich nur trauen würde, wenn ich nur mehr unternehmen würde. Wenn es mehr Romantik gäbe. Johanna, Susie und Maryam teilen bereitwillig mit, was sie getan, gesehen und gehört haben. Jedes Mal wird mir klar, wie hoffnungslos unerfahren ich bin. Ich habe ein paarmal rumgeknutscht. Zu mehr ist es nie gekommen. *Es ist an der Zeit, das zu ändern.* Auf dem Erstsemester-Fest im Frühjahr war es nahe dran. Ich hatte mehr Wein intus als je zuvor in meinem Leben. Ich trug ein hautenges schwarzes Kleid. *Dazu bin ich überredet worden.* Trotzdem habe ich den ganzen Abend daran herumgezupft, bis der

Wein dafür gesorgt hat, dass ich es vergessen habe. Allerdings ist mir kein einziger Blick entgangen, der mir deswegen zuteilgeworden ist. Und mit zunehmendem Alkoholpegel sind sie immer interessanter geworden, die Blicke, das gebe ich zu.

Jedes Mal, wenn ich an diesen Abend denke, spüre ich, wie es überall kribbelt. *Jetzt ist nichts ausgeschlossen.* Fredrik hat mich aufs Tanzparkett geschleppt. Seine Hände um meine Taille. Seine Hände um meine Hüften. Seine Hände auf meinem Hintern. Ich habe mich enger an ihn gepresst, gespürt, wie er hart geworden ist. Er hat meine Hand genommen und mich in einen menschenleeren Flur gezogen. Hat nach meinem Hals geschnappt, nach meinem Ohr, dem spitzen, wegen dem ich mitunter noch immer Komplexe habe, und während wir uns geküsst haben, hat er meinen Körper gestreichelt. *Wenn Mama das wüsste.*

Seine Finger waren auf dem Weg in das Kleid hinein, als er von einem seiner Kumpels gerufen wurde. Er hat mich gebeten zu warten und ist gegangen. Mein Fehler war, dass ich angefangen habe zu denken. Der Gedanke an Mama hat alles kaputtgemacht, und ich bin nach Hause gefahren.

Ich setze mich auf und sehe, dass die meisten aus unserem Kurs hier sind. Einige spielen Brennball, einige hängen einfach nur ab. Ein Junge klimpert auf einer Gitarre herum.

Fredrik ist auch hier. Er sitzt mit einer Bierflasche in der Hand ein paar Meter entfernt. Als er die Gruppe verlässt, mit der er sich unterhalten hat, nehme ich meinen Mut zusammen und winke ihm zu.

»Hallo.«

Er sieht mich an und lächelt.

»Hallo, Bella.«

»Wie geht's?«, frage ich.

»Gut, und selbst?«

Er setzt sich neben mich und öffnet eine neue Bierflasche.

»Ich dachte nicht, dass du herkommst«, sagt er. »Willst du?«

Ich nehme einen Schluck und versuche, nicht das Gesicht zu verziehen. Ich gebe ihm die Flasche zurück. Fredrik nimmt sie und legt sich hin. Nach einer Weile lege auch ich mich hin.

»Hattest du einen guten Sommer?« *Ich höre, dass ich wie Mama klinge, höflich und trocken.*

»Ich habe ein bisschen bei meinem Vater gearbeitet«, sagt er. »Und einen Abstecher nach Berlin und anschließend nach Saint-Tropez gemacht. Und du?«

»Ich habe die ganzen Ferien über gearbeitet«, antworte ich. *Interessantes Mädchen. Wirklich.*

»Zu Hause in Dalarna?«

»Nein, bei Lidl in Vällingby.«

»Ich habe dich bei keinem der Grillfeste gesehen.«

Ich zucke mit den Schultern. »Ich konnte nicht hingehen.«

»Schade.«

Er hält mir erneut die Flasche hin. Eigentlich will ich nichts, aber es ist gemütlich, hier so zu liegen. Eine Flasche Bier zu teilen und so zu tun, als würde ich ihm etwas bedeuten.

»Sehnst du dich nach Borlänge zurück?«

Ich denke über seine Frage nach.

»Nein«, sage ich schließlich. »Oder vielleicht manchmal. Das ist zwiespältig. Vor allem im Sommer, glaube ich. Stockholm ist dann auch herrlich, obwohl es zu Hause gemütlicher ist.«

»Bist du verrückt? Was schlägt schon helle Sommernächte in den Schären? Die ganzen Biergärten? Mit einem Glas im Kungsträdgården zu sitzen, mit einem Bier im Park abzuhängen, auf Djurgården herumzuschlendern.«

»Herumzuschlendern?«, necke ich ihn. »Bist du Rentner?«

Er knufft mich in die Seite. Ich lache.

»Vergiss nicht, festgeklemmt zwischen schwitzenden Pendlern in der U-Bahn zu stehen«, erinnere ich ihn. »Gern mit der Nase in der Achsel deines Nebenmanns. Bäh.«

»Haha, lustig. Was ist so fantastisch an Borlänge? All die alten Schlitten? Die Trachten und quietschenden Geigen?«

»Du hast ja keine Ahnung.«

»Erklär es mir.«

»Die Ruhe. Die Stille. Die blauen Berge. Die zauberhaften Sommernächte auf der Wiese neben Großmutters Haus.«

»Blaue Berge und zauberhafte Sommernächte. Sehr poetisch.«

»Stell dir vor, mit dem Fahrrad zum See zu radeln und den Wind in den Haaren zu spüren. In den Wald zu gehen und für mehrere Stunden niemandem zu begegnen. Nichts anderes zu hören als die Vögel.«

»Stell dir vor, sich zu verlaufen, von Mücken gestochen zu werden und mehrere Kilometer von der Zivilisation entfernt zu sein.«

»Sei nicht albern. Wenn man vom Wald genug hat, fährt man nach Leksand und mischt sich in Noret, im Zentrum, unter all die blöden Touristen und futtert bei Mitti Hamburger. Badet am Sandstrand unterhalb von Leksands Sommerland, weißt du wie kalt der Siljan ist? Eiskalt.«

»Das klingt verdammt gemütlich.«

Jetzt bin ich es, die ihn in die Seite knufft.

»Bist du schon mal in Tällberg gewesen? Das ist herrlich. Papa ist immer langsam gefahren, damit wir alle Häuser sehen konnten. Und die Straße ist ganz schmal und kurvig. Manchmal sind wir auch zur Brücke in Hjortnäs gefahren. Jedes Mal ging es weiter hinauf zum Vidablick, wo wir Eis gegessen und über den Siljan geschaut haben. Die Aussicht ist vollkommen irre. Zum Abschluss sind wir immer auf die lange Landungsbrücke von Rättvik hinausgegangen. Als ich klein war, dachte ich, die würde nie enden. Wir haben Wetten abgeschlossen, wer am schnellsten zurücklaufen konnte.«

Ich werde still.

»Woran denkst du?«, will Fredrik wissen.

»An Papa.«

»Ich habe davon gehört. Tut mir leid. Oder was auch immer man in so einer Situation sagt?«

»Danke.«

»Du hättest was sagen sollen.«

»Was sagen?«

»Du hättest erzählen sollen, was passiert ist. Du bist einfach verschwunden. Hast zu allem Nein gesagt und nichts mehr von dir hören lassen.«

»Ich weiß.«

Er sieht mir in die Augen. Ich will für immer hier liegen. Mit ihm. Er fragt, wie es mir jetzt geht, und auch wenn ich es nicht vorhatte, erzähle ich ihm, dass ich eine Therapie angefangen habe. Er scheint das nicht komisch zu finden. *Ich sage nicht alles, versteht sich.*

Wir liegen für einen Moment still da. Dann erzähle ich, dass Johanna und ich uns im Frühjahr an der KTH zum Blutspenden haben testen lassen. Blutspenden ist eine gute Sache, viel zu wenige machen das. Jetzt habe ich meine erste Einladung zum Blutspenden erhalten.

Ich rede weiter. Will die Stimmung von eben zurückholen, will, dass er so lange wie möglich bleibt.

Ich sage, dass mir sicher schwindelig werden wird und ich umkippen und mir mit der Nadel den ganzen Arm aufschlitzen werde, sodass mein Blut durch den ganzen Raum spritzt und die Krankenschwestern darin ausrutschen. Fredrik lacht aus vollem Hals. Er nimmt sein Handy aus der Tasche und rückt an mich heran. Er hält es vor uns hoch und macht ein Foto. Ich protestiere und sage, dass ich nicht dafür bereit war. Er macht noch eins.

»Besser?« Er hält das Handy hoch und wartet auf meine Zustimmung.

»Okay, etwas besser.«

»Wir sind superheiß, oder?«

Er bekommt eine SMS, liest sie und setzt sich auf.

»In einem schwachen Moment habe ich meiner Schwester versprochen, sie zu Ikea zu fahren«, sagt er. »Ich muss gehen. Leider. Aber wir sehen uns.«

Ich bleibe sitzen und merke, dass ich idiotisch lächle. Aber dann sehe ich ein, dass niemals etwas zwischen uns sein kann. Wenn er entdeckt, wer ich bin, wird er mich verabscheuen. Er wird Angst bekommen.

Selbst ich habe Angst.

Angst vor dem, was in mir ist.

Stella

NACH MEHR ALS ACHT Stunden hinter dem Lenkrad bin ich wieder zu Hause.

Ich schlafe in der warmen Badewanne ein und wache auf, als das Wasser kalt geworden ist. Ich steige aus der Wanne und trockne mich ab. Denke an Henrik.

Ich weiß noch immer nicht, wie ich es ihm erzählen soll. Erzählen, dass Alice lebt und dass ich ihr begegnet bin. Dass ich nicht zu Hause geblieben bin und mich ausgeruht habe, sondern nach Strandgården gefahren bin. Dass ich mich dieses Mal nicht irre.

Sein T-Shirt liegt im Schlafzimmer auf dem Stuhl, ich ziehe es über und lege mich aufs Bett. Ich öffne das Tagebuch.

Der Sommer, in dem ich schwanger war, 1993, das Jahr, in dem Ende April an einem Tag siebenundzwanzig Grad waren, er sollte sich als der wärmste Tag des Jahres herausstellen. Ansonsten war der Sommer eine einzige lange kühle und regnerische Angelegenheit. Das Jahr darauf, in dem es eine Hitzewelle gab und Alice nur mit einer Windel bekleidet herumkrabbelte.

Die Wohnung in Jordbro. Daniel und ich durften sie gnädigerweise mieten, weil sein Vater den Vermieter kannte. Der Duft von Geißblatt vor dem Küchenfenster, die schmuddelige grau gestreifte Tapete im Schlafzimmer, voller Löcher. Schließlich habe ich mit Zeitungen darüber tapeziert.

Daniel, meine erste richtige Liebe. Er war ein Jahr über mir in der Mittelstufe und hatte ständig verschiedene Mädchen um sich und seinen Straßenkreuzer. Ich zeigte mein Interesse, rannte ihm aber nicht hinterher. Irgendwie gelang es mir jedoch, seine Aufmerksamkeit zu erregen. Auf der Rückbank dieses Straßenkreuzers habe ich meine Unschuld verloren.

Daniel war wild und rastlos, intensiv in allem, was er tat, und er hat meine große Schwester in den Wahnsinn getrieben. Sie meinte, er habe einen schlechten Einfluss auf mich, er passte nicht in Helenas geordnetes Leben. Wir waren noch spät unterwegs, es gab Straßenrennen und Partys, wir hatten Sex auf der Rückbank seines Autos.

Helena war immer die Gewissenhafte von uns beiden. Ich bin eine Träumerin, bin es immer gewesen. Spontan und impulsiv, machte ich, was ich wollte. Meine Schwester übernahm Verantwortung, tat, was sie musste. Sie war gezwungen, zu schnell erwachsen zu werden, als Papa starb.

Als Mama mit uns alleine war, musste sie darum kämpfen, unseren Lebensunterhalt zu finanzieren. Nachts nähte sie Kleider, um sich was dazuzuverdienen, tagsüber arbeitete sie als Reinigungsfrau mitunter in Doppelschichten. Ich war erst fünf, und Helena musste zu Hause bleiben und sich um mich kümmern.

Als ich älter wurde, entfernten meine Schwester und ich uns voneinander. Dass ich als Siebzehnjährige schwanger wurde, machte die Beziehung nicht besser.

Daniel war überglücklich, als er erfuhr, dass er Vater werden würde. Er tat, was seine Eltern wollten, er beendete die Schule und machte Abitur. Dann zogen wir zusammen. Er bekam eine Stelle in einer Werkstatt. Wir lebten von Mindestlohn und Starrköpfigkeit. Wir zwei und Alice.

Ich liebte es, mit unserem Baby zu Hause zu sein. In ihre Augen zu schauen, wenn ich sie stillte, wie sie mit dem Mund nach meiner Brust suchte, den zufriedenen Seufzer, wenn sie sie gefunden hatte. Ihren Duft wahrzunehmen und den Geräuschen zu lauschen, die sie von sich gab, ihr vollkommenes Vertrauen und die Zärtlichkeit, die sie erweckte.

Alices erstes Jahr. Ich lese darüber, wie sie lernte zu sitzen, wie sie sich vom Bauch auf den Rücken drehte, über die schließlich durchkommenden Zähne. Ihren ersten Geburtstag. Die Feier, zu der ich ihre erste Torte gebacken habe, den Ballon, der zerplatzte, und wie sie zu weinen anfing und Daniel sie wieder zum Lachen brachte.

Pernilla, die uns besuchte, kurz bevor wir zu unserem ersehnten Miniurlaub aufbrachen.

Ich höre auf zu lesen und lege das Tagebuch auf den Nachttisch. Will nicht weiterlesen. Ich stehe auf und föhne mir die Haare. Ziehe eine Leggings und eine Kapuzenjacke an. Nehme das Tagebuch wieder in die Hand. Setze mich auf die Bettkante und erinnere mich.

Der Strand, unendlich und weit. Das Meer, die Stille. Überall bunte Blumen. Eine unerträgliche Hitze. Sich wiegende Bäume. Hütte Nummer eins.

Ihr roter Wagen, umgekippt im Sand.

Alice, wo bist du?

15. August 1994

Was hast du getan? Wo warst du?

Warum warst du nicht da? Warum hast du nichts gehört?

Warum hast du nicht gemerkt, dass sie verschwunden ist?

Die gleichen Fragen, wieder und wieder.

Ich war nicht lange weg. Das war ich doch nicht? Ich war in unmittelbarer Nähe.

Sie glauben, ich hätte ihr wehgetan. Meinem eigenen Kind, meiner kleinen Tochter. Sie glauben, ich hätte ihr etwas angetan. Dass ich sie umgebracht habe. Ich sehe es ihnen an, ihren Gesichtern, den Blicken, die sie sich zuwerfen. Ich höre es an ihren Stimmen.

Ich habe etwas Unverzeihliches getan. Die schlimmste Sünde, die eine Mutter begehen kann. Ich habe mich nicht um mein Kind gekümmert. Ich habe es allein gelassen. Ich war nicht da, um es zu beschützen.

Sie hat in ihrem roten Wagen geschlafen, der zwischen den Bäumen stand. Ich habe ein Stück entfernt am Strand einen kleinen Spaziergang gemacht. Dort gesessen und einen Moment lang nachgedacht. Ein paar Minuten.

Sie fragen, warum ich nichts bemerkt habe. Sie sagen, es sei an der Zeit, ihnen die Wahrheit zu sagen. Alles zu erzählen, letztendlich würde es so oder so rauskommen.

Ich habe berichtet, ich habe erklärt. Wieder und wieder und wieder.

Sie kann den Wagen nicht selbst umgekippt haben. Und ich hätte es hören müssen, wenn sie aufgewacht wäre. Ich war nicht weit weg. Ich war in unmittelbarer Nähe.

Jemand muss sie mitgenommen haben. Aber wer nimmt das Kind von jemand anderem? Das ist unmöglich. Niemand stiehlt ein Kind. Sie ist hier irgendwo. Jemand hat sich ihrer angenommen. Nachdem ich es nicht getan habe. Ihre junge, selbstsüchtige, unreife Mama, die für einen Moment weggegangen ist.

Sie kommt zurück. Das muss sie. Sie kommt bald zurück. Sie hat den Wagen nicht selbst umgekippt, ist nicht weggekrabbelt und im Meer ertrunken. Das ist sie nicht, das ist unmöglich.

Wo bist du, Alice? Bist du traurig? Hält dich jetzt jemand anderer im Arm?

Wir haben überall gesucht. Keine Spur, nichts. Aber sie ist hier, ich spüre es. Komm zurück zu mir. Hör, wenn ich nach dir rufe. Komm zurück. Du musst zurückkommen.

Du bist mein Ein und Alles. Du bist mein Fleisch und Blut! Ohne dich will ich nicht leben. Du bist mein Blut.

Stella

MAMA MURMELT VOR sich hin, während sie in der Küchenschublade herumwühlt.

»Stella, wo hast du den Dosenöffner versteckt?«, fragt sie und zieht die nächste Schublade auf. Das klingt bei ihr, als sei sie gezwungen, das ganze Haus auf den Kopf zu stellen.

»In der zweiten Schublade«, antworte ich mit erzwungener Ruhe.

»Nein, hier ist er nicht. Er ist nirgends zu finden.«

»Er liegt dort.« Ich frage mich, warum ich sie eingeladen habe. Weil ich nicht allein sein wollte? Damit ich mich über sie ärgern kann, statt an Alice zu denken?

»Ja, aber da ist er ja.« Mama hebt die Post hoch, die auf der Anrichte liegt. »Ist es okay, wenn ich das hier auf die Mikrowelle lege?«

»Mach das.«

»Es ist die Lokalzeitung und … «

»Das ist in Ordnung, leg es dorthin.«

»Sollen wir nicht so kochen, dass es auch für Henrik und Milo reicht?«

Die Frage stellt sie bereits zum dritten Mal.

»Margarete sieht schon zu, dass sie was im Magen haben, bevor sie losfahren«, sage ich. »Oder sie essen unterwegs was.«

»Bist du sicher? Das, was übrig bleibt, können wir doch einfrieren. Dann habt ihr morgen was«, sagt sie.

»Mama. Das geht schon in Ordnung.«

Sie hebt die Hände hoch und kapituliert. »Ich wollte nur helfen. Entschuldige, wenn ich mich einmische.«

Mama hat ein Talent, immer das Ruder in die Hand zu nehmen. Sie legt los, backt und kocht, fragt, ob sie bei der Wäsche helfen soll oder holt den Staubsauger hervor. Eine Zeit lang kann es angenehm sein, umsorgt zu werden. Und fürchterlich anstrengend.

»Hast du irgendwas von Helena gehört?«, frage ich.

»Sie hat letzte Woche angerufen. Eventuell kommen sie, Charles und die Kinder Weihnachten nach Hause. Ich hoffe es.«

»Glaubst du, dass sie glücklich ist? In Oxford, mit ihm?« Blöd formuliert. Jetzt geht es wieder von vorne los. Warum tue ich das? Will ich einen Streit provozieren? Mama legt die Stirn in Falten, bevor sie antwortet: »Ja, das glaube ich. Du nicht?«

»Zumindest wohnt sie noch da«, sage ich.

Kurz nachdem Milo auf die Welt gekommen war, hat meine Schwester auf einer Reise nach London Charles kennengelernt. Er ist Literaturprofessor und hat eine Vorliebe für braunen Cord und lange, umständliche Monologe.

Seit dreizehn Jahren wohnt sie mit ihm und ihren drei wohlfrisierten Söhnen in Oxford.

»Wann hast du zum letzten Mal mit ihr gesprochen?«, sagt Mama und rührt im Topf herum.

»Irgendwann vor dem Sommer glaube ich.«

»Warum ist das so geworden? Ihr habt keinen Kontakt mehr miteinander.«

»Wir sind verschieden, das sind wir immer gewesen.«

Mama nimmt das Weinglas, das ich ihr entgegenstrecke. Sie setzt sich an den Tisch und trinkt einen Schluck.

»Mit dir hatte ich mehr Schwierigkeiten als mit Helena«, sagt sie. »Du wolltest immer wissen *warum*. Sie war zufrieden und hat alles so akzeptiert, wie es war.«

»Sie ist schon immer konfliktscheu gewesen.«

»Wir gehen die Dinge unterschiedlich an. Das solltest du wie kein anderer wissen.«

»Sie hat nicht einmal über Alice gesprochen, als es passiert war. Hat nicht einmal gefragt, wie es mir ging. Sie hat so getan, als wäre nichts. Hat nur über praktische Dinge geredet, was wir essen wollen, wer was macht. Das tut sie noch immer. Ich verabscheue das.«

»Was ist los mit dir? Du klingst so sauer und schlecht gelaunt.«

»Ihr habt das Bedürfnis, die Dinge so zu belassen, wie sie immer waren. Ihr verschließt die Augen vor den Problemen. Was mir passiert ist, hat uns alle beeinflusst, aber keiner will sich etwas anmerken lassen.«

Mama stellt das Weinglas ab. »Hast du jemals über deinen eigenen Anteil an dem Ganzen nachgedacht?«, fragt sie. »Du hast dich zurückgezogen. Du hast uns nicht darüber reden lassen. Du wolltest das nicht. Häufig haben wir dich längere Zeit überhaupt nicht gesehen.« Sie streckt ihre Hand nach meiner aus. Ich ziehe sie weg.

»Ich habe dich von einer Party abgeholt«, sagt sie. »Pernilla hatte angerufen, du hattest zu viel getrunken, vermutlich noch irgendwas anderes genommen. Du hattest einen Angstanfall. Hast alle Anwesenden zu Tode erschreckt.«

Ich sage nichts. Sehe zu Boden. Will das nicht hören.

»Ich hätte früher etwas unternehmen sollen. Du hast recht, dass ich zu lange die Augen verschlossen habe, und das bedaure ich. Dann hast du eine Therapie gemacht. Es ging dir besser. Das Leben geht weiter, hast du gesagt. Und das tat es. Für uns alle. Sei also nicht zu hart gegenüber Helena.«

Mamas Worte bringen mich dazu, dass ich mich schäme.

Sie fährt fort: »Nachdem du Henrik kennengelernt hattest, hast du viel mit ihm gesprochen. Er hatte keine Angst, er konnte mit deinem Kummer umgehen. Ich weiß, dass unser Verhältnis bisweilen angespannt war. Aber ich bin immer da. Ich hoffe, das weißt du.«

Jetzt greife ich nach ihrer Hand. »Verzeih, Mama. Ich war ungerecht zu dir. Auch zu Helena.«

»Warum denkst du an Alice? Ist es nicht besser, das zu lassen? Du hast Henrik und Milo, ein gutes Leben. Lass los, Stella.«

Ich stehe auf und umarme Mama. Sie hat recht, ich sollte es lassen.

»Bist du kürzlich an ihrem Grab gewesen?«, fragt sie. »Entschuldige, ich weiß, dass du es lieber Gedenkstein nennst.«

Ich schüttle den Kopf. Nachdem wir gegessen haben und Mama nach Hause gefahren ist, sitze ich in der Küche und denke über unser Gespräch nach. An die Zeit zwischen Alices Verschwinden und Abteilung Fünf habe ich nur bruchstückhafte Erinnerungen. Im Frühjahr 1995 hat sie mich zwangseinweisen lassen. Ich bin in die Geschlossene Psychiatrie gekommen. Ich habe nichts gegessen, rasant an Gewicht verloren. Ich war stark depressiv.

Nach und nach habe ich Kontakt zu Birgitte aufgebaut, einer Psychotherapeutin. Ich habe Hilfe bekommen, es gewagt, nach vorn zu schauen, und mich entschieden zu leben. Später habe ich Psychologie studiert, mit dem Ziel, selbst Psychotherapeutin zu werden. Ich bin gut in dem, was ich mache.

Ich war es.

Jetzt nicht mehr. Im Augenblick kann ich niemandem helfen. Ich kann nicht einmal mir selbst helfen.

Ich stehe auf, wische die Anrichte trocken und greife nach der Zeitung, die Mama auf die Mikrowelle gelegt hat. Ein Umschlag fällt auf den Boden. Ich hebe ihn auf. Darauf steht per Hand geschrieben: Stella Widstrand, geb. Johansson. Unfrankiert und ohne Adresse. Jemand hat ihn direkt in den Briefkasten geworfen.

Ich öffne ihn. Im Umschlag befindet sich ein zusammengefalteter Zettel, auf dem ganz oben ein Kreis gezeichnet ist. Der Text ist mit schwarzer Tinte in einer zierlichen Schrift geschrieben.

Stella Widstrand
1975-11-12
hat uns plötzlich und unerwartet
verlassen,
ohne vermisst zu werden.
Keine Hinterbliebenen.

Isabelle

DIE KÄLTE geht direkt durch die Sachen hindurch. Obwohl ich meinen dicken Schal um das halbe Gesicht gewickelt habe, fühlt es sich an, als sei ich nackt. Um mich vor dem Regen zu schützen, ziehe ich die Schultern hoch und gehe schnellen Schrittes Richtung Valhallavägen. Das schlechte Wetter hat Stockholm bereits den dritten Tag in Folge im Griff. Wir hatten heute nur eine Vorlesung, und viele sind zu Hause geblieben. *Wie Johanna.* Wäre da nicht die Gruppentherapie, hätte ich das Gleiche getan. Zumindest darüber *nachgedacht*. Aber ich will den Termin bei Stella nicht verpassen. Viel zu viel steht auf dem Spiel.

Noch achtundvierzig Minuten bis zum Beginn der Gruppentherapie. Eine ganze Woche lang habe ich mich darauf gefreut. Wenn sie nun nicht da ist?

Ich gehe über die Straße Richtung Bushaltestelle. Der Bus kommt, und ich steige ein. Die Luft im Bus ist stickig, feucht von durchnässten Sachen und tropfenden Regenschirmen. Die Scheiben sind beschlagen, das Licht von draußen glüht wie im Nebel.

Seit ich Stella gefunden habe, denke ich an sie. Vielleicht zu viel. Letztes Mal hat sie mich sehr eingehend angesehen. So als wüsste sie, wer ich bin. So als würde sie verstehen, warum ich da bin. Aber das tut sie nicht. Sie weiß nichts über mich und mein Leben. Sie hat keine Ahnung.

Der Bus hält an der Haltestelle vor der Västermalmsgallerian. Ich quetsche mich durch die Tür und eile zur Praxis. Ich schiebe die Tür auf und gehe hinein. Fahre in den vierten Stock hinauf. Grüße die Dame am Empfang, bezahle und gehe in den Raum.

Ich setze mich auf einen der Stühle, stelle das Handy auf lautlos. Exakt um dreizehn Uhr betritt Stella den Raum und schließt hinter sich die Tür. Ich sehe sie an. Schick gekleidet in einem knielangen Kleid, die Haare elegant zu einem dicken Knoten aufgesteckt.

Heute wirken alle mies gelaunt. Clara ist nervös wegen einer Präsentation, die sie morgen vor der Firmenleitung halten soll. Pierre schnauzt sie an, dass sie ständig rumjammern und es dann doch immer gut gehen würde. Sie schnauzt zurück.

Ich schiele erneut zu Stella. *Es ist schwer, sie zu deuten.* Bisher hat sie nichts gesagt, nur dort gesessen.

Sie hört zu. Studiert uns, einen nach dem anderen. Nach einer Weile spüre ich Stellas Blick auf mir.

Ich sehe sie an und lächle.

Sie erwidert das Lächeln nicht.

Stella

ICH BEREUE es, Isabelle Karlsson eine Gruppentherapie vorgeschlagen zu haben. Hinsichtlich der sozialen Schwierigkeiten, die sie benannt hat, ist diese Therapieform angemessen. Doch das war, bevor ich Bescheid wusste.

Die anderen haben heute geredet, Isabelle hingegen nicht. Bislang hat sie nichts gesagt. Nicht ein Wort.

Jetzt ist es eine Weile still gewesen. Ich muss sie dazu bringen, etwas zu sagen. Muss sie dazu bringen zu verraten, warum sie hier ist.

Ich ergreife das Wort: Wie war deine Woche, Isabelle?

Isabelle: Ganz okay. Wir haben mit einer neuen Gruppenarbeit begonnen, und ich bin in einer guten Gruppe gelandet. Das ist schön. Und ich bin Blutspenderin geworden.

Sie lächelt erneut, das Lachgrübchen in der linken Wange tritt deutlich hervor.

Isabelle: Gestern habe ich zum ersten Mal Blut gespendet. Ich habe ein bisschen Angst vor Nadeln. Wie Mama, so was macht sie ganz verrückt. Aber es ging besser, als ich gedacht hatte.

Sie schweigt einen Moment. Die Frau, die sie »Mama« nennt, wer ist sie?

Isabelle: Sie will übrigens, dass ich am Wochenende nach Hause komme, worauf ich keine Lust habe.

Magnus: Warum nicht?

Isabelle: Wir haben momentan nicht gerade das beste Verhältnis. Sie war es, die mir erzählt hat, dass Hans nicht mein richtiger Papa ist.

Arvid: Wie hast du es erfahren?

Isabelle: Ich habe geweint. Habe zu Mama gesagt, dass ich ihn vermisse. Dass es nicht leichter wird, so wie alle behaupten. Ich habe gesagt, dass es nie aufhören wird. Damit konnte sie nicht umgehen. Sie ist sauer geworden und hat gesagt, dass sie zumindest noch da sei.

Sie atmet tief ein und schaut sich um. Ist ihr Bericht wahr? Stimmt das, was sie sagt?

Isabelle: Papa und ich standen einander nahe. Und ich weiß, dass sie will, dass wir ein ebenso gutes Verhältnis haben, ebenso natürlich wie er und ich. Aber das haben wir nicht.

Ihre Stimme zittert, sie ist kurz davor zu weinen. Das hier ist echt. Keiner kann ohne echte Gefühle so überzeugend agieren. Was hat das zu bedeuten? Dass ich falschliege? Dass ich mir alles nur eingebildet habe? Dass das hier nicht Alice ist, sondern einfach nur Isabelle?

Isabelle: Sie hat jedenfalls gesagt, dass er nicht mein richtiger Papa war.

Clara: Welch grauenhafte Art dir das mitzuteilen. Fürchterlich.

Pierre: Verdammt bösartig.

Arvid: Vollkommen krank. Was empfindest du angesichts dessen?

Isabelle: Ich weiß es nicht. Es tut ihr auch leid. Eigentlich sollte ich ihr gegenüber vielleicht nicht ungerecht sein. Das war auch für sie nicht einfach. Sie hat es im Leben nicht gerade leicht gehabt. Aber trotzdem hat sie alles getan, um eine gute Mama zu sein.

Ist es Zufall, dass Isabelle hier sitzt? Und wenn sie tatsächlich nichts weiß. So einfach kann es nicht sein. Sie verbirgt irgendwas. Aber was?

Clara: Selbstverständlich trauert sie auch, aber trotzdem.

Arvid: Es ist auf jeden Fall nicht okay. So etwas erzählt man nicht derart gefühllos.

Isabelle: Es wäre logischer gewesen, wenn Mama mich adoptiert hätte.

Ich: Was meinst du damit?

Mehrere Teilnehmer sehen mich und dann einander an. Das ist mir egal. Ich muss es wissen.

Ich: Deine Mama, wie heißt sie?

Isabelle: Kerstin.

Ich: Haben Kerstin und du ein enges Verhältnis?

Isabelle: Eng und eng, was soll ich sagen? Mit Papa konnte ich über alles reden. Mama und ich, wir könnten genauso gut von zwei verschiedenen Planeten kommen.

Arvid: Welche Mutter kommt nicht von einem anderen Planeten?

Leises Lachen in der Gruppe. Ich versuche zu lächeln.

Arvid: Meine besteht darauf, morgen vorbeizukommen. Ich lerne nie, ihr abzusagen.

Clara: Du musst Grenzen setzen.

Das Gespräch wechselt den Fokus, und die Teilnehmer diskutieren miteinander. Ich will mehr über Isabelle erfahren, kann aber nicht unterbrechen, ohne dass sich alle wundern würden. Ich glaube, dass Isabelle von Kerstin erzählen möchte, der Frau, die sich ihre Mutter nennt.

Es wäre logischer gewesen, wenn Mama mich adoptiert hätte.

Was bedeutet das?

Weiß sie, dass Kerstin nicht ihre leibliche Mutter ist? Will sie, dass *ich* weiß, dass sie es weiß? Wer ist diese Kerstin? Und was weiß sie?

Es ist unmöglich, die Konzentration aufrechtzuerhalten. Ich weiß nicht mehr, worüber die Gruppe spricht. Mir geht zu viel im Kopf herum.

Alice, all das, was passiert ist, als sie verschwunden ist und im Anschluss daran.

Der Besuch in Strandgården.

Lina Niemis Anzeige.

Meine eigene Todesanzeige.

Wer wirft so etwas in den Briefkasten?

Ist das eine Warnung?

Eine Drohung?

Henrik war aufgebracht. Vor allem, weil ich es als unnütz angesehen habe, Anzeige zu erstatten. Es ist leider nicht so ungewöhnlich, dass ein Therapeut Drohungen erhält. Allerdings ist es das erste Mal, dass ich einen Drohbrief bekommen habe. Wer auch immer dahintersteckt, war vor unserem Haus. Hat den Umschlag in unseren Briefkasten geworfen. Doch der Gedanke, dass jemand bereit ist, mir physisch Schaden zuzufügen, wirkt unrealistisch. Niemand hasst mich hinreichend, um so weit zu gehen. Soweit ich weiß.

Und was kann die Polizei tun? Der Brief ist per Hand geschrieben, selbstverständlich gibt es keine Unterschrift, keinen Absender.

Henrik hat angenommen, dass er von Lina ist oder von ihren Eltern, den Einzigen, die sich in meiner Zeit als Psychotherapeutin mir gegenüber öffentlich feindselig gezeigt haben.

Vielleicht hat er recht. Linas Eltern, einer von ihnen oder beide, können den Zettel geschrieben haben. Lina selbst kann es gewesen sein. Es kann auch jemand ganz anderer gewesen sein. Jemand von meinen Patienten. Es kann jemand aus der heute hier anwesenden Gruppe gewesen sein.

Isabelle Karlsson kann es gewesen sein.

Ich war viel zu lange in Gedanken versunken und richte mich im Stuhl auf.

Pierre redet über soziale Medien. Er kann nicht verstehen, was jemand davon hat, sich mit Facebook oder Instagram zu beschäftigen, warum achtundvierzig Likes dem Leben einen Sinn geben oder warum die Bestätigung für ein gestelltes, perfektes Foto von einer erfundenen Wirklichkeit so wichtig ist. Er fragt, ob Isabelle ein Foto ihres Vaters ins Netz gestellt hat, er macht Anführungszeichen in der Luft, fragt, ob sie geschrieben hat: *Ich werde dich nie vergessen.* Die Leute beschäftigen sich die ganze Zeit mit so einem Scheiß. *Es vergeht kein Tag, an dem ich nicht an dich denke.* Und dann sind der Alte oder die Mieze seit siebzehn Jahren tot. Bullshit. Der Mensch vergisst. Nie im Leben denkt man jeden Tag an jemanden oder *vermisst* jemanden siebzehn verdammte Jahre lang, sagt er. Man trauert und weiter geht's.

»Was ist Trauer?«, frage ich. »Was ist Vermissen? Wenn jemand stirbt und einen Teil von dir mit sich nimmt. Einen Teil, der durch nichts anderes ersetzt werden kann. Die Trauer und das Vermissen sind immer da. Und es tut weh. Es blutet und kratzt. Es bildet sich Schorf, der juckt und aufplatzt. Es blutet wieder. Eines Tages ist daraus eine Narbe geworden. Die Wunde ist verheilt, aber die Narbe ist noch da.«

Alle starren mich an. Die Stille ist erdrückend.

»Nach ein paar Jahren haben sich die Trauer und das Vermissen verändert«, fahre ich fort. »Sie haben einen Platz in deinem Innersten eingenommen. Sie bestimmen den Rest deines Lebens mit. Es vergeht kein Tag, an dem die Trauer nicht da ist. Man vergisst nie. Sie ist ein Teil von einem geworden, von dem Menschen, der man ist.«

Ohne jemanden aus der Gruppe anzusehen, stehe ich auf und verlasse den Raum.

2. SEPTEMBER 1994

Zwanzig Tage. Die längsten meines Lebens.

Ich lebe in einem Albtraum.

Gebe noch nicht auf. Du musst auf dich achtgeben. Du musst glauben, du musst hoffen. Das haben am Anfang alle gesagt. Sie haben es gut gemeint, haben versucht zu unterstützen und zu trösten. Es waren leere Worte.

Jetzt sagen sie mir, sie sei weg. Alice sei ertrunken, sie sei nicht mehr da. Sie sei tot.

Ich weigere mich, das zu glauben.

Dennoch ist meine Hoffnung verschwunden.

Es hat eine Sekunde gedauert. Einen Augenblick.

Mein Mädchen ist für immer verschwunden. Wie soll ich damit leben können?

Sie haben Angst vor meiner Trauer. Mama, Helena, Maria. Als hätte ich eine ansteckende Krankheit.

Daniel schweigt. Er weicht meinem Blick aus. Ich hasse den Abstand zwischen uns. Ich wünschte, er würde mich anschreien, mir Vorwürfe machen, wie ich mir selbst sie mache. Ich weiß, dass er das tut, obwohl er nichts sagt.

Wir haben Alice verloren. In der Trauer um sie verlieren wir einander.

Stella

DIE MENSCHEN DUCKEN SICH unter ihre Regenschirme und eilen die Sankt Eriksgatan entlang. Ich gehe in Thelins Konditorei, kaufe einen Kaffee und setze mich damit in die hinterste Ecke des Cafés. Ich habe die Praxis verlassen, ohne es Renate mitzuteilen und ohne den nächsten Termin abzusagen. Das ist bisher noch nie passiert. Und es ist das erste Mal, dass ich eine Therapiesitzung vor ihrem Ende verlassen habe.

Ich lege den Kopf in die Hände, schaue nach unten und sehe mich selbst in dem schwarzen Kaffee, reflektiert als schwarzen Schatten. Ich richte mich auf und betrachte die anderen Gäste, die entweder lesen oder in Gespräche vertieft sind. Ich befinde mich in einer vollkommen anderen Welt. Wir haben nichts gemeinsam. Meine Hand zittert, als ich die Tasse anhebe.

Die Todesanzeige hat mich mehr mitgenommen, als ich es angenommen hatte. Jemand hasst mich. Jemand wünscht meinen Tod. Wer? Und warum?

Erneut reihe ich alle Probleme, alle Fragen auf. Ich versuche zu sortieren, logisch zu denken, aber ich bin zu aufgebracht.

Vier Mütter kommen herein und lassen sich am Nachbartisch nieder. Sie parken die Kinderwagen und ziehen den heulenden und schreienden Kindern die Jacken aus. Wieder und wieder werden die Kinder ermahnt, still zu sein, nicht über Stühle und Tische zu klettern. Sie lachen, sie diskutieren Hauskäufe und planen den Winterurlaub.

Das Gefühl, in Besitz genommen zu werden, wird übermächtig. Ich stehe vom Tisch auf, ohne den Kaffee auszutrinken, und gehe nach draußen. Ich gehe nach links, nehme die Treppe hinunter zur U-Bahn und bereue, mich heute Morgen von Henrik fahren gelassen zu haben. Mit mir zusammen drängeln sich durchnässte Reisende verbissen in die U-Bahn nach Alvik. Die Luft ist stickig, es riecht nach Nässe und Schweiß. Alle wollen nach Hause, oder weg. Alle wollen irgendwo anders sein als hier.

Ich verspüre ein Brennen im Nacken, als würde jemand hinter mir mich anstarren.

Ich drehe mich um, studiere die anderen Fahrgäste. Niemand nimmt von mir Notiz.

In Alvik steige ich in den Bus um. Der Regen läuft die Fensterscheiben hinunter. Das Licht der Straßenlaternen glänzt auf den nassen Straßen. Die Welt draußen ist verschwommen und diffus. Der Himmel dunkel und gleichgültig. Ich steige aus und gehe im Regen nach Hause.

Erneut überkommt mich ein unangenehmes Gefühl, beobachtet zu werden. Ich bleibe stehen, drehe mich um, ohne jemanden zu sehen. Ich erhöhe mein Tempo.

Im Flur hänge ich den Mantel auf, lehne die Tasche gegen die Kommode. Allein zu Hause. Milo kommt bald, Henrik kommt später, wenn er keine Überstunden macht. Ich sollte das Abendessen kochen. Kann nicht. Will nicht.

Warum habe ich Mama nicht das Essen für die ganze Woche vorkochen lassen? Ich könnte Henrik anrufen, ihn bitten, unterwegs etwas zu kaufen, wenn er mit der Arbeit fertig ist. Ich weiß mittlerweile nicht mehr, wann er nach Hause kommt.

Ich gehe ins Wohnzimmer und stelle mich ans Fenster. Ich lehne die Stirn gegen die kalte Scheibe und schließe die Augen.

Ein Glas Wein. Ein warmes Bad. Schlaf. Das ist es, was ich brauche. Die Symptome sind eindeutig, und wenn ich sie nicht ernst nehme, endet es in einer Katastrophe.

Ich öffne die Augen.

Auf der Straße steht ein Mann. Er trägt einen dunklen, unförmigen Regenmantel, die Kapuze hat er ins Gesicht gezogen. Die Arme hängen steif an den Seiten herunter.

Ich hole Luft und trete einen Schritt zurück. Der Mann betrachtet mich, ohne sich zu rühren. Ich drehe mich um, nehme das Handy vom Wohnzimmertisch, um die Polizei anzurufen. Als ich wieder hinausschaue, ist dort niemand.

Der Wind peitscht durch die Bäume, der Regen schlägt gegen die Scheiben.

Ich habe noch immer das Telefon in der Hand, bereit anzurufen. Ich spähe in den Garten, über die Straße.

Der Mann im Regenmantel ist weg.

Kerstin

ICH HABE BESTIMMT eine halbe Stunde darauf verwendet, Ordnung in die Regale im Lager zu bringen. Das Durcheinander macht mich verrückt. Wenn alle versuchten mitzuhelfen, hier Ordnung zu halten, nur ein klein wenig. Dann müsste ich das nicht regelmäßig machen.

Aber Routinen geben Sicherheit. Das habe ich immer als wichtig empfunden. Zur Arbeit zu gehen, tagein, tagaus die gleichen Aufgaben zu verrichten, verschafft mir Ruhe. Verleiht mir ein Gefühl von Sinn.

Anna-Lena steckt ihren Kopf zur Tür herein. »Kerstin, hast du eine Sekunde?«

»Wenn ich hier fertig bin«, entgegne ich.

Was will sie? Ich gucke auf die Uhr und stelle fest, dass sie heute vierzig Minuten früher gekommen ist. Das macht sie oft. Und es macht wirklich nichts, wenn alle das bemerken. Tüchtige, verantwortungsvolle Anna-Lena. Sie ist erst fünfunddreißig, trotzdem ist es für sie selbstverständlich, Vorgesetzte zu sein. Allerdings habe ich noch nie gesehen, dass sie das Lager aufgeräumt hat. Das wird wohl auch nicht passieren. Sie ist viel zu wichtig, als dass sie sich mit so etwas abgeben würde.

Ich stelle die Reinigungsmittel ordentlich aufgereiht ins Regal. Ohne Eile schließe ich das Lager ab und gehe langsam den Flur entlang. Ich habe nicht vor zu hetzen.

»Du wolltest was?«, sage ich, als ich ihr Büro betrete.

»Setz dich.« Anna-Lena zeigt auf den Stuhl am Tisch ihr gegenüber. Sie beendet, womit sie gerade beschäftigt ist, bevor sie sich mir zuwendet. »Ich habe gehört, dass es in letzter Zeit anstrengend gewesen ist?«

»Ich finde, es war ungewöhnlich ruhig. Wer hat gesagt, dass es anstrengend war?«

»Wer, spielt keine Rolle.« Ein prüfender Blick, ein bedauerndes Lächeln. »Du hast ungeduldig gewirkt und warst grob zu den Bewohnern.«

»Es geht also um mich? Ich war anstrengend?« Anna-Lena weigert sich, meinen Blick zu erwidern, und fingert an irgendwelchen Unterlagen herum. »Es ist bedauerlich, das zu hören«, fahre ich fort. »Was behauptet dieser *jemand* denn, gesehen zu haben?«

»Nun, sie sagt nichts Genaues, aber … «

»Das macht es schwer darüber zu reden«, unterbreche ich sie. »Nicht wahr? Wenn *jemand* mich keinen Fehler hat machen sehen.«

»Sie ist auf jeden Fall der Meinung. Und Greta hat sich beschwert.«

»Greta?« Ich lache, um zu zeigen, was ich von ihr halte.

»Worüber beschwert die sich *nicht*? Nach Ansicht dieser Frau machen doch alle Fehler. Sie ist nie zufrieden. Das wüsstest du, wenn du mal mit ihr gearbeitet hättest.«

Anna-Lena seufzt. Als hätte ich etwas ungewöhnlich Dummes gesagt.

Ich habe Intrigen am Arbeitsplatz so dermaßen satt. Vor allem so etwas. Sie rotten sich gegen mich zusammen, sie beschweren sich, dass ich Schichten tausche, dass ich verkürzt arbeite und früher nach Hause gehe. Sie können sich sonst was ausdenken, damit ich mich schlecht fühle. Aber für nichts davon gibt es Beweise.

Ich bin nicht die Sozialste und Redseligste unter den Kollegen, das weiß ich. Selbstverständlich ist das der Grund. Dennoch bin ich von allen am längsten hier. Ich und Ritva, fast sechzehn Jahre. Ohne mich würden sie nicht klarkommen. Senkrechtstarter wie Anna-Lena bleiben selten lange. Um diesen Job hier zu bewältigen, braucht es mehr als den Willen, Chef zu spielen. Das, was auf dem Papier steht, unterscheidet sich komplett von der täglichen Arbeit. Die Theorie ist eine Sache, die Praxis eine andere. Gewissen Menschen fehlt der Kontakt zur Wirklichkeit, das zumindest ist klar.

»Ja, ich wollte das nur mit dir besprechen«, sagt Anna-Lena und setzt eine bissige Miene auf.

»Es ist nichts falsch daran, wie ich meine Arbeit verrichte.«

»Liebe Kerstin, musst du immer gleich in Verteidigungsposition gehen? Wir müssen hierüber sprechen. Es hat Beschwerden über dich gegeben. Erneut. Ich verstehe, dass du eine anstrengende Zeit hattest, nach dem Tod deines Mannes und so. Aber das darf sich nicht auf deine Arbeit auswirken.«

Sie versteht es nicht. Sie versteht nichts. Sie kapiert nicht den geringsten Scheiß.

Ohne ein Wort stehe ich auf und verlasse das Zimmer. Anna-Lena folgt mir auf den Flur hinaus und ruft mir hinterher. Ich tue so, als würde ich es nicht hören.

Zu sagen, dass es mir hier gefällt, ist milde ausgedrückt eine Übertreibung. Es gibt immer Diskussionen, unterschiedliche Ansichten über Routinen und darüber, wie die anfallenden Aufgaben ausgeführt werden sollen. Einzelne Punkte verkomplizieren das Ganze noch, und es endet in doppelt so viel Arbeit. Oft bin ich es, die sich der Widrigkeiten dann annehmen muss. Und diese Jugendlichen, denen es gelingt, eine stundenweise Anstellung zu bekommen. Sollte es nicht eine Grundbedingung sein, zumindest irgendeine Form von Arbeitsmoral an den Tag zu legen? Die pfeifen komplett auf die Alten und machen lediglich das, was unbedingt sein muss. Sie machen Schwierigkeiten, tauschen die Schichten oder melden sich in letzter Sekunde krank, immer Freitagabend oder Montagmorgen. Ich springe ein und übernehme, wann immer ich kann. Trotzdem kriege ich nur Mist zurück. Undank ist der Welt Lohn.

Irgendwo anders anzufangen, klingt verlockend. Aber ich werde bald fünfzig. Ich bin zu alt, niemand will mich mehr haben, der Arbeitsmarkt ist dicht. Ich halte mich an meine Routinen hier im Hällsjöhemmet, so öde die Arbeitskollegen auch sind und obwohl die Geschäftsleitung nicht weiß, was sie tut.

Ich gehe in den Aufenthaltsraum.

»Bald geht's nach Hause, endlich«, sagt Ritva mit kräftigem finnlandschwedischen Akzent.

»Ja«, entgegne ich. »Endlich.«

»Der Alte und ich wollen zu Ikea. Bist du schon mal dort gewesen?«

»Nein, war ich nicht. Ich brauche nicht mehr Möbel, als ich bereits habe.«

»Mein Alter ist froh, dass sie hier in Borlänge aufgemacht haben«, sagt Ritva und lacht. »Dann muss er nicht jedes Mal nach Gävle fahren.«

»Hallo«, sagt Cecilia, als sie in die Küche gestürzt kommt.

Ich drehe mich um. Ich ertrage sie nicht. Wie alt ist sie, dreiundzwanzig? Vierundzwanzig? Eine kleine Krankenschwesternschülerin, die glaubt, über ein unendliches Wissen zu verfügen. Ich bin froh, dass sie nicht täglich mit uns arbeitet. Sie will uns nur allzu gern erzählen, wie die Welt aussieht, wie alles sein muss. Altkluge Jugendliche, gibt es etwas Störenderes? Rotznasen, die das Wort ergreifen, nur weil sie es geschafft haben, eine Anstellung zu bekommen.

Direkt danach kommt Hattie, eine Frau in den Vierzigern, sie stammt aus dem Iran, glaube ich. Sie spricht selten, aber sie ist nett und rücksichtsvoll, demütig in gewisser Weise. Überhaupt nicht aufdringlich oder seltsam wie so manch anderer hier.

»Willst du Kaffee, Kerstin?« Ritva hält mir eine Tasse hin. Ich sinke auf den erstbesten Stuhl und lasse drei Stückchen Zucker in den Kaffee fallen. Das habe ich mir heute verdient.

Ritva gießt Hattie eine Tasse ein, die sie dankbar lächelnd entgegennimmt.

»Für mich nicht, danke«, sagt Cecilia, obwohl niemand gefragt hat, ob sie etwas haben will. »Ich begreife nicht, wie ihr den ganzen Tag lang so viel Kaffee trinken könnt.« Sie macht sich einen Kräutertee, demonstrativ und umständlich. »Dieser Job hier macht einen komplett irre. Wie haltet ihr das aus, euch Jahr für Jahr so abzuschuften?«

»Ein Glück, dass du das nicht brauchst«, sagt Ritva und setzt sich neben mich. »Du hast vermutlich schon immer in der Pflege gearbeitet, Kerstin?«

»Mehr oder weniger«, antworte ich. »Aber trotzdem ist man kaputt.«

»Es ist zu viel zu tun«, sagt Cecilia und legt ihre Füße auf den Stuhl neben sich. »Zu wenig Zeit.«

»Man muss es ruhig angehen«, meint Hattie. Ich lächle sie aufmunternd an. Ihr Schwedisch wird immer besser. Wenn nur alle so ehrgeizig und zielstrebig wären.

»Jemand muss die Arbeit doch machen«, sagt Ritva und blickt grimmig drein. Sie ist schroff und schmiert niemandem Honig ums Maul. Sie tut, was sie tun muss, und geht dann nach Hause. Kein Gewese. Genau wie ich.

»Wie geht's Isabelle, gefällt es ihr immer noch in Stockholm?«, fragt sie.

»Es scheint so.« Ich will nicht erzählen, wie besorgt ich um meine Tochter bin. In ein paar Minuten werde ich der Nachtschicht Bericht erstatten, mich umziehen und nach Hause fahren. Nach Hause in die Stille. Dennoch sage ich: »Aber es wäre am besten, wenn sie wieder nach Hause ziehen würde.«

»Warum?«, fragt Ritva. »Für wen sollte das am besten sein?«

Diese offenherzige Frage erschreckt mich. Aber Ritva ist allen gegenüber so, das weiß ich ja. Ich schlucke den Ärger hinunter.

»Ich glaube, es wäre das Beste für *sie*. Seit Hans gestorben ist, hat sie es schwer gehabt. Sie hat eine Therapie angefangen.«

»Das klingt, als wäre daran etwas falsch?«, sagt Cecilia.

»Das habe ich nicht gesagt.«

»Wenn es ihr schlecht geht, ist es doch nur gut, wenn sie jemanden hat, mit dem sie reden kann?«

»Vielleicht«, antworte ich. »Aber sie kann doch mit mir reden. Ich weiß nicht, ob es gut ist, private Probleme mit fremden Menschen zu erörtern.«

Der Löffel klappert in der Kaffeetasse. Meine Wangen werden heiß, als sie mich anschauen. Ich hätte nichts sagen sollen.

»Ich kenne meine Tochter«, fahre ich fort. »Gerade jetzt ist sie besonders verletzlich.«

»Du musst dir keine Sorgen machen«, sagt Ritva. »Isabelle ist ein gutes Mädchen.«

»Ich glaube, manchmal ist es sinnvoll, mit einem Außenstehenden zu reden«, sagt Cecilia. »Jeder braucht irgendwann einmal eine Therapie, da bin ich mir sicher.«

Natürlich glaubst du das. Und wenn du das glaubst, dann ist es automatisch richtig, oder wie? Du bist halb so alt wie ich, trotzdem weißt du es besser. Aber du hast keine Ahnung, wie sehr ich mein Mädchen vermisse oder wie besorgt ich bin.

»Selbstverständlich unterstütze ich sie«, sage ich nach einer Weile. »Wenn es das ist, was sie will, dann werde ich alles in meiner Macht Stehende tun, um ihr dabei zu helfen.«

Ich bin vollkommen entmutigt. Was wissen die überhaupt? Liegen sie nachts wach und machen sich Sorgen um ihr eigen Fleisch und Blut? Wissen sie, wie es sich anfühlt zuzusehen, wie das einzige Kind zu einer Fremden wird? Isabelle entfernt sich jeden Tag ein Stück mehr von mir. Sie verstehen es nicht, sie haben keine Vorstellung davon, wie das ist. Es ist sinnlos überhaupt zu versuchen, es zu erklären. Ich trinke den Kaffee aus und mache mich auf den Weg, die Nachtschicht zu informieren.

Mein alter Nissan springt beim ersten Versuch an, welch Überraschung. Bevor ich vom Parkplatz fahre, wische ich das beschlagene Fenster mit dem Ärmel trocken. Ich folge der Hemgatan und fahre auf den Faluvägen. Hinter mir hupt ein Autofahrer und gibt Lichthupe. Ein junger Kerl überholt mich und zeigt mir den Finger. Ja, ja, ich hätte an der Kreuzung anhalten sollen. Es ist einfach zu viel im Moment. All die Gedanken und Überlegungen, die mir im Kopf herumgehen. Ich bin nicht ganz ich selbst.

Ich biege vor dem Haus in die Einfahrt ein. Bleibe im Auto sitzen und denke nach. Es ist schön, mit der Arbeit fertig zu sein, allerdings sehne ich mich nicht nach der Stille im Haus. Wenn Isabelle doch wieder nach Hause ziehen würde. Dann hätten wir einander. Wie früher. Alles würde wie früher sein.

Zu meiner großen Verwunderung hat sie gestern angerufen und von der Therapie erzählt. Bisher ist das Thema komplett tabu gewesen. Bisher hat sie sich geweigert, etwas zu erzählen. Sie ist sogar richtig unverschämt geworden und hat gesagt, dass mich das nichts angeht. Doch jetzt war sie Feuer und Flamme. Es brächte ihr viel, sie würde so viel daraus mitnehmen. Als ich jedoch nachgefragt habe *was*, wollte sie mir darauf keine Antwort geben. Aber alle in der Gruppe seien auf ihrer Seite, verstehst du, Mama?

Nein, das tue ich nicht. Ich verstehe tatsächlich gar nichts.

In meiner Welt löst man die Dinge selbst, so ist das einfach. Ich will, dass Isabelle mit *mir* spricht, nicht mit vollkommen Fremden in einer Gruppentherapie. Wer weiß, wer sie sind, was sie mit sich herumschleppen, welche Ratschläge sie ihr geben? Ich will, dass wir alles klären, dass wir zwei eine Chance bekommen, vernünftig miteinander zu reden. Aber zuerst muss ich sie das hier wohl ausprobieren lassen. Ich werde abwarten und sehen. Früher oder später wird sich für uns alles klären, dafür werde ich sorgen.

Meine Handtasche liegt auf dem Rücksitz, und ich verrenke mich beinahe, um sie zu fassen zu kriegen. Ich bin steif geworden. Auf dem Weg zum Haus bleibe ich stehen und strecke den Rücken durch. Ich habe die Post vergessen. Ich drehe mich um und gehe zurück.

Den Briefkasten neben der Gartentür habe ich bei einer Versteigerung gekauft, gleich nachdem wir hier eingezogen sind. Er ist wie ein Haus gezimmert und gelb gestrichen, mit Holzverzierungen und einem Lattenzaun und kleinen, feinen Details. Ich musste ihn einfach haben.

Aber Isabelle ist mit dem Fahrrad dagegen gefahren, sodass er auf den Boden gefallen und der Lattenzaun zu Bruch gegangen ist. Wie alt war sie damals? Sieben? Ich war traurig und vielleicht ein bisschen wütend. Isabelle war auch traurig. Hans hat ihn, so gut es ging, repariert und wieder angebracht. Er ist noch immer schön, wenn auch nicht so wie früher.

Ich habe mit Isabelle darüber geredet, erklärt, dass man traurig und enttäuscht sein kann, dass das nicht gefährlich ist. Dass man sich wieder verträgt. Ich habe ihre aufgeschürften Knie mit Pflaster versorgt und ihr beigebracht, dass das Leben weitergeht. Ich habe ihr beigebracht, dass wir zusammenhalten, egal was passiert.

Die Tür des Nachbarhauses geht auf. Gunilla kommt heraus und stellt sich auf die Treppe. Ich habe absolut keine Lust, mich ihrem gut gemeinten Geschwätz auszusetzen. Ohne in ihre Richtung zu schauen, gehe ich zum Haus. Sie ruft nach mir, aber das kümmert mich nicht. Ich hantiere mit dem Schlüssel herum, schließe die Tür auf, mache auf und gehe hinein. Ich mache die Tür hinter mir zu und schließe ab. Dann sinke ich auf den Flurboden.

Schweiß läuft mir den Rücken hinunter, mein Herz pocht, und

mir ist schwindelig. Ich weiß nicht, was los ist. Aber es ist wohl der Stress. All die Enttäuschungen. All die Aufregung, all die Sorgen. Die Trauer um Hans.

Ich trauere um ihn. Ich trauere und fühle mich zugleich erleichtert. Frei.

Darf man so empfinden?

Das Leben ist seltsam. Kann man jemals schlau daraus werden?

Ich bleibe noch eine Weile sitzen. Dann ziehe ich das Handy aus der Tasche und rufe Isabelle an. Sie vermisst mich auch, glaube ich.

Stella

MILO UND HAMPUS, Pernillas Sohn, sitzen auf der Rückbank, die Köpfe über ihren Handys dicht zusammengesteckt.

»Jungs, stellt euch vor, ihr kennt euch schon euer ganzes Leben lang.« Im Rückspiegel sehe ich, wie sie einander anstarren. »Ihr seid so süß.«

»Mama«, bricht es aus Milo heraus.

Hampus lacht. »Mama und du, ihr seid so peinlich«, sagt er.

»Peinlich, wie ist das möglich?«, frage ich und parke vor der Konradsbergshalle schräg gegenüber vom DN-Hochhaus. »Ich gebe deine Tasche Pernilla, Milo.«

»Danke Mama.«

Sie sind bereits ausgestiegen, als ich Milo Tschüss hinterherrufe. Im Weggehen hebt er als Antwort lediglich die Hand. Wieder einmal erstaunt es mich, wie ähnlich er Henrik ist. Groß und schlaksig und mit der gleichen charmanten Jungenhaftigkeit.

Ich sehe ihnen nach, wie sie mit ihren Sporttaschen und Basketbällen ihres Weges ziehen. Als sie die Eingangshalle erreichen, starte ich den Wagen und fahre zurück zu Pernillas Wohnung in der Kungsholms Strand.

Pernilla und ich sind im gleichen Viertel aufgewachsen, sind von der ersten bis zur neunten Klasse in dieselbe Schule gegangen. Sie ist für mich wie eine Schwester und steht mir näher als Helena. Sie hat Hampus im selben Jahr bekommen wie ich Milo, und die Jungs treffen sich häufig auch außerhalb des Basketballtrainings.

Sie war eine der wenigen, die noch von sich hören ließen, nachdem ich Alice bekommen hatte. Andere Freunde habe ich verloren, sie sind aufs Gymnasium gegangen, haben gefeiert und ihr Leben gelebt. Als Alice verschwunden ist, war Pernilla die Einzige, zu der ich Kontakt gehalten habe. Oder vielmehr war sie es, die den Kontakt zu mir gehalten hat.

Niemand hat gesehen, wie schlecht es um mich bestellt war. Mama nicht und Helena erst recht nicht. Nur Pernilla.

Ich war manisch. Habe alles getan, um die Schuldgefühle zu verdrängen, den Kummer zu vergessen. War ständig in Bewegung. Ich habe getrunken. Bin in einen Rausch aus Partys, Alkohol und Drogen geflohen. Habe mit unbekannten Jungs und fremden Männern geschlafen. Im Nachhinein erinnere ich mich an keinen von ihnen, nicht an ihre Namen und nicht an ihr Aussehen. Von außen betrachtet hatte es den Anschein, als würde ich meine verlorenen Teenagerjahre nachholen. Die Wirklichkeit aber war eine andere. Ich war auf dem besten Weg zu einem kompletten Zusammenbruch.

Ich freue mich auf einen Abend mit Pernilla. Mit ihr zu reden, all das Geschehene zu erzählen. Ich finde einen Parkplatz in der Igeldammsgatan und gehe von dort aus zur Kungsholms Strand hinunter, wo sie wohnt.

»Möchtest du ein Glas Wein, oder willst du noch fahren?«, fragt Pernilla, als ich auf dem Sofa Platz genommen habe.

»Mach die Flasche auf. Ich hole das Auto morgen ab«, entgegne ich. »Super, dass Milo hier übernachten kann.«

»Klar doch.«

Ich schaue aus dem großen Fenster, schaue auf den Kanal und Schloss Karlsberg. Pernilla schaltet Musik an, gießt mir einen Wein ein. Ich blättere in den Zeitschriften auf dem Wohnzimmertisch. »Hälsa & Fitness, iForm, Må Bra, Fitness magazine«, lese ich laut. »Du nimmst dein neues Hobby ernst.«

»Versuch nicht, dich darüber lustig zu machen«, sagt Pernilla. Sie lässt sich neben mir aufs Sofa fallen. »Das ist kein Hobby. Das ist ein Lebensstil.«

»Beinhaltet dieser Lebensstil auch Wein an einem gewöhnlichen Donnerstagabend?«

»Ich glaube an die Balance.« Pernilla hebt das Glas wie zu einem Toast. »Es ist nie zu spät, Stella. Jetzt bist du schlank, aber selbst du kannst schlaff werden. Fit über vierzig, check den Hashtag auf Insta.«

»Ich habe kein Instagram«, entgegne ich.

»Du bist so ein Dinosaurier«, sagt sie. »Der runzlig und schlaff wird, wenn du dich nicht bewegst. Komm mit und schwitze dir den ganzen Mist im Fitnessstudio aus dem Körper, das ist wunderbar.«

»Ich bewege mich doch. Ich spiele ab und an Tennis.«

Sie schnaubt. »Ich kann dir eine Horde durchtrainierter, männlicher PTs zum Anschauen bieten. Die findest du auf dem Tennisplatz nicht.«

Ich lache. Typisch Pernilla. Ich bin froh, zu ihr gefahren zu sein.

»Es ist viel zu lange her, dass wir so etwas gemacht haben«, sage ich und ziehe meine Füße unter mich.

»Uns an einem Wochentag sinnlos zu betrinken?«

»Ist das der Plan?«

»Ich bin flexibel«, sagt Pernilla und reicht mir einen Teller mit Käse und Keksen.

»Ich habe am Wochenende Mama getroffen.«

»Wie war's?«

»Es war gut.«

Ich nehme einen Keks und probiere ihn. Pernillas Handy gibt einen Ton von sich, sie greift danach, liest und ist kurz abwesend.

Ich fasse mir ein Herz und frage: »Hast du noch Kontakt zu Maria?«

»Maria Sundkvist?«

»Oder zu Daniel? Hast du irgendwas von ihm gehört?« Ich versuche, es wie eine vollkommen unschuldige Frage klingen zu lassen.

»Nicht viel in den letzten Jahren. Wir sind auf Facebook miteinander befreundet. Maria wohnt in Arvidsjaur, Daniel in Bro.« Sie schielt mich an. »Wieso? Warum fragst du?«

Ich zucke mit den Schultern. »Ich hab jemanden gesehen, der Maria geähnelt hat.«

Pernilla scheint sich damit zu begnügen. Sie starrt erneut auf ihr Handy, lacht über das, was sie sieht.

»Ich habe in letzter Zeit sehr oft an Alice gedacht«, sage ich.

Pernilla runzelt die Stirn und schaut endlich auf. »Deshalb fragst du. Warum hast du an sie gedacht?«

»Warum?«, sage ich. »Was ist das für eine Frage?«

»Verzeih, Stella, so habe ich das nicht gemeint.« Sie rutscht auf dem Sofa näher an mich heran und legt einen Arm um mich.

»Als ich Milo und Hampus heute gesehen habe, habe ich mich gefragt, wie sie wohl wäre. Wie sie aussehen würde.«

»Das solltest du nicht tun. Es führt zu nichts, alles noch mal durchzugehen.«

»Stell dir vor, sie wäre am Leben?«

Pernilla greift nach meiner Hand und sieht mir in die Augen. »Tu das nicht. Erinnerst du dich an das letzte Mal, wie schlecht es dir da ging? Lass los, Stella. Du hast Henrik und Milo. Alice ist weg.«

»Wie kannst du das wissen? Stell dir vor, ich wüsste, dass sie lebt und dass … «

»Stella. Hör auf. Ich war auf ihrer Beerdigung.« Pernilla schüttelt ungeduldig den Kopf. Das Handy gibt erneut einen Ton von sich, und sie kann es nicht lassen, einen Blick darauf zu werfen.

»Vielleicht macht sich der Stress langsam bemerkbar? Auf der Arbeit war es heftig in der letzten Zeit, oder nicht?«

Ich denke an die Todesanzeige. An den bedrohlich wirkenden Mann im Regenmantel, der auf der Straße gestanden und mich durch das Fenster hindurch beobachtet hat. Ich will mit ihr darüber sprechen. Aber Pernilla hört nicht zu.

»Okay, wir vergessen das«, sage ich und trinke einen großen Schluck von dem Wein.

»Ist bei dir und Henrik alles in Ordnung?«

»Das ist es nicht.«

»Ihr braucht vermutlich ein richtig heißes Wochenende nur für euch zwei«, sagt Pernilla mit einem Zwinkern. »Schick Milo zu uns. Fahrt weg, und macht es euch zusammen gemütlich.«

Es hat keinen Zweck. Ich dachte, ich könnte mit ihr reden, dass sie es verstehen würde.

»Wer kommuniziert da so eifrig mit dir?« Ich nicke Richtung Handy.

Pernilla lacht. »Mein PT. Ich bin froh, dass ihr so nett zu ihm wart, als ihr ihn getroffen habt.«

So leicht ist es, das Gesprächsthema zu wechseln. Offenbar werden wir den Rest des Abends nur Nonsens reden. Plötzlich bereue ich es, hergekommen zu sein.

»Ja, er war nett«, sage ich. »Henrik fand ihn auch nett.«

»Fand er das?« Pernilla wirkt erleichtert. »Hampus mag ihn auch. Ich weiß, dass er ein bisschen jünger ist, aber er ist lieb. Er ist lustig. Er gibt mir das Gefühl, etwas Besonderes zu sein.«

Pernilla hält einen langen Monolog. *Sebastian ist megatoll, ganz wunderbar, viel reifer als die anderen, mit denen sie sich getroffen hat, er ist charmant und aufmerksam und lieb, und er ist gut im Bett, er ist ausdauernd, durchtrainiert, jung und stark und superheiß, und so hat sie noch nie empfunden.*

Ich lasse sie plappern. Trinke Wein und fühle mich elend.

Ich habe versucht, mit Mama zu reden, ich habe es mit Pernilla versucht. Keine von ihnen zeigt auch nur das geringste Verständnis. Beide meinen, ich sollte das Vergangene vergessen und nach vorn schauen.

Ich denke an Daniel. Vermisse ihn, spüre, dass ich mich nach ihm sehne. Ich will ihn treffen, ich will hören, was er zu sagen hat. Aber ich bin nicht sicher, ob er mir überhaupt zuhören würde. Nicht, wenn ich daran denke, wie es beim letzten Mal gelaufen ist.

Als ich gehen will, umarmt mich Pernilla lange und sagt, dass sie mich gern bald wiedersehen würde. Wenn ich reden möchte. Ich sage nicht, dass ich aus diesem Grund heute Abend hergekommen bin. Sie ist voll und ganz auf ihren neuen Typen geeicht.

Sie will mir ein Taxi rufen, aber ich erkläre ihr, dass ich einen Spaziergang zur U-Bahn-Station machen und unterwegs ein bisschen Luft schnappen will. Wir umarmen uns erneut, und ich gehe.

Draußen ist es kalt, ich ziehe den Mantel fester um mich, als ich die Igeldammsgatan hinaufgehe. Es ist kurz vor halb neun, trotzdem wirkt alles verlassen. Auch auf der Fleminggatan ist nicht viel los. Ich habe definitiv keine Angst, trotzdem gehe ich schneller. Wünschte, ich hätte nichts getrunken, sodass ich das Auto nehmen könnte.

Ich biege rechts auf die Sankt Eriksgatan, gehe die Treppe zur U-Bahn hinunter. Ich halte die Prepaid-Karte gegen die Sperre, laufe weiter Richtung Rolltreppe. In der einsamen Halle erzeugen meine Schritte einen lauten Widerhall. Folgt mir jemand? Oder ist das Einbildung? Den ganzen Weg von Pernilla hierher hatte ich so ein seltsames Gefühl. Als würde mich jemand observieren. Mich unter Beobachtung halten. Mir folgen.

Ich gehe noch schneller.

Der Mann vor unserem Fenster. Der im Regen stand und mich anstarrte. Ich sehe den unförmigen Regenmantel vor mir. Die ins Gesicht gezogene Kapuze.

Ich halte inne und drehe mich um.

Da ist niemand.

Die Rolltreppe ist zu langsam. Den Blick auf die Treppenstufen gerichtet, laufe ich sie hinunter. Unten angekommen, bleibe ich erneut stehen und schaue mich um. Dann gehe ich weiter und pralle mit jemandem zusammen, der mich an den Armen packt. Ich schreie und mache einen Schritt nach hinten. Ein kurzhaariger, kräftiger Wachmann. Er lächelt mich freundlich an.

»Entschuldigung«, sage ich. »Ich habe nicht aufgepasst.«

Er wünscht mir einen schönen Abend und geht die Treppe hinauf seiner Wege.

Die komplette U-Bahn-Fahrt über bin ich angespannt. In Alvik dauert es eine Ewigkeit, bis der Bus kommt. Ich überlege, ein Taxi zu rufen oder Henrik anzurufen und ihn zu bitten mich abzuholen, aber das fühlt sich albern an. Ich will der Angst nicht klein beigeben. Schließlich kommt der Bus, und ich steige ein.

Als ich an meiner Haltestelle aussteige, ist es dunkel. Die Straßenlaternen sind kaputt, und ich beginne zu laufen. Ich schaue mich um, sehe aber niemanden. Ich renne die Auffahrt vor unserem Haus hinauf. Außer Atem und zitternd zerre ich den Schlüssel aus der Tasche, und nach einigen Versuchen gelingt es mir, ihn ins Schloss zu stecken. Ich schließe auf, höre ein Geräusch hinter mir und fahre herum. Der Wind hat einen Ast von dem Baum neben der Gartentür abgebrochen. Er ist heruntergefallen und liegt zwischen den Zaunpfosten. Ich reiße die Tür auf und stürze hinein. Mache sie zu und schließe ab.

Im Haus ist es dunkel. Henrik ist noch immer nicht zu Hause. Ich schicke ihm eine SMS, frage, wie lange er arbeitet. Bekomme keine Antwort. Ich will mit ihm über Alice sprechen. Ich will über den Mann im Regenmantel sprechen.

Ich sinke auf den Boden im Flur. Das Herzklopfen ist im ganzen Körper zu spüren, mir fällt es schwer zu atmen, und mein Gesichtsfeld ist auf einen diffusen Lichtkreis reduziert.

Ich lege mich auf die Seite und ziehe die Beine an. Schlinge die Arme um die Knie.

Atme ein. Atme aus.

Die Attacke ist abgeebbt.

Ich stehe vom Fußboden auf und gehe ins Wohnzimmer. Ich ziehe die Gardinen vor. Gehe in Milos Zimmer und hole einen Golfschläger. Ich schalte den Fernseher ein, zappe mich zu einer lustigen Sitcom durch und stelle die Lautstärke höher. Mit dem Handy in der einen und dem Golfschläger in der anderen Hand lege ich mich aufs Sofa.

Isabelle

ES IST FREITAG und wir sitzen im Café vor der Bibliothek der KTH. Johanna, Susie, Maryam und ich arbeiten an einer Mechanikaufgabe. Ich habe wieder angefangen, nach den Vorlesungen dazubleiben, um zusammen mit ihnen zu pauken. Mitunter trinken wir Kaffee, fahren, wenn wir fertig sind, vielleicht in die Stadt. Es fühlt sich leichter an, je öfter ich dabei bin. Es ist schön, Teil einer Gruppe zu sein, nicht mehr außen vor zu sein.

Grundschule und Gymnasium habe ich hinter mich gebracht, indem ich mich auf den Unterricht konzentriert habe. Ich hatte nie irgendwelche engen Freunde. Die ganze Zeit über habe ich mich von Borlänge weggesehnt. Habe mich danach gesehnt, von vorn anzufangen, die sein zu dürfen, die ich sein wollte.

Ein Studienberater hat mich zum Studium an der Hochschule motiviert, weil meine Noten gut waren. Papa hat gemeint, ich sollte die Chance ergreifen, er hat mich und dass ich auf eigenen Beinen stehen musste verstanden. Mama hatte dafür überhaupt kein Verständnis. Das hat sie noch immer nicht. Ich frage mich warum, als junge Frau ist sie doch selbst umhergezogen. Aber was mich betrifft, beunruhigt sie alles. Sie will alles wissen, will mich vor allem beschützen. Sie hält lange Moralpredigten darüber, wie grausam diese Welt ist, wie gefährlich die Menschen sein können. Dass man niemandem trauen kann. Das ist verdammt anstrengend. Das hat mich vergiftet.

Wäre Papa vor meinem Auszug gestorben, wäre ich nie von

zu Hause weggekommen. Das weiß ich. Ich wäre in einem Hamsterrad gelandet, hätte bei ICA Maxi oder wie Mama in der Pflege gearbeitet. Hätte nicht viele Freunde gehabt, hätte kein Leben gehabt. Wie Mama.

Meine Lebenserfahrung unterscheidet sich komplett von der Gleichaltriger. Ich komme von einem anderen Planeten. Einem ganz eigenen, öden Planeten.

Wenn sie über Musik sprechen, komme ich überhaupt nicht mit. Mama hält nichts von »dieser Popmusik«. Sie kriegt Kopfschmerzen davon. Urlaub in Frankreich, Thailand, Griechenland, den USA. Wir sind zu Papas Verwandten in Norrland gefahren. Mode? Was für ein Unsinn. Der Großteil meiner Klamotten stammte aus Secondhandläden in Borlänge. *Gebraucht, langweilig, unförmig.* Ich habe immer zu hören gekriegt, dass es unnötig sei, Neues zu kaufen, dass es zu teuer sei. Und das Schlimmste ist, dass ich mich mitunter wie meine Mutter fühle. Genauso vorurteilsvoll, genauso kleinkariert, unerfahren und neidisch. Ich will nie so werden wie sie. Nie.

Ich bin froh, dass ich weggekommen bin. Dennoch gibt es Zeiten, da sehne ich mich nach Dalarna zurück. Und am allermeisten vermisse ich die Stunden mit Großmutter.

Meine Großmutter Aina ist genau so, wie eine Großmutter sein sollte. Weißhaarig und rundlich und der liebste Mensch auf der Welt. Sie wohnt noch immer in dem Haus neben der Eisenbahn in Kyna. Es ist falunrot mit weißen Ecken, und die Haustür ist leuchtend blau gestrichen.

Der Garten ist größer als unserer, offener und einladender. Die Beete sind gepflegt und voll mit rosa und weißen Pfingstrosen, verschiedenen Rosensorten sowie der einen oder anderen Lilie. Obwohl die meisten verständlicherweise inzwischen verblüht sind. In der Mitte des Grundstücks steht ein knorriger Apfelbaum, dessen Äste sich zu dieser Zeit des Jahres unter der Last der Äpfel krümmen. Ganz hinten im Garten gibt es ein Spielhäuschen, daneben stand für gewöhnlich ein Trampolin. Darauf bin ich stundenlang herumgehüpft und habe den Zügen gewinkt, die direkt daran vorbeigefahren sind.

Als ich klein war, war ich oft bei Großmutter. Sie hat mich ab und an nach der Schule abgeholt, und im Sommer habe ich immer für mehrere Wochen bei ihr gewohnt. Wir haben gebacken und Spiele gespielt, wir haben gepuzzelt und waren draußen im Garten, wir haben Äpfel und Himbeeren gepflückt und Marmelade gekocht und aus dem Wald Unmengen an Blaubeeren geholt. Ich bin zu dem Gehöft nebenan gegangen und habe mit den Kindern dort gespielt. Sie hatten Katzen, Hühner und ein Pferd. Ich war gern im Stall und habe es geliebt, den weichen Hals des Pferdes zu streicheln, den warmen Hauch seines Atems zu spüren. Und jeden Tag sind wir runter zum See baden gegangen.

Es tut weh, wenn ich an Großmutter denke. Ohne sie wüsste ich nicht, wie ich klargekommen wäre. Ich will den Kontakt zu ihr nicht verlieren. Allerdings haben wir eine Zeit lang nichts voneinander gehört, und deswegen habe ich ein schlechtes Gewissen.

»Du hast ein äußerst faszinierendes Mienenspiel, Isabelle«, sagt Susie und unterbricht meine Gedanken. »Amüsiert, nachdenklich, vor Schreck wie gelähmt, traurig. Woran denkst du?«

»An alles Mögliche.«

»Bist du wirklich noch nie in Stockholm gewesen, bevor du hierher gezogen bist?«

»Nie. Wir sind meistens nach Norrland gefahren. Waren ein paar Mal in Göteborg und Malmö. Mama stresst das hier so.«

»Du bist mit der Schule doch sicher in Gröna Lund gewesen? Dorthin fahren doch alle irgendwann.«

»Ich hatte mir den Arm gebrochen und hab an dem Tag im Krankenhaus gelegen.«

Ich erinnere mich, wie ich gebettelt und gefleht habe, mitfahren zu dürfen, und wie Mama sich geweigert hat. Es sei zu gefährlich, es sei zu unsicher. Wie sollten einige wenige Erwachsene die Verantwortung für eine so große Gruppe Kinder übernehmen. Würde mir etwas passieren, würde sie ihnen das nie verzeihen. Aber meine Lehrer haben mit ihr geredet, und sie hat nachgegeben. Leider habe ich mich am Tag vor der geplanten Fahrt verletzt.

»Wie ist es eigentlich, zur Therapie zu gehen?«, will Maryam wissen.

»*In* Therapie«, berichtigt Johanna.

»Sind ein paar Bekloppte dabei, die sabbern und zucken?«, fragt Susie.

Das ärgert mich. Ich bereue es, ihnen gesagt zu haben, dass ich jeden Mittwoch nach dem Mittagessen dorthin gehe.

»Das sind ganz normale Menschen«, sagt Johanna, die mich immer verteidigt. »Vielleicht solltest du es mal ausprobieren, Susie. Du scheinst es nötig zu haben.«

»Ja, nach diesem widerwärtigen Kurs hier brauche *ich* eine Therapie.« Maryam lässt ihren Kopf auf den Tisch fallen. »Mechanik. Wer hat das erfunden und ist der Meinung, dass das nötig ist?«

Alle lachen über sie, und ich fühle mich wieder leichter ums Herz. Im nächsten Sommer werde ich mich zwingen, nach Gröna Lund zu fahren. Ich werde alles tun, was ich bisher nicht getan habe. Ich werde mein eigenes Leben leben.

Das hätte Papa gewollt.

Und ich werde mit Stella sprechen. Ich werde alles sagen, was ich mich beim letzten Mal nicht zu sagen getraut habe. Ich will den Hass in mir loswerden.

Stella

DER KOPF SCHMERZT, ein Anflug von Kater. Es ist gerade mal halb elf, aber es fühlt sich an, als wäre ich schon länger auf der Arbeit. Ich sitze mit aufgeklapptem Laptop am Schreibtisch und sollte mich den Krankenakten widmen. Kann jedoch nicht einen vernünftigen Satz formulieren. Mein einziger Gedanke ist, dass ich mehr über Isabelle herausfinden muss.

Ich öffne ihre Krankenakte, lese die Notizen, die ich mir bisher gemacht habe. Lese den Überweisungsschein.

Der Überweisungsschein.

Ich nehme das Handy und rufe die Hausarztpraxis in Vällingby an. Ich hinterlasse eine Nachricht für Doktor Siv Rosén, dass es dringend sei, dass sie zurückrufen soll. Ich stehe am Fenster und schaue auf die Straße hinunter. Schiebe Sachen auf dem Schreibtisch herum. Als das Telefon klingelt, gehe ich ran, bevor das erste Klingen verstummt ist.

»Hallo Stella, was hast du auf dem Herzen?«, fragt Siv Rosén.

»Du hast kürzlich eine Patientin an mich überwiesen«, sage ich. »Isabelle Karlsson.«

»Ja, stimmt.«

»Wie kommt es, dass du sie gerade zu mir geschickt hast?«

Siv Rosén schweigt einen Augenblick, bevor sie fragt: »Gibt es irgendein Problem?«

»Überhaupt nicht, ich frage mich nur, ob du ein bisschen mehr über sie weißt.«

»Ein bisschen mehr? Was ich weiß, steht auf dem Überweisungsschein, den hast du doch sicher bekommen?«

»War sie lange deine Patientin?«

»Ich bin ihr nur einmal begegnet.«

»Kennst du ihre Familienverhältnisse?«

»Was ich weiß, habe ich notiert.« Siv Rosén wirkt genervt. »Ihr Vater ist im Mai gestorben, sie ist niedergeschlagen, hat gewisse soziale Schwierigkeiten. Du bist eine gute und beliebte Therapeutin. Deshalb habe ich sie zu dir geschickt.«

»Sie hat meinen Namen also nicht erwähnt? Oder speziell um mich gebeten?«

»Wirklich nicht. Du klingst aufgebracht, was stimmt denn nicht?«

»Nichts.«

»Bist du sicher?«

»Ja«, sage ich. »Ich wollte es nur nachprüfen. Danke, dass du dir die Zeit genommen hast.«

Ich lege auf. Stütze den Kopf in die Hände.

Isabelle hat mich nicht ausgesucht. Sie weiß nicht, wer ich bin.

22. Juli 1996

Ich muss nach ihr suchen. Sie ist noch immer bei der Hütte. Ich höre sie weinen. Höre ihre Stimme, wenn sie ruft.

Ich tauche ins Wasser ein. Tauche hinunter, noch weiter runter. Ich suche überall, aber sie ist nicht da. Nur Dunkelheit.

Wenn ich aufgebe und in der Tiefe bleibe, finde ich dich dann?

Heute wirst du drei Jahre alt.

Es sind zwei Jahre vergangen, seit du verschwunden bist. Gestern haben wir dich auf dem Waldfriedhof beerdigt. Ein »Abschiedsgottesdienst«. Dein Name auf einem Stein, mit einer weißen Taube darauf. Aber du bist nicht da.

Alle wollen die Sache abschließen. Alle wollen weiterkommen.

Alle außer mir.

Stella

DIE SONNE SCHEINT, ALS ich auf die Sankt Eriksgatan rauskomme. Bei Mae Thai an der Ecke Fridhemsplan kaufe ich frisch zubereitete Frühlingsrollen. Lasse sie in eine Tüte packen und folge dem Drottningholmsvägen hinauf zum Kronobergspark. Vom Spielplatz her ertönt fröhliches Geschrei von Kindergartenkindern in gelben und rosafarbenen Reflexwesten. Eine junge Hundesitterin ist mit neun Vierbeinern unterwegs. Der kleinste ist ein Chihuahua, der größte eine Deutsche Dogge. Das sieht ziemlich seltsam aus. Und anstrengend.

Ich gerate außer Atem, als ich die steile Anhöhe bis zur höchsten Stelle des Parks hinaufgehe, und mir kommt in den Sinn, was Pernilla über den körperlichen Verfall ab vierzig gesagt hat.

Ich bin immer noch verärgert, was sie betrifft. Von all den Personen in meinem Umfeld müsste sie es verstehen. Aber sie war voll und ganz auf ihren Kram fixiert, auf ihren jungen, sexy Toyboy.

Die Bänke ganz oben sind frei, ich lasse mich auf einer von ihnen nieder. Eigentlich ist es zu kalt, um draußen zu sitzen, aber es ist schön, die frische Herbstluft zu spüren und den klaren Himmel zu betrachten.

Um ein Kind zu trauern macht einsam. Dieses Gefühl von Vermissen und Verlust komplett mit jemand anderem zu teilen, ist unmöglich. Und jetzt? Was geschieht mit dieser Trauer, wo ich weiß, dass Alice lebt? Ich begreife nicht warum, aber es liegt auch eine Trauer darin, dass sie zurück ist. Ich sollte vor Freude jubeln, ich sollte vor Glück schreien. Aber das Einzige, was ich fühle, ist die Schwere von all dem, was wir verloren haben. All die vergangenen Jahre. Gestohlene Jahre.

Mein eigenes Kind; sie weiß nichts über uns und unsere Geschichte. Sie ist sich all dessen nicht bewusst.

Ich frage mich, wie Alice in Dalarna gelandet ist. Sie ist in Strandgården aus ihrem Wagen verschwunden, und was dann? Wie ist sie nach Borlänge gekommen? Und wann? Spürt sie ebenso wie ich, dass es zwischen uns eine Verbindung gibt? Was weiß Kerstin, und wie ist es abgelaufen, als sie das Sorgerecht für meine Tochter bekommen hat? Ist auch sie ein Opfer in dem Ganzen hier, genau wie ich?

Wer hat mein Kind gestohlen? *Ist* Isabelle wirklich mein Kind? Es besteht die Möglichkeit, dass ich falschliege. All diese Fragen machen mich verrückt, das ist mir bewusst. Diese Besessenheit ist ein Zeichen dafür, dass irgendetwas nicht so ist, wie es sein sollte. Die Panikattacke kann der Beginn eines ernsthaften Zusammenbruchs sein. So wie damals, als Milo klein war. Vielleicht fehlt mir vollkommen die Fähigkeit zur Selbsteinsicht.

Eine Frau nähert sich und setzt sich auf die Bank neben mir.

»Verzeihung«, sagt sie, »ich hoffe, ich störe nicht.«

»Nein, nein«, antworte ich, bin jedoch genervt. Ich hole meine Frühlingsrollen hervor und probiere eine. Ich habe den Appetit verloren und packe alles wieder ein. Als ich zum Aufstehen und Gehen ansetze, bittet die Frau nochmals um Entschuldigung.

»Ich will mich nicht aufdrängen«, sagt sie. »Aber geht es Ihnen gut?«

Ich drehe mich zu ihr um und habe Lust, ihr eine mürrische Antwort zu geben. Sie lächelt mich an, und ich sehe ein, dass ich überreagiert habe. Die Frau ist offensichtlich einsam und will nur ein wenig plaudern. Es gibt keinen Grund für mich, abweisend zu sein.

»Mir ist elend zumute«, antworte ich und versuche darüber zu lachen. »Ich hoffe, das geht vorüber.«

Ich hatte erwartet, dass sie etwas Aufmunterndes sagen würde wie »das klärt sich schon«. Oder befangen sein würde, sich entschuldigen und gehen. Stattdessen sitzt sie still da und sieht mich an. Sie bittet mich nicht, dass ich mich zusammennehme, versucht nicht, lebhaft und fröhlich zu sein. Eine alltägliche Begegnung zwischen zwei Menschen. Es ist überraschend befreiend.

»Mein Leben ist momentan ein bisschen chaotisch«, sage ich, und die Stimme bricht mir weg. »Alle kriegen Angst und wünschen sich, ich würde so tun, als sei nichts geschehen. Aber wie soll ich das machen?« Die Tränen kullern. Ich komme mir wie eine Idiotin vor. Ich habe keine Lust, vor einem Menschen zusammenzubrechen, dem ich noch nie begegnet bin.

Die Frau steht von der Bank auf, kommt zu mir und setzt sich neben mich. Sie klopft mir unbeholfen auf den Rücken.

»Aber meine Liebe, was ist denn passiert?«, fragt sie.

Pernillas Stimme war ungeduldig, Mamas voller Unruhe. Henrik würde nur ängstlich und böse werden. Diese Frau hier zeigt Mitgefühl.

»Meine Tochter ist verschwunden, als sie ein Jahr alt war«, erzähle ich. »Man hat mir gesagt, sie müsse ertrunken sein, aber ich habe gewusst, dass sie noch lebt. Und jetzt habe ich sie wiedergesehen. Es ist schwerer, als ich es mir vorgestellt hatte. Schwerer als alles andere, was ich bisher durchgemacht habe, abgesehen von ihrem Verschwinden.«

»Das verstehe ich«, sagt die Frau. »Das verstehe ich wirklich.«

»Warum hat es all die Jahre gebraucht, warum hat es so lange gedauert, bis sie zurückgekommen ist?«

Sicher rede ich sowohl zusammenhanglos als auch verworren. Aber die Frau klopft mir weiter auf den Rücken.

Ich höre auf zu weinen. »Meine Mutter und meine beste

Freundin machen sich Sorgen um mich. Sie glauben, ich würde mir alles nur einbilden.«

»Warum glauben sie das?«, sagt sie und holt eine Packung Taschentücher hervor und gibt sie mir. »Sie verstehen doch wohl, dass es Ihnen ernst ist?«

Ich nehme ein Taschentuch, wische mir Augen und Nase trocken.

»Ich habe mich früher schon einmal geirrt«, antworte ich. »Einmal habe ich geglaubt, sie gesehen zu haben. Ich habe falschgelegen. Und eine schwere Depression bekommen. Ich wurde eingewiesen, krankgeschrieben. Sie haben Angst, das könnte wieder passieren.«

»Aber Ihr Mann«, sie nickt in Richtung meines Eherings, »was sagt der?«

»Ich habe ihm nichts gesagt«, sage ich. »Ich weiß nicht, ob ich momentan die Kraft dazu habe. Dass er sich fragt, ob ich krank bin, ob er mich in die psychiatrische Notfallambulanz bringen muss.«

Die Frau betrachtet mich aufmerksam und summt.

»Ich weiß nicht, was ich tun soll«, sage ich. »Ich habe mich noch nie so verwirrt gefühlt.«

»Was wollen Sie denn tun?«

»Ich will sie kennenlernen. Aber was wird das beinhalten? Für mich? Für meine Familie? Und für sie?«

Die Frau schaut über den Park. »Ja, wer weiß«, sagt sie.

»Verzeihen Sie«, sage ich. »Ich wirke vermutlich, als sei ich nicht ganz bei Trost. Stella heiße ich.« Ich strecke ihr die Hand hin.

»Eva« sagt sie und nimmt meine Hand zwischen ihre Hände. »Das Leben ist kurz. Wir leben nur ein Mal, vergessen Sie das nicht. Wie heißt sie, Ihre Tochter?«

»Alice.«

»Ein schöner Name.«

»Ich habe nicht geglaubt, dass es so schwer sein würde. Dass es so wehtun würde.«

»Überlegen Sie, was am meisten wehtut. Entweder belassen Sie alles so, wie es war, und lernen, damit zu leben, oder Sie tun alles in Ihrer Macht Stehende, um die Wahrheit herauszufinden, und lassen alle anderen glauben, was sie wollen.«

Ich weiß nicht, wie lange wir noch nebeneinandersitzen und die Stille miteinander teilen. Nach einer Weile steht Eva auf und wünscht mir Glück. Ich schaue ihr nach, als sie die Anhöhe hinuntergeht und dann über den Fußweg den Park verlässt. Es ist lächerlich, aber ich hoffe, dass wir uns wiedersehen. Menschen, die in der Lage sind, zuzuhören und echtes Mitgefühl zu zeigen, sind selten.

Als ich in die Praxis zurückkomme, fühlt sich das Leben wieder ein bisschen leichter an. Ich bin nicht abergläubisch. Aber die Begegnung im Park erscheint mir wie ein gutes Zeichen.

Isabelle

ICH BIN VOR EINER WEILE zu Hause losgegangen. Habe einen Abstecher zu Åhléns gemacht und bin in Vällingby Centrum durch den H&M gegangen. Jetzt stehe ich am Bahnsteig und warte auf die U-Bahn. Ich bin früh dran, aber ich will nicht zu spät kommen wie beim ersten Mal.

Ich habe gerade erst mit der Therapie begonnen, aber sie hat bereits viele Fragen und Erinnerungen geweckt. Sie sind immer da gewesen, glaube ich, aber erst jetzt wage ich darüber nachzudenken, was sie bedeuten. Was vollkommen neu für mich ist. Ich bin es auch nicht gewohnt zu sagen, was ich empfinde und dann dazu zu stehen. Wie beim letzten Mal, als sie sich gewundert haben, wie ich auf Mamas Art, von Papa zu sprechen, reagiert habe. Ich bin noch nie so wütend auf sie gewesen. Der Hass, den ich empfunden habe, war so intensiv, dass es mich erschreckt hat. *Die Art, wie sie es getan hat, werde ich ihr nie verzeihen.* Darf man seine eigene Mutter hassen? So zu empfinden ist furchtbar. Ich wollte beim letzten Mal darüber sprechen, habe mich aber nicht getraut. Ich wollte Stella bereits bei unserer ersten Begegnung davon erzählen, konnte es aber nicht. Es ist, als würde man ein wildes Tier in sich beherbergen. Was passiert, wenn ich es herauslasse? Wird es mich verschlingen? Oder ist es umgekehrt, dass es mich von innen her auffrisst?

Zumindest traue ich mich mittlerweile, einen Teil preiszugeben. Es ist ungewohnt, dass niemand infrage stellt, ob ich das

Recht habe, so etwas zu sagen oder so zu fühlen, wie ich es tue. Niemand nimmt es mir übel, wird traurig oder böse. Niemand nimmt das, was ich denke und fühle, persönlich. *Im Gegenteil, sie scheinen auf meiner Seite zu sein.*

Das Handy klingelt. Ich nehme es aus der Tasche und sehe, dass es Mama ist. Sie will alles über die Gruppentherapie wissen. Mich zu allem Möglichen ausfragen. Ich hätte vergangene Woche niemals anrufen und sagen dürfen, wie gut ich es finde. Das war ein Fehler. Ohne zu antworten, lege ich das Telefon wieder in die Tasche.

Schon als ich ihr gesagt habe, dass ich eine Therapie mache, habe ich es bereut. Ich wusste, dass Fragen kommen würden. Ich wusste, dass sie sich einmischen würde. Wusste, dass sie alle Details würde hören wollen und dass sie herumschnüffeln würde. In bester Absicht versteht sich. Sie muss immer für einen da sein. Sie muss immer alles verstehen, obwohl sie überhaupt nichts versteht. Sie nimmt mir die Luft zum Atmen. Ich bin noch nicht bereit, darüber zu sprechen. Nicht mit ihr. Mitunter frage ich mich, ob ich das jemals sein werde. Sie ist wie ein Egel, ein Parasit, der das Leben aus mir heraussaugt.

Es klingelt erneut, und ich nehme das Handy wieder aus der Tasche. Schaue es an, bis es verstummt. Am Fridhemsplan steige ich aus und gehe zur Rolltreppe.

Sie ruft erneut an.

Ich gehe ran.

»Hallo Mama.«

»Hallo mein Mädchen. Bist du auf dem Weg zur Therapie?«

»Du weißt, dass ich das bin«, sage ich. Durch meine gesamte Kindheit hindurch habe ich gelernt, lästige Gefühle zu unterdrücken. Jetzt kommt es mir vor, als hätte ich diese Fähigkeit komplett verloren. Es ist meinem Tonfall anzuhören, dass ich verärgert bin.

»Du brauchst nicht so sauer zu klingen. Ich frage nur.«

Ich beherrsche mich. Atme tief ein. »Wie ist es zu Hause?«

»Still. Wie immer zurzeit.«

Jetzt kommt das schlechte Gewissen. Papa ist tot. Mama ist einsam. Ich bin eine schlechte Tochter.

»Vielleicht solltest du versuchen, dich mit jemandem zu treffen?«, sage ich. »Wann hast du zum letzten Mal mit Großmutter gesprochen?«

»Deine Großmutter ist vollauf beschäftigt«, sagt Mama. »Handarbeitsgruppe und was weiß ich.«

»Kennst du niemand anderen, bei dem du dich melden kannst? Du hast doch nicht immer in Dalarna gewohnt.«

Schweigen. Ein Schweigen, das mir anzeigt, dass ich mich auf verbotenem Terrain bewege. Das kenne ich nur zu gut, trotzdem fahre ich fort.

»Wo haben wir eigentlich gewohnt, als ich klein war? Das hast du mir nie erzählt. Nur, dass es irgendwo in Dänemark war, bevor du nach Borlänge gezogen bist und Papa kennengelernt hast.«

»Hans, meinst du?«

Ich darf nicht mehr *Papa* sagen. Auch das will sie mir wegnehmen.

»Wer ist dann mein *richtiger* Papa?«, sage ich. »Denkst du, dass du mir irgendwann von ihm erzählen wirst?«

Es ist lange her, dass ich mich getraut habe, diese Grenze zu überschreiten.

Mama räuspert sich.

»Wie läuft diese Gruppentherapie eigentlich ab?«, sagt sie. Sie klingt freundlich und mäßig interessiert. Aber ich weiß, dass sie nur spionieren will. Unter der Oberfläche ist sie böse. Und ich will nicht antworten. Das ist privat. Dennoch fühle ich mich gezwungen, die Wogen zu glätten. Zu versuchen sie zu beruhigen.

»Wir kommen hin, sitzen im Kreis. Dann darf jeder über das sprechen, worüber er will. Und die Therapeutin …«

»Stella?«

»Stella ist gut. Sie stellt Fragen, die mich zum Nachdenken anregen. Zum Reflektieren. Ich kann Dinge bearbeiten.«

»Was für Fragen? Über uns? Über mich?« Mamas Tonfall ist kühl. »Muss dich die Therapeutin wirklich derart ausfragen? Du bist jung, du trauerst. Was weiß sie über unser Leben? Ihre Fragen schaden mehr, als dass sie nutzen. Verstehst du das nicht?«

»So fragt sie nicht. Du verstehst das nicht.«

Allerdings erinnere ich mich an Stellas direkte Fragen. Wie sich alle angesichts ihres intensiven Blicks abgewandt haben. Bisweilen verunsichert sie mich. Ich weiß nicht warum, aber es fühlt sich so an, als sei sie an mir mehr interessiert als an irgendeinem von den anderen.

»Was sagst du da? Und was musst du bearbeiten?«

Böse, zynisch, herablassend. Mama ist wie immer. Sie wühlt in meinem Innersten herum und verlangt nach dem totalen Einblick.

»Das geht faktisch nur mich etwas an, Mama«, sage ich. »Ich muss bald reingehen.«

»Entschuldige.«

Und jetzt, der verletzte Tonfall. Sie ist missverstanden worden, sie meint es doch nur gut.

»Nicht alle Therapeuten sind gut, musst du wissen«, sagt sie. »Sie haben einen enorm großen Einfluss. Sie glauben, die Wahrheit gepachtet zu haben, sie wollen den anderen erzählen, wie sich alles verhält. Ist man verletzbar und empfindlich wie du, kann das böse enden.«

»Stella hat nie behauptet, alles zu wissen«, sage ich.

Mama seufzt: »Mein liebes kleines Herzchen, ich mache mir doch nur Sorgen um dich. Du kommst doch bald nach Hause? Es ist grauenhaft, so am Telefon miteinander zu sprechen.«

»Ich weiß nicht«, sage ich. »Vor den Prüfungen gibt es so unglaublich viel zu tun.«

»Aber vor den Prüfungen hast du doch eine Woche frei?«
»Ja, aber da muss ich pausenlos lernen.«
»Isabelle, komm stattdessen nach Hause. Du brauchst das.«
»Nein Mama, *du* brauchst das. Ich brauche meine Ruhe.«
Ich beende das Gespräch und schalte das Handy aus.

Arvid: Isabelle, du scheinst schlechte Laune zu haben?

Ich: Ich habe Mama angeschrien. Ich fasse es nicht, dass ich das getan habe.

Clara: Du scheinst dir das sehr zu Herzen zu nehmen. Aber so gefährlich ist das doch sicher nicht?

Ich: Es fühlt sich gefährlich an. Ich habe das nicht mehr getan, seit ich klein war.

Ich höre Pierre schnauben.

Pierre: Was sollte deiner Meinung nach passieren?

Mein Blick ist auf den Teppich gerichtet.

Ich: Ich weiß es nicht. So darf ich mich nicht benehmen. Das verletzt sie. Jetzt, wo Papa weg ist, ist alles noch schlimmer geworden.

Stella: Vergangene Woche hast du gesagt, es wäre logischer, wenn sie dich adoptiert hätte. Was hast du damit gemeint?

Ich drehe meine Haare zwischen den Fingern. Ein Zeichen dafür, dass ich nervös bin. Es war anstrengend, eine Auseinandersetzung mit Mama zu haben, und es ist noch anstrengender, anschließend darüber zu reden.

Ich: Ich weiß nicht, ob ich das erklären kann. Sie ist nicht wie andere Mütter. Sie will, dass wir beste Freundinnen sind. Gleichzeitig kriege ich immer zu hören, dass ich ihr Respekt erweisen soll, schließlich sei sie meine Mutter. Sie will, dass ich mich ihr anvertraue, versucht aber, alles aus mir herauszuquetschen, bevor ich bereit bin, es zu erzählen. Sie will alles wissen. Alles. Das winzigste Fitzelchen meiner Gedanken. Später verwendet sie das dann gegen mich. Ich kann es nicht erklären. Das ist vollkommen krank. Mit ihr ist nichts leicht. Alles ist ein einziger langer Kampf.

Stella: Du hast immer bei ihr gewohnt, dein ganzes Leben?

Ich: Ja, aber aus meiner Kindheit erinnere ich mich nur an sehr wenig. Und ich habe mich in dem Haus nie wohlgefühlt. Es war so entsetzlich schön, von zu Hause auszuziehen. Wenn auch unheimlich.

Stella: Erzähl.

Ich: Je mehr sie sich nach Nähe sehnt, desto fordernder wird sie. Sie wird enttäuscht und traurig. Sie wird böse. Ich habe mir ein bestimmtes Verhalten antrainiert, um sie bei guter Laune zu halten. Ich habe gelernt, so zu sein, wie sie es will. Zu denken, wie sie es will. Jedes Mal, wenn ich versuche, meinen eigenen Weg zu gehen, bekomme ich ein schlechtes Gewissen. Ich hasse sie, ich habe mir geschworen, ihr nie zu verzeihen. Ich wünschte, sie wäre tot. An manchen Tagen ist das das Einzige, woran ich denke. Wie sehr ich sie hasse. Ich bekomme beinahe Lust, sie zu ermorden. Das ist vollkommen krank, das weiß ich. Mit mir stimmt etwas nicht.

Die Tränen fließen, ich schluchze und zittere. Es fühlt sich sowohl schön als auch peinlich an, vor den anderen hier so zu weinen. Ich frage mich, ob ich zu viel gesagt habe. Ich übertreibe. Nur, weil ich böse bin. Was ich auch tue, es ist falsch.

Stella: Aber war sie nett zu dir? Hat sie dich getröstet, wenn du traurig warst? Hat sie dich geschlagen?

Jetzt ist sie wieder so eifrig. Einige der anderen wirken nervös. Stimmt etwas nicht?

Ich: Mich geschlagen? Das könnte sie nie tun. Trösten, das kann sie am besten.

Das hier ist vielleicht ausgeufert. Ich habe zu viel gesagt.

Ich: Wir haben auch gute Momente. Sie selbst hatte es auch nicht so leicht. Als ich klein war, war sie zeitweise komplett allein mit mir. Papa ist weggefahren und hat woanders gearbeitet, und ich war häufig krank. Sie hatte es ziemlich schwer.

Ich muss mich räuspern. Es fühlt sich an, als hätte ich was im Hals.

Ich: Und bei meiner Geburt wäre sie fast gestorben. Sie ist RH-negativ, und ich bin RH-positiv. Unser Blut hat sich vermischt, und sie hat eine Blutvergiftung bekommen. Es stimmt wohl, was sie immer sagt, dass sie bereit wäre, alles für mich zu geben.

Clara: Obwohl das nicht stimmt, davon bekommt man keine Blutvergiftung. Wenn sich das Blut vermischt, kann das Kind krank werden, nicht die Mutter.

Ich: Bist du sicher?

Clara: Ähm, ja.

Ich: Seltsam. Sie hat das sicher hundertmal erzählt. Dann habe ich es wohl falsch verstanden.

Es wird still im Raum. Ich komme mir dumm vor. Es fühlt sich so an, als hätte heute nur ich gesprochen. Und Stella.

Ich: Oft habe ich mich gefragt, ob sie aus irgendeinem Grund neidisch auf Papa war. Vielleicht, weil wir so ein ungezwungenes Verhältnis zueinander hatten. Ungezwungener als sie und ich es jemals gehabt haben.

Stella lehnt sich vor, die Hände fest auf den Knien geballt.

Sie fragt: Ist das immer so gewesen?

Ist das immer so gewesen? Ich glaube ja. Wir haben auch gute Momente, die haben wir. Mehr oder weniger ist es immer so gewesen. Ich weiß nicht, worauf das beruht, denn ich habe es wirklich versucht. Gewiss habe ich versucht, eine gute Tochter zu sein?

Stella: Alice?

Pierre: Wer ist Alice?

Stella

DIE GERÄUSCHE VON DER STRASSE klingen wie ein entferntes tosendes Rauschen. Ich ziehe die Gardinen vor und setze mich an den Schreibtisch. Die Muskeln in Rücken und Nacken sind angespannt wie bei einem Krampf, und meine Massage bringt keine Abhilfe. Es ist, als würde man einen Stein kneten. Der Druck hinter den Augen ruft Übelkeit hervor. Ich suche in der Tasche nach den Schmerztabletten, die ich von Mama bekommen habe. Ich schlucke eine davon und schließe die Augen.

Die Leere in ihrem Blick, als ich ihren Namen gesagt habe.

Alice. Ihren richtigen Namen.

Er hatte für sie keinerlei Bedeutung. Sie weiß nicht, wer ich bin. Für sie kann ich jede x-beliebige Person sein. Ich bin eine Fremde.

Sie hat nicht nach mir gesucht. Sie hat mich nicht ausgesucht. Sie hat nicht an mich gedacht. Nicht auf mich gewartet oder sich nach mir gesehnt. Mich nicht vermisst. Sie weiß nicht, dass ich gespürt habe, wie sie in meinem Bauch herangewachsen ist. Dass sie meine Tochter ist, die ich neun Monate in mir getragen habe. Die ich in einer langen Nacht, unter den schlimmsten Schmerzen, die ich bis dahin kannte, zur Welt gebracht habe. Sie weiß nicht, dass ich sie gestillt habe, ihr in die Augen geschaut habe, dass sie in meinen Armen geschlafen hat. Für mein eigenes Kind existiere ich nicht.

Was hat Eva im Kronobergspark gesagt? Ich kann es lassen.

Ich kann wie bisher weitermachen. Vielleicht sollte ich Isabelle nicht wiedersehen. Vielleicht sollte ich sie loslassen.

Niemals.

Das ist unmöglich.

Wie kann ich wie bisher weitermachen, wenn ich weiß, dass Alice lebt? Nichts kann mich noch einmal von ihr trennen.

Ich muss weitermachen. Ich muss wissen, was ihr passiert ist, ich will meine Tochter kennenlernen. Das wird alles auf den Kopf stellen, das hat es bereits, allerdings bin ich bereit, alles in meiner Macht Stehende zu tun.

Wofür ich mich auch entscheide, es wird ernsthafte Konsequenzen haben. Das ist unvermeidlich.

Wird es Isabelle verkraften, die Wahrheit zu erfahren? Ihr Vater war nicht ihr leiblicher Vater, wie sie es angenommen hatte. Auch ihre sogenannte Mutter ist nicht ihre leibliche Mutter. Ich werde ihr noch mehr Probleme bereiten. Ihr ganzes Leben wird auf den Kopf gestellt.

Ich habe ihre Kindheit verpasst. Ihre ganze Jugend. Und ich bin mir keineswegs sicher, ob es ihr gut ergangen ist.

Alice hat es verdient, die Wahrheit zu erfahren.

Sowohl sie als auch ich haben es verdient.

Was weiß Kerstin? Welche Erklärung hat sie dafür, dass meine Tochter bei ihr gelebt hat?

Das Handy auf dem Schreibtisch vibriert. Eine mir unbekannte Nummer. Ich gehe ran. Eine von Henriks Assistentinnen richtet mir aus, dass Henrik Milo heute vom Tennis abholt, ich müsse mich nicht darum kümmern. Ich bedanke mich und beende das Gespräch.

Milo. Wie wird er das aufnehmen? Wie soll ich ihm erklären, dass seine Schwester lebt?

Es klopft an der Tür. Renate steckt ihren Kopf ins Zimmer. »Stella, dein Patient wartet.«

»Mein Patient?«

»Bist du okay?«

Ich lächle. »Alles gut, danke.«

»Kent sitzt im Wartezimmer. Er hatte vor einer Viertelstunde einen Termin, sagt er.«

Ich habe ihn vollkommen vergessen.

Ich richte meine Haare, nehme meinen Mantel und meine Tasche und gehe zur Anmeldung. Ich strecke die Hand aus und begrüße Kent mit einem schnellen Händedruck, sage, dass ich den Termin heute absagen muss. Hat er meine Nachricht nicht bekommen? Bedauerlich, dass das nicht weitergeleitet wurde. Ich bitte ihn, mit Renate einen neuen Termin zu vereinbaren.

Ich sollte mich wegen der Lüge schämen. Stattdessen verspüre ich nichts als Erleichterung, als ich die Praxis verlasse.

Stella

ICH PARKE IN DER Engelbrektsgatan. Dann nehme ich den Fußweg durch den Humlegården zur Königlichen Bibliothek. Der Boden ist mit gelbem und rotem Herbstlaub bedeckt. Die Kronen der hohen Bäume leuchten. Es ist ein schönes Bauwerk mit zwei großen Fensterreihen entlang des Hauptgebäudes. Ich gehe die Treppe zum Eingang hoch und gelange in eine kleine Marmorhalle mit Pfeilern und zwei großen Statuen. Ich wende mich nach rechts, schließe meinen Mantel in einem Schrank neben dem Café ein, stelle das Handy auf lautlos und lege es in die Tasche.

Ich gehe zurück zum Empfang und grüße den jungen Mann, der dort sitzt, bevor ich eine zweite Sperre passiere. Ich gehe die fünf Treppen hinunter, die von einem verglasten Anbau überdacht werden. Ganz unten befindet sich der Mikrofilmlesesaal.

Hinter einem hohen Schreibtisch sitzt leicht gebeugt eine schmale Frau in den Sechzigern. Die Brille hängt ihr auf der Nasenspitze und scheint auf dem besten Wege herunterzufallen. Als ich auf sie zugehe, schiebt sie sie auf die Nasenwurzel hoch, aber sie rutscht wieder runter.

Ich bitte um Hilfe bei der Suche nach Artikeln aus Småland im Zeitraum von August bis Oktober 1994. Sie begleitet mich ans Ende des Raums, wo zwei große Regale mit schwedischen Tageszeitungen auf Mikrofilm stehen. Sie legt den Kopf in den Nacken, sieht durch ihre Brille und prüft, bei welchem Regal wir sind. Als sie das richtige gefunden hat, dreht sie an einem großen, an dem Regal angebrachten Rad, um selbiges zur Seite zu befördern. Die Regale bewegen sich, und zwischen ihnen öffnet sich ein Gang.

Wir gehen hinein, und sie zieht einen Karton mit Mikrofilmen einer småländischen Zeitung vom Herbst 1994 heraus. Sie zeigt mir, wie ich die Filme ins Lesegerät einlege und zwischen den Seiten blättere.

Ich bedanke mich für die Hilfe und lege los.

Es sind nicht viele Artikel, die das Verschwinden thematisieren. Die meisten stammen aus den ersten Wochen danach, und in allen steht mehr oder weniger das Gleiche.

Am achten August verschwand um die Mittagszeit ein einjähriges Mädchen spurlos in Strandgården.

Der Wagen wurde umgekippt am Ufer gefunden.

Die Stockholmer Familie befand sich über das Wochenende auf Urlaub.

Die Teenagermutter hatte das Kind unbeaufsichtigt gelassen.

Der Vater wurde zu dem fraglichen Zeitpunkt in Oskarshamn gesehen.

Die Teenagermutter wurde von der Polizei verhört.

Die Teenagermutter wurde von allen Verdächtigungen freigesprochen.

Die Polizei hat keine Spur und appelliert an die Bevölkerung, sich mit Hinweisen zu melden.

Es gab die Theorie, ein Tier könnte den Wagen umgestoßen haben. Vielleicht hatte jemand das Kind gesehen und sich seiner angenommen. Oder das Kind hatte den Wagen selbst zu Fall gebracht und war weggekrabbelt. Spekulationen, alle mehr oder weniger unglaubwürdig. Außer der, dass jemand Alice entführt hatte. Als ich das angeführt habe, hielt keiner es für plausibel. Nicht einmal Daniel. Wer hätte unser Kind stehlen sollen? Das sei zu weit hergeholt, sagte die Polizei. Ich hatte niemanden gesehen, der ein übertrieben großes Interesse an den Tag gelegt hatte. Sie prüften, ob einer der Gäste für ähnliche Vergehen im Strafregister geführt wurde, was nicht der Fall war. Eine allgemeine Suchaktion wurde angeordnet, blieb jedoch ohne Ergebnis.

Nachdem keine Spuren von Tieren gefunden wurden und sich niemand meldete, der angab zu wissen, wo das Mädchen sei, nahm man an, die Kleine sei ins Wasser gekrabbelt und ertrunken. Es ging schnell tief runter, und das Gebiet war für seine starken Strömungen bekannt. Die Polizei machte sich mit dem Draggen auf die Suche, obwohl die Wahrscheinlichkeit, ihren Körper zu finden, gering war. Ein trauriges Unglück. Die Eltern im Verhör. Ein Verdacht auf ein Verbrechen lag nicht vor.

Nach ein paar Wochen ließ die Artikelfülle nach, um dann mit einer kurzen Notiz ganz zu enden. *Mädchen noch immer verschwunden. Es sind keine Hinweise eingegangen, die zu dem Auffinden der Einjährigen geführt haben. Es wird angenommen, dass sie ertrunken ist und von der Strömung mitgerissen wurde.*

Die polizeilichen Ermittlungen wurden eingestellt. Das Mädchen wurde für tot erklärt.

Ich denke darüber nach, wie es wäre, wenn das heute passiert wäre. Meine eventuelle Schuld, meine Nachlässigkeit, alles wäre im Internet, in allen möglichen Foren diskutiert und debattiert worden. Allein, dass wir in so jungen Jahren ein Kind bekommen hatten, wäre als unverantwortlich betrachtet worden. Bilder meines unvorteilhaftesten Ichs wären über das Netz verbreitet worden, die Boulevardzeitungen hätten unser Privatleben von vorn bis hinten durchleuchtet und über unsere Trennung einige Monate später berichtet. Alle hätten sich an unserer Tragödie ergötzt.

Ich gehe in der Zeit ein Stück weiter. Finde nichts. Auch später nicht. Bis eine Rubrik meine Aufmerksamkeit erregt.

Niemand übernimmt Strandgården, der Betrieb wird mit unmittelbarer Wirkung eingestellt.

Das war es, wovon Elle-Marja erzählt hatte. Roger Lundin, der

Verantwortliche für den Betrieb und Eigentümer von Strandgården, war plötzlich an den Folgen seiner Diabetes gestorben. Elle-Marja hatte gesagt, dass Strandgården im August dieses Jahres für immer geschlossen wurde.

Ich gehe zu den Regalen und suche eine andere Lokalzeitung heraus. Platziere den Film im Lesegerät und blättere. Erneut das gleiche Geschreibsel. Verschwundene Einjährige. Die junge Mutter im Verhör, aber zu keiner Zeit wird offiziell Verdacht erhoben. Es wird angenommen, dass das Mädchen ertrunken ist. Der Fall wird eingestellt.

Ich entdecke ein bekanntes Gesicht. Der für die Ermittlung verantwortliche Polizist. Sven Nilsson hieß er. Ich erinnere mich an ihn als mitfühlend und verständnisvoll. An den Duft des dampfenden Kaffees, den er mir gegeben, die Decke, die er mir um die Schultern gelegt hat. Sein jüngerer Kollege dagegen war unsensibel. Ich finde seinen Namen weiter unten im Artikel. Per Gunnarsson. Er hat mich für schuldig gehalten. Er war sicher, ich hätte mein eigenes Kind getötet und dass ich versuchte, die Tat zu verschleiern, indem ich es als verschwunden meldete. Er hatte auf dem Polizeirevier das erste Verhör mit mir geführt.

Wir haben einen Zeugen, der deinen Freund, Daniel, zu dem betreffenden Zeitpunkt in Oskarshamn gesehen hat. Aber was hast du während der Zeit gemacht?

Warum hast du dein Kind unbeaufsichtigt gelassen?

Warum warst du nicht da?

Wie lange warst du weg?

Wenn du in der Nähe warst, warum hast du dann nichts gehört?

Wo warst du?

Du bist sehr jung. Fühlst du dich wohl als Mutter? Das ist mitunter sicher anstrengend. Ein Kind, das die ganze Zeit schreit. Du hast dir zwischendurch sicher gewünscht, dem entkommen zu können.

Hast du unter postnataler Depression gelitten?

Vielleicht ist ein Unglück geschehen, von dem du dich nicht zu erzählen traust?

Du kannst mit uns reden. Wir verstehen, wenn so etwas passiert.

Am Ende kommt die Wahrheit immer raus. Es ist das Beste für dich, wenn du sagst, wie es war. Uns erzählst, was wirklich passiert ist.

Was hast du mit deinem Kind gemacht?

Harte Blicke voller Misstrauen. Es war offiziell kein Verdacht gegen mich erhoben worden, aber ich *wurde* verdächtigt. Sven Nilsson hatte das Verhör unterbrochen und erklärt, es gäbe keinen Anlass für sie, mich festzuhalten. Er hatte mit einer Frau gesprochen, die meine Version bekräftigt hatte. Sie hatte mich gesehen, wie ich Alice im Wagen unter dem Baum in den Schlaf gewiegt hatte. Kurz darauf hatte sie mich unten am Strand gesehen.

Ich hole meinen Laptop aus der Tasche. Suche nach dem Polizeirevier Oskarshamn. Sven Nilsson musste längst pensioniert sein. Ich habe keine Ahnung, wie Polizeiarbeit und Archivierung gehandhabt werden, aber irgendwo müssten sich doch alte Ermittlungsakten finden? Einen Versuch war es wert.

Ich gehe durch den Haupteingang nach draußen und strecke den Rücken durch. Ich rufe die Polizei an, werde mit dem Polizeirevier in Oskarshamn verbunden. Ich überdenke, was ich sagen soll, und gerade als ich aufgeben will, antwortet eine Frauenstimme.

Die Worte strömen aus mir heraus. August 1994, Strandgården, über das Wochenende auf Besuch aus Stockholm, entführtes Mädchen, sie war erst ein Jahr alt, der Polizist, alte Ermittlungen, eingestellt, versteht sich, Sven Nilsson, Per Gunnarsson …

»Per Gunnarsson? Der ist nach Hause gegangen.«

Schweigen in der Leitung.

»Hallo?«, sage ich und frage mich, ob sie aufgelegt hat.

»Warten Sie, Sie haben Glück, er ist noch hier. Sie können mit ihm sprechen. Bleiben Sie dran.«

»Hallo, Per Gunnarsson.« Seine Stimme ist rauer, als ich sie in Erinnerung habe. Aber dennoch erkenne ich sie wieder.

»Mein Name ist Stella Widstrand. Oder Johansson, wie ich damals hieß. Sie waren im August 1994 in Strandgården. Als meine Tochter verschwunden ist. Sie ist aus ihrem Wagen verschwunden.«

»1994? Was zum Teufel ist das hier?«

Ungeduldig und leicht reizbar. Das war er damals schon.

»In Strandgården. In Storvik nördlich von Oskarshamn. Sie sind mit Sven Nilsson dorthin gekommen und später ... «

»Jetzt regen wir uns erst einmal ein bisschen ab. Sprechen Sie langsamer. Und ein bisschen weniger laut, danke.«

Ich beiße die Zähne zusammen und beginne von vorn. »Sie und Sven Nilsson. Sie sind dorthin gekommen, als meine Tochter verschwunden ist. Sie war erst ein Jahr alt. Sie haben mich und den Vater meiner Tochter auf dem Polizeirevier verhört.«

»Okay, ich habe vielleicht eine vage Erinnerung an die Sache«, brummt Per Gunnarsson. »Worum geht's?«

»Ich würde gern mehr über die Ermittlungen erfahren. Was unternommen wurde, mit wem Sie gesprochen haben, all so was.«

Müdes Seufzen. »Gute Frau. Das ist, wie viele, mehr als zwanzig Jahre her? Die Ermittlungen wurden vor langer Zeit eingestellt. Glauben Sie, wir hätten nichts Wichtigeres zu tun, als in eingestellten Fällen herumzuwühlen?«

»Gibt es jemand anderen, mit dem ich sprechen kann?«

Noch ein Seufzer. »Glauben Sie, das hier sei eine Art Wunschprogramm? Wir kriechen jetzt schon auf dem Zahnfleisch. Wir können uns nicht auch noch mit so was befassen.«

Ich antworte nicht.

Per Gunnarsson hustet.

»Sven Nilsson. Er ist seit vielen Jahren pensioniert. Als ich das letzte Mal etwas von ihm gehört habe, war er nach Norrköping gezogen. Ich weiß, dass er einen Teil der Unterlagen aufgehoben hat. Er hat oft davon gesprochen, dass es einen Hinweis gab, dem nie nachgegangen wurde. Keine Ahnung, was er damit gemeint hat, er war etwas eigen, wie man so sagt. Wir haben jeden Stein umgedreht, wie Sie sich sicher erinnern. Es gab keine vergessenen Hinweise. Das war ein hoffnungsloser Fall, wenn Sie mich fragen. Aber sprechen Sie mit ihm, das ist das Einzige, was ich Ihnen sagen kann. Jetzt habe ich anderes zu tun.«

Er legt auf.

Auf dem Display sehe ich, dass ich neun entgangene Anrufe und zehn SMS habe. Verärgerte und gereizte SMS, sowohl von Henrik als auch von Milo, die sich wundern, wo ich stecke. Das macht *mich* gereizt.

Ich schreibe Henrik, dass ich auf dem Heimweg bin. Dann schalte ich das Handy aus.

Es wird langsam Abend. Die Luft ist kühl und frisch, und ich habe keine Eile, als ich durch den Humlegården gehe.

Stella

HENRIK UND MILO sitzen auf dem Sofa und essen Popcorn. Sie sehen sich eine Wiederholung von Top Gear an und lachen lauthals über gecrashte Wohnwagen.

Henrik bemerkt, dass ich ins Wohnzimmer komme, und wirft mir einen schnellen Blick zu. Ich sehe, dass er sauer auf mich ist. Warum? Weil ich nicht zu jeder Sekunde des Tages erreichbar bin?

»Hallo meine Lieben«, sage ich.

»Hallo Mama«, sagt Milo. »Wo warst du?«

»Ja, wirklich, wo warst du?«, fragt Henrik.

»Habt ihr mich vermisst?«

»Ich habe nach dem Training Ewigkeiten auf dich gewartet«, sagt Milo.

»Was?«, entgegne ich.

»Ja, du bist nicht gekommen, also bin ich alleine nach Hause gefahren.«

»Du bist alleine mit der U-Bahn gefahren?«

»Die Prepaid-Karte lag im Portemonnaie.«

»Warum hast du ihn nicht abgeholt?«, frage ich Henrik.

Ich klinge sauer, bin in Wirklichkeit aber vor Schreck wie gelähmt. Ich denke an all das, was hätte passieren können. Er hätte sich wehtun, sich verfahren können, überfallen oder entführt werden. Warum hat Henrik ihn nicht abgeholt?

Er zieht die Augenbrauen hoch, und wir starren einander über Milos Kopf hinweg an.

»Warum hast *du* das nicht getan?«, antwortet er.

»Weil du Milo heute abholen wolltest.«

»Wie kommst du denn darauf? Du holst ihn nach dem Tennis doch immer ab.«

»Das weiß ich«, sage ich. »Aber du hast doch angerufen und es gesagt.«

»Wann habe ich angerufen?«

»Am Nachmittag. Irgendwann nach halb drei.«

»Da saß ich in einer Besprechung.«

»Du warst es nicht selbst. Irgendeine Assistentin, die mir mitgeteilt hat, dass du ihn abholen würdest. Ansonsten hätte ich das selbstverständlich getan.«

»Welche Assistentin? Erica? Warum sollte sie dich anrufen?«

»Ich weiß nicht, wie sie hieß. Aber sie hat doch wohl angerufen, weil du sie darum gebeten hast?«

»Ich habe niemanden gebeten, dich anzurufen und diese Nachricht zu hinterlassen. Aber es ist doch gut gegangen. Oder mein Junge?« Er drückt Milos Schulter.

»Verzeih Liebling«, sage ich und streichle ihm über die Haare. »Das war ein Missverständnis, es war keine Absicht, dass du alleine nach Hause kommen musstest.«

»Meine Liebe, er kommt klar«, sagt Henrik. »Wir haben darüber gesprochen, bevor du gekommen bist. Er kann jetzt langsam öfter alleine fahren.«

Ich will protestieren. Will nicht, dass er alleine fährt. Niemals. Henrik liest meine Reaktion direkt von mir ab.

»Er ist in letzter Zeit viel mit seinen Kumpels gefahren. Es gab nie irgendein Problem, Stella.«

Ich gehe raus in die Küche. Gieße mir ein Glas Wein ein. Verspüre zum ersten Mal seit vielen Jahren das Verlangen nach einer Zigarette. Henrik folgt mir.

»Wo warst du?«, sagt er. »Ich habe mir alle möglichen

Szenarien ausgemalt, als wir dich nicht erreicht haben.« Er streichelt meinen Arm. Ich entziehe mich ihm.

»Ich war in der Bibliothek.«

»Warum bist du sauer?«, fragt er.

»Du bist sauer.«

»Das bin ich überhaupt nicht. Aber du sagst sonst immer Bescheid, wenn irgendwas ist. Es sieht dir nicht ähnlich, unerreichbar zu sein.«

Er berührt mich erneut. Ich nehme mein Glas und begebe mich ans andere Ende der Küche.

»Du musst mir nicht gleich Vorwürfe machen«, sage ich.

»Und du musst nicht so verdammt sauer klingen. Du bist in letzter Zeit ziemlich merkwürdig. Ist es möglich, dass du deine Laune auf mich projizierst?«

»Versuchst du jetzt, Psychologe zu spielen, Henrik? Tu das nicht, mein Lieber.«

Er verschränkt die Arme.

»Hätte ich gesagt, dass ich Milo abhole, dann hätte ich es auch getan«, sagt er. »Ich habe meine Angestellten noch nie gebeten, dich in meinem Namen anzurufen.«

»Irgendjemand hat zumindest angerufen. Oder glaubst du, ich bilde mir das ein?«

Die Antwort darauf bleibt er mir schuldig. Stattdessen sagt er: »Milo kann jetzt alleine fahren, Stella. Er ist dreizehn Jahre alt. Du musst ihn nicht überall hinbringen und abholen.«

»Das mache ich gern«, antworte ich.

»Das war kein Vorwurf.«

Ich erwidere seinen Blick nicht.

Er seufzt demonstrativ und verlässt die Küche.

Im Augenwinkel nehme ich eine Bewegung wahr und ziehe mich vom Fenster zurück.

Draußen auf der Straße ist jemand vorbeigegangen. Ich lehne mich vorsichtig vor und schaue raus. Eine Plastiktüte wirbelt über die Straße. Ich stützte die Hände auf die Spüle und atme aus. Bin ich dabei, verrückt zu werden?

Vor ein paar Wochen hätte ich nicht so stark darauf reagiert, dass Milo alleine nach Hause gefahren ist. Hätte nicht so ängstlich und übertrieben paranoid reagiert. Aber ich bin daran erinnert worden, welche Folgen ein paar Minuten Nachlässigkeit haben können.

Als ich Alice allein gelassen habe, waren die Konsequenzen entsetzlich.

Ich habe sie für immer verloren.

Und Milo, auch ihn habe ich allein gelassen. Damals ist es gut gegangen. Nichts ist passiert. Aber anschließend habe ich mir geschworen, nie mehr unachtsam zu sein. Als er kleiner war, habe ich immer einen großen Bogen um Museen und Plätze gemacht, wo sich viele Menschen aufhalten. Jetzt sehe ich es lieber, dass er seine Kumpels mit nach Hause bringt und sie bei uns übernachten, als dass er bei jemand anderem übernachtet. Hampus und Pernilla bilden die einzige Ausnahme, abgesehen von seiner Großmutter mütterlicher- und seinen Großeltern väterlicherseits. Ich fahre ihn zum Training und zu den Spielen. Fahre oder begleite ihn zu Freunden nach Hause, selbst wenn sie in der Nähe wohnen. Ich bin überbeschützend.

Henrik hat versucht, das so gut wie möglich auszugleichen. Er hat Milo nach Gröna Lund mitgenommen, ich habe es nie geschafft mitzugehen. Er hat auch keine große Sache daraus gemacht. Über die Jahre hinweg bin ich besser darin geworden, mit meiner Angst umzugehen, habe schrittweise riskiert, die Kontrolle einzuschränken. Bis jetzt.

Milo muss auf eigenen Beinen stehen dürfen, das weiß ich. Aber er ist erst dreizehn. Noch bin ich nicht bereit loszulassen. Vielleicht werde ich das nie sein.

Ich wärme das Essen auf, das noch auf dem Herd steht, bin aber kein bisschen hungrig. Ich stochere darin herum und werfe das meiste davon weg. Ich stehe noch immer an der Spüle.

Ich kann so nicht weitermachen. Ich muss mit Henrik sprechen. Er hat ein Recht zu erfahren, dass ich Alice gefunden habe, früher oder später. Ich will, dass er versteht, dass es dieses Mal wirklich so ist. Er wird es verstehen. Er wird mir helfen.

Ich gieße zwei Gläser Wein ein und gehe ins Wohnzimmer. Draußen ist es dunkel, der Wind weht durch die Bäume. Es wird bald wieder regnen. Ich zünde die Stearinkerze auf dem Wohnzimmertisch an und gehe zum Fenster. Ich will gerade eine der Lampen anschalten, als ich ihn sehe. Er steht auf der Straße hinter dem Haus. Er starrt mich an.

Es ist unmöglich unter der heruntergezogenen Kapuze ein Gesicht auszumachen. Der gleiche unförmige Mantel wie beim letzten Mal. Die gleiche angespannte Haltung. Die gleiche bedrohliche Gestalt.

Ich reiße die Tür zur Terrasse auf.

Ich schreie: »Was willst du? Verschwinde, lass mich in Ruhe. *VERSCHWINDE!*«

Ich will in den Garten hinauslaufen, stolpere aber über die Schwelle. Ich greife nach der Gardine, die Stange gibt nach und kracht zu Boden. Ich falle Hals über Kopf durch die Tür nach draußen.

»Was ist los, Mama?«, sagt Milo und kommt angelaufen.

Henrik kommt sofort hinterher und sieht mich an, wie ich auf der Terrasse liege.

»Dort steht jemand und überwacht unser Haus«, sage ich und zeige in die Richtung. »Seht. Dort. Mit der Kapuze über dem Gesicht. Er ist schon mal hier gewesen. Gleicher Mantel, gleiche Kapuze.«

Henrik geht raus und schaut die Straße entlang, Milo folgt ihm. Sie spähen die Straße rauf und runter, bevor sie zurückkommen. Henrik hockt sich neben mich, er streichelt mir über die Schulter.

»Komm jetzt rein, Liebling. Dort ist niemand.«

Ich sehe ihn an. »Dort war gerade jemand.« Henrik weicht meinem Blick aus. »Du glaubst mir doch?«, sage ich.

Er nimmt meine Hand, und er und Milo helfen mir auf, ohne ein Wort.

»Henrik? Du glaubst mir doch?«

»Jetzt ist zumindest niemand da«, sagt er und lächelt.

Ich kenne dieses Lächeln. Er verwendet es, wenn er meint, dass ich Unrecht habe. Wenn er will, dass ich nicht so emotional bin, nicht so hysterisch.

Ich schaue nach draußen. Auch Henrik und Milo schauen aus dem Fenster. Jemand kommt die Straße entlanggelaufen. Jemand im Regenmantel und mit der Kapuze auf dem Kopf. Ich umklammere Henriks Arm.

»Dort ist er«, flüstere ich.

»Jetzt ist es aber gut. Erkennst du Johan nicht?« Henrik zeigt auf ihn. »Er ist wie gewöhnlich mit dem Hund draußen.«

Und er hat recht. Das ist der Investor. Er ist wieder mit seinem verfluchten Köter unterwegs. Die Farbe seines Regenmantels ist heller, das bemerke ich erst jetzt. Johan Lindberg sieht uns am Fenster stehen und ihn anstarren. Er grinst und winkt. Henrik lächelt und erwidert das Winken.

Dann sieht er mich an.

Sein Lächeln ist verschwunden.

22. Juni 2003

Ich habe sie gefunden. Ich habe Alice gefunden.

Vor knapp zwei Wochen, als wir im Skansen waren. Milo und ich standen in der Schlange, um Eis zu kaufen.

Und da war sie.

Ich habe sie wiedererkannt. Sie sah genauso aus, wie sie es getan hätte, wenn sie noch bei mir wäre. Einen Atemzug später war sie wieder in der Menschenmenge verschwunden.

Nicht noch einmal. Das darf nicht noch einmal passieren.

Ich ließ Milo im Wagen und lief ihr hinterher. Stieß Menschen weg, die mir im Weg standen. Rief ihren Namen.

Sie war weg. Erneut verschwunden.

Dann erinnerte ich mich an Milo. Ich rannte zurück zu ihm.

Er weinte, er war allein. Auch er hätte mir weggenommen werden können.

Nie wieder darf ich mein Kind aus den Augen lassen. Nie, nie, nie. Ich hätte nicht einmal ins Skansen mit ihm gehen sollen. Dort sind viel zu viele Leute. Und in Menschenmengen ist es leichter zu verschwinden.

Nie wieder.

Daniel hat mir geholfen. Er kam, so schnell er konnte. Ich weinte, und er rief die Polizei.

All die Fragen. Wo haben Sie sie gesehen? Wann? Wie sah sie aus? Was hatte sie an?

Ich erzähle. In der Schlange beim Eis, gegen drei. Dunkle, dicke Haare, Lachgrübchen und das Elfenohr. Sie trägt ein blaues Kleid und ist ungefähr so groß. Wie Milo. Ein Mann war bei ihr.

Sie sehen mich seltsam an. Ihre Blicke sind leer, hart. Ihre Stimmen kühl, als sie sagen, dass das nicht Alice war. Sie ist nicht mehr ein Jahr alt. Sie müsste größer sein als Milo, sagen sie. Sie haben jemand anderen gesehen, Alice müsste jetzt doch fast zehn sein.

Aber sie wissen es nicht. Sie verstehen nichts. Sie spüren sie nicht in ihrem Inneren, wie ich es tue. Sie versuchen zu trösten und nett zu sein, aber hinter meinem Rücken flüstern sie Daniel zu, dass ich krank sei, dass ich einen Nervenzusammenbruch hätte. Sie lügen.

Das ist kein Zusammenbruch. Ich habe mein Kind gesehen. Ich habe sie gesehen.

Ich habe Alice gesehen.

Mir ist kalt. Eiskalt. Ich friere so, dass ich zittere, obwohl ich eine Decke über mir habe. Es brennt im Rücken und im Kopf. Meine Hände zittern, sicher kommt das von der Medizin, die sie mir gegeben haben. Ich will nach Hause. Ich will nicht hier sein.

Henrik hat mich hierhergefahren. Mich hier gelassen.

Ich habe in einem Bett in einem weißen, kalten Zimmer geschlafen. Alleine.

Ich bin aufgewacht. Benommen. Leer. Sie sagten, ich hätte Besuch. Sie halfen mir aus dem Bett aufzustehen. Begleiteten mich zu einem Besucherzimmer.

Daniel saß dort. Er wollte mich nicht umarmen. Er war unruhig. Er war sauer. Er sagte, er wolle so etwas nie wieder mitmachen.

Ich habe ihn angeschrien: Will ich das denn? Will ich ohne mein Mädchen sein? Will ich sie vermissen, mich fragen und niemals eine Antwort bekommen?

Er sagte, aus diesem Grund hätten wir sie begraben.

Um weitermachen zu können.

Und dann sah ich Henrik. Er stand in der Ecke. Bleich im Gesicht. Er sah mich an, so als wüsste er nicht, wer ich bin.

Daniel sagte: Du hättest auch deinen Sohn verlieren können.

Er bedauerte, was passiert war. Er wünschte mir ein schönes Leben. Und dann ging er.

Henrik ging auch. Ich weiß nicht, ob er es wagt wiederzukommen. Ich weiß nicht einmal, ob ich wieder nach Hause kommen darf.

Und als er ging, habe ich auch ihn angeschrien.

Ich schrie und schrie und schrie, und ich hörte nicht auf, bevor sie mich ruhigstellten.

Isabelle

ICH BIN ALLEINE in der Wohnung. Johanna hat heute Nacht bei Axel geschlafen.

Ich liege im Bett und schaue aus dem Fenster. Der Himmel ist blau, und die Sonne scheint. Das wirkt anstrengend. Ich habe keine Lust rauszugehen.

Ich sollte lernen. Es gibt immer was zu lernen, und für gewöhnlich macht es mir Spaß. Jetzt nicht. Ich will nicht. Kann nicht.

Mein Zimmer ist wohnlich, wie Großmutter es ausdrücken würde. Lediglich das Bett, das Bettzeug und die Deckenlampe sind neu. Alles andere ist Secondhand. Das große abstrakte Gemälde in Blautönen, der graue Hochflorteppich und die Nachttischlampen. Sowohl der Schreibtisch als auch der Nachttisch aus Teak, der Schreibtischstuhl, bei dem es sich um einen alten, verschlissenen Küchenstuhl handelt, und die Dekosachen. Vor dem Fenster hängt eine einzelne blaue Übergardine. Johanna und Papa haben mir geholfen, alles vom Anhänger nach oben zu schleppen.

Ich ziehe das Rollo herunter und hole mein neues MacBook Air heraus. Das habe ich mir von dem Geld gekauft, das ich mit meinem Sommerjob verdient habe. Ich checke eine Weile Facebook. Fahre das Notebook runter und lege es beiseite. Checke auf dem Handy Insta und Snapchat. Dann schiebe ich die Decke weg und gehe in die Küche. Ich stelle den Wasserkocher an, nehme eine Tasse und einen Teebeutel.

Die Wohnung ist hell. Große Fenster in allen Zimmern, weiß gestrichene Wände. Ich habe das Schlafzimmer bekommen, und Johanna hat sich das Wohnzimmer eingerichtet, die Glastür ist mit einem lila-grünen Batikstoff verdeckt. In der Küche hängen alte Abbildungen von Kräutern, die wir zusammen gekauft haben. Die Stühle rund um den Küchentisch sind ungleich, und den Teppich auf dem Boden hat Großmutter gewebt.

Ich setze mich mit meinem Tee ans Fenster. Denke an das Telefonat mit Mama und daran, was ich in der Gruppentherapie über sie gesagt habe. Ich habe ein schlechtes Gewissen. Hasse mich selbst für mein Benehmen.

Ich war ungerecht. Was ich getan habe, war falsch. Auf diese Weise schlecht über meine Mutter zu reden, in ihrer Abwesenheit über sie zu sprechen. Die anderen haben kein korrektes Bild von ihr bekommen. Ich war sauer und enttäuscht und traurig. Ich habe übertrieben.

Mama sagt oft, ich sei empfindlich. Leicht beeinflussbar. *Das bin ich vielleicht.* Gerade jetzt fühle ich mich total verwirrt. Die Wut auf Mama führt ein Eigenleben in mir, ich kann sie nicht kontrollieren. Gleichzeitig erstickt mich die Schuld, die ich wegen meiner Gefühle empfinde.

Ich bin noch immer schockiert darüber, dass Papa tot ist. Und über die Enthüllung, dass er nicht mein richtiger Papa war. Gerade jetzt lässt mich das alles, was Mama betrifft, in Frage stellen. Empfinde ich richtig? Darf ich so empfinden? Ich frage mich, wie viel von meinen Erinnerungen mit dem übereinstimmt, was wirklich war.

Ich werde Stella fragen, was sie über all das hier denkt. Ich weiß, dass ich so etwas mit ihr besprechen kann. Als sie gefragt hat, wie es mir ergangen ist, als ich klein war, schien sie sich Sorgen zu machen. Sie war aufrichtig um mich besorgt, das habe ich gespürt. Es fühlt sich an, als wolle sie irgendwie alles gut machen.

Aber wie soll ich ein wahres Bild abgeben, das nicht missverstanden werden kann? Jedes Mal, wenn ich sage, was ich denke, endet es nicht gut. Wann werde ich das lernen? Was soll ich tun, damit andere es begreifen?

Clara hat gefragt, warum es sich meiner Meinung nach so gefährlich anfühlt, uneins mit Mama zu sein. Ich weiß es nicht. Weiß nur, dass ich Konflikte verabscheue und alles tue, um sie zu vermeiden. Ich will Mama nicht traurig machen. Papa war genauso. *Mein Papa, der nicht mein Papa war.*

Mama meint, ich würde zu viel nachdenken. Zu viel fragen. Vielleicht hat sie recht. Dieses ständige Grübeln macht mich nicht schlauer. Aber ich kann nicht aufhören zu denken. Oder aufhören zu fühlen.

Ich weiß nicht, warum ich so geworden bin, wie ich bin, oder warum ich mich immer außen vor gefühlt habe. Andersartig. Seltsam. Fremd. Mit mir stimmt was nicht. Mit den Gefühlen, die ich empfinde.

Ich will nicht weinen. Tue es aber trotzdem.

Und ich verachte mich selbst noch mehr.

Stella

ICH SITZE ZUSAMMENGEKAUERT in einem Sessel in meinem Büro. Ich habe die Schuhe abgestreift und die Füße unter mich gezogen. Heute habe ich mich hierher gezwungen, und ich sitze die Zeit lediglich ab. Habe nicht eine Minute gearbeitet. Ich habe aufgehört, meine Arbeit zu machen. Der ganze Vormittag ist dafür draufgegangen, über das Geschehene nachzudenken.

Ich erhalte Anrufe, die keiner getätigt hat. Ich sehe bedrohliche Männer mit heruntergezogenen Kapuzen.

Stand dort überhaupt jemand auf der Straße hinter dem Haus?

Ja, das tat es. Ich halluziniere nicht. Es ist jetzt zweimal passiert. Jemand überwacht mein Zuhause. Jemand überwacht mich. Jemand folgt mir. Die Todesanzeige macht es noch Furcht einflößender. Ich versuche zu verstehen. Versuche zu denken. Versuche auszurechnen, wer dahintersteckt. Aber wenn ich so weitermache, bleibe ich stecken. Werde wieder krank.

Das hier muss ein Ende haben.

Ich werde es Henrik erzählen. Ich werde ihm alles erzählen. Heute. Am liebsten hätte ich konkrete Beweise gehabt, bevor ich etwas sage. Aber es kann nicht länger warten. Und Isabelle muss ihre Therapie in einer anderen Gruppe fortsetzen. Ich hätte sie direkt zu einem anderen Therapeuten schicken sollen, bereits nach der ersten Begegnung. Was ich im Moment mache, ist unprofessionell. Das ist unethisch.

Das ist gefährlich.

Das Telefon vibriert. Henrik ruft an. Ich gehe ran, und er fragt, wann ich Feierabend mache. Er will, dass wir in der Trattoria unten in der Norr Mälarstrand zu Abend essen. Nur er und ich. Milo hat Basketballtraining. Ich antworte, dass das wunderbar klingt.

Empfinde ich so? Ja. Nein. Eigentlich nicht. Vielleicht sowohl als auch. Normalerweise gehe ich gern mit meinem Mann essen. Und ich will, dass es jetzt auch so ist. Aber das ist es nicht. Der Gedanke, während des Essens im Restaurant über Alice zu sprechen, fühlt sich falsch an. Ebenso falsch wie noch länger zu warten, um es ihm zu erzählen.

Einige Stunden später parke ich den Audi in einer Querstraße zur Norr Mälarstrand. Ich gehe zum Mälarpavillon unten am Wasser, wo Henrik wartet. Er hat Bartstoppeln, seine Haare sind zerzaust, und er trägt eine Sonnenbrille. Er nimmt sie ab und sieht mich an.

»Was?«, fragt er.

»Du siehst gut aus.« Ich zögere, bevor ich mich auf die Zehenspitzen stelle und ihm einen Kuss gebe. Er erwidert ihn.

»Nur du und ich«, sagt er. »Lange her.«

Hand in Hand gehen wir die Strandpromenade am Wasser entlang. Beobachten andere Leute und machen uns auf ihre Kosten lustig. Hobbyfotografen mit Objektiven von einem halben Meter Länge und ältere Damen, die sich mit ihren widerspenstigen kleinen Hunden abmühen. Eltern mit Kinderwagen, die breiter kaum sein könnten, Jogger in Tights und mit Gürteltaschen, die rücksichtslos zwischen den Flanierenden hindurchspringen, Damen mit Stöcken in den Händen.

Wir brauchen das hier. Wir sollten zu diesem Wochenende fahren, von dem Pernilla gesprochen hat. Es ist Ewigkeiten her, seit mein Mann und ich uns Zeit füreinander genommen haben.

Wir kommen zum Kai und gehen in die Trattoria, Henrik hat einen Tisch am Fenster reserviert. Als wir bestellt und das Essen bekommen haben, erzählt er, dass seine Eltern übers Wochenende nach Frankreich fahren. Er sagt, dass Marcus und Jelena kürzlich in diesem Restaurant hier waren. Er kommentiert die Einrichtung und die Speisekarte, er plaudert.

»Am Wochenende soll es Sonne geben«, sagt er.

»Schön«, sage ich.

»Ich plane, Milo zu einer letzten Runde Golf für diese Saison mitzunehmen. Ist am Samstag ein Basketballspiel?«

»Keine Ahnung. Vielleicht. Wahrscheinlich.«

Ich frage mich, warum wir eigentlich hier sind. Ich trinke einen Schluck von dem Wein. Versuche zu entspannen. Ich schaue über den Riddarfjärden. Ich sitze in einem gemütlichen Restaurant mit dem Mann, mit dem ich glücklich verheiratet bin.

»Ist es gut?«, fragt Henrik und nimmt sich eine Kostprobe von meinem Teller.

»Ganz okay«, antworte ich.

»Wie läuft es momentan auf der Arbeit?«

Ich drehe das Weinglas. »Es läuft gut. Und bei dir?«

»Viel zu tun momentan, wie du weißt, aber es wird bald besser«, sagt er.

Schweigen. Wir benehmen uns wie zwei schlechte Kopien unserer selbst.

»Hast du noch irgendwas von der Aufsichtsbehörde für das Gesundheits-, Pflege- und Betreuungswesen gehört?«

Da kam es. Er hat mich ausgeführt, um ein ernsthaftes Gespräch mit mir zu führen. Er glaubt, mein Verhalten habe etwas mit Lina zu tun. Ich stochere im Essen herum. Ich wünschte, er hätte bis später gewartet.

»Nein, noch nicht«, antworte ich, lege die Gabel weg und ziehe die Strickjacke enger um die Schultern.

»Du musst nicht in die Defensive gehen«, sagt er. »Nachdem

du nicht mehr mit mir sprichst, musste ich einfach fragen. Aber es war dumm von mir, es jetzt anzusprechen. Vergiss es.«

Es vergessen? Es wird für den Rest des Abends wie eine Wolke über dem Tisch hängen, wenn ich nichts sage.

»Warum fühlt sich das hier so angespannt an?«, frage ich.

»Du bist angespannt«, antwortet er. »Du bist schon eine ganze Weile angespannt und gereizt.«

»Ich weiß, dass ich möglicherweise geistesabwesend und zerstreut war«, sage ich.

»Zerstreut? Du bist komplett woanders. Du reagierst kaum, wenn ich oder Milo mit dir reden. Du vergisst Sachen, du rastest aus. Und gestern? Worum ging es da?«

»Es sind ein paar merkwürdige Wochen gewesen, ich weiß«, sage ich. »Aber das hat nichts mit Lina zu tun. Ich habe diesen Mann jetzt zweimal gesehen. Ich habe eine versteckte Todesdrohung erhalten. Aber das ist nicht alles. Es gibt etwas, das ich dir erzählen muss.«

Henrik schüttelt den Kopf. »Wir machen das später, okay? Willst du Kaffee?«

Das will ich nicht. Ich will gehen. Bevor ich antworten kann, gibt er dem Kellner ein Zeichen. Ich habe den Blick auf den Kai vor uns gerichtet, als Henrik um zwei Kaffee bittet, kein Dessert, danke. Die Sonne glitzert auf dem Wasser. Es ist ein wunderbarer Abend. Und der Abstand zwischen mir und Henrik wächst beständig.

Es gibt kein Zurück. Ich muss es ihm erzählen. Als wir wieder alleine sind, schaue ich ihm in die Augen.

»Henrik«, sage ich und lege eine Hand auf seinen Arm.

Er sieht mich an, wartet, dass ich fortfahre.

»Ich bin Alice begegnet.«

Henrik legt die Serviette beiseite und sieht mich an.

Ich fahre fort: »Dieses Mal irre ich mich nicht. Ich weiß, dass ich mich nicht irre.«

Ich merke, dass ich zu laut spreche. Die Frau und der Mann am Nachbartisch sind still geworden und gucken in unsere Richtung.

Henrik wirft einen Blick zur Seite. Schaut dann über das Wasser.

»Ich wollte nichts sagen«, sagt er. »Nicht hier. Ich möchte das später mit dir besprechen.«

»Was sagen?«, frage ich.

»Ich hatte heute auf der Arbeit Besuch.«

Henriks Blick ist beharrlich. Er geht mir durch und durch. Ich habe keine Ahnung, was mich erwartet, aber ich sehe ihm an, dass es ernst ist.

Er sagt: »Heute Vormittag hat mich eine Frau im Büro aufgesucht. Sie macht sich Sorgen um ihre Tochter.«

»Ihre Tochter?«

»Die bei dir in Therapie ist.«

»Was meinst du?«

»Das Mädchen hat sich verändert, seit sie zu dir kommt. Du wirkst, und ich zitiere nur«, Henrik hält abwehrend die Hände hoch, »ungesund interessiert an ihr.«

»Meinst du das ernst?« Ich hebe die Stimme erneut, und das Paar nebenan beäugt uns. Ich senke meine Stimme und fahre fort: »Um wen geht es?«

Er lässt meine Frage unbeantwortet. Stattdessen sagt er: »Diese Frau hat das Gefühl, du würdest das Mädchen gegen sie aufwiegeln. Würdest gängelnde Fragen über ihre Kindheit stellen.«

»Isabelle«, flüstere ich.

Henrik lehnt sich vor, klopft mit dem Zeigefinger auf den Tisch. »Sag nicht, du glaubst, diese Isabelle sei Alice.«

»Die Frau, die dich aufgesucht hat, wie hieß sie?«, frage ich.

»Kerstin Karlsson. Sie hat an mich appelliert, mit dir zu sprechen. Die Tochter will ihr nicht zuhören, sie ist offenbar bereits von dir eingenommen. Nach Aussage der Mutter.«

»Warum hat sie dich kontaktiert?«, frage ich. »Sie hätte sich direkt an mich wenden können.«

Er zuckt mit den Schultern. »Spielt das irgendeine Rolle? Sie war beunruhigt«, sagt er.

»Rate warum«, sage ich. »Rate warum, Henrik. Sie versucht, das zu beenden. Sie versucht zu vertuschen, was sie getan hat.«

Henrik sieht mich fragend an. »Soll Kerstin Karlsson deine Tochter entführt haben? Und anschließend mich manipuliert, damit du nicht die Wahrheit erfährst? Das stimmt nicht. Du liegst komplett falsch.«

»Woher weißt du das? Woher weißt du das?!«

»Weil es unglaubhaft ist. Weil in diesem Land nicht einfach irgendjemand das Kind eines anderen stehlen kann. Es gibt Register, es gibt alles Mögliche. Man kann nicht einfach mit einem Kind auftauchen, ohne dass irgendjemand reagiert. Ich bin an Alices Gedenkstein gewesen. Sie ist tot, Stella. Was du durchgemacht hast, muss schwerer gewesen sein, als es sich irgendjemand vorstellen kann. Alice ist weg. Das ist grauenhaft, das ist furchtbar. Aber du musst damit leben.«

»Ich habe niemals geglaubt, dass sie tot ist, das weißt du sehr gut. Aber du glaubst, ich sei verrückt geworden. Das ist es, was du meinst, nicht wahr? Dass ich in meinem Zustand des Wahnsinns das alles nur erfinde?« Ich stelle das Glas zu heftig auf dem Tisch ab. Das Paar neben uns guckt und tuschelt.

»Reg dich ab, Stella. Reg dich ab.«

»Du hörst lieber auf jemanden, dem du noch nie zuvor begegnet bist. Es ist dir vollkommen egal, was ich zu sagen habe.«

»Jetzt tu nicht so, als läge es an mir. Du *bist* in letzter Zeit seltsam gewesen. Und diese Frau, mit der ich gesprochen habe, macht sich wirklich Sorgen um ihr Kind. Sie ist verzweifelt. Sie wusste nicht, was sie machen soll.«

»Und du kaufst ihr einfach ab, was sie zu sagen hat?« Meine Stimme hält kaum stand. Die Wut, die ich verspüre, ist dabei, über die Ufer zu treten. »Du glaubst, dass ich eine Patientin der

Gehirnwäsche unterziehe, weil ich Wahnvorstellungen habe? Hast du überhaupt kein Vertrauen?«

Henrik lehnt sich über den Tisch. »Du sagst selbst, dass du glaubst, Alice gefunden zu haben. Erneut. Was zur Hölle soll ich glauben, Stella?« Er greift nach meiner Hand. Ich ziehe sie weg. Verschränke die Arme und gucke an ihm vorbei.

»Dieses Mal ist es anders. Dieses Mal weiß ich, dass ich mich nicht irre.«

»Es sind über zwanzig Jahre vergangen«, sagt er.

»Isabelle *ist* Alice! Soll ich davor die Augen verschließen?«

Henrik lehnt sich zurück. Er legt seine Serviette zusammen und klappt sie wieder auseinander.

»Hör auf mit dieser verfluchten Serviette herumzuspielen«, fauche ich.

Er schleudert sie von sich. »Du meinst also, du hast deine verschwundene Tochter gefunden«, sagt er. »Das Mädchen, das du zum letzten Mal im Alter von einem Jahr gesehen hast. Du siehst sie in einer deiner Patientinnen. Ihre Mutter sorgt sich um den Fortgang der Therapie. Das hier ist ernst, Stella. Sag mir, dass du das verstehst. Sag wenigstens, dass du verstehst, wie sich das anhört.«

»Ich denke mir das hier nicht aus«, sage ich. »Ich bilde mir das nicht ein.« Aber ich vernehme, wie weinerlich und eindringlich meine Stimme klingt. Ich klinge kein bisschen glaubwürdig. Nicht einmal für mich selbst. Mehrere Gäste gucken uns an.

»Du kannst nicht weiter ihre Therapeutin sein«, sagt Henrik, »nicht, wenn du glaubst, dass sie deine Tochter ist.«

»Das weiß ich bereits.«

»Warum hast du nicht mit mir gesprochen? Du weißt, wie es gelaufen ist, als du das letzte Mal so empfunden hast. Wie du dich gefühlt hast. Ich will nicht, dass du das noch mal durchmachen musst.«

»Du meinst also, das hier ist ein Rückfall?«

»Ich mache mir Sorgen um dich.«

»Du glaubst, ich sei krank. Dass ich eingewiesen werden müsste.«

Henrik fährt sich mit den Händen übers Gesicht. »Wir sollten jetzt besser gehen.« Er schaut sich nach der Bedienung um. Es fühlt sich an, als hätte er mir ein Messer in den Rücken gerammt. Er sitzt mir direkt gegenüber. Er ist Lichtjahre entfernt. Noch nie zuvor waren wir so weit voneinander entfernt.

»Und du wunderst dich, warum ich nichts gesagt habe?«, sage ich. »Weil ich wusste, dass es so laufen würde.«

Ich stehe derart ungestüm auf, dass mein Stuhl nach hinten fällt. Stolpere zwischen den Tischen, als ich durch das Restaurant stürze. Höre einen Knall, gefolgt vom Geräusch von zerbrechendem Glas. Alle im Lokal starren mich an. Ich renne zum Ausgang, reiße die Tür auf und gehe raschen Schrittes zurück zum Auto.

Ich fahre über die Rålambshovsleden und weiter über die Tranebergsbron. Aber statt in den Alviksvägen abzubiegen, fahre ich auf den Ulvsundavägen weiter. Ich passiere den Flughafen und das Einkaufszentrum Bromma Blocks, fahre an der Trabrennbahn Solvalla vorbei und bei Rissne ab. Ich denke an Alice. Ich spüre sie in mir wie eine brennende Flamme, die niemals gelöscht werden kann.

Dann fahre ich durch die Villenviertel in Bromsten, Spånga und Solhem und gelange nach Hässelby, fahre links auf den Lövstavägen, heimwärts. Als ich nach Vällingby komme, biege ich ab.

Ich halte auf einem Parkplatz und steige aus. Die Sonne geht langsam unter, die Luft ist kühl. Ich wickle mir den Schal einmal um den Hals und schiebe die Hände in die Manteltaschen.

Sie wohnt in einem der Hochhäuser neben dem Einkaufszentrum. Vielleicht war ich die ganze Zeit über auf dem Weg hierher.

Ich sehe, wie Lampen ein- und ausgeschaltet werden, das blaue Licht von Fernsehbildschirmen. Hinter den Gardinen bewegen sich Menschen, sie gehen durch die Zimmer und schauen aus den Fenstern. Einer von ihnen kann Alice sein. Vielleicht steht sie gerade in diesem Moment da und sieht auf mich herab. Vielleicht empfindet sie wie ich, eine Wahrnehmung von etwas, das uns verbindet. Etwas, das keiner verstehen kann. Das Band zwischen uns. Vielleicht denkt sie in diesem Moment daran, an mich.

Stella

AM NÄCHSTEN MORGEN haben Henrik und Milo bereits gefrühstückt und sind losgefahren, als ich in die Küche komme. Henrik hat für mich gedeckt, aber der Kaffee in der Kanne ist kalt und der Saft im Glas lauwarm. Ich schütte ihn weg, entsorge das Butterbrot und setze frischen Kaffee auf.

Ich habe mich geschminkt, habe meine schwarze Hose von Malene Birger angezogen, die oben ein bisschen lockerer sitzt und zu den Beinen hin schmaler wird. Dazu eine grüne Bluse von Filippa K.

Ich schaue aus dem Fenster. Alles ist grau, die Straße, die Bäume, die Häuser, der Himmel. Ich blicke auf die Uhr. Halb neun. Es ist Freitag, ich habe heute keine Patienten und muss nicht in die Praxis.

Henrik und ich haben gestern Abend nicht mehr miteinander gesprochen. Als ich nach Hause kam, hat er sich mit Milo zusammen einen Film angesehen. Ich habe ein Bad genommen und bin ins Bett gegangen.

Als Henrik kam und sich neben mich gelegt hat, habe ich so getan, als würde ich schlafen. Ich habe gespürt, dass er wach gelegen und mich angesehen hat. Wir befinden uns jetzt in unterschiedlichen Welten. Jegliche Kommunikation ist bis auf Weiteres unterbrochen.

Es ist nicht verwunderlich, dass er Angst hat, ich würde wieder zusammenbrechen. Ich benehme mich seltsam, wie er sagt.

Ich bin angespannt und gereizt. Trotzdem *ist* es nicht wie beim letzten Mal. Das hier ist real.

Und hätte ich ihm von Alice erzählen können, bevor Kerstin Karlsson ihn aufgeschreckt hat, wäre alles anders gelaufen. Vielleicht. Oder es hätte keine Rolle gespielt, und er hätte mir doch nicht zugehört.

Ich nehme den Kaffee und gehe ins Arbeitszimmer. Ich schalte den Computer ein und logge mich bei Facebook ein. Ich hatte schon lange vor, mein Konto zu löschen. Es gibt mir nichts, raubt lediglich Zeit und Energie. Die »Freunde«, die ich habe, sind Henrik, Pernilla, Familie und Verwandte von meiner und von Henriks Seite, ein paar Leute, die ich durch die Arbeit oder durch Milo kennengelernt habe, alte Klassenkameraden. Bekannte, die schreiben, wenn die Freundschaftsanfrage bestätigt wird, aber das ist alles. Vor allem wegen Helena habe ich das Konto noch. Sie nutzt Facebook täglich und meist lässt sie mir und Mama darüber eine Nachricht zukommen.

Ich gebe Kerstin Karlsson in das Suchfeld ein. Die Anzahl der Treffer zieht mich herunter. Einige kann ich direkt ausschließen. Sie sind zu jung, wohnen im falschen Teil des Landes oder im Ausland. Ich gehe auf drei unterschiedliche Profile, deren Benutzerinnen ein bisschen älter aussehen als ich. Aber ich weiß noch nicht einmal, wie sie aussieht. Oder ob sie überhaupt bei Facebook ist. Das ist sinnlos.

Ich probiere es mit der Suche nach Isabelle Karlsson, aber auch mit diesem Namen gibt es viel zu viele Treffer. Stattdessen google ich Isabelle Karlsson, KTH.

Ein Artikel über ein Projekt, das sie und einige andere durchgeführt haben, ploppt auf. Ich klicke ihn an. Auf dem Gruppenfoto steht sie ganz vorn, die Arme verschränkt, mit offenen Haaren und deutlich hervortretenden Lachgrübchen.

Sie ist hübsch. Sie hat Ausstrahlung. Ich mache einen Screenshot von dem Bild und speichere ihn in iCloud.

Weitere Suchergebnisse führen zu nichts. Ich fahre mit der Suche nach Kerstin Karlsson, Borlänge, fort.

Nicht so viele Treffer wie auf Facebook. Aber welche ist die Kerstin, die ich suche? Ich habe keine Ahnung, wie sie aussieht.

Mir kommt eine Idee, und ich suche nach Hans Karlsson verstorben.

Hans Gunnar Karlsson, verstorben infolge einer Hirnblutung im Alter von neunundfünfzig Jahren. Es trauern um ihn seine Ehefrau Kerstin und Tochter Isabelle.

Die Notiz findet sich auf der Homepage der Dala-Demokraten. Ich suche nach Hans Gunnar Karlsson, Borlänge.

Eine Adresse in der Barkargärdet. Mit der gleichen Adresse wie Isabelle Karlsson, 22 Jahre alt.

Und Kerstin Karlsson, 47 Jahre alt.

Kerstin

HANDTÜCHER UND BETTLAKEN ins Lager zu räumen, fällt nicht in meinen Aufgabenbereich. Aber ich mache es trotzdem. Wie üblich. Sonst bleibt der Wäschewagen einfach hier im Flur stehen. Die Leute wollen für nichts Verantwortung übernehmen, alle wollen sich drücken und lieber jemand anderen hinter sich aufräumen lassen.

Ich spüre es in den Knien, als ich mich nach vorn beuge und die Laken von ganz unten hochnehme. Es würde nicht schaden, ein paar Kilo abzunehmen. Aber man kann nicht alles auf einmal machen. Ich muss an zu vieles andere denken. Das Leck im Badezimmer, das Auto, das wieder Schwierigkeiten macht, all die Rechnungen, die sich auftürmen. Eigentlich müsste ich zum Zahnarzt. Aber wie soll ein normaler Mensch sich das alles leisten können? Der Lohn als Krankenpflegerin reicht nicht weit. Besonders jetzt nicht, wo ich alleine bin. Das Einzige, was mir Hans hinterlassen hat, waren Schulden und Ratenzahlungen. Die Beerdigung hat den Rest der finanziellen Mittel aufgebraucht.

Ich vernehme Gebrüll aus einem der Zimmer, es klingt, als käme es von einem verletzten Tier. Ich weiß, dass es Hedvig ist. Sie bekommt so viele Beruhigungsmittel, dass es an ein Wunder grenzt, dass sie überhaupt aufrecht stehen kann. Ist die Zeitspanne zwischen den Einnahmen zu lang, kriegt sie Angstzustände.

Ich lasse die Wäsche Wäsche sein und gehe zu ihrem Zimmer.

»Hast du dich wieder im Lager versteckt, Kerstin?«, sagt Ritva, als sie mich sieht. »Warum reagierst du nicht auf den Lärm?« Sie schüttelt den Kopf und geht in die Küche.

Warum reagierst du nicht, denke ich und gehe weiter zu Hedvigs Zimmer. Eine junge, auf Stundenbasis angestellte Kollegin steht in der Türöffnung und blickt unsicher drein. Ich klopfe ihr auf den Arm und sage, dass ich mich hierum kümmern werde.

»Was ist los, Hedvig?«

»Hilf mir«, ruft sie. »Hiiilfe!«

»Ich bin jetzt da, atme tief ein.« Ich schließe den Medikamentenschrank auf. Richtig, jemand hat vergessen, ihr die Dosis zu geben, die sie vor zwei Stunden hätte bekommen sollen. Typisch. Jetzt muss ich auch noch eine Abweichung notieren. Ich reiße die Tüte mit den Medikamenten auf, kippe den Inhalt in einen roten Plastikbecker und gebe ihn Hedvig. Sie schluckt alle Tabletten auf einmal und wirft sich dann unter lautem Geschrei und Gewimmer im Bett hin und her.

Ich setze mich neben sie, streichle beruhigend ihre Hand und flüstere ihr zu, dass alles gut wird. Dann lege ich eine Decke über sie und wickle sie um ihre kalten Füße. Ich beschwichtige sie und summe leise. Nach einer Weile wird sie ruhig.

»Willst du Kaffee, Hedvig? Vielleicht ein Stück Kuchen?«

»Verlass mich nicht. Geh nicht weg.«

»Ich gehe nirgendwohin. Ich verspreche es.«

Hedvig ist fünfundachtzig und bekommt selten Besuch. Sie liegt im Bett, Tag um Tag, Woche um Woche, Jahr um Jahr. Sie schluckt ihre Beruhigungstabletten, rastet aus, bekommt eine Extradosis Beruhigungsmittel. Ich fühle mit ihr. Seine Tage auf diese Weise zu beenden, ist unwürdig. Das ist eine Schande für unseren Wohlfahrtsstaat. Unseren sogenannten Wohlfahrtsstaat. Von dem nichts mehr übrig ist.

Ich sitze noch immer bei ihr, streichle ihren knochigen Arm und denke über das Leben nach. Es wird nie so, wie man es sich vorgestellt hat. Erneut ist ein Gespräch mit meiner Tochter entgleist. Ich verstehe nicht, warum es jedes Mal so ausgeht, wenn wir miteinander sprechen. Ich bin das so oft durchgegangen und frage mich, was ich falsch mache.

Hallo Mama.

Hallo mein Mädchen. Bist du auf dem Weg zur Therapie?

Bereits da hat sie dichtgemacht. Vielleicht hätte ich das Gespräch sofort beenden und später noch einmal anrufen sollen, aber ich wollte so gern ihre Stimme hören, sie daran erinnern, dass es mich gibt und dass ich sie liebe. Tief in ihrem Inneren spürt sie es, auch wenn sie sauer klingt. Tief in ihrem Inneren weiß sie, dass sie mich braucht. Sie ist nicht stark genug, um sich loszureißen. Sie ist noch nicht bereit.

Wie ist es zu Hause?

Still. Es ist immer still, wenn du nicht hier bist.

Ein Versuch, einen kleinen Scherz zu machen. Ich hätte mir ausrechnen müssen, dass Isabelle das falsch auffassen würde. Momentan versteht sie fast alles falsch.

Vielleicht solltest du versuchen, dich mit jemandem zu treffen? Wann hast du zum letzten Mal mit Großmutter gesprochen?

Dass meine Tochter der Ansicht ist, sie müsse sich wegen meines Umgangs Sorgen machen, hat mich regelrecht gereizt werden lassen.

Deine Großmutter hat ihr eigenes Leben. Handarbeitsgruppe und was auch immer.

Ich komme schon klar, mach dir keine Sorgen.

Kennst du niemand anderen, bei dem du dich melden kannst? Du hast doch nicht immer in Dalarna gewohnt.

Was ist das hier? Woher kommen diese Kommentare? Und in diesem Tonfall? Das sieht Isabelle nicht ähnlich. Keineswegs. Und bevor ich mich sammeln konnte, fuhr sie schon fort.

Wo haben wir eigentlich gewohnt, als ich klein war? Das hast du mir nie erzählt. Nur, dass es irgendwo in Dänemark war, bevor du nach Borlänge gezogen bist und Papa kennengelernt hast.

Möglicherweise gehe ich mit dem Ganzen vollkommen falsch um. Aber Isabelles Tonfall hat es mir nicht leicht gemacht. Anklagend, sauer und gelangweilt. Vorlaut. Undankbar. Ich war auf meine eigene Reaktion nicht vorbereitet.

Hans, meinst du?

Es ist mir einfach so herausgerutscht. Vielleicht wollte ich die junge Dame einfach in ihre Schranken verweisen. Es tut weh, wenn Isabelle mich attackiert. Gewiss will ich es ihr erzählen. Das ist doch selbstverständlich. Aber jetzt und hier? Am Telefon?

Wir sollten einander doch näherkommen, jetzt, wo es nur noch uns beide gibt. Aber ich finde, dass es schlimmer wird, je mehr Zeit vergeht. Wenn sie nur wüsste, wie traurig mich das macht. Sie versteht noch immer nicht, was ich durchgemacht habe. Zählt es nicht, dass ich ihre Mama bin? Dass ich sie in mir getragen habe, sie während der längsten, schmerzhaftesten und widerwärtigsten sechsundvierzig Stunden meines Lebens zur Welt gebracht habe? Dass ich daran beinahe gestorben wäre? Spielt es keine Rolle, dass ich sie die ersten Monate ununterbrochen in den Armen gehalten und im Schaukelstuhl gewiegt habe? Dass ich ihre Wunden verarztet und nachts Wache gehalten habe, wenn sie krank war? Dass ich sie mit hierher nach Dalarna genommen habe, um ihr ein sicheres Heim zu geben, und einen Papa für sie gefunden habe, den besten, den man sich vorstellen konnte.

Hans hat Isabelle alles bedeutet. Und Aina, Isabelles Großmutter, nimmt einen großen Platz in ihrem Herzen ein. Ich selbst aber bin kaum eine Erwähnung wert. Niemand begreift, wie sich das anfühlt. Wie weh das tut. Abgewählt und verworfen, obwohl ich ihr mein Leben geweiht habe. Kinder können schrecklich grausam sein.

Hedvig bewegt sich unruhig, und ich richte ihre Decke. Arme Hedvig, was für ein Los. Werde ich auch so enden? Meine Fürsorge für meine Tochter scheint sie nur von mir wegzustoßen.

Und die Scham, wie ich Isabelle gegenüber von Hans gesprochen habe, drängt sich häufiger in die Erinnerung, als es mir lieb ist. Ich verstehe, dass sie verletzt und traurig ist, das tue ich. Aber sie hat sich in letzter Zeit verändert, mehr als ihr selbst bewusst ist. Sie ist fast immer zornig oder gereizt. Es ist mehr, als dass sie nur von mir enttäuscht ist. Sie ist so vollkommen anders als sonst.

Wir müssen uns sehen. Am liebsten möchte ich Isabelle wieder zu Hause haben, Zeit haben, sie zu umsorgen. Wir müssen wieder füreinander verfügbar sein. Wenn wir zusammen sind und Gelegenheit haben, miteinander zu reden, werden wir wieder zueinander finden. Alles wird sich klären.

Deshalb habe ich die Sache in die Hand genommen.

Das mag impulsiv erscheinen, aber ich habe alles genau durchdacht, bevor ich nach Stockholm gefahren bin. Es ist zeitintensiv, an einem Tag hin- und herzufahren, aber es war die Mühe wert. Ich war gezwungen, etwas zu unternehmen. Ich kann nicht passiv danebenstehen und zusehen, wie meine Tochter in die Irre geführt wird.

Ich hatte mich entschieden, zuerst mit ihrem Mann zu sprechen. Henrik Widstrand. Er sollte zu ihr vordringen können. Ich wollte nicht in ihre Praxis stürmen und ihr unnötig eine Szene machen. Isabelle zuliebe werde ich ihr eine Chance geben. Sie muss verstehen, dass meine Tochter verletzbar ist und eine sehr schwierige Phase durchmacht.

Henrik Widstrand war nett. Er hat sich Zeit genommen, hat mich hereingebeten und mir einen Kaffee angeboten. Er hat zugehört, mich nicht unterbrochen, er hat mich ausreden lassen. Und nicht ein einziges Mal hat er auf die teure Uhr an seinem Handgelenk gesehen oder ist ungeduldig geworden. Selbstverständlich war er seiner Frau gegenüber loyal. Er hat gesagt, dass sie sich an die Schweigepflicht hält, dass er nichts über ihre Patienten weiß. Er war sich sicher, dass sie einen guten Job macht. Trotzdem hat er mich ernst genommen, das habe ich gesehen. Er war besorgt. Wenn sie nur nicht meinetwegen streiten. Das will ich nicht. Aber was hätte ich tun sollen? Welche Alternative hatte ich? Alles, was ich will, ist, mein Kind schützen. Das ist das Wichtigste. Dass meine Tochter sicher ist.

Henrik Widstrand hat sich bei mir bedankt, meine Hand genommen und mir in die Augen gesehen. Richtig groß und gut aussehend ist er, und er scheint sich in Form zu halten. Er hätte snobistisch sein können, war jedoch freundlich und warmherzig. Sie sollte froh sein, einen so feinen Kerl zu haben. Ich fühle mich leichter ums Herz, jetzt, da ich mit ihm gesprochen habe. Ich glaube tatsächlich, dass sich alles klären wird.

Ich summe und singe, streichle Hedvig die Hand, bis sie einschläft. Dann bleibe ich bei ihr sitzen, bis es an der Zeit ist, nach Hause zu gehen.

Stella

ES IST BEWÖLKT, als ich an Avesta vorbei und über den Dalälven fahre. Ich erinnere mich nicht daran, wann ich zum letzten Mal in Dalarna gewesen bin.

Gleich vor Borlänge öffnet sich die Landschaft. Ausgedehnte Felder und Äcker. Die von Wald bedeckten Berge in der Ferne wirken blau. Ich hatte vergessen, wie schön dieser Teil Schwedens ist, selbst an einem so grauen Tag.

Ich biege rechts ab und fahre erneut über den Dalälven. Ich komme am Stahlwerk vorbei. Blei gefärbter Rauch verschwindet nach oben in den wolkenbedeckten Himmel.

Der Stadtteil Barkargärdet liegt im Nordwesten von Borlänge, und es dauert eine Weile, bis ich die richtige Adresse im Faluvägen finde. Dicht und hochgewachsene Laubbäume und Fichten. Die Gegend ist dunkel und trübe, und ich frage mich, ob die Sonne jemals bis hierher durchkommt.

Die meisten Einfamilienhäuser in Barkargärdet sind gepflegt, mit ordentlichen Gärten. Einige ähneln jedoch Bruchbuden; verfallen und verlassen, mit zugewucherten Gärten, Schrott und Autowracks auf dem Grundstück. Hans und Kerstin Karlssons Haus ist eines davon. Ich parke am Straßenrand, bleibe aber im Auto sitzen. Ich betrachte das Haus, in dem meine Tochter aufgewachsen ist.

Die Holzfassade ist verschlissen und braucht einen neuen Anstrich. Irgendwann einmal ist es sicher ein schönes Haus gewesen, aber jetzt macht es einen heruntergekommenen Eindruck. Neben der Auffahrt liegt ein Haufen Gerümpel, und unter dem Küchenfenster steht eine alte Geschirrspülmaschine. Der Garten ist zugewuchert, das Gras hoch, und die Rabatten sind seit Langem vernachlässigt. Der Briefkasten gleicht einem schönen kleinen Märchenhaus, hellgelb mit kleinen, feinen Details. Er wirkt fehl am Platze.

Ich will wissen, wer Kerstin ist. Was sie macht, was für einen Hintergrund sie hat, was sie weiß. Ich will wissen, warum sie Henrik aufgesucht hat, statt direkt mit mir zu sprechen. Ich will wissen, warum sie sich die Zeit genommen hat, die Adresse seines Büros herauszufinden, ihn in seiner Firma aufzusuchen und das Glück hatte, ihn zwischen all seinen Besprechungen anzutreffen. Je mehr ich darüber nachdenke, desto seltsamer wirkt das Ganze.

Die Auffahrt ist leer, und die Fenster sind dunkel, es scheint niemand zu Hause zu sein. Ein Auto nähert sich. Ich beuge mich hinunter, es fährt vorbei, und ich atme aus. Unter den Achseln läuft mir der Schweiß, und mein Herz klopft. Ich komme mir lächerlich vor. Aber wenn das Kerstin ist, die nach Hause kommt, darf sie mich auf keinen Fall sehen.

Ich fahre vom Straßenrand los und folge dem Faluvägen, bis ich zu einer Abfahrt komme. Aber statt auf die E16, zurück nach Borlänge, zu fahren, drehe ich um.

Ich fahre erneut an dem Haus vorbei. Halte an, stelle den Motor ab und steige aus. Ich muss versuchen hineinzukommen. Vielleicht findet sich eine unverschlossene Tür oder ein Kellerfenster, das ich aufdrücken kann.

Als ich fast bei der Gartentür angelangt bin, öffnet sich die Tür des Nachbarhauses. Eine Frau und ein Mann kommen heraus, sie tragen identische Trainingssachen. Sie gehen die Treppe hinunter, und der Mann sieht in meine Richtung. Er wirkt verärgert, als würde er den Verdacht hegen, ich wolle hier einbrechen. An der

Gartentür zum Grundstück des Paares hängt ein Schild: *Nachbarschaftliche Zusammenarbeit gegen Verbrechen.* Ein rotes Dreieck mit abgebrochenem Brecheisen, darunter das Logo der Polizei.

Ich kehre um und gehe schnellen Schrittes zum Auto zurück.

»Hallo? Können wir irgendwie behilflich sein?«, ruft der Mann mir hinterher.

Ich laufe halb zum Auto, springe hinein und fahre los. Im Rückspiegel sehe ich, dass er mir noch immer hinterherschaut.

Ich parke ein Stück entfernt und warte. Dann drehe ich um und fahre erneut zu Kerstins Haus. Die Nachbarn sind noch immer draußen, sie haben die Gartengerätschaften hervorgeholt. Sie werden den Bereich unter Aufsicht halten, es gibt keine Möglichkeit reinzukommen, ohne dass sie es bemerken.

Ich bin hierhergefahren. Ich habe mir das Haus angesehen, ich weiß, wo Alice gewohnt hat. Wo Kerstin Karlsson mit meinem Kind gelebt hat. Es ist unglaublich frustrierend, nicht mehr tun zu können. Gleichzeitig bin ich erleichtert. Ich darf jetzt keinen Fehler machen. Sollte herauskommen, dass ich hier herumspioniert habe, ist meine berufliche Karriere definitiv vorbei.

Ich schaue ein letztes Mal zu dem Haus hin. Hier ist Alice aufgewachsen. Ich kann das nicht begreifen. Das ist unfassbar. Hat sie am Fenster gestanden und hinausgesehen? Ist sie im Garten herumgelaufen und hat gespielt? Hat sie Liebe erfahren, oder wurde sie schlecht behandelt? Ich weiß nichts über das Leben meiner verschwundenen Tochter.

Isabelle

»WAS HÄLTST DU von dem hier?« Johanna hält ein kurzes Kleid mit Pailletten hoch »Du würdest superhübsch darin aussehen.«

Ich zucke mit den Schultern. »Das ist wohl okay.«

»Hör auf, so deprimiert zu sein, Isabelle!« Sie hängt das Kleid zurück und packt mich an den Schultern. »Shopping ist die beste Medizin gegen Depression.«

»Ist es das? Mama sagt immer, man wird nur noch depressiver, wenn das Geld alle ist.«

»Da liegt sie falsch. Du wirst sehen.«

Ich bin mir gar nicht mehr so sicher, ob das hier hilft. »Können wir nicht lieber heimfahren?«

»Wenn du auch noch nur eine einzige Sekunde länger in diesem Bett liegst, wirst du wirklich bekloppt. Glaub mir.« Johanna henkelt mich ein und zieht mich zum nächsten Kleiderständer.

Sie ist nach der Vorlesung nach Hause gekommen, hat mein Rollo hochgezogen und mich gefragt, was ich da tue. Erst hat sie geglaubt, ich sei krank. Dann hat sie mir angesehen, was mir fehlte. Sie ist in mein Bett gekrochen und hat mich fest umarmt. Hat gesagt, dass auch sie das Leben scheiße findet. Sofort danach hat sie mich aufgefordert aufzustehen und eine Dusche zu nehmen. Jetzt sind wir zusammen mit tausend anderen mitten in der Stadt bei H&M in der Drottninggatan.

Johanna hält ein wirklich kurzes Shirt hoch, es ist silberfarben und sieht samtig aus. Widerwillig lasse ich mich darauf ein, es anzuprobieren. Und das Kleid. Sowie eine schmale, schwarze, superstretchige Hose. In der Kabine setzt sie sich auf den Schemel und gibt mir mittels Gesten zu verstehen, dass ich anfangen soll. Ich ziehe den Pullover und die Jeans aus. Probiere die Sachen und drehe mich gehorsam um.

Es endet damit, dass ich sowohl das Shirt als auch die Hose kaufe. Und vielleicht fühle ich mich ein bisschen, ein kleines bisschen besser. Aber das beruht wohl mehr darauf, dass sich jemand um mich kümmert, als dass ich einkaufe.

Sie wartet mit der Fragerei, bis wir bei Joe & The Juice in Åhléns City sitzen. Hier sind alle cool. Die Musik ist immer zu laut. Sie holt uns einen Saft und rückt nah an mich heran.

»Du bekommst einen *Sex me up*, ich dachte, den könntest du brauchen.«

Ich nehme den Saft und probiere. »Danke. Der ist gut.«

»Es ist eine Weile her, seit du derart durchgehangen hast. Ist es dein Papa?«

»Mein ganzes trauriges Leben.«

»Ach Isabelle, du bist so verflucht dramatisch. Was ist los?«

»Ich hatte eine so verdammt seltsame Kindheit und Jugend.«

Johanna legt einen Arm um mich. »Weil du adoptiert bist und es nicht gewusst hast?«

»Nicht nur das. Wir hatten nie Kontakt zu jemandem. Nur zu Großmutter. Wir haben wie in einer Blase gelebt, isoliert von allen anderen. Und Mama wollte immer, dass ich ihre kleine Puppe bin, die sie steuern und umsorgen konnte.« Ich trinke noch einen Schluck und denke nach.

»Meine Eltern haben nie so was gemacht, was andere Eltern tun. Sie haben sich total von allen anderen unterschieden. Ich habe mich immer für sie geschämt. Vor allem für Mama. Sie war irgendwie immer seltsam. Keiner von ihnen ist zum Elternabend gegangen, sie haben Entschuldigungen erfunden, wenn die Klasse und alle Eltern etwas zusammen machen sollten, und ich durfte nie mit ins Leksand Sommarland fahren. Ab und an durfte ich Papa in der Garage helfen, und Mama und ich haben gebacken. Aber das ist vollkommen krank.«

»Alle Eltern sind bekloppt. Krank im Kopf. In gewisser Weise. Alle sind das, das schwöre ich dir.«

»Nicht so wie meine Mama. Sie hat mich die ganze Zeit überwacht. Sobald ein Junge mit mir zusammen sein wollte, hat sie es herausbekommen. Dann hat sie seine Eltern angerufen und mit einer Anzeige bei der Polizei und allem Möglichen gedroht. Meine Mutter ist bekloppt, alle wussten das. Und letztendlich sind mir alle aus dem Weg gegangen, wegen ihr.«

»Jetzt hast du mich.« Johanna lehnt sich an meine Schulter. »Und Fredde, oder? Ihr habt in letzter Zeit oft getextet?«

»Ja.«

»Magst du ihn?«

»Ein bisschen.«

»Nur ein bisschen?«

»Hör auf, Johanna.«

»Okay.«

Stille.

»Glaubst du, er mag mich?«, sage ich nach einer Weile.

Johanna verdreht die Augen. »Er fährt so auf dich ab, dass er alles für dich tun würde.«

»Obwohl ich seltsam bin?«

»Weißt du was? Du bist nicht so andersartig und seltsam wie du glaubst. Das sitzt nur in deinem Kopf.«

»Stella hat einmal in der Gruppentherapie etwas Ähnliches gesagt. Aber trotzdem. Ich spüre, dass ich irgendwie grauenvolle Dinge in mir trage.«

»Glaubst du, dass du damit alleine bist? Ich bin zwischenzeitlich auch so verdammt stinkwütend. Auf meine Eltern, auf das

Leben, auf alles. Daran ist nichts falsch, die Frage ist nur, wie man damit umgeht, nicht wahr?«

»Vielleicht. Ich weiß es nicht.«

»Aber ich weiß es. Und nun will ich hören, was du in Bezug auf Fredde unternehmen willst.«

Wir reden weiter über Jungs, über Männer, darüber, wie man am besten über SMS und Snapchat flirtet, ich bekomme Tipps, was ich sagen und was ich nicht sagen soll. Sie bringt mich dazu, dass ich rot werde, wir lachen und kichern. Nach einer Weile steht Johanna auf, um uns auch noch ein Sandwich zu kaufen. Über Jungs und Sex zu reden, erfordert Energie. Ich sage, ich sei an der Reihe, sie einzuladen, aber sie wimmelt mich ab.

Johanna in die Stadt zu begleiten, war das Beste, was ich tun konnte, auch wenn ich es anfangs nicht so empfunden habe. Als sie weg ist, klingelt mein Telefon. Unbekannte Nummer, ausnahmsweise ist es nicht Mama.

Stella

AUF DEM RÜCKWEG nach Stockholm. Ich fahre schneller als erlaubt. Ich bin enttäuscht. Und wütend. Es war idiotisch, nach Borlänge zu fahren. Ich hätte stattdessen zu Hause bleiben und schlafen sollen. Das hier hat nichts gebracht. Kein bisschen. Ich weiß jetzt nicht mehr als zum Zeitpunkt, als ich losgefahren bin. Im Gegenteil, ich habe noch mehr Fragen, die nach Antworten verlangen. Antworten, die es nicht gibt.

An einer Tankstelle in Enköping fahre ich ab, tanke und kaufe mir einen Kaffee. Ich setze mich an einen Tisch am Rand des Parkplatzes. Meine Schultern sind verspannt, um die Augen herum verspüre ich einen Druck. Ich hole mehrfach tief Luft, fülle meine Lunge und strecke mich.

Ich hole das Handy aus der Tasche und rufe an.

»Isabelle.«

»Hallo Isabelle, hier ist Stella Widstrand«. Einen Moment lang Schweigen.

»Hallo?«, rufe ich.

»Oh, hallo!«

»Hallo, entschuldige, dass ich dich an einem Freitagnachmittag störe.«

»Überhaupt kein Problem.«

Im Hintergrund ist laute Musik zu hören. Vielleicht ist sie in irgendeiner Studentenkneipe. »Kannst du reden?«, frage ich, »oder bist du noch in der KTH?«

»Ich habe heute frei. Ich bin mit einer Freundin in der Stadt.«

»Prima«, sage ich. »Lernst du gerne?«

Kurze Pause, bevor sie antwortet.

»Ja, das tue ich. Es ist viel Arbeit, aber es macht Spaß.«

Wie natürlich das sein könnte. Seine Tochter anzurufen, zu fragen, wie es ihr geht, wie ihr Tag war. Wer ist sie? Wovon träumt sie? Was will sie werden? Ich will alles über sie wissen.

»Ich will mich kurz fassen. Ich habe einen Vorschlag«, höre ich mich selbst sagen. »Die Gruppentherapie findet nur einmal pro Woche statt. Da bleibt nicht viel Zeit für jeden Einzelnen von euch. Am Montag habe ich einen Termin frei. Du kannst eine Stunde für dich alleine haben, zum Reden. Um elf?«

»Okay.« Isabelle klingt unschlüssig. »Das ist vielleicht gut.«

»Nur, wenn du möchtest«, sage ich. »Wenn du glaubst, dass es dir etwas bringt. Später können wir uns auch gemeinsam mit deiner Mama treffen. Das kann euch helfen, euch einander anzunähern.«

»Später vielleicht«, sagt sie. »Darf ich darüber nachdenken?«

»Selbstverständlich. Das ist nur ein Angebot. Du tust genau das, was du möchtest.«

»Aber Montag klingt gut. Um elf?«

»Ich erwarte dich.«

Ich beende das Gespräch und setze mich ins Auto. Ich nehme meinen Kalender aus der Tasche, notiere: Isabelle, Montag, elf Uhr. Was ich tue, ist unethisch. Aber Alice ist mein Kind. Ich bin bereit, alles in meiner Macht Stehende zu tun, um sie zurückzubekommen.

Ich blättere im Kalender in der Woche zurück. Sehe, dass ich eine Reihe von Mails hätte versenden, einige Leute anrufen, Patienakten weiterführen müssen. Es ist Nachmittag, und ich habe nichts davon erledigt. Ich gedenke auch nicht, es jetzt zu tun.

Ich sehe eine Notiz von Mittwoch, von einem Gespräch mit Per Gunnarsson. *Sven Nilsson, Norrköping.*

Ich habe ihn noch nicht angerufen. Das Missverständnis bezüglich Milos Abholung, der Streit mit Henrik, die Trattoria gestern. Ich habe total vergessen ihn anzurufen.

Ich google ihn und erhalte eine Telefonnummer und eine Adresse. Ich rufe an, lausche ungeduldig, ob das Signal durchgeht.

»Ja, hallo?« Die Stimme einer jungen Frau.

Ich stelle mich vor und sage, dass ich auf der Suche nach Sven Nilsson bin. Ich höre die Frau etwas murmeln, es knistert, als sie den Hörer weitergibt.

»Sven Nilsson.« Seine Stimme ist heiser, ich erkenne sie nicht wieder.

»Hallo, ich heiße Stella Widstrand«, sage ich. »Wir haben uns im Sommer 1994 kennengelernt. Damals hieß ich Stella Johansson.«

»Jaha?«

»Im August dieses Jahres ist meine Tochter Alice in Strandgården verschwunden. Sie war erst ein Jahr alt. Sie haben die Ermittlungen zu ihrem Verschwinden geleitet.«

Schweigen.

Sven Nilsson ist alt. Erinnert er sich?

»Ja, ich erinnere mich«, sagt er. »Darf ich fragen, warum Sie jetzt anrufen?«

»Ich bin sicher, dass Alice lebt. Das hört sich vielleicht ein bisschen verrückt an. Aber ich weiß es einfach. Sie lebt.«

»Ich hatte die ganze Zeit das Gefühl, dass Ihre Tochter lebt«, sagt Sven Nilsson. »Leider konnte ich es nie beweisen. Das bedaure ich. Das war das Schlimmste, was ich in meinen Jahren als Polizist erlebt habe.«

Die Tränen bahnen sich ihren Weg. Ich wische mir die Augen mit dem Pulloverärmel trocken und räuspere mich.

»Haben Sie noch irgendwelche Unterlagen von den Ermittlungen, die ich mir ansehen kann?«

»Unbedingt, unbedingt«, sagt er. »Ich habe noch jedes einzelne Dokument. Alles. Fakt ist, dass ich weiß, dass es eine Spur gab, der nicht nachgegangen wurde. Können Sie herkommen, dann können wir uns die Unterlagen gemeinsam ansehen. Lassen Sie mich überlegen, vielleicht am Dienstag? Dienstagvormittag? Passt das?«

Ich lache auf. Es ist noch unendlich lang hin bis Dienstag, aber endlich werde ich einen Beweis dafür bekommen, dass ich recht habe.

Ich schalte Musik ein, in voller Lautstärke, und fahre nach Hause.

Stella

HENRIK HAT AM MORGEN Brot gebacken, und in der Küche duftet es vielversprechend. Es ist Samstag, und wir frühstücken zusammen. Henrik und ich, wir haben uns noch nicht ausgesprochen, aber Milo zuliebe tun wir so, als sei alles wie immer. Ich esse eine Scheibe von dem Brot, obwohl ich keinen Appetit habe, und lobe ihn, wie gut es schmeckt. Dann frage ich Milo nach dem heutigen Basketballspiel. Mehr ist nicht nötig, dass er loslegt und ununterbrochen redet und Henrik und ich einander weiterhin ausweichen können.

Ich fahre nicht mit zu dem Spiel. Henrik wirkt erleichtert, dass ich zu Hause bleibe. Ich sage, dass ich mich ausruhen muss. Nur auf dem Sofa liegen und es ruhig angehen lassen will. Als sie losfahren, stehe ich in der Tür und winke ihnen nach und denke, dass ich genau das Gleiche bereits vor zwei Wochen gesagt habe. Natürlich habe ich meinem Mann nichts von dem Ausflug nach Strandgården erzählt. Auch nichts von der Fahrt nach Dalarna und zu Kerstins Haus. Oder von den Telefonaten mit Isabelle und Sven Nilsson. Unzuverlässig und verschlossen wie ich bin.

Sicher merkt er mir das an. Ich kann ihm keinen Vorwurf machen, dass es ihm schwerfällt, mir zu glauben. Trotzdem habe ich kein schlechtes Gewissen.

Für jemanden, der nicht selbst ein Kind verloren hat, ist das unmöglich zu verstehen. Würde ich alles, was ich empfinde, alles, was ich treibe, preisgeben, würde Henrik versuchen, mich zu stoppen. Er würde dem entgegenwirken. Ich habe keine Zeit für seine Zweifel und sein Misstrauen. Alles, was er glaubt in guter Absicht zu tun oder zu sagen, ist lediglich ein Ausdruck von Angst. Henrik hat Angst, Probleme mit mir zu bekommen. Den Einzigen, den er schützen will, ist er selbst. Das ist menschlich. So sind wir alle. Und deshalb habe ich ihm auch nicht erzählt, wen ich heute treffen will.

Ich fahre von der E18 ab. Dem GPS zufolge ist es nicht mehr weit. Ich konnte es nicht lassen, gestern seinen Facebook-Account zu checken. Auch, wenn ich nur sein Profilbild gesehen habe, Orte, an denen er gewesen ist und welche Musik er mag. Der Rest war privat, seinen Freunden vorbehalten.

Anfangs hatte ich nicht vor hierherzufahren. Aber letztendlich war ich dazu gezwungen. Ich will ihn einfach nur sehen. Sehen, wie es ihm geht.

Es gibt niemand anderen, mit dem ich reden kann. Niemand anderen, der das versteht.

Er ist ihr Vater.

Und er hat ein Recht darauf zu erfahren, dass Alice lebt. Dass ich ihr begegnet bin, und dass ich weiß, wo sie ist.

Daniel wohnt in einem gemütlichen weißen Holzhaus in Bro, dreißig Kilometer von Stockholm entfernt. Das Haus steht auf einem großen Grundstück mit einer dichten, gepflegten Hecke drumherum. Neben dem Grundstück befindet sich eine Werkstatt, wo sich ein Mann über eine offene Motorhaube beugt. *Sundkvists verkstad* steht auf dem Schild an der Straße. Ich überprüfe im Rückspiegel, wie ich aussehe. Richte meine weiße Bluse. Die Nägel habe ich in einem dunklen Weinrot lackiert. Ich habe mir heute Morgen die Haare gemacht, die mir jetzt lockig über die Schultern fallen. Ich lächle mein eigenes Spiegelbild an. Es lächelt zurück, wirkt aber nervös und unsicher.

Ich biege vor der geöffneten Garage ein und parke. Daniel legt eine Hand über die Augen und blinzelt in meine Richtung. Ich atme einmal tief ein und steige aus dem Auto aus.

»Stella?« Daniel lächelt und kommt näher. »Dachte ich es mir doch, dass du das bist«, sagt er.

Er wischt sich die Hände an einem Lappen ab. Dann schließt er mich in seine Arme, umarmt mich fest und wirbelt mich einmal herum. Wie er es früher immer getan hat. Ich verberge mein Gesicht an seinem Hals, sauge seinen Duft ein. Ich habe vergessen, welchen Effekt er auf mich hat. Bin absolut nicht vorbereitet auf das Verlangen, das seine Berührung in mir auslöst. Oder bin ich es doch? Habe ich mich vielleicht sogar danach gesehnt, es wieder zu spüren?

»Was machst du hier?«, fragt er und setzt mich ab. »Hier draußen in Bro?«

»Ich hatte in der Nähe zu tun?«

»Sicher.« Er lächelt, aber ich habe das Gefühl, dass er auf der Hut ist. Wir betrachten einander. Daniel ist sich gleich geblieben, aber auch wieder nicht. Er ist nicht mehr schmal und schlacksig. Er trainiert sicher viel, seine Schultern sind kräftig, Brust und Arme muskulös. Seine Haare sind länger, als ich sie je an ihm gesehen habe, und zu einem Männerdutt hochgebunden. Sie sind noch immer rabenschwarz, werden an den Schläfen aber langsam grau. Mehr Tätowierungen als vor zwölf Jahren bedecken seine Arme. Die Jeans ist verschlissen und sitzt tief auf seiner Hüfte. Offenes rotes Flanellhemd, schwarzes Unterhemd darunter. Er sieht gefährlich aus. Er ist sexy.

»Deine Werkstatt.« Mit einer Geste verweise ich auf das Schild. »Du hast es letztendlich getan.«

Er sieht zu dem Schild hoch. »Es fühlt sich gut an«, sagt er und richtet den Blick auf mich. »Und du? Noch immer Gehirnzerknautscherin?«

Ich gehe zu dem Auto, an dem er arbeitet.

»Was für eine Schönheit«, sage ich und streiche mit der Hand an der Seite entlang.

»Klar ist sie schön.« Daniel folgt mir und streift dabei kurz mein Hinterteil. Er stellt sich neben mich. Dicht. Er riecht nach Motoröl und After Shave. Ich höre, wie er atmet.

»Ich erinnere mich an dieses rote, glänzende Ding, in dem du uns herumgefahren hast«, sage ich und schaue zu ihm hoch.

»Glänzendes Ding?« Er gibt sich unzufrieden. »Das war ein Impala, Baujahr '74.«

»Ich habe viele schöne Erinnerungen an dieses Auto.«

Daniel lächelt. Auch er erinnert sich. Und er hat nichts dagegen, an all das zu denken, was wir auf der Rückbank gemacht haben. Das sehe ich ihm an. Ich spüre, wie sich mir der Magen zusammenzieht. Er geht in die Werkstatt hinein. »Willst du ein Bier oder irgendwas?«, ruft er mir über die Schulter hinweg zu.

»Gern Mineralwasser, wenn du hast.«

»Noch immer nicht gelernt, Bier zu trinken?« Er kommt zurück und wirft mir eine Flasche Ramlösa zu. Ich fange sie auf und lache.

»Nein, ich bin ein hoffnungsloser Fall.«

Er fragt nach Gudrun. Er hat gehört, dass Henrik und ich vor ein paar Jahren eine Wohnung für Mama gekauft haben. Sagt, dass er ihre Köttbullar vermisst, dass ich ihr das ausrichten soll. Ich frage nach Maud, seiner Mutter. Sie ist vor dem Sommer in Rente gegangen, jetzt steht sie den ganzen Tag unter der Dunstabzugshaube und raucht gelbe Blend.

Nichts von dem, was wir sagen, spielt irgendeine Rolle. Es ist nur leeres Geschwätz, was das andere zurückhalten soll. Das, was ich in genau diesem Moment in meinem ganzen Körper spüre. An Daniels Blick, wie er über meinen Körper gleitet, sehe ich, dass er das Gleiche empfindet. Und es fühlt sich lächerlich schmeichelhaft an zu wissen, dass er mich noch immer begehrt.

»Was für eine Männerhöhle du hier hast«, sage ich und schaue mich um. »Kühlschrank mit Bier, Jukebox und alles.«

»Gemütlich, was?«, antwortet er.

Ich setze mich auf das Sofa, das neben dem Kühlschrank steht.

»Ich kann nicht dafür garantieren, dass deine schicken Klamotten noch im gleichen Zustand sind wie vorher, nachdem du dort gesessen hast.« Er zeigt mit dem Bier auf das Sofa.

»Komm und setz dich«, sage ich und klopfe einladend neben mir auf das Sofa. Er kommt rüber und nimmt Platz. Er legt einen Arm hinter mich, und ich rücke näher. Ich kann es nicht lassen mich zu fragen, wie das Leben aussehen würde, wenn wir einander nicht verlassen hätten. Hätten wir so außerhalb der Stadt gewohnt, er und ich? Hätten wir weitere Kinder gehabt?

Ich bin verzweifelt darüber, was uns passiert ist. Was wir verloren haben. Ich vermisse ihn. Ich vermisse die Wärme, die zwischen uns war. Vermisse die Hitze. Und ich will das wieder erleben.

»Tragisch, dass etwas, das alles für einen bedeutet hat und ein Teil des eigenen Lebens war, nicht mehr da ist«, sage ich. »Findest du nicht?«

Daniel drückt meine Schulter. »Du hast immer mehr nachgedacht und gegrübelt als ich.« Er ist für eine Weile still. »Schreibst du noch immer Tagebuch?«, sagt er dann.

»Mittlerweile nicht mehr.«

»Bist du glücklich?« Daniel sieht mir in die Augen.

Ich weiche seinem Blick aus. »Es geht uns gut«, sage ich und gebe zu verstehen, dass ich am liebsten nicht darüber reden möchte.

»Henrik ist Bauingenieur, oder so was?«

»Oder so was.«

»Du hast es gut getroffen«, sagt er. »Fährst einen Audi TT.

Teuer und edel. Ist das das gleiche Mädchen, dass sich nicht getraut hat, den Motorradführerschein zu machen?«

»Das gleiche Mädchen.« Ich bin nicht hierhergekommen, um über mein jetziges Leben zu plaudern. Ich will nichts mehr davon hören. Ich will im Hier und Jetzt sein, mit Daniel.

»Er scheint dir gutzutun«, sagt er. »Du und ich, wir waren zu hitzig.«

»Vielleicht.«

»Und dein Sohn, Milo, nicht wahr? Er muss mittlerweile groß sein.«

»Dreizehn.«

»Die Zeit vergeht.« Daniel trinkt einen Schluck von seinem Bier.

»Alice wäre heute zweiundzwanzig«, sage ich.

Daniel sieht mich an. Er nimmt den Arm weg und richtet sich auf. Er überlegt lange, was er sagen soll. Ich hatte vergessen, dass das seine Art ist. Seine Taktik, das Reden zu vermeiden, hat mich damals wahnsinnig gemacht. Es regt mich auch jetzt auf.

»Denkst du auch an sie?«, frage ich.

Daniel dreht die Bierdose in seinen Händen.

»Ab und an«, antwortet er nach einer Weile. »Manchmal. An ihrem Geburtstag. Das Leben geht weiter.« Er schweigt erneut.

»Ich habe viel an sie gedacht. An uns.« Ich lege eine Hand auf seinen Oberschenkel. »Es ging uns gut, Daniel.«

»Ich erinnere mich an unsere Streitereien«, sagt er. »Wie wir einander auf die Nerven gegangen sind in diesem engen Block in Jordbro. Es war nicht immer romantisch.« Er löst den Männerdutt und fährt sich mit der Hand durch die Haare. Ich nehme die Hand von seinem Oberschenkel.

»Wenn Alice nicht verschwunden wäre … «

»Dann hätten wir all unsere Tage glücklich gelebt?« Er schüttelt langsam den Kopf und sieht mich an. »Glaubst du das? Wir waren sehr jung, Stella. Und du bist nahezu direkt schwanger geworden. Ich glaube, du erinnerst dich in anderer Weise daran, als ich es tue.«

Er tut unser gemeinsames Leben ab. Einfach so. Wischt alles weg, als wäre es nichts wert gewesen. Ich stehe auf und gehe zur Werkstatttür. Schaue auf die Straße hinaus. Vielleicht war es ein Fehler hierherzufahren. Ich drehe mich um und sehe ihn an.

»Also sind meine Erinnerungen nur Fantasien?«

»Du willst alles rosarot sehen, das hast du immer getan.« Daniel steht vom Sofa auf, geht zum Auto und beugt sich wieder darüber. Er nimmt einen Schraubenschlüssel und arbeitet weiter. Auch dieses Verhalten erkenne ich wieder. Er ist unsicher, er ist verwirrt. Bin ich die Ursache dafür? Hat er Angst davor, was passieren könnte? Ja, das hat er. Todesangst. Ich wecke etwas in ihm. Es ist noch immer so stark, wie es einst gewesen ist. Und das lähmt ihn vor Schreck.

»Ich erinnere mich, dass du uns geliebt hast«, sage ich. »Du warst glücklich über Alice, überglücklich. Ist diese Erinnerung falsch? Waren wir dir nur ein Hindernis? Für all deine Pläne? Sag es, ich vertrage das.« Ich gehe zu ihm. Fühle mich wie ein labiler Charakter in einer Seifenoper.

Er dreht sich um und packt mich an den Armen. Beugt sich herunter und studiert mich eingehend. »Warum denkst du jetzt daran? Warum bist du hergekommen? Nicht, um über alte Erinnerungen zu sprechen, so viel verstehe ich.«

Ich sehe zu Boden, bis ich mich traue, seinem Blick zu begegnen. Dann erzähle ich ihm, dass ich Alice gefunden habe. Dass Alice mich gefunden hat, dass sie aber noch nichts davon weiß. Ich erzähle ihm alles. Ich merke, dass ich zusammenhanglos rede, wünschte, gefasster zu sein. Aber ich berichte ihm alles. Von Anfang bis Ende.

Als ich fertig bin, merke ich, dass Daniels Blick abwesend ist. Er steht breitbeinig mit geradem Rücken da, schiebt die Hände in die Hosentaschen.

»Hat sie dicke schwarze Haare? Ein Elfenohr?« Er führt eine Hand zu seinem eigenen.

»Ja, das hat sie. Das war es, was mir die Sicherheit gab.« Ich halte sein Gesicht zwischen beiden Händen. Unsere Blicke begegnen sich. Alles steht still.

»Und bestimmt ähnelt sie Maria?«, sagt er. »Wie sie es schon als Baby getan hat.« Daniels Stimme ist sanft und verständnisvoll. Endlich. Ich wusste, dass er mir glauben würde.

»Sie ist eine Kopie von Maria. Du musst sie sehen.«

Ich lege meine Hände um seinen Nacken, lehne mich an ihn. Das ist so lange her. Trotzdem fühlt es sich an, als hätten wir uns nie getrennt. Die Zeit hat es nicht vermocht, das Band zwischen uns zu zertrennen.

»Und du bist ihr begegnet, hast mit ihr gesprochen?«, sagt er. »Du bist dir sicher?«

»Daniel, sie ist unsere Tochter.« Ich möchte aus Erleichterung, dass er versteht, weinen. Aus Trauer um all die vergangenen Jahre. Aus Freude darüber, bei ihm zu sein, die Nähe zwischen uns zu spüren.

»Unsere Tochter ist tot.« Daniel macht sich von mir los. »Wir haben sie beerdigt. Erinnerst du dich nicht daran?« Er hätte mir ebenso gut in den Magen boxen können. »Verdammt. Wie viel muss ich noch aushalten, Stella? Wie oft sollen wir das hier noch durchmachen?«

»*Sie ist* es. Ich weiß, dass sie es ist. Ich spüre es im ganzen Körper.« Ich wende mich ab, atme tief ein und aus, bevor ich ihn wieder ansehe. »Ich habe mit Sven Nilsson gesprochen. Erinnerst du dich an ihn? Den Polizisten? Es gibt Hinweise, denen nie nachgegangen wurde. Ich werde ihn am Dienstag treffen.« Ich packe Daniels Hände, zwinge ihn aufzuschauen. »Ich dachte, du würdest mich vielleicht begleiten wollen. Wir fahren zusammen dorthin. Wir werden eine Antwort bekommen. Dieses Mal werden wir erfahren, was … «

»Stella, hör zu«, unterbricht mich Daniel. »Alice ist weg. Du musst loslassen. Du und ich, wir haben uns beide weiterentwickelt. Das ist das Einzige, was wir wissen müssen.«

Der Klumpen in meinem Hals wächst, und die Tränen fließen. Ich weine inzwischen laut.

»Daniel, du musst mir helfen«, schluchze ich. »Mein Lieber, lass mich nicht im Stich. Ich habe nur noch dich.« Er legt eine Hand an meine Wange, und ich stürze mich in seine Arme.

»Ich bin genauso traurig wie du«, sagt er mit tiefer Stimme. »Das bin ich.«

»Ich vermisse sie. Und ich vermisse dich.« Ich schluchze und höre, dass die Worte kaum voneinander zu unterscheiden sind. Er beruhigt mich und spricht mir, den Mund dicht an meinen Haaren, tröstende Worte zu. Er streichelt mir über den Rücken.

Das fühlt sich herrlich an. Das ist schön. Und ich will ihn haben. Jetzt.

Das ist falsch.

Ich weiß, dass es falsch ist.

Aber es fühlt sich so richtig an, in seinen Armen zu liegen. Und die Lust, die ich anfangs verspürt habe, ist zurück. Ich liebkose seine Wange, fahre mit den Fingern durch seine Haare, streichle die Narbe auf seiner Stirn. Ich ziehe sein Gesicht zu meinem, um ihn zu küssen. Daniel stößt mich weg und richtet sich auf.

»Das hier hilft nicht. Du hast eine tolle Familie, vergiss das nicht. Dein Mann liebt dich. Ich habe es gesehen, als ich ihm vor zwölf Jahren begegnet bin. Er macht sich Sorgen um dich. Und er kümmert sich vermutlich besser um dich, als ich es je gekonnt hätte.«

Ich sehe zu Boden. Halte es nicht aus, wie er mich ansieht. Ich schäme mich, schäme mich, schäme mich.

»Ich habe nicht vor, dich zu begleiten«, sagt er. »Ich will das hier nicht noch einmal durchmachen. Ich kann nicht. Das ist für keinen von uns richtig. Fahr nach Hause zu deinem Sohn, Stella.

Fahr nach Hause zu deinem Mann. Er macht sich sicher Sorgen um dich.«

»Papa, Papa.« Eine helle Mädchenstimme. Instinktiv ziehe ich mich zurück, als ein kleines Kind hereinkommt und sich Daniel in die Arme wirft. »Wir haben Katzenbabys und Ziegen und Schafe und solche Kälber gesehen!«

»Kälber?« Daniel lacht. Das Mädchen ist vielleicht vier Jahre alt und hat dunkle, dicke Haare. Ein weiteres Mädchen kommt herein, ungefähr acht schätze ich, mit ebenso schönen Haaren. Er fragt die Mädchen, wo Mama ist. Sie sei mit dem Essen reingegangen, sagen sie wie aus einem Mund. Ganz selbstverständlich setzt er die Kleine auf seine Hüfte und legt den Arm um die Größere, schiebt sie Richtung Tür. Er erfährt, dass Mama gesagt hat, dass er zu ihnen ins Haus kommen soll. Zu seinen Lieblingsmädchen.

Hat Alice so ausgesehen, als sie in ihrem Alter war? Hätte er sie genauso angesehen, wäre er genauso wunderbar zu ihr gewesen?

Ja, ich weiß, dass er das gewesen wäre. Der Schmerz zerreißt mich, und das Atmen fällt mir schwer.

Ich sehe einen jüngeren Daniel auf dem Boden sitzen und mit unserem kleinen Mädchen kuscheln. Er schläft auf dem Sofa mit den Haaren in alle Richtungen abstehend und ihr auf der Brust. Eine beschützende Hand auf ihrem kleinen Rücken. *Wir* waren seine Lieblingsmädchen.

Bin ich für alle Zeiten paralysiert? Festgefroren auf der Stelle, bis jemand sich erbarmt, mich wegzutragen?

Ich bin eine Idiotion.

Ein unausgeglichenes Wrack.

Habe ich mir eingebildet, dass er auf mich wartet, um die kurze Zeit wieder aufleben zu lassen, die wir gemeinsam hatten? Er hat neue Töchter, um die er sich kümmern kann. Eine neue Liebe.

Ein neues Leben.

»Stella. Stella.« Daniel steht noch immer in der Tür. Er sieht mich an, und die beiden Mädchen mustern mich mit neugierigen Blicken. »Pass auf dich auf. Sei vorsichtig.« Er nimmt seine Töchter und geht zum Haus.

Auf der Haustreppe steht eine Frau und sieht in meine Richtung. Sie ist hübsch.

Ich setze mich ins Auto und fahre los.

Stella

WIE EINE IRRE FAHRE ICH von dort weg. Fahre auf den Seitenstreifen und halte an. Dann lege ich den Kopf auf das Lenkrad und weine. Schuld und Scham durchfluten mich, die Selbstverachtung trichtert mir ihre ewige Botschaft ein, wie wertlos ich bin. Schuld, weil ich Henrik gegenüber unehrlich bin. Scham für die Gefühle, die in mir hochgekommen sind und für meine Entscheidung, mit ihnen umzugehen. Habe ich versucht Daniel zu küssen? Wie weit wäre ich gegangen? Ich will nicht daran denken. Spüre noch immer die Sehnsucht. Was wir hatten, war stark und leidenschaftlich. Und als ich Daniel heute gesehen habe, ist alles wiedergekommen. Ich *habe* es wiederkommen lassen. Ich wollte glauben, dass es noch da ist. Ich habe Trost gesucht, wollte im Vergessen verschwinden. Die Angst vor dem Schmerz. Das hier passiert, wenn ich vor dem fliehe, was wehtut. Im Moment fehlt mir komplett die Impulskontrolle.

Daniel und ich. Das, was wir hatten, existiert nicht mehr. Und ich trauere um uns. Im einen Moment war Alice bei uns, im nächsten war sie verschwunden, so als hätte es sie nie gegeben. Niemand konnte erklären, was passiert war. Unsere Familie hörte auf zu existieren.

Die Tage nach dem Verschwinden unseres Kindes flossen in einem schmerzhaften, nicht enden wollenden Zustand der Hoffnungslosigkeit und Angst dahin. Nach Hause in die Wohnung in Jordbro zu kommen und in jedem Zimmer herumliegende Spielsachen zu sehen, in der Küche den Kinderstuhl, im Schlafzimmer das Gitterbettchen. Ich sammelte ihre kleinen Sachen ein, die in der Wäsche lagen, ihre Kuscheltiere.

Ich war nicht in der Lage, meinen Kummer mit irgendjemandem zu teilen. Ich war wie gelähmt. Verschwand auf dem Sofa und zog Alices Bettdecke über mich. Um sie nah bei mir zu behalten, um ihren Geruch wahrzunehmen.

Daniel hat alles versucht; er appellierte an mich und flehte mich an, zum Schluss hat er mich angeschrien. Er bekam keine Reaktion, ich war katatonisch. Letztendlich zog er sich zurück. Resignierte in seiner eigenen Trauer. Ich glaube nicht, dass er mir die Schuld gegeben hat, bin mir aber auch nicht ganz sicher. Vielleicht war er wütend über meine Nachlässigkeit, meine Schlamperei, meine offensichtliche Unbekümmertheit? Vielleicht nicht. Gesagt hat er nie etwas. Nicht ein einziges Mal hat er gefragt, wie ich Alice allein lassen konnte. Aber trotzdem. Es muss da gewesen sein. Ich entschied, es nicht zu sehen, das wäre zu viel gewesen.

Sechzehn Wochen vergingen. Kein Lebenszeichen von unserer Tochter. Keine Spur, keine Neuigkeiten von der Polizei. Sechzehn Wochen vergingen auch ohne viele Lebenszeichen von mir. Daniel packte seine Sachen und zog aus. Er warf sich seine Tasche über die Schulter, sah mich lange an, bevor er sich umdrehte.

Ich lag noch immer auf dem Sofa und ließ ihn gehen.

Milos Schuhe stehen nicht im Flur, als ich nach Hause komme. Auch von Henrik ist nichts zu sehen, aber seine Jacke hängt im Flur, und das Auto steht vor der Tür. Er ist zu Hause. Mein Herz klopft, als ich die Treppe hinaufgehe. Ich bin so fuchsteufelswild, dass ich zittere. Er hat mich hintergangen, er hat hinter meinem Rücken mit Daniel gesprochen. Ihn gewarnt, dass ich einen Rückfall hätte. Dass ich dabei wäre, manisch zu werden.

Er macht sich Sorgen um dich. Wen hat er noch kontaktiert? Hat er alle angerufen und erzählt, wie unausgeglichen und krank ich bin?

Im Schlafzimmer liegen seine Trainingssachen über dem Wäschekorb. Er war joggen. Im Badezimmer läuft das Wasser. Die Tür ist angelehnt, und ich gehe hinein. Sehe Henrik hinter der beschlagenen Glastür.

Ich reiße die Tür auf. Er dreht sich um und blinzelt mich an.

»Wo bist du gewesen?«, fragt er und stellt die Dusche ab. Er nimmt ein Handtuch und schlingt es sich um die Hüfte. Ich mache einen Schritt nach vorn und schlage ihm ins Gesicht. Er starrt mich an, als könne er nicht glauben, dass das eben wirklich passiert ist.

»Was tust du?«, sagt er und fährt sich mit der Hand über die Wange. Ich stoße ihn weg, hämmere mit den Fäusten gegen seine Brust.

»Wie konntest du nur?«, schreie ich. »Wie zum Teufel konntest du nur?«

Henrik packt meine Arme, verhindert meine Schläge. Stattdessen setze ich zu Tritten an. Er verstärkt seinen Griff um mich und dreht mich um. Hält mich fest.

»Lass mich los.« Ich kämpfe, um mich zu befreien. »Lass mich los, sagte ich.«

»Zur Hölle, was ist mit dir?« Henrik hält mich noch immer fest in seinem Griff.

Ich beiße ihn in die Hand und drehe mich um, als er mich loslässt. Er flucht und mustert den Abdruck meines Bisses. Ich hebe die Hand zu einem weiteren Schlag. Er fängt mein Handgelenk ein, drückt mich nach hinten gegen die Wand und hält meine Hand über meinem Kopf fest.

Ein Wassertropfen läuft seine nackte Brust herunter. Er beugt sich über mich. Meine freie Hand zieht seinen Kopf zu meinem herunter. Ich küsse ihn. Beiße ihn in die Lippe.

»Was treibst du da?«, zischt er mir ins Ohr. Ich antworte nicht. Er lässt mich los, macht einen Schritt nach hinten.

Die Knöpfe springen ab, als ich mir die Bluse vom Leib reiße. Henrik sieht mich schweigend an. Ich packe ihn um die Hüften, presse mich an ihn. Wir küssen uns, ein tiefer langer Kuss. Ich taste mich ins Handtuch vor, packe ihn und liebkose seine Erektion.

Er hebt mich hoch und setzt mich auf die Ablage neben dem Waschbecken. Ich ziehe das Handtuch weg, sehe, wie hart und steif er ist. Ich schlinge meine Beine um seine Taille, er zieht mich zu sich.

Er küsst meinen Hals, meinen Nacken, umklammert mit festem Griff meine Haare. Seine Zunge in meinem Mund. Er knöpft meinen BH auf, wirft ihn auf den Boden und leckt meine Brüste. Seine Zunge kreist um meine Brustwarzen, und ich presse meine Lippen gegen sein Ohr, flüstere, dass er mich nehmen soll.

Er trägt mich ins Schlafzimmer. Wirft mich aufs Bett und reißt mir Hose und Slip vom Körper. Ich versuche, mich aufzusetzen, aber er schubst mich auf den Rücken. Kniend küsst er die Innenseiten meiner Oberschenkel, ich packe seine Haare und presse mich gegen sein Gesicht.

Seine Zunge dreht ihre Runden, aufreizend, langsam. Ich winde mich, ich bitte um mehr. Er leckt und schnappt. Ich bin kurz davor zu kommen, als er aufhört und sich über mich beugt, sagt, das müsse reichen. Ich ziehe ihn aufs Bett runter, wir rollen herum und fallen über die Bettkante auf den Boden.

Ich setze mich rittlings auf ihn, reibe meine feuchte Scheide gegen sein Glied. Seine Hände auf meinen Brüsten, auf meinem Hintern. Ich küsse seine Schultern, seinen Nacken und wandere über seinen flachen Bauch tiefer. Er stöhnt, als ich ihn in den Mund nehme. Er ist groß und hart, und ich sauge, lecke, ich genieße es, ihn genießen zu sehen, ihn stöhnen zu hören, die Anspannung seines Körpers zu spüren, wie er sich dem Höhepunkt nähert. Er bittet mich aufzuhören, sagt, er wolle mich vögeln.

Ich fege mit den Haaren über seinen Brustkorb. Er packt sie wieder mit festem Griff und zieht mich zur Seite. Wir rollen herum. Mit der einen Hand hält er meine Handgelenke fest über meinem Kopf, und mit den Fingern der anderen Hand liebkost er meine Klitoris. Er dringt in mich ein, er füllt mich komplett aus. Das Zusammenprallen unserer Körper gegeneinander, gegen den Boden. Ich schreie, als ich komme. Schreie laut und spüre, wie mir gleichzeitig die Tränen in die Augen schießen.

Er liegt noch immer auf mir, und ich umklammere ihn fest mit beiden Beinen. Ich spüre unser beider Herzschlag.

»Hallo, Liebling«, sagt er nach einer Weile. Er rollt sich von mir herunter und dreht sich zu mir um. »Wo bist du gewesen?«

Ich antworte nicht. Will noch in diesem Augenblick verweilen. Alles andere vergessen. Dicht an ihn herankriechen, in seinen Armen liegen, sein Körper an meinem. Ich will ihn noch einmal haben. Ich beuge mich über ihn, küsse ihn auf den Mund. Nehme ihn in meine Hand, spüre, wie er wächst.

Henriks Handy klingelt. Er seufzt, murmelt, er müsse checken, wer das ist. Er setzt sich auf die Bettkante und geht ran. Ich krieche ins Bett und schließe halb die Augen. Henrik gibt mir einen Klaps auf den Hintern, und ich sehe auf. *Schlaf nicht ein*, gibt er mir zu verstehen. Aber ich bin zu müde. Habe keine Energie mehr. Das Gehirn ist fertig nach einem langen, widerwärtigen Tag. Der Körper fühlt sich schwer und schlapp an. Ich ziehe die Decke über mich, spüre, wie Henrik mich in den Oberschenkel zwickt. *Schlaf nicht ein.*

Als er aufgelegt hat, sitzt er lange neben mir. Ich brauche die Augen nicht zu öffnen, um zu wissen, dass er mich ansieht. Ich tue so, als würde ich schlafen, und höre, wie er sich anzieht. Bevor er geht, küsst er mich auf die Stirn. Er verlässt das Schlafzimmer und geht die Treppe hinunter.

Stella

ALS ICH AUFWACHE, liegt Henrik hinter mir. Ich drehe mich um. Er öffnet die Augen.

»Ich wollte dich nicht wecken«, sage ich. »Wie spät ist es? Ist es Nacht?«

»Ich habe nicht geschlafen«, sagt er.

»Es ist lange her.« Ich fahre mit einem Finger über seine Brust und beuge mich über ihn, küsse ihn auf den Mund. Versuche, ihn wieder in Gang zu bringen. Er streichelt meine Wange und sieht mir in die Augen.

Ich presse mich an ihn. »Willst du mehr?«

»Ich will reden«, sagt er.

»Bist du sicher?« Ich schnappe nach seinem Hals.

»Was ist gestern passiert? Früher oder später musst du es mir erzählen.«

Ich stehe auf. Streife mir ein T-Shirt über und fasse die Haare zu einem Knoten zusammen. »Wenn ich mich recht erinnere, waren wir geil. Wir hatten Sex auf dem Fußboden und … «

»Stella, lass es«, unterbricht Henrik mich. Er setzt sich auf und lehnt sich mit dem Rücken gegen das Kopfende des Betts. »Du warst fuchsteufelswild auf mich, als du nach Hause gekommen bist. Du hast mich geschlagen. Warum?«

Die Wut kehrt mit voller Wucht zurück.

»Ja, was glaubst du? Bist du so dumm, dass du es nicht begreifst? Oder versuchst du so zu tun, als wäre nichts?«

»Ich habe keine Ahnung, wovon du redest. Wie sollte ich auch? Ich erfahre doch alles als Letzter. Genau wie beim letzten Mal.«

»Hör auf«, sage ich. »Komm mir nicht mit diesem Scheiß.«

Ich ziehe den Wäschekorb zu mir, lege seine Trainingssachen beiseite und fange an, Handtücher zusammenzulegen.

»Verzeih«, sagt Henrik. »Das war dumm gesagt.«

Ich schmeiße die Handtücher auf den Fußboden. Stelle mich ans Fenster und sehe hinaus.

»Liebling, was habe ich getan?« Er klingt aufrichtig. Und die Frage ist berechtigt. Ich überlege, was ich antworten soll. Am liebsten möchte ich nicht verraten, was ich gestern gemacht habe, dass ich bei Daniel war.

Was hatte er noch mal gesagt, dass ich so wütend auf Henrik geworden war? Das mir verraten hatte, dass Henrik mit ihm gesprochen hat. Mein Vertrauen hintergangen hat. Oder wie war das? Mich überkommt ein unangenehmes Gefühl, dass ich zu viel in das hineininterpretiert haben könnte, was Daniel gesagt hat.

Unsere Tochter ist tot.
Es gibt nichts, was wir erfahren können.
Alice ist weg.
Wir haben uns weiterentwickelt.
Du hast einen tollen Mann, er kümmert sich um dich.
Er macht sich Sorgen um dich.

Oder war es, er macht sich *vielleicht* Sorgen um dich? Macht er sich keine Sorgen um dich? Er macht sich *vermutlich* Sorgen um dich?

Wenn Henrik sich schuldig fühlt, dann kann er das nicht verbergen. Er ist ehrlich und pflegt für das einzustehen, was er tut. Das pflege ich auch zu tun. So ist unsere Beziehung aufgestellt.

So war unsere Beziehung aufgestellt. Nicht Henrik ist

unehrlich, ich bin es. Und es ist mein schlechtes Gewissen, das mich alle außer mir selbst beschuldigen lässt.

Henrik steht auf und zieht seine graue, bequeme Hose an. »Okay, ich rate«, sagt er. »Du bist böse auf mich, weil ich nicht glaube, dass Alice lebt? Weil ich dir nicht abkaufe, dass du sie gefunden hast?«

»Ich hasse das Gefühl, dass du mich für verrückt hältst. Dass du glaubst, ich würde mir das alles einbilden. Dass du hinter meinem Rücken Sachen zu Mama, zu Pernilla und vielleicht noch zu anderen sagst.«

»Zum einen habe ich nicht mit Pernilla gesprochen. Und mit deiner Mutter auch nicht. Ich weiß nicht, was dich dazu bringt, das zu glauben, aber so ist es nicht gewesen.«

Ich versuche, etwas zu sagen, aber er hält die Hand wie ein Verkehrspolizist nach oben.

»Zum anderen sagst du mir, was ich denke, was ich glaube, was ich *deiner* Meinung nach den Leuten sage. Du bist von uns beiden doch die Therapeutin, oder nicht? Wenn du wissen willst, was ich denke, dann frag das nächste Mal.«

Er hat recht. Und ich sehe ein, dass er Daniel nicht angerufen hat.

Henrik fährt fort: »Außerdem frage ich mich, ob du mich jemals hast sagen hören, dass du bekloppt oder verrückt bist? Ist das der Fall?«

»Nein«, gebe ich zu. »Das hast du nie gesagt.«

»Hör also verdammt noch mal auf, mir die Worte in den Mund zu legen.«

»Verzeih«, flüstere ich.

»Nur weil ich nicht unmittelbar Hurra schreie, bedeutet das nicht, dass ich glaube, du seiest verrückt. Du erzählst mir nichts, weichst mir aus, dann stürzt du dich auf mich. Du verstehst vermutlich, dass ich mich frage, was passiert ist?«

»Ich wünschte nur, du würdest mir zuhören«, sage ich.

»Und ich wünschte, du würdest mit mir reden. Es ist so viel leichter für mich, dir zu vertrauen, wenn du mir erzählst, was passiert ist.« Er setzt sich wieder auf die Bettkante. »Du bist die cleverste Frau, die ich kenne. Für gewöhnlich bist du rational und logisch. Doch bisher habe ich nichts anderes als hitzige Ausbrüche und lose Vermutungen gehört. Das sieht dir nicht ähnlich.«

»Wie hättest du denn reagiert? Was würdest du deiner Meinung nach empfinden? Wenn du Milo nach einundzwanzig Jahren wiedersehen würdest?«

»Du bist einem Mädchen begegnet, das Alices Tante ähnlich sieht. Das ist alles. Isabelle *hat* eine leibliche Mutter. Die zudem äußerst beunruhigt ist. Trotzdem bist du sicher, dass es Alice ist. Du glaubst, das alles sei eine einzige Verschwörung, um die Wahrheit zu vertuschen. Dass alle gegen dich sind. Was ist mit den Ärzten, der Schule, die Isabelle besucht hat, die lügen alle oder was? Glaubst du ernsthaft, dass jemand ein Kind nehmen und dann so tun kann, als wäre es sein eigenes, ohne dass jemand davon Wind bekommt?«

»Ich habe dich gewarnt, Henrik. Mehrfach. Mit mir stimmt was nicht.«

»Du hast mich gewarnt? Wovon redest du?«

»Vom ersten Moment an.«

In einer resignierten Geste breitet Henrik die Arme aus. »Ich gebe auf. Ich komme nicht mehr mit.«

»Zur Hölle, Henrik. Bei dir klingt das, als wäre ich … «

Er stoppt mich, zeigt zur Tür.

»Milo?«, sagt er.

»Papa?« Milos Stimme klingt leise.

»Komm rein Junge.«

Die Tür geht auf, und Milo schaut rein. Er sieht zu Henrik, sieht zu mir. Die Furcht in seinen Augen tut mir weh.

»Solltest du nicht schlafen?«, sage ich mit sanfter Stimme, um ihm zu zeigen, dass ich nicht auf ihn böse bin.

»Ich habe nur nach einem Ladegerät für mein Handy gesucht.«

»Du kannst das nehmen, das in der Steckdose steckt«, sagt Henrik. »Im Büro.«

»Komm her, Liebling«, sage ich. Milo kommt mit schleppenden Schritten zu mir. Ich umarme ihn.

»Geht es dir jetzt besser, Mama?«

»Ob es mir besser geht?«, frage ich und streichle ihm über die Haare.

»Papa hat gesagt, du hättest Kopfschmerzen.«

Ich schiele zu Henrik, aber er sieht Milo an.

»Ja, jetzt geht's mir gut«, antworte ich. »Wie war das Spiel heute?«

Er zuckt mit den Schultern. »Ganz okay.«

»Ab ins Bett jetzt«, sagt Henrik und legt einen Arm um Milo. Sie gehen die Treppe hinunter, und ich höre, wie Henrik beruhigend auf unseren Sohn einredet. Ich hebe die Handtücher auf, die ich auf den Fußboden geworfen habe, und lege sie zurück in den Wäschekorb.

Stella

ES IST NOCH IMMER dunkel. Ich schmiege mich an Henrik, lege meinen Kopf gegen seine Schulter. Er öffnet seine Arme, zieht die Decke über uns.

Ich habe die ganze Nacht schlecht geschlafen. Daran gedacht, was Henrik und ich gesagt haben. Und daran, was wir nicht gesagt haben. Es beunruhigt mich, dass Henrik beunruhigt ist. Es beunruhigt mich, dass er böse auf mich ist und dass meine Vergangenheit dabei ist, unser komplettes Leben zu zerstören. Ich flüstere, dass ich nicht mehr streiten will. Ich erzähle ihm von dem Tagebuch. Dass ich darüber gelesen habe, wie ich mit Alice schwanger war, darüber, als sie klein war. Über den Tag, an dem sie verschwunden ist und die Zeit danach.

Das Morgenlicht breitet sich über den Teppich im Schlafzimmer aus. Die Welt ist stehen geblieben. Wir befinden uns außerhalb von Zeit und Raum in einer merkwürdigen Parallelwelt. Sie hat Ähnlichkeit mit unserer, ist aber nicht mehr die gleiche wie die, in der wir vor vier Wochen gelebt haben. Meine Stimme klingt wie von weit her, und es fühlt sich an, als würde ich ein Märchen erzählen. Henrik hört mir schweigend zu.

Ich will, dass er versteht, wie schmerzhaft es ist zurückzublicken. Dass ich alles noch einmal durchmache. All die Erinnerungen, all die Selbstvorwürfe. Die Sorgen und die Ängste. Aber ich erzähle nichts von den Panikattacken, ich erzähle nichts von der Fahrt zu Kerstins Haus oder von Daniel.

Henrik meint, ich hätte früher etwas sagen müssen. Ich wüsste doch, dass er es versteht? Dass ich ihm wichtig bin?

Ich sage, dass ich Angst hatte. Vor Schreck wie gelähmt war.

Er will nicht, dass es mir wieder schlecht geht.

Das weiß ich.

Und ich muss versprechen, Isabelle nie wieder zu treffen.

Er streichelt meine Wange. Wischt die Tränen weg, die ich nicht zurückhalten kann. Und dann lieben wir uns, langsam, sanft. Ich liege auf der Seite, und er nimmt mich von hinten. In seinen Armen schließe ich die Augen und genieße unser wohlbekanntes Ritual. Seinen festen Körper hinter mir, seine sanften Berührungen, die immer intensiver werden. Als ich komme, flüstert er, dass er mich liebt. Er stößt tief in mich hinein. Ich sage, dass er mich so herrlich vögelt. Er stöhnt, als es für ihn so weit ist, seine Hände fest um meine Hüften geklammert.

Wir schlafen in einer Umarmung ein.

Später schlendern wir durch die Gänge von City Gross. Es ist ein ganz gewöhnlicher Sonntagnachmittag. Ich frage Henrik, ob er Apfelsaft oder Orangensaft haben will. Vergesse das Brot, gehe zurück. Wir füllen den Einkaufswagen. Wir fahren zur Kasse, halten Händchen. Ich bezahle, Henrik packt die Tüten. Das ist normal, das ist langweilig, und es ist wunderbar alltäglich. Ich brauche nicht zu denken, es ist leichter, das schlechte Gewissen zu unterdrücken, das an mir nagt. Wir gehen zum Range Rover raus, packen alles ins Auto. Henrik bringt den Einkaufswagen zurück, ich lasse das Auto an. Wir fahren nach Hause.

In der Auffahrt zu unserem Haus steht ein Hund. Johan Lindbergs Hund. Er trägt Halsband und Leine, aber unser Nachbar ist nicht zu sehen. Ich halte an, Henrik lächelt mich amüsiert an. Es ist nicht das erste Mal, dass das hier passiert, und wird auch kaum das letzte Mal sein. Er steigt aus dem Auto und geht langsam auf den kleinen Hund zu. Die Pelzkugel des Investors tritt den Rückzug an und gibt ein schrilles, beharrliches Gebell von sich. Nach einem weiteren Versuch dreht Henrik sich zu mir um. Er lacht und zuckt mit den Schultern. Ich steige aus dem Auto und spähe die Straße entlang nach dem Herrchen.

Johan Lindberg kommt joggend und keuchend in neongelben Trainingssachen, die seinen rundlichen Körper hauteng umschließen, angelaufen. Er kommt auf mich zu, stützt seine Hände auf die Knie. Seine Nase läuft, er räuspert sich lautstark und spuckt einen Klumpen Speichel auf die Straße.

»Therese will, dass ich abnehme«, ächzt er. »Sie sagt, ich sei zu fett für einen Fick.«

Ich verweise auf seine Bauchtasche mit der Trinkflasche. »Wie viele Meilen wollten Sie denn laufen?«

»Meilen? Reichen nicht ein paar Kilometer? Ich bin nicht bereit, für ein bisschen Sex mein Leben zu opfern.«

Henrik brummt zustimmend und gibt sich mitfühlend. Ich spüre, wie er meine Taille drückt. Ich wage nicht, ihn anzusehen, dann würden wir alle beide lauthals loslachen. Wir wünschen unserem Nachbarn viel Erfolg, ich fahre das Auto in die Auffahrt, und dann tragen wir die Lebensmittel ins Haus.

Henrik packt die Tüten aus. Ich verstaue die Lebensmittel in der Speisekammer, im Kühlschrank und in der Gefriertruhe. Milo sitzt am Küchentisch und lacht über unser Intermezzo mit dem Investor und seinem Hund. Als Henriks Handy klingelt, bitte ich ihn, nicht ranzugehen.

»Warum?«, fragt er natürlich.

»Darum«, antworte ich. Ich will nicht, dass uns jemand stört. Und er hängt momentan ständig am Telefon. Immer gibt es jemanden, der seine Aufmerksamkeit will. Gerade jetzt will ich meinen Mann für mich haben.

»Es kann wichtig sein«, fährt er fort.

»Es ist Sonntag«, beklage ich mich. »Das kann doch wohl warten?«

»Ich kenne die Nummer nicht.«

»Leb gefährlich, Papa«, sagt Milo.

Ich versuche, ihm das Telefon wegzunehmen. Henrik lacht und tut ein paar Sekunden so, als würde er mit mir ringen, bevor er rangeht. Ich drehe mich um und kümmere mich weiter um die Lebensmittel.

»Henrik. Ja, das ist lange her.« Innerhalb einer Sekunde ist er auf der Hut. Über die Schulter hinweg sehe ich ihn an. Milo gibt an, einen Freund anrufen zu wollen, und geht in sein Zimmer.

»Doch danke, uns geht es gut. Und selbst?«

Henrik hat seinen korrekten, höflichen Tonfall angenommen. Es kann niemand sein, den er gut kennt. Er geht ein Stück weit weg. Blättert in der Post auf der Kommode. Er hört zu, bevor er sagt: »Sie hat danach sicher die Nummer gewechselt.« Er wirft mir einen schnellen Blick zu. Ich frage mich, um was es geht.

»Willst du mit ihr sprechen? Sie ist hier.«

Ich mache ein Zeichen, frage, wer es ist. Henrik ignoriert mich, lauscht der Person am anderen Ende der Leitung. Er schweigt, geht hinaus ins Wohnzimmer. Dann kommt er zurück, noch immer mit dem Telefon am Ohr. Ich spüre es. Dass er nicht hätte rangehen sollen. Das hier ist nicht gut.

Henrik lehnt sich gegen die Arbeitsplatte und lacht, aber es ist nicht sein gewöhnliches, ausgelassenes und herzliches Lachen.

»Danke, dass du angerufen hast, ich weiß das zu schätzen.« Sein Blick ist unmöglich zu deuten. »Das werde ich ihr ausrichten.«

Ich wische die Arbeitsplatte ab. Befreie sie von Flecken, die es nicht gibt.

Er legt auf.

Ich warte.

Er sagt nichts.

»Wer war das?«, frage ich schließlich. Versuche, unbesorgt zu klingen.

»Das war Daniel«, sagt er. »Er wollte wissen, ob du gestern gut nach Hause gekommen bist.«

Im Nachhinein zur Einsicht zu gelangen, ist Zeit- und Energieverschwendung. Mit so etwas gebe ich mich nicht ab. Stattdessen können wir aus dem Irrtum lernen und versuchen, es in Zukunft besser zu machen. Diesen Rat gebe ich meinen Patienten. Ihn selbst zu befolgen, vermag ich nicht.

Ich gräme mich mehr als je zuvor. Bereue, dass ich zu Daniel rausgefahren bin. Bereue alles. Ich hätte es Henrik erzählen sollen. Ich hätte offen und ehrlich sein sollen. Ich hätte nie gedacht, dass Daniel anrufen würde.

Henrik lehnt sich über den Tresen, schaut zu Milos Zimmer rüber. Wahrscheinlich will er sich versichern, dass Milo außer Hörweite ist.

»Daniel war besorgt um dich«, sagt er. »Du warst aufgebracht, als du gestern von ihm weggefahren bist.« Er sieht mich an, als sei ich eine Unbekannte für ihn. »Und er lässt ausrichten, dass du ihn anrufen kannst, wenn du möchtest.«

Ich weiß, was Henrik denkt. Sehe es an seinem harten Blick. Und er sieht mir an, dass ich mich schuldig fühle für die Gefühle, die für Daniel in mir aufgeflammt waren. Aber jetzt mit Erklärungen zu kommen, hat keinen Zweck. Was auch immer ich jetzt sage, es lässt mich nur noch schuldiger dastehen.

»Es ist nicht so, wie du glaubst«, sage ich nur.

»Du sagst, du bleibst zu Hause und ruhst dich aus, bist aber weg, als ich nach Hause komme. Dann tauchst du plötzlich auf und bist wütend. Du reißt dir die Klamotten vom Leib, und wir haben Sex.«

»Ich weiß, was du glaubst. Aber du liegst falsch.«

»Was glaube ich? Was glaube ich deiner Einbildung nach? Es scheint dir leichter zu fallen darüber zu reden, was ich empfinde, statt zu erzählen, was du selbst treibst.«

»Ich weiß nicht, was ich sagen soll.«

»Nein, das habe ich gemerkt«, sagt er. »Warum warst du so böse auf mich, als du zurückgekommen bist? Damit kannst du anfangen.«

»Ihr habt alle Angst, dass ich durchdrehe. Wenn ich nur einsehen würde, dass ich falschliege und Alice loslassen würde, würde es mir besser gehen. Aber ihr seid es, denen es dann besser gehen würde.«

»Ihr? Meinst du mich und Daniel? Pernilla, Gudrun? Von wem redest du?

Ich zucke mit den Schultern. »Du bist am nächsten dran. Du kriegst für alle die Prügel ab. Leider.«

»Ich kann mich von dir anscheißen lassen, wenn es dir dadurch besser geht. Aber du musst mir nicht in die Fresse schlagen, wenn du das nächste Mal vögeln willst.«

Er bereut seine Worte in dem Moment, in dem er sie ausspricht. Das sehe ich. Auch wenn mir bewusst ist, dass ich erst einmal durchatmen sollte, werde ich wieder wütend.

»Und warum bist du wütend? Ich wollte den Vater meiner Tochter sehen, ist das so sonderbar?«

»Du kannst zu ihm fahren, wann immer zum Teufel du willst. Aber du kannst verdammt noch mal was sagen? Du hast diverse Chancen gehabt. Kapierst du nicht, wie dumm ich mir vorkomme, wenn dein Verflossener anruft, um sich zu versichern, dass es dir gut geht?«

Henrik schüttelt den Kopf und geht.

Ich bin schon immer eine Träumerin gewesen. Habe viel und intensiv empfunden. Dass ich Psychotherapeutin bin, bedeutet nicht, dass ich mich verändert habe. Allerdings will ich gern glauben, dass ich reifer geworden bin. Ein bisschen. Aber vielleicht liege ich auch, was das betrifft, falsch.

Das Leben als Neununddreißigjährige gefällt mir besser als das als Neunzehnjährige. Ich bin selbstbewusster. Sicherer.

Kümmere mich weniger darum, was andere über mich denken und von mir halten. Ich habe gelernt, nicht allen Impulsen zu folgen, nachzudenken, bevor ich handle. Die Konsequenzen meiner Entscheidungen zu analysieren. Und anschließend für mein Tun einzustehen.

All das ist jetzt wie weggeblasen.

Hätte mich Daniel nicht aufgehalten, hätte ich dann in der Werkstatt mit ihm geschlafen? Wahrscheinlich, aber ich will das nicht glauben. Denn Henrik ist der, den ich will. Er ist es, den ich liebe und mit dem ich weiterhin mein Leben verbringen will. Das Letzte, was ich will, ist das zu verlieren, was wir haben.

Ich finde ihn in der Garage. Er räumt die Golfsachen aus dem Auto. Ignoriert mich. Ich bitte ihn um Entschuldigung. Erneut. Ich hätte ihm sagen sollen, dass ich bei Daniel war. Ich schäme mich, komme mir dumm vor. Ich sage es laut und merke, dass meine Stimme zittert. Er sieht mich schweigend an. Dann zieht er einen Schemel vor.

»Setz dich«, sagt er. »Wir fangen von vorne an. Was ist passiert?«

»Daniel glaubt mir auch nicht. Er will nichts davon wissen. Er reagiert wie du. Wie Pernilla. Es würde euch allen besser gehen, wenn ihr nie wieder etwas von Alice hören müsstet. Scheißegal, wie es *mir* geht.« Es ist mir egal, dass ich bitter und anklagend klinge.

»Du weißt, dass das nicht stimmt«, sagt Henrik und hockt sich hin. Er legt seine Hand auf meine.

»Ich bin furchtbar enttäuscht«, sage ich. »Von mir selbst, von dir, von allen. Ich bin müde und habe es satt, um Entschuldigung zu bitten. Dass mir niemand glaubt.«

»Okay, nimm an, es ist Alice. Was machst du dann?«

Henrik wartet einen Moment. Lässt die Frage sich setzen.

»Und wenn sie es *nicht* ist. *Wenn* du falschliegst. Was bedeutet das für sie? Für dich?«

Er will Antworten, die ich selbst noch nicht gefunden habe. Und seine Fragen kommen dem zu nahe, was ich selbst von allem am meisten fürchte.

»Es ist zu spät, jetzt so zu denken«, sage ich. »Soll ich aufgeben, nur weil alle anderen Angst haben?«

»Das habe ich nicht gesagt«, antwortet Henrik. »Aber denk darüber nach, was du tust. Das ist das Einzige, worum ich dich bitte. Denk ein bisschen daran, was das für Konsequenzen haben kann. Es ist das zweite Mal innerhalb kurzer Zeit, dass ich wegen dir Besuch oder einen Anruf bekomme. Geh es ruhig an. Gebrauche deine Vernunft, du bist eine intelligente Frau. Vergiss das nicht.«

»Ich weiß nicht, was ich tun soll, Henrik.«

»Vielleicht solltest du im Moment überhaupt nichts tun?«, sagt er. »Und meine Liebe, rede mit mir. Versprich mir das.«

Ich sage nichts, nicke nur.

Ich möchte alles Mögliche versprechen. Möchte versprechen, dass alles besser wird. Allerdings glaube ich selbst nicht daran.

Isabelle

JEMAND KNUFFT MICH in die Seite. Ich drehe mich um und bitte um Entschuldigung. Ich gehe zwischen den Tischen des Cafés vor der Bibliothek der KTH zurück. Hänge die Jacke über den Stuhl und setze mich Johanna gegenüber.

»Ist es gut gegangen?«, fragt sie.

»Ja, ist es.«

Dennoch schaue ich noch einmal aufs Handy. Eigentlich will ich zurückrufen und sagen, dass ich auf jeden Fall komme. Es sieht mir nicht ähnlich, in letzter Sekunde zu kneifen. Vor allem nicht, wenn ich nicht weiß, warum ich das mache. Vor allem, wenn ich lüge, was den Grund angeht. Das passiert einfach nicht. Lügen sorgen bei mir immer für ein schlechtes Gefühl.

Ich behaupte nicht, dass ich nie lüge, aber ich tue immer das, wozu ich mich verpflichtet habe. Wie ich es versprochen habe. Selbst dann, wenn ich es nicht will. Ich habe eine Heidenangst, Leute zu enttäuschen. *Heftig.* Das ist das Schlimmste, was passieren kann. Aber ich arbeite daran. Vielleicht ist es ein gutes Zeichen, dass ich das Risiko eingehe, jemanden mit meiner Absage zu verärgern?

»Bist du sicher, dass du nicht hingehen willst?«, fragt Johanna. Vermutlich bemerkt sie meine Unschlüssigkeit. »Wir können später weitermachen.«

»Nö, das ist nicht so wichtig«, sage ich. »Es ist gut, diese Aufgabe hier vom Hals zu kriegen.«

»Okay. Es war ja auch ziemlich seltsam, dass sie dich am Freitag einfach so angerufen hat.«

Johanna hatte mich bereits im Joe & The Juice darauf hingewiesen. Sicher hat sie recht. Trotzdem habe ich ein schlechtes Gewissen, weil ich nicht zu dem Termin mit Stella gehe. Ein Teil von mir will hingehen. Sie eine Stunde für mich alleine haben und einfach nur reden und Hilfe bekommen, um meine Gedanken zu sortieren. Ein anderer Teil von mir will keinesfalls hingehen.

Ich mag Stella. Schätze ihre direkten Fragen, sie zwingt mich nachzudenken, zu reflektieren. Nachzuspüren, was *ich selbst* meine, nicht, was ich glaube meinen und fühlen zu müssen. Sie strahlt Ruhe und Freundlichkeit aus. Bei ihr fühle ich mich sicher, sie scheint ein warmherziger und zuverlässiger Mensch zu sein.

Aber beim letzten Gruppentreffen waren ihre Fragen sehr intensiv. Sie verlangte regelrecht nach Antworten, saugte jedes meiner Worte auf. Das hat sich seltsam angefühlt. Das hat sich angefühlt, als sei sie nicht sie selbst.

Und vergangene Woche habe ich sie in Vällingby gesehen. *Dachte ich.* Sie stand vor unserem Haus und starrte vor sich hin, als würde sie über etwas Trauriges nachdenken.

Vielleicht wollte sie zum Einkaufen ins K:fem, vielleicht wohnt sie in der Nähe. Vielleicht war es nur jemand, der ihr sehr ähnlich sah.

Wie auch immer, heute habe ich voll und ganz mit dieser Aufgabe hier zu tun, *das* ist keine Lüge. *Vielleicht können wir uns stattdessen nächste Woche einmal zusätzlich treffen.*

»Können wir uns zu euch setzen?« Ich werde aus meinen Gedanken gerissen und sehe auf. Fredrik lächelt uns an, schräg hinter ihm stehen Ola und Mehdi.

»Seid ihr bei der Mechanik?«, fährt er fort.

»Ja, sind wir«, antwortet Johanna. »Setzt euch.«

Ich bin froh, dass ich nirgendwohin muss.

Wir sitzen oft hier. Im Stories vor der Bibo. Das ist gemütlicher als der Gruppenraum oder einer der Übungsräume.

Das Café ist voll mit anderen Studenten. Der Geräuschpegel hoch, aber das stört mich nicht. Die meisten Tische sehen aus wie unserer, voll mit aufgeschlagenen Büchern, Notizblöcken und Taschenrechnern, Federmappen, Servietten sowie alten Kaffeebechern und Brauseflaschen. Das ist wunderbar. Ich liebe alles am Studentenleben. *Sogar die Prüfungsangst.*

»Willst du Kaffee, Fredrik?«, fragt Mehdi. »Ola spendiert.«

»Gerne«, antwortet er.

Johanna hält inne. »Ich brauche einen Kaffee. Willst du auch einen?«, fragt sie mich. Ich schüttle den Kopf.

»Du Einstein, bist du bei der dritten auf eine geistreiche Lösung gekommen?«, fragt Fredrik, als sie gegangen sind. Er zieht mich leicht an den Haaren.

»Nun, was meinst du zu Seite dreiundfünfzig«, antworte ich. Das Buch liegt vor ihm, sodass ich mich über seinen Block beuge, um darin zu blättern. Er rührt sich nicht. Ich spüre seine Blicke im Nacken, das lässt mich unkonzentriert werden. Ich finde nicht die richtige Seite. Er hilft mir, und seine Hand streift meine. Ich schiele ihn über die Schulter hinweg an, lache nervös und werfe die Haare zurück. Er sieht mir in die Augen.

»Sie sind fast grün«, sagt er.

»Was?« *Klinge ich so atemlos, wie ich glaube?*

»Deine Augen. Sie sind schön.«

»Danke.« Meine Wangen brennen. Peinlich. Peinlich. *Peinlich.* Ich hasse es, rot zu werden.

»Und deine Haare sind fantastisch. Sind die von Natur aus so schwarz?« Er wickelt eine Strähne um seinen Finger.

»Hexenschwarz, pflegt Mama zu sagen.«

»Dann hast du mich vielleicht verhext.«

Dabei bin ich es, die verhext wurde. Als sich Johanna auf ihren Stuhl fallen lässt, wird der magische Augenblick zerstört.

Verlegen ziehe ich mich zurück. Fredrik nimmt seinen Kaffee von Mehdi entgegen und lächelt mich an. Ich erwidere sein Lächeln.

Wenn ich in seiner Nähe bin, fühlt sich das Leben leichter an. Er lässt mich alles für eine Weile vergessen. Vergessen, dass Papa tot ist, dass Mama fordernd ist und dass es anstrengend sein kann, sozial zu sein.

Fredriks Hände umklammern die Kaffeetasse. Er sagt, es sei kalt hier drinnen. *Das ist es in der Tat, auch ich friere.* Er hat ziemlich große Hände. Große Hände, die sich sehr schön anfühlen, wenn sie meinen Rücken streicheln, sich um meinen Hintern legen, meine Oberschenkel liebkosen. Ich betrachte sie. Die Finger sind lang. Ich werde wieder rot. Erröte noch mehr, als ich aufschaue und seinem Blick begegne. Ahne, dass er genau weiß, was ich denke. Er kaut auf seinem Stift herum, schiebt seinen Pony zur Seite.

Er ist durch und durch wunderbar.

Mama würde ihn allerdings verabscheuen.

Wir diskutieren hitzig, wir lachen und verwenden mindestens ebenso viel Zeit darauf, über alles andere zu sprechen wie über Mechanik.

»Kommst du aus Falun?«, fragt Mehdi.

»Borlänge«, antworte ich.

»Ob wir einander dort wohl schon mal über den Weg gelaufen sind«, sagt Fredrik. »Ohne es zu wissen.«

»Warum hätten wir das tun sollen?«

»Peace & Love. Ich war 2011 da.«

Ich lache. *Klinge ich hysterisch?*

»Da bist du doch sicher gewesen?«, fragt er.

»Nein, war ich nicht.«

»Warum nicht? Du hast doch dort gewohnt. Es ist nicht gerade eine große Stadt.«

»Wir haben zu Hause ohnehin alles gehört.«

»Das ist nicht das Gleiche, wie dabei zu sein«, sagt Ola.

»Ich bin nicht gerade ein Festivalgirl«, sage ich.

»Ach, komm schon«, sagt Fredrik.

»Das stimmt«, bestätigt Johanna. Fredrik sieht mich prüfend an.

»Wir könnten ein Experiment machen«, sagt er.

»Wird mir das gefallen?«, frage ich.

»Komm nächsten Sommer mit zum Way Out West. Du bist vielleicht das schlimmste Festivalgirl, ohne es selbst zu wissen.«

»Ja, mach das«, sprudelt es aus Johanna heraus. »Ich komme auch.«

»Habt ihr die Möglichkeit bedacht, dass ich verloren gehen könnte?«, sage ich. »Ihr werdet die ganze Zeit nach mir suchen, statt auf Konzerte zu gehen.«

Sie lachen laut über mich. »Dann werden wir dich genau im Auge behalten.« Fredrik kippelt mit dem Stuhl und lässt mich keine Sekunde aus den Augen.

»Ich werde nicht ein Lied kennen. Ich weiß nichts über die Künstler.«

»Das ist noch lange hin«, sagt Ola.

»Vielleicht laufe ich aus dem Ruder«, sage ich.

»Du läufst aus dem Ruder?« Johanna zieht die Augenbrauen hoch und grinst mich an. »Das wird jetzt interessant.«

»Das hier ist eine Verschwörung«, beschwere ich mich und war in meinem ganzen Leben noch nie zufriedener. *Außer an diesem Abend, als ich mit Fredrik rumgeknutscht und das Gefühl seiner Hände auf meinem Körper genossen habe.* Ich frage mich, ob er genauso viel daran denkt wie ich. Ich glaube, das tut er. *Ich hoffe es.* Ich will, dass er an mich denkt. Auf diese Weise. Wie ich an ihn denke. Und dieses Mal will ich mehr als nur küssen. Viel mehr.

»Gib dich geschlagen«, sagt Mehdi. »Fredrik gibt nie auf, wenn er sich etwas in den Kopf gesetzt hat.«

»Und wo sollen wir wohnen?«, frage ich.

»Ich habe einen Onkel in Göteborg«, sagt Ola. »Bei dem schlagen wir auf.«

»In den letzten Jahren sind wir auch bei Olas Onkel eingefallen«, sagt Fredrik. »Er ist das gewohnt. Aber es wird eng werden beim Schlafen.« Wieder dieses Lächeln.

»Okay«, sage ich.

Jemand, der das nicht okay fände, ist meine Mutter. Sie würde toben. Wenn sie wüsste, dass ich darüber nachdenke, dicht neben einem jungen, gut aussehenden Kerl zu schlafen, würde sie einen ihrer Anfälle bekommen. *Die denken nur an das Eine, Isabelle, vergiss das nicht.* Ist es grauenhaft von mir zu sagen, dass es genau das ist, worauf ich hoffe? Ich überlege bereits, wie ich wegkomme, ohne dass sie etwas davon erfährt. Ich kann ihr nicht sagen, wohin ich will, dann erwartet mich die Hölle. Ich habe nicht vergessen, wie sie reagiert hat, als ich mich mit Jocke nach Sälen davonschleichen wollte. *Mit dem, der mich im Auto vor unserem Haus geküsst hat.* Irgendwie hat sie davon Wind bekommen und damit gedroht, ihn wegen Vergewaltigung anzuzeigen. Danach hat Jocke sich von mir ferngehalten.

Aber irgendwann habe ich doch wohl das Recht, mich loszureißen? Ich bin zweiundzwanzig Jahre alt. Ich bin unschuldig. *In mehr als einer Hinsicht.* Es kann nichts falsch daran sein, das zu machen, was ich will. Ausnahmsweise einmal.

Rechtzeitig vor dem großen Andrang zur Mittagszeit glauben wir, den Großteil der Aufgabe gelöst zu haben.

»Ich habe Hunger. Sollen wir nicht hierbleiben und etwas essen, bevor es wieder vor Leuten überquillt?« Johanna sieht zum Cafétresen hinüber. Es stehen bereits einige an. Innerhalb einer halben Stunde wird sich die Schlange durch den kompletten Eingangsbereich ziehen.

»Gute Idee. Dann bleibt uns noch eine Weile, bevor wir in das Sauwetter rausmüssen. Bleibt ihr?«, frage ich die Jungs.

»Mehdi und ich müssen gehen«, sagt Ola. »Unsere Projektgruppe trifft sich zum Mittagessen.« Er zieht eine Grimasse, als er rausschaut und sieht, wie es regnet. Wir winken, als sie gehen.

»Ich habe eigentlich was dabei«, sagt Fredrik, »aber keinen Bock rauszugehen.«

Yes!

»Stell dich in die Schlange, Johanna«, sage ich, »ich mache auf dem Tisch Platz.«

Ich stehe auf. Hebe die Arme über den Kopf und strecke mich. Ich spüre, dass Fredrik mich ansieht. Sein Blick wandert langsam über meinen Körper. *Über meine Brüste.* Ich tue so, als würde ich es nicht sehen und strecke mich noch ein bisschen mehr. Fahre mir mit den Händen durch die Haare. Mein Pullover ist hauteng und hat einen recht großzügigen Ausschnitt. Wenn ich mich recke, rutscht er ein bisschen nach oben, wodurch mein Bauch zu sehen ist. Ich bin froh, mich heute für ihn und die hellblaue Stretchjeans entschieden zu haben. Finde selbst, dass ich darin ganz gut aussehe. Und Fredriks Starren nach zu urteilen, scheint er der gleichen Meinung zu sein.

Ich lege Stifte und Radiergummi in das Etui. Sammle die benutzten Servietten, Kaffeebecher und Blätter ein, auf denen wir gerechnet haben. Ich lehne mich über den Tisch. Streife ihn und lehne mich noch weiter vor, um auch noch den letzten Abfall zu erwischen. Spüre, dass er seine Hände um meine Taille, um meine Hüften legt. Als wolle er mich stützen. Ich ziehe mein Tun einen Augenblick hinaus. *Länger, als es nötig wäre.*

»Geht's dir gut?«, murmelt er.

»Mmm.« Ich schaue ihm in die Augen. Lege eine Hand auf seine Schulter. Möchte am liebsten so stehen bleiben, aber das fühlt sich albern an. Ich gehe zu einem Mülleimer und werfe den Abfall hinein.

Als ich zum Tisch zurückgehe, schaue ich durch die hohen

Fenster nach draußen. Der Regen rinnt die Scheiben hinunter. Das ist gemütlich. Beruhigend. Es fühlt sich an, als könnte mich hier drinnen nichts Böses erreichen. Ein kindisches Gefühl, ich weiß. Aber ich bin kindisch.

Eine Bewegung draußen lässt mich einen Schritt rückwärts machen und erneut rausschauen. Ist das da Stella? Eine Frau in einem grauen Mantel und mit einem farbenfrohen Schal und einem roten Regenschirm. Ich habe sie schon einmal gesehen, vor unserer Wohnung. Langer, dunkelbrauner Haarschwall.

Das ist sie.

Das ist Stella.

Warum?

Es gibt für sie keinerlei Grund, hier zu sein. Weiß sie, dass ich gelogen habe? Weiß sie, dass ich überhaupt nicht krank bin?

Vielleicht hat Mama recht. Mit all den Fragen von Stella stimmt was nicht. Aber Mama ist immer besorgt um mich. Sie geht immer vom Schlimmsten aus.

Ich stehe noch immer da, verborgen hinter einem Pfeiler. Ich sehe Stella draußen am Fenster vorbeigehen. Sie hält hier und da inne und versucht hineinzugucken.

»Bella?« Ich vernehme Fredriks Stimme. »Kommst du?« Er kommt zu mir und legt eine Hand auf meinen Arm. Er liest mich wie ein offenes Buch, mit nur einem Blick sieht er, was ich fühle. Ich frage mich, ob er das andere auch sieht? Meine Wut, meinen Hass auf meine Mutter. Man stelle sich einmal vor, dass er mich trotzdem mag.

»Was ist los?«, fragt er.

»Nichts«, entgegne ich. »Ich dachte nur, jemand Bekanntes gesehen zu haben.«

Er stellt sich hinter mich und sieht nach draußen. Stella ist schwer auszumachen. Dennoch habe ich den Eindruck, dass sie zielstrebig ist, dass sie nach etwas sucht. Nach jemandem sucht.

Mich sucht.

Ich bekomme Gänsehaut an den Armen und schlinge sie um mich. Ich spüre, wie Fredrik meine Oberarme drückt.

»Wer ist das?«, fragt er. Ich sehe, dass sie sich zurückzieht. Die Treppe hinuntergeht und Richtung Valhallavägen verschwindet.

»Nein, ich habe mich geirrt«, sage ich. »Komm, lass uns was zu essen kaufen.« Als wir zurückgehen, nehme ich Fredriks Hand. Ich drücke sie fest.

Stella

DAS HIER IST FALSCH. Mein Verhalten ist abscheulich. Ich gehe an den Fenstern vor dem Eingang zur Bibliothek der KTH entlang. Ich versuche hineinzusehen. Das ist in dem Platzregen unmöglich.

Ich bin froh, dass mich niemand sieht. Das keiner außer mir weiß, was ich treibe. Fühlt sich ein Stalker so? Wahrscheinlich. Die Scham, die im Magen ein Brennen verursacht. Das Unvermögen, es zu lassen, sich selbst aufzuhalten. Den Kick, die Grenze zu überschreiten, die die Vernunft in mir gezogen hat und die es noch unmöglicher macht aufzuhören.

Was für ein Wahnsinn hierherzufahren. Das ist lächerlich. Wie viele Studenten gibt es hier? Tausende. Selbst, wenn Isabelle erzählt hat, häufig in dem Café vor der Bibliothek zu sitzen, ist die Wahrscheinlichkeit gering, dass sie gerade jetzt dort ist. Sie kann sonst wo auf dem Campus sein, der offenbar ebenso groß ist wie Gamla stan. Sie kann zu Hause sein. Sie kann verreist sein.

Aber das Wahnsinnige ist nicht, wie minimal die Wahrscheinlichkeit ist, sie zu finden. Ich sollte überhaupt nicht hier sein. Versuchen, außerhalb der Therapie Kontakt aufzunehmen, so etwas tue ich nicht. Nicht ein einziges Mal während meiner Berufstätigkeit habe ich das getan. Was soll ich sagen, wenn ich sie treffe? Wie soll ich erklären, was ich hier mache? Ich bin dankbar, dass sie mich nicht beim Herumschnüffeln gesehen hat.

Endlich kommt der Bus, und ich beeile mich einzusteigen. Ich setze mich ganz nach hinten und fahre zurück zum Fridhemsplan. Ich lehne den Kopf gegen die kühle Fensterscheibe und schließe die Augen. Denke über meine irrationalen Entscheidungen nach. Denke über Isabelle nach.

Über Alice.

Als ich die Nachricht bekam, dass sie unseren Termin abgesagt hat, war ich sowohl enttäuscht als auch ungeduldig. Wie soll ich je irgendwelche Antworten bekommen? Ich kann nicht länger warten.

Der Bus hält am Fridhemsplan, ich eile nach draußen und spanne meinen Schirm auf. Die Mittagspause ist fast vorüber, aber mit dem Auto wäre es auch nicht schneller gegangen.

Eigentlich bin ich nicht besonders hungrig, sollte aber etwas essen. Zur Abwechslung gehe ich in ein Café.

Ich ducke mich wegen des Windes und schaue auf den Gehweg, als jemand sich nähert. Ohne aufzusehen, weiche ich nach rechts aus. Trotzdem bekomme ich einen harten Knuff in die Seite. Ich will gerade losschnauzen, als ich bemerke, dass mir die Frau bekannt vorkommt.

»Stella«, sagt sie. »Ich bin's, Eva. Wir sind uns vor einer Weile hier oben im Park begegnet.«

»Hallo«, sage ich und verberge meine Verärgerung.

»Was für ein Wetter, was?« Eva greift nach meinem Arm und zieht mich unter den Dachvorsprung. »Und was für einen schönen Regenschirm Sie haben.«

»Danke, ich mag ihn. Ich bin damit im Straßenverkehr ordentlich zu sehen.« Ich zittere und klappe ihn zusammen. Ich nicke Richtung Coffeehouse by George neben der Apotheke.

»Ich wollte hier reingehen. Kommen Sie mit?«

Eva antwortet mit Ja und folgt mir nach drinnen. Wir plaudern über das Wetter, und ich frage, ob sie in der Nähe wohnt. Sie erzählt, dass sie Bekannte besucht und nur für kurze Zeit in der Stadt ist.

»Ich muss mich für letztens entschuldigen«, sage ich. »Ich habe sicher den Eindruck gemacht, nicht ganz richtig im Kopf zu sein.« Ich lache.

Eva legt ihre Hand auf meine.

»Das Leben ist nicht leicht«, sagt sie. Sie klingt aufrichtig und mitfühlend. »Das, was mit Ihrer Tochter passiert ist, das kann ich mir nicht einmal vorstellen. Ich verstehe nicht, wie Sie es geschafft haben weiterzumachen. Haben Sie weitere Kinder bekommen?«

»Ein paar Jahre später. Einen Sohn. Mit meinem jetzigen Mann.«

»Wie schön. Da haben Sie jemanden, um den Sie sich kümmern können.«

»Das habe ich. Aber ich konnte nie vergessen. Habe nie aufgehört, Fragen zu stellen. Und ich habe mir immer eine große Familie gewünscht. Daraus ist nichts geworden.«

Das zu erzählen hatte ich nicht vor. Ich weiß, dass ich meinen Frieden damit gemacht habe. Trotzdem muss ich wieder daran denken. Das, was selbstverständlich war, ist es nicht mehr.

»Was hat Sie daran gehindert?«, fragt Eva und trinkt einen Schluck von ihrem Kaffee. Ich probiere meinen Latte und denke nach.

»Ich war megafroh, als ich wieder schwanger war«, antworte ich. »Hatte aber auch eine Heidenangst. Was, wenn ich eine postnatale Depression bekam? Was, wenn ich mit diesem neuen Leben nicht klarkam? Was, wenn ich als Mutter total ungeeignet war? Vielleicht war ich als Mutter ja eine komplette Katastrophe.«

Henrik war neunundzwanzig, und ich sollte sechsundzwanzig werden, als der Schwangerschaftstest ein positives Resultat zeigte. Weil ich, eigentlich wir, nachlässig gewesen waren. Ein weiteres Mal war ich verantwortungslos gewesen. Eine kurze Zeit habe ich mich daran gestört, bis ich eingesehen habe, dass unser Baby ein Geschenk war. Milo war ersehnt.

»Das ist wohl normal, dass man sich Fragen stellt«, sagt Eva.

»Vielleicht«, sage ich. »Vermutlich haben Sie recht.«

»Wie ist es weitergegangen?«

»Er ist das Beste, was mir passieren konnte«, antworte ich. »Er ist mein Ein und Alles. Ich liebe ihn, es ist wunderbar, seine Mama zu sein. Aber ich bin ihm gegenüber überbeschützend. Mache mir noch immer viel zu viele Sorgen.«

»Woher kommt das?«

»Es war mein Fehler, dass meine Tochter verschwunden ist.« Ich sage das mit leiser Stimme. Ich will nicht, dass jemand anderes als Eva es hört. »Ich war nachlässig. Habe sie für ein paar Minuten alleine gelassen. Ich habe mir geschworen, diesen Fehler mit Milo niemals zu machen. Auf Spielplätzen, in Geschäften, ich habe ihn nie aus den Augen gelassen. Er darf selten ganz allein irgendwohin gehen. Er hält mich natürlich für megaanstrengend.«

Eva lacht. »Meine Tochter ist genauso. Sicher erleben alle Mütter mit ihren Kindern das Gleiche, wenn sie etwas größer werden.«

»Wir haben darüber gesprochen, weitere Kinder zu bekommen«, sage ich. »Aber ich hatte einen Punkt erreicht, an dem ich eingesehen habe, dass ich mich nicht traute.«

Ich bin für eine Weile still. »Meine größte Angst ist, dass Milo etwas passiert.«

»Das ist wirklich nicht verwunderlich«, sagt Eva. »Aber Ihre Tochter? Sie glauben, sie gefunden zu haben, haben Sie gesagt? Das ist doch fantastisch.«

»Ich weiß, dass ich meine Tochter gefunden habe. Ich *weiß*, dass sie es ist. Und dieses Mal weigere ich mich, sie loszulassen.« Ich sehe Eva in die Augen. »Ich weigere mich, sie wieder verschwinden zu lassen.«

Es ist befreiend, das laut auszusprechen.

Es fühlt sich an, als würde Eva verstehen, als wäre diese

fremde Frau hier genau die Unterstützung, die ich jetzt brauche. Es ist unbeschreiblich schön, mit jemandem zu sprechen, ohne misstrauischen, zweifelnden Blicken zu begegnen. Die Worte nicht abwägen zu müssen. Ich muss nicht hören, dass ich mir nicht ähnlich sei, oder dass ich mir Sachen einbilde. Endlich jemand, der mir glaubt.

Es sieht so aus, als würden ihr Tränen in die Augen steigen. »Ich fühle mit Ihnen, Stella. Das tue ich wirklich. Sie haben es nicht leicht gehabt. Aber was werden Sie jetzt tun?«

»Ich weiß es nicht«, sage ich. Und ich weiß nicht, warum ich es ihr erzähle, aber ich tue es.

»Ich bin ihr gefolgt. Ich musste wissen, was sie tut. Musste sehen, wie es ihr geht. Das ist falsch, das weiß ich, und ich schäme mich, wenn ich daran denke. Obgleich es keine Rolle spielt. Es glauben sowieso alle, dass ich verrückt bin.«

Eva sagt: »Ich weiß, was Sie durchgemacht haben. Auch ich habe ein Kind verloren. Sie ist vor langer Zeit gestorben. Das ist mehr, als jemand auszuhalten vermag. Ich verstehe Sie. Geben Sie niemals auf.« Sie guckt auf die Uhr, steht auf und sieht mich intensiv an. »Hören Sie?«, sagt sie. »Geben Sie nicht auf.«

Ich sehe ihr nach, als sie das Café verlässt. Eva hat selbst ein Kind verloren, sie weiß, was das bedeutet. Sie versteht mich. Sie verurteilt mich nicht oder findet mein Handeln irrational.

Ich stelle fest, dass keine von uns etwas gegessen hat. Die Teilchen liegen noch immer auf den Untertassen.

Stella

AM NÄCHSTEN MORGEN SITZEN Milo und ich am Küchentisch. Nach dem Frühstück werde ich ihn zur Schule bringen, dann weiter nach Norrköping fahren. Das hier wird ein guter Tag, das spüre ich. Und das brauche ich. Wir alle brauchen das.

Ich weiß, dass ich bei Sven Nilsson etwas herausfinden werde. Etwas Konkretes, etwas Offensichtliches. Etwas, das bisher übersehen wurde und das belegt, dass ich nicht in einer Fantasiewelt lebe.

Ich schaue zu Henrik, wie er dort am Küchentresen steht. Gestern habe ich ihm erzählt, dass Sven Nilsson versprochen hat, mir Material von den Ermittlungen zu Alices Verschwinden zu zeigen. Ich wollte nicht wieder lügen. Wollte zeigen, dass er mir vertrauen kann.

Henrik war ganz und gar nicht sicher, ob es schlau von mir ist, dorthin zu fahren. In Anbetracht der Tatsache, dass ich in letzter Zeit nicht ganz stabil war. Das hat er nicht gesagt, aber ich weiß, dass er das gedacht hat. Dann hat er seine Meinung geändert. Gesagt, dass es mir vielleicht helfen könne, mit der Sache abzuschließen.

»Bei mir wird es heute Abend spät«, sagt er und trinkt seinen Kaffee aus. Er klopft Milo auf die Schulter, und ich begleite ihn zur Tür. Schaue ihm bei seinem üblichen Ritual zu. Er bindet sich die Schuhe zu, klopft sich auf die Hosentaschen, um zu prüfen, ob Handy und Brieftasche an Ort und Stelle sind. Er streift das

Sakko über und richtet die Krawatte. Nimmt die Aktentasche und von der Kommode im Flur den Schlüssel.

»Du siehst müde aus«, sagt er. »Willst du wirklich fahren?«

»Ja, das will ich«, entgegne ich.

»Und das kann nicht bis zu einem anderen Tag warten?«

»Ich will es hinter mich bringen. Und er hat nur heute Zeit für mich.«

»Vielleicht sollte ich dich begleiten.«

Ich korrigiere seinen Hemdkragen. »Warum? Du hast doch den ganzen Tag Besprechungen, hast du gesagt. Wichtige Besprechungen noch dazu, wie ich sehe.«

Der Anzug sitzt gut, die Krawatte ist gut gebunden, er trägt neue Schuhe. Er ist frisch rasiert, attraktiv, und er sieht erfolgreich aus.

Sein Handy klingelt, und er nimmt es aus der Tasche. Er entschuldigt sich, wendet sich halb ab und geht ran. Er lächelt, lacht.

»Ich bin unterwegs. Das bin ich bestimmt. Ich bin um zehn bei dir.«

Er steckt das Handy wieder in die Tasche und sieht mich an.

»Sicher, dass du klarkommst?«

»Ich komme klar.«

»Bei mir wird es heute spät.«

»Das sagtest du bereits.«

Er geht zur Tür, hält jedoch inne. »Ich kann übrigens den ganzen Tag über keine Telefonate entgegennehmen. Schick mir eine Nachricht, wenn etwas ist, dann antworte ich, so schnell ich kann, okay?«

Gemeint ist: *Hab dein Telefon im Blick. Sieh zu, dass du zurück bist, wenn Milo nach Hause kommt. Vergiss das bitte nicht.*

»Falls es einen Notfall gibt, dann … «

»Es wird keinen Notfall geben«, unterbreche ich ihn.

»Und iss etwas, bevor du losfährst«, fährt er fort. »Ich kriege doch mit, dass du nur Kaffee trinkst.«

Er verschwindet zur Tür hinaus.

»Möchtest du noch was, Milo?«, frage ich, als ich in die Küche zurückkomme.

»Nö.« Er isst sein Brot auf, bevor er sagt: »Lasst ihr euch scheiden, Papa und du?«

»Warum glaubst du das?«

»Ihr streitet euch fast nie«, sagt er. »Doch jetzt macht ihr das ständig, auch wenn ihr glaubt, ich würde es nicht hören.«

»Das stimmt nicht. Nicht ständig.«

»Papa und du, ihr seid beide wütend. Und zwischendurch siehst du traurig aus.«

»Wir lassen uns nicht scheiden«, sage ich. »Wir diskutieren im Moment nur ein paar Dinge. Und wir sind nicht immer der gleichen Meinung. Das ist kein Drama. Ich liebe deinen Papa, und er liebt mich. Okay?«

Milo sieht nicht überzeugt aus.

»Bist du fertig?«, frage ich.

Er nickt.

»Dann lass uns fahren.«

Ich setze Milo an der Schule ab. Winke ihm und ordne mich in den Verkehr ein.

Alle für heute bestellten Termine habe ich abgesagt. Bald wird man in der Praxis über mich reden. Vielleicht ist das bereits der Fall. Ich kann so nicht weitermachen, weder auf der Arbeit noch zu Hause. Und gerade deshalb ist das Treffen mit Sven Nilsson so wichtig. Nach allem, was geschehen ist, verdiene ich gute Nachrichten. Es ist grauenhaft, dass Milo sich Sorgen macht, ob wir uns scheiden lassen. Das ist das Letzte, was ich will. Ich liebe Henrik, und er empfindet das Gleiche für mich. Da bin ich mir sicher. Trotz allem.

Es ist bewölkt in Norrköpping. Ich nehme die Tüte mit den Hefeteilchen, die ich unterwegs gekauft habe, öffne die Autotür und laufe im Regen über den Parkplatz zu dem Reihenhaus. Ich klingle. Nach einer Weile öffnet ein großer, schmaler Mann. Er ist älter geworden, aber ich erkenne ihn wieder. Bereits vor zwanzig Jahren hatte er schütteres Haar, jetzt finden sich nur noch ein paar weiße Strähnen hinter den Ohren. Die Hose sitzt locker an seinem dünnen Körper, das Hemd hängt halb draußen.

»Sven Nilsson?«, sage ich.

»Das bin ich«, antwortet er.

»Hallo, ich bin Stella Widstrand.« Er sieht mich fragend an. Bin ich hier richtig? Das ist er, da bin ich mir sicher. Hat er vergessen, dass ich vorbeikommen wollte? Ich versuche es erneut.

»Stella Johansson?«, sage ich. »Wir haben vor dem Wochenende miteinander telefoniert. Ich sollte heute vorbeikommen, es geht um die Ermittlungen zu meiner verschwundenen Tochter.«

Keine Reaktion.

»Um Alice?«

Er zuckt zusammen, als wäre er in Trance gewesen.

»Ja, aber kommen Sie doch rein. Warum stehen Sie da draußen? Kommen Sie rein, kommen Sie rein.«

Ich folge ihm in die Küche. Es ist sauber und ordentlich, wohin ich auch schaue. Es riecht nach frisch gebrühtem Kaffee und etwas anderem. Nach altem Menschen und Urin.

»Ich habe ein paar Teilchen gekauft«, sage ich und halte die Tüte hoch.

»Wie nett. Kommen Sie rein. Setzen Sie sich.« Er hantiert mit den Kaffeetassen herum, als eine kleine dunkelhäutige Frau in die Küche kommt. Sie sieht mich an.

»Sven?«, sagt sie in leicht gebrochenem Schwedisch. Sie fasst ihn an den Ellenbogen und hebt die Stimme. »Sven, willst du Kaffee anbieten?«

Er sieht sie an, lächelt verständnislos.

»Willst du Kaffee anbieten? K-A-F-F-E-E?«

»Kaffee?«, sagt Sven Nilsson. »Ja, Kaffee, genau.« Sie nimmt ihm die Kaffeetassen aus der Hand und stellt sie auf die Spüle. Sven bringt die Hefeteilchen mit zum Küchentisch und nimmt neben mir Platz. Die Frau serviert uns Kaffee und verlässt dann das Zimmer. Ich frage mich, wer sie ist.

»Ja, Sie sind also den ganzen Weg hierhergefahren von …?«

»Stockholm.«

»Ja, Stockholm war es, ja. Geht ziemlich schnell auf der E4. Wenn kein Verkehr ist.«

»Ja, das war überhaupt kein Problem.«

Wir plaudern weiter über die Straßenverhältnisse, dass ich von Stockholm gekommen bin und über den regnerischen Herbst. Ist nicht jeder Herbst regnerisch? Aber es ist herrlich, wenn es viele Pilze gibt. Das Gold der schwedischen Wälder. Und Beeren, es soll dieses Jahr viele geben. Wie waren die Straßenverhältnisse? Sie sind von Stockholm gekommen? Waren Sie draußen in der Natur, haben Sie das Gold des Waldes geerntet?

Er wiederholt sich ein paar Mal. Scheint den Besuch hinausziehen zu wollen. Vielleicht ist er einsam und nutzt die Gelegenheit, um ein bisschen zu reden. Ich will zur Sache kommen, verberge aber meine Ungeduld. Wir plaudern eine Weile über verschiedene Stockholmer Sehenswürdigkeiten und den Verkehr auf den Straßen. Schließlich kann ich mich nicht mehr zurückhalten.

»Sven?«

»Ja?«

»Es gab einen Hinweis, haben Sie gesagt? Ich möchte gern wissen, was für ein Hinweis das war.«

Er sieht mich an, als hätte er keine Ahnung, was ich gerade gesagt habe, und plötzlich verspüre ich den Impuls, meine Frustration handgreiflich auszudrücken. Ich habe Lust, dem Kerl eine Ohrfeige zu verpassen, damit er aufwacht. Stattdessen hole ich tief Luft.

»Strandgården, 1994«, sage ich. »Ein Hinweis, dem nicht

nachgegangen wurde? Sie haben gesagt, Sie hätten Informationen. Sie hätten alle Unterlagen aufgehoben.«

»Die Ermittlung, ja.« Sven Nilsson wird munterer. »Unterlagen, ja, ja. Kommen Sie mit.« Er steht auf, wankt ein paar Schritte zur Seite, bevor er losgeht. Er führt mich den Flur hinunter in ein Arbeitszimmer. Auf dem Boden stehen übereinander gestapelt mehrere Kartons. Der Schreibtisch ist voller Unterlagen, die neben einem uralten Computer mit einem riesigen Bildschirm liegen.

»Da wollen wir mal sehen. Johansson, Strandgården. 1994.« Seine Stimme klingt klarer, wacher. »In einem dieser drei Kartons müssten Sie finden, wonach Sie suchen.« Er zeigt darauf. Sie stehen ganz hinten, hinter vielen anderen Stapeln, nahe der Kleiderschränke.

»Leider wird man nicht jünger, ich muss mich einen Augenblick hinsetzen. Schauen Sie vor allem in den roten Ordner. Und zögern Sie nicht, Bescheid zu sagen, wenn Sie Hilfe brauchen.«

Ich drücke seine dünne, adrige Hand. »Danke, Sven.« Er freut sich.

Als er das Zimmer verlassen hat, räume ich Karton um Karton beiseite, um an die zu kommen, an die ich will. Sie sind schwer, und ich komme sowohl ins Schwitzen als auch aus der Puste, bevor ich mich zu den ganz unten stehenden Kartons vorgearbeitet habe.

Ich gehe in die Hocke und öffne den ersten. Er ist voll. Ich nehme die obere Schicht heraus, die aus Zeitungen besteht, nur um darunter noch mehr Zeitungen zu finden.

Zeitungen, massenhaft Zeitungen.

Lokalzeitungen von 2010, einige von 2012 und einige, die bereits seit 2002 aufgehoben werden. Ich drehe und wende sie, verstehe nicht. Die Seiten sind voller roter Markierungen, die ich nicht deuten kann. Eingekreiste Rubriken, mitunter nur vereinzelte Wörter, zwischen verschiedenen Artikeln gezogene Pfeile.

Es ist unmöglich, das Muster zu durchschauen. Falls es überhaupt eins gibt.

Hat das hier überhaupt etwas mit den Ermittlungen zum Verschwinden meiner Tochter zu tun? Ich nehme die Zeitungen heraus und sortiere sie auf dem Boden. Ich werde Sven Nilsson danach fragen.

Ganz unten liegen zwei Ordner, übervoll. Dort ist der rote. Ich öffne ihn. Alte Rechnungen von 2006. Ich blättere jede Seite durch, finde aber nur alten Kram. Das müssen die falschen Kartons sein.

Ich schaue erneut auf den Deckel, *Strandgården, Johansson. 1994.* Seltsam. Ich öffne den nächsten Karton, das Gleiche. Zeitung auf Zeitung, Rechnungen, Kontoauszüge und altes Seidenpapier. Der dritte Karton genauso. Ich kapiere das nicht. Ich schaue auf die Uhr. Zwei Stunden sind vergangen.

Ich erhebe mich, um hinauszugehen und Sven Nilsson zu fragen, in welchen Kartons sich meine Unterlagen befinden könnten, aber eine Frau blockiert die Tür. Sie ist groß und schlank und hat Züge, die an Sven erinnern. Sie sieht wütend aus.

»Wer sind Sie, und was machen Sie hier?«, fragt sie.

»Ähm, hallo«, bringe ich heraus. »Sven hat mich eingeladen, um … «

»Wann haben Sie mit meinem Vater gesprochen?«

»Wir haben am Freitag telefoniert und … «

»Sie haben telefoniert?« Sie schaut zur Decke und seufzt. »Ich habe denen doch gesagt, dass er am Telefon mit niemand anderem als mit der Familie sprechen soll.« Sie betrachtet das Durcheinander im Zimmer. »Was machen Sie hier eigentlich? Warum wühlen Sie in diesem Gerümpel herum?«

Es fühlt sich so an, als sei ich bei dem Versuch, etwas zu stehlen, erwischt worden.

»Ihr Vater hat vor vielen Jahren eine Ermittlung geleitet, bei der es um meine Tochter ging. Er hat mich hierher eingeladen, um die Unterlagen einzusehen. Aber es muss sich um ein

Missverständnis handeln.« Ich zeige auf die Zeitungen hinter mir. »Ich wollte ihn gerade danach fragen.«

Die Frau streckt mir eine Hand hin. »Entschuldigen Sie, ich sollte Sie vielleicht ordentlich begrüßen. Ich heiße Petra Nilsson. Kommen Sie, dann reden wir in der Küche.«

Ich folge ihr. Als wir am Wohnzimmer vorbeigehen, sehe ich Sven Nilsson in einem Sessel sitzen. Er schläft mit halb geöffnetem Mund.

Was stimmt hier nicht?

»Bitte, setzen Sie sich.« Petra Nilsson zeigt auf den gleichen Küchenstuhl, auf dem ich vorhin gesessen habe, und ich nehme Platz. Warte. Sie gießt uns Kaffee ein und setzt sich mir gegenüber. »Papa hat Ihnen also versprochen, alte Ermittlungsunterlagen einsehen zu können?«

Ich nicke nur, vertraue meiner Stimme nicht.

»Leider hat er Alzheimer. Er hat zwischendurch klare Tage, aber meistens ist er gänzlich weg. Es klingt vielleicht hart, das zu sagen, entspricht aber leider der Wahrheit.«

Ich bin mir nicht sicher, ob ich aufstöhne, aber Petra Nilsson sieht mich besorgt an.

»Wir hatten ihn für eine Weile in einem Heim untergebracht, aber er ist depressiv geworden. Hat den Appetit verloren und nichts gegessen. Hier zu Hause funktioniert es besser, aber er braucht den ganzen Tag über Aufsicht. Einer von uns ist immer hier. Und die ambulante Altenpflege natürlich.«

Ich halte die Luft an. Habe Lust einfach aufzustehen und zu gehen. Oder auf dem Boden zusammenzusinken und zu weinen.

»Es gibt keine Unterlagen mehr«, fährt Petra Nilsson fort. »Wir haben vor langer Zeit alles weggeworfen. Wie Sie gesehen haben, hat er die Kartons stattdessen mit Unmengen von Gerümpel gefüllt. Wir lassen ihn machen, dadurch wird er ruhiger. Es tut mir leid, dass Sie unnötig hergekommen sind.«

Ich lege den Kopf in die Hände und presse die Finger fest

gegen die Augen. Hinter der Stirn hämmern die Kopfschmerzen. Wenn Daniel hier gewesen wäre, seine Reaktion hätte mich vernichtet. Oder wenn Henrik mich begleitet hätte. Ich wäre für unmündig erklärt worden.

»Er klang so klar am Telefon«, sage ich. Meine Hände zittern. Ich balle sie einige Male fest zur Faust.

»Wie schon gesagt, er hat bessere Tage, aber leider ....« Petra verweist mit einer resignierten Geste in Richtung ihres Vaters.

»Seien Sie so gut, und lassen Sie mich mit ihm reden. Er hat gesagt, dass es eine Spur gegeben hat, der nie nachgegangen wurde.« Ich kann mir diese Chance nicht entgehen lassen. Kann nicht aufgeben, ohne wirklich sicher zu sein.

»Das hat keinen Sinn.«

»Nur ein paar Minuten.«

»Er darf sich nicht aufregen. Es geht nicht.«

»Mein Leben hängt davon ab«, sage ich.

Die Stille hängt schwer zwischen uns.

Ich spüre Petra Nilssons Unschlüssigkeit, ihre Ablehnung. Sie sieht aus, als wolle sie mich am liebsten rauswerfen. Ich mache mich bereit, weiter zu argumentieren.

»Gut«, sagt sie.

»Danke«, entgegne ich. »Sie ahnen nicht, was das für mich bedeutet.«

»Aber ich warne Sie, er sagt das, was Sie hören wollen. Egal, was es ist. Sie werden sehen.« Wir gehen ins Wohnzimmer, wo Sven Nilsson wieder aufgewacht ist und aufrecht dasitzt.

»Papa«, sie berührt vorsichtig seinen Arm, »was sagst du zum Palme-Mord? Es wird gesagt, dass er ermordet wurde, aber sicher gibt es auch andere Theorien?« Sven Nilsson sieht auf und schlägt mit der Faust auf die Armlehne.

»Ministerpräsident Palme? Die Ermittlungen hätten den Fokus nie auf Mord richten sollen.« Er wedelt mit dem Zeigefinger durch die Luft und sieht mich an.

»Ministerpräsident Olof Palme hat einen neuen Namen angenommen. Er lebt jetzt vermutlich in Rio. Mit seiner Geliebten. Aber keiner weiß genau, wo er wohnt. Die Idioten waren zu dumm zu simpler Polizeiarbeit. Meine Kleine, wer bist du?« Er blinzelt mich an. Sven Nilsson hat mich noch nie zuvor gesehen. Ich bin eine vollkommen Fremde.

Petra Nilsson studiert meine Reaktion. Ein bisschen triumphierend, aber auch bedauernd. *Da sehen Sie es, ich hatte recht.*

Ich gehe zu ihrem verwirrten Vater und hocke mich neben ihn.

»Ich heiße Stella, wir sind uns vor vielen Jahren begegnet. Sie haben die Ermittlungen zum Verschwinden meiner Tochter geleitet. Alice.« Ich nehme seine Hand und streichle sie vorsichtig. Ermahne ihn mit all meiner Willenskraft sich zu erinnern. Mir zu helfen. Einen Augenblick der Klarheit zu bekommen.

»Alice, Alice, Alice«, bricht es aus ihm heraus. »Und an dich erinnere ich mich.«

Meine Hoffnung kehrt zurück. Sven Nilsson beugt sich zu mir. Mit der Hand gibt er mir ein Zeichen näherzukommen. Ich ignoriere den Uringeruch und beuge mich vor.

Sven Nilsson flüstert: »Alice Babs, Alice Timander, Alice im Wunderland, die verschwand, aber wiederkam, klein wurde, groß wurde. Kaninchen, Kaninchen, es eilt.«

Er plappert weiter, lauter und lauter, und meine Hoffnung sinkt wie ein Stein im Wasser. Ich stehe auf, bitte seine Tochter, die Störung zu entschuldigen. Sie begleitet mich hinaus in den Flur und ruft der Pflegerin zu, nach ihrem Vater zu sehen.

»Jaja, er liebt es in ›alten Fällen‹ zu graben«, sagt Petra und macht Anführungszeichen in der Luft. »Ich bedaure es wirklich, ich wünschte, er könnte Ihnen helfen.«

Wir gehen zur Tür. Sven plappert im Hintergrund. Ich bleibe stehen und lausche.

»Kleines kleines Mädchen, das verschwand, niemand sie

jemals fand. Steine, Steine, finden Ruhe, finden Frieden. Da war etwas, irgendetwas war da. Er, der etwas wusste, war voll wie eine Haubitze, er wollte nur reden und schwatzen.«

Die Frau dort drinnen versucht, ihn zum Schweigen zu bringen.

Ich wickle die Strickjacke fester um mich und drehe mich zum Gehen um, als er ruft.

»Stella. Stella Johansson. Er wollte alles erzählen. Aber er starb plötzlich. Plötzlich starb er. Bevor er noch etwas sagen konnte.«

Ich schaue Petra Nilsson an. Sie verdreht die Augen, öffnet die Haustür und lässt mich raus.

Kerstin

BALD BIN ICH in Stockholm. Bei Isabelle. Gott sei Dank. Ich verabscheue Zug fahren. Hasse es. Man weiß nie, neben wem man landet. Immer ist irgendwas, immer ist da jemand, der reden will, jemand, der eine Meinung hat, jemand, der zu laut kaut oder sich über den ganzen Sitz ausbreitet. Und wie kann das Abteil an einem gewöhnlichen Mittwoch so voll sein? Was für eine entsetzliche Fahrt. Aber das Auto ist nicht in Ordnung, und es wäre noch schlimmer gewesen, auf halber Strecke liegen zu bleiben. Ich war gezwungen, es in die Werkstatt zu bringen. Ich hoffe nur, dass ich nicht um mein letztes Erspartes gebracht werde.

Muss dieser Junge auf dem Sitz auf der anderen Seite des Tisches so verdammt laut sein? Die Eltern von heute. Sie verwandeln ihre Kinder in Monster. Lassen sie toben, schreien, stören, sich wie die Axt im Walde benehmen. Normale Manieren gibt es nicht mehr. Keine Rücksicht, nicht einmal normales Benehmen.

Ich werfe der Mutter noch einen bösen Blick zu. Sie bekommt nichts mit. Es kümmert sie nicht. Der Junge tritt gegen meine Tasche, aber sie tut so, als würde sie es nicht merken. Schließlich nehme ich die Sache selbst in die Hand. Ich halte sein Bein fest und sage ihm deutlich die Meinung. Der Junge fängt an zu weinen, und die Mutter ist entsetzt. Sie sieht mich an, als sei alles mein Fehler. Erwachsene dürfen nicht, *sollen* heutzutage nicht in die Gesellschaft eingreifen, scheint es. Sollen alle Amok laufen lassen, wie sie gerade wollen.

Ich nehme meine Tasche und gehe weg. Setze mich auf einen leeren Platz im Wagen davor. Es ist jetzt nicht mehr weit.

Ich habe Isabelle nicht gesagt, dass ich komme. Sie hätte sicher versucht, mich davon abzubringen. Ich wollte gestern schon fahren, musste aber arbeiten. Ich habe keine Ahnung, ob sie zu Hause ist oder nicht. Im schlimmsten Fall muss ich in der Einkaufspassage warten, bis sie nach Hause kommt. Ich habe sie um einen Extraschlüssel für die Wohnung gebeten. Ich habe noch keinen bekommen. Das werden wir jetzt regeln.

Wenn sie mich ließe, würde ich gern ihren Stundenplan einsehen. Einblick in ihren Tagesablauf bekommen. Ich bin nicht sicher, ob sie es schafft, auf eigenen Beinen zu stehen. Sie braucht sicher alle Hilfe, die sie von ihrer alten Mutter bekommen kann.

Der Zug fährt in den Stockholmer Hauptbahnhof ein. Ich warte, bis alle den Wagen verlassen haben, bevor ich aufstehe. Der grässliche Junge mit seiner ebenso schrecklichen Mutter geht den Bahnsteig entlang. Unsere Blicke treffen sich, und sie lässt mir einen bösen Blick zuteilwerden. Ich steige die hohen Treppenstufen hinunter, gehe über den Bahnsteig ins Bahnhofsgebäude hinein. Hier sind immer so viele Leute. Über Lautsprecher werden Verspätungen durchgesagt, ein Teppich aus Menschenlachen, Menschengerede, Menschengeschrei. Von überallher schlagen mir Gerüche entgegen, Kaffee, Pizza, frisch gebackene Hefeteilchen, Parfüm, Schweiß.

Mit der Rolltreppe fahre ich hinunter zur U-Bahn. Hier unten ist es noch schlimmer. Ein Inferno. Eine breite Straße, aus der Leute in einem einzigen reißenden Strom herausquellen. Alle haben es eilig, alle hetzen, alle rennen. Hast, Hast, Hast. Das stresst mich wahnsinnig.

Zuerst gehe ich in die falsche Richtung, zur S-Bahn. Es ist ein Unterfangen umzukehren und zurückzugehen. Ehe ich bei den Sperren zur U-Bahn ankomme, bin ich durchgeschwitzt. Ich suche in der Handtasche nach der Prepaid-Karte. Diese Sperren hier machen mir ein bisschen Angst. Große Glastüren, die sich öffnen und schließen, bevor man richtig hindurch ist. Aber ich schaffe es. Fahre noch eine Rolltreppe hinunter. Warte auf die Bahn nach Vällingby.

Ich steige ein und kämpfe mich zu einem freien Platz durch. Ich werde Isabelle anrufen, wenn ich da bin. Keine Minute früher. Mal sehen, wie meine Tochter ihr Leben lebt, wenn sie mich in gehörigem Abstand glaubt.

Stella

DER MITTWOCHVORMITTAG KRIECHT vor sich hin. Ich sehe meine bestellten Patienten, sie sitzen in meinem Sprechzimmer und reden, sie berichten von ihren Problemen und Schwierigkeiten.

Ich höre nicht zu.

Ich bin nicht anwesend.

Ich schaffe es nicht, mich zu kümmern.

Ich bin als Therapeutin ungeeignet.

Während meine Patienten reden, fantasiere ich darüber, wie ich aufhöre. In ein anderes Land reise. Einen anderen Namen annehme. Mit etwas vollkommen anderem anfange.

Der gestrige Tag war widerwärtig. Der Rückschlag bei Sven Nilsson ist unmöglich zu verdauen. Ich habe geglaubt, Antworten zu bekommen. Zu erfahren, was unternommen wurde, um meine Tochter zu finden. Ich dachte, er hätte eine Art Leitfaden, dem ich folgen könnte. Etwas, das beweist, dass ich recht habe. Das ganze Material weggeworfen? Kann das sein? Wahrscheinlich nicht. Was für ein Hohn. Einfach alles wegzuwerfen. Dokumente wegzuwerfen, in denen es um Alice geht. Um ein Leben.

Um das Leben meines Kindes.

Vielleicht hat es nie irgendwelche Dokumente gegeben. Vielleicht hat Sven Nilsson einfach das gesagt, was ich hören wollte, wie seine Tochter behauptet hat.

Gab es überhaupt einen Hinweis? Den muss es gegeben haben.

Die Möglichkeit, dass es sich nur um die Fantasien eines alten Mannes handelt, ist zu viel für mich. Die Schwermut überkommt mich wie die Flut einen einsamen Strand. Ich bin so niedergeschlagen, dass ich zu einem so billigen Vergleich fähig bin. Es ist beschämend, wie ich mich in Selbstmitleid wälze.

Henrik ist gestern spät nach Hause gekommen. Er hat gefragt, wie es gelaufen ist, und ich habe ihm gesagt, wie es war. Es gab nichts von Interesse. Es ist zu viel Zeit vergangen, und der Informant ist mittlerweile tot. Das war nicht die ganze Wahrheit. Dass Sven Nilsson Alzheimer hat, habe ich nicht geschafft zu erzählen. Es reicht, wenn ich selbst ob des Elends hohnlache.

Henrik hat das bedauert und gefragt, wie es mir geht.

Ich habe gesagt, es sei nicht unerwartet gewesen. Was konnte ich nach einundzwanzig Jahren schon erwarten?

Henrik hat mit geholfen, die Leiter zum Dachboden herunterzuziehen. Ich habe mein Tagebuch zurück in die paisleygemusterte Tasche ganz hinten hinter den Kartons gesteckt.

Henrik war den ganzen Abend sehr fürsorglich. Er hat Kaffee für mich gekocht, Teelichter angezündet, mir den Rücken massiert und auf dem Sofa eine Decke über mich gebreitet. Meine vorhergehenden Fehler waren vergeben und vergessen. Eine der Sachen, die ich am meisten an ihm liebe, ist die, dass er nicht nachtragend ist.

Außerdem glaube ich, dass er erleichtert war, dass es keinen Strohhalm mehr gibt, an dem ich mich festhalten kann. Und dass ich es scheinbar nicht so schwernehme. Denn *er* wusste die ganze Zeit, dass es nach so vielen Jahren keine Informationen mehr geben würde. Ich bin so unglaublich dankbar, dass er mich nicht zu Sven Nilsson begleitet hat.

Ich weiß, dass ihm daran gelegen ist, dass ich Klarheit bekomme, was mit meiner Tochter geschehen ist. Mehr als irgendjemand anderem. Weil er mich liebt. Weil er mein Bestes will, weil er will, dass es mir gut geht.

Es ist nur so, dass er nicht glaubt, dass sie noch am Leben sein kann.

Henrik ist fürsorglich, er kümmert sich um mich. Aber er hat eine Heidenangst vor meiner Reaktion, wenn sich wirklich herausstellt und ich begreife, dass ich falschliege. Um es mit seinen Worten auszudrücken: Was wird das mit dir machen?

Das wissen wir beide.

Es ist bald zwölf. Bald Mittag. Dann ist Gruppentherapie.

Endlich werde ich Alice sehen.

Isabelle

ICH HABE MICH mega erkältet. Mein Kopf fühlt sich an, als sei er mit durchweichter Baumwolle gefüllt, ich bin heiser und habe Fieber. Nicht sehr hoch, aber ausreichend, um zu Hause zu bleiben. *Eigentlich will ich das nicht.* Aber Mama hat mir beigebracht, dass man nicht rausgehen soll, wenn man krank ist. Man soll warme Socken anziehen, sich ins Bett legen und sich ausruhen.

Also liege ich hier. Ich habe Johanna gezwungen, bei den Vorlesungen, die ich verpasse, mitzuschreiben. Sie schreibt nicht so sorgfältig mit wie ich, aber zumindest besser als Susie.

Es klingelt an der Tür. Ich schaue auf die Uhr. Zwanzig nach zwölf. Frage mich, wer das ist. Ich wanke aus dem Bett und werfe einen Blick in den Spiegel. Ich sehe ein bisschen blass aus. *Aber ich bin ja auch ungeschminkt.* Ich fahre mir mit den Händen durch die Haare und gehe in den Flur hinaus. Als ich die Tür öffne, bin ich froh, dass ich meine Jeansleggings und nicht die verwaschene Schlafanzughose anhabe, die ich vorhatte anzuziehen. Obwohl ich den unförmigen roten Kapuzenpullover bereue. Und ich hätte mich schminken sollen.

Gegen die Wand vor unserer Wohnungstür gelehnt, steht Fredrik und lächelt breit.

»Wie bist du durch die Haustür gekommen?« *Fällt mir nichts Besseres ein?*

»Jemand ist rausgegangen, und ich bin reingegangen.« Er

drängelt sich an mir vorbei in den Flur und zieht seine Jacke aus. »Hab gehört, dass du im Bett liegst. Ich bin dein privater Botenjunge.« Er gibt mir zwei Packungen Ben & Jerry's.

»Eis?«, frage ich.

»Meine Mama hat mir beigebracht, dass Eis die beste Medizin ist, wenn man krank ist. Hat deine das nicht?«, sagt er.

»Sie setzt mehr auf Desinfektion«, sage ich. »Und Tee.«

»*Strawberry Cheesecake* ist meine Lieblingssorte. Aber ihr Mädels verzehrt euch ja nach Schokolade, also habe ich auch ein *Chocolate Fudge Brownie* mitgebracht.«

Er zieht sich die Schuhe aus. Seine Chino sitzt tief auf der Hüfte und eng um die Beine. Ein mit Blüten gemustertes T-Shirt in Rosa und Blau. Ich spüre, dass ich breit lächle. Er sieht hoch und erwidert das Lächeln. Ich stelle das Eis auf die Flurkommode und gehe einen Schritt auf ihn zu. Ich weiß nicht, wie es passiert, aber plötzlich liegen wir uns in den Armen.

»Hallo«, flüstere ich.

»Hallo«, antwortet er und zieht mich noch näher an sich heran. Ich stelle mich auf die Zehenspitzen, lege mein Gesicht an seinen Hals.

»Ich stecke dich vielleicht an«, sage ich.

»Das Risiko nehme ich in Kauf«, antwortet er und streichelt meine Wange. »Du bist so verdammt süß, wenn du lächelst, mit deinen Lachgrübchen.«

»Findest du?«

»Du bist total süß.«

Das hier ist der beste Tag meines Lebens.

Ich gehe mit dem Eis in die Küche und hole zwei Löffel aus dem Schrank, während sich Fredrik in der Wohnung umsieht. In meinem Zimmer platziere ich das Eis und die Löffel auf dem Schreibtisch, räume schnell ein paar Klamotten von der Kommode und rufe ihm zu, dass ich auf die Toilette gehe. Ich ziehe den Kapuzenpullover aus, sprühe mir Parfüm an und tausche meinen BH gegen den schwarzen aus Spitze aus. Dann ziehe ich den neuen Pullover drüber, den ich am Freitag mit Johanna gekauft habe. Meine Leggings sitzt gut, die behalte ich an. Bevor ich rausgehe, trage ich Mascara auf und überprüfe das Ganze im Spiegel. Ich drehe mich um und studiere meinen Hintern, fasse meine Brüste an und richte sie.

Als ich ins Zimmer zurückkomme, sitzt Fredrik auf meinem Bett. Er hat sich gegen die Wand gelehnt und isst Eis. Er saugt langsam an dem Löffel und beäugt mich. *Das Wechseln der Klamotten war eine gute Entscheidung.*

»Gedenkst du zu teilen?«, frage ich und setze mich neben ihn. Er hält mir den Löffel hin, und ich probiere. »Warst du heute nicht in der Vorlesung?«

»Ich bin früher gegangen«, sagt er. »Ich habe dich vermisst.«

»Musst du nach dem Mittag zurück?«

Er lässt mir einen langen Blick zuteilwerden. »Du brauchst Gesellschaft und Fürsorge.«

Ja, ja, ja, ich brauche Unmengen an Fürsorge.

Wir essen Eis, er füttert mich, wir diskutieren, welche Sorte die beste ist und warum. *Er hatte recht, Schokolade finde ich am besten.* Er legt den eiskalten Löffel auf meinen nackten Bauch und lacht lauthals, als ich aufschreie. Ich rutsche nach unten, so dass ich halb liege, und er tut es mir gleich. Ich genieße die Spannung zwischen uns, seine Blicke, wie er mich neckt.

Er fragt, ob wir einen Film gucken sollen, und ich bitte ihn, einen auszusuchen. Er schaltet den Computer ein, und ich bringe das Eis in den Gefrierschrank. Lege in der Küche einen kleinen Freudentanz hin.

»Ich werde wohl auch krank«, sagt er, als ich ins Zimmer zurückkomme.

»Oh nein, bin ich da schuld?«

»Wahrscheinlich. Als Strafe erwarte ich, dass du dich um mich kümmerst.«

Er grinst mich an, und ich werfe ein Kissen nach ihm. Er greift nach meiner Hand, zieht mich ins Bett und kitzelt mich. Ich sehe ihm in die Augen und hoffe, dass er mich küsst. Aber er sieht mich nur an. Lange. Dann zieht er sich zurück. Er stellt den Computer auf den Tabletttisch neben dem Bett. Als er den Film startet, lege ich mich zurecht. Er fragt, ob ich etwas sehe, und ich antworte, es sei in Ordnung.

Eine romantische Komödie. Das hatte ich nicht erwartet. Wir liegen schweigend nebeneinander. Ich kann nur daran denken, wie nah er mir ist. Dass ich ihn überall berühren möchte. Seinen Körper an meinem spüren möchte.

Als der Film eine Weile läuft, machen die Protagonisten das gleiche wie wir, sie sitzen da und gucken einen Film. Ich frage mich, woran Fredrik denkt. Ich rücke näher an ihn heran und lege den Kopf auf seinen Arm.

Der Film geht weiter, die Hauptdarsteller haben Sex.

Ich schiele zu Fredrik und lege ein Bein über seins, beuge das Knie und lasse meinen Fuß an seinem Schienbein auf- und abgleiten. Er murmelt etwas und legt die Hand auf mein Bein, um es stillzuhalten.

»Du wirkst nicht sonderlich krank«, flüstere ich. Prüfend ziehe ich das Knie höher und höher, spüre, was ich geahnt habe, als ich eben hingesehen habe. *Eine harte Beule in seiner Hose.* Er bewegt sich und sieht mich an.

»Du findest also, ich sei süß?«, necke ich ihn.

»Du machst mich verrückt«, sagt Fredrik leise. »Jede Sekunde neben dir, ohne dich zu berühren, ist eine Qual.«

»Dann tu's doch.« Ich fahre mir mit der Zunge über die Lippen, sehe, wie seine Augen schmaler werden.

»Bist du nicht krank?«

»Nicht *so* krank«, antworte ich und richte mich halb über ihm auf. Ich schiebe die Haare hinters Ohr. Spüre seine Hände über meinen nackten Bauch gleiten. Ich fahre mit der Zunge über seine Lippen, langsam, prüfend. Dann küsse ich ihn. Und er küsst mich.

Wir knutschen. Seine Zunge in meinem Mund, meine in seinem. Hitzig, dann langsam, dann wieder ungeduldig. Seine Hände in meinen Haaren, auf meinem Körper, auf meinem Hintern. Ich ziehe mich zurück, spüre, dass meine Wangen warm sind. Er ist so sexy, wie er daliegt und mich beobachtet. Vergnügt, zufrieden. Ich will ihn haben. Ich will. Ich lege mich auf seinen Arm, flechte meine Hand in seine und seufze. *Glücklich.* Er lacht. Ich nehme mein Handy, mache massenhaft Selfies von uns. Als wir nebeneinander liegen, als er mich ins Ohr beißt und ich lache, als wir uns küssen, und ein paar, als wir Grimassen schneiden.

»Kriege ich Creditpoints, weil ich Eis mitgebracht habe?«, murmelt er mit den Lippen in meinen Haaren, als er die Bilder durchsieht.

»Selbstverständlich. *Hashtag derweltbesteFreund* vielleicht.« In Erwartung seiner Antwort halte ich die Luft an.

»Bedauerlich nur, dass meine Freundin das ganze Eis allein gegessen hat.«

»Das habe ich überhaupt nicht!«

Er lacht, als ich ihn kneife, und streicht meine Haare zur Seite, bevor er mich küsst.

Wir knutschen wieder. Unsere Zungen, unsere Lippen, wir genießen es ausgiebig. Das Wissen, dass mehr kommt, lässt mich vor Geilheit und Glück fast platzen.

Und mein Herz klopt schneller. Mein Unterleib pulsiert. Ich lasse meine Hand über seinen Bauch gleiten, lege sie auf die Beule. Ich spüre, wie sie noch größer wird. Ich ziehe mit den Fingern, spüre, drücke sie. Er schluckt, stöhnt meinen Namen.

Mein Telefon klingelt. Ich schaue auf und sehe, dass Fredrik eine unzufriedene Grimasse zieht. Ich kichere und küsse ihn. Ignoriere das Handy, als es noch einmal klingelt. Flüstere, dass es nicht so wichtig sei. Er zieht mich auf sich. Seine Hände auf meinem Hintern. Ich presse mich an ihn, reibe mich an ihm und genieße es zu spüren, wie hart er ist. Ich flüstere ihm ins Ohr, dass ich ihn haben will.

Er legt ein Bein um mich und dreht mich um. Lacht, als wir gegen den Tabletttisch stoßen. Er setzt sich auf, klappt den Laptop zu und stellt ihn mitsamt Tisch auf den Boden. Ich betrachte seinen Körper, wie er da rittlings auf mir sitzt. Er grinst, zieht sein T-Shirt aus und legt sich wieder auf mich. Küsst mich jetzt hitziger und streichelt meine Brüste. Seine Beine zwischen meinen, wir pressen und reiben uns aneinander.

Es klingelt wieder.

Ich schaue auf und fluche laut. Das tue ich selten, und es klingt jedes Mal albern. Fredrik versucht, mich wieder ins Bett zu ziehen. Ich stelle den Ton am Handy aus, bevor ich wieder in seinen Armen lande.

»Wo waren wir?«, murmelt er und streichelt meine Brüste unter dem Pullover.

Ich öffne die Knöpfe seiner Hose, schiebe meine Hand in seine Unterhose und spüre ihn. Er ist hart, aber gleichzeitig ganz weich. Meine Finger reichen genau um ihn herum, er ist warm und schön, und ich frage mich, wie er schmeckt. Ich will ihn lecken, traue mich aber nicht. Ich streichle ihn, lasse die Hand rauf und runter gleiten. Fredrik atmet schneller, ich spüre, wie er noch weiter wächst. Wie groß ist er?

Er zieht mir den Pullover aus. Ich setze mich rittlings auf ihn. Meine Brüste schimmern durch den BH hindurch, und ich fahre mit den Händen darüber, sehe, wie er meine steifen Brustwarzen anschaut. Er zieht das Bündchen meiner Hose herunter, schiebt seine Hand tiefer und streichelt mich. Ich erhebe mich leicht, damit er besser rankommt, spüre seine Finger unter dem Stringtanga. Ich stöhne laut, schaukle mit der Hüfte, um mich von der Hose zu befreien. Fredrik versucht zu helfen, und als einer von uns dabei das Telefon auf den Boden befördert, hören wir, wie es vibriert.

»Wer zum Teufel ruft da ständig an?« Seine Stimme ist heiser und ungeduldig.

»Ich mache es aus.« Ich lehne mich über die Bettkante und sehe Unmengen entgangener Anrufe und auf dem Bildschirm die ersten Zeilen einer SMS.

Die Hitze in meinem Körper erlischt. Ich sitze auf Fredrik, das Telefon in der Hand und gebe den Code ein. Er richtet sich auf, ich spüre seine Küsse an meinem Hals, seine Finger berühren meine Brustwarzen.

»Verdammt«, flüstere ich, als ich die Nachricht gelesen habe.

»Was ist los?«, fragt Fredrik. Er küsst meine Schulter, zieht den BH-Träger runter. Ich schließe fest die Augen und lasse ihn für einen kurzen Augenblick gewähren. Ich bin kurz davor aus Frustration zu weinen. Aus Enttäuschung.

»Fredrik, du musst gehen«, sage ich und stoße ihn weg. »Du musst sofort gehen.«

Stella

SIE IST NICHT aufgetaucht. Und das hier sind die sinnlosesten neunzig Minuten meines Lebens. Komplett verschwendet.

Worum sich das Gespräch heute dreht? Keine Ahnung.

Weicht sie mir aus? Warum?

Nach der Gruppentherapie habe ich eine Sitzung mit Ulf.

»Ich weiß, dass ich es nicht sollte, aber ich konnte es nicht lassen. Es ist einfach passiert.«

Ulf redet weiter. Ich höre ihn, höre aber nicht so zu, wie ich das sollte. Ich frage mich, wie oft ich in den vergangenen zwei Jahren, seit er zu mir kommt, das Gleiche gehört habe?

»Konnte nicht oder wollte nicht?«, frage ich.

Ulf springt darauf an. An meinem Tonfall hört er, dass ich verärgert bin. Wieder einmal ist er lange unterwegs gewesen, hat viel zu viel getrunken und ist sternhagelvoll nach Hause gekommen. Wieder einmal hat er einen heftigen Streit mit seiner Frau provoziert. Und an alldem ist seine Mutter schuld, die nicht für ihn da war, als er klein war. Buhu, buhu, armer Ulf, armer kleiner missverstandener, unglücklicher Junge.

Er ist ein Schwein. Ein unreifes ichbezogenes männliches Schwein.

Allem voran braucht er einen Tritt in den Arsch. Oder eins auf die Fresse. Ich habe ihm vorgeschlagen, eine andere Therapieform auszuprobieren oder sich ein Hobby zuzulegen. Die Anonymen Alkoholiker aufzusuchen. Er versteht den Sinn des

Ganzen nicht. Und so kommt er weiter Woche für Woche hierher. Ich habe nicht die Kraft, mir das noch länger anzuhören. Und zum ersten Mal überhaupt bereue ich meine Berufswahl.

Ich werfe den Block beiseite, den ich auf dem Knie liegen habe. »Ulf, was zum Teufel machen Sie hier eigentlich?«, fauche ich. »Was soll das bringen weiterzumachen?«

»Was meinen Sie?«

»Warum kommen Sie noch her? Was bringt Ihnen das? Sie verschwenden nur meine Zeit.«

Er sperrt den Mund auf, als hätte er keine Ahnung, wovon ich rede. Ich teile ihm mit, dass er noch immer auf der gleichen Stelle tritt wie bei unserer ersten Begegnung. Dass er sich in der gleichen Scheiße suhlt und immer wieder die gleichen pathetischen Fehler begeht. Dass er jedes Mal die gleiche durchschaubare Verteidigungsstrategie anwendet, dass sich seine empfundene Selbstverachtung jede Woche in Wut gegen seine arme Mutter verwandelt. Ich erkläre ihm, dass er ewig in der gleichen Problematik stecken bleibt, wenn er nicht erwachsen wird und selbst Verantwortung für sein Leben übernimmt.

»Was zum Teufel wissen Sie schon?«, sagt er.

Ich stehe auf, stürme zur Tür und reiße sie auf. Ich schreie: »Kommen Sie nie wieder hierher. Ich will Sie hier nie wieder sehen.«

Ulf eilt mit hochrotem Kopf nach draußen. John, ein Kollege, steht im Flur, Renate hängt über dem Empfangstresen. Beide starren mich an, flüstern sich etwas zu. Ich schließe die Tür mit einem lauten Knall.

Kurz darauf klopft es.

»Herein«, sage ich. Renate öffnet die Tür. Sie sieht mich ungnädig an.

»Stella. Ich habe dich immer gemocht. Aber es ist an der Zeit, dass du über eine Auszeit nachdenkst.«

Ich weiß, dass sie an Lina denkt. Dass sie alle an Lina denken.

Sie glauben, dass es durchaus einen Grund für ihre Anschuldigungen gibt. Dass die Anzeige bei der Aufsichtsbehörde voll und ganz berechtigt ist. Jetzt, wo ich Ulf rausgeschmissen habe. Alle sehen es mir an. Alle wissen es.

Ich habe ernsthafte Probleme.

Einsam in meinem Büro. Zusammengesunken auf meinem Schreibtischstuhl. Ich schalte den Computer aus, nehme das Handy. Ich rufe sie an. Mehrfach. Keine Antwort. Wieder und wieder. Ich gebe auf. Ich lehne mich zurück und schließe die Augen. Das Handy piept, und ich greife danach. Eine SMS von Henrik.

Zum Teufel! Du machst Witze?! Jennie, du bist fantastisch! Such einfach ein Restaurant aus. Ich nehme an, du wirst mich einiges kosten.

Ich verstehe nicht. Ich lese die SMS mehrfach. Warum schreibt mein Mann jemandem namens Jennie? Ich weiß nicht, wer Jennie ist. Und warum sollte er mit ihr in ein Restaurant gehen? Was hat das hier zu bedeuten?

Henrik war in letzter Zeit viel mit seinem Handy beschäftigt. Mehr als üblich. Er hat gesagt, auf der Arbeit sei viel zu tun. Er ist spät nach Hause gekommen. Oft. Er hat Anrufe bekommen und auf Mitteilungen geantwortet, in der Woche wie am Wochenende, am Tag und spätabends. War es Jennie, die gestern Morgen angerufen hat? Die er abholen sollte?

Ich bin unterwegs. Das bin ich gewiss. Ich bin um zehn bei dir.

Ich spüre, wie sich die Eifersucht einschleicht und mich vergiftet.

Lasst ihr euch scheiden, Papa und du?

Mein Magen rebelliert. Ich schreibe eine Antwort. Lösche sie. Beginne von vorn. Lösche auch das. Denke lange nach, bis ich eine Formulierung finde, die nicht hysterisch klingt.

Bedaure, ich bin nicht Jennie. Esse aber gerne im Restaurant zu Abend ;-)

Das Handy ist dunkel, still. Das Warten erscheint mir wie eine Ewigkeit. Er sollte anrufen. Ich frage mich, was er zu sagen hat. Wie seine Stimme klingen wird. Es dauert eine Weile, bevor ich seine SMS erhalte.

Falscher Empfänger :-) Bin irgendwann nach sieben zu Hause.

Ich stehe auf und gehe im Zimmer umher. Keine Erklärung, keine Entschuldigung. Er tut so, als sei es nicht geschehen, als würde ich nicht begreifen, dass er mit dieser Jennie was am Laufen hat. Ich packe die große Keramikvase in der Ecke, die ich von Henrik zur Praxiseinweihung bekommen habe. Ich hebe sie über den Kopf und werfe sie mit aller Kraft auf den Boden.

Die Scherben fliegen umher, und es ist laut.

Allerdings hatte ich gehofft, dass es noch lauter sein würde. Dass ich das Geräusch stärker in mir spüren würde als meine Wut, dass es sie übertönen würde. Aber es reicht nicht einmal annähernd.

Patienten anzuschreien und Keramikvasen zu zertrümmern reicht nicht aus.

Nichts hilft gegen die Ohnmacht und die Furcht, die ich empfinde.

Kerstin

ICH SETZE MICH auf eine Bank vor ihrem Haus und rufe sie an. Isabelle antwortet nicht. Vier Mal rufe ich an, ohne sie zu erreichen. Schließlich schicke ich ihr eine SMS. Nach einer Weile erhalte ich eine Antwort. Sie schreibt, sie hätte das Telefon nicht gehört, sie hätte sich ausgeruht. Sie komme gleich runter und mache auf. Müsse sich nur erst anziehen. Zumindest ist sie zu Hause. Aber was treibt sie eigentlich?

Die Tür geht auf, und ich erhebe mich. Ein junger blonder Kerl kommt raus. Seine Hose sieht aus, als könne er sie jeden Moment verlieren. Er hat die Hände tief in den Hosentaschen vergraben und wirft mir nicht mehr als einen flüchtigen Blick zu. Die heutige Jugend, nicht mal die einfachsten Manieren. Es ist zum Verrücktwerden.

Kurz darauf kommt sie. Meine große, hübsche Tochter. Ich umarme sie fest und nehme sie sorgfältig in Augenschein. Sie sieht müde aus. Und was hat sie da an? Ich habe zwar eine gewisse Veränderung geahnt. Doch jetzt, wo ich sie überrascht habe, sehe ich, wie sie sich mittlerweile eigentlich kleidet. Das Oberteil und die Jeans liegen eng an, geben schamlos ihre Kurven preis. Die jungen, festen Brüste, die schmale Taille, den Hintern und den Schritt. Und das Oberteil ist zu kurz. Es rutscht nach oben, wenn sie sich bewegt, gibt den Blick auf ihren Bauch frei. Das ist absolut unschicklich. Sie sieht aus wie eine Hure. Ebenso gut könnte sie nackt herumlaufen.

Das ist Johannas Schuld. Sie hat einen schlechten Einfluss auf Isabelle. Alles ist die Schuld dieser kleinen Schlampe. Mit ihren gefärbten Haaren, ihrem Ring in der Nase, so eine wie sie sollte nicht in die Nähe meiner Isabelle kommen.

Ich schaue sie mir genau an. Ihre Augen glänzen. Trinkt sie? Nimmt sie Drogen?

»Du solltest vorsichtig sein, dich so anzuziehen«, warne ich sie. »Jungs haben nur eins im Kopf. Das solltest du mittlerweile wissen.«

Ich sehe, wie sie sich anspannt. Offenbar war es falsch, das zu sagen.

»Isst du ordentlich?«, frage ich stattdessen. »Hast du abgenommen?«

»Ja Mama, das tue ich. Und nein Mama, das habe ich nicht.« Sie hält mir die Tür auf.

Unter Schweigen fahren wir mit dem Fahrstuhl nach oben. Isabelle scheint richtig schlechte Laune zu haben. Sie schließt auf und geht als Erste in die Wohnung. Ich sehe mich um. Sie ist hell und schön. Ich bin nur ein paar Mal hier gewesen, wäre aber gern öfter gekommen. Am liebsten wäre ich dabei gewesen und hätte geholfen, als sie eingezogen ist. Hätte Gardinen und Bilder aufgehängt, für ein bisschen Gemütlichkeit gesorgt. So was, was Mütter machen sollten. Aber Isabelle hat das Bedürfnis, ihre neu gefundene Selbstständigkeit zu markieren. Es hat etwas von einer Revolte. Ich versuche, mir nicht anmerken zu lassen, wie weh mir das tut. Aber es ist schwer. Es verletzt mich wirklich. Es tut fürchterlich weh, wenn sie auf Abstand zu mir geht.

Isabelle setzt Kaffee auf, und ich gehe auf die Toilette. Nachdem ich meine Bedürfnisse verrichtet habe, durchsuche ich den Badezimmerschrank. Ich finde weder Medikamente noch Verhütungsmittel. Dann schaue ich in ihr Zimmer. Die Decke ist nachlässig über das Bett geworfen, als sei es in aller Eile geschehen. Mich überkommt sofort ein ungutes Gefühl.

Schläft sie mit jemandem? Mit mehreren? Meine eigene Tochter, hat sie mit so etwas angefangen? Der Junge, den ich aus der Tür habe kommen sehen, wer ist er? Kam er von Isabelle? Ist er mit ihr hier gewesen, in ihrem Bett? Bietet sie sich jedem x-Beliebigen an? Geht sie mit ihnen ins Bett wie eine Nutte, windet sich unter ihnen, während sie keuchen und stöhnen und sich nehmen, was sie wollen? Der Gedanke, dass Isabelle so etwas tut, entsetzt mich. Widert mich über alle Maßen an. Versteht sie nicht, wie traurig mich das macht? Aber sie ist noch immer schwach. Sie braucht noch immer ihre Mama. Ich werde sie schon in die richtige Spur bringen.

Ich drehe mich um und gehe in die Küche. Zeige mit keiner Miene, dass ich weiß, was sie treibt. Ich setze mich an den Esstisch und sehe ihrem Tun zu.

»Dieses verfluchte Stillsitzen im Zug, ich habe Unmengen Flüssigkeit gespeichert, siehst du?« Ich ziehe meinen Strumpf aus und demonstriere es ihr, indem ich auf meinen geschwollenen Fuß drücke, auf dem der Finger einen deutlichen Abdruck hinterlässt.

»Hättest du zu Hause nicht genauso still gesessen?«, sagt Isabelle, ohne überhaupt in meine Richtung zu sehen.

Diese ständigen Sticheleien. Dieser vollkommene Mangel an Respekt. Was für ein Mensch ist sie geworden? Warum kann sie nicht für immer das bezaubernde kleine Mädchen bleiben? Mein kleines Mädchen. Das dachte, ich hätte alle Antworten dieser Welt, das dachte, ich sei unersetzlich, als ich sie getröstet und ihre Wunden mit Pflaster versorgt habe. Jetzt bin ich nur peinlich. Lästig. Dumm. Anstrengend.

Ich schlucke den Verdruss hinunter. »Wie läuft das Studium?«

»Gut. Bisher gab es keine Wiederholungsprüfung.« Sie klingt zufrieden.

»Ich bin stolz auf dich«, sage ich. »Papa wäre auch stolz auf dich.« Ich war es, die sie erzogen hat. Ihre Veränderung ist vorübergehend. Alles wird gut werden.

Isabelle gießt Kaffee ein und stellt einen Karottenkuchen auf den Tisch.

»Der schmeckt richtig gut«, sage ich.

»Ich habe ihn gestern gemacht.«

»Du hast immer gern gebacken. Das hast du von mir. Erinnerst du dich, wie oft wir zusammen gebacken haben?«

»Was machst du hier, Mama?«

Erst jetzt höre ich, dass Isabelle heiser klingt. »Bist du erkältet?« Ich lege eine Hand auf ihre Stirn. Sie ist ein bisschen warm. Sie ist doch wohl nicht schwanger?

»Das geht sicher bald vorüber«, sagt sie.

»Du solltest dich vielleicht hinlegen? Ein bisschen ausruhen. Ich kann Tee machen.«

»Aber Mama, ich habe kaum Fieber.«

»Bist du den ganzen Tag zu Hause gewesen?«, frage ich.

»Ja, das bin ich. Und ich habe deine Regeln befolgt. Auf Punkt und Komma. Ich bin zu Hause geblieben, habe warme Socken angezogen«, sie hebt einen Fuß und wackelt mit den Zehen. »Ich habe etwas Warmes getrunken, mir die Hände sicher achtmal extra gewaschen, und ich habe die Bettwäsche komplett gewechselt.« Jetzt lächelt sie mich an, zum ersten Mal. Meine liebe Tochter lächelt, und mir wird innerlich ganz warm. Es ist, wie wenn die Wolken aufbrechen und die Sonne endlich rauskommt.

»Das ist mein Mädchen«, sage ich und erwidere das Lächeln. »Gut, dass du nirgendwo hingegangen bist. Nicht einmal zur Therapie?«

Ihr Gesicht verfinstert sich wieder. Warum muss sie so empfindlich sein. Aber wir müssen das hier durchstehen. Ist es nicht das, worum sich das Muttersein dreht? Sich auch des Anstrengenden anzunehmen. Großzuziehen, anzuleiten und zu beschützen.

»Ich habe doch gerade gesagt, dass ich den ganzen Tag zu Hause war.«

»Weißt du, ich will eigentlich nicht, dass du dort wieder hingehst.«

Isabelle schiebt ihren Stuhl zurück. Es klingt entsetzlich, als er über den Boden schrammt. Sie steht auf, stellt sich an die Spüle mit dem Rücken zu mir. Ich weiß, dass sie sauer ist, aber sie wird Vernunft annehmen. Hauptsache, sie hört auf mich. Hauptsache, sie kommt zur Besinnung und bedient sich ihrer Vernunft. Ich will nur ihr Bestes, nichts anderes.

Sie wird es verstehen.

Sie muss.

Isabelle

IN MIR MACHT SICH Panik breit. Ich bin so wütend, dass ich vor mir selbst Angst bekomme.

Warum muss sie das immer machen? Kommen und sich einmischen, in dem herumwühlen, was privat ist? Warum hält sie sich nicht mal aus irgendwas raus?

Ich fokussiere. Will die Wut nicht die Überhand gewinnen lassen. *Das ist schwer, ich tobe.* Wenn ich mich nicht beherrsche und die Wut runterschlucke, wird alles nur noch schlimmer.

Oder ist es so, wie Stella gesagt hat? Dass es schlimmer wird, wenn ich keine Grenzen ziehe? Wenn ich es ständig vermeide, Mama zu zeigen, dass sie nicht über mich bestimmen kann.

Das hier ist mein Leben. Das sind meine Entscheidungen. Ich muss ehrlich sein und ihr sagen, wie es ist. Ich drehe mich um und sehe sie an.

»Das kannst du nicht entscheiden«, sage ich in ruhigem Ton. Für gewöhnlich lehne ich mich nicht gegen sie auf. Für gewöhnlich widerspreche ich ihr nicht. Aber ich kann es nicht mehr ertragen. Ein gutes Verhältnis muss Gegensätze aushalten. Mama scheint schockiert über meine Worte. Sie ist beleidigt. Gekränkt. Ihr ganzes Wesen strahlt das aus. Das Gesicht ist schlaff, der Mund geöffnet. Sie sieht aus, als hätte ich ihr eine Ohrfeige verpasst. Und ich sehe bereits, wie sie eine ihrer Predigten vorbereitet, wie traurig ich sie mache und wie undankbar ich bin, und dass ich nicht zu schätzen weiß, was sie alles für mich getan hat.

Aber ich bin mein ganzes Leben lang erzogen und angeleitet worden. Der Tag musste kommen, an dem ich mache, was ich will. Wenn sie mich so gut erzogen und angeleitet hat, wie sie behauptet, dürfte es keinen Anlass zur Beunruhigung geben.

Mama stellt die Tasse mit einem Knall ab und sieht mich streng an. »Ich denke, diesen Ton solltest du dir gar nicht erst angewöhnen.«

»Ich bin jetzt erwachsen«, sage ich. »Ich treffe meine eigenen Entscheidungen. Und das hier will ich machen. Meinetwegen und nicht wegen irgendjemand anderem.«

Ich bin stolz auf mich. Meine Reaktion zeigt, dass mir die Therapie hilft. Ich traue mich zu sagen, was ich denke, obwohl ich das Risiko eines Konflikts eingehe. Für mich ist das eine große Sache.

Mama ist nicht beeindruckt. Sie sieht mich so an wie damals, als ich klein war. *Als ich ihr Kopfschmerzen bereitet habe. Als sie weggegangen ist, weil ich sie enttäuscht hatte.*

Sie zieht den Mund zusammen. »Es gibt Dinge, von denen du nichts weißt«, sagt sie und sieht mich missbilligend an. Sie wischt die Krümel auf dem Tisch zusammen. »Komm und setz dich.«

Ich vernehme den unbeirrbaren Ton in ihrer Stimme. Obwohl ich nicht hören will, was sie zu sagen hat, setze ich mich. Ich weiß, dass es etwas Unerfreuliches ist. Und ich wünschte, sie wäre nicht hier. Ich wünschte, Fredrik wäre bei mir geblieben. Wir hätten jetzt im Bett liegen sollen. Nackt. Wir hätten miteinander schlafen sollen. Das ist nicht abstoßend oder schmutzig, wie Mama meint.

Ich denke die ganze Zeit daran, spüre es in meinem ganzen Körper; Fredrik und ich werden miteinander schlafen. Wir werden einander stundenlang lieben. Wir werden uns die ganze Nacht lieben, und dann werden wir weitermachen und uns den ganzen Tag lieben.

Und uns geliebt, das hätten wir jetzt.

Wenn Mama nicht plötzlich aufgetaucht wäre.

Ich hätte niemals ihre SMS lesen, hätte mich trauen sollen, sie warten zu lassen, statt alles fallen zu lassen, um sie zufriedenzustellen. *Im Nachhinein ist man immer klüger.*

Mama unterbricht meine Gedanken. »Deine Therapeutin. Stella. Sie hat Probleme.«

»Woher weißt du das? Woher willst du etwas über sie wissen?«

»Ich mache mir Sorgen um dich. Ich merke, dass du dich verändert hast.«

»Kann das darauf beruhen, dass ich erfahren habe, dass ich mit einer Lüge gelebt habe? Fast mein ganzes Leben lang?«

Mama lehnt sich zurück. Sie beißt die Zähne zusammen, strengt sich an, nicht die Kontrolle zu verlieren.

»Was meinst du damit?« Flüsternd presst sie die Worte heraus. Tränen treten ihr in die Augen. Ich spüre, wie ich wieder fünf Jahre alt werde. Will sie beruhigen. Will Buße tun. Will, dass mir verziehen wird und so alles wiedergutmachen.

»Hans war nicht mein Papa, oder?«, fahre ich fort. »Nicht mein richtiger Papa. Das zu erfahren, ist nicht so einfach.«

Mama sinkt auf dem Stuhl in sich zusammen, legt den Kopf in die Hände.

Zeit für Drama.

»Das weiß ich. Liebling, verzeih mir. Ich verstehe das. Das tue ich. Und ich hatte gehofft darum herumzukommen, dir das zu erzählen.«

Und Mama fährt fort. Sie erzählt, im äußersten Vertrauen, dass meine Therapeutin unter heftigem Beschuss steht. Und wie gewöhnlich hat sie dabei eine ganz spezielle Stimme, einen Tonfall, der eine Mischung aus Wut, Hohn und Genuss ist. Mitunter frage ich mich wirklich, ob mit meiner Mutter etwas nicht stimmt. Ernsthaft etwas nicht stimmt.

»Eine ehemalige Patientin hat versucht, sich das Leben zu

nehmen, verstehst du. Sie war ein bisschen jünger als du, und ihre Eltern waren selbstverständlich am Boden zerstört. Sie hatten die Warnzeichen gesehen, aber dennoch darauf vertraut, dass sie Hilfe bekommt. So böse kann es laufen, wenn ein junges Mädchen sein Leben in die Hände eines anderen legt. Die Hände eines Fremden.«

»Woher weißt du das?«

»Ich mache mir schon länger Sorgen um dich.«

»Ja, das sagtest du bereits.« Das ist nichts Neues. *Das macht sie immer.* Jedes Mal, wenn wir in letzter Zeit miteinander gesprochen haben, hat sie mir von ihren Sorgen erzählt.

»Ich habe im Internet recherchiert. Und habe diese Information gefunden. Ich habe sogar mit den Eltern des Mädchens gesprochen. Es scheinen nette, aufrichtige Menschen zu sein. Und ich weigere mich zuzusehen, dass dir das Gleiche passiert. Verstehst du?« Mama nimmt meine Hände in ihre und legt den Kopf schief.

»Ich bin nicht selbstmordgefährdet, das versichere ich dir«, sage ich und versuche zu lachen. Mama blickt grimmig drein. Ihre Hände drücken meine fester. Das tut weh. Ich entziehe mich ihrem Griff.

»Ich vertraue Stella, Mama. Es *kann* doch sein, dass das Geschehene gar nicht ihre Schuld ist. Wir wissen nichts darüber. Was eigentlich passiert ist.«

»Isabelle, jetzt hörst du mir zu. Diese Frau ist verrückt. Sie ist nicht normal. Sie ist krank.« Mama sieht mich ernst an, bevor sie fortfährt.

»Sie hat vor vielen Jahren ein Kind verloren. Ein kleines Mädchen. Sie war damals noch sehr jung. Und es war nicht ganz klar, was passiert ist. Sie wurde verdächtigt, aber sie haben nie irgendeinen Beweis gefunden. Wie auch immer, sie wurde für eine Zeit lang eingewiesen. In die Psychiatrie. In die Klapse. Dass so eine Therapeutin werden darf, übersteigt meinen Verstand. Sie ist vielleicht eine Mörderin. Sie hat vielleicht ihr eigenes Kind getötet.«

Ich unterbreche sie, aber mit einer Geste gibt Mama mir zu verstehen, dass ich still sein soll.

»Ich glaube, sie bildet sich ein, dass du dieses Mädchen bist«, sagt sie. »Das ist tragisch und traurig, das kann ich verstehen. Aber du musst eins wissen, diese Frau ist gefährlich. Stella Widstrand ist krank und gefährlich.«

Ich denke an Stellas Monolog über Trauer und Grauen.

Mama lehnt sich über den Tisch. »Du hast erzählt, dass sie dich nach deiner Kindheit gefragt hat. Und nach mir. Oder nicht? Vielleicht hat sie gefragt, ob ich deine richtige Mama bin?«

Mein Unbehagen wächst. Das hat sie getan. Sie war ein bisschen zu neugierig, was meinen Hintergrund angeht.

Mama sagt: »Als Therapeutin hat sie großen Einfluss auf Menschen. Und das nutzt sie aus, verstehst du. Weil es ihr selbst nicht gut geht. Sie bringt dich dazu, alles infrage zu stellen, sogar das, was du sicher weißt. Vielleicht ist sie dir sogar gefolgt? Vielleicht überwacht sie dich?«

Ich habe Stella hier unten stehen sehen, vor dem Haus. Ich habe sie bei der KTH gesehen.

Mama hat recht.

Was ich als Engagement angesehen habe, war etwas anderes. Eine Art krankhafte Besessenheit.

Gleichzeitig hat sie mich dazu gebracht, dass ich mich sicher fühle. Und ich mochte sie vom ersten Augenblick an. Aber wage ich es, auf mein Urteil zu vertrauen? Ich bringe das nicht zusammen. Das ist nicht stimmig.

Mama kommt um den Tisch herum und legt einen Arm um mich.

»Ich will, dass du vorsichtig bist. Ich will mein kleines Mädchen nicht verlieren, das verstehst du doch?«

Ich sehe zu Mama auf. Sie ist anstrengend, sie ist mitunter sogar richtig unheimlich. Aber sie ist meine Mama. Und sie kümmert sich wirklich um mich. Sie würde alles tun, um mich zu beschützen.

»Ich weiß, Mama«, sage ich. »Ich verspreche dir, vorsichtig zu sein.«

Stella

MITTWOCHABEND, ICH sitze zusammengekauert auf dem Sofa und beobachte Henrik. Er spricht gegen den Tresen gelehnt mit Sebastian, Pernillas neuem Kerl. Er lacht und gestikuliert. Nach fünfzehn Jahren ist sein Gebaren so vertraut. Dennoch betrachte ich ihn jetzt mit anderen Augen. Und ich merke, dass ich die ganze Zeit nach verräterischen Anzeichen suche. Ich sollte ihn direkt heraus fragen, aber ich bin zu feige. Das sieht mir nicht ähnlich. Wenn er alles leugnet, werde ich mir noch verrückter und paranoider vorkommen, als es bereits der Fall ist. Wenn er es zugibt, ist von meinem Leben nichts mehr übrig.

Sebastian und Pernilla haben Milo nach dem Tennis nach Hause gefahren. Ich habe Pizza bestellt, eine Flasche Wein aufgemacht. Als Henrik nach Hause gekommen ist, hat er sie begrüßt und ist nach oben gegangen, um sich umzuziehen. Ich bin ihm gefolgt, mit einem Glas Wein in der Hand.

Ich habe ihn gefragt, wie sein Tag war. Er hat gesagt, der sei gut gewesen. Er hat das Hemd aus- und ein T-Shirt angezogen. Ich habe noch immer dagestanden, als er seine verschlissene helle Jeans angezogen, die Knöpfe geschlossen hat. Das Handy in die Vordertasche gesteckt hat.

Ich habe angenommen, dass er die SMS kommentieren würde. Dass er von Jennie erzählen würde. Mir eine Erklärung geben würde. Irgendetwas, was auch immer. Er hat nichts gesagt. Hat mit einem Blick auf mein Weinglas nur gefragt, was wir feiern.

Vielleicht die Liebe, habe ich gesagt.

Früher hätten wir darüber gelacht. Jetzt hat er sein formelles Lächeln aufgesetzt und gefragt, ob wir nicht runtergehen sollten, bevor die Pizza kalt wird.

Er wirkt entspannt, wie er dort in der Küche steht. Zufrieden und vergnügt und entspannt. Wer zum Teufel ist Jennie? Lacht er mit ihr auch so? Wie sieht sie aus? Ist sie jünger, hübscher? Wie lange geht das bereits? Wie oft haben sie miteinander geschlafen?

Pernilla wirft ein Kissen nach mir, und ich zucke zusammen. Sie liegt halb am anderen Ende des Sofas und beobachtet mich. Bohrt ihren Fuß in mein Bein.

»Woran denkst du?«, will sie wissen.

»Ich hatte einfach nur einen langen Tag«, antworte ich und trinke einen großen Schluck von dem Wein. Pernilla packt meine Hand, zieht den Pulloverärmel nach oben. Um mein Handgelenk sind schwache blaue Flecken zu erkennen.

»Was hast du gemacht?«

Obwohl ich es nicht will, wandert mein Blick wieder hinüber zu Henrik. Er lacht laut über das, was Sebastian sagt. Ändert die Blickrichtung, sieht mir direkt in die Augen. Er wird ernst. Bricht den Augenkontakt ab, dreht mir den Rücken zu.

»War er grob zu dir?«, fragt Pernilla.

Mir wird heiß, wenn ich an Samstagabend denke. Daran, wie Henrik mich geküsst hat, meine Handgelenke festgehalten und mich auf dem Boden genommen hat.

»Love marks?« Pernilla gluckst. »Ich sehe es dir an, du kannst es ebenso gut erzählen.«

»Es gibt nichts zu erzählen«, sage ich und lächle. »Auf dem Schlafzimmerteppich ist nichts passiert. Überhaupt nichts.«

Pernilla lacht. Sie sieht nicht, dass mein Lächeln aufgesetzt ist. Hat keine Ahnung, dass es eine andere Frau in Henriks Leben gibt, und dass ich davon weiß. Er schaut erneut zu uns rüber.

»Geht es euch gut?« Er lässt sich auf die Armlehne hinter mir fallen.

»Hast du mit Yoga angefangen, Henrik?«, fragt Pernilla.

Er lacht. »Yoga?«

»Ich habe gehört, das kann fantastisch sein.« Pernilla blickt unschuldig drein. »Weiche Schlafzimmerteppiche sind gut für das Training geeignet.«

»Pernilla!«, protestiere ich und schiele kurz über die Schulter zu Henrik. Er sieht mich an, dann sie. Da ist ein Widerwille, auf dieses Thema einzugehen. Warum? Denkt er jetzt nur noch an Jennie? Befriedigt sie ihn besser, als ich es kann?

»Vielleicht probiere ich es irgendwann mal aus«, sagt er und stellt mein Weinglas weg. Ich nehme es mir zurück und fülle es bis oben hin. Ich habe das Recht abzuschalten, nach allem was passiert ist. Ich habe ein Recht, dass es mir gut geht, wenn auch nur für einen kurzen Augenblick. Und ich bin doch vergnügt, oder nicht? Ich betreibe Konversation, bin nett und ausgeglichen. Die zuverlässige, nette Stella. Die so verdammt klug und verständnisvoll ist. Immer so harmonisch.

Später lehne ich mich an Henrik, streichle mit der Hand über seinen Oberschenkel und flüstere ihm ins Ohr, dass ich ihn haben will. Dass ich ihm verspreche, es ihm schöner zu machen, als irgendjemand anderer.

Er runzelt die Stirn, fragt, ob ich wirklich noch mehr trinken will. Er sieht Pernilla an. Sie schneidet eine Grimasse. *Es reicht wohl.* Ich tue so, als würde ich die Blicke zwischen ihnen nicht mitbekommen. Was ist mit ihnen? Was stimmt mit all den Menschen nicht?

Henrik schiebt meine Hand weg und geht mit der Weinflasche

in die Küche. Pernilla sagt, es würde langsam spät werden. Ich leere mein Glas in einem Zug.

Ich höre Milo und Hampus das Basketballturnier diskutieren, das in Estland stattfinden soll.

»Mama«, sagt Milo, »ich kann doch wohl alleine fahren?«

»Alleine?«, entgegne ich.

»Du hast mich jedes Mal begleitet«, fährt er fort, »du weißt, wie viele Betreuer dort sind. Bitte.«

»Ich halte das für keine gute Idee«, sage ich.

Es dauert eine Sekunde. Weniger als eine Sekunde.

Das Nervengift der Angst, das mich lähmt, mich streng, unnachgiebig und wütend macht.

»Mama, werd nicht sauer. Ich krieg das hin, das weißt du.«

Pernilla sagt: »Hampus fährt auch, also vielleicht … «

»Ich will nicht, dass du alleine ins Ausland fährst«, unterbreche ich sie. »Du bist erst dreizehn.« Ich trinke einen Schluck aus Pernillas Weinglas. Sie sieht mich verstohlen an, wirft einen Blick Richtung Küche. Dann greift sie nach ihrem Glas, aber ich halte es außerhalb ihrer Reichweite.

»Es ist nur nach Estland«, schnaubt Milo.

»Wir besprechen das später.«

»Mama.«

»Milo. Wir besprechen das später, habe ich gesagt. Hör verdammt noch mal auf zu quengeln.«

Henrik kommt ins Wohnzimmer. Er sieht mich fragend an, dann Milo.

»Papa, ich will alleine zum Basketballturnier fahren, aber Mama wird nur wütend.«

Henrik legt Milo eine Hand auf die Schulter. »Das klärt sich schon«, sagt er.

»Nie im Leben«, sage ich und verschütte Wein auf dem Sofa. »Nie.« Ich versuche, den Wein mit der Hand wegzuwischen, verschmiere ihn aber nur noch mehr.

Henrik will mir das Glas wegnehmen. Ich zerre es weg und verschütte noch mehr Wein.

»Was tust du?«, sage ich und höre selbst, dass ich lalle.

Pernilla streichelt meinen Arm, aber ich ziehe ihn weg. Erneut tauschen sie und Henrik Blicke aus.

»Stella, beruhige dich«, sagt Henrik. »Du brauchst nicht zu schreien. Wir reden ein anderes Mal darüber. Okay?«

»Ich schreie nicht. Ich schreie nicht. Und es gibt nichts zu besprechen.«

»Du kapierst nichts, Mama«, heult Milo. »Von keinem anderen kommt die verfluchte Mutter mit. Du bist immer dabei. Ich hasse das.«

Er stürzt aus dem Wohnzimmer.

»Keine andere verfluchte Mutter kapiert, dass man sein Kind nicht alleinlassen darf!«, brülle ich ihm hinterher.

Ich sitze noch immer auf dem Sofa. Alleine.

Milo hat sich in seinem Zimmer eingeschlossen.

Sebastian, Pernilla und Hampus sind nach Hause gefahren. Ich habe gehört, wie Pernilla Henrik flüsternd gefragt hat, ob sie irgendetwas tun kann. Er hat sich bedankt und flüsternd geantwortet, was, habe ich nicht verstanden. Dann hat er bei Milo angeklopft, ist eingelassen worden und hat die Tür hinter sich geschlossen.

Ich sitze noch immer alleine da. Spüre, wie ich untergehe.

Ich kann die Angst nicht kontrollieren.

Ich kann mich selbst nicht kontrollieren.

Ich kann nichts kontrollieren.

Ich bin krank.

Stella

MEINE AUGENLIDER SIND verklebt, und ich muss sie mit den Fingern voneinander lösen. Der Pullover, den ich von gestern noch anhabe, riecht nach Schweiß und Alkohol. Mein Mund klebt, stinkt.

Ich liege auf dem Bett im Gästezimmer. Irgendwann in der Nacht ist Henrik hier gewesen und hat mich zugedeckt. Zumindest erinnere ich mich nicht daran, es selbst getan zu haben. Ich erinnere mich nicht einmal daran, dass ich hierher gegangen bin und mich hingelegt habe. Mein Kopf scheint zu platzen, als ich mich aufsetze. In Gedanken gehe ich durch, wofür ich mich alles schämen muss, tue mir einen Moment lang selbst leid. Dann gehe ich ins Schlafzimmer.

Das Bett ist leer. Ich schaue auf die Uhr, die ich noch immer ums Handgelenk trage. Nicht später als sieben. Ich ziehe Pullover und Unterwäsche aus. Nehme eine lange, warme Dusche. Dann putze ich mir die Zähne, nehme Zahnseide und spüle mit Mundwasser.

Danach fühle ich mich nicht wirklich wie ein neuer Mensch, nur weniger schlecht. Ich schminke mich, sehe aber trotzdem blass aus. Fasse die Haare zu einem hohen Dutt zusammen. Lege die Ohrringe an, die mir Henrik als Morgengabe geschenkt hat. Ein Anfall von Nostalgie und magischem Denken.

Ich öffne den Kleiderschrank. Wähle ein gerades, knielanges Kleid mit Schlitzen an den Seiten aus. Marineblau. Halblange Ärmel. Betrachte mich im Spiegel. Schaue weg.

Henrik sitzt am Küchentisch und liest Zeitung. Er ist angezogen und fertig. Schwarze Anzughose, blaugrauer Lammwollpullover. Er steht auf, sagt Guten Morgen und fragt, wie ich geschlafen habe.

Ich antworte nicht. Versuche, ein entschuldigendes Lächeln hervorzupressen. Er reagiert nicht, er faltet die Zeitung zusammen und geht in den Flur hinaus.

Wir befinden uns auf verschiedenen Seiten eines Abgrunds.

Er ruft nach Milo, der zu ihm herauskommt. Durch das Fenster sehe ich, wie sie miteinander reden, Henrik lacht und klopft Milo auf die Schulter. Sie steigen in Henriks Range Rover und fahren los.

Im Schrank über der Spüle suche ich nach Treo, gebe zwei Tabletten in ein Glas Wasser. Ich setze mich an den Küchentisch, sehe zu, wie sich die Tabletten mit einem Brausen auflösen und schütte dann alles auf einmal in mich hinein.

Dunst an der Scheibe, Stau auf der Tranebergsbron, Nebel über dem grauen Wasser des Mälaren. Es sieht genauso aus wie an dem Tag, als alles begann.

Ich halte vor der Praxis in der Sankt Eriksgatan. Bleibe im Auto sitzen und beobachte den Verkehr. Die Menschen, die auf dem Bürgersteig vorbeigehen. Starre in die Luft.

Ein heftiges Klopfen gegen die Scheibe lässt mich zusammenfahren.

Ein Parkplatzwächter.

Er sagt, hier sei Parkverbot, und verweist mit einer Geste auf ein Verkehrsschild weiter vorn. Ich starte den Motor und fahre blitzartig davon.

Mit einem Latte sitze ich am Fenster von Wayne's Coffee im Akademibokhandeln, mit Aussicht auf den Hötorget. Betrachte die Obst- und Blumenhändler mitsamt ihren Kunden.

Dann treibe ich mich eine Weile in der Stadt herum, gehe in Geschäfte, schaue mir Schuhe und Kleider an, was mich jedoch ermüdet.

Ich fahre Richtung Süden.

Fahre zum Waldfriedhof. Parke. Sitze lange im Auto, bevor ich aussteige.

Ich gehe zu Alices Grabstätte. Hocke mich hin und betrachte den Stein und die weiße Taube über dem Text.

Alice Maud Johansson
Für immer vermisst, nie vergessen

Ich erinnere mich nicht einmal, wann ich zum letzten Mal hier war. Frage mich, ob ich Blumen hätte kaufen sollen, bevor mir einfällt, wie dumm dieser Gedanke ist.

Alice ist nicht hier.

Meine Tochter war nie hier.

Henrik und ich essen am Küchentisch zu Abend. Ich habe unterwegs bei Erssons Deli Ofenkartoffeln mit Krabben-Dipp gekauft, um nicht kochen zu müssen.

»Gibst du mir die Butter?«, sagt Henrik.

»Natürlich.«

»Hast du übrigens meine Jeans gewaschen?«

»Ja«, antworte ich, »sie hängt in der Waschküche.«

»Die Hemden auch?«

»In der Garderobe.«

»Danke.«

»Bitte.«

Es fühlt sich albern an, dass ich mir die Mühe gemacht habe, die Kerze anzuzünden. Die Stimmung zwischen mir und Henrik ist alles andere als romantisch. Er bekommt eine SMS. Er entschuldigt sich und nimmt das Handy. Er antwortet, legt es wieder hin. Schweigend essen wir weiter. Ich bringe nicht die Kraft auf, mir den Kopf darüber zu zerbrechen, ob es Jennie oder jemand anderer war. Gerade jetzt denke ich vor allem an meinen Sohn. Milo ist wegen einer Hausaufgabe bei einem Klassenkameraden. Ich wünschte, er wäre zu Hause. Ich will über das Geschehene reden. Ich will ihn um Verzeihung bitten.

»Wie geht es dir?«, fragt Henrik.

»Ich bin müde«, gebe ich zu und lege das Besteck beiseite. Das Essen schmeckt nicht.

»Bist du zur Arbeit gefahren?«

»Ja.«

»War das so schlau?«

Die Frage ärgert mich. Meint er, dass ich nicht fähig sei zu arbeiten? Dass ich unpässlich sei?

Er sieht es mir an. »Frag ruhig«, sage ich. »Und du hast keinen Kontakt zu Isabelle?«

»Nein«, sage ich. »Habe ich nicht.«

Er nickt. Lässt mir etwas zuteilwerden, das ein Lächeln darstellen soll.

»Wirst du das hier loslassen können, Stella?«

Ich wünschte, er würde nicht so viele Fragen stellen. Ich bin ganz und gar nicht zu einem Verhör aufgelegt.

»Ich glaube ja«, sage ich.

»Vielleicht solltest du mit jemandem sprechen. Mit dieser Frau, zu der du schon einmal gegangen bist, Birgitta? Arbeitet sie noch?«

»Ich weiß es nicht.« Ich strecke eine Hand über den Tisch. Ich muss es versuchen, auch wenn es bereits zu spät ist.

Henrik nimmt meine Hand. Er sieht mich an und scheint zu überlegen, was er sagen soll. Er überlegt, von Jennie zu erzählen.

Es klingelt an der Tür. Henrik lässt meine Hand los, er steht auf und geht hinaus in den Flur. Ich höre, wie er die Tür öffnet und mit jemandem spricht. Er kommt zurück.

»Stella.« Sein Tonfall verrät, dass es ernst ist. Ich stehe auf und gehe um den Tisch herum. Eine dunkelhäutige Frau und ein klein gewachsener Mann stehen hinter ihm im Flur.

»Stella Widstrand?«, sagt die Frau. Sie scheint in meinem Alter zu sein. Groß und schlank, ihre dunkle Haut ist glatt, ich sehe keine einzige Falte. Wir geben einander die Hand. Ihre Finger sind ein bisschen kalt. Ihr Handschlag ist fest.

»Ja, das bin ich«, sage ich.

»Ich heiße Olivia Lundkvist und bin Kriminalinspektorin. Das hier ist mein Kollege Mats Hedin.«

Der Polizist sieht unsympathisch aus. Er ist kleiner als Olivia Lundkvist, hat einen breiten Nacken und einen untersetzten Körper. Kräftige Oberarme und ein Narbengesicht. Sein Blick ist misstrauisch. Er sieht mich genauso an, wie Per Gunnarsson es einst getan hat.

Ich sage nichts, stehe einfach nur da und warte auf eine Erklärung, warum sie hier sind.

»Können wir uns irgendwo hinsetzen?«, sagt Mats Hedin.

Henrik weist ihnen den Weg ins Wohnzimmer. Sie lassen sich in einer Ecke des Sofas nieder. Kriminalinspektorin Olivia Lundkvist sieht sich um.

»Schick haben Sie es hier«, sagt sie. »Wirklich schick.«

»Danke«, sage ich und bleibe stehen.

»Haben Sie irgendeine Ahnung, warum wir hier sind?«

Bedeutet das, dass ich etwas sagen soll? Und wenn ja, was? Ich schiele zu Henrik, der die Augenbrauen hochzieht.

»Keine Ahnung«, antworte ich. »Hat es mit Alice zu tun? Ich meine mit Isabelle? Was ist passiert?«

Ich spüre, dass Henrik mich anstarrt.

»Vielleicht könnten Sie sich setzen?«, sagt Olivia Lundkvist.

Ich versuche zu schlucken, aber mein Hals ist trocken. Henrik zieht mich am anderen Ende des Sofas nach unten und legt eine Hand auf mein Bein. *Beruhige dich.*

Während des restlichen Gesprächs mache ich eine außerkörperliche Erfahrung. Ich höre die Fragen. Ich antworte darauf. Trotzdem bin ich irgendwo anders. Als Henrik den Kopf in die Hände legt, verstehe ich, dass alles zerstört ist.

Isabelle

ES KLOPT AN der Tür zu meinem Zimmer. Mama ist bereits aufgestanden, ich liege noch im Bett. Die Tür geht auf, und ein lila gefärbter Schopf wird sichtbar. Johanna schaut herein und zieht eine Grimasse. *Ob ihrer selbst und des gestrigen Abends, vermute ich.*

»Deine Mama hat Frühstück gemacht, Bella«, sagt sie.

»Okay, ich komme.«

»Das hier ist erst fällig.«

Johanna springt neben mich ins Bett. Sie umarmt mich und küsst mich auf die Wange. »Danke«, sagt sie.

»Wofür?«, frage ich und wische mir die Wange mit dem Pulloverärmel trocken.

Johanna lacht und sagt: »Isabelle Karlsson.«

»Ja?«

»Weißt du eigentlich, dass du bisweilen verdammt abwesend bist.«

Zuerst bin ich ein wenig verletzt. Aber Johannas breites Lächeln lässt mich verstehen, was sie meint.

»Damit hast du wohl recht«, sage ich und lache auch.

Mama kommt rein und setzt sich zu uns auf die Bettkante. Sie sieht Johanna an, sie sieht mich an. Sie legt eine Hand auf Johannas Wange und dann auf meine.

»Verrückte Kinder«, sagt sie. »Ihr seid herrlich. Aber vollkommen verrückt.«

Ich weiß, dass sie glaubt, dass Johanna nicht gut für mich ist. Der Nasenring, die lila gefärbten Haare, die engen Klamotten, die Jungs und die Partys und alles, alles, alles. Aber dann denke ich daran, was gestern passiert ist. Ich nehme Mamas Hand und drücke sie. Unsere Blicke begegnen sich.

Alles ist wieder gut.

Das kommt selten vor. *Wenn ich ehrlich sein soll, fast nie.* Aber in diesem Augenblick bin ich stolz auf Mama. Meistens ist sie besorgt und streng und verachtet Menschen, die sich anders benehmen. Und als Johanna nach Hause gekommen ist, nachdem die Polizisten hier waren, habe ich geglaubt, Mama würde explodieren. Johannas Freund, Axel, hatte Schluss mit ihr gemacht, und sie war voll. Sie hatte Unmengen an Schnaps und Bier sowie eine ganze Flasche Wein getrunken. Als Erstes, nachdem sie hereingekommen war, hat sie auf den Flurteppich gekotzt.

Und Mama hat alles gesehen.

Johanna hat mir so leidgetan. Aber es war auch fürchterlich peinlich. Ich habe die Augen zugemacht und darauf gewartet, dass Mama loslegt und sowohl Johanna als auch mich ausschimpft. Und ich habe genau gewusst, was sie sagen würde. So läuft es, wenn man nicht auf sich aufpasst, so läuft es, wenn man sich mit Jungs abgibt, *die nur das Eine wollen*, so läuft es, wenn man sich von seinen Eltern lossagt, so läuft es, wenn man glaubt, erwachsener zu sein, als man ist.

Mama hat nichts gesagt.

Nicht ein Wort.

Stattdessen hat sie einen Eimer geholt und mir geholfen, Johanna festzuhalten, als diese weiter kotzte. Mit Küchenrolle hat sie ihr Mund und Nase abgewischt (dabei war sie wahnsinnig vorsichtig mit dem Nasenring) und ihr tröstende Worte ins Ohr geflüstert. Wie sie es immer getan hat, als ich noch klein war, wenn ich mir wehgetan hatte oder krank war.

Dann haben Mama und ich Johanna ins Badezimmer befördert. Dort hat sie über der Toilette gehangen und sich noch einmal übergeben. Und als sie damit fertig war, hat sie angefangen zu weinen. Sie hat sich auf den Boden gelegt und wie ein Schlosshund geheult. Die Tränen sind geflossen, und sie hat geschrien, dass niemand sie liebt und dass sie nicht in dieser verfluchten Scheißwelt leben will, wo sich alle Menschen wie Schweine benehmen, besonders all die verdammten Kerle, die noch schlimmer seien als Schweine.

Mama hat ihr über die Haare gestreichelt und gesagt, dass jetzt alles gut werden würde und sie nicht traurig sein müsse. Sie hat mir gesagt, dass ich ein Handtuch und frische Sachen holen soll. Ich habe getan, was sie gesagt hat, und Mama hat Johanna ausgezogen, in die Badewanne gesetzt und abgeduscht. Anschließend hat sie sie abgetrocknet und ihr geholfen, die Jogginghose und ein langärmeliges T-Shirt anzuziehen. Wir haben sie untergehakt und in ihr Zimmer geschleppt. Mama hat sie ins Bett gepackt und neben ihr gesessen, bis sie eingeschlafen ist. Ich habe auf dem Boden gesessen und den beiden zugesehen. Und da habe ich es gespürt.

Mama hat ruhig und sicher dagesessen und Johanna über die Haare gestreichelt, über die Wangen und mit leiser Stimme gesummt. Ich kann mich nicht erinnern, Mama jemals so sehr wie in dieser Stunde geliebt zu haben. Jemals zuvor so stolz auf sie gewesen zu sein.

Und dann, als Johanna eingeschlafen war, haben wir in der Küche Kaffee getrunken. Ich habe ihr gesagt, dass ich sauer gewesen sei, als sie gekommen ist, dass ich aber nicht mehr so empfinde.

»Und wie empfindest du jetzt?«, hat Mama gefragt.

»Dass du die beste Mama der Welt bist«, habe ich gesagt und sie umarmt. Mama hat geweint, glaube ich. *Das tut sie nie.* Ich habe gespürt, dass ihre Wange feucht war. Wir haben uns sehr lange umarmt. Ich habe sie um Entschuldigung dafür gebeten, dass ich so dumm gewesen bin, und Mama hat gesagt, dass alles wieder gut sei. Jetzt, wo ich um Entschuldigung gebeten habe.

Dann hat sie über Sachen geredet, die wir gemacht haben, als ich klein war. Einiges davon hatte ich vergessen, an einiges habe ich mich noch genau erinnert. Das war wohl die gemütlichste Stunde, die wir seit Papas Tod zusammen hatten. Es ist schade, dass es nicht öfter so sein kann. Vielleicht ist das mein Fehler. Mama hat es nicht leicht gehabt.

»Wenn du möchtest, kannst du doch für ein paar Tage mit nach Hause kommen«, hat sie gesagt. »Ich will dich nicht zwingen, Isabelle. Aber ich vermisse dich, das weißt du.«

Ich habe ihr versprochen, eine Nacht darüber zu schlafen. Dann haben wir nicht mehr davon gesprochen. Wir haben auch nicht über den Besuch der Polizei gesprochen. Es fühlte sich an, als könne das warten, als störe es in diesem Moment. Aber Mama hat gesagt, dass sie offen sei, über alles zu sprechen, was auch immer es ist.

»Ich weiß, dass ich anstrengend bin«, hat sie gesagt. »Aber ich werde versuchen, mich zu ändern, das werde ich.«

Ich bin ungerecht zu ihr gewesen. Sie ist überhaupt nicht so grässlich, wie ich es mitunter empfinde. Vielleicht sind wir auf dem Weg zu einem besseren Verhältnis? Ich glaube es. Ich will, dass wir das hinkriegen. Und ich weiß, dass Mama das auch will.

»Kommt jetzt, Mädchen«, sagt Mama. »Das Frühstück ist serviert.« Sie geht zurück in die Küche und lässt uns für einen Moment allein.

»Deine Mutter ist absolut unglaublich«, sagt Johanna. »Wenn das meine gewesen wäre, dann Prost Mahlzeit. Ich hätte gestern den weltgrößten Anschiss gekriegt. Und ich hätte ganz allein klarkommen müssen. Niemand hätte sich um mich gekümmert, so wie deine Mutter das getan hat.«

»Sie ist so«, antworte ich. »Meine Mama kümmert sich gern um andere.«

»Vielleicht arbeitet sie deshalb in der Pflege, oder?«

»Ich glaube schon.«

Johanna will mir noch ein Küsschen geben, aber ich stoße sie weg.

»Du stinkst aus dem Mund.« Ich schlage die Decke zurück und klettere aus dem Bett.

»Und du riechst nach Pups«, lacht Johanna und gibt mir einen Klaps auf den Hintern.

Wir gehen in die Küche, setzen uns an den Tisch. Mama hat ein ganz fantastisches Frühstück aufgetafelt. Kaffee für mich und Mama, Grünen Tee für Johanna. Saft und Milch, Joghurt, frische Brötchen und verschiedenen Aufschnitt, den sie eingekauft hat.

»Nun, dann hauen wir mal rein«, sagt Mama und nimmt Platz.

Nach dem Frühstück will Johanna eine rauchen. Wir gehen raus auf den Balkon, während Mama abräumt und abwäscht.

»Willst du eine Kippe, oder darfst du vor Mama nicht?«, sagt Johanna.

»Du weißt, dass ich rauchen verabscheue. Es ist eklig.«

»Es ist cool.«

»Ich wusste nicht, dass du wieder angefangen hast.«

»Ich rauche immer, wenn ich deprimiert bin. Dann geht es mir besser.« Johanna nimmt einen tiefen Zug und pustet mir den Rauch mitten ins Gesicht. Sie schielt nach drinnen zu Mama, die in der Küche herumräumt. »Hast du endlich deine Unschuld verloren? Ich habe gehört, dass Fredde hier war.«

Ich wedele den Rauch weg. »Woher weißt du das?«, sage ich.

»Dass du unschuldig bist?«

»Boah, was bist du mitunter anstrengend, Johanna. Dass Fredrik hier war natürlich.«

»Deine Mama glaubt, du hättest jemanden hier gehabt. Ich

habe sofort kapiert, dass es Fredde war. Aber ganz ruhig, ich habe nichts gesagt. Nicht, weil ich glaube, dass deine Mutter das nicht verkraftet. Sie ist verdammt noch mal weitaus mehr in Ordnung, als du erzählt hast.«

»Ja«, sage ich. »Das ist sie wohl.«

»Und?«

»Was?«

»Hör auf.« Johanna zieht die Jacke enger um sich. Sie blinzelt mich an und hält dabei die Zigarette im Mundwinkel. Sie sieht richtig cool aus, auf eine Weise, wie ich es nie tun werde. »Ich bin nicht so eine, die rumrennt und plappert. Das weißt du.«

»Worüber?«, sage ich und verstehe noch immer nicht, was Johanna meint. Sie pustet eine blaue Rauchwolke gen Himmel. Schaut prüfend auf den Schritt meiner Jogginghose.

»Die Unschuld?«

Es fällt mir noch immer nicht leicht, so wie Johanna über solche Sachen zu sprechen. Meistens habe ich ihren langen Ausführungen über ihre unterschiedlichen Kerle und die älteren Männer gelauscht, die sie getroffen hat. Doch wenn ich jetzt daran denke, wie Fredrik und ich uns in aller Eile anzogen haben, wie er mich im Fahrstuhl gegen die Wand gedrückt hat und wie wir den ganzen Weg nach unten rumgeknutscht haben, wie ich mich an ihn geklammert und ein Bein um seinen Körper geschlungen habe, sehne ich mich danach, es ihr zu erzählen. Er hat gemurmelt, dass wir es hätten direkt tun sollen, als er gekommen ist. Dann hätten wir es geschafft. Wir haben gekichert und uns erneut geküsst. Bevor er gegangen ist, hat er mir über die Haare und über die Wange gestreichelt und mich gebeten, ihn anzurufen. Ich musste mich erst einen Moment sammeln und mir die Haare richten, bevor ich mich getraut habe, Mama gegenüberzutreten. *Wenn ich jetzt daran denke, spüre ich, wie mir noch immer warm wird.*

Ich schaue durchs Fenster nach drinnen. Mama ist damit

beschäftigt, das Geschirr in den Regalen über der Spüle zu sortieren. Sie dreht sich um und sieht mich an, als würde sie spüren, dass sie beobachtet wird. Sie sieht fröhlich aus. Ich winke ihr, und sie winkt zurück.

Ich drehe mich zu Johanna um, lehne mich an sie und flüstere: »Fast. Es war sooo nah dran. Er ist ganz wunderbar. Aber dann kam Mama.«

»Ist er groß?«

»Wie bitte?«

»Erzähl, ich will es wissen.«

»Wie, groß? Meinst du … «

Johanna nickt. Ich begreife nicht, wie sie so etwas fragen kann und habe richtig Lust, sie zu bitten, die Klappe zu halten. Aber dann schauen wir einander an und lachen lauthals.

Es ist kalt draußen, aber wir stehen noch eine Weile auf dem Balkon. Johanna erzählt von Axel, aber zwischendurch denke ich an Stella. Und an das, was Mama über sie gesagt hat.

Und an die Polizisten, die hier waren.

Sie haben mich gebeten, von meiner Psychotherapeutin zu erzählen, und ich habe gesagt, wie es war, dass ich der Meinung bin, sie sowohl hier vor dem Haus als auch vor der KTH gesehen zu haben. Aber ich habe keine Angst vor ihr. *Das habe ich wirklich nicht.*

Dagegen habe ich Angst, dass das hier zu weit gegangen ist. Dass Mama ihre Besorgnis übertreibt. Auch sie hat mit der Polizistin gesprochen. Einer großen, dunkelhäutigen Frau. Mama hat eigentlich nichts gesagt, was nicht der Wahrheit entspricht, aber es klang trotzdem nicht gut. Stella bekommt deswegen bestimmt Ärger. Und ich glaube, dass ich es durch das, was ich gesagt habe, vielleicht noch schlimmer gemacht habe.

Ich habe die Polizisten gefragt, warum sie diese Fragen stellen, was sie hier tun. Warum sie hergekommen sind, ich habe sie nicht angerufen. Darauf haben sie nicht geantwortet. Sie haben

Danke und Auf Wiedersehen gesagt und dass sie das hier klären würden. Dass ich mir keine Gedanken machen soll. *Aber das tue ich bereits.* Ich solle mich direkt melden, falls ich sie erneut sehen würde. Ich hatte mir gedacht, auch weiterhin jeden Mittwoch zu ihr zu gehen. Aber es schien mir nicht die passende Gelegenheit, das zu sagen.

Mama hat sie nach draußen begleitet, und sie haben im Flur weitergeredet. Ich habe nicht gehört, was sie gesagt haben. Ich weiß nicht einmal, ob ich es wissen will.

Ich versuche, die Puzzleteilchen zusammenzusetzen. Sie passen nicht. Irgendetwas hakt, verwirrt mich. Aber ich habe keine Lust, darüber nachzudenken. Nicht jetzt. Ich bringe nicht die Kraft dazu auf. Das muss warten.

Johanna drückt die Zigarette in einem Blumentopf aus, und wir gehen wieder rein. Zu meiner großen Verwunderung fragt Mama, ob Johanna und ich Alfapet spielen wollen. Johanna sagt, das wolle sie gern. Sie geht zu Mama und umarmt sie.

Mein Handy piept. Ich nehme es und sehe nach. Eine SMS von Fredrik.

Alles okay? Kannst du nicht bald rüberkommen?! Vermisse dich! Kuss

Ich gehe ins Bad und antworte.

Alles okay hier, war vollauf beschäftigt. Vermisse dich auch! Sehne mich nach dir. Rufe heute Abend an. Kuss

Er antwortet direkt.

Sehne mich auch nach dir. Komm her!

Sobald Mama nach Hause gefahren ist, werde ich die U-Bahn nehmen und zu ihm fahren und alles über tote Kinder und Polizeibefragungen vergessen.

Stella

ICH WURDE BEI DER POLIZEI ANGEZEIGT wegen Schikane und Belästigung. Vielleicht auch wegen widerrechtlicher Verfolgung und Stalking.

Henriks Blick. Ich schaffe es nicht, ihm in die Augen zu sehen. Er sieht mich an, als sei ich eine Verrückte, mit der er auf der Straße zusammengestoßen ist. Er betrachtet mich mit Abneigung. Eine Giftwolke aus Enttäuschung liegt zwischen uns.

Kriminalinspektorin Olivia Lundkvist stellt die Fragen. Mats Hedin studiert mich, ohne eine Miene zu verziehen. Ich bin am Schandpfahl festgekettet, und es gibt kein Entkommen.

Ja, ich kenne Lina Niemi.

Ja, sie war bei mir in Therapie.

Ja, es wird behauptet, dass sie versucht hat, sich das Leben zu nehmen, aber das ist nicht die ganze Wahrheit.

Nein, ich habe keine Anzeichen dafür gesehen, dass sie suizidal war.

Ja, ich weiß, dass ihre Eltern der Ansicht sind, ich hätte eine Grenze überschritten und sei zu persönlich geworden. Aber das stimmt nicht.

Ja, mir ist bewusst, dass sie mich angezeigt haben.

Bei der Aufsichtsbehörde für das Gesundheits-, Pflege- und Betreuungswesen. Das wissen Sie auch. Das ist kein Geheimnis.

Ja, ich kenne Ulf Rickardsson.

Ja, er geht bei mir in Therapie.

Ob ich einen persönlichen Umgang mit meinen Patienten pflege? Alle, die in einem solchen Beruf arbeiten, tun das gewissermaßen. Aber nicht so, wie es sich bei Ihnen anhört.

Keineswegs. Das ist vollkommen falsch. Ich habe ihn nie angerührt.

Nein, das stimmt auch nicht.

Ich habe ihn nicht angeschrien. Ich habe vielleicht die Stimme erhoben.

Er hat sich bedroht gefühlt? Physisch?

Meine Kollegen? Wann?

Nein, ich habe mir heute freigenommen.

Nein, ich habe vergessen, es jemandem mitzuteilen.

Das stimmt. Isabelle Karlsson ist meine Patientin.

Sie nimmt an der Gruppentherapie in meiner Praxis teil.

Ich habe den Kontakt zu ihr nicht beendet. Noch nicht.

Nein, ich *weiß*, dass sie meine Tochter ist. Hören Sie, ich …

Können Sie mir nicht wenigstens zuhören?

Ich suche Henriks Blick. Er steht auf, stellt sich ans Fenster und schaut in den Garten. Ich schließe die Augen.

Atme ein. Atme aus.

Ja, ich bin in Vällingby gewesen.

Vor dem Haus, in dem sie wohnt, ja.

Ich verstehe nicht. Was meinen Sie?

Ich bin auch in Borlänge gewesen.

Nein, ich habe das Grundstück nicht betreten. Die Nachbarn lügen. Das ist eine Lüge.

Nein, nein, ich habe im Auto gesessen, davor.

Ich weiß, dass sie an der Königlich Technischen Hochschule studiert.

Nur ein Mal.

Ich habe Isabelle mehrfach angerufen.

Ja, ich habe eine Nachricht hinterlassen.

Ich erinnere mich nicht, was ich gesagt habe.

Ich habe in unseren Therapiesitzungen nicht unprofessionell agiert.

Nein, das habe ich nicht.

Mich außerhalb der Gruppentherapie mit ihr zu treffen? Das war nur ein Vorschlag. Voll und ganz im Rahmen der Therapie.

Henrik wendet sich an Kriminalinspektorin Olivia Lundkvist. Er hat mich noch immer kein einziges Mal angesehen.

»Es geht also um eine *aktuelle* Patientin, die meine Frau wegen Schikane und Gott weiß was bei der Polizei angezeigt hat?«, sagt er.

»Ja, das tut es«, antwortet Olivia Lundkvist. »Zusammen mit Linas Eltern. Es besteht ein recht großes Risiko, dass Stella ihre Zulassung verliert. Sie wurde bereits bei der Aufsichtsbehörde angezeigt. Und jetzt noch die Anzeige bei der Polizei. Es sieht wirklich nicht gut für sie aus.«

Olivia Lundkvist sieht mich auf diese ernste Weise beschwörend an, die besagt, dass die Schuldige besonders deutlich daran erinnert werden muss, wie ernst die Situation ist.

Ich bin im Voraus verurteilt.

»Was passiert jetzt?«, fragt Henrik.

Oliva Lundkvist spricht von Verhör, Voruntersuchung und dass der Staatsanwalt entscheiden muss, ob die Anklage weiterverfolgt wird.

Es ist still zu Hause. Henrik ist vor einer Weile gefahren, gleich nach den Polizisten.

Auch er hat Fragen gestellt.

Warum zur Hölle habe ich ihm noch immer nicht alles erzählt? Wie kann ich ihm wieder und wieder direkt ins Gesicht lügen? Was bringt mich dazu, das zu tun? Was treibt mich an?

Ich habe geantwortet, dass alles ein einziges großes Missverständnis ist. Habe gesagt, dass ich niemals jemanden dem hier aussetzen wollte. Am allerwenigsten ihn.

Henrik hat gefragt, wie das ein Missverständnis sein kann. Ich hätte doch selbst zugegeben, Isabelle gefolgt zu sein, sie angerufen zu haben und sie noch immer zu treffen. Ganz im Gegenteil zu dem, was ich ihm gegenüber gesagt habe. Ich glaube also noch immer, dass sie Alice ist? Außerdem sei ich heute überhaupt nicht auf der Arbeit gewesen, obwohl ich das behauptet habe. Was habe ich den ganzen Tag gemacht?

Ich war tatsächlich an Alices Gedenkstein.

Und Borlänge? Was hat mich dazu gebracht, dorthin zu fahren? Gibt es noch mehr, das er nicht weiß? Ich habe ihm gestanden, dass ich an dem Wochenende, an dem er und Milo in Nyköping waren, nicht zu Hause war. Dass ich stattdessen in Strandgården gewesen bin.

Noch mehr Lügen.

Henrik hat seinen Mantel genommen und die Tür hinter sich zugeknallt. Ich habe gehört, wie er den Range Rover gestartet hat und weggefahren ist.

Ich liege auf dem Sofa. Setze mich auf und schaue nach draußen.

Jemand steht im Garten. Jemand in einem unförmigen Mantel, die Kapuze tief ins Gesicht gezogen. Ich kann mich nicht bewegen. Kann kaum atmen.

Wir starren einander an.

Ich schließe die Augen.

Als ich aufschaue, ist niemand mehr da.

Nur eine kaputte Plane, die von irgendwo weggeweht wurde und sich in einem Baum verfangen hat.

Ich stehe langsam auf und gehe zum Fenster. Ich schaue hinaus in den Garten, schaue mir jeden Abschnitt genau an.

Habe ich angefangen Dinge zu sehen? Dinge, die es nicht gibt, die nur in meinem eigenen gestörten Bewusstsein existieren.

Was bilde ich mir noch ein?

Alice?

Der Gedanke ist unerträglich.

Ich gehe hinaus in die Küche.

Ich öffne eine Flasche Wein.

Ich trinke direkt aus der Flasche.

Stella

MIT KOPFSCHMERZEN WACHE ICH auf dem Sofa auf. Die Weinflasche ist verschwunden. Henrik hat sie weggeräumt. Wahrscheinlich, damit Milo nicht sieht, wie schlimm es ist. Die Uhr auf dem Handy zeigt Viertel nach neun. Ich sehe, dass mir Henrik kurz nach acht eine Nachricht geschickt hat.

Lass von dir hören, wenn du wach bist.

Eine Weile später: *Bleib zu Hause, versprich es. Musste auf Arbeit, etwas regeln. Komme nach Hause, so schnell ich kann, dann reden wir.*

Kein *Ich liebe dich* oder *Kuss* oder *Umarme dich*. Kein *Das wird sich klären.*

Mehr als alles andere will ich, dass er sagt, dass alles gut wird. Wenn er das glaubt, kann ich es vielleicht auch.

Ich denke an gestern und an die vergangenen Wochen. Da ist so viel, das ich hätte anders machen können. Ich hätte alles anders machen können.

Dass ich weiterhin als Isabelles Therapeutin gearbeitet habe, war vollkommen unbedacht. Das war falsch.

Meine Kollegen, meine Patienten, sie alle haben das Vertrauen in mich verloren. Mir fehlt das Vermögen zur professionellen Distanz.

Ich bin keine Psychotherapeutin mehr.

Ich sollte selbst zu einer gehen.

Ich sollte selbst Patientin sein.

Isabelle hat unsere letzten Termine abgesagt. Und ich verstehe sie. Ich bin ihr gefolgt, ich habe meine Patientin gestalkt.

Daniel will nie wieder etwas mit mir zu tun haben.

Und mein Mann. Die Art, wie er mich gestern angesehen hat, so als sei ich eine Fremde. Aber ich verstehe ihn. Ich bin zu einer Fremden geworden, sogar für mich selbst.

Henrik hält Abstand, er ist kühl und unnahbar. Und das ist einzig und allein meine Schuld. Er glaubt, dass ich vollkommen verrückt bin. Dass ich psychisch krank bin.

Warum habe ich nicht mit ihm geredet? Warum konnte ich nicht ehrlich sein?

Weil ich Todesangst habe.

Die Angst ist seit mehr als zwanzig Jahren da, und sie hat mein Leben zerstört.

Ich habe vor mir selbst Angst, Angst, dass ich krank bin.

Ich habe Angst, dass es Henrik ohne mich besser geht, und Milo auch.

Ich bin vor Schreck wie gelähmt. Und das ist abstoßend.

Meine Angst wird zu einer selbsterfüllenden Prophezeiung.

Ich werde nie erfahren, was mit Alice passiert ist. Wir werden uns nie wiedersehen, nie eine Chance bekommen, einander kennenzulernen.

Es ist kurz nach zehn, als Henrik anruft. Ich gehe nicht ran. Schaue apathisch auf das Handy. Er legt auf.

Ruft erneut an. Ich gehe nicht ran. Sehe ein, dass ich ihm nicht für alle Zeiten ausweichen kann. Ich setze mich auf. Verspüre Brechreiz und stürze zur Toilette. Ich huste und schluchze über der Toilettenschüssel, aber es kommt nichts. Ich gehe zurück zum Sofa.

Er ruft ein drittes Mal an. Ich gehe nicht ran. Starre auf das leuchtende, vibrierende Handy. Sein Name, sein Foto, das mich auf dem Bildschirm anlächelt. Das Telefon rutscht über den Tisch in meine Richtung, so als fordere es mich auf ranzugehen. Es hört auf zu leuchten, hört auf zu vibrieren.

Ich beuge mich darüber, sehe mein Spiegelbild in dem dunklen Glas. Die Frau, die ich dort sehe, ist niemand, den ich kennen oder mit dem ich etwas zu tun haben will.

Diese Frau dort ist verrückt.

Gestört. Krank. Psychotisch.

Ihre glänzenden Augen schimmern mir entgegen. Ihr Mund bewegt sich, als wollte sie etwas sagen. Ich schlage mit der Faust auf sie ein. Schlage wieder und wieder zu, bis sie zersplittert und auf den Boden fällt.

Stella

DAS MIETSHAUS AUF DER anderen Straßenseite. In der Nähe des Einkaufszentrums. Ich bin wieder hier.

Ich bin nicht krank, ich bin nicht wahnsinnig. Ich bin gesünder, als ich es jemals in meinem Leben war. Was ich tue, ist richtig. Entgegen aller Entscheidungen, entgegen aller Alternativen. Entgegen aller Zweifel. Das Einzige, das es noch gibt, ist die Wahrheit.

Alice. Ich bin jetzt hier.

Ich weiß, dass du es verstehst. Meine geliebte Tochter. Wir sind für immer miteinander verbunden. Die Blutsbande vereinen uns. Du lebst. Du lebst in mir.

Ich spüre dich atmen, mit jedem Schlag meines Herzens.

Niemand kann mich aufhalten. Niemand kann mich daran hindern. Das, was mich hierher geführt hat, ist größer und stärker als alles andere. Größer und stärker als ich selbst.

Und jetzt sehe ich dich. Wenn du mir nur zuhörst. Ein paar Minuten zuhörst. Ich weiß, dass zwischen uns etwas Besonderes ist. Ich weiß, dass ich zu dir vordringe.

Du kommst auf mich zu. Ich spüre, dass du mich siehst. Du erstarrst. Du hältst inne. Du wirkst nicht ängstlich, aber du wartest ab.

Warum?

Vertrau mir. Glaub mir. Sag, dass du mein bist.

Ich strecke eine Hand nach dir aus, um zu zeigen, dass ich

nicht gefährlich bin. Ich weiß, dass du es verstehst. Ich weiß, dass du es auch spürst.

Du lebst in mir, das hast du immer getan.

Du existierst hier in mir.

In meinem Blut.

Isabelle

ICH SCHLEPPE MICH vom Laden nach Hause. Es ist bewölkt, und der Himmel sieht nach Regen aus. Ich fühle mich viel besser und habe kein Fieber mehr. Es war schön, ein bisschen rauszukommen.

Johanna ist in der Hochschule, ich jedoch nicht. Ich bin gestresst, weil ich in letzter Zeit oft gefehlt habe, aber es war gemütlich mit Mama zu Hause zu sein. Trotzdem werde ich sie nicht begleiten, wenn sie heute nach Hause fährt. Ich brauche Zeit für mich. Muss all das, was passiert ist, verdauen. Vielleicht fahre ich nächstes Wochenende. Oder nach den Prüfungen.

Stella. Ich denke öfter an sie, als ich es eigentlich will. Ich frage mich, was sie mit der Polizei zu tun hat. Wird es seltsam sein, am kommenden Mittwoch zur Gruppentherapie zu gehen? Es fühlt sich so an, als sei ich ihr gegenüber unehrlich gewesen. Gleichzeitig ist es ein bisschen unangenehm, dass sie mir gefolgt ist. *Angesichts dessen, was Mama erzählt hat.* Ich will nicht daran denken. Ich schiebe die Gedanken an Stella Widstrand beiseite und denke stattdessen an Fredrik.

Ich habe die Gelegenheit genutzt und ihn vom Laden aus angerufen. Wenn ich daran denke, wie er geklungen hat, an die Worte, die er gesagt hat, werde ich ganz krank vor Sehnsucht. Ich zähle die Sekunden, bis er mich wieder in seinen Armen hält. *Es dauert vielleicht nicht mehr so lange.* Ich lächle vor mich hin und überlege, was ich anziehen soll. Ich gehe über den Platz und über die Straße. Ich sehe sie vor unserem Haus stehen und zu unserem Fenster hinaufschauen. *Genauso wie beim letzten Mal.*

Für gewöhnlich ist sie gut gekleidet, geschminkt und gepflegt und hat die dicken, lockigen Haare gestylt. Für gewöhnlich sieht sie gesund aus. Das ist jetzt nicht der Fall.

Die Haare sind zu einem nachlässigen Knoten zusammengebunden, unter den Augen hat sie dunkle Ringe. Ihre Sachen sind zerknittert, es sieht aus, als hätte sie darin geschlafen.

Ich frage mich, was sie will. Warum sie hierhergekommen ist. Aber dann fällt mir ein, dass die Polizei sicher mit ihr gesprochen hat. *Sie ist natürlich böse auf mich.*

»Was tun Sie hier?«, frage ich.

Sie stottert beinahe, als sei sie nicht darauf vorbereitet, mich zu sehen.

»Ich, ich musste dich sehen.«

»Warum?«

Sie sieht traurig aus. Betrübt.

Sie steht kurz vor einem Zusammenbruch.

»Ich frage mich nur, was passiert ist«, sagt sie. »Ich dachte, unsere Gespräche hätten dir etwas bedeutet? Ich hatte das Gefühl, wir hatten gemeinsam etwas erreicht.«

Ich sehe zu Boden. *Scharr nicht so mit den Füßen, Isabelle!* Ich höre auf. Strecke den Rücken durch. Ich zwinge mich, Stellas Blick zu begegnen.

»Das haben sie auch«, sage ich.

»Aber warum bist du nicht gekommen? Weder am Montag noch am Mittwoch? Warum hast du mich bei der Polizei angezeigt?«

Ich kapiere rein gar nichts. Verstehe nicht, wovon sie redet. Dann überkommt mich eine Ahnung. Ich werfe einen schnellen Blick hinauf zur Wohnung, sehe Mama aber hinter keiner Gardine, mir nachspionierend, mich überwachend. *Was hat sie getan?*

Ich sehe wieder Stella an. Sie zeigt auf eine Bank in der Nähe.

»Wollen wir uns für einen Moment setzen?«

Ich will nicht, folge ihr aber trotzdem zu der Bank. Ich setze mich ein Stück von ihr entfernt.

»Du hast vielleicht nichts davon gewusst?«, sagt Stella. Sie klingt verständnisvoll, wartet aber nicht auf eine Antwort. »Das macht nichts, ich will nur alle Missverständnisse ausräumen.«

»Ich habe das nicht gewusst«, sage ich. »Es tut mir leid, aber ich wusste es nicht.«

»Das klärt sich«, sagt sie und streicht mir über den Rücken. »Ich habe viel über das nachgedacht, was du erzählt hast. Über deine Kindheit, über deine Gedanken. Über die Beziehung zwischen dir und deiner Mutter.«

»Okay?«

»Ich hatte einmal eine Tochter«, sagt Stella. »Vor langer Zeit.«

Da ist wieder dieser Blick in ihren Augen. Er war da, als sie von ihrem Kummer erzählt hat. Dieser Ton in ihrer Stimme. Als sei sie verzweifelt, als sei sie von so starken Gefühlen getrieben, dass sie gewissermaßen die Kontrolle darüber verloren hat.

»Sie ist eines Tages verschwunden«, fährt Stella fort. »Ich habe nie erfahren, was passiert ist. Alle haben gesagt, sie sei ertrunken. Alle haben geglaubt, sie sei tot. Ich nicht. Ich wusste, dass sie noch am Leben war. Dass sich jemand um sie kümmert.«

Stella sieht mir in die Augen. Ich schaue zu Boden, komme nicht klar mit ihrem verrückten, intensiven Starren.

»Hast du jemals darüber nachgedacht, ob Kerstin deine leibliche Mutter ist? Deine richtige Mutter?«

Ich stehe von der Bank auf. »Ich muss jetzt gehen.«

»Liebe Isabelle, hör mir zu. Lass mich ausreden, bevor du gehst.«

Stella kramt in ihrer Handtasche und holt ein Foto heraus. Ihre Hand zittert.

»Sieh dir das an. Das ist Maria. Ich habe dir sicher noch nicht von ihr erzählt. Als wir uns zum ersten Mal begegnet sind, hast du mich sofort an sie erinnert. Mehr als das, ihr seid Kopien voneinander.«

Ich sehe mir das Foto an. Das könnte meine Schwester sein.

»Maria ist deine Tante«, sagt Stella und holt ein zweites Foto hervor. »Und hier, das ist ein Foto von dir. Von meinem kleinen Mädchen, als es zehn Monate alt war. Siehst du die schwarzen Haare? Das Ohr? Die Lachgrübchen?«

Sie wartet. Lässt mich gucken, bevor sie fortfährt: »Hast du Fotos von dir, als du ganz klein warst? Das glaube ich nicht. Ich glaube, du hast sehr viele Fragen, was diese Zeit betrifft.«

Mir reicht's. Ich will nichts mehr sehen oder hören.

Stella nimmt ein Spielzeug aus ihrer Tasche. Eine Stoffspinne.

»Diese Spinne hier war dein Lieblingsspielzeug. Du hast sie geliebt«, sagt sie mit Tränen in den Augen. »Ich glaube, dass du meine verschwundene Tochter bist.« Sie streckt eine Hand nach mir aus.

»Du irrst dich«, sage ich und mache einen Schritt zurück. »Du irrst dich. Du bist vollkommen verrückt.«

»Ich verstehe, wenn das hier für dich ein Schock ist.«

»Hör auf«, schreie ich. »Hör auf mir zu folgen. Mama hatte recht, sie hat gesagt, dass du das hier sagen würdest.« In meinem Kopf dreht sich alles, schneller und schneller. Ich presse die Hände auf die Ohren.

Stella steht auf und kommt auf mich zu. Umarmt mich.

»Wer? Kerstin? Ich möchte sie kennenlernen. Ich will wissen, was sie zu alldem hier zu sagen hat.«

»Warum?« Ich höre, dass ich schluchze. »Warum machst du das hier? Ich dachte, du seiest gut, ich dachte, du würdest dich um mich kümmern. Ich hatte das Gefühl, du seiest die Einzige, mit der ich reden kann. Aber du hast mir nur etwas vorgespielt. Die ganze Zeit. Du bist vollkommen krank im Kopf.« Ich stoße sie weg. Sie taumelt nach hinten und sinkt auf der Bank zusammen.

»Isabelle, wenn du mir nur eine Chance geben würdest«, appelliert sie an mich. »Denk nach. Du hast doch überlegt, warum ihr so verschieden seid, warum es sich nicht so anfühlt, als sei sie deine Mama.«

»Ich habe schon meinen Papa verloren. Sie ist die Einzige, die ich noch habe. Und gerade jetzt ist unser Verhältnis besser als je zuvor. Was bringt dich dazu zu glauben, dass du mir das hier antun kannst? Solche Lügen zu verbreiten?« Ich schreie erneut.

Stella streckt eine Hand nach mir aus.

Ich schlage sie weg.

»Fahr zur Hölle! Du bist schlimmer als Mama, wenn sie bekloppt ist. Sie ist nicht perfekt, aber sie ist zumindest ehrlich. Du bist falsch. Du lügst, du manipulierst. Verschwinde und lass uns in Frieden.«

Stella sieht mich mit eindringlichem Blick und flehender Miene an.

»Ich bin deine Mama«, sagt sie. »Du heißt Alice. Du bist meine Tochter. Ich wusste, dass du zu mir zurückkommen würdest. Ich habe auf dich gewartet, seit du verschwunden bist.«

Ich laufe, so schnell ich kann. Erreiche die Tür, gebe den Code ein, reiße sie auf und knalle sie hinter mir zu. Ich habe den Einkauf vergessen. Ich schaue hinüber zu der Bank. Auf der noch immer eine zusammengesunkene Frau sitzt. Einsam mit ihren Fotos und einer Stoffspinne in der Hand.

Kerstin

ICH HABE SIE GESEHEN. Selbstverständlich habe ich kein Wort gehört, aber das war auch nicht nötig, ich habe sie gesehen. Ich bin so wütend, dass ich zittere.

Ist es merkwürdig, wenn eine Mutter ihr Kind um jeden Preis beschützen will? Ist das falsch? Ist es unnatürlich, wenn eine Mutter mit Wut reagiert, wenn ihr Kind bedroht wird?

Nein. Das ist nicht falsch. Das ist natürlich. So muss es sein.

Isabelle öffnet die Tür und tritt in den Flur. Ich lege weiter die Wäsche zusammen. Sie kommt ins Zimmer. Ich sehe zu ihr hoch. Sie weint. Sie steht auf der Schwelle und traut sich weder einen Schritt nach vorn noch einen zurück zu machen. Und sie sieht aus wie damals, als sie klein war. Sie ist wieder mein kleines Mädchen.

Ich lasse das Laken fallen, das ich in den Händen halte. Ich gehe zu Isabelle und schlinge die Arme um sie. Sie heult wie ein Schlosshund. Die Tränen fließen ihr in reißenden Strömen die Wangen hinunter, und sie schluchzt und schluchzt, sie wimmert und japst nach Luft.

Ruhig, ruhig, meine liebe Kleine. Mama ist hier, es kann nichts Schlimmes passieren. Das könnte ich sagen.

Das pflege ich zu sagen.

Ich pflege ihr über die Haare zu streichen und ihr tröstende Worte zuzuflüstern. Ihr zu zeigen, dass ich sie verstehe, dass ich da bin, um sie zu unterstützen, ihr zu helfen, mit ihr zu reden.

Dieses Mal nicht.

Ich umarme mein kleines Mädchen, das tue ich. Aber ich bin still, sage kein einziges Wort.

Ich will, dass Isabelle spürt, wie gefährlich diese Frau ist, wie krank und verrückt sie ist. Ich warte mit Worten des Trosts, lasse die Angst noch eine Weile in ihr arbeiten. Jetzt hat sie endlich eine Chance zu verstehen. Sich abzuhärten und Kraft in sich zu finden. Sie ist noch immer schwach. Sie braucht mich. Ihre Mama. Und ich bin da. Ich werde immer für mein Kind da sein.

Noch versteht Isabelle nicht viel vom Leben.

Aber das wird sie.

Stella

ICH LIEGE AUF DEM Fußboden im Flur.

Liege im Mantel auf dem Rücken und schaue zur Decke hoch. Vernichtet. Zerschmettert. Während der gesamten Autofahrt nach Hause habe ich geweint. Ich war gezwungen, von der Straße abzufahren und anzuhalten, um mich für einen Augenblick zu sammeln, bevor ich weiterfahren konnte.

Ununterbrochen lasse ich die Begegnung mit Alice Revue passieren.

Was ich gesagt habe.

Was sie gesagt hat.

Wie ich es gesagt habe.

Wie sie reagiert hat.

Ich habe sie erschreckt, ich habe sie dazu gebracht, mich zu verachten. Ich habe sie dazu gebracht, Wut und Abscheu zu empfinden. Alles, was ich wollte, war, mit meinem Kind zu sprechen, mit meiner eigenen Tochter.

Die totale Demütigung.

Mein Instinkt, ist der falsch? Meine Intuition, mein Gefühl?

Mir ist bewusst, dass es mir nicht gut geht, dass ich weit entfernt von stabil bin. Ich begreife, dass ich auf dem besten Wege bin, manisch zu werden. Aber bis jetzt verfüge ich noch über die Fähigkeit zu reflektieren, was ich spüre und denke, sie ist mir noch nicht vollständig abhandengekommen. Sonst würde ich nicht hier liegen und meine Situation durchdenken. Und gerade jetzt bin ich bereit, die Wahrheit zu sehen, wie sie ist, bin bereit, mich der Wirklichkeit zu beugen.

Was also ist wirklich? Was ist wahr?

Die Antwort lautet Alice.

Alice ist wirklich.

Und dass sie meine Tochter ist, ist wahr.

Alles beginnt und endet mit ihr. Meine Probleme fingen an, als ich meine Nachforschungen aufgenommen habe. Als ich Isabelle Fragen zu ihrem Hintergrund gestellt habe. Da kam der Drohbrief, da hat der Mann im Regenmantel draußen auf der Straße gestanden. Das ist keine Einbildung, das ist keine Frage der Fantasie. Das ist real.

Oder liege ich falsch? Ist das hier nur eine weitere Variante an etwas festzuhalten, das nichts als eine verzerrte Illusion ist?

Nein, alle anderen liegen falsch.

Ich habe recht.

Ich kann es nur nicht beweisen.

Das Telefon klingelt, ich war mir nicht sicher, ob es noch funktioniert. Das ist sicher Henrik. Ich bringe nicht die Kraft auf nachzusehen. Bleib noch auf Arbeit. Wenn du nach Hause kommst und mich so findest, heißt das sofort Psychiatrische Notaufnahme. Und dorthin will ich nicht wieder.

Es klingelt immer wieder. Letztendlich krame ich das verfluchte Handy heraus. Schaue auf das gesprungene Display. Unbekannte Nummer.

Ich gehe ran.

»Ist dort Stella Widstrand?« Die Stimme klingt weit entfernt.

»Ja.«

»Ich rufe wegen Ihrem Sohn an. Milo Widstrand.«

Ich setze mich auf. »Ja?«

»Er war heute mit der Klasse auf einem Ausflug. Als sie zurückfahren wollten, haben sie ihn nicht gefunden. Jetzt vermissen wir ihn hier in der Schule. Er ist verschwunden.«

»Verschwunden? Wie verschwunden? Wer sind Sie?«

»Leider weiß ich nicht mehr, nur dass ich Sie anrufen sollte.«

Die Stimme klingt jetzt noch weiter entfernt, es rauscht. Der Klang des Handys ist schlecht, nachdem ich es mit meinen Schlägen bearbeitet habe.

»Wer ist da? Waren Sie bei dem Ausflug dabei? Was ist passiert? Was haben Sie mit meinem Sohn gemacht?«

Das Gespräch wird unterbrochen.

Ich renne durch den Flur zum Lehrerzimmer. Ich klopfe an die Tür. Eine Frau, die ich nicht kenne, öffnet. Ich schreie sie an.

»Mein Sohn wurde entführt. Wer trägt die Verantwortung? Ist die Polizei informiert?«

»Entführt? Davon weiß ich nichts. Wie heißt Ihr Sohn?«

»Milo Widstrand. 7b. Sie waren auf einem Ausflug. Haben Sie verdammt noch mal überhaupt keine Peilung?«

Die Frau hält einen Aktenordner in der Hand. Sie hantiert mit den Stundenplänen herum. Das dauert viel zu lange.

»Wo sind sie? Wo ist die Klasse?«

»In ihrem Klassenzimmer«, antwortet sie und sieht mich mit angsterfülltem Blick an.

Erneut stürme ich durch einen Flur. Ein Kerl steht in sein Handy versunken da. Ich stoße ihn weg. Er knallt gegen die Wand, geht zu Boden und verliert sein Handy. Er ruft mir hinterher: »Verfluchte Bitch.« Ich renne weiter.

Ich reiße die Tür zum Klassenzimmer auf. Alles hält inne, alle Augen sind auf mich gerichtet. Ich stürme auf den Lehrer zu. Er ist jünger als ich, trägt einen hippen Vollbart und eine runde Brille. Ich drücke ihn gegen die Tafel. Schlage ihm gegen die Brust.

Ich schreie nicht. Ich brülle: »Wo ist mein Sohn? Wer hat ihn entführt? Wo ist Milo?«

»Mama?«

Ich fahre herum. Milo steht neben seinem Platz und sieht mich an. Er ist blass. Die Augen weit aufgerissen vor Schock und Scham.

Die ganze Klasse sitzt still da. Es ist totenstill.

Ich schluchze, stürme auf Milo zu. Ich reiße ihn an mich, umarme ihn, sage, dass ich ihn liebe und ihn nie wieder loslassen werde.

Der Rektor der Schule, Jens Lilja, kommt in die Klasse, gefolgt von der Frau aus dem Lehrerzimmer.

»Was geht hier vor?«, fragt er. »Peter?«

Der Lehrer nickt und richtet seine Brille. »Es ist okay«, sagt er.

»Stella.« Jens legt mir eine Hand auf die Schulter. »Worum geht es?« Ich drehe mich zum Rektor um. Halte Milo fest, drücke ihn an mich.

»Ich habe einen Anruf bekommen«, sage ich. »Dass die Klasse einen Ausflug gemacht hat. Dass mein Sohn entführt wurde.« Ich zeige anklagend auf den Rektor, auf den Lehrer, auf die Frau aus dem Lehrerzimmer. »Sie schulden mir eine Erklärung.«

Jens Lilja wendet sich an Peter, sie sprechen leise miteinander. Nach einer Weile nickt der Rektor Peter zu und sagt: »Stella, aus der Schule hat Sie niemand angerufen.«

»Aber ich habe einen Anruf bekommen«, sage ich. »Jemand hat mich angerufen. Jemand von hier.«

»Wir waren heute auf keinem Ausflug«, sagt Peter. »Der war im September.«

»Und wie Sie sehen, ist Milo hier«, fährt Jens Lilja fort. Mit einem festen Griff packt er mich am Arm. Ich klammere mich an Milo fest.

»Jemand hat mich angerufen«, sage ich. »Jemand von hier hat mich angerufen und gesagt, dass er verschwunden ist.«

»Ist das deine Mutter, Milo?«, flüstert jemand.

»Tolle Alte«, sagt jemand anderes. »Voll Psycho.«

Eine Welle von Gekicher und Hohngelächter rollt durch das

Klassenzimmer. Milo befreit sich aus meiner Umarmung. Er rennt nach draußen und knallt die Tür hinter sich zu.

»Kommen Sie, Stella«, sagt Jens Lilja mit ruhiger und freundlicher Stimme. Ich folge ihm, lasse mich aus dem Klassenzimmer geleiten. Die Blicke brennen in meinem Rücken.

Ich will sterben.

Stella

HENRIK UND ICH sitzen in seinem Auto auf dem Parkplatz vor Milos Schule. Er hat mir den Autoschlüssel abgenommen und dafür gesorgt, dass mein Auto nach Hause gefahren wird. Von wem, weiß ich nicht.

Er ist ruhig. Kühler und distanzierter als je zuvor. Er fragt wieder und wieder. Ich versuche, das Telefonat wortwörtlich wiederzugeben. Was mir jedes Mal, wenn er fragt, weniger gelingt.

»Wer hat angerufen?«

»Ich weiß es nicht. Es war eine Frau, glaube ich, aber sie hat nicht gesagt … «

»Wann hat sie angerufen?«

»Direkt bevor ich hierhergefahren bin.«

»Hat sie gesagt, dass Milo entführt wurde?«

Ich presse die Finger gegen die Augen und denke nach. »Nein, aber. Nein. Er, lass mich nachdenken … er sei auf dem Rückweg von dem Ausflug verschwunden, aber ich glaube, dass … «

»Der Ausflug, den es nicht gegeben hat.« Henrik ist verbissen.

»Das wusste ich zu diesem Zeitpunkt nicht.«

»Bist du sicher, dass es das war, was du gehört hast?« Er lehnt sich im Autositz zurück, schaut über den Parkplatz. »Hat überhaupt jemand angerufen?«

»Was meinst du?«

»Oder irrst du dich vielleicht?«

»Mich irren?«

Ich hole das Handy hervor. Halte es Henrik hin. »Sieh dir die Anrufliste an. Prüf es nach, dann wirst du sehen, dass ich nicht halluziniere.«

Er nimmt das Telefon und sieht das zersprungene Display.

»Was ist passiert?«

»Es ist mir heute Morgen runtergefallen.«

Seine Miene sagt mir, dass er mir nicht glaubt. Er gibt den Code ein, mein Geburtsjahr. »Und wann hast du den Anruf erhalten?«

»Das habe ich dir doch gesagt. Direkt bevor ich hierhergefahren bin.«

»Das ist seltsam. Dein Handy hat sich aufgehangen.« Er hält es hoch und zeigt es mir. Es lässt sich nicht entsperren.

»Willst mir sagen, dass du mir nicht glaubst?«, frage ich.

»Du hast so was schon mal gesagt. Dass ich Erica gebeten hätte, dich anzurufen, dass du Milo nicht abholen musst. Was ich nicht getan habe. Und Erica ihrer Aussage nach auch nicht, was das angeht.« Er sieht mich an. »Bist du dir wirklich sicher, dass dich überhaupt jemand angerufen hat?«

Ich weiß genau, warum er beunruhigt ist. Ich weiß es. Er glaubt es selbst nicht, aber sein Gesicht verrät alles, was er denkt und fühlt. Und jetzt sehe ich, was er von allem am meisten fürchtet. Und ich sehe ein, dass er recht hat.

»Verdammt, Stella. Siehst du nicht, was passiert?«

»Du glaubst, dass ich mir das einbilde. Dass ich komplett den Verstand verloren habe?«, sage ich.

Er zeigt auf das Schulgebäude: »Was glaubst du selbst?«

Ich antworte nicht.

»Du brauchst Hilfe«, sagt er, startet den Motor und fährt vom Parkplatz. »Du musst in die Klinik.«

In der Abteilung für Affektstörungen im St. Görans Krankenhaus.

Doktor Savic ist klein und energisch. Sie ist geradlinig, sagt, wie es ist. Mitfühlend und scharfsinnig, sie kann man nicht täuschen. Seit meinen Teenagerjahren ist sie meine Ärztin. Sie hat mich erlebt, als es mir gut ging, als ich niedergeschlagen und von Angst erfüllt war. Sie weiß fast alles über mein Leben.

Ich frage mich, wann Henrik hier angerufen hat. Bevor er zum Auto rausgekommen ist, glaube ich. Nachdem er Milo beruhigt hatte, nachdem er Peter und die Schulleitung beruhigt hatte. Henrik Widstrand kümmert sich um seine Frau. Sie hat eine Psychose und leidet unter totaler geistiger Verwirrung.

Doktor Janet Savic untersucht mich. Hört Herz und Lunge ab, leuchtet in meine Augen, misst meinen Blutdruck. Die ganze Routine. Vollkommen unnötig, aber ich lasse sie machen. Widerstand bringt mir in dieser Lage nichts.

Wir sprechen über die vergangenen Wochen. Ich bin ehrlich und erzähle alles. Ich verschweige nichts.

Ich erzähle von Isabelle. Von Alice. Ich erzähle, was in der Praxis passiert ist. Von meinen Ausrastern. Den Panikattacken. Dass ich Isabelle gefolgt bin. Nach Borlänge gefahren bin.

Doktor Janet Savic hört zu, den Kopf auf eine Hand gestützt. Sie hat die Beine übereinander geschlagen, ab und an wippt ihr Fuß.

»Alles, was ich getan habe, hat mit Alice zu tun«, sage ich. »Damit, dass sie lebt, dass sie zurück ist. Das ist der einzige Grund.«

Meine Stimme klingt zerbrechlich. Bittet um Verständnis. Bittet, der Einweisung zu entgehen.

»Sie verstehen sicher, dass ich Sie für ein paar Tage hierbehalten möchte«, sagt Janet Savic.

Ich sehe sie an, ohne zu antworten. Sie betrachtet mich, die Furche zwischen ihren Augen bedeutet, dass sie noch unsicher ist.

»Das will ich nicht«, sage ich. »Wenn Sie sich vorstellen könnten, mich zu Hause ausruhen zu lassen, wäre ich Ihnen dankbar.«

»Sind Sie sicher, dass Sie das schaffen? Dass Sie damit nicht alles nur schlimmer machen?«

»Ja.«

Janet Savic studiert mich. Ich sehe zu Boden, betäubt von Scham, Ohnmacht und Reue. Das Wissen, dass sie jede Schwäche sieht, jede brüchige Abwehr, die ich zu meinem Schutz errichtet habe, ist zu viel. Ich will nicht eingewiesen werden. Ich will nicht.

Janet Savic erhebt sich, öffnet die Tür und ruft Henrik herein. Er kommt ins Zimmer und setzt sich neben mich. Jetzt wendet sie sich an ihn. Ich weiß bereits, was er sagen wird.

»Isst Stella richtig?«, fragt sie.

Er wirft mir einen flüchtigen Blick zu. »Nein, das kann ich nicht behaupten. Sie isst sehr wenig.«

»Schläft sie ordentlich?«

»Sie steht nachts auf. Schläft unruhig. Trinkt zu viel.«

Doktor Janet Savic schiebt ihre Brille herunter und sieht zuerst Henrik, dann mich an. Sie lässt uns wissen, dass wir zuhören sollen. Sie hat sich entschieden, ob ich eingewiesen werden soll oder nicht.

Ihrem Ermessen nach bin ich enormem Stress ausgesetzt. Es war gut, dass Henrik mich hierher gebracht hat. Ich habe abgenommen. Mein Blutdruck ist stark erhöht. Ich habe eine Gastritis. Meine Hände zittern bisweilen. Ich hatte mehrere Panikattacken.

»Wir sollten das hier behandeln, bevor Sie manisch werden«, sagt sie. »Ich schreibe Sie ab sofort krank. Sie bekommen Schlaftabletten und etwas Angstdämpfendes. Und ab sofort hören Sie auf zu trinken. Komplett. Der chemische Cocktail in Ihrem Gehirn reagiert schlecht auf Alkohol. Ich weise Sie nicht ein. Obwohl es vielleicht das Beste wäre. Aber Sie bleiben jetzt zu Hause, Stella. Sie machen nichts anderes, als sich auszuruhen. Okay?«

»Ja«, sage ich. »Ich werde mich nur ausruhen.«

»Und es wäre gut, wenn Sie wieder in Therapie gehen würden. Birgitta Alving ist mittlerweile in Rente, aber Sie bekommen einen Termin bei einem anderen Therapeuten, den ich kenne.«

Henrik nickt. »Das ist eine sehr gute Idee«, sagt er.

In rasantem Tempo tippt Doktor Savic auf der Tastatur herum. Sie schickt das Rezept ab, stellt das ärztliche Attest aus.

»In zwei Wochen möchte ich Sie erneut hier sehen, Stella«, sagt sie. Henrik nimmt den Zettel mit dem neuen Termin sowie das Attest entgegen. Ich bin im Umgang mit so wichtigen Dokumenten nicht mehr vertrauenswürdig.

»Nach Hause und ausruhen. Lassen Sie Ihren Mann sich um Sie kümmern. Und versprechen Sie, es ab jetzt ruhig anzugehen.«

Henrik steht auf, schüttelt Doktor Savic die Hand. »Danke«, sagt er.

Ich sage nichts, gehe einfach raus.

Vielleicht sollte ich froh sein. Er hat mich zumindest nicht in die Psychiatrische Notaufnahme gefahren. Ich bin nicht zwangseingewiesen worden.

Noch nicht.

Es fängt an zu regnen, als ich zu Henriks Range Rover gehe. Er holt mich ein. Wir gehen nebeneinander, halten aber Abstand. Henrik schließt das Auto auf und öffnet auf meiner Seite die Tür. Als ich einsteigen will, versperrt mir sein Arm den Weg.

»Hast du vor, etwas zu sagen?«, fragt er.

»Was soll ich sagen?« Ich hefte meinen Blick auf einen entlegenen Punkt in der Ferne.

»Dass du wütend auf mich bist?«, sagt er.

»Wütend?«

»Ja.«

»Warum sollte ich das sein?«

»Wegen dem hier.« Er zeigt auf den Eingang der Arztpraxis.

»Nein, das bin ich nicht.«

»Nicht?«

»Ich habe dir nichts vorzuwerfen.«

»Verstehst du, warum ich das tue?«

Ich antworte nicht. Er glaubt anscheinend, ich sei vollkommen weg.

»Wenn ich das wäre«, sagt er. »Wenn ich mich so aufgeführt hätte. Was hättest du dann getan? Wenn ich bei der Polizei angezeigt worden wäre, nicht von einem, sondern von *zwei* meiner Klienten? Wenn sich Fremde bei dir gemeldet und sich nach meinem Befinden erkundigt hätten? Wenn ich zu Hause ausgerastet wäre, in Milos Schule herumgeschrien hätte? Mich vollkommen irrational verhalten hätte? Was soll ich *deiner* Meinung nach tun? Erklär es mir. Ich will es wirklich wissen.«

Er hat sich unter Kontrolle, dennoch scheinen die Verzweiflung, die Wut und die Machtlosigkeit hindurch.

Ich sehe ihn an. »Ich sage doch, dass ich dir nichts vorwerfe.«

Henrik lässt den Arm fallen, geht um das Auto herum und öffnet die Fahrertür. Er steigt ein und wirft die Tür hinter sich zu. Ich setze mich auf den Beifahrersitz. Er wartet, bis ich die Tür geschlossen und den Sicherheitsgurt angelegt habe, dann fährt er los.

Er setzt die Sonnenbrille auf und fährt unter Schweigen. Vor der Apotheke hält er an. Bittet mich, ihm meinen Führerschein zu geben. Er bekommt ihn. Ich bin nur ein Kind, dass nicht weiß, was das Beste für es ist. Ich weigere mich, ihn anzusehen.

Er kommt zurück. Legt mir eine Tüte in den Schoß. Medikamente, die ich nicht haben will. Ich hasse sie. Hasse den abstumpfenden Effekt.

»Mama und Papa haben Milo von der Schule abgeholt«, sagt er. »Er fährt mit ihnen über das Wochenende aufs Land. Liebe Stella, überleg dir, was du da tust. Das hier funktioniert nicht. Nicht für Milo und nicht für mich.«

Wir fahren weiter durch den nachmittäglichen Verkehr.

Henrik mit seiner Sonnenbrille auf der Nase. Ich in einer Wolke aus Angst.

»Du traust mir nicht«, sage ich mit leiser Stimme.

»Was hast du gesagt?« Henrik klingt formell. Sein Tonfall übertrieben höflich. Er weiß, dass ich das verabscheue.

»Ich habe Angst, Milo zu verlieren«, sage ich, blinzle und schlucke. Ich will nicht weinen. Will keinen Anfall bekommen. Kann nicht noch einen bekommen. »Ich habe bereits ein Kind verloren. Macht mich das zu einer psychisch Kranken? Für dich ist es leicht, mich zu verurteilen.«

»Du übertreibst«, sagt Henrik. »Ich ertrage es nicht, noch mehr davon zu hören.«

Ich werfe die Ordner, die zwischen uns liegen, auf den Boden. Alle Papiere fallen heraus.

»Ist das so verdammt seltsam, dass ich Angst habe?«, schreie ich.

Henrik reißt das Lenkrad zur Seite. Biegt auf einen Parkplatz ab und steigt auf die Bremse. Er reißt sich die Sonnenbrille vom Kopf.

»Ich bin immer für dich da gewesen«, brüllt er. »Ich habe dir immer vertraut. Habe dich Milo all die Jahre beschützen lassen. Ich habe verstanden warum.«

»UND DAS WAR KRANK?«, schreie ich zurück.

»Milo. Ist. Nicht. Alice.«

»Ich weiß, ich weiß, ich weiß. Hör auf, mir das Gefühl zu geben, eine Idiotin zu sein.«

»Sieh dich doch einmal an. Wie du dich in letzter Zeit verhalten hast. Wie du dich anhörst. Ich erkenne dich verdammt noch mal nicht wieder.«

Die Sonnenbrille wird wieder aufgesetzt, er startet den Motor und fährt zurück auf die Straße. Ich sehe durch das Seitenfenster nach draußen. Den ganzen Weg nach Hause schweigen wir.

Henrik fährt die Auffahrt hinauf und parkt neben meinem Auto. Sein Handy klingelt. Er nimmt es aus der Tasche, schaut auf das Display und geht ran. Er hört zu, lacht. An seiner Stimme höre ich, dass er mit einer Frau spricht. Sie reden über ein Fest.

»Dann sehen wir uns später«, sagt er. Er lacht erneut, tut so, als würde es mich nicht geben. »Seid ihr noch im Büro? Nein, mit Milo war alles in Ordnung, danke, dass du fragst. Gut, wir sehen uns dann.«

Wieder sieht er auf das Display, macht etwas, schreibt etwas, das ich nicht sehen soll.

Ich bin erledigt.

»Ich muss noch mal weg«, sagt er. »Ich bitte deine Mutter herzukommen und dir Gesellschaft zu leisten.«

»Ich brauche keine Gesellschaft, verdammt«, bringe ich heraus.

Henrik nimmt die Sonnenbrille ab und sieht mich an.

Mein eigener Mann kennt mich nicht mehr.

Ich kenne ihn nicht.

Wir sind jetzt vollkommen Fremde.

»Wie du willst«, sagt Henrik. »Du entscheidest, Stella. Aber ergreife diese Chance. Hilft das hier nicht«, er verweist mit einer Geste auf die Tüte auf meinem Schoß, »zögere ich keine Sekunde, dich einweisen zu lassen.«

Er sieht erneut auf sein Handy, wartet darauf, dass ich aussteige. Ich steige aus und schlage die Autotür so fest zu, wie ich nur kann. Henrik legt einen Blitzstart hin. Ich bleibe stehen und sehe ihm nach, als er wegfährt.

Alle haben entschieden, dass ich verrückt bin.

Und sie haben recht.

Ich bin vollkommen verrückt.

Isabelle

ES IST ABEND. Ich sitze auf einem alten Gartenstuhl und schaue in die Sterne. Hier in Barkargärdet sind sie so deutlich sichtbar. In Stockholm sehe ich sie selten. Es ist kalt. Die Luft wirkt frischer und klarer. Aber das Beste daran zu Hause zu sein, ist die Stille. Nur den Wind durch die Baumkronen sausen zu hören. Hier lässt es sich leichter denken. In Stockholm herrscht ein ständiges Durcheinander verschiedener Geräusche.

Ich bereue es nicht, mit nach Hause gefahren zu sein. Und Mama hat sich riesig gefreut. Es ist schön, dass unser Verhältnis wieder so gut ist. Mama hat sich in der Tat verändert. Sie ist keineswegs mehr so anstrengend wie früher. Aber ich kann nicht aufhören an Stella und an unsere Begegnung heute Vormittag zu denken. Es kann nicht normal sein, seine Klienten in der Freizeit aufzusuchen. *Mama sagt, eine Therapeutin dürfe so etwas nicht tun.* All die Fragen über meine Kindheit, über Mama. Das erscheint vollkommen krank.

Trotzdem kann ich nicht aufhören, darüber nachzudenken, was sie gesagt hat.

Kann ich ihre verschwundene Tochter sein?

Bin ich Alice?

Nein.

Keine Chance. Stella wünscht sich nur, dass es so ist. Sie ist krank. Der Gedanke daran, dass jemand so werden kann, ist verdammt unheimlich. Sie tut mir leid, das tut sie. Und ich mag sie noch immer. Ich wünschte, es hätte sich nicht so entwickelt. Aber vielleicht gibt es eine gute Erklärung dafür.

Mein Handy piept. Noch ein Snap von Fredrik. Jedes Mal überkommt mich dieses Gefühl. Es ist ein Selfie mit einem Filter, der ihm alberne kleine Hundeohren und eine Schnauze verpasst. Er guckt absichtlich deprimiert und hat einen Text zu dem Bild geschrieben: *Musst du das ganze Wochenende weg sein?!*

Ich lache. Er bringt mich dazu, mich komplett anders zu fühlen. Als wäre ich wie alle anderen, kein gehemmtes, komisches Wesen mit dem sonderbarsten Leben der Welt. Ich halte das Telefon hoch und mache ein Foto von mir. Ich ahme seine traurige Miene nach und wähle einen Filter, der mir einen Blumenkranz um den Kopf zaubert. Überlege, was ich schreiben soll. *Zwei ganze Tage!*

Fünf Sekunden später bekomme ich eine SMS.

Schade. Hatte gehofft, du würdest morgen rüberkommen. Hier übernachten.

Warum bin ich nach Hause gefahren? Es geschah aus einem Impuls heraus. Es ändert sich nichts dadurch, dass ich hier bin. Wäre ich in Stockholm geblieben, wäre ich zu Fredrik gefahren. Hätte bereits heute Abend dort geschlafen. Jetzt werde ich vor Sehnsucht nur verrückt.

Ich überlege, was ich antworten soll. Entscheide mich stattdessen anzurufen. Er geht sofort ran. Seine Stimme lässt mich ihn noch mehr vermissen. Und ich erzähle.

Ich frage, ob er sich daran erinnert, wie ich geglaubt habe, in der KTH würde mich jemand beobachten. Erzähle, dass sich meine Therapeutin als ein bisschen seltsam erwiesen hat. Dass sie mich erneut aufgesucht hat und ich deshalb nach Hause gefahren bin.

Er ist verständnisvoll, klingt fürsorglich, fragt, wie es mir geht. Ich spüre, dass ich kurz davor bin zu weinen. *Ich hoffe, er merkt es nicht.* Ich sage, dass es mir gut geht, dass es schön gewesen sei nach Hause zu kommen, dass ich mich aber bereits darauf freue zurückzufahren. Dass ich ihn vermisse.

Er vermisst mich auch. Sagt, dass er sich danach sehnt, mich wieder zu küssen. Mehr Eis zu essen und im Bett zu kuscheln. Und dann sagt er ein paar andere Sachen, die mir die Wärme in den Körper treiben, allein seine Worte lösen ein Kribbeln in mir aus. Ich weiß, dass er genauso frustriert ist wie ich. Ich höre es an seiner Stimme. Und ich werde an ihn denken, wenn ich im Bett liege. Davon fantasieren, was wir machen würden, wenn wir zusammen wären.

Ich überlege, ob ich bereits morgen zurückfahren soll.

Achtundvierzig Minuten später beenden wir das Gespräch.

Direkt nachdem ich aufgelegt habe, bekomme ich wieder einen Snap. Ein fröhlicher Fredrik mit einem hochgereckten Daumen. Er trägt ein schwarzes Hemd, der Pony hängt über einem Auge herunter. Er liegt auf dem Sofa und sieht verdammt gut aus. Trotz der Kälte ziehe ich meine Jacke aus, öffne die oberen Knöpfe meines Oberteils. Ich lehne mich nach hinten und sehe zu, dass sich die Haare wie ein Fächer über den Gartenstuhl ausbreiten. Ich schicke einen Snap zurück, auf dem ich, den Kopf schräg gelegt, fröhlich lache.

Mein Kinn ist spitz, meine Lachgrübchen tief. Der Teint ist blass, die Haare dick und kohlrabenschwarz. Meine Augen sind groß und grün. Ich sehe doch ganz gut aus, denke ich. Und schäme mich sofort dafür, diesen Gedanken gedacht zu haben. *Hochmut kommt vor dem Fall, würde Mama sagen.* Obwohl ich eine SMS bekomme, die mich wissen lässt, dass ich verdammt sexy bin.

Ich würde gern noch sitzen bleiben und weiter Nachrichten schicken, aber in diesen Breiten ist es zu dieser Tageszeit draußen eiskalt. Ich gehe rein.

Im Haus ist es unordentlich. In jedem Zimmer herrscht Chaos, das einzige, das wie immer ist, ist meins. Es sieht genauso aus wie beim letzten Mal, als ich zu Hause war.

Im Badezimmer im Obergeschoss hat ein Rohr ein Leck, sodass es von der Küchendecke tropft. Mama hat einfach einen Eimer darunter gestellt. Sie sagt, dass sie es nicht schafft, sich nach Papas Tod um alles zu kümmern.

Ich bekomme ein schlechtes Gewissen. Es fühlt sich so an, als hätte ich das ständig, jetzt, wo ich mit Mama zu Hause bin. Ich hätte früher hierherfahren sollen, wie sie es sich gewünscht hatte. Ich kann wohl doch nicht schon morgen nach Stockholm fahren. Sie wäre so enttäuscht. Nach allem, was sie getan hat, sowohl für mich als auch für Johanna. Ich sollte dankbarer sein.

Stella

ICH SITZE IN EINER ECKE des Wohnzimmers auf dem Boden und starre vor mich hin.

Ich stinke nach Schweiß, die Haare hängen kraftlos herunter. Ich bringe nicht die Kraft auf, etwas daran zu ändern. Bringe nicht die Kraft auf, mich zu bewegen. Bringe nicht die Kraft auf, mich den ganzen Weg hinauf ins Badezimmer zu schleppen.

Ich stehe kurz vor der Zwangseinweisung.

Ich bin krankgeschrieben.

Ich wurde bei der Aufsichtsbehörde angezeigt.

Ich wurde bei der Polizei angezeigt.

Henrik ist weg.

Milo ist weg.

Alice ist weg.

Alles ist vorbei.

Ich habe mein Leben verloren.

Psychisch instabil. Bereit für die geschlossene Abteilung. Und von Misstrauen vergiftet. Was ist aus mir geworden? Mein Gehirn läuft auf Hochtouren. Schlafen ist unmöglich. Isabelle. Alice. Wo bist du? Was denkst du? Milo. Wie geht es dir? Hasst du mich jetzt? Henrik. Was du von mir denkst, das weiß ich. Was ich nicht weiß, ist, ob du heute Abend Jennie triffst. Ich muss es wissen. Ich muss, obwohl ich es nicht will.

Ich erhebe mich vom Fußboden. Hole das iPad und öffne die App.

Henrik ist bei Facebook eingeloggt. Es ist lange her, seit er seinen Status aktualisiert hat. Er hat Links zur Homepage der Firma geteilt, im August hat ein Freund einen Gruß geschrieben. Unmengen an Glückwünschen zu seinem Geburtstag im Mai. Ansonsten nichts. Keine neu hinzugefügten Freunde. Keine neuen Fotos. Ich schließe die App.

Sehe, dass Instagram installiert ist. Seit wann? Milo nutzt es nicht. Henrik? Ich drücke auf das Icon. Der Nutzername entspricht dem seiner Firma. Ich erinnere mich, wie er darüber die Nase gerümpft hat. »Wie viele neue Kunden kriegen wir dadurch, dass man uns auf Instagram findet?«

Ich scrolle durch die Bilder. Sie sind gut komponiert, trendy und professionell. Keine seltsamen Winkel oder vollen Papierkörbe im Hintergrund. Fotos von Baustellen. Nahaufnahmen von Zeichnungen. Die Bürolandschaft, die Lounge. Ein fröhliches Team, alle lieben ihre Arbeit. Jung und hip. Gut aussehend, lächelnd und erfolgreich.

Bilder von Henrik.

Lächelnd hält er den Kaffeebecher hoch, den Milo ihm zum Vatertag geschenkt hat, den mit Superman drauf. Ins Gespräch mit einem Kollegen vertieft, sie checken etwas auf einem iPad. Präsentationen bei unterschiedlichen Gelegenheiten haltend, ein großer Bildschirm im Hintergrund. Er sieht gut aus. Ist gut gekleidet. Entspannt. Professionell. Die Hemdsärmel nach oben gekrempelt, wie es zum Nachmittag hin meistens der Fall ist. Ein erfolgreicher Mann, der seinen Job liebt und weiß, dass er darin verdammt gut ist.

Ich scrolle wieder nach oben. Klicke auf ein Foto. Was macht er hier? Tanzt er in der Lounge? Er wurde inmitten einer Tanzbewegung eingefangen, mit den Armen über dem Kopf. Er lacht. Selbstsicher und charmant. Weißes T-Shirt und Jeans. Die helle, verschlissene, in der sein Hintern so knackig ist.

#derChefrockt

#coolimBüro
#Freitagsgemütlichkeit
Einhundertacht Likes. Ich klicke darauf. Erhalte eine lange Liste der Liker. »Liker«, so provokant dämlich. Ich checke die Liste. Was für alberne Benutzernamen sich die Leute aussuchen. Ich will gerade ausschalten, als ich sehe, dass jennie_89 das Bild gelikt hat.

Jennie, du bist fantastisch!

Mir wird schlecht.

Ich klicke auf den Benutzernamen. Erhalte eine Übersicht ihrer Fotos. Ich erkenne sie von einem der Gruppenbilder von Henriks Angestellten wieder. Sie muss neu sein.

All die langen Arbeitstage, die Abende im Büro.

Henrik befindet sich in der obersten Reihe ihres Instagram-Accounts.

Ich werfe einen Blick auf die anderen Bilder. Viele Selfies natürlich. Sie sieht gut aus. Sie ist jung. Sie ist schlank. Sie ist blond. Sie hat einen Schmollmund und kecke, wohlgeformte Brüste, die durch knappe, eng anliegende T-Shirts und hautenge Kleider betont werden.

Auf einem Foto weiter unten ist auch Henrik zu sehen. Er lächelt der Fotografin zu. Hochgezogene Augenbrauen, als wolle er ihr sagen, mit den Albernheiten aufzuhören. Unbesorgt. Ausgelassen.

Glücklich.

Das Blut rauscht mir in den Ohren. Die Hände zittern, ich öffne und balle sie mehrfach, damit es aufhört.

Ich klicke auf ihr neuestes Foto. Vor zwei Stunden hochgeladen.

Da sind sie. Henrik und Jennie.

Mehrere andere um sie herum, aber ich sehe nur Henrik und Jennie. Seine Haare sind zerzaust, sein Blick glasig. Er hat eine Bierflasche in der Hand, lächelt mich geradewegs an. Lächelt sein atemberaubendstes Lächeln. Er beugt sich zu Jennie hin. Ihre Hand ruht leicht auf seiner Brust. Sie wirft den Kopf nach hinten und lacht.

AW mit dem besten Chef, hat sie geschrieben. Vierzehn verschiedene Emojis.

#verfluchtbesterAbend

Sechsundfünfzig Likes.

Einer der Kommentare: »Sexy Chef!« Vier Emojis.

Ein anderer Kommentar: »Hübsch seid ihr!« Fünf Herzen.

Ich war mir ihm bezüglich nie unsicher. Nicht ein einziges Mal. Ich weiß, dass er nicht untreu ist. Aber das hier ist anders. All die Telefonate, seine fehlgeleitete SMS. Und jetzt die Fotos auf Instagram.

Ich habe ihn von mir weggetrieben.

Zu jennie_89.

Ich liege im Bett und warte. Es ist fast halb vier am Morgen, als ich ihn die Haustür öffnen höre. Er stolpert auf der Treppe. Er stößt sich die Zehen an der Kommode und flucht laut. Er ist sternhagelvoll. Stinkt nach Bier und Zigarettenrauch. Riecht nach ihr.

Henrik und Jennie.

Ich sehe es vor mir, wie er sein Bier direkt aus der Flasche trinkt. Sich mit Jennie eine Zigarette teilt. Ihr etwas ins Ohr flüstert. Wie sie ihren schönen, wohlgeformten Körper an ihm reibt. Sich über ihn beugt. Henrik lacht. Sie lacht. Sie lachen zusammen.

Sie lachen über mich.

Er nimmt noch einen Zug und lächelt Jennie sexy an. Sie streichelt ihm über den Nacken, flüstert, dass sie ihn haben will. Sie küssen sich. Nie sei es für ihn so schön gewesen, sagt er zu ihr, während sie vögeln.

Ich, seine bei der Polizei angezeigte, fast vierzigjährige Frau, warte zu Hause. Ein psychisch kranker, stinkender menschlicher Trümmerhaufen. Ich will ihn fragen, wie lange das schon geht. Will jedes noch so kleine Detail wissen. Aber die Worte finden sich nicht ein. Er sieht mich an, nimmt seine Decke und torkelt durch die Tür nach draußen.

Er will nicht einmal neben mir schlafen.

Ich bleibe liegen. Atme ein. Atme aus.

Kann nicht mehr liegen bleiben.

Ich gehe die Treppe hinunter und sehe ihn auf dem Sofa schlafen. Ich habe Lust, die Haare wegzustreichen, die über seinen Augen hängen. Ich hocke mich neben ihn, höre, wie er leise schnarcht.

Ich erinnere mich daran, als ich Henrik Widstrand zum ersten Mal gesehen habe. Mit seinen hellblauen Augen hat er direkt in meine geschaut. Ich erinnere mich, wie er mir den Hof gemacht hat, an sein sexy Lächeln. An all die Nächte, die wir wach geblieben sind, gelacht und über alles Mögliche geredet haben. Er hat mich zu Alices Grab begleitet, meine Hand gehalten. Er hat mich nie verurteilt.

Er ist mein bester Freund geworden, mein Liebhaber, mein Mann. Ich erinnere mich an unseren ersten Kuss, an die erste gemeinsame Nacht. Daran, wie wir in der Industrigatan zusammengezogen sind und hart gearbeitet haben, er, um seine Firma zum Laufen zu bringen, ich für mein Studium. Wie glücklich er war, als ich ihm von Milo erzählt habe, das Beste, was wir je zustande gebracht haben, und jetzt sind wir hier.

Ich stehe auf, eile hinaus in den Flur. Ich nehme meinen Autoschlüssel, reiße die Haustür auf und stürze hinaus in die Kälte. Kann nicht länger im Haus bleiben. Kann nicht dort sein, wo er ist. Er trägt sie bei sich. Ihren Geruch, ihr trügerisches Lächeln.

Er hat mich betrogen.

Mein Mann hat mich für eine jüngere Frau verlassen.

Raus in die Kälte, raus in den Regen. Es fühlt sich nach Minusgraden an. Ich bin barfuß, nur in Jogginghose und Hemd. Ich springe in den Audi und fahre los.

Ich habe gelogen, ich hatte Geheimnisse vor Henrik. Ich habe versucht, vor ihm zu verbergen, was ich treibe. Ich war unehrlich.

Aber vor allem habe ich mich selbst belogen.

Ich hätte das hier sehen müssen. Die Zeichen waren deutlich. Ich war blind. Das Einzige, was ich gesehen habe, war Alice.

Henrik, betrunken und glücklich. Frisch verliebt, frisch gevögelt. Er hat jetzt eine andere. Er hat Jennie. Jung und hübsch und sexy und blond. Mit einem wohlgeformten Körper, der nie ein Kind geboren hat, nichts hängt, keine Mängel.

Er hat seine Wahl getroffen. Ich hasse ihn. Aber ich verstehe ihn auch, was mich dazu bringt, mich noch mehr zu hassen. Wer will schon eine psychisch kranke Frau mittleren Alters, die in Selbstmitleid versinkt? Seine Geduld ist am Ende. Er hat genug.

Ich bin eine labile, aggressive Frau, die den Blick für die Realität verloren hat. Die alle in ihrer Nähe von sich stößt. Die sich weigert, auf ihre Liebsten zu hören, die nur ihr Bestes wollen. Die sich weigert, der Wahrheit ins Auge zu blicken.

Ich bin krank.

Und Alice ist ein Teil dieser Krankheit.

Ich brauche Fürsorge.

Ich stoppe das Auto, steige aus. Ich laufe und renne. Eiskalter Regen, eiskalter Wind. Ich laufe und renne. Ich stolpere. Stürze und falle.

Ich liege auf der Straße und weine.

Isabelle

ES IST SONNTAG, und ich hätte jetzt in Stockholm sein sollen.

Aber Mama hat einen Migräneanfall bekommen, als ich das Ticket kaufen wollte. Es ist lange her, dass es so schlimm war. Es ging ihr richtig schlecht, und ich konnte sie nicht alleine lassen. Zum Glück verpasse ich beim Studium nichts. Außer mit den anderen für die Prüfungen zu lernen.

Am Wochenende zu Hause zu sein, hat mich daran erinnert, wie isoliert ich aufgewachsen bin. Seit Papa gestorben ist, ist es noch auffälliger, wie einsam Mama ist. Sie hat zu niemandem Kontakt. Nie. Es ist merkwürdig, dass man an einem so kleinen Ort wohnen und trotzdem jeglichen Kontakt zu anderen Menschen vermeiden kann.

Ich vermisse Fredrik. Und Johanna. Ich vermisse mein selbstständiges Leben in Stockholm. Wir schicken uns viele Nachrichten, Fredrik und ich. Er schreibt Dinge, die mich auf Wolken schweben lassen. *Die mich dazu bringen, von ihm zu fantasieren, mich nach ihm zu sehnen.*

Aber es war auch gut, zu Hause zu sein. Ich habe Mama mit dem schlimmsten Durcheinander geholfen. Ich habe mich um den Abwasch gekümmert und in der Küche und im Wohnzimmer Staub gesaugt.

Zusammen bereiten wir ein spätes Mittagessen zu. Das Radio läuft, und Mama deckt das gute Geschirr auf. Es geht ihr besser, sie summt und macht sogar kleine Tanzschritte, woraufhin ich lachen muss. Wir essen und sehen uns die Collage an, die auf dem Küchentisch steht. Erinnern uns an jedes Foto, wo es aufgenommen wurde und was wir in dem Moment gemacht haben. Das ist gemütlich.

»Mama.«

»Ja, mein Mädchen.«

»Wer ist eigentlich mein richtiger Papa?«

Ich spüre ihre Anspannung regelrecht. Sie will nicht darüber reden.

»Ohne ihn ist es uns besser ergangen, glaub mir«, sagt Mama, sie klingt barsch. »Er war ein grauenhafter Mensch. Ein schlechter Mensch.«

Möglicherweise hat sie recht. Ich meine, er hat sich nicht gerade bemüht, Kontakt zu mir aufzunehmen. Trotzdem macht mich ihre Antwort traurig. Mama macht dicht, errichtet eine Mauer. Wie sie es immer tut, wenn ich nach meiner Kindheit frage. Zweiundzwanzig Jahre lang hat sie das für nicht wichtig erachtet. Trotzdem hatte ich geglaubt, die letzten Tage, die wir miteinander verbracht haben, hätten etwas verändert. Gewiss sind meine Fragen unbequem, aber es geht um mein Leben.

»Du hast eine schöne Collage von uns gemacht«, sage ich.

»Ja, nicht wahr?«

»Warum gibt es von mir keine Babyfotos? Ich glaube, ich habe nie eins gesehen, auf dem ich jünger als ein Jahr bin.«

»Du weißt doch, dass du in Dänemark geboren bist.«

»Ja.« Ich warte auf eine Erklärung. Aber die kommt nicht. »Gibt es aus diesem Grund keine, meinst du das?«, sage ich.

Mama seufzt. Sie steht auf und stellt den Wasserkocher an. Nimmt zwei Tassen und Teebeutel aus dem Schrank.

»Wir sind nach Schweden zurückgezogen. Das ist in aller Eile passiert. Wir haben keine Fotos mitgenommen. Soll ich jetzt auch deshalb noch ein schlechtes Gewissen haben? Habe ich noch etwas falsch gemacht?«

»Warum bist du wieder nach Hause gezogen? Hattest du mit jemandem Streit?«

Mama antwortet nicht. Sie dreht mir den Rücken zu, gibt mir zu verstehen, dass sie nicht darüber reden will.

»Hat es ihn überhaupt gegeben? Warum hat er nie etwas von sich hören lassen?«

»Das Einzige, was du wissen musst, ist, dass er ein sehr gefährlicher Mann war.«

»War er bösartig? Hat er dich geschlagen? War er kriminell?«

»Isabelle.« Ich fahre hoch, als sie mit der Faust auf die Arbeitsplatte schlägt. Sie dreht sich um. »All diese Fragen. Du weißt, dass sie mich vollkommen fertigmachen. Du weißt, dass ich dein Herumschnüffeln nicht ertrage. Ich kriege davon Migräne.«

Sie sieht mir an, dass ich Angst bekomme, und greift nach meiner Hand. Es ist keineswegs so ungezwungen zwischen uns wie zu Hause in Vällingby. Im einen Moment ist es supergut, im nächsten so wie jetzt. Ich weiß nicht warum. Vielleicht liegt es daran, dass wir hier sind, in diesem Haus. Zu viele Jahre mit eingespielten Verhaltensweisen. Oder es liegt an mir. An meinen Fragen, an meinem Gerede, dass ich mich nach meinen Freunden sehne, an meiner Tendenz, sie zu enttäuschen.

Es war ein Fehler, sie nach Hause zu begleiten.

»So neugierig bist du seit deinem fünften Lebensjahr nicht mehr gewesen«, sagt sie und presst ein Lächeln hervor. »Erinnerst du dich, wie du mich in den Wahnsinn getrieben hast? Wann, wie, wo, warum?« Mama drückt meine Hand und zieht mich hoch. »Komm.«

Ich folge ihr zur Bibliothek hinter der Küche. Sie sagt mir, ich soll mich hinsetzen. Ich tue, was mir gesagt wird. Sie gibt mir eine Tasse, ich wärme meine Hände daran und probiere den Tee. Er ist süß. Mama hat ziemlich viel Honig reingetan. Sie sagt mir, ich soll die Augen schließen. Ich gehorche.

Ich höre, wie sie den Schrank unter dem Schreibtisch

aufschließt, mit dem Schlüssel, den sie im Bücherregal versteckt hat. Ich kenne das Versteck, aber das weiß sie nicht.

»Jetzt kannst du gucken«, sagt sie und setzt sich mit einem Ordner neben mich.

»Hier sind die Unterlagen vom Hvidovre Hospital in Kopenhagen«, sagt sie. »Wo du geboren wurdest. Am neunundzwanzigsten August 1993.« Es ist lange her, dass ich ihre Stimme so sanft und liebevoll habe klingen hören. »Ich hatte mich so lange nach dir gesehnt.«

»Und das war der beste Tag deines Lebens«, ergänze ich.

»Wer hat das gesagt?«, scherzt sie.

Ich bin erstaunt. Es kommt nicht oft vor, dass sie Späße macht.

»Natürlich war er das«, sagt sie. »Aber gleichzeitig war es auch das Schlimmste, was ich in meinem ganzen Leben durchgemacht habe. Ich bin dem Tod um Haaresbreite von der Schippe gesprungen. Du hättest mich fast das Leben gekostet, mein Kind.«

Ich lehne mich an ihren Arm. »Erzähl es noch mal. Ich bin RH-positiv und du RH-negativ, und unser Blut hat sich vermischt? War es so?«

»Genauso war es. Ich habe eine akute Blutvergiftung bekommen. Habe mehrere Tage zwischen Leben und Tod geschwebt. Ich habe dich erst gesehen, als du bereits drei Tage alt warst.« Sie fährt mit den Fingern durch meine Haare.

»Aber wird nicht das Kind krank, wenn sich das Blut vermischt?«, sage ich. »So habe ich es verstanden. Und vor allem das nächste Kind ist gefährdet. Immunisierung nennt sich das.« Ich habe darüber gelesen, nachdem wir in der Gruppentherapie darüber gesprochen hatten.

»Aber ich habe doch gesagt, dass ich eine Blutvergiftung bekommen habe, oder nicht?«, sagt Mama.

»Obwohl du gesagt hast, dass es daran lag, dass … «

»Du liebe Süße.« Mama greift sich an die Stirn. *Erneut Migränewarnung.* »Du weißt, dass ich es hasse, wenn du so auf den Worten herumhackst. Schmeckt der Tee nicht? Du hast am Freitag lange draußen in der Kälte gesessen. Du darfst nicht wieder krank werden.«

Ich trinke den restlichen Tee aus. Es ist besser zu tun, was Mama sagt. Sie blättert weiter in den Unterlagen.

»Du warst ganz klein, siehst du? 2850 Gramm, 49 Zentimeter. Und einen ganz dicken, lockigen, blonden Schopf hattest du. Mitten auf dem Kopf. Du warst meine Puppe.«

»Lockig? Und blond?« Ich runzle die Stirn. Schaue auf meine Haare, die mir über die Schultern hängen.

Mit einem lauten Knall schlägt Mama den Ordner zu und steht auf. »Ja, das ist keineswegs ungewöhnlich.« Jetzt ist sie des Ganzen überdrüssig. Meiner Fragen überdrüssig. Ich habe unseren Augenblick zerstört.

»Verdammte Kopfschmerzen. Jetzt muss ich raufgehen und mich hinlegen«, sagt sie. »Diese Psychotante. Sie hat dir bereits den Kopf verdreht. Du hättest auf mich hören sollen. Stattdessen musstest du alles infrage stellen. Es uns verderben. Ich hoffe, du bist jetzt zufrieden.«

Mama schließt den Ordner ein und legt den Schlüssel ins Bücherregal. Sie vergisst, mir zu sagen, dass ich die Augen schließen soll. Sie verlässt die Bibliothek und geht hinaus in den Flur.

»Verzeih«, rufe ich ihr hinterher.

Sie tut es mit einer Geste ab und geht mit schweren Schritten mühevoll atmend die Treppe hinauf. *Wie oft hat sich diese Szene hier schon abgespielt?*

Ich wünschte, diesen Augenblick hier nicht zerstört zu haben. Aber es ist viel, was ich nicht verstehe, worauf ich eine Antwort haben möchte. Doch Mama behält alles für sich.

Vielleicht hat mich Stella mehr beeinflusst, als ich es mir selbst eingestehe. Mama hatte es schwer, das weiß ich. Es ist falsch von mir, sie so unter Druck zu setzen. Ich stelle meine Tasse in der Küche ab. Gehe rauf in mein Zimmer.

Wie gewöhnlich habe ich einen großen Klumpen im Hals. Wie gewöhnlich lege ich mich aufs Bett, umklammere mein Kissen und weine. Wünschte, Fredrik wäre hier und würde sich um mich kümmern.

Isabelle

DAS HAUS MÜSSTE STILL SEIN, aber das ist es nicht. In Treppen und Wänden knackt und knirscht es. Der Wind lässt das Dach klappern, die Regenrohre geben Töne von sich, und im Keller bollert der Heizölkessel.

Ich habe die Atmosphäre hier nie gemocht, jetzt aber erlebe ich sie als direkt bedrohlich: Dieses Haus lebt, es sieht mich. Es wartet nur darauf, dass ich stolpere und mich stoße, mich an einem Messer schneide oder ernsthaft krank werde. *Hier gibt es ein unsichtbares Wesen, ein übles Schattenwesen, das mir Böses will.*

Ich rede mir ein, dass das kindisch ist, dass ich mich lächerlich mache. Aber das Gefühl legt sich nicht. Ich öffne die Tür von meinem Zimmer. Bleibe stehen und horche. Ich schleiche in den Flur hinaus, stehe eine Weile vor Mamas Schlafzimmer, das Ohr dicht an der Tür. Von drinnen kommt nicht ein Ton.

Ich eile die Treppe hinunter, gehe raus, nehme mein Fahrrad und strample los, Richtung Ornäs. Als ich die Unterführung passiere, dröhnen über mir die Geräusche vom Verkehr auf der Autobahn.

Ich radle weiter. Nach einer Weile sehe ich den Ornäskiosk und die Pizzeria. Ich frage mich, wie oft ich Großmutter überredet habe hierherzufahren und Pizza zu kaufen, statt richtiges Essen zu kochen. *Wie Mama es gewollt hatte.* Ich rolle weiter Richtung Bahnübergang. Zum Glück kommt kein Zug, sonst würde ich mehrere Minuten hier stehen. Ich überquere die Schienen und fahre linker Hand den Hügel hinunter, um dann weiter zu dem Dorf zu fahren, in dem Großmutter wohnt.

Der Wasserfall bei der alten Mühle fließt reißend schnell. Die Sonne bricht durch die Wolken, und zu beiden Seiten breiten sich Felder aus, weiter entfernt glitzert der Ösjön. Rechter Hand, draußen auf der Landzunge, liegt der Ornäshof. Jedes Mal, wenn ich hier vorbeifahre, frage ich mich, ob es wirklich stimmt, dass Gustav Vasa vor den Dänen durch das Plumpsklo geflüchtet ist oder ob das nur eine erfundene Geschichte ist. Auf jeden Fall ist es eine gute Geschichte. Und jedes Jahr kommen Touristen dorthin, trinken schweineteuren Kaffee und machen vor der baufälligen Bude Selfies.

Die Steigung ist lang, und als ich den Tennisplatz bei Haganäs passiere, stelle ich mich auf die Pedale und strample kräftig. Dort unten gibt es einen Badeplatz, aber ich bin nie dort gewesen. Nur Angestellte des Stahlwerks haben Zugang, was im Hinblick auf das Jedermannsrecht in Schweden eigentlich seltsam ist. Was würde passieren, wenn jemand trotzdem dort baden würde? Patrouillieren dort Wachleute, um zu kontrollieren, wer das Recht hat, sich dort aufzuhalten?

Das große rote Haus rechter Hand ist eine alte Dorfschule. Sie ist seit vielen Jahren geschlossen, und das Gebäude steht seit Ewigkeiten leer. Danach ist es nicht mehr weit bis zum Ortsschild. *Kyna.* Als ich klein war, fand ich, dass das so exotisch klang. So als würde Großmutter in China wohnen.

Die Strecke zwischen Ornäs und Kyna ist mir wohlbekannt, die Kurven zwischen den Feldern, die sich mit den Jahreszeiten verändernde Landschaft. Das hier ist für mich zu Hause, mehr als es Barkargärdet jemals war. Wenn ich mich nach Dalarna zurücksehne, dann hierher.

Würde ich noch einige hundert Meter weiter geradeaus fahren, würde ich zum Maibaum kommen. Der steht das ganze Jahr über dort, außer kurz vor Mittsommer, dann wird er heruntergenommen und geschmückt. Ich habe hier viele Male Mittsommer gefeiert, geholfen, für die Ringe und das Herz am Maibaum auf den Wiesen und in den Gräben Butterblumen, Wiesen-Kerbel und Klee zu pflücken. Bin herumgerannt, während Großmutter mit den anderen den Maibaum geschmückt hat. Sie hat mir beigebracht, Mittsommerkränze zu binden, und wir haben immer sieben Sorten Blumen gepflückt und sie am Abend unter das Kissen gelegt. Ich habe Musikanten in Trachten auf ihren Fiedeln spielen hören, auf der Wiese Lose gekauft und gehofft zu gewinnen. Es war Tradition bei uns, bei Großmutter und mir, anschließend Hand in Hand nach Hause zu gehen und in der Laube Kaffee zu trinken.

Unterhalb des Maibaums führt der Weg hinunter zu dem Badeplatz, wo ich jeden Sommer gebadet habe. Außer in diesem Jahr.

Ich überlege, dort hinunterzufahren und das Wasser zu testen, drossle jedoch das Tempo, als ich mich dem Abzweig zu Großmutters Haus nähere. Ich schaue über die Schulter nach hinten und biege links in den Kiesweg ein. Am Abhang trete ich in die Pedale und sehe Großmutters Haus auf der anderen Seite der Eisenbahn. Der Geruch am Bahnübergang ist speziell. Wenn im Sommer die Sonne darauf scheint, riecht es nach geteerten Balken. Ich rolle durch die Gartentür, werfe das Fahrrad auf den Kiesweg und gehe die Treppe hinauf.

Großmutter hört wie gewöhnlich nicht, als ich klopfe. Die Tür ist nicht abgeschlossen, ich öffne sie und gehe ins Haus. Ich finde sie im Sessel vor dem Fernseher. Sie fährt hoch, als ich Hallo rufe, freut sich, mich zu sehen. Sie kommt ohne Hilfe auf die Beine, wackelt auf mich zu und umarmt mich herzlich.

Sie brüht für sich Kaffee auf und gießt mir Milch ein. Sie tafelt Hefeteilchen und mehrere Sorten Plätzchen auf. Ich frage mich, wie oft ich hier gesessen habe. Auf einem Schemel am

Küchentisch, mit einem Glas Milch und einem Berg Plätzchen vor mir.

Großmutter sagt, es sei schön, dass ich endlich wieder zu Hause bin. Ich frage sie, wie es ihr geht, sie erzählt von ihren Gebrechen und der freiwilligen Arbeit mit den neu angekommenen Flüchtlingskindern. Sie fragt mich, wie es mir in Stockholm gefällt, und ich sage, das Einzige, was mir fehle, sei sie. Wir reden, bis es draußen langsam dunkel wird.

»Wie geht es Mama eigentlich?«, frage ich.

»Geht es um etwas Spezielles?«

»Hast du gesehen, wie es bei ihr zu Hause aussieht? Und sie ist so seltsam. Mehr als sonst.«

Großmutter zögert. »Wir haben in letzter Zeit nicht viel miteinander geredet«, sagt sie und wischt Krümel von der Arbeitsplatte.

»Sie fordert die ganze Zeit Liebe ein«, sage ich. »Läuft es nicht so, wie sie es sich vorgestellt hat, bekommt sie einen Wutanfall. Doch wenn sie guter Dinge ist, dann ist sie supernett und wunderbar. Ich habe nie verstanden, was ihre Stimmung umschlagen lässt. Es passiert einfach.«

Großmutter setzt sich an den Tisch. Sie zögert erneut, scheint zu überlegen, wie sie es formulieren soll.

»Wir hätten ihr wohl Hilfe beschaffen sollen. Wir haben überlegt, ob sie psychisch krank ist. Doch als sie Hans kennengelernt hat, ist sie stabiler geworden, und wir haben gedacht, es ginge ihr besser. Und du warst ihr Ein und Alles. Du warst oft krank, und Kerstin hat sich die ganze Zeit so gut um dich gekümmert.«

»Davon hat mir nie jemand was erzählt. Es fühlt sich so an, als wüsste ich nichts über meine eigene Mutter.«

Großmutter sieht mich an. »Verurteile sie nicht zu hart, Isabelle. Sie ist mit zwölf als Pflegekind zu uns gekommen, das weißt du. Dann ist sie viel zu früh von zu Hause ausgezogen. Mehrere Jahre lang wollte sie keinen Kontakt zu uns haben.

Eines Tages ist sie wieder nach Hause gekommen. Mit dir. Du bist das Beste, was ihr passiert ist.«

Ich versuche zu lächeln. »Und ihre eigenen Eltern? Über die weiß ich auch nichts.«

»Kerstins Mutter hatte große Probleme. Sie hat während der Schwangerschaft getrunken, in der ganzen Zeit, in der Kerstin bei ihr war, hat sie getrunken und Drogen genommen. Sie war bösartig und brutal. Ich glaube, sie war eine Prostituierte, aber ich bin mir nicht sicher. Wir haben nicht alles erfahren.«

»Ihr Vater? Großvater?«

»Er taucht in dem Ganzen überhaupt nicht auf. Kerstin hat ihn ein Mal aufgesucht, glaube ich. Ich weiß nicht, wie diese Begegnung verlaufen ist. Sie hat nie darüber reden wollen.«

»Und mein Papa? Weißt du nichts über ihn?«

»Das Einzige, was ich weiß, ist, dass Kerstin Angst vor ihm hatte.«

»Warum?«

Großmutter sieht mich an, sie wirkt traurig. »Ich weiß es nicht, Isabelle. Ich weiß nichts über deinen leiblichen Vater. Deine Mutter hat sich immer geweigert, über ihn zu sprechen.« Sie fragt, ob ich noch mehr Plätzchen haben möchte und hält mir die Dose hin. Brechreiz überkommt mich, und ich lege eine Hand vor den Mund.

»Meine Kleine, was ist mit dir? Du bist ganz blass.«

»Vielleicht habe ich zu viel gegessen«, sage ich.

»Willst du dich einen Moment hinlegen?«

»Ich muss nach Hause und packen. Ich fahre morgen früh zurück nach Stockholm.«

Großmutter lächelt. »Ich fahre dich nach Hause. Du solltest im Dunkeln nicht über die Wege holpern.«

Als wir vor der Gartentür anhalten, klopft sie mir auf den Arm.

»Ich bin froh, dass du deinen Platz im Leben gefunden hast.

Hast du vielleicht sogar jemanden kennengelernt?« Sie zwinkert mir zu.

»Ja, das habe ich tatsächlich«, sage ich und presse eine Hand auf meinen unruhigen Bauch. »Fredrik heißt er. Er ist supersüß. Ich habe Fotos, aber ich habe mein Telefon nicht gefunden, bevor ich losgefahren bin.«

»Vielleicht kannst du mir später so eine Bildnachricht schicken?«, sagt Großmutter. »Ich muss sehen, ob ich die mit meinem Telefon öffnen kann.«

»Du bist so toll, Großmutter«, sage ich und lache.

»Mein kleiner Liebling«, sagt sie und streichelt mir über die Wange.

Stella

DIE STIMMEN, ICH ERKENNE sie wieder. Eine Frau und ein Mann, die sich draußen im Flur streiten.

»Wo ist sie? Sie ist doch noch hier?«

»Senke deine Stimme.«

»Warum ist sie hierhergefahren? Warum hast du mich gestern nicht reingelassen?«

»Du hattest einen Kater. Du warst verärgert. Das konnte Stella nicht gebrauchen.«

»Wo ist sie?«

»Beruhige dich. Sonst fliegst du raus.«

»Ich bin ruhig. Aber es hat mich beunruhigt, dass sie einfach verschwunden ist. Sie hat doch geschlafen, als ich nach Hause gekommen bin.«

»Wann bist du nach Hause gekommen? Samstagmorgen? Und wo warst du? Und mit wem?«

»Mit wem? Ich bin mit niemandem irgendwo gewesen.«

»Du bist genau wie Hampus' Vater. Ich sehe es dir an, dass du lügst. Das ist ganz offensichtlich.«

»Wir hatten eine Firmenfeier, wenn du es denn wissen willst.«

»Ah, eine Firmenfeier.«

»Pernilla, ich … «

»Was ist passiert, als du nach Hause gekommen bist?«

»Nichts. Stella hat geschlafen.«

»Aber warum ist sie hierhergekommen? Es *muss* etwas passiert sein.«

»Es ist überhaupt nichts passiert, Pernilla.«

»Ich habe sie eiskalt und verwirrt auf der Straße gefunden. Ich habe gehört, wie jemand geschrien hat und hinausgesehen, und dort lag sie. Sie war hingefallen, lag dort und weinte. Das war furchtbar. Ich habe sie hier hinaufgeschleppt und sie aufs Sofa gepackt. Sie hat zusammenhanglos von Alice und Milo geredet. Und von dir und Jennie.«

»Jennie?«

»Wer ist sie, Henrik? Was zur Hölle hast du getan?«

Er antwortet nicht.

»Wie konntest du Stella allein lassen, um auszugehen und zu *feiern*? Mit Jennie? Verfluchter Idiot. Was zur Hölle hast du getan?«

»Nichts, Pernilla. Ich habe überhaupt nichts getan. Das war eine Feier in der Firma, für das Personal. Kann ich mit meiner Frau sprechen, bitte?«

»Nicht, bevor du dich nicht beruhigt hast.«

»Ich bin ruhig. Ich bin verdammt ruhig.«

»Davon merke ich nichts.«

»Ich bin wegen meiner Frau beunruhigt, Pernilla.«

Stille.

»Okay, für einen kleinen Moment. Dann will ich, dass du gehst.«

Henrik sitzt neben mir. Er hält meine Hand und sagt, dass er mir helfen will. Er wisse nur nicht wie. Ich sehe ihn an. Er ist durchsichtig. Ich sehe direkt durch ihn hindurch. Er wird blasser, verschwindet. Ich erzähle ihm davon. Er sagt, dass er nicht weiß, was er machen soll. Er küsst mich auf die Stirn. Steht auf.

Er sagt zu Pernilla, dass sie mich in die Psychiatrische Notaufnahme bringen sollten. Sie sagt, sie würde sich um mich kümmern. Er sei in dieser Situation keinerlei Hilfe. Es sei besser, wenn er nach Hause fahre. Ja, sie würde darauf achten, dass ich meine Medizin nehme.

Er beugt sich über mich. Weint er? Oder bin ich das?

Ich sehe zu, wie er das Zimmer verlässt.

Er ist nicht mehr da.

Er ist weg.

Stella

SCHLAF IN DEN AUGEN, der Hals trocken.

Der Kopf ist schwer wie Blei.

Pernilla liegt auf einer Matratze vor dem Sofa. Ich nehme ihr Handy und schaue aufs Display. Morgen, Dienstag, der zwanzigste Oktober. Ich war drei Tage außer Gefecht gesetzt.

Ich setze mich auf. Sehe, dass ich eine Leggings anhabe, die nicht mir gehört, und ein ärmelloses graues T-Shirt. Ich schlurfe zur Toilette. Pullere, trockne mich ab. Das Bild im Spiegel über dem Waschbecken macht mir Angst. Ich habe dunkle Ringe unter den Augen und bin leichenblass. Die Haare sind ein struppiges Durcheinander, ich stecke sie mitten auf dem Kopf zu einem Knoten zusammen, ich wasche mein Gesicht und trinke Wasser aus dem Hahn.

Ich krame die Zigarettenpackung hervor, die Pernilla in einer Plätzchendose in der Küche versteckt hat. Nehme ein Glas Saft mit hinaus auf den Balkon und setze mich auf das kleine Holzsofa. Ich zünde eine Zigarette an und inhaliere den Rauch bis tief in die Lunge. Die Luft ist kalt an meinen nackten Armen, aber die Sonne wärmt mein Gesicht.

Obwohl mein Leben den Bach hinuntergegangen ist, existiert die Welt da draußen noch immer. Schloss Karlberg auf der anderen Seite des Sees. Jogger und Eltern im Erziehungsurlaub auf dem Fußweg unterhalb von Kungsholms Strand. Ich beobachte den Rauch, der vom Balkon wegzieht und sich verflüchtigt. Ich habe keine Ahnung, wie ich hierhergekommen bin.

Pernilla kommt nach draußen. »Warm ist es nicht gerade«, sagt sie.

»Zumindest scheint die Sonne«, sage ich.

»Wie geht es dir?«

»Ich lebe«, antworte ich und ziehe die Strickjacke an, die sie mir hinhält, nehme ihr die Kaffeetasse ab. Sie setzt sich neben mich, legt eine Wolldecke über unsere Knie und greift nach der Zigarette. Sie nimmt einen Zug und gibt sie mir zurück.

»Ich gedenke nicht, dir in den Ohren zu liegen, deine Medizin zu nehmen.«

»Gut.«

Pernilla legt ein Telefon auf den Tisch. »Henrik möchte es wissen, wenn du aufgewacht bist.«

Ich betrachte das Handy. Erkenne mein Backcover, aber das Display ist ganz.

»Ist er mit einem neuen Telefon hier gewesen?« In diesem Moment fühle ich mich derart angeschlagen, dass mir die kleinste Freundlichkeit regelrecht die Tränen in die Augen treibt. Obwohl ich es nicht will, bewirkt Henriks Fürsorge, dass die Tränen nur so fließen.

»Du hast uns in Angst und Schrecken versetzt, Stella«, sagt Pernilla. »Er ist am Samstag hergekommen, verrückt vor Sorge. Verkatert und wütend. Ich habe ihn weggeschickt, gesagt, dass du Erholung und Ruhe brauchst. Am Sonntag ist er wiedergekommen und hat bei dir gesessen. Erinnerst du dich daran?«

»Schwach.«

»Erinnerst du dich daran, wie du hierhergekommen bist?«

»Nicht richtig.«

»Soll ich es dir erzählen?«

»Lieber nicht.«

»Okay, das muss nicht sein.«

»Danke«

»Henke hat das Handy und eine Tasche mit frischen Sachen gebracht.«

Ich drücke die Zigarette aus. Pernilla legt einen Arm um meine Schultern. So sitzen wir eine ganze Weile da.

»Was ist am Samstag passiert?«, fragt sie. »Du hast von Alice geredet. Sie sei für immer weg, hast du gesagt. Tot. Milo sei für immer weg. Henrik auch. Und du hattest vor, jemanden namens Jennie zu töten.«

»Habe ich das gesagt?«

»Ja.«

»Dass ich sie töten will?«

»Du hasst sie, hast du gesagt. Du wolltest sie umbringen.«

»Habe ich das gesagt?«

»Jepp. Dass du ihr den Schädel einschlagen wolltest.«

Ich lache. »Gewiss, sicher.«

»Wer ist sie?«

Ich stecke mir eine neue Zigarette an. Dann erkläre ich ihr, was mich so krankhaft misstrauisch und eifersüchtig gemacht hat. Gestehe, dass ich im Internet spioniert habe. Ich erzähle ihr von jennie_89.

Pernilla nimmt ihr Telefon und sucht das Foto auf Instagram heraus. Sieht es sich genau an.

»Verdammt, Henke«, sagt sie. »Du verfluchtes Schwein.«

Ich lache. Es klingt heiser. Erbärmlich.

»Glaubst du, dass er dich betrügt?«, fragt Pernilla. »Mit ihr?«

»Was glaubst du?«

»Wie du gesagt hast, hattet ihr seit dem Sommer kaum Sex. Dann haben wir hier diese junge, heiße Blondine.« Pernilla schaut sich erneut das Foto an. »Er sieht gut aus. Sie fährt auf ihn ab, ganz eindeutig. Schwer zu widerstehen. Schließlich ist er ein Kerl.«

»Danke, jetzt fühle ich mich besser.«

»Eine Frau mittleren Alters in der Lebenskrise, eine fünfzehn Jahre jüngere, gut aussehende, heiße Blondine.«

Ich schaue über das Wasser. »Keine schwere Entscheidung«, sage ich.

»Oder es gibt eine Erklärung«, meint Pernilla. »Er hat nie eine andere außer dir angesehen. Glaubst du wirklich, dass er mit ihr schläft?«

Ich zünde die dritte Zigarette an, spüre Pernillas Blick. Ich halte die Zigarette hoch, betrachte sie.

»Rauchen hat ganz eindeutig einen gewissen angstdämpfenden Effekt«, sage ich. »Weißt du, wie normal es ist, in der Psychiatrie mit dem Rauchen anzufangen?«

Wir durften drinnen in einem Raucherzimmer rauchen. In Abteilung fünf. Oder raus auf einen Balkon mit einem hohen Gitter gehen. Der ähnelte einem Hühnerkäfig. Um uns vor der Verlockung zu schützen, vier Stockwerke in die Tiefe zu springen.

»Ich weiß nicht, was Helena schlimmer fand. Mich voller Angst und mit Medikamenten ruhiggestellt zu sehen oder eine Zigarette rauchend, um meine Nerven zu beruhigen.«

»Sie hat sich Sorgen um dich gemacht, Stella.«

»Ich habe es in letzter Zeit keinem von euch leicht gemacht.«

»Nein, das hast du nicht.«

»Henrik hat dir alles erzählt?«

»Das hättest *du* längst tun sollen.«

Ich nehme einen letzten Zug und drücke die Zigarette aus. »Sorry.«

»Alice. Als du hierhergekommen bist, hast du gesagt, sie sei tot. Glaubst du das noch immer?«

Mir fällt etwas ein, und ich greife nach dem Telefon. Durchsuche die Fotos und finde den Screenshot, den ich gemacht habe. Pernilla nimmt das Handy und schaut.

»Wer ist das? Ist sie das?« Ihr Gesichtsausdruck verändert sich. Sie zoomt hinein und holt tief Luft. »Sie ist eine Kopie von

Maria.« Pernilla sieht mich an. »Was gedenkst du zu tun?«, fragt sie. »Was willst du tun? Weißt du das?«

»Ja«, antworte ich. »Ich weiß, was ich will.«

»Erzähl.«

»Ich werde ein langes, warmes Bad nehmen.«

Ich gehe ins Badezimmer und fülle die Wanne mit warmem Wasser. Mache einen Test mit der Hand, es ist kochend heiß. Ich ziehe meine Sachen aus. Ich öffne das Badezimmerfenster, lasse die Herbstluft herein, die mir, nackt wie ich bin, Gänsehaut verursacht. Ich hole die ganze Medizin hervor, die Henrik für mich geholt hat. Ich werfe sie in den Mülleimer unter dem Waschbecken.

Ich gleite in das dampfende Wasser. Die Hitze brennt auf der Haut, ich halte die Luft an. Ich stütze mich mit den Händen am Badewannenrand ab, schließe die Augen und gleite nach unten. Ich atme in kurzen, schnaubenden Zügen.

Ich lehne mich zurück, schaue hoch an die Decke und atme die Kälte ein, die durch das offene Fenster hereinkommt. Alle Gedanken zerstreuen sich in dem Dampf. Alle Fragen. Alle Schuld und alle Scham. Meine törichten Entscheidungen, meine verzweifelten Versuche. Alles Versagen und alle Lügen.

Alles verblasst und treibt fort.

Als ich aus der Badewanne klettere, ist das Wasser eiskalt. Ich wische den Dunst vom Spiegel über dem Waschbecken. Die Frau, die ich sehe, sieht mich fragend an.

Ich kenne sie, kenne sie gut. Ich kenne sie besser als irgendjemand anderen. Ich weiß alles über diese Frau. Sie hat keine Geheimnisse, sie kann vor mir nichts verbergen.

Und ich bin ihrer müde.

Ihrer Wahnvorstellungen müde. All der Probleme müde, die sie verursacht, ihrer Beschränkungen, der Konsequenzen ihres Tuns, ich bin alldem müde. Das weiß sie. Und ich sehe ihr an, dass sie es versteht.

Ich halte die Hände vor mich. Ruhig, stark. Sie zittern nicht mehr. Ich schließe das Fenster, wickle mir ein Handtuch um die Brust. Mit langen, kräftigen Zügen bürste ich meine Haare aus. Ich öffne den Badezimmerschrank, finde eine Schere. Ich ziehe den Zeigefinger über die Schneide und schaffe es mich zu schneiden. Ein Blutstropfen quillt aus der Wunde heraus.

Die Schere ist scharf.

Sie ist perfekt.

Kerstin

MEHRERE TAGE HABE ich über sie verfügt. Und jetzt ist sie krank. Ein Glück, dass sie sich nicht in den Zug nach Stockholm gesetzt hat. Sie muss zu Hause bleiben, bis sie wieder gesund ist.

Ich habe geputzt. Staub gewischt und gesaugt, alles gescheuert und aufgeräumt. Ich habe sogar die Blumen gegossen. Isabelle hat ein bisschen geholfen.

Es ist wieder Leben im Haus. Anders kann man es nicht beschreiben. In *mir* ist wieder Leben. Trotz all der Misserfolge und Rückschläge und der Trauer um Hans. Obwohl ich in letzter Zeit vor Unruhe nicht schlafen konnte.

Isabelle und ich. Es sind immer wir zwei gewesen. Und es tut ihr gut, für eine Weile Ruhe zu haben. Ihre Suche nach »der Wahrheit« hat sie angespornt. Wenn sie nur genau wüsste, wer ihr Vater war, warum er in ihrem Leben keine Rolle gespielt hat, würde das etwas klären. Und was, ihrer Meinung nach? Sie weiß nicht, wovon sie spricht. Aber ich tue das. Isabelle hat keine Ahnung, wie widerwärtig die Wahrheit ist. Sollte sie sie je erfahren, würde sie es zutiefst bereuen, jemals danach gefragt zu haben. Dem Mann, den sie ihren richtigen Vater nennt, würde sie nicht begegnen wollen. Und glücklicherweise wird das auch niemals geschehen.

Was hilft es, mein Leben zu sezieren, meine Entscheidungen, meine Beschlüsse? Die Wahrheit ist nie so befreiend, wie man es sich wünscht. Im Gegenteil. Das sind alles Lügen. Die Wahrheit verletzt. Die Wahrheit reißt Wunden auf und zerstört. Die Wahrheit tut weh.

Ein Kind in die Welt setzen, das kann jeder. Das Kind zu erziehen, ihm Charakter und Stärke zu verleihen, es zu lieben, das ist etwas ganz anderes.

Hans war nicht Isabelles leiblicher Papa. Aber er war ihr mehr ein Vater, als ihr richtiger Papa es jemals hätte sein können. Mit ihm habe ich einen Fehler gemacht. Einen Fehler, den ich gezwungen war zu berichtigen. Aber es bringt nichts, in der Vergangenheit herumzuwühlen. Nichts wird dadurch besser.

Isabelle und Hans standen einander nahe. Dafür bin ich dankbar. Er war ihr ein guter Papa. Damit sollte sie sich zufriedengeben. Ich wünschte nur, sie würde mich ein bisschen mehr schätzen. Mehr Liebe zeigen, wie sie es getan hat, als sie klein war. Wir lieben einander. Sie liebt mich, das weiß ich. Aber ich will es sehen. Ich will es spüren. Wir sind vom gleichen Fleisch und Blut.

Die Blicke. Die Sticheleien. Die Fragen. Die Verdächtigungen.

Früher war sie nicht so. Und die Tage, die wir bei ihr in Vällingby verbracht haben, waren anders. Jetzt brechen die Fragen wie ein Regenschauer über mich herein. Plötzlich gibt es so entsetzlich viel, was sie wissen muss. Ich beantworte sie, so gut ich kann, aber sie ist trotzdem nicht zufrieden. Sie ist verändert. So, als wäre sie vergiftet worden. Die Lügen, die in sie eingepflanzt worden sind, diese Lügen sind dafür verantwortlich.

Ich könnte mich über den Entschluss, den ich gefasst habe, grämen. Ich beschließe, es nicht zu tun. Es ist, wie es ist. Wäre es für Isabelle besser gewesen, früher zu erfahren, dass Hans sie adoptiert hat? Da bin ich mir keineswegs sicher.

Ich versuche, geduldig zu sein. Das ist schwer. Das Leben ist kein Tanz auf Rosen. Die heutige Jugend ist verwöhnt, sie haben es unglaublich leicht. Ihre Ansichten sind unerschütterlich und selbstverständlich, ohne irgendeine tiefere Verankerung. Sie geben sich als tolerant und offen, bis jemand ihre Ansichten nicht teilt. Dann gilt man als einer, der hasst, dann fühlen sie sich gekränkt und sabotiert. Es geht ihnen schlecht wegen dem, was sie ihrer Eltern wegen durchmachen mussten, und sie gehen mit ihnen ins Gericht, sie verurteilen sie.

Werdet erwachsen, sage ich. Sitzt nicht da und heult herum, es gibt nichts herumzuheulen. Ihr wisst nicht, was es heißt, wirklich zu leiden.

Meine eigene Mutter war wertlos. Ein Taugenichts, eine Säuferin. Trotzdem habe ich mich ganz gut gemacht. Nie wäre ich zu einem Therapeuten gegangen und hätte mich darüber ausgeheult, wie dumm sie war. Nie hätte ich ihre Entscheidungen offen infrage gestellt. So etwas tut man nicht. Das ist krank. Einen Fremden in seinem Innersten herumwühlen zu lassen. Einen Fremden alle Antworten geben zu lassen. Es versteht sich von selbst, dass das falsch ist. Das ist unnatürlich.

Aber ich schlucke den Ärger hinunter. Das muss man als Mutter.

Ich weiß, dass Isabelle mich für dumm hält, wenn ich auf ihre Klamotten reagiere. Aber es ist schockierend zu sehen, wie anders sie im Vergleich zu dem Mädchen ist, das von zu Hause ausgezogen ist.

Wäre es nur eine Frage der Mode, hätte ich es vielleicht verstanden. Vielleicht. Aber sie war bösartig, kritisch, unfreundlich, sie war sich selbst in keiner Weise ähnlich. So als *wolle* sie anders sein. So als wolle sie *jemand anderer* sein.

Ich habe nur darauf gewartet, ein Tattoo oder ein Piercing zu sehen. Aber selbst was das betrifft, versuche ich zu schweigen. Statt zu streiten, mache ich ihr Tee und umsorge sie. Sie wird bald gesund sein. Sie wird bald wieder sie selbst sein.

Sie kommt zu mir zurück. Letzten Endes renkt sich alles ein. Selbstverständlich sehnt sie sich zurück nach Stockholm, aber ich versuche, im Hier und Jetzt zu leben. Versuche, ihr beizubringen, das Gleiche zu tun.

Ruh dich aus.
Trink deinen Tee.
Wärm deine Füße.
Der Rest kommt von alleine.
Alles wird wieder gut. Dafür werde ich sorgen.
Alles wird wie früher.

Stella

EINE LANGE, GEKRINGELTE Locke fällt zu Boden.

Ihr folgt eine Haarsträhne nach der anderen.

Als ich fertig bin, betrachte ich das Ergebnis im Spiegel.

Dann ziehe ich die Sachen an, die Henrik vorbeigebracht hat. Schwarze Stretchjeans, eine weiße Bluse und ein graues Sweatshirt.

In der Küche riecht es herrlich. Pasta, Knoblauch, Krabben, Frischkäse, Tomaten, Gewürze. Mein Magen knurrt, ich bin hungrig.

Pernilla sieht mich. Mit offenem Mund hält sie inne.

»Stella, was hast du getan?«

»Eine Veränderung«, sage ich und stopfe mir eine Krabbe in den Mund. Pernilla greift in meine Haare.

»So kurz hast du sie seit Jahren nicht gehabt. Nicht seit der Mittelstufe«, sagt sie. »Erinnerst du dich an das Schulfoto?«

»Viel zu gut.«

Sie lacht. »Gewagt oder tollkühn, ich weiß nicht. Aber dieses Mal ist es hübsch. Du siehst anders aus.«

»Ich fühle mich anders.«

Nachdem wir gegessen haben, hole ich meine Tasche. Nehme mein MacBook Air und meinen Kalender heraus, erinnere mich daran, dass ich irgendwann einmal einen Job hatte. Ich blättere im Kalender. Es ist eine Ewigkeit her, seit ich ihn täglich benutzt habe. Termine gebucht und Notizen gemacht habe, ein Leben hatte. Ein gefalteter Zettel liegt darin. Ich nehme ihn heraus und falte ihn auseinander. Meine Todesanzeige. Ich habe keine Ahnung, wer der Mann in dem Regenmantel ist oder warum er mich tot sehen will, aber ich weigere mich, weiterhin Angst zu haben.

»Vergiss nicht, Henrik anzurufen«, sagt Pernilla. »Wenn du ihn nicht anrufst, muss ich es tun. Ich habe versprochen, von mir hören zu lassen.«

Ich packe den Laptop und den Kalender mit der Todesdrohung in die Tasche. Dann rufe ich in der Praxis an und spreche mit Renate. Sie erzählt mir, dass Henrik bereits Kontakt zu ihnen aufgenommen und mitgeteilt hat, dass ich krankgeschrieben bin. Das Gespräch ist kurz.

Ich rufe Henrik an, der beim zweiten Klingeln rangeht.

»Hallo«, sage ich.

»Hallo«, sagt er.

Es ist laut im Hintergrund. Kurz darauf wird der Lärm gedämpft, er ist in sein Büro gegangen.

»Wie geht es dir?«, frage ich.

»Na ja«, antwortet er. »Wie geht es *dir*?«

»Mir geht es gut. Und Milo?«

»Er fragt nach dir.«

»Was hast du ihm gesagt?«

»Dass du in letzter Zeit viel Stress hattest. Dass du bei Pernilla bist und dich eine Weile ausruhst.«

»Ich vermisse ihn.«

»Was geschieht jetzt?«

»Ich komme nach Hause.«

Langes Schweigen.

»Ich verstehe, dass du dich wunderst«, sage ich. »Aber mir geht es viel besser. Und ich will mit Milo über Alice sprechen.«

»Warum?«

»Was meinst du?«

»Ich denke nur daran, was für ihn das Beste ist.«

»Er ist auch mein Sohn, Henrik«, sage ich. »Und Alice ist seine Schwester. Milo hat das Recht, eine Erklärung zu bekommen.«

»Was willst du ihm sagen?«

»Dass ich glaube, dass sie lebt.«

»Muss das wirklich sein? Das wird ihn noch zusätzlich belasten.«

»Egal, ob ich recht habe oder nicht, es ist die Ursache von allem, was passiert ist.«

Henrik räuspert sich. Sagt, dass wir das nicht am Telefon diskutieren sollten. Milo will heute Abend zu Jonatan. Er wird mich gegen halb sechs abholen, dann können wir eine Runde fahren und reden, bevor Milo nach Hause kommt.

Ich lehne das Abholen ab. »Ich komme stattdessen direkt nach Hause.«

»Wenn Milo gegangen ist.«

»Ja«, sage ich. »Wenn Milo gegangen ist.«

Wir beenden das Gespräch.

Das gibt mir Zeit. Zeit, die Kontrolle zu übernehmen.

Zeit, Antworten zu bekommen.

Stella

ICH BIEGE IN DEN Paternostervägen in Hammarbyhöjden ein. Ich parke auf der anderen Straßenseite, gegenüber dem Haus. Ich nehme meine Tasche, steige aus dem Auto und schaue hinauf zu der Wohnung, in der Lina Niemi wohnt.

Die Fassade ist schmutzig grau. Drei Stockwerke, kleine Balkone mit weißen Geländern, ausgenommen ganz außen an den Seiten, wo sie aus irgendeinem Grund grün sind. Parabolantennen, vergessene Blumenkästen, heruntergezogene Jalousien. Allein durch meine Anwesenheit hier gehe ich ein großes Risiko ein.

Ich sehe mich um, bevor ich über die Straße gehe. Ein Mann kommt aus der Tür, durch die ich hinein muss. Ich laufe das letzte Stück, greife nach der Tür, bevor sie ins Schloss fällt. Gehe hinauf in den zweiten Stock.

Börje Niemi öffnet.

Seine Augen werden schmaler, als er mich sieht.

Er schreit: »Verschwinden Sie von hier«. Er versucht, die Tür wieder zuzumachen. Seine Frau, Agneta, kommt in den Flur.

»Wer ist das?«, fragt sie.

Ich stelle einen Fuß dazwischen und drücke die Tür auf. Ich gehe an Börje vorbei in den Flur hinein. Beide sind außer sich vor Schreck.

»Ist Lina zu Hause?«, frage ich. »Wir müssen reden.«

Keiner von ihnen antwortet. Sie starren sich an, sie starren mich an.

Eine Tür geht auf, und Lina kommt heraus. Sie lehnt sich gegen den Türrahmen, kaut Kaugummi und versucht, stark zu erscheinen. Doch vor allem ähnelt sie einem mürrischen, verirrten Kind.

»Hallo Lina«, sage ich, gehe in die Küche und setze mich an den Tisch. Mit einer Geste gebe ich den Eltern zu verstehen, sich ebenfalls zu setzen. Das tun sie, wenn auch widerwillig.

»Ich bitte um Entschuldigung, dass ich mich derart aufdränge«, sage ich. »Aber es gibt ein paar Dinge, die ich klären möchte.«

Agneta weicht meinem Blick aus. Lina kaut uninteressiert auf ihrem Kaugummi herum. Börje verschränkt die Arme vor der Brust.

Ich nehme meinen Kalender aus der Tasche, ziehe die Todesanzeige heraus und lege sie vor Lina auf den Tisch.

»Ist das hier von dir?«, frage ich.

Sie liest. Sieht mit ängstlichem Blick zu mir hoch. Nicht mehr ganz so selbstsicher.

»Was ist das?«, fragt Börje und zieht den Zettel zu sich heran.

»Meine Todesanzeige«, antworte ich. »Ich habe sie vor einer Weile im Briefkasten gefunden und dachte, Lina wäre vielleicht wieder bei mir zu Hause gewesen.«

Sie zuckt zusammen. Ihr Blick flackert zwischen den Eltern hin und her.

»Wir haben dich im Frühjahr vor unserem Haus gesehen«, fahre ich fort. »Mehrfach.«

»Was zum Teufel«, setzt Börje an. Mit einer Handbewegung unterbreche ich ihn.

»Das sollte Sie nicht überraschen«, sage ich. »Das habe ich Ihnen bereits erzählt. Auch wenn Sie es nicht hören wollten.«

»Dieses Mal war ich das nicht«, sagt Lina.

»Ich bin dir nicht böse«, sage ich. »Ich will nur die Wahrheit wissen.« Ich mache eine Pause, gucke erneut Lina an. Sie sieht auf den Tisch hinunter. Ich beuge mich vor, suche ihren Blick.

»Ich weiß von dem Blog«, fahre ich fort, »und ich weiß, dass mich deine Eltern bei der Aufsichtsbehörde für das Gesundheits-, Pflege- und Betreuungswesen angezeigt haben. Dass sie mit einer Frau gesprochen und ihr deine Geschichte erzählt haben. Diese Frau hat mich bei der Polizei angezeigt, wegen Belästigung und Schikane. Das sind ernste Dinge, die du da in Gang gesetzt hast, Lina.«

»Ich habe das da nicht geschrieben«, sagt sie und verweist mit einem Nicken auf den Zettel.

»Nein?«

»Ich hatte nie den Wunsch, dass du tot bist. Nie. Ich will doch nur Teil deiner Familie sein.«

»Deshalb bist du in die Firma meines Mannes gefahren?«, frage ich. »Bist uns gefolgt, als wir essen gegangen sind?«

»Ja«, sagt sie leise.

Börje flucht, Agneta keucht.

»Warum wolltest du Teil unserer Familie sein?«

»Weil ihr so glücklich gewirkt habt. Weil du immer so verständnisvoll warst. Und nett. Und dein Mann scheint auch nett zu sein«

»Denkst du noch immer, dass ich mich unangemessen verhalten habe? Dass ich dich von mir abhängig gemacht habe?«

Lina sieht durch das Fenster nach draußen. Sie schüttelt langsam den Kopf.

»Ich war wütend«, sagt sie. »Und ich habe Angst bekommen. Ich will keine andere Therapeutin haben.«

»Es hat wieder jemand vor meinem Haus gestanden. Zuletzt vor zwei Wochen. Das waren vielleicht Sie, Börje?«, sage ich und gucke ihn an.

Er läuft knallrot an. Starrt mich an, sagt aber nichts.

»Haben Sie auch die Todesanzeige verfasst? Sie haben kein Geheimnis daraus gemacht, was Sie von mir halten.«

»Nein«, antwortet er. »So etwas würde ich niemals tun.«

Agneta frage ich erst gar nicht. Sie ist viel zu ängstlich, um so etwas zu tun. Ich schaue sie an, einen nach dem anderen. Dann bitte ich um Entschuldigung für die Störung. Ich stehe auf und gehe zur Wohnungstür. Draußen im Flur holt Lina mich ein.

»Stella, warte.« Sie zieht an ihrem T-Shirt, sieht zu Boden. »Verzeih.«

»Das habe ich bereits getan, Lina«, sage ich.

»Ich werde die Anzeige zurückziehen. Das war ein Fehler. Ich hätte das niemals tun sollen. Es geht mir beschissen wegen alldem.«

»Ich hoffe, dass sich für dich alles klärt«, sage ich so freundlich, wie ich kann, und meine es auch so.

Ich verlasse die Wohnung. Bleibe einen Moment vor der Haustür auf dem Bürgersteig stehen. Lina hat die Todesanzeige nicht geschrieben, ihre Eltern auch nicht. Ihr Vater hat nicht in einem Regenmantel vor unserem Haus gestanden, und ich bin mir sicher, dass er nicht lügt. Der Mann, der sein Gesicht unter einer Kapuze verbirgt, kann jeder x-Beliebige sein.

Bleigraue Wolken haben die Sonne und Wärme des Vormittags vertrieben. Draußen ist es dunkel, und ein Gewitter hängt in der Luft. Es schüttet, als ich über die Tranebergsbron fahre.

Ich fahre in unsere Auffahrt und parke hinter Henriks Range Rover. Ich reiße die Autotür auf und renne zum Haus. Als ich reinkomme, sehe ich Henrik in der Küche stehen. Er hat mir den Rücken zugedreht.

»Hallo«, sage ich. »Ist Milo bereits los?«

Henrik sieht auf seine Armbanduhr. »Ja, er ist vor vielleicht fünfunddreißig, vierzig Minuten gegangen.«

»Gegangen?«

»Er wollte zu Jonatan. Dort geht er für gewöhnlich alleine hin.«

»So habe ich das nicht gemeint. Ich dachte an das Wetter, es schüttet wie aus Kübeln.«

»Ich habe ihm gesagt, er soll sich ordentlich anziehen und einen Regenschirm mitnehmen.«

Henrik stellt die Teller in den Geschirrspüler und dreht sich dann zu mir um. Er starrt mich an. »Was hast du mit deinen Haaren gemacht?«

»Was denkst du?«

»Es ist ungewohnt.«

Er ist zurückhaltend. Das verstehe ich. Nach meinem Zusammenbruch hat er allen Grund, vorsichtig zu sein. Ich lege das Telefon auf die Kommode im Flur, ziehe meinen Mantel aus.

»Es geht dir also besser?«, sagt er.

»Das tut es.«

Das Telefon klingelt. Ich nehme es wieder hoch, schaue auf das Display. »Unbekannte Nummer«, sage ich und gehe ran.

Wieder ein Anruf von einer unbekannten Person.

Wieder geht es um Milo.

Isabelle

ES IST LANGE HER, dass ich so krank war. Ich hatte das Ticket gebucht und wollte eigentlich wieder nach Hause fahren. Nach Hause nach Stockholm. Wie lange bin ich schon hier? Was hat mich derart außer Gefecht gesetzt?

Ich schwebe zwischen Schlaf und Wachsein. Ich glaube, ich war eine Zeit lang bewusstlos. Mama pusselt um mich herum. Sie stellt mir Tee hin. Spricht aufmunternd mit mir.

Ich will keinen Tee mehr. *Ich will überhaupt nicht länger hier sein.* Mama hört mir nicht zu. Sie deckt mich zu, sagt, ich soll mich ausruhen. *Kämpf nicht dagegen an. Du kommst nicht schneller zurück, wenn du dagegen ankämpfst.*

Vor ein paar Tagen habe ich mich munterer gefühlt. Dann ist es schlechter geworden. Heute geht es mir wieder besser, aber ich bin schwach. Für einen kurzen Moment kann ich mich auf die Bettkante setzen, weiter komme ich nicht. *Das ist lächerlich.*

Ich fühle mich einsam. Aber ich habe Freunde, die unten in Stockholm auf mich warten. Menschen in meinem Leben, denen ich nicht egal bin. Das stimmt mich froh. Ich frage mich, was Mama zu Johanna gesagt hat. Ich habe sie gebeten, sie anzurufen und ihr mitzuteilen, dass ich noch hier bin, dass ich krank bin. Und Fredrik muss sich wundern, warum ich nichts von mir hören lasse. Mein Handy ist weg, ich weiß nicht, wo ich es hingelegt habe. Ich bringe nicht die Kraft auf, es zu suchen, und Mama findet es nirgends. Sie hat das ganze Haus auf den Kopf gestellt und meint, ich sei schluderig. Ich bin sicher, dass ich es nicht verschlampt habe. Es ist zu wichtig. Aber ich bringe nicht die Kraft auf, um mit ihr zu streiten.

Mein geblümtes Sofa beim Eckfenster. Papa hat es secondhand für mich gekauft, obwohl Mama die Nase gerümpft und gemeint hat, es sei hässlich. Ich habe oft darauf gesessen, aus dem Fenster geschaut und mich weggeträumt.

Ich krieche über den Boden, hieve mich auf das Sofa und atme nach der Anstrengung aus. Genieße das Tageslicht, bevor es wieder verschwindet.

Auf der anderen Seite der Hecke sehe ich Gunilla. Ich versuche die Hand zu heben und zu winken. Schaffe es aber nicht. Ich schaue zur Vorderseite des Grundstücks. Erinnere mich daran, wie ich dort gespielt habe, als ich kleiner war. Der Briefkasten. Allein ihn zu sehen, bereitet mir Unbehagen. Ich weiß nicht warum, aber die Erinnerung und die Gefühle aus meiner Kindheit kehren zurück. Unzusammenhängende Bilder gleiten an meinem inneren Auge vorbei und verschwinden wieder.

Liegt das an der Therapie? An Stella? Vielleicht sind es die Tage in diesem grauenhaften Haus. Oder ist es der Fieberwahn?

Etwas ist passiert, das dazu führt, dass ich mich erinnere.

Aber ich bin unsicher, ob ich das will.

Stella

MILO WURDE VON einem Unfallflüchtigen angefahren.

Er hat das Bewusstsein verloren und ist mit dem Rettungswagen ins Astrid-Lindgren-Kinderkrankenhaus gebracht worden.

Ich erzähle es Henrik und ziehe meinen Mantel wieder an. Ich nehme die Tasche und renne raus zu meinem Auto. Henrik folgt mir auf dem Fuße.

Als wir in die Notaufnahme kommen, ist Milo noch nicht wieder aufgewacht. Der Arzt, mit dem wir sprechen können, erklärt uns, dass er eine Wunde an der Schläfe hat, vermutlich ist er beim Hinfallen auf die Bürgersteigkante aufgeschlagen. Er hat Schürfwunden im Gesicht, an den Armen und an den Beinen. Sein linkes Bein ist mehrfach gebrochen. Das ist das Einzige, was wir erfahren.

Wir sitzen im Wartezimmer. Henrik ist blass und verbissen. Ich habe Mama und seine Eltern angerufen. Ich habe ihnen erzählt, was passiert ist und dass wir im Krankenhaus sind, dass wir auf Auskunft warten. Verletzungen am Schädel und Schwellungen im Gehirn müssen ausgeschlossen werden.

Ich blättere in Broschüren. Schaue aus dem Fenster. Blättere wieder in Broschüren. Wandere durch den Flur. Setze mich hin. Blättere in einer Zeitung. Habe keine Ahnung, was darin steht. Stehe auf, lese noch einmal den Aushang. Mehr Blutspender werden benötigt. Blutarmut im Krankenhaus.

Blutspende. Jetzt 1 zu 0 gegen den Tod, für das Leben

Ein unangenehmer Slogan. Ich will nicht an den Tod denken.

Ich wiederhole die gleiche Prozedur, die gleichen Runden, die gleichen Broschüren, die gleiche Zeitung, das gleiche Fenster.

Henrik sitzt noch immer auf dem Sofa, regungslos. Ich lasse mich neben ihn fallen und lehne den Kopf an seine Schulter. Ich sage, dass es gut gehen wird, dass Milo es schafft. Henrik antwortet nicht, nimmt aber meine Hand.

Wir sind seit einer Ewigkeit hier. Vielleicht länger. Als der Arzt, mit dem wir bereits gesprochen haben, den Flur entlangkommt, drückt er meine Hand so fest, dass es wehtut.

Milo hat eine leichte Gehirnerschütterung, aber keine lebensbedrohlichen Verletzungen. Er ist wach, und wir können jetzt zu ihm.

Milo liegt in einem Krankenbett mitten im Zimmer. Er sieht klein aus. Die Teile seines Gesichts, die nicht blau sind, sind blass und farblos. Er hat einen Verband um den Kopf, und seine Arme sind mit blauen Flecken übersät. Ich sehe, dass das linke Bein unter der gelben Krankenhausbettdecke angeschwollen ist.

»Mama«, sagt er mit leiser Stimme. Ich streiche ihm über die Wange und küsse ihn auf die Stirn. Henrik flüstert, dass er ihn lieb hat.

»Hast du Schmerzen?«, frage ich.

»Überall.«

Ich klingele nach der Krankenschwester. Sie kommt mit einem breiten Lächeln herein und stellt sich als Ellen vor. Sie plaudert mit Milo, erklärt, was sie macht, und gibt ihm mehr schmerzlindernde Medikamente.

Sein Bein muss operiert werden, aber das wird nicht heute Abend passieren, teilt Ellen uns mit und versichert, dass Milo die ganze Nacht schlafen wird. Es wäre gut, wenn auch wir uns ausruhen würden. Sie verlässt das Zimmer.

»Wie ist es möglich, ein Kind anzufahren und dann abzuhauen?«, flüstert Henrik. »Das ist unbegreiflich. Milo hätte sterben können.«

Ich habe keine Antwort.

Der Abend geht in die Nacht über. Milo schläft tief und fest. Henrik sitzt nach hinten gelehnt in seinem Sessel, er hat die Augen geschlossen.

»Schläfst du?«, frage ich.

»Nein«, sagt er, streckt sich und sieht mich an. »Unmöglich, jetzt zu schlafen.«

»Kommst du für einen Moment mit nach draußen? Vielleicht bekommen wir irgendwo einen Kaffee.«

Auf dem Flur treffen wir eine Krankenpflegerin, die uns eine Küche zeigt. Ich nehme zwei Kaffeebecher, stelle den einen unter den Kaffeeautomaten und drücke auf den Knopf. Als er sich ausgegurgelt hat, gebe ich ihn Henrik, der sich auf das Sofa vor der einen Wand setzt. Ich nehme den anderen Becher und setze mich neben ihn.

»Ich verstehe, wenn du wütend auf mich bist«, sagt er nach einer Weile.

»Warum sollte ich wütend sein?«

»Weil ich Milo allein habe gehen lassen«, antwortet er. »Weil er angefahren und verletzt wurde. Weil er alleine war.«

»Noch vor ein paar Wochen hätte ich ihn auch alleine gehen lassen. Das hat er doch in letzter Zeit immer gemacht.«

»Als ich dich das letzte Mal gesehen habe, ging es dir beschissen. Was ist passiert?«, fragt er.

Ich ziehe auf dem Sofa die Beine unter mich, trinke einen Schluck von dem Kaffee und denke über meine Antwort nach.

»Ich will keine Angst mehr haben«, sage ich.

»Jetzt machen wir also weiter wie gewohnt? Wir machen einfach so weiter?«

»Das meine ich nicht.«

»Gut. Denn ich schlafe ja mit Jennie.«

Ich schaue ihn an, sehe die Herausforderung in seinem Blick.

»Ich weiß, dass du das nicht tust«, sage ich. »Ich habe mich geirrt.«

»Ich habe geglaubt, du vertraust mir.«

»Das tue ich.« Ich nehme seine Hand. »Es ging mir so fürchterlich schlecht. Ich war vor Schreck wie gelähmt. Ich bin in Panik geraten.«

»Warum musst du immer so verdammt dramatisch sein?«

»Als du an diesem Nachmittag gefahren bist, war ich am Boden zerstört. Ich hatte einen Rückfall. Ich habe eingesehen, dass ich nie erfahren würde, was mit Alice geschehen ist. Ich war grauenhaft zu Milo, und ich hatte eine Heidenangst, sowohl ihn als auch dich von mir weggetrieben zu haben.«

Henrik reibt sich die Augen. »Warum ausgerechnet Jennie?«

»Weil sie dir oft Nachrichten schreibt und dich oft anruft?«

»Sie arbeitet für mich. Wie du dich vielleicht erinnerst?«

»Das wusste ich wirklich nicht. Vielleicht, weil sie jung und verdammt hübsch ist? Weil sie auf dich steht?«

»Hör auf.«

»Vielleicht, weil du mir eine SMS geschickt hast, die an sie gerichtet war?«

Henrik runzelt die Stirn, als würde er sich nicht daran erinnern. »Habe ich das?«

»Vielleicht, weil ich auf Instagram ein Foto von dieser Nacht gesehen habe?«

»Was für ein Foto?«

»Du wolltest nicht einmal neben mir schlafen.«

»Ich wollte dich nicht wecken!«

Wir schweigen, als im Flur zwei Krankenpfleger vorbeigehen

und uns anschielen. Als sie weitergegangen sind, zucke ich mit den Schultern.

»Scheißegal. Ich bin es leid, Angst zu haben. Alles gerät in Schieflage, alles ist total verdreht.« Ich stelle den Kaffeebecher auf den Tisch und krieche an ihn heran. Er legt den Arm um mich, zieht mich näher an sich heran.

»Ich habe dich vermisst«, sagt er. »Was geschieht jetzt?«

»Mit Isabelle meinst du?«

»Ja.«

»Nichts.«

»Nichts?«

»Ich kann nichts mehr tun.« Ich ziehe mich zurück, sodass ich ihn ansehen kann, sein Arm liegt noch immer um meine Schultern. »Sie will mich nie wieder sehen.«

Milo schläft noch, als wir zurückkommen. Atmet tief und gleichmäßig. Wir stehen im Dunkeln und betrachten ihn.

Stella

MILOS STIMME weckt mich. Ich liege zusammengekauert in unbequemer Haltung auf der Pritsche, der Rücken tut mir weh. Ich setze mich auf und sehe, dass Henrik im Sessel neben dem Krankenbett schläft.

»Mama?« Milos Stimme ist schwach. »Es tut weh.«

Ich setze mich auf den Bettrand zu ihm.

»Ich bin hier.«

»Ich habe dich vermisst, Mama.«

»Ich habe dich auch vermisst, Liebling.« Ich beuge mich über ihn, küsse ihn auf die Stirn und sauge seinen Geruch ein. »Es tut mir so leid, was ich angerichtet habe. Kannst du mir verzeihen?«

Milo umarmt mich, schnieft. »Deine Haare sind kürzer«, sagt er und beäugt mich.

»Vielleicht wäre es an der Zeit, auch deinen Schopf zu bändigen?« Ich ziehe an einer Locke, die unter dem Verband hervorschaut.

Henrik streckt sich und setzt sich auf. Kinn und Wangen sind von Bartstoppeln bedeckt, die Augen müde. Ich streichle ihm über die Wange, er lehnt den Kopf gegen meine Hand.

Kurz darauf kommt eine andere Schwester statt Ellen herein und teilt uns mit, dass Milo irgendwann im Laufe des Vormittags operiert wird.

»Leider darfst du nicht frühstücken«, sagt sie.

»Das macht nichts«, entgegnet Milo. »Ich habe sowieso keinen Hunger.«

Henrik erinnert Milo an das Superheld-Spiel, das wir immer gespielt haben, als er kleiner war. Welche Eigenschaft würden wir als Superheld am liebsten haben? Was ist die beste Eigenschaft, wenn man operiert wird? Vielleicht keine Schmerzen zu empfinden? Superheilungskräfte zu haben? Die Zeit beschleunigen zu können?

»Durch die Zeit reisen und allem entgehen zu können«, sagt Milo. »Nicht angefahren zu werden.«

Milo erzählt, dass es so stark geregnet hat, dass er kaum etwas sehen konnte. Es war dunkel, und als er das Auto hinter sich gehört hat, hat er sich umgedreht. Es hat gebremst. Aber dann hat es plötzlich beschleunigt. Ist direkt auf ihn zugefahren.

»Der Fahrer muss mich gesehen haben. Ich hatte deinen roten Regenschirm dabei, den mit den Reflexen dran.«

Er erzählt weiter, aber ich höre nicht zu.

Milo hatte meinen Regenschirm. Meinen roten Regenschirm. Er wurde brutal angefahren. Im strömenden Regen und im Dunkeln.

Jemand hat geglaubt, dass ich es war.

Stella Widstrand hat uns plötzlich und unerwartet verlassen, ohne vermisst zu werden. Keine Hinterbliebenen.

Derjenige, der die Todesdrohung hinterlassen hat, meint es ernst.

Wer ist er?

Stella

ICH SITZE BEI Milo, als er im OP die Narkose bekommt. Dann gehe ich raus zu Henrik.

Anschließend warten wir.

Ich denke an meinen Sohn. Milo, alleine auf der Straße, mit meinem Regenschirm in der Hand. Jemand bremst, tritt dann das Gaspedal durch und fährt ihn an. Haut ab. Lässt ihn bewusstlos und blutend im Regen liegen.

Milo in einem Krankenhausbett, in einem hellgelben Zimmer mit billigen Bildern und geblümten Gardinen. Blass und von Wunden übersät. Ängstlich und tapfer.

Mein Sohn, einem Mordversuch ausgesetzt. Es hatte mich treffen sollen. Wer das hier getan hat, zögert nicht zu töten.

Meine Gedanken überschlagen sich, aber unter all den männlichen Patienten, die ich über die Jahre behandelt habe, gibt es keinen, den ich verdächtige. Nie zuvor ist mir mit dem Tod gedroht worden.

»Es hätte mich treffen sollen.«

Henrik sieht mich an. »Was meinst du?«

»Er hatte meinen Schirm. Meinen roten Schirm, der meilenweit zu sehen ist.«

»Wovon redest du?« Henriks Körpersprache gibt mir zu verstehen, dass er nichts mehr davon hören will.

Ich öffne meine Tasche und hole die Todesanzeige heraus. »Erinnerst du dich an das hier?«

Henrik nimmt den Zettel mit dem Text und dem Kreuz und schaut ihn sich an. Er sagt nichts.

»Diese Drohung und mein roter Regenschirm sind der Grund, warum Milo in diesem Augenblick operiert wird. Außerdem hat jemand angerufen und mich, was Milo angeht, angelogen. Ich wurde von einem Mann im Regenmantel mit der Kapuze über dem Gesicht beobachtet.«

Henrik schaut erneut auf die Todesanzeige und setzt sich neben mich. Er studiert mich eingehend. »Du hast selbst gesagt, dass du einen Rückfall hattest. Vielleicht bildest du dir die Dinge ein. Wieder.«

Unsere Blicke treffen sich. »Ich bilde mir keine Stimmen ein, die es nicht gibt. Oder Ereignisse, die nicht stattgefunden haben. Jemand hat mich wegen Milo angerufen. Zweimal. Es *hat* ein Mann vor unserem Haus gestanden. Auch zweimal.«

Henrik sieht zu Boden. »Ich weiß nicht, Stella. Ich bin mir noch immer unsicher, was dich betrifft.«

»Ist das hier nicht real?« Ich halte die Todesdrohung hoch.

»Lina kann sie geschrieben haben. Oder ihre Eltern. Vielleicht hat einer von ihnen oder sie selbst wegen Milo angerufen?«

»Sie war es nicht. Ich habe mit ihr gesprochen. Ich habe auch mit ihren Eltern gesprochen. Von ihnen war es keiner.«

»Wann? Wann hast du mit ihnen gesprochen?«

»Gestern. Ich musste es wissen.«

»Gegen dich liegt eine Anzeige vor. Du darfst keinen Kontakt zu Lina oder ihren Eltern aufnehmen.«

»Sie werden die Anzeige zurückziehen.«

»Werden sie das? Das wäre doch gut.« Henrik sieht überrascht aus. »Aber wer ist es dann? Wer hasst dich so sehr, dass er bereit ist, so weit zu gehen?« Er zeigt auf den OP.

»Ich weiß es nicht. Aber ich habe das hier bekommen, kurz nachdem ich Alice begegnet bin«, sage ich. »Es *muss* von jemandem sein, der weiß, was passiert ist, als sie verschwunden ist. Der nicht will, dass die Wahrheit herauskommt. Und der will, dass ich als psychisch labil dastehe.«

Henrik lacht. Ein kurzes, freudloses Lachen. Seiner Ansicht nach hält mein Gedankengang nicht stand.

»Es ist klar, dass mir niemand glaubt, wenn es den Anschein hat, dass ich mir gewisse Dinge einbilde«, fahre ich fort. »Wie, dass ich Milo nicht abholen sollte, oder dass er aus der Schule verschwunden ist.«

»Das ist verdammt weit hergeholt, Stella.«

»Wenn ich bei der Polizei angezeigt werde, kann ich Alice nicht mehr wiedersehen. Aber aus welchem Grund wurde ich angezeigt? Eigentlich?«

Henrik lehnt sich zurück und schiebt die Hände in die Taschen seiner Jeans.

»Ich habe Isabelle doch nichts getan«, sage ich. »Ich habe mich nie bedrohlich verhalten oder war gewalttätig. Ich habe ihr keinen Schaden zugefügt. Das ist merkwürdig.«

»Es ist nicht merkwürdig, dass Isabelles Mutter beunruhigt ist, wenn du glaubst, dass ihre Tochter deine Tochter ist.«

»Isabelle hatte zu keinem Zeitpunkt Angst vor mir. Nicht vor diesem letzten Mal. Und da war es, als wüsste sie, was ich sagen würde. Als hätte ihr bereits jemand gesagt, was ich will. Dass ich sagen würde, dass sie meine Tochter ist. Wie konnte sie das wissen? Wer ist mir mit seiner Version zuvorgekommen?«

»Was meinst du?«

»Das war kein Mann, der vor unserem Haus stand.«

»Nee?«

»Das kann nur eine Person gewesen sein«, antworte ich.

»Wer?«

»Du weißt wer. Du bist ihr begegnet.«

Isabelle

MAMA REISST die Tür auf. Sie kommt ins Zimmer und sieht mich auf dem Sofa. Ich muss hier eingeschlafen sein. Muss lange geschlafen haben. Draußen ist es wieder hell, Morgen, glaube ich.

Mama fragt, warum ich auf bin. Ihre Stimme ist kalt und hart. Ihre Augen blicken böse. Sie zieht die Gardinen vor.

Ich sage, dass ich das Licht sehen will.

Mama erwidert, dass ich krank sei. Ich brauche kein Licht, sagt sie, ich brauche Ruhe. Licht ist schlecht für dich. Es ist besser, im Dunkeln zu schlafen.

Dann legt sie den Kopf schief und lächelt. *Sie wird zu ihrem netten Ich.* Es sei das Beste, ich würde ein bisschen Hühnersuppe essen. Sie würde sich um mich kümmern. Bald sei ich wieder auf den Beinen. Aber zuerst müsse ich mich ausruhen. Im Bett liegen und mich ausruhen.

Ich lasse sie meine Wange streicheln, ich esse von der Suppe. Sie riecht ekelhaft, schmeckt ekelhaft. Ich will nichts mehr. Mama drängt mir den Rest auf. Wie will ich gesund werden, wenn ich nicht esse?

Sie sieht fröhlich aus. Sagt, dass wir vielleicht in den Urlaub fahren, wenn es mir besser geht. Sie bringt mich ins Bett. Ich höre, dass ich wimmere, über Bauchschmerzen klage.

Mama stöhnt, sie streicht mir die Haare aus dem Gesicht und legt ein feuchtes Handtuch auf meine Stirn. Sie sagt, alles würde gut werden. Alles würde wie früher werden. Dafür würde Mama sorgen.

Es geht mir wieder schlecht, ich schwitze.

Die Glasschale im Wandregal, ich sehe sie deutlicher als je zuvor, ich sehe sie deutlicher, als würde ich direkt davorstehen. Jede Abstufung in dem runden Glas, jeden Lichtreflex, alle Unebenheiten und die kleinen Luftbläschen. Die Reislampe an der Decke dreht sich, ein Spalt tut sich in ihr auf, aus dem ein blendendes Licht herausstrahlt. Der orangefarbene Keramikvogel auf dem Schreibtisch schwebt in der Luft, er dreht sich in meine Richtung, sieht mich mit blinden toten Augen an. Die Decke krümmt sich nach unten und wieder nach oben, wie eine elastische Haut, die Wände gleiten weg, gleiten zurück, der Fußboden ist aus Wasser, Wellen spülen durch mein Zimmer.

Papa hat mit mir gesprochen. Hat gesagt, dass er unten im Garten sei. Dass er warte. Hat gefragt, ob ich ihm helfen wolle, das Auto zu waschen.

Und dann der Wind in den Baumkronen, der hat gesungen.

Im Dämmerschlaf kommen sie.

Im Traum, bevor ich wieder an die Oberfläche gelange.

Die Erinnerungen.

Der Briefkasten an der Gartentür. Der war so spannend, als ich klein war. Niemand sonst hatte einen Briefkasten, der wie ein Haus aussah. Er war hellgelb, mit Holzverzierungen, Zinnen und Türmen und einer Veranda, Porzellanblumen, die sich bis zum Dach hinaufschlängelten. Ich habe oft davor gestanden und ihn betrachtet, mir vorgestellt, dass ich darin wohne. *Dort drinnen konnte man nichts anderes als glücklich sein.*

Eines Tages bin ich mit dem Fahrrad dagegen gefahren. Ich hatte noch nicht gelernt, ordentlich zu bremsen, ich war zu schnell und bin direkt hineingekracht. Der Briefkasten ist heruntergefallen und kaputtgegangen.

Ich habe geweint. Die Seite tat mir weh, die Knie waren mit großen Schürfwunden bedeckt. Ich habe mich dafür geschämt, es Mama verdorben zu haben.

Papa hat mich in die Arme genommen und gesagt, das sei kein Drama. Er hat den Briefkasten aufgehoben und Mama versprochen, ihn zu reparieren, wenn er von der Arbeit nach Hause käme. Als er weggefahren war, hat sie mich ins Haus geschleppt und auf einen Stuhl gesetzt, mit dem Gesicht zur Wand. Dort habe ich eine Ewigkeit gesessen. Ich habe geweint und um Verzeihung gebeten. Ab und an ist sie hinter mir entlanggegangen und hat geschrien, dass ich sie verletzt hätte, dass ich wertlos sei. Sie hätte alles für mich getan, und ich wüsste das nicht zu würdigen. Ich habe gesagt, dass es nicht mit Absicht passiert sei. Sie hat mir eine Ohrfeige gegeben. Dann ist sie rausgegangen. Nachdem sie mich gewarnt hatte, meinen Platz zu verlassen.

Als meine Beine und mein Po bereits taub waren, ist sie zurückgekommen. Ich weiß nicht, wo sie gewesen ist, oder wie lange sie weg war. Sie hat mich auf die Füße gezogen und gesagt, dass sie meine Mama sei. Eine Mama respektiere und liebe man. Dann würde alles gut. Respekt sei Liebe. Liebe sei Respekt. Ein und dasselbe.

Später hat sie über meine Wunden gestöhnt. Essigsaure Tonerde darauf getan. Es hat gebrannt und geschmerzt, und ich habe noch mehr geweint. Doch jetzt hat Mama mich getröstet. Sie hat mich beruhigt und gesagt, das sei nötig. Sie hat meine Tränen getrocknet und mich fest umarmt, *zu fest*, und anschließend haben wir Zuckerkuchen für Papa gebacken, wenn er nach Hause kommen würde, denn alles war wie immer. Alles war wieder gut.

Für gewöhnlich haben wir zusammen im Garten gepflanzt. Mama hat mir viel über Pflanzenzonen und ihre Widerstandsfähigkeit beigebracht. Unser Garten war gepflegt und schön. Mama zu helfen, sie fröhlich zu sehen, war das Beste, was ich mir vorstellen konnte. Eines Tages wollte ich ihr einen Blumenstrauß schenken. Ich habe die Tulpen von dem Beet genommen. Sie abgeschnitten und die Stiele stehen gelassen. Danach durfte ich ihr nie wieder helfen.

Ihre besten Stunden hatte sie, wenn es mir schlecht ging oder wenn ich krank war. Dann hat sie mir vorgelesen, meine Haare gerichtet, mich getröstet und meine Wunden verarztet. Aber dann hat sich ihre andere Seite gezeigt. Es reichte ein Wort, ein Blick, eine falsch gestellte Frage. Ich habe mich bei ihr nie sicher gefühlt. Ich habe gelernt, wachsam zu sein. Meine Worte genau auszuwählen, um Mama bei guter Laune zu halten.

Die Kellertreppe. Die dunkle steile Kellertreppe. Die Treppenstufen kommen auf mich zu, sie wirbeln umher und schlagen auf mich ein, die harten Kanten treffen meinen Kopf, meine Arme und Beine. Ich lande auf dem Rücken auf dem Kellerboden. Ich schaue hoch und sehe in der Türöffnung einen dunklen Schatten. Zuerst erkenne ich nicht, wer es ist, ich frage: *Wer bist du? Warum hast du mich gestoßen?*

Die Lampe an der Decke wird angeschaltet. Die dunkle Figur ist weg, jetzt steht Mama dort, sie sieht erstaunt aus. Sie rennt die Treppe hinunter, nimmt mich in die Arme. Sie tröstet, tröstet, tröstet. Sagt, ich müsse in der Dunkelheit gestolpert sein. Du musst lernen, vorsichtig zu sein, Isabelle. Ach, mein kleines Mädchen, was hast du getan?

Wusste Papa, wie sie mir gegenüber war? Ich weiß es nicht. Glaube es nicht. Auf keinen Fall. Vielleicht wollte er es nicht sehen. Er hat Konflikte verabscheut. Aber jedes Mal, wenn sie wirklich entgleist ist, hat er mich in Schutz genommen. Sie hat also ihre Anlässe ausgewählt. *Wenn wir alleine waren.* Und ich habe es nie jemandem erzählt. Schließlich war ich selbst schuld, dass sie böse geworden war, und ich wollte nicht auch noch Papa gegen mich aufbringen.

Jetzt verstehe ich den Hass, den ich auf sie empfunden habe.

Ich verstehe, warum ich den Wunsch hatte, dass sie stirbt. Ich weiß nicht, wie oft sie in meiner Fantasie gestorben ist. Wie oft ich auf ihr Grab gespuckt habe. Aber unter dem Hass und der Wut lag immer die Furcht. Und diese Furcht hat mich daran gehindert, mich zu erinnern. Ich hatte Angst vor meinen eigenen Erinnerungen.

Mama ist immer eifrig darauf bedacht gewesen, alles wiedergutzumachen. Und wenn es gut war, dann war es richtig gut. Ich wollte die guten Stunden nicht kaputtmachen. Und so ist es noch immer. Ich will so sehr, dass es richtig gut ist, wenn sie eine nette Phase hat. Aber ich kenne ihr wahres Ich. Auch wenn ich es mir selbst nicht eingestanden habe, weiß ich, wer sie ist. Das ängstigt mich mehr als irgendetwas anderes.

Sie hat gesagt, dass sie mich liebt. Aber das ist eine anspruchsvolle Liebe, durch und durch auf ihren Bedingungen beruhend. Sie will, dass ich ihre Liebe gleichermaßen erwidere. Allerdings habe ich nie gewusst wie. Denn es reicht nicht.

Sie war neidisch auf das Verhältnis zwischen Papa und mir, das weiß ich. Obwohl sie ihn auch gebraucht hat. Er war wichtiger, als mir bisher klar war.

Seit seinem Tod hat Mama wieder diesen Blick. Ich habe ihn früher schon gesehen, ich kenne ihn und bin ihn gewohnt.

Aber jetzt ist er stärker.

Er verschwindet nie ganz.

Ich frage mich, was sie in mir sieht.

Ich frage mich, was sie sieht, wenn sie mich anschaut.

Und ich sehe ein, dass es nicht meine Erinnerungen sind, vor denen ich Angst habe.

Es ist Mama.

Stella

HENRIK VERSCHRÄNKT die Arme und wartet darauf, was ich sage.

Ich stehe auf, gehe zum Fenster. Drehe mich um und gehe zurück.

»Es ist dieselbe Person, die dir erzählt hat, dass ich glaube, Isabelle sei Alice«, sage ich. »Bereits da hat sie Zweifel an meiner geistigen Gesundheit gesät. Sie wollte, dass ich als psychisch krank dastehe. Als unzurechnungsfähig, der Fürsorge bedürftig.«

Henrik runzelt die Stirn und sieht mich zweifelnd an.

Ich frage mich selbst, wie das möglich ist. Woher hat sie das gewusst? Hat sie mich all die Jahre im Blick gehabt?

Sie war das die ganze Zeit. Sie hat mich gesehen, als ich bei ihrem Haus in Barkargärdet war, nicht die Nachbarn, wie ich dachte.

Und jetzt weiß sie, dass ich es weiß.

Sie hat Angst, dass die Wahrheit herauskommt, genügend Angst, um mich aufhalten zu wollen. Um mich umzubringen.

Henrik sagt: »Die Frau, der ich begegnet bin, war freundlich und sympathisch. Eine beunruhigte Mutter. Sie war definitiv keine Psychopathin, wie du es hinstellen willst.«

Ich stecke die Todesanzeige in die Tasche. Es hat keinen Sinn, jetzt darüber zu sprechen. Nichts hat sich seit gestern verändert. Und wir müssen uns vor allem auf Milo konzentrieren.

»Ich hole mir einen Kaffee«, sage ich. »Willst du auch einen?«

Henrik antwortet nicht, schüttelt lediglich den Kopf.

Ich nehme den Fahrstuhl hinunter ins Erdgeschoss. Auch hier unten hängt der Aushang. Werde Blutspender! Ich kaufe in dem Café einen Latte und fahre wieder nach oben. Steige aus und bleibe bei dem Panoramafenster im Flur neben den Fahrstühlen stehen.

Der Himmel sieht aus, als sei er aus Schiefer. Der Friedhof gegenüber dem Krankenhaus ist mit herabgefallenem Laub bedeckt. Daneben verläuft die E4, lange Schlangen, in die Stadt hinein und hinaus. All die Menschen, die an einem ganz gewöhnlichen Mittwoch irgendwohin unterwegs sind. Dort fahren sie, als wäre nichts geschehen.

Bald beginnt die Gruppentherapie im Salon. Ob Alice heute kommt? Ich frage mich, wer übernommen hat. Es spielt keine Rolle. Nichts von dem ist noch länger von Bedeutung.

Die Operation ist gut verlaufen, und Milo liegt auf der Kinderaufwachstation. Das linke Bein ist bis zum Knie hinauf eingegipst. Der Verband um den Kopf ist entfernt worden, auf der Wunde an der Schläfe klebt jetzt ein Pflaster. Er ist noch immer blass. Er schläft.

Als er aufwacht, wird er in dem Bett in das hellgelbe Zimmer zurückgefahren. Wir reden und spielen Karten. Milo zeigt mir ein Spiel auf dem Handy. Die blauen Flecken in seinem Gesicht sind ein bisschen dunkler geworden. In ein paar Tagen wird es noch schlimmer aussehen, sagt der Arzt während der Visite.

»Das wird hübsch«, sagt Henrik, und Milo lächelt.

Später kommen Oma und Opa zu Besuch. Margareta umarmt mich fest. Ich erwidere die Umarmung, halte sie lange in den Armen.

»Deinem Aussehen nach zu urteilen, geht es dir besser«, stellt sie fest. »Deine neue Frisur gefällt mir.«

»Wir sollten etwas essen«, sagt Henrik. »Du hast sicher Hunger, Milo?«

»Ich will einen fetten Big Mac, Menü. Mit einem extra Cheeseburger.«

Henrik lacht. »Ich werde sehen, was ich tun kann.« Er wendet sich an mich.

»Ich habe keinen Hunger«, sage ich. »Kaffee reicht mir.«

»Du musst irgendwann mal was essen«, meint Henrik. »Bald hast du mehr Kaffee als Blut in den Adern.«

Ich starre ihn an. »Was hast du gesagt?«

»Wie bitte?«

»Was hast du gerade gesagt?«, wiederhole ich.

Henrik zieht eine Grimasse. »Du solltest etwas essen, du hast seit mehreren … «

»Nein, nein, das andere. Mit dem Kaffee.«

»Mehr Kaffee als … «

»Als Blut in den Adern.«

Ein alberner Kommentar, der eigentlich nichts bedeutet. Der mich jedoch das Selbstverständliche erkennen lässt. Ich hätte schon längst darauf kommen sollen.

Blutspende. Jetzt 1 zu 0 gegen den Tod, für das Leben

Isabelle

SCHRILL UND SCHNEIDEND. Der Ton durchdringt den Nebel. *Es hört nicht auf.* Nach einer Weile wird es still. Dann fängt es wieder an. Und wieder. Es hört nicht auf, und es hilft nichts, sich die Ohren zuzuhalten. Unser altes Festnetztelefon klingt entsetzlich. Ich frage mich, warum Mama nicht rangeht.

Ich ziehe mich hoch und sitze auf der Bettkante. Mein Mageninhalt steigt mir in den Hals, aber ich schlucke ihn hinunter. Es gelingt mir, auf die Füße zu kommen, ich stütze mich an der Wand ab und schlurfe aus dem Zimmer.

Das Telefon auf dem Tisch im Obergeschoss gibt grölende Laute von sich. Ich will mich schneller fortbewegen, aber mein Körper hat einen eigenen Willen, er gehorcht mir nicht.

Schließlich erreiche ich es. Das Telefon verstummt. Ich sinke auf den Boden, lehne mich gegen die Wand. Bringe nicht die Kraft auf zurückzugehen.

Es klingelt wieder. Ich strecke die Hand aus und nehme den Hörer ab, führe ihn zum Ohr. Er ist fürchterlich schwer, ich kann ihn kaum halten.

Eine Frau am anderen Ende sagt meinen Namen. Sie wiederholt ihn mehrfach. Ich glaube die Stimme wiederzuerkennen, bin mir aber nicht sicher.

Ich bringe ein »Hallo?« hervor.

Sie wird eifrig, bittet mich zuzuhören. Die Frau fragt mich, was für eine Blutgruppe ich habe.

»Warum?«, frage ich.

Die Frau sagt, ich sei Blutspenderin. Sie gibt mir eine eingehende Erklärung über Blutgruppen. Ich kapiere rein gar nichts.

Alles, was sie sagt, fließt aus dem Telefonhörer heraus und in mein Ohr hinein, dann fließt es von meinem Ohr in mich hinein, hinunter in meine Brust, hinunter in meinen Bauch. Die Worte wirbeln in mir herum, wirbeln, wirbeln, wirbeln.

Es geht mir wieder schlecht.

»Langsamer«, sage ich. »Sie müssen. Langsamer sprechen.«

Die Frau redet langsamer. Sie erklärt alles noch einmal. Und jetzt weiß ich, wer sie ist.

»Stella«, sage ich.

Ich krieche über den Boden zur Treppe, die ins Erdgeschoss führt. Ich drehe mich um, sodass die Füße vorn sind. Auf dem Bauch liegend rutsche ich nach unten. Wie ich es als Kind getan habe. Was ich nicht durfte, was Mama verrückt gemacht hat. Sie ist im Moment nicht da. *Aber sie kann jederzeit kommen.*

Jeweils eine Treppenstufe. Ausruhen, den Kopf ablegen. Atmen, den Schweiß aus den Augen wischen. Die nächste Treppenstufe. Und die nächste.

Ich bin unten. Die Wand neigt sich zu mir hin. Ich schließe die Augen, schaue erneut hin. Die Wand hat aufgehört, sich zu neigen. Ich schwitze. Fühle mich wieder schlechter. Die Beine gehorchen mir nicht. Meine Arme, Hände, nichts reagiert, wie ich es will.

Ich krieche, dann richte ich mich auf. Gegen die Wand gestützt, gehe ich zum Flur. Das Portemonnaie steckt in der Jacke. Und darin ist der Zettel. Ich habe es aufgeschrieben, wie ich es immer tue. Im Blutbus vor der KTH. Blutdruck und Hämoglobinwert. Meine Blutgruppe. Habe es auf einen Zettel gekritzelt, ihn ins Portemonnaie gesteckt.

Das ist so schwierig. Zu schwer. Zu anstrengend. Zu heikel.

Aber ich habe es Stella versprochen. Ich muss es versuchen.

Ich erreiche die Hutablage, greife nach der Jacke. Fasse in die Innentasche. Finde das Portemonnaie. Die Hände zittern, ich verliere es. Runter auf die Knie, runter auf den Boden. Ich bekomme das Portemonnaie zu fassen, suche nach dem Zettel.

Die Zahlen und Buchstaben tanzen vor meinen Augen. Ich blinzle, halte den Atem an, zwinge die Augen zu fokussieren.

Blutdr.: 110/60

Hb: 129

Blutgr.: A neg

Ich schleppe meinen Körper über den Boden, krieche durch den Flur. Schneller, ich muss mich schneller bewegen. Mama darf mich hier unten nicht sehen. Die Bibliothek hinter der Küche. Das Zimmer, das ich von allen Zimmern in diesem Haus am meisten hasse. Die braunen Wände, das verschlissene Fischgrätparkett, die graugelben Gardinen vor den kleinen Fenstern. Ein Raum voller schweigender Geheimnisse.

Der Schlüssel liegt noch im Bücherregal. Ich nehme ihn, ich halte ihn in der Hand und betrachte ihn. Ich habe noch nie in ihren Sachen herumgeschnüffelt. Noch nie. Ich weiß, was passiert, wenn sie das entdeckt.

Meine Hände schwitzen, ich verliere den Schlüssel. Er landet auf dem Boden und rutscht unter den Schreibtisch. Runter auf die Knie. Runter auf den Bauch. Ich schiebe die Hand unter den Schreibtisch und fühle mit den Fingern, taste. Atme Staub ein, der Teppich riecht eklig. Ich ertaste den Schlüssel, ertaste ihn mit dem Zeigefinger. Fummle ihn hervor, er liegt jetzt unter meiner Handfläche, ich greife nach ihm. Bekomme ihn zu fassen. Umschließe ihn mit den Fingern, fest.

Ich bewege mich, als wäre ich tief unter Wasser. Alles ist schwerfällig und zäh. Ich werde es niemals rechtzeitig finden. Mama kommt bald nach Hause. Sie wird mich umbringen.

Ich setze mich auf. Der Schweiß läuft mir herunter, und ich muss aufs Klo. Ich halte den Schlüssel mit beiden Händen fest. Atme, atme. Die Hände ruhig, ruhig. Der Schlüssel schabt über das Holz, verpasst dem Schrank unter dem Schreibtisch eine Schramme. Ich reiße die Augen auf, blinzle, reiße sie wieder auf. Kneife das eine zusammen und ziele. Der Schlüssel schabt erneut über das Holz, rutscht ab.

Wenn Mama nach Hause kommt. Wenn sie ins Zimmer kommt. Wenn sie mich sieht.

Mit dem Pulloverärmel wische ich mir den Schweiß aus den Augen. Stoße sauer auf und schlucke es runter. Den Schlüssel in beiden Händen. Ich ziele, bekomme den Schlüssel ins Schloss und drehe ihn um. Ich öffne den Schrank. Der Ordner liegt noch da. Ich ziehe ihn heraus, lege ihn auf den Boden. Ich atme, atme. Es ist mir gelungen, ich habe es geschafft. Ich werde ihn durchsehen, finden, was Stella wissen will, und dann lege ich alles wieder zurück. Und begebe ich mich wieder nach oben in mein Bett. Bevor Mama kommt.

Der Geburtsbericht und die Geburtsurkunde liegen ganz oben.

Mädchen. Geboren 1993-08-29, 18:52 Uhr.

2850 Gramm. 49 Zentimeter.

Ich lese, lese, lese. Und dann sehe ich es. Sie hat recht.

Stella hat recht.

»Mutter Blutgruppe 0 Rhd-negativ, Kind Blutgruppe B Rhd-positiv. Keine Rh-Immunisierung. Blutvergiftung.«

Das Kind ist B positiv.

Auf meinem Zettel von der Blutzentrale steht A negativ.

Mamas akuter Zustand beruhte nicht auf einer Vermischung des Blutes.

Sie lügt.

Da liegt irgendwas ganz hinten in einer Klarsichthülle.

Fotos. *Kerstin und Isabelle, Kopenhagen, Februar 1994* steht auf der Rückseite des oberen. Es gibt keine Bilder mehr von mir, als ich klein war, hat sie gesagt. Auch was das betrifft, lügt sie. Warum?

Ich drehe ein Foto um. Eine jüngere Version von Kerstin. Sie sieht zu mir auf und lächelt. Sie hält ein Baby im Arm. Ein Mädchen, ein paar Monate alt. Es hat, über den ganzen Kopf verteilt, blonde Locken.

Ein anderes Bild vom gleichen Ort. Eine Nahaufnahme von einer glücklichen Kerstin. Und einem blonden Baby.

Ich studiere das Mädchen genau. Es lächelt, aber ihm fehlen die Lachgrübchen. Das rechte Ohr sieht nicht so aus wie meins. Wer ist sie? Ist das hier die richtige Isabelle? Und in diesem Fall, wer bin dann ich?

Ich schlage den Ordner zu. Versuche, ihn in den Schrank zu legen, aber irgendetwas liegt im Weg. Ich lege den Ordner auf den Boden, und die Fotos fallen heraus. Ich sehe nach, was dort drinnen im Schrank liegt. Mein Telefon. Mein Handy liegt eingeschlossen in Mamas Schrank unter dem Schreibtisch. Noch eine Lüge.

Ich muss gesund werden. Ich muss hier weg.

Die Haustür wird geöffnet. Eine Stimme ruft meinen Namen.

Schritte im Flur. Ich halte inne. Ich höre einen langen Seufzer und spüre mein Herz hämmern. Ich drehe den Kopf und sehe auf.

Mama steht in der Türöffnung. Sie sieht mich an. Sie sieht auf den Schreibtisch. Sie sieht den Ordner und die über den Boden verteilten Fotos.

Sie kommt zu mir, beugt sich über mich.

Ich kneife die Augen zusammen und schütze mich mit den Armen.

Stella

SIE HAT NICHT zurückgerufen.

Stundenlang habe ich auf ihren Anruf gewartet.

Es ist etwas passiert.

Henrik und Milo schlafen. Aber meine Pritsche ist hart, und ich war die ganze Zeit wach. Ich drehe mich um und schaue aufs Handy. 02:16. Alice wird so spät nicht mehr anrufen.

Sie wolle einige Papiere checken, hat sie gesagt. Sie klang benommen, als stünde sie unter Drogen. Ich glaube, ich habe ihr nicht verständlich machen können, warum sie umgehend von dort weg muss. Aber sie hat versprochen, von sich hören zu lassen.

Kerstin hat bewiesen, wozu sie fähig ist.

Was tut sie, wenn sie entdeckt, dass Alice und ich miteinander gesprochen haben?

Ich sollte das Auto nehmen und hinauf nach Borlänge fahren, aber ich warte. Milo braucht mich hier. Und Alice ist von sich aus dorthin gefahren. Freiwillig, hat sie gesagt. Ich glaube ihr. Solange Kerstin nicht weiß, dass sie die Wahrheit kennt, besteht keine Gefahr. Das rede ich mir ein. Bis auf Weiteres.

Ich schaue erneut aufs Handy. 02:48. Nichts.

Ich drehe mich um und schließe die Augen.

Ich wache davon auf, dass Henrik an meiner Schulter rüttelt. Er ist bereits angezogen und hockt neben der Pritsche.

»Wir müssen reden«, sagt er. »Komm mit raus in die Küche.«

Er wartet nicht auf mich. Ich ziehe eine Hose und einen langärmeligen Pullover an, ich borge mir Henriks Strickjacke und folge ihm. Er reicht mir eine Tasse Kaffee.

»Die Polizei ist auf dem Weg hierher. Sie wollen, dass Milo berichtet, was passiert ist. Hast du irgendwelche Einwände?«

»Wenn er die Kraft dazu hat, ist das wohl in Ordnung«, sage ich.

»Der Arzt hat es genehmigt«, sagt Henrik.

»Okay. Ebenso gut, es hinter sich zu bringen.«

Henrik sieht mich über den Rand der Kaffeetasse hinweg an. »Hast du vor, etwas zu sagen?«

»Worüber?«

»Wirst du jemanden des versuchten Mordes beschuldigen?«

»War es kein Mordversuch?«, sage ich. »Er wurde angefahren. Verletzt am Straßenrand zurückgelassen und niemand übernimmt die Verantwortung?«

»Du weißt, was ich meine.«

»Ich habe sie gestern angerufen.«

Henrik sieht mich an. »Wovon redest du?«

»Du hast etwas davon gesagt, dass ich Kaffee in meinen Adern habe«, sage ich. »Mir ist eingefallen, dass Isabelles Blutgruppe nicht stimmen kann. Ich musste sie anrufen.«

Ich sehe, dass Henrik verärgert ist, fahre aber fort: »Und weißt du, wo sie ist? Sie ist in Borlänge. Bei Kerstin.«

»Weißt du was, es könnte mich nicht weniger interessieren.«

Ich stelle die Kaffeetasse ab. »Das kann nicht dein Ernst sein. Kerstin hat versucht, unseren Sohn umzubringen. Kapierst du nicht, dass sie alles tut, um zu verbergen, was sie getan hat? Dass sie meine Tochter gestohlen hat?«

Mit einem Knall stellt Henrik seine Kaffeetasse auf den Tisch.

»Du bist es, die es nicht kapiert. Deine Tochter ist seit über zwanzig Jahren tot, Stella. Dein Sohn lebt. Milo ist hier. Jetzt. Und er braucht dich.«

»Ich bin hier, für ihn«, sage ich. »Ich bin hier, Henrik.«

»Was braucht es, damit du aufhörst? Wie weit willst du noch gehen? Bist du bereit, alles zu opfern? Milo? *Uns?*«

»Ist das ein Ultimatum? Meine Tochter oder meinen Sohn? Ist es das, was du meinst?«

Er antwortet nicht, schüttelt nur den Kopf und sieht zu Boden.

Ich lasse ihn allein und gehe raus auf den Flur. Gehe in eine Toilette. Ich balle die Fäuste und schlage sie, so fest ich kann, gegen die Wand. Ich setze mich auf den Toilettendeckel, stütze den Kopf in die Hände und lasse die Wut abflauen.

Männer sind merkwürdige Wesen. Unmöglich zu verstehen, wann die Dummheit einsetzt. Und diese eigensinnige Art von Dummheit, die Henrik in diesem Augenblick an den Tag legt, macht mich jedes Mal aufs Neue wahnsinnig.

Ich nehme mein Handy und sehe erst jetzt, dass jemand eine SMS geschickt hat. Ich entsperre es und sehe eine rote Eins auf dem grünen SMS-Icon. Ich drücke darauf. Eine mir unbekannte Nummer. Ich lese die Nachricht, verstehe aber nicht, was sie bedeutet. Dann lese ich sie erneut und begreife, dass sie von Kerstin ist.

Kerstin

MEIN ARMES KLEINES Mädchen. Du bist so krank, so krank. Mama kümmert sich um dich. Bald wird es dir besser gehen. Du wirst aufhören zu brechen, aufhören, dich schlecht zu fühlen, bald ist es vorbei. Wenn du nicht mehr vergiftet bist. Wenn das Böse aus dir heraus ist. Das kann dauern, aber ich werde dir helfen. Ich lasse dich niemals im Stich.

Das Telefon klingelt. Es klingelt wieder und wieder, und das macht Isabelle so unruhig. Obwohl sie nicht wirklich wach ist, wirft sie sich ab und an hin und her. Ich nehme den Hörer ab, antworte mit meinem Namen und frage, wer anruft.

Eine barsche Männerstimme: »Mats Hedin. Polizei Stockholm.«

Ich bin kurz davor, den Hörer aufzuknallen. Ich habe definitiv kein Interesse daran zu hören, was er zu sagen hat. Aber ich schlucke den Ärger hinunter. Wie ich es immer tue. Kerstin Karlsson tut das, was recht und richtig ist. Kerstin Karlsson tut immer ihr Bestes.

»Jaa?«, sage ich. »Und womit kann ich behilflich sein?«

»Ich habe einige Fragen bezüglich Ihrer Tochter, Isabelle Karlsson«, sagt er, Mats Hedin.

Ich höre, was er sagt. Was ich nicht begreife, ist, was er von mir will.

»Hallo?«, sagt er. »Sind Sie noch dran?«

»Fragen? Wozu?«, sage ich.

»Haben Sie sie kürzlich gesehen?«

Worauf zielt er ab? Worauf will er hinaus? Ich habe bereits alles gesagt, was ich über Stella Widstrand zu sagen habe.

»Ob ich Isabelle gesehen habe?«, sage ich. »Warum fragen Sie das? Sicher habe ich sie gesehen. Ich bin doch gerade erst aus Stockholm zurückgekommen.«

»Ihre Tochter wurde als vermisst gemeldet«, sagt Mats Hedin. »Ihre Freundin, Johanna, hat sie zuletzt vergangene Woche, am Freitagmorgen, gesehen. Bevor Isabelle mit Ihnen nach Dalarna gefahren ist. Ihr zufolge wollte Isabelle am Sonntag zurück sein, vor vier Tagen also. Aber sie ist nicht aufgetaucht. Sie hat nichts von sich hören lassen und ist nicht erreichbar. Johanna hat gesagt, sie habe versucht, Sie zu erreichen, aber ohne Erfolg.«

»Als vermisst gemeldet?«, bricht es aus mir heraus.

»Aufgrund Ihrer früheren Anzeige bei der Polizei, dass sie verfolgt und schikaniert worden ist, nehmen wir das hier sehr ernst. Aber wir müssen ausschließen, dass sie noch bei Ihnen ist.«

»Nein, nein«, sage ich. »Sie haben das missverstanden. Sie ist nicht hier. Sie hat mich in Stockholm nur zum Bahnhof gebracht, das ist alles. Ich weiß überhaupt nicht, wie Johanna auf die Idee kommt.«

»Wirklich? Aber wann haben Sie dann zuletzt etwas von ihr gehört oder gesehen?«

»Als sie mir auf dem Hauptbahnhof gewunken hat. Sie hat mich dorthin begleitet, das sagte ich doch. Sie glauben doch wohl nicht, dass ihr etwas zugestoßen ist?«

Mats Hedin schweigt für eine Weile. »Das wissen wir noch nicht.«

»Diese Frau da. Stella Widstrand. Ich weiß, dass sie es ist. Wenn Isabelle etwas zugestoßen ist, wenn meine Tochter … «

»Ganz ruhig, niemand sagt, dass ihr etwas zugestoßen ist.«

»Sie war in Vällingby, kurz bevor ich nach Hause gefahren bin. Ist einfach auf der Straße aufgetaucht. Da, wo meine Tochter wohnt. Ich habe vom Fenster aus alles gesehen. Sie ist vollkommen durchgedreht. Hat sich auf meine Tochter gestürzt, sie zu Tode erschreckt. Zum Glück hat sich Isabelle gewehrt und ist weggerannt. Sie war vollkommen verzweifelt, als sie in die Wohnung hinaufkam. Hat geweint und gezittert.«

»Warum haben Sie sich da nicht gemeldet?«

»Aber wie oft muss ich diese Person denn noch anzeigen, bevor Sie reagieren? Ich habe Ihnen doch bereits mitgeteilt, dass sie gefährlich ist. Sie glaubt, dass Isabelle ihr Kind ist. Sie versucht, mir meine Tochter wegzunehmen.«

»Sie haben also seit vergangenem Freitag nichts von Isabelle gehört?«

»Nein, das habe ich nicht.«

»Und Sie haben nicht versucht, Sie anzurufen? Kein einziges Mal?« Mats Hedin klingt vorwurfsvoll. Unverschämt.

»Ich versuche, Isabelle nicht in einem fort anzurufen. Sie mag es nicht, wenn ich das tue. Sie hat dort unten in Stockholm ihr eigenes Leben, und das respektiere ich. Ich dachte, sie wäre vielleicht bei ihrem Freund. Ich wollte nicht stören.«

Ich weine jetzt, werde unruhig. Schluchze laut in den Hörer hinein.

»Obwohl sie erneut schikaniert wurde, von der gleichen Frau, die sie bereits bei der Polizei angezeigt haben?«

»Ich verstehe nicht, warum Sie mir gegenüber so anklagend klingen. Was habe ich Falsches getan? Was ich auch tue, es ist immer falsch.«

»Niemand klagt Sie an, Kerstin«, sagt Mats Hedin. »Der Freund, wie heißt er?«

»Fredrik. Fredrik Larsson. Sie studieren zusammen, glaube ich.«

Es wird still. Dann sagt er, ich solle mich melden, wenn ich etwas höre. Sie würden Stella Widstrand umgehend verhören. Ich frage, warum sie das nicht längst getan haben. Ich frage, warum sie sich nicht hinter Schloss und Riegel befindet.

»Die Angelegenheit hat Priorität, wir nehmen das hier sehr ernst«, versichert Mats Hedin erneut. »Aber wir können niemanden einsperren, ohne ausreichend gute Gründe dafür zu haben.«

Ich sage nichts. Es hat keinen Sinn.

Ich gebe nichts auf das Rechtssystem. Nicht ein Fünkchen. Ich habe nie irgendwelche Hilfe bekommen, als ich danach verlangt habe. Sie haben mich nie sonderlich ernst genommen. Ich musste die Gerechtigkeit selbst in die Hand nehmen. Immer.

Mats Hedin sagt, dass sie auch mit ihrem Freund sprechen werden, und dass er wieder von sich hören lassen wird.

Ich weine, presse ein Danke hervor und sage noch einmal, dass ich fürchterlich beunruhigt bin. Dann lege ich auf. Ich habe keine Zeit mehr. Ich habe anderes zu tun.

Freund. Dieser Fredrik wird niemals Isabelles Freund werden. Ich habe die Nachrichten gelesen, die er ihr aufs Handy geschickt hat. Jede Einzelne. Ich habe gelesen, was sie geantwortet hat. Ich weiß alles. All die schmutzigen Dinge, die er mit ihr machen will. Wie er sich *danach sehnt*, schmutzige Dinge mit ihr zu machen. Das ist so widerlich, dass ich Lust verspüre, mich zu übergeben.

Ich habe die Fotos gesehen, die sie ihm geschickt hat. Unanständige Fotos. Sie bietet sich ihm an wie eine Hure. Um ihn aufzugeilen. Und sicher wird er geil. Drückt sich selbstverständlich fein aus, sagt, sie sei hübsch, er vermisse sie, sehne sich nach ihr. Wonach er sich sehnt, ist kein Geheimnis. Ich habe ihr zerwühltes Bett gesehen. Ich weiß, was sie treiben.

Sie begreift nicht, mit was für Kräften sie spielt. Trotz allem, was ich ihr gesagt habe, trotz all der Warnungen hat sie überhaupt nichts gelernt.

Ein Mann ist nur auf eine Sache aus. Es fängt mit netten Worten an, es beginnt mit Versprechungen und einem sanften Lächeln. Dann nimmt er sich, was er haben will, und am liebsten nimmt er es sich mit Gewalt.

Er nimmt die Frau wieder und wieder, er nimmt sie mit Gewalt.

Dann verlässt er sie.

Lässt sie bewusstlos in ihrem eigenen Blut zurück.

Ihr Körper war das Einzige, das er gesehen hat, das Einzige, worauf er aus war.

Das, was sie zwischen den Beinen hat.

Er wollte sie schänden und besudeln.

Das Leben aus ihr herauspressen.

Sie anschließend als etwas Verbrauchtes wegwerfen.

Er will sie vögeln.

Sie mit Gewalt nehmen.

Er zwingt sich dir auf, obwohl du nicht willst.

Er schlägt dir ins Gesicht, spuckt dich an.

Er nennt dich Dirne, er nennt dich Schlampe.

Er nennt dich Hure.

Und es tut weh, es tut so fürchterlich weh, dass du schreist.

Bis du nicht mehr schreien kannst.

Du trägst Verletzungen davon.

Du blutest, blutest.

Für dein Leiden bezahlst du mit Blut.

Wie etwas so Hässliches, so Verwerfliches und Boshaftes ein Baby erschaffen kann, ist unbegreiflich. Eine Puppe zum Anfassen, die nur dir gehört.

Das Zarteste, Schönste, was es gibt.

Liebe kleine Isabelle.

Wenn du nur wüsstest, womit du spielst.

Aber du bist kopflos und verwirrt.

Du bist vergiftet.

Du bist schwach.

Du glaubst, es sei Liebe, es sei schön.

Du solltest froh sein, dass ich dich rette, dass ich dich beschütze und bewahre.

Du solltest dankbar sein, dass ich deine Mutter bin.

Stella

ICH RENNE DURCH den Flur. Komme in die Küche und halte Henrik das Handy hin. Er nimmt es mir ab und liest. An seinem Gesichtsausdruck sehe ich, wie der Schock wächst.

Schade, dass er überlebt hat. Schade, dass du ihn nicht tot gesehen hast. Dann hättest du gar kein Kind mehr.

Es ist deine Schuld, dass dein Sohn verletzt ist. Du hättest an seiner Stelle sein sollen. Du bist eine wertlose Mutter. Du hast ihn in Gefahr gebracht. Wie du es immer mit deinen Kindern machst.

Sie gehört jetzt mir.

Ellen kommt zu uns herein. »Entschuldigen Sie, dass ich störe. Die Polizei ist hier.«

»Wir kommen«, sage ich.

Henrik nimmt meine Hand und sieht mir in die Augen.

»Milo soll seine Aussage machen«, sagt er. »Dann erstatten wir Anzeige, dass es kein Unfall mit Fahrerflucht war. Es war versuchter Mord.«

Henrik und ich sitzen bei Milo, als es an der Tür klopft. Kriminalinspektorin Olivia Lundkvist und Mats Hedin betreten das Zimmer. Ich verstehe nicht, warum sie hier sind. Müssten es nicht normale, uniformierte Polizisten sein?

Henrik und ich sehen einander an, bevor er aufsteht und die

Hand ausstreckt. Mats Hedin nimmt sie, nickt mir zu. Olivia Lundkvist tut es ihm gleich. Ich sitze noch immer neben Milo.

»Hallo Milo, ich heiße Mats. Meine Kollegin hier heißt Olivia. Hübsche Beule, die du da hast.«

Mats Hedin lässt sich uns gegenüber nieder, legt seine kräftigen Arme auf den Tisch. Milo sieht ihn ernst an. Henrik setzt sich wieder hin. Olivia Lundkvist lehnt sich gegen die Wand, und obwohl ich es vermeide, sie anzusehen, spüre ich, dass sie mich beobachtet.

»Wir haben gehört, dass du an einem Unfall beteiligt warst«, wendet sich Mats Hedin an Milo. »Kannst du uns erzählen, was passiert ist?«

Kriminalinspektor Mats Hedin benimmt sich anders, wenn er mit unserem Sohn spricht. Er strahlt Wärme und Ruhe aus.

»Ich bin etwa um halb sechs von zu Hause losgegangen«, berichtet Milo. »Am Dienstag. Am Nachmittag. Ich wollte zu Jonatan, er wohnt ganz in der Nähe. Nur ein paar Kilometer entfernt. Es war dunkel draußen, es hat wie aus Eimern geschüttet. Ich bin auf dem Bürgersteig gegangen, dort gibt es Straßenlaternen. Und ich hatte Mamas roten Regenschirm mit den Reflexen dran. Ich müsste ganz gut zu sehen gewesen sein.«

»Du hast nichts falsch gemacht«, sagt Mats Hedin. »Die Stelle ist gut beleuchtet. Und ich habe den Regenschirm gesehen, du warst gut zu sehen. Oder nicht, Olivia?« Sie nickt und lächelt Milo an, der das Lächeln erwidert.

Milo berichtet, wie er das Auto hinter sich gehört hat. Als er gemerkt hat, dass das Auto abbremst, hat er sich umgedreht. Er hat nicht gesehen, welche Automarke es war und das Kennzeichen auch nicht, nur, dass es ein dunkler Kombi war, vielleicht schwarz, oder dunkelblau. In dem Moment ist der Fahrer mit voller Wucht aufs Gas getreten und direkt auf ihn zugefahren. An das, was danach passiert ist, kann er sich nicht erinnern. Vielleicht hat er versucht, zur Seite zu springen, er ist sich nicht sicher.

»Danke, Milo«, sagt Mats Hedin. »Wir müssen uns deine Eltern für einen Moment ausleihen. Ist es in Ordnung, wenn du Ellen in die Küche begleitest? Vielleicht ein bisschen frühstückst?«

Ellen öffnet die Tür, als hätte sie gehört, was Mats Hedin gerade gesagt hat. Sie lächelt uns alle an, geht zu Milo und hilft ihm vom Stuhl hoch. Ich streichle seinen Arm, als er vorbeigeht, und flüstere ihm zu, dass ich ihn lieb habe.

Kriminalinspektorin Olivia Lundkvist nimmt auf seinem Stuhl Platz. Sie schlägt die Beine übereinander, verschränkt ihre kleinen Hände auf dem Tisch. Sie wendet sich an Henrik.

»Wir haben einen Zeugen angehört, der bestätigt, was Milo soeben berichtet hat«, sagt sie. »Eine Person hat gesehen, wie das Auto abgebremst und dann Vollgas gegeben hat und direkt auf Ihren Sohn zugefahren ist. Milo ist zur Seite gesprungen. Das hat ihm wahrscheinlich das Leben gerettet. Der Fahrer war vermutlich nicht angetrunken. Sowohl Milo als auch der Zeuge haben die Fahrweise als kontrolliert beschrieben. Nach Auffassung des Zeugen ist der Fahrer absichtlich auf Milo zugesteuert.«

Ich balle die Hände fest auf dem Schoß. Ich will ihnen erklären, dass ich weiß, wer das getan hat, wer das Auto gefahren hat. Ich will ihnen sagen, dass sie Kerstin Karlsson verhaften sollen. Die Frau, die meine Tochter gestohlen hat. Die Frau, die beinahe meinen Sohn ermordet hätte.

»Es ist unmöglich, eine Beschreibung des Fahrers zu bekommen«, fährt Mats Hedin fort. »Möglicherweise hatte er eine Haube oder eine Kapuze über dem Kopf.«

Ich schaue zu Henrik. Er erwidert meinen Blick, und ich weiß, dass er begreift, dass ich die ganze Zeit über recht hatte. Er streckt eine Hand aus, und ich ergreife sie.

»Leider hat auch der Zeuge nicht mitbekommen, um welche Automarke es sich handelt, aber beide geben an, dass es ein dunkles Modell war, SUV oder Kombi, Kennzeichen unbekannt.«

Mats Hedin sieht ernst aus. »Wir müssen hoffen, dass sich der Fahrer meldet und die Verantwortung für den Unfall übernimmt.«

»Es war kein Unfall«, sagt Henrik.

»Nicht? Wie meinen Sie das?«

»Milo hatte Stellas Regenschirm bei sich. Der Fahrer hat angenommen, dass es meine Frau sei.«

»Und was bringt Sie zu der Annahme?«, will Olivia Lundkvist wissen.

Ich hole die Todesanzeige, die ich im Briefkasten gefunden habe, heraus. Lege das Papier auf den Tisch. Ich zeige ihr die SMS, die ich heute Nacht erhalten habe.

»Ich weiß, wer der Absender ist«, sage ich. »Und ich weiß, wer Milo angefahren hat.«

»Sie meinen, es handelt sich um den gleichen Mann?«, sagt Olivia Lundkvist.

»Die gleiche Frau.«

»Die gleiche Frau?«

»Sie hat vor unserem Haus gestanden. In einem Regenmantel, das Gesicht unter der Kapuze verborgen. Die gleiche Frau, die unseren Sohn angefahren hat.«

Kriminalinspektorin Olivia Lundkvist zieht den Zettel mit der Todesanzeige zu sich heran.

»Haben Sie das hier angezeigt?«, fragt sie.

»Nein«, antworte ich und spüre Henriks Arm um meinen Rücken. Spüre seine Unterstützung. »Aber das hätte ich vielleicht tun sollen.«

»Vielleicht«, sagt Mats Hedin. »Ist so etwas normal?«

»Was?«

Mats Hedin atmet tief ein und pustet die Luft sachte wieder aus. »Dass ein Therapeut bedroht wird?«

»Es kommt vor, dass ein Patient seinen Therapeuten bedroht, obwohl das selten der Fall ist«, antworte ich. »Einige leiden unter affektiven Störungen, einigen mangelt es an Impulskontrolle, bei einigen ist aggressives Verhalten Teil der Symptomatik.«

»Und warum sollte Sie jemand umbringen wollen?«, fragt Olivia Lundkvist.

»Wie es in der SMS steht, hat sie meine Tochter, die verschw…«

»Sie haben auch eine Tochter?«

»Das habe ich bei unserer letzten Begegnung erzählt«, sage ich. »Sie ist vor einundzwanzig Jahren verschwunden. Es ist die gleiche Person. Die Frau, die meine Tochter entführt hat, hat Milo angefahren, in dem Glauben, dass ich es sei. Sie will mich aufhalten, will, dass ich aufhöre.«

Die Kriminalinspektoren tauschen Blicke aus. Olivia Lundkvist greift erneut nach dem Handy und liest.

»Das steht hier aber nicht, oder?«, sagt sie und sieht mich an. »Oder steht hier irgendwo, dass sie Ihre Tochter vor einundzwanzig Jahren entführt hat?«

»Nein, natürlich nicht direkt«, sage ich. Nunmehr ungeduldig. »Lesen Sie. Dort steht, dass sie mich tot sehen will. Dort steht, dass ich sie in Ruhe lassen soll, weil *sie jetzt ihr gehört.* Sie schreibt, dass ich all meine Kinder in Gefahr bringe, daher muss sie auch etwas über meine Tochter wissen, oder nicht?«

»Dazu habe ich eine Frage. Inwiefern haben Sie Ihren Sohn in Gefahr gebracht? Können Sie dazu etwas sagen.«

Ich presse die Zähne aufeinander. Spüre, dass ich kurz vor einem Wutausbruch stehe. Henrik drückt meinen Arm.

»Welchen Zweck verfolgen diese Fragen hier?«, sagt er. »Wir erstatten Anzeige, dass unser Sohn angefahren wurde. Dass meine Frau bedroht wurde. Außerdem haben wir die Bestätigung, dass sie das Ziel war, Sie haben die SMS selbst gelesen. Sollten Sie den Fokus nicht darauf richten? Oder nehmen Sie das nicht ernst?«

»Selbstverständlich nehmen wir das ernst«, sagt Mats Hedin mit einem Lächeln, das mir nicht gefällt. »Aber wir müssen Sie leider fragen, wo Sie sich am vergangenen Freitag aufgehalten haben, Stella.«

Beide sehen mich an. Ebenso Henrik.

»Vergangenen Freitag?«, sage ich. »Keine Ahnung, was ich vergangenen Freitag gemacht habe.«

»Ich kann Ihnen helfen, sich zu erinnern«, sagt Olivia Lundkvist. »Sie haben Isabelle Karlsson aufgesucht. Erinnern Sie sich jetzt? Oder brauchen Sie mehr? Sie waren vor ihrer Wohnung, obwohl Sie aufgefordert wurden, sich von ihr fernzuhalten. Dort waren sie genauso wütend wie jetzt und haben sich auf der Straße, vor ihrer Haustür, auf sie gestürzt.«

Das war *dieser* Freitag. Mein letzter verzweifelter Versuch.

»Ich war dort, aber ich habe mich nicht auf sie gestürzt.«

»Unseren Informationen zufolge waren sie sowohl aggressiv als auch verwirrt.«

»Ich war nicht aggressiv. Keineswegs.«

»Aber Sie waren verwirrt?«

»Ich war vielleicht nicht ganz im Gleichgewicht.«

Olivia Lundkvist zieht den Mund zusammen. »Und zu welcher Zeit war das?«

»Gegen elf, zwölf, glaube ich.«

»Und was haben Sie den Rest des Tages gemacht?«

»Zuerst war ich eine Weile zu Hause. Dann bin ich zu Milos Schule gefahren, vielleicht gegen drei. Am Nachmittag war ich mit Henrik unterwegs.«

Olivia Lundkvist sieht Henrik an. »Stimmt das?«

»Ja«, antwortet er.

»Und dann, am Abend? Zwischen, sagen wir, sechs und zehn?«

»Da war ich zu Hause.«

»Können Sie das bestätigen?« Olivia Lundkvist sieht Henrik erneut an. Ich weiß, dass er das nicht kann, und habe das Gefühl, dass sich mein Magen zusammenzieht.

»Worum geht es hier?«, fragt er. »Sollten wir einen Anwalt kontaktieren?«

»Es steht Ihnen frei zu tun, was immer Ihnen beliebt«, antwortet Olivia Lundkvist. »Aber es würde die Sache erleichtern, wenn Sie mit uns zusammenarbeiten.«

»Ich war nicht zu Hause«, sagt Henrik. »Ich habe Stella etwa um halb fünf, fünf abgesetzt, glaube ich. Dann bin ich direkt zu einer Firmenfeier gefahren. Es gibt mindestens fünfundzwanzig bis dreißig Personen, die das bestätigen können.«

»Das ist nicht nötig«, sagt Olivia Lundkvist. »Sie haben also gefeiert?«

Henrik sieht sie noch immer an. »Warum? Ist das verboten?«

»Wann sind Sie nach Hause gekommen?«, fragt sie.

»Spät. Vielleicht habe ich irgendwo eine Taxiquittung.«

»Um halb vier«, sage ich. »Ich bin in der Nacht zu meiner Freundin gefahren. Kurz nachdem Henrik nach Hause gekommen ist. Fragen Sie sie, wann ich dort angekommen bin. Pernilla Dahl.«

»Warum sind Sie zu ihr gefahren?«, fragt Olivia Lundkvist.

»Wir hatten uns gestritten.«

»Worum drehte sich der Streit?«

»Um nichts.«

»Um nichts? Meiner Erfahrung nach drehen sich Streite für gewöhnlich um etwas. Aber bei Ihnen ist das nicht so?«

»Es war ein Missverständnis«, sage ich und sehe Henrik an. Er lächelt. Ich sehe die Polizisten an. »Ein lächerlicher Irrtum, mehr nicht.«

»Klingt aber nicht nach nichts«, sagt Mats Hedin. »Über was für eine Art von Irrtum reden wir hier?«

»Ich dachte, meine Frau würde sich mit jemand anderem treffen. Ich war eifersüchtig«, sagt Henrik. »Es stimmte aber nicht. Ich lag falsch. Zufrieden?«

Mats Hedin windet sich, und Olivia Lundkvist betrachtet Henrik höhnisch.

»Für die Zeit zwischen halb fünf am Nachmittag und vielleicht vier am nächsten Morgen kann also niemand bestätigen, wo Sie waren?«, sagt Mats Hedin an mich gewandt.

»Nein. Warum wollen Sie das wissen?«

»Isabelle Karlsson wurde als vermisst gemeldet«, sagt Olivia Lundkvist.

»Vermisst? Aber ich weiß doch, wo … «

»Warten Sie.« Kriminalinspektorin Olivia Lundkvist hält eine Hand hoch und lehnt sich vor. »Isabelle hat in der Hochschule Seminare verpasst. Das ist offenbar noch nie passiert. Sie hat ihren Status auf Facebook nicht aktualisiert. Seit Samstag gibt es in den sozialen Medien keinerlei Lebenszeichen von ihr. Sie geht seit mehreren Tagen nicht an ihr Handy. Ihr Freund und das Mädchen, mit dem sie zusammenwohnt, sind überzeugt, dass ihr etwas passiert ist.«

Olivia Lundkvist lehnt sich noch weiter vor und studiert mich.

»Isabelles Freund zufolge war sie beunruhigt, weil jemand sie gestalkt hat. Genau aus diesem Grund liegt eine polizeiliche Anzeige gegen Sie vor. Neben der Mutter sind Sie die Letzte, die Isabelle gesehen hat. Was Sie soeben bestätigt haben. Sie können es genauso gut sagen. Oder müssen wir aufs Revier fahren?«

»Jetzt reicht's«, sagt Henrik. »Dieses Gespräch ist hiermit beendet. Wenn Sie weitere Fragen haben, können Sie uns die in Anwesenheit unseres Anwalts stellen.« Er ist dabei aufzustehen, ich lege eine Hand auf seinen Arm.

»Ich weiß, wo sie ist«, sage ich.

»Jaa?« Kriminalinspektorin Olivia Lundkvist lehnt sich zurück. »Dann denke ich, dass Sie es uns sagen sollten.«

»Ich habe gestern bei Kerstin Karlsson angerufen und … «

»Warum?«, unterbricht mich Olivia Lundkvist. »Sie sollten Abstand halten und keinen Kontakt aufnehmen. Unter keinen Umständen.«

»Hören Sie eigentlich nicht, was ich sage? Isabelle ist in Borlänge. Bei Kerstin Karlsson. Sie ist es, mit der Sie sprechen sollten.«

»Wir haben bereits mit Isabelles Mutter gesprochen«, sagt Mats Hedin. »Isabelle ist nicht dort.«

»Kerstin lügt. Sie *ist* dort«, sage ich. »Ich habe mit ihr gesprochen. Sie klang benommen. Rufen Sie Ihre Kollegen in Dalarna an. Schicken Sie sie umgehend dorthin, bevor Kerstin mit meiner Tochter verschwindet. Erneut.«

»Isabelle ist Kerstins Tochter, soweit wir wissen. Aber wir haben begriffen, dass Sie anderer Auffassung sind.«

»Wie verdammt noch mal arbeiten Sie eigentlich? Sie haben eine vermisste Person, und ich weiß, wo sie ist. Isabelle ist in Borlänge, im Faluvägen. Überprüfen Sie das.«

»Beruhigen Sie sich«, sagt Mats Hedin. »Sie sind hier die Angezeigte. Kein anderer. Wenn ich Sie wäre, würde ich das nicht vergessen. Es fehlt wirklich nicht viel, dass Sie verdächtigt werden, Isabelle Karlsson entführt zu haben. Niemand außer Ihnen hat so starke Motive. Und niemand außer Ihnen hat bereits ein derart übertrieben großes Interesse an Isabelle gezeigt.«

Ich erhebe mich von dem Stuhl und werde lauter: »Meine Tochter wurde entführt. Mein Sohn angefahren. Tun Sie was. Bevor es zu spät ist.«

»Ich möchte, dass Sie sich jetzt beruhigen«, sagt Olivia Lundkvist und zeigt auf den Stuhl. »Setzen Sie sich.«

Ich stehe noch immer. Die beiden Polizisten sehen mich an, als wollten sie mich jeden Moment verhaften.

»Sie sind diejenigen, die sich beruhigen sollten«, sagt Henrik. »Unser Sohn wäre fast totgefahren worden. Meine Frau stand unter enormem Druck. Ihre Haltung macht alles nur noch schlimmer.«

»Wir tun nur unsere Arbeit«, sagt Mats Hedin. »Seien Sie so nett, und setzen Sie sich, Frau Widstrand.«

»Wir sind hier fertig«, sage ich, noch immer stehend. »Sie können jetzt gehen.«

»Wir wollen, dass Sie hier in der Stadt bleiben. Dass Sie zu erreichen sind.«

Ich antworte nicht.

»Haben Sie verstanden, was mein Kollege gesagt hat?« Olivia Lundkvist zieht die Augenbrauen hoch.

»Ich möchte jetzt gern bei meinem Sohn sein. Wenn es nichts mehr gibt?«

»Wir lassen von uns hören«, sagt Mats Hedin. Er steht auf und verlässt das Zimmer. Olivia Lundkvist folgt ihm, hält jedoch auf der Schwelle inne.

»Solche wie Sie machen immer die gleichen Schwierigkeiten«, sagt sie.

»Solche wie ich?«

»Solche, die glauben, Sie wüssten es besser als alle anderen.«

Ich gehe zu ihr. »Es ist mir scheißegal, ob Sie mich mögen oder nicht. Das Einzige, was jetzt wichtig ist, sind meine Kinder.«

Das Gesicht von Kriminalinspektorin Olivia Lundkvist ist nur wenige Zentimeter von meinem entfernt. Einen Augenblick lang glaube ich, dass sie noch einen spitzen Kommentar abgibt oder mich vielleicht einfach mit aufs Revier schleppt. Dann aber sehe ich, wie ein Lächeln einen ihrer Mundwinkel nach oben zieht.

»Okay«, sagt sie, dreht sich um und geht.

Stella

HENRIK NIMMT MICH in die Arme. Wir stehen lange mitten im Zimmer und umarmen uns. Ich lehne mich an seine Brust, spüre seinen Atem in meinen Haaren. Es ist so viel passiert in der letzten Zeit, dass wir Tage, Wochen bräuchten, um darüber zu reden. Aber in dieser Stunde hier bedarf es keiner Worte.

Milo kommt ins Zimmer zurück und legt sich ins Bett. Ich setze mich neben ihn und erzähle ihm von seiner großen Schwester. Ich erzähle ihm, dass sie lebt.

»Ich dachte, sie sei tot«, sagt er.

»Das habe ich auch gedacht. Aber dann auch wieder nicht. Das klingt seltsam, aber anders kann ich es nicht erklären.«

»Aber sie hat doch ein Grab. Und einen Stein mit einer weißen Taube darauf.«

»Man hat sie nie gefunden. Dort liegt niemand.«

»Aber warum glaubst du, dass sie lebt?«

»Ich bin ihr begegnet.«

»Alice?«

»Ja.«

»Wann?«

»Vor ein paar Wochen. Ich war mir zuerst nicht sicher. Es ist so viel Zeit vergangen. Deshalb bin ich so seltsam gewesen.«

Milo spielt an seiner Bettdecke herum. »Du warst verdammt anstrengend.«

»Ich weiß, dass ich viel früher etwas hätte sagen sollen«, sage ich und streichle seine Wange. »Sowohl zu dir als auch zu Papa. Das tut mir leid.«

Milo sieht Henrik an. »Was glaubst du, Papa? Ist das Alice?«

»Ich bin ganz sicher, dass sie es ist«, sagt Henrik. »Deine große Schwester.«

Ich zeige ihnen das Foto von ihr, das ich auf dem Handy habe. Milo und Henrik studieren es genau.

»Sie hat Lachgrübchen wie wir, Mama«, sagt Milo.

»Die hat sie«, sage ich.

»Du hast immer gesagt, dass sie Maria ähnelt«, sagt Henrik. »Aber ich finde, sie hat deine Züge.«

»Aber was ist passiert?«, fragt Milo. »Wo war sie die ganze Zeit?«

»Das ist eine lange Geschichte. Ich werde dir später alles erzählen. Zuerst werde ich sie holen.« Ich umarme ihn lange und gebe ihm einen Kuss auf die Stirn. Dann begleitet mich Henrik hinaus auf den Flur.

Wir küssen uns. Er umarmt mich fest, und ich schaue ihm in die Augen. Er nickt sachte. Auch, wenn er nicht will, dass ich fahre, weiß er, dass ich es tun muss.

Stella

DIE AUFFAHRT VOR DEM HAUS ist leer. Ich fahre daran vorbei und folge dem Faluvägen. Ich passiere einige Einfamilienhäuser und nähere mich einem stillgelegten Fabrikgelände am anderen Ende der Straße. Ich fahre darauf und halte an, wende und fahre wieder zurück zum Haus.

Noch einmal fahre ich daran vorbei, bevor ich rechter Hand in einen schmalen Kiesweg einbiege. Ich halte an und stelle den Motor ab, schaue hinüber zum Haus, das zwischen den Bäumen hindurchscheint. Vielleicht sollte ich trotz allem die Polizei anrufen. Doch nach der Begegnung heute Morgen weiß ich, dass das sinnlos ist. Ich bin es, die verdächtigt wird. Und mir ist es strengstens untersagt, überhaupt hier zu sein. Ich steige aus dem Auto und bewege mich zwischen den Bäumen hindurch Richtung Haus.

Hinter einer üppigen Fichte bleibe ich stehen und spähe zwischen den Ästen hindurch. Das Haus wirkt leer. Die Gardinen sind vorgezogen und die Rollläden heruntergelassen.

Ich gehe über den Rasen, die Treppe hinauf zur Haustür und drücke auf die Klingel. Sie funktioniert nicht. Ich klopfe, lege das Ohr an die Tür und lausche. Ich drücke den Türgriff nach unten und ziehe an der Tür. Sie ist abgeschlossen. Ich gehe die Treppe wieder hinunter und schaue durch das Küchenfenster, an dem die Rolläden nur zur Hälfte heruntergelassen sind. Ich klettere auf die Geschirrspülmaschine, die unter dem Fenster steht, lehne mich gegen das Glas und schaue hinein. Tisch und Stühle, ein gestreifter Vorleger aus Plastik auf dem Boden.

Ich gehe zur Rückseite des Hauses und komme zu einer Veranda. Ein paar Krähen ziehen ihre Kreise, ihr lautes Geschrei lässt mich innehalten. Neben der Verandatür steht ein schwarzer Müllsack. Eierkartons, leere Konservendosen und Essensreste liegen um ihn herum verstreut. Ich gehe weiter zu der Glastür, schaue durch den Schlitz zwischen den bodenlangen Gardinen ins Innere. Ich sehe die Küche und im Anschluss daran einen Raum mit braunen Wänden. Einen umgekippten Schreibtisch.

Sie hat Unterlagen. Im Schreibtisch. Ich werde nachsehen.

Ich hole mein Handy aus der Tasche und wähle die Nummer. Aus dem Inneren des Hauses ist ein schriller Klingelton zu hören, aber es geht niemand ran.

Ich suche nach etwas, womit ich die Scheibe der Glastür einschlagen kann, und finde einen Ziegelstein. Ich sehe mich um, dann schlage ich neben dem Türgriff damit das Glas ein. Das laute Geräusch, als es zerbirst, durchbricht die Stille. Ich halte die Luft an, doch als keiner der Nachbarn auftaucht, strecke ich den Arm hinein, löse die Verrieglung und öffne die Tür.

Ich trete in die Küche, bleibe still stehen und lausche. Irgendwo tropft Wasser. Ich sehe mich um. Ein gelber Plastikeimer in der Ecke an der hinteren Wand. Durch die Decke sickert Wasser.

Auf der Anrichte liegen mehrere Medikamentenschachteln. Ich drehe sie um und lese; Zoloft, Omeprazol, Zopiclon, Nozinan.

Ich gehe in den Raum hinter der Küche weiter und schalte die Deckenlampe ein. Hier drinnen hat jemand wie ein Berserker gewütet. Ein Bücherregal ist umgeworfen, die anderen sind leer, die Bücher kreuz und quer über den Boden verteilt. Ein Ziertisch liegt kopfüber neben der Wand, eine Lampe mit kaputtem Glasschirm ganz hinten hinter dem Schreibtisch, der mit halb offener Tür auf der Seite liegt. Ich gehe in die Hocke und öffne sie ganz. Leer. Ich stehe wieder auf, sehe mich im Zimmer um. Auf dem Boden, dort wo das Bücherregal gestanden hat, liegen Staubwülste, lang und grau wie abgestreifte Schlangenhäute. Ich hebe die Lampe auf und sehe halb verborgen unter einem Buch ein iPhone. Ich hebe es auf und schalte es ein. Das Hintergrundfoto leuchtet auf.

Alice.

Sie hat die Augen geschlossen und lacht. Ein blonder Junge küsst ihren Hals. Ich versuche, das Handy zu entsperren, brauche aber den Code. Der Akku ist leer, und das Telefon geht aus. Ich lege es ins Bücherregal. Über den Boden verteilt liegen einige Fotos. Ich hebe eins davon auf. *Kerstin und Isabelle, Kopenhagen, Februar 1994* steht auf der Rückseite. Bevor ich es mir ansehen kann, vernehme ich hinter mir eine Stimme. Ich schiebe das Foto in die Manteltasche und drehe mich um. Eine Frau mit kupferfarbenem Haar steht in der Tür. Sie lässt den Blick über das Durcheinander im Zimmer schweifen und sieht mich mit auffordernder Miene an. »Wer Sie sind, habe ich gefragt?«

Ich gehe ein paar Schritte auf sie zu und reiche ihr die Hand. Sie nimmt sie nicht.

»Stella Widstrand«, sage ich und lasse die Hand fallen. »Ich suche Kerstin Karlsson. Ich bin ums Haus herumgegangen und habe gesehen, dass eingebrochen wurde.«

Die Frau mustert mich von Kopf bis Fuß. Durchschaut sie meine Lüge? Vielleicht hat sie gehört, wie ich das Glas eingeschlagen habe?

»Haben Sie hier irgendjemanden gesehen?«, frage ich.

Die Frau bückt sich und hebt eine Porzellanfigur vom Boden auf. Ein Reh, dem ein Bein fehlt. Sie stellt es ins Bücherregal und sieht mich an. Eine Pendeluhr an der Wand tickt. Ich warte darauf, dass sie sagt, dass sie die Polizei rufen wird.

»Ich heiße Gunilla, Kerstins Nachbarin«, sagt die Frau. Sie streckt mir ihre Hand entgegen, und wir begrüßen uns. »Ich bin nicht sicher, ob es ein Einbruch war. Gestern Abend haben wir grauenhafte Geräusche von hier gehört. Gezeter und Geschrei. Ich wollte die Polizei rufen, aber Nils war der Meinung, wir sollten uns nicht einmischen.«

»Gestern Abend?«, sage ich. Das muss nach meinem Telefonat mit Alice gewesen sein.

»Den ganzen Morgen habe ich sie zwischen dem Haus und dem Auto hin und her rennen sehen, in diesem grässlichen Regenmantel, den sie immer trägt. Sie hat Taschen und Tüten hineingeworfen.«

»Wohin wollte sie?«

»Ich habe sie nicht gefragt. Kerstin will nie mit einem plaudern. Sie glaubt immer, man wolle herumschnüffeln.«

»Schade«, sage ich. »Ich wollte wirklich mit ihr reden.«

»Es scheint ihr nicht besonders gut zu gehen«, sagt Gunilla. »Das sieht man ihr an. Sie murmelt vor sich hin. Bleibt mit heruntergelassenen Rollläden drinnen. Und sie hat ihre Arbeit vernachlässigt. Es ist bergab gegangen, seit Hans im Frühjahr gestorben ist. Ihr Mann.«

»Das ist bedauerlich zu hören«, sage ich. »Wo arbeitet sie denn?«

»Wo sie gearbeitet hat, meinen Sie«, sagt Gunilla und rümpft die Nase. »Das Letzte, was ich gehört habe, ist, dass ihr im Hällsjöhemmet gekündigt wurde. Ich kenne dort Leute, verstehen Sie.«

»Wo liegt das?«

»Ganz in der Nähe.« Sie zeigt die Richtung mit der Hand an. »Man fährt den Faluvägen hier einfach ein Stück weiter, dann nach rechts auf die Hemgatan. Es ist ausgeschildert, nicht zu übersehen.«

»Danke«, sage ich, gehe an ihr vorbei und hinaus auf die Veranda. Als ich auf dem Kiesweg angelangt bin, kommt sie aus dem Haus und ruft mir hinterher.

»Hallo? Sie wollen doch wohl nicht einfach gehen?«

Ich gehe schnellen Schrittes zurück zum Auto. Gunilla ruft mir hinterher, sie will, dass ich stehen bleibe. Ich setze mich ins Auto, starte den Motor und fahre rückwärts auf den Faluvägen. Dann rufe ich Henrik an, der auf das erste Klingeln reagiert. Er fragt, was los ist. Ich erzähle, dass ich sie verpasst habe und dass das Haus komplett auf den Kopf gestellt worden ist. Dass ich Medikamente gefunden und Angst habe, was Kerstin mit Alice gemacht hat.

Henrik meint, dass ich sofort die Polizei anrufen soll. Er hat einen Anwalt kontaktiert und fleht mich an, keine weiteren Risiken einzugehen.

»Ich muss erst noch eine Sache überprüfen«, sage ich und lege auf.

Isabelle

ICH LIEGE AUF DER RÜCKBANK des Autos. Mama sitzt am Steuer und fährt. Sie führt Selbstgespräche und schüttelt den Kopf. Ich kriege nur einen Bruchteil davon mit.

Ich schaue nach draußen, erkenne aber überhaupt nichts wieder. Wohin sind wir unterwegs? Wie lange fahren wir schon? Ich schließe die Augen, und die Erinnerungen erscheinen mir in Bildern wie durch eine verschwommene, verdrehte Linse. Der Ton ist herausgeschnitten worden, alle Bewegungen sind aus dem Fokus geraten.

Mama kommt nach Hause. Ich sitze an den Schreibtisch gelehnt da. Sie sieht den Ordner in meinen Händen. Sie sieht die Fotos. Sie schreit und brüllt. Sie zerrt mich weg. Knallt meinen Kopf gegen die Wand und reißt alles aus den Bücherregalen heraus, schmeißt eins von ihnen um und wirft mit Büchern nach mir. Ich liege in Embryostellung auf dem Boden, die Arme vor dem Gesicht. Ich versuche wegzukriechen. Mama schreit, dass ich nicht wüsste, was am besten für mich sei, wieder und wieder fragt sie, warum ich sie hasse, trotz allem, was sie für mich getan hat. Als ich nicht antworte, kippt sie den Schreibtisch auf meine Beine. Anschließend lässt sie mich liegen und geht ins Wohnzimmer. Sie schaltet den Fernseher an, ich höre sie über eine Nachrichtensendung fluchen. Sie geht im Zimmer auf und ab und führt Selbstgespräche.

Als sie zurückkommt, sagt sie, dass ich sie traurig mache. Ich bitte um Verzeihung, will sie besänftigen und alles wiedergutmachen. Mama sagt, ich solle noch eine Chance bekommen. Obwohl ich die nicht verdient habe. Sie nimmt den Schreibtisch weg, beklagt sich über mich. Verspricht, dass alles gut werden wird. Sie hilft mir aufs Sofa. Sie macht Tee, sagt mir, dass ich alles austrinken soll. *Ich gehorche.* Sie streichelt mir über die Haare und summt. Das Geräusch vom Fernseher ist laut, irgendeine englische Serie über Menschen aus der Oberschicht in einem Schloss. Ich drifte ab.

Das Festnetztelefon klingelt.

Ich schaue auf und frage mich, ob das Stella ist. Mama geht ran, ihre Stimme ist gekünstelt. Sie lügt und sagt, dass ich nicht hier sei, dass ich sie nicht nach Hause begleitet hätte. Sie spricht über Stella, sagt, sie sei gefährlich.

Ich habe Mama bereits früher böse erlebt. Ich habe sie manipulierend erlebt. Aber zum ersten Mal sehe ich ein, dass sie krank ist und nie gesund werden wird. Dass *sie* es ist, die gefährlich ist.

Und sie bemüht sich nicht mehr, es zu verbergen.

Mama zwingt mehr Tee in mich hinein. Ich ahne, dass damit etwas nicht stimmt, dass er vergiftet ist. Ich spucke ihn aus, wenn sie es nicht sieht. Stecke den Finger in den Hals und übergebe mich, als ich auf die Toilette gehe.

Sie führt mich aus dem Haus heraus zum Auto.

Meine Augen brennen, das Licht blendet. Ich habe starke Schmerzen im linken Oberschenkel, dort, wo der Schreibtisch gelandet ist. Gunilla und Nils sind sonst immer draußen. Jetzt sind sie nirgends zu sehen. Kein Mensch, so weit das Auge reicht.

Wo seid ihr? Warum tut ihr nichts? Warum lasst ihr sie das hier mit mir machen?

All die Male, die ich zur Schulkrankenschwester gegangen bin. Kratzwunden und blaue Flecken, Bauchweh und Kopfschmerzen. Wirkliche und erfundene Schmerzen. Warum hat sie nicht reagiert? Nicht ein einziges Mal hat sie gefragt, wie es mir zu Hause geht.

Das Auto rollt auf die Straße. Ich drehe mich um und schaue zum Haus. Ich weiß, dass ich es zum letzten Mal sehe.

Mama hält an einer Tankstelle. Ich tue so, als würde ich noch immer schlafen, und beobachte sie. Sie steigt aus, geht hinein und spricht mit dem Typen an der Kasse. Er begleitet sie nach draußen. Sie ist jetzt ein anderer Mensch, fröhlich und ungezwungen. Wie macht sie das?

Sie ist immer falsch gewesen. Sie lügt und verstellt sich anderen gegenüber. Sie hat die Fähigkeit, andere dazu zu bringen, ihr zu trauen, sich ihr anzuvertrauen. Keiner hat ihre wahre Natur erahnt, nicht einmal ich, die ich bei ihr aufgewachsen bin.

Der Typ sieht nett aus. Ich will, dass er versteht, wünsche mir von ganzem Herzen, dass er sieht, wer sie wirklich ist. Dass er erkennt, wie verrückt sie ist. Aber er lächelt nur.

Kerstin

DER TYP AN DER KASSE lächelt mich an. Ich lächle zurück. Ich käme mir so dumm vor, sage ich, aber ich glaube, dass mein Blinker kaputt ist. Vielleicht kann er mir ja helfen, die Birne zu wechseln? Ich will doch nicht unnötig die Verkehrspolizei verärgern, will nicht angehalten werden.

Selbstverständlich hilft er mir, das sei schnell erledigt. Im Moment sei nicht so viel zu tun. Währenddessen plaudern wir ein bisschen. Ich erzähle, dass ich das Auto gerade erst aus der Werkstatt geholt habe, dass sie aber offensichtlich geschlampt hätten. Er ist freundlich und entgegenkommend. Wir lachen, und er findet mich nett. Das kann ich sein, wenn ich will. Ich weiß, wie das geht.

Er fragt, wie es meiner Tochter geht. Sie scheint tief und fest zu schlafen, sagt er.

Das ist gut, antworte ich. Das braucht sie auch. Ich erzähle, dass sie krank ist.

Er hofft, dass sie schnell wieder gesund wird.

Danke, das wird sie sicher.

Ich mag den Blick nicht, mit dem er sie beäugt, beschließe aber, nachsichtig zu sein. Schließlich ist er hilfsbereit. Und mein Blinker funktioniert wieder.

Ich gehe um das Auto herum zum Kofferraum und hole den Wasserkanister heraus, dann folge ich ihm wieder in den Verkaufsraum. Ich lege ein paar Konserven in einen Einkaufskorb, bezahle und bedanke mich für die Hilfe.

Früher hat Hans so etwas erledigt. Jetzt, wo er nicht mehr da ist, muss ich selbst klarkommen. Und das tue ich auch. Das Problem mit Hans war, dass er mich schwach gemacht hat. Aber ich kann es mir nicht leisten, schwach zu sein, ich muss stark sein. Für mein Kind. Für mich. Und das bin ich. Stärker, als man meint.

Hans hätte es lassen sollen, sich zwischen mich und meine Tochter zu drängen. Er hätte die Liebe nicht annehmen sollen, die mir zugedacht war. Er hätte Isabelle nie zureden sollen, nach Stockholm zu ziehen. Er hätte sie nicht ermuntern sollen, den ganzen Sommer dort zu bleiben.

Ich war gezwungen, ihn loszuwerden.

Und mit seinem letzten Atemzug ist meine Schwäche verschwunden. Ich habe es in seinen Augen gesehen, dass er es endlich verstanden hatte. Das war sein letztes Geschenk an mich.

Ein großer SUV mit höhergelegter Karosserie parkt vor dem Ausgang. Die Musik dröhnt. Die sogenannte Musik. Sie klingt mehr wie ein einziges Teufelsgeschrei. Mehrere Jugendliche stehen an das Auto gelehnt da, ein paar selbstherrliche Jungs und ein leicht bekleidetes Mädchen. Sie starren mich an, als ich herauskomme, ziehen Grimassen und lachen.

Ein junger Kerl, das Basecap falsch herum auf dem Kopf, kommt auf mich zu. Absichtlich rempelt er im Vorbeigehen meine Schulter.

»Sieh dich vor«, sage ich.

Er glotzt mich an, als wäre es mein Fehler gewesen. Dann zeigt er mir den Stinkefinger und wirft mir hässliche Worte an den Kopf.

Ich schlucke verärgert und gehe weiter.

Ungezogener Rotzlöffel.

Ich gehe zur Servicestation um die Ecke und fülle den Kanister mit Wasser. Er ist schwer und schlägt gegen mein Bein. Ich halte inne und ändere den Griff.

Endlich bin ich am Auto. Es ist leer.

Isabelle

ICH SEHE SIE in den Verkaufsraum zurückgehen. Ich bekomme die Autotür auf und klettere hinaus. Mein Herz pumpt, das Blut rauscht mir wie ein Wasserfall in den Ohren. Mein Körper fühlt sich schwer an, und ich schwanke.

Auf dem Parkplatz stehen andere Autos, aber niemand sitzt darin. Ein Stück entfernt steht ein Bus und daneben ein LKW. Ich gehe zur Straße und winke einem Auto, das in meine Richtung abbiegt. Der Fahrer sieht mich. Ein älterer Mann mit braun kariertem Käppi und einer Brille mit massiver Fassung. Er winkt zurück, fährt vorbei und verschwindet.

Mehrere Autos fahren auf der großen Straße vorbei. Niemand sieht mich, niemand bemerkt meine kraftlosen Versuche, mit den Armen zu wedeln. Ich schreie um Hilfe, aber meine Stimme ist zu schwach. Ich sehe zu Boden und stelle fest, dass ich keine Schuhe anhabe. Das Gras, auf dem ich stehe, ist nass, meine blau gestreiften Strümpfe sind durchnässt.

Ich schaue nach rechts, dann nach links. Wir können sonst wo in Schweden sein. Rot-weiße Fahnen mit dem Namen der Tankstellenkette. Rechts ein Spielplatz, links die Autobahn, und auf der anderen Seite Wiesen und Felder. Weiter entfernt einige Häuser und eine Scheune, dann Wald. Ich drehe mich um und sehe ein Schild mit leuchtend grünen Buchstaben über einem roten Gebäude. Ich blinzle, versuche etwas zu erkennen. Ringarums Värdshus steht da.

Ich muss jemanden finden, der mir helfen kann. Bevor Mama rauskommt, bevor sie mich sieht. Ich gehe zurück zu dem Bus. Ein fetter Mann in Busfahreruniform zündet sich eine Zigarette an. Ich frage ihn, ob er mir helfen kann. Er sieht mich an und runzelt die Stirn. Er nennt mich Drogenteufel und brüllt mich an zu verschwinden.

»Ich brauche Hilfe«, sage ich und trete näher an ihn heran. »Bitte, darf ich mich im Bus verstecken?«

Der Mann stößt mich weg und geht. Ich sinke auf dem Asphalt zusammen. Schmerzen jagen mir durch den Oberschenkel. Mein Kopf pocht von dem Schlag, als Mama ihn gegen die Wand geknallt hat. Ich versuche, auf die Beine zu kommen, aber mein Körper ist vollkommen kraftlos.

»Hallo«, sagt eine Stimme. Ein junger Mann mit langen Haaren und Bart hockt sich neben mich. »Wie geht's dir? Hat er dir wehgetan?« Er legt eine Hand auf meine Schulter.

»Hilf mir.«

»Bist du allein?« Er schaut sich um, steht auf und sieht zur Tankstelle.

Ich packe seine Hand und ziehe ihn zu mir herunter, ich flüstere: »Ich muss hier weg.«

Er hilft mir auf. »Das Auto steht dort drüben«, sagt er und zeigt auf einen silbergrauen Volvo.

Ich humple so schnell ich kann, seinen Arm um meine Schultern als Stütze. Es ist viel zu weit bis zum Auto. Mama darf mich nicht sehen.

Er öffnet die Tür, und ich gleite auf die Rückbank. Ein kurzhaariges Mädchen mit asiatischen Zügen sitzt auf dem Beifahrersitz, sie dreht sich um und sieht mich an.

»Was ist mit dir passiert? Sieht aus, als hättest du Prügel bezogen.«

»Sie muss ins Krankenhaus«, sagt der Mann. »Sie wurde niedergeschlagen.«

»Willst du, dass wir dich ins Krankenhaus bringen?«, fragt die Frau.

Ich schüttele den Kopf. Sie diskutieren miteinander. Ich appelliere an sie, von hier wegzufahren.

»Wir wollen nach Västervil«, sagt er. »Willst du mitfahren?«

Ich nicke.

Endlich startet er den Motor und fährt Richtung Ausfahrt.

Ich schließe die Augen und lehne den Kopf gegen die Scheibe.

Stella

DAS HÄLLSJÖHEMMET IST EIN großes Backsteingebäude mit hellgrünem Dach und drei gleichfarbigen runden Erkern an der Vorderseite. Ich betrete den Eingangsbereich und gehe durch die nächste Doppeltür weiter. In einer Glasvitrine liegen Gegenstände, die wahrscheinlich im Rahmen irgendeiner Therapie entstanden sind. Topflappen, Buttermesser, ein Wandteppich mit gesticktem Text.

Ein langer Flur erstreckt sich über das gesamte Erdgeschoss. Salon Gaby, ein Friseur, liegt rechts neben der Fußpflege, links sind ein Café und eine Apotheke. Geradeaus befinden sich die Fahrstühle, und weiter entfernt ist eine Art Aufenthaltsraum mit Tischen und Stühlen aus hellem Holz. Vor den großen Fenstern sind eine Talsenke und eine Einfamilienhaussiedlung zu erkennen.

Dem Aushang an der Wand neben den Fahrstühlen zufolge befinden sich die Stationen in den Etagen zwei, drei und vier. Ich steige ein und fahre hinauf in die vierte. Als ich den Fahrstuhl verlasse, kommt eine Frau in weißer Hose und blauem Schlupfkasack auf mich zugerannt. Sie eilt an mir vorbei und scheint mich nicht einmal zu bemerken.

Ich gehe in den rechten Flur und frage mich, warum ich eigentlich hierhergefahren bin. Kerstin wird mit Alice wohl kaum hier sein.

»Kann ich Ihnen helfen?« Eine kräftige Frau mit finnischem Akzent kommt aus einem Vorratsraum.

»Ich suche eine Bekannte, die hier arbeitet«, sage ich.

»Wen?«

»Kerstin Karlsson.«

Das Gesicht der Frau verfinstert sich.

»Kerstin?«, sagt sie. »Die arbeitet nicht mehr hier.«

Das Namensschild an ihrer Schlupftunika zeigt an, dass sie Ritva heißt.

Sie hinkt zurück in den Vorratsraum. Ich folge ihr und bleibe in der Tür stehen.

Ritva packt Desinfektionsmittel aus einem Karton aus und fährt fort: »Sie hat mehrere Schichten versäumt und nicht einmal Bescheid gesagt. Und wenn sie mal hier war, hat es Beschwerden gegeben.«

»Beschwerden?«

»Sie ist immer speziell gewesen, aber in letzter Zeit war sie richtig böse zu den Alten. Grob und zornig. Außerdem sind Medikamente verschwunden.« Ritva streckt den Rücken durch und sieht mich an. »Sind Sie eine Bekannte von Kerstin?«

»Von Isabelle.«

»Von Kerstins Tochter?«, sagt Ritva. »Als sie kleiner war, ist sie immer mal mit hergekommen. Ein süßes, liebes Mädchen.«

»Ich kann sie seit mehreren Tagen nicht erreichen«, sage ich. »Ich wollte Kerstin fragen, ob sie weiß, wo sie ist.«

Ritva schließt die Tür zum Vorratsraum und geht den Flur hinunter. »Es ist lange her, dass ich Isabelle gesehen habe. Sie wohnt jetzt in Stockholm. Sie war immer nett und gewissenhaft.« Sie bleibt vor dem Personalraum stehen. »Ich hoffe, Sie erreichen sie.«

»Das hoffe ich auch«, sage ich, während mein Blick auf ein gerahmtes Bild an der Wand fällt. Ein Baum, an dessen Ästen Fotos kleben.

»Das sind wir, die wir hier arbeiten«, sagt Ritva und zeigt darauf. »Hier bin ich. Und hier haben Sie Kerstin.«

Sie klopft mit dem Finger auf ein Foto rechts oben. Die Fotos sind verblichen und grau, Ritva und Kerstin haben lange hier gearbeitet.

»Bedauerlich, mitzuerleben, wie sich ein Mensch so verändert.« Ritva lässt mich allein und geht in das Zimmer.

Ich studiere das Foto erneut. Das Gesicht ist rund, die Augen klein. Die Haare sind dünn und sehen gefärbt aus. Unter dem Foto klebt ein handgeschriebener Zettel. *Kerstin Karlsson.*

Ich bin ihr schon einmal begegnet.

Aber da hat sie sich als jemand anderer ausgegeben.

Isabelle

WIR NÄHERN UNS Västervik. Ich bin frei. Mit jedem Kilometer, den wir hinter uns lassen, nimmt die Unruhe weiter ab.

Durch halb geschlossene Augen schaue ich durch die Seitenscheibe nach draußen. Hinter den Baumkronen sind weißgraue Wolken zu erkennen, kurz davor aufzureißen und die Sonne durchzulassen. Über den Feldern liegen Nebelschwaden. Wir fahren an ein paar Bauernhöfen vorbei. Pferde und Kühe stehen auf der Weide. Kilometerweit Wald.

Hanne und Ola diskutieren, ob sie bei Willys oder Ica Maxi anhalten sollen. Sie scheinen sich recht viel zu streiten. Aber sie lachen auch oft und berühren einander. Ich vermisse Fredrik ganz fürchterlich.

»Kann ich mir ein Handy leihen?«, frage ich.

Hanne dreht sich um und reicht mir ihr Telefon. Es klingelt ein paar Mal, dann geht er ran.

»Fredrik, ich bin's.«

»Isabelle? Wo bist du? Ich habe dich eine Million Mal angerufen. Weißt du, dass du als vermisst gemeldet bist?«

»Mama ist durchgedreht«, sage ich. »Aber ich habe Hilfe bekommen. Ich bin jetzt auf dem Weg nach Västervik. Aber ich weiß nicht, wie ich nach Hause kommen soll.«

»Ich leihe mir Mutters Auto und hole dich ab. Kann ich dich über diese Nummer hier erreichen?«

»Für eine Weile noch«, antworte ich.

»Ich rufe in zehn Minuten zurück.«

»Okay.«

Wir legen auf, ich wische die Tränen weg und gebe Hanne das Handy zurück.

»Mit wem hast du gesprochen?«, fragt sie.

»Mit einem Freund. Er kommt aus Stockholm und holt mich ab. Kann ich bei euch bleiben, bis er kommt?«

»Selbstverständlich«, antwortet Ola. »Oder, Hanne?«

»Absolut«, sagt sie. »Wir lassen dich nicht gehen, bevor wir wissen, dass du in Sicherheit bist.«

Sie lächelt mich an, und auch ich lächle. Mir wird klar, was für ein Glück ich hatte, Ola und ihr zu begegnen. Ohne sie wäre mir die Flucht nicht gelungen. Ich habe keine Ahnung, wohin Mama mich bringen wollte. Aber ich habe das Gefühl, dass die Reise, zu der sie mich gezwungen hat, ein schlimmes Ende genommen hätte.

Nach einer Weile sagt Hanne, dass sie mal müsse. Ola fragt, warum sie das nicht in Ringarum erledigt hat?

»Weil ich da noch nicht musste«, entgegnet sie.

»Hier kann man nicht anhalten«, sagt er.

»Das kann man gewiss.«

»Nein, das kann man nicht.«

»Joho.«

»Neein.«

»Halt am Hjorten.«

»Ich hasse diesen heruntergekommenen Ort. Als ich klein war, haben meine Eltern immer dort angehalten und Kaffee getrunken.«

»Sei nicht albern, Ola.«

»Du kannst dort nicht einfach reingehen und pissen. Nicht, ohne dass wir irgendwas essen.«

»Kauf ein Eis am Kiosk.«

»Es ist kein Sommer, Hanne.«

»Dann einen Kaffee.« Sie dreht sich zu mir um. »Möchtest du Kaffee, Isabelle?«

»Ja, danke«, antworte ich.

»Da hörst du es«, sagt sie und gibt Ola verärgert einen Klaps auf den Hinterkopf.

»Auuuuu«, jault er auf und tut so, als würde es wehtun. Beide lachen aus vollem Hals, und ich lache auch.

Rechter Hand von uns liegt ein See, und wir fahren an einem Schild vorbei: *Wärdshuset Hjorten*. Nach fünfhundert Metern biegt Ola ab, und ich sehe ein niedriges rotes Gebäude mit Aussicht auf den See. Er schafft es nicht einmal ordentlich zu parken, als Hanne auch schon die Tür aufreißt, rausspringt und Richtung Cafeteria läuft.

Ola verdreht die Augen und sieht mich dabei im Rückspiegel an. Er dreht das Lenkrad, schaut zur Seite und will zurücksetzen. Da ertönt ein gewaltiger Knall, das Auto wird zur Seite geschleudert. Der Sicherheitsgurt schneidet mir in den Brustkorb, und ich sehe Olas Haare wie in Zeitlupe erst nach hinten und dann nach vorn fliegen, als sein Kopf gegen das Lenkrad knallt.

Anschließend herrscht Stille.

Schnelle Schritte auf dem Asphalt. Ein dunkler Schatten vor dem Fenster.

Zuerst sehe ich nicht, wer es ist. Und als ich es begreife, ist es bereits zu spät.

Ich fummle am Gurt herum, die Tür wird aufgerissen, Mama packt mich an den Haaren und zieht. Ich schreie und stolpere aus dem Auto.

Ola windet sich vom Fahrersitz und stellt sich ihr in den Weg. Er fasst sich an den Kopf und verzieht vor Schmerzen das Gesicht. »Was zum Teufel tun Sie da?«, herrscht er sie an.

Mama stößt ihn weg und zerrt mich zu ihrem Auto. Ich biete all meine Kraft auf und kämpfe dagegen an.

»Bleiben Sie verdammt noch mal stehen«, brüllt Ola und packt Mama am Arm.

Sie schwenkt den Arm in einem weiten Bogen und schlägt

auf ihn ein. Eine Blutfontäne spritzt aus seinem Hals. Ola starrt sie verwundert an und sackt neben der Autotür zusammen. Blut durchtränkt sein Hemd, ich spüre Spritzer im Gesicht, sehe, wie mein Pullover Flecken bekommt. Jetzt sehe ich, dass Mama einen Schraubenzieher in der Hand hält. Sie wirft ihn weg und zerrt mich zum Auto.

Ein anhaltender Schrei ist zu hören, und ich frage mich, ob er von mir kommt, bis ich Hanne auf uns zurennen sehe.

Sie wirft sich neben Ola auf die Knie, presst die Hände gegen seinen Hals und versucht die Blutung zu stoppen.

Es brennt in meinen Augen, und ich spüre, wie mir Tränen die Wangen herunterlaufen.

Mama zieht an meinen Haaren und zischt, dass ich es hätte besser wissen müssen.

Mamas Hände sind hart und unvorsichtig, sie zerren, ziehen, stoßen, schlagen. »Rein ins Auto.«

Ich frage sie, warum sie das tut, was sie mit mir vorhat.

Mama sieht mich verständnislos an. Sie sagt, dass sie meine Mama ist. Dass ich ihr Kind bin. Dass sie alles auch nur Erdenkliche tun wird, um mich zu schützen. Sie ist bereit, meinetwegen zu morden, wenn es das ist, was nötig ist.

Sie hat eine schwarze Taschenlampe in der Hand. Sie hebt sie hoch, und ich wehre mich gegen den Schlag.

Kerstin

EIN SILBERGRAUER VOLVO SUV steht an der Ausfahrt. Ein langhaariger, bärtiger Kerl sitzt hinter dem Lenkrad, neben einem kurzhaarigen Mädchen oder Kerl, unmöglich zu erkennen.

Aber auf der Rückbank sitzt du, Isabelle.

Ich winke und rufe dem Fahrer zu, dass er nicht losfahren soll. Ich schreie ihn an, sofort anzuhalten, dass meine Tochter in seinem Auto sitzt. Er hört mich nicht, sieht mich nicht. Aber er tut nur so, es ist eindeutig, dass er mich bemerkt.

Er entführt mein Kind. Stiehlt es mir.

Warum?

Dumme Frage. Ich weiß es doch bereits.

Und der Gedanke an das, was er mit ihr tun wird, lässt mich vor Wut eiskalt werden. Er kapiert nicht, wer ich bin. Wozu ich fähig bin. Er weiß nicht, dass ich ihm bis ans Ende der Welt folgen werde, um meine Tochter zurückzubekommen.

Warum Isabelle? Warum? Warum hast du mich bewusst getäuscht, so getan, als würdest du schlafen und bist dann weggelaufen und hast versucht zu fliehen. Ich hätte es wissen müssen, ich hätte wachsamer sein müssen.

Ich setze mich ins Auto und fahre auf die E22.

Hab keine Angst. Ich bin da.

Das tut jetzt weh. Aber auch das hat einen Sinn. Schmerzen gebären Stärke. Es ist nur ein kurzer Augenblick, es geht bald vorüber. Nachher werde ich dich trösten und mich um dich kümmern, wie ich das immer tue. Ich werde das Blut von deiner Stirn wischen, ich werde all deine Tränen trocknen. Wir können backen, wenn du möchtest? Was hältst du von Schokoladenmuffins?

Du schläfst jetzt. Das ist gut.

Bald wirst du gesund sein. Wenn ich dich gesund mache.

Und wir werden wieder von vorn anfangen. Das tun wir immer. Denn das hier sieht dir nicht ähnlich. Das bist nicht du. Das ist die Schwäche in dir. Ich werde immer da sein, um dich auf den rechten Weg zu führen. Ich hoffe, du weißt das. Ich hoffe, du verstehst, wie wichtig du für mich bist.

Ich habe mich so lange nach dir gesehnt, bis du da warst, musst du wissen. Das Leben hat dich mir geschenkt.

Warum kannst du mich nicht einfach lieben? Das Einzige, was ich will, ist, dass wir einander lieben. Dass du es zulässt, dass ich mich um dich kümmere. Wenn du dir wehgetan hast, habe ich dich getröstet, wenn du dich verletzt hast, habe ich deine Wunden versorgt, und wenn du krank warst, habe ich dich gepflegt.

Für meine Fürsorge habe ich viel Lob erhalten. Alle haben gesehen, was für eine aufopferungsvolle Mutter ich bin. Es gibt nichts Besseres für mich, als mich um dich zu kümmern. Wenn du mich deine Hand halten lässt, dich trösten lässt. Meine Liebe, hab keine Angst. Mein dummes kleines Kind, es ist doch nur zu deinem Besten.

Es ist ein schöner Tag, die Sonne scheint für uns. Bald sind wir da. Bald sind wir zurück.

Bald sind wir zu Hause.

Stella

ICH STARRE DAS FOTO der lächelnden Frau an.

Ich bin ihr begegnet, wir haben miteinander gesprochen.

Wir haben im Coffeehouse by George zusammen Kaffee getrunken.

Das Foto, das ich anstarre, zeigt Eva.

Sie war warmherzig und einfühlsam und hat mich dazu gebracht, über alles zu sprechen. Ich habe ihr von Alice erzählt, dass ich sie gefunden hätte. Dass ich sicher sei, dass Isabelle meine Tochter ist, mein verschwundenes Kind. Eva hat mich dazu ermuntert, weiter nach der Wahrheit zu suchen, auch wenn alle glauben, ich sei verrückt. Ich habe ihr erzählt, dass ich nach Vällingby und zur KTH gefahren bin, in der Hoffnung Alice zu sehen. Ich habe ihr von Henrik erzählt und dass ich ihm nichts gesagt habe. Ich habe ihr verraten, dass er mich einmal in die Psychiatrische Notaufnahme gebracht hat und dass ich mir nicht sicher sei, ob er mir glauben würde.

Ich habe mein Leben mit ihr geteilt, mich ihr gegenüber ganz geöffnet. Ich habe ihr von meiner Angst erzählt, wieder Mutter zu werden. Von der Sorge, keine weiteren Kinder zu bekommen. Und ich habe ihr von Milo erzählt. Von der Sorge, dass ihm etwas zustoßen könnte, dass auch er mir genommen werden könnte.

Eva hat mir zugehört. Eva hat mich verstanden. Eva hat mich getröstet und mir gute Ratschläge gegeben.

Eva hat meinen roten Regenschirm gemocht.

Ich habe das Hällsjöhemmet fast verlassen, als mir das Foto einfällt, das ich in die Manteltasche gesteckt habe. Ich bleibe stehen und hole es heraus. Eine jüngere Kerstin mit einem Baby auf dem Arm. *Kerstin und Isabelle, Kopenhagen, Februar 1994.* Das Baby ist blond. Es hat lockige Haare und lacht, aber ihm fehlen die Lachgrübchen. Das hier ist nicht Alice. Das ist ein anderes Kind.

Und wenn sie es nicht ist, wer ist es dann?

Ich gehe zum Parkplatz vor dem Eingang. Ich setze mich ins Auto, lehne mich im Sitz zurück und beginne von vorn.

Der regnerische Septembertag, als Isabelle in meine Praxis kam. Sie hat ihre langen, schwarzen Haare geschüttelt und mich angelächelt. Bereits da habe ich gewusst, dass es Alice ist.

Mein Tagebuch. All die Erinnerungen.

Daniel und unsere Geschichte.

Der Fehler, Henrik gegenüber nicht von Anfang an ehrlich gewesen zu sein. Die Angst, dass mir nicht geglaubt wird, die Angst mich zu irren. Die Furcht, wieder in die Psychiatrie eingewiesen zu werden.

Eva hat mich getäuscht und dazu gebracht, ihr alles zu erzählen.

Kerstin hat Henrik aufgesucht und das, was ich ihr anvertraut hatte, gegen mich verwendet. Ihr Anruf bezüglich Milo hat mich dazu gebracht, in die Schule zu fahren und eine Szene zu machen. Was Henrik wiederum veranlasst hat, mich zu Doktor Savic zu bringen.

Evas Hinterhältigkeit, Kerstins Lügen.

Sie hat Milo in dem Glauben angefahren, dass ich es sei.

Der Besuch bei Sven Nilsson. Die Spur, von der er gesprochen hat. Die falsche Spur. *Er wollte alles erzählen. Aber er ist plötzlich gestorben. Bevor er noch etwas sagen konnte.*

Strandgården wurde, kurz nachdem wir dort waren, geschlossen. Elle-Marja hat erzählt, die Tochter wollte es nicht weiterführen, nachdem Lundin gestorben war.

Er ist plötzlich gestorben.

Kerstin muss im August 1994 auch in Strandgården gewesen sein, aber ich kann mich nicht erinnern, sie gesehen zu haben. Was hat sie dort gemacht? Sie hat in keiner der Hütten gewohnt, da bin ich mir sicher. Wir haben für gewöhnlich mit den anderen Gästen gesprochen, wenn wir mit dem Kinderwagen unterwegs oder am Strand waren.

Roger Lundin ist unerwartet gestorben.

Er wollte alles erzählen.

Hat *er* etwas gewusst? Und wenn ja, was?

Er hatte eine Tochter. *Sie war in dem Jahr für eine Weile hierhergezogen, später ist sie wieder verschwunden. Sie hatte ein Baby, vermutlich war es zu schwer, sich um alles alleine zu kümmern.*

Das Foto, das ich gefunden habe. *Kerstin und Isabelle, Kopenhagen, Februar 1994.*

Und ich höre Alices Stimme: *Ich bin in Dänemark geboren.*

Ich nehme das Handy, google Elle-Marjas Telefonnummer. Ich finde sie und rufe an.

»Hallo?«

Ich erkenne die Stimme wieder, nasal und dünn.

»Hallo Elle-Marja, ich heiße Stella Widstrand. Wir haben uns vor ein paar Wochen in Strandgården getroffen.« Ich warte. Vernehme im Hintergrund Hundegebell.

»Ja, hallo?«, sagt Elle-Marja.

Ich versuche es erneut, sage meinen Namen und erinnere sie daran, dass wir uns schon einmal begegnet sind.

»Ja, ja, ich erinnere mich an Sie«, sagt Elle-Marja. »Ich erinnere mich sehr gut an Sie. Halt die Klappe Buster, jetzt rede ich.«

»Ich brauche Ihre Hilfe«, sage ich. »Ich muss etwas über Roger Lundin aus Strandgården wissen, über seine Tochter.«

»Ja?«

»Sie haben erzählt, dass er 1994 gestorben ist.«

»Er ist zu Hause auf dem Sofa gestorben, Gott hab ihn selig«, sagt Elle-Marja. »Die Tochter hat ihn gefunden. Sie hat den Notarzt gerufen, aber er war schon tot, als sie kamen.«

»Woran ist er gestorben?«

Elle-Marja hustet kräftig und bittet um Entschuldigung. »Er hatte Diabetes. In seinem letzten Sommer hat er etwas zu sehr Gefallen an der Flasche gefunden, wenn Sie verstehen. Das war der Todesstoß, wie man so sagt.«

»Sie sagten, dass seine Tochter nach Hause gezogen war?«, sage ich. »Dass sie ihr Kind dabeihatte.«

»Ich bin ihr ein paar Mal mit dem Kind begegnet. Im Frühjahr, im März oder April, glaube ich. Wirklich süß. Wie ein kleiner Engel.«

Mehrere Monate bevor wir dort waren. Was ist mit diesem Mädchen geschehen? Was ist mit der richtigen Isabelle geschehen?

»Es war zu Anfang des Sommers, dass sie nicht mehr herausgekommen ist«, fährt Elle-Marja fort. »Sie hat sich nur noch drinnen aufgehalten, sich keiner Seele gezeigt. Es gab Gerüchte.«

»Was für Gerüchte?«

»Die Leute haben gesagt, sie hätte Probleme.«

»Alkoholprobleme? Wie ihr Vater?«

»Eher mentale Probleme. Keiner wusste richtig, was mit ihr nicht stimmte. Aber das war es, was die Leute gesagt haben. Und als Lundin gestorben ist, ist sie mit dem Kind weggezogen.«

»Wie hat sie geheißen, Lundins Tochter?«

»Sie war nicht so lange hier. Und jetzt ist alles verfallen. Das ist wirklich bedauerlich. Denken Sie nur, wenn sie sich stattdessen darum gekümmert hätte.« Ein weiterer Hustenanfall.

Ich werde ungeduldig. »Elle-Marja, hören Sie mir zu«, sage ich. »Erinnern Sie sich an ihren Namen?«

»Leider nicht. Ich komme absolut nicht darauf, wie sie geheißen hat.«

»Kerstin? Hieß sie Kerstin Lundin?«

Elle-Marja zögert. »Nein, das glaube ich nicht. Warten Sie kurz. Ich werde nachsehen ... «

Es raschelt und scharrt, im Hintergrund höre ich die alte Frau vor sich hin murmeln. Ich warte. Lausche, wie sie Selbstgespräche führt und herumwirtschaftet.

»Ich hab's gefunden«, sagt sie schließlich. »Ich habe ein Buch über die Geschichte der Region, verstehen Sie. Es lag hinter den anderen Büchern im Regal.«

Elle-Marja erklärt, dass das Buch ein Verzeichnis über die Gebäude in Storvik und Umgebung enthält. Und über die Eigentümer, bis über hundert Jahre zurück. Historische Ereignisse, Anekdoten und alte Bilder, wie sie früher ausgesehen haben sowie Fotos, wie sie jetzt aussehen. Ich könnte mir sicher ein Exemplar beschaffen, wenn ich wollte, es wird von der Frau verkauft, die das Buch zusammengestellt hat. Berit Larsson heißt sie, Elle-Marja kennt sie. Es sei überhaupt nicht teuer und richtig schön, um darin zu blättern, wenn man mehr über Storvik und Strandgården erfahren wolle.

Ich frage mich, worauf sie hinauswill. Vermutlich auf nichts. Noch ein alter Mensch, der gern eine Stunde verplaudert, aber alles falsch verstanden hat. Der verwirrt ist und sich auf Nebengleise verirrt. Und für einen Augenblick denke ich, dass vielleicht auch sie unter Alzheimer leidet.

»Und hier haben wir auch ein wunderbares Foto von Strandgården, als es dort am schönsten war«, sagt Elle-Marja. »Überall blühen Blumen. Es ist vom Juni 1994. Der Bildtext lautet: *Roger Lundin, stolzer Besitzer und Unternehmer, der Strandgården seit 1969 betreibt. Mit auf dem Foto zu sehen sind seine Tochter Kerstin und das Enkelkind Isabelle.*«

Kerstin

ALS ICH ZUM ERSTEN MAL hierherkam, quoll die Veranda vor Blumen über. Ampeln, Kästen und Töpfe. Die Rabatten sprossen, sie waren gepflegt und schön.

Ich habe es geliebt, Papa bei diesem Teil der Arbeit zu helfen. Offenbar habe ich mein Talent für die Gartenarbeit von ihm geerbt. Wir haben viel Zeit zusammen verbracht, als ich hierher gezogen bin. Hier habe ich mich wohlgefühlt, hier fühlte ich mich sicher. Langsam aber sicher kehrte das Leben zurück.

Warum hatte ich nicht hier in Strandgården bei ihm aufwachsen dürfen? Das hätte alles geändert. Stattdessen bin ich umhergezogen, von Pflegeeltern zu Pflegeeltern. Ohne festen Bezugspunkt, ich hatte nie das Gefühl, irgendwo zu Hause zu sein. Nicht einmal bei Aina, wo ich mit zwölf hinkam. Sie hat es gut gemeint. Sie war nett. Trotzdem bin ich, so schnell ich konnte, von dort weggezogen. Wieder umhergezogen, bis ich in Kopenhagen gelandet bin.

Nachdem ich mich Isabelles leiblichem Vater entledigt hatte, habe ich meinen eigenen Papa aufgespürt. Und als wir aus Dänemark hierher zurückgekommen waren, habe ich gewusst, dass dies der Ort war, an dem wir wohnen sollten, mein Mädchen und ich. Hier konnte sie eine schöne und harmonische Kindheit haben. Ich würde ihr alles geben, was ich selbst nie bekommen hatte.

So ist es nicht geworden.

Nichts ist jemals so geworden, wie ich es mir vorgestellt hatte.

Ich parke, steige aus dem Auto und strecke mich. Die Fahrt hierher war anstrengender, als ich gedacht hatte. Und Isabelle ins Haus zu bekommen, ist ein Kampf. Sie wehrt sich, sie macht Schwierigkeiten, und sie ist störrisch. Ich erkläre ihr, dass sie reinkommen und eine Weile schlafen muss. Sich ausruhen nach all den Strapazen. Nur eine einzige kleine Schlaftablette dieses Mal, ausreichend, dass sie sich beruhigt.

Sie weint, sie jammert. Nein, ich will nicht, flennt sie. Du hast das hier gemacht, als ich klein war, hör auf, ich will nicht. Du hast Ola umgebracht.

Sie weiß nicht, was sie sagt, sie steht noch immer unter Schock, versteht sich.

Ich erkläre ihr, dass ich sie gerettet habe. Dass dieser Mann nur das bekommen hat, was er verdient hat. Das war Selbstverteidigung. Und jetzt musst du dich ausruhen. Verstehst du das nicht?

Schlafen, ausruhen.

Wie es alle Kinder tun.

Sie ruhen sich aus, sie schlafen. Sie sind still. Kinder schlafen mittags. Mütter brauchen zwischendurch Stille und Ruhe, daran ist nichts Sonderbares. Alle Mütter brauchen manchmal etwas Zeit für sich.

Sie war zu aktiv. Sie war zu wild.

Jammern, jammern, jammern.

Schreie, Schreie, Schreie.

Weinen, weinen, weinen.

So kann es nicht weitergehen.

Es muss ruhig und leise werden, es muss friedlich werden.

Es muss still werden.

Und das ist es schließlich geworden.

Ich sitze noch lange bei ihr. Ich streiche ihr über die Haare.

Alles, was passiert, hat einen Sinn, da bin ich mir sicher.

In dem Korb neben dem Holzofen liegen noch immer gehackte Scheite und kleine Stöckchen. Im Regal darüber finde ich Streichhölzer, ich öffne die Klappe, lege Holz hinein und mache mit Zeitungspapier und kleinen Stöckchen Feuer. Ich warte, bis es in Gang kommt, dann lege ich einige Holzklötze auf. Bald wird es hier im Haus warm und gemütlich sein.

Ich gehe raus, die Treppe hinunter und weiter nach rechts. Unten sehe ich Strandgården. Das lange Hauptgebäude mit der Veranda, weiter hinten die Hütten, die Minigolfanlage und die Reihe mit den zum Campingplatz gehörenden Toiletten und Duschen.

Es hat seinen einstigen Glanz verloren. Aber das hier ist mein Platz auf der Welt. Mein Platz im Leben.

Ich kehre um und gehe zum Aussichtsplatz am Steilhang. Dort streichle ich das Reh, das treu über meine und Isabelles Geschichte wacht.

Dieses Mädchen, es ist mein Ein und Alles. Es ist ein Wunder. Wer konnte ahnen, dass die Schmerzen, die ich aushalten musste, mir Isabelle schenken würden?

Sie soll jetzt schlafen. Das dauert eine Weile, sie hat Bauchschmerzen und weint.

Sie weint und weint und weint.

Ich gebe ihr einen leichten Klaps. Vorsichtig, vorsichtig. Gebe ihr noch eine Weile kleine Klapse. Sie protestiert, schreit noch lauter. Ich halte sie mit der einen Hand fest, haue mit der anderen zu. Drücke ihren Kopf ins Kissen. Ich bin vorsichtig, aber bestimmt. Kinder brauchen Grenzen. Ich drücke ihren Kopf ins Kissen und haue. Haue und drücke. Sie versucht selbstverständlich, Widerstand zu leisten, lebhaft und aufgeweckt wie sie ist. Es gilt, streng zu sein, zu zeigen, wer das Sagen hat. Eine Mutter darf nicht nachgeben. Routinen sind wichtig, ohne sie versinkt alles im Chaos. Das Mädchen braucht seinen Schlaf. Ich drücke ihren Kopf ins Kissen und haue weiter. Singe ihr vor, summe.

Jetzt schläft sie in der Wiege, und ich schlafe daneben.

Dann wache ich auf. Aber Isabelle schläft noch immer.

Sie schläft und schläft und schläft.

Ich halte sie in meinen Armen. Spreche nett und freundlich mit ihr. Sie liegt still, ihr kleiner Körper ist schlaff. Dann wird er kalt. Sie darf sich nicht erkälten. Ich schüttele sie ein wenig, nur ein kleines bisschen. Sie wacht nicht auf. Ich schüttele ein bisschen stärker, aber es hilft nichts. Ich schüttele und rufe ihren Namen. Ich schüttele sie, gebe ihr sogar ein paar Ohrfeigen. Sie schläft in aller Ruhe weiter.

Dummes Kind.

Dummes, dummes, ungehorsames kleines Kind.

Papa glaubt, dass es mein Fehler ist.

Er fragt nicht, was passiert ist, aber ich sehe es an seinen Augen. Ich sehe, dass er Angst vor mir hat. Er glaubt, dass ich es war. Wie kann er glauben, dass ich meiner Tochter Schaden zugefügt habe? Ihr, die mein Ein und Alles ist.

Ich habe nichts falsch gemacht. Ich bin eine gute Mutter, ich tue immer mein Bestes.

Ich *bin* eine gute Mutter.

Die Tage vergehen. Sie ist immer bei mir. Ich lese ihr Märchen vor, sie schläft bei mir im Bett. Ich wasche sie, ich kämme ihr die Haare. Wir frühstücken zusammen. Wir gehen spazieren. Sie liegt in die Decke eingewickelt auf dem Boden, und ich singe ihr vor. Alles ist leicht, sie hat aufgehört zu weinen. Sie ist immer bei mir. Ich sage ihr, dass es in Ordnung ist, wenn sie weint. Das macht nichts, Isabelle, ich verspreche es.

Aber du bist einfach nur still.

Du schläfst und schläfst und schläfst.

Eines Nachts kommt Papa ins Zimmer. Isabelle liegt neben mir, eingewickelt in ihre rosafarbene Decke. Sie ist so klein und schutzlos. Ich will sie für immer bei mir haben. Warum versteht er das nicht? Dass ich sie vor allem Bösen beschützen muss?

Er pfeift auf meine Tränen, darauf, dass ich bettele und bitte. Er stößt mich weg und nimmt sie hoch. Er legt sie in einen Müllsack, packt Steine hinein und bindet einen Nylonstrick darum.

Ich schreie. Ich schlage und trete. Das interessiert ihn nicht. Es spielt keine Rolle, was ich tue, wie sehr ich auch weine, wie sehr ich auch bettele und bitte. Ich stehe am Ufer und sehe zu, wie er mit dem Boot hinausrudert. Er hebt das kleine Bündel hoch, er wirft es über Bord. Ich schaue meinem Kind nach, wie es in dem schwarzen tiefen Wasser versinkt.

Jeden Abend sitze ich hier bei ihr. Sitze noch da, lange nachdem die Sonne untergegangen ist. Ich will meinem Mädchen nahe sein. Zeigen, dass ich sie nicht verlassen habe. Ich schleppe ein Reh aus Stein hierher. Es wacht seither über sie.

Und eines Tages kamen *sie* hierher.

Sie waren hübsch, sie waren glücklich. Sie kamen nach Strandgården und benahmen sich, als würde es ihnen gehören.

Ich sehe sie vor mir. Die feine kleine Familie. Sehe sie wieder an den Strand gehen. Sehe sie lachen und miteinander herumalbern. Und sie berühren einander, wie man es nicht sollte, wenn andere es sehen. Sie sind nicht einmal erwachsen, lediglich zwei unerzogene Rotznasen. Verwöhnte unerzogene Rotznasen aus der Großstadt. Die ein Baby haben. Sie spielen mit ihr, lachen laut, sie haben keine Sorgen. Sie glauben zu wissen, was Glück ist. Sie glauben, es würde ewig währen.

Haben sie je Kummer erlebt? Gespürt, wie Angst und Selbstverachtung jeden Tag wie eine Last auf den Schultern liegen?

Nein.

Sie vögeln. Genießen es sicher. Sie hören sich an wie die Tiere. Sie haben keine Ahnung, wie es sich anfühlt, eine Hand auf den Mund gepresst zu bekommen, während die andere die Unterwäsche zerreißt und dort unten herumtastet. Wie es sich anfühlt, wenn die Beine auseinandergerissen werden. Wie die

Schmerzen und die Scham für immer Wurzeln in einem schlagen. Wie sich Wut und Machtlosigkeit wie Gift durch den Körper brennen. Wie das Blut nicht aufhört zu fließen. Wie sich das Geschlecht in eine Wunde verwandelt, die niemals heilt.

Sie vögeln. Sie genießen es. Sie bekommen ein gesundes, hübsches Baby.

Haben sie die Qual erlebt, ein Kind zu bekommen und es dann zu verlieren?

Nein.

Sie sollten keine Kinder haben dürfen. Sie sind selbst noch Kinder.

Ich folge ihnen. Folge ihnen und ekle mich vor dem, was ich sehe und höre. Den Zärtlichkeiten, den Küssen, dem Stöhnen. Den lustvoll sich windenden Körpern, die sich aufeinander zu bewegen. Obwohl ein kleines Kind im Zimmer schläft.

Jemand sollte ihnen beibringen, ihnen zeigen, dass alles Mögliche passieren kann. Alles Mögliche. Jemand sollte ihnen die andere Seite zeigen. Ihnen zeigen, wie das Leben ist, wenn das Glück verschwindet.

Wieder und wieder gehe ich dorthin. Gehe dorthin, um zu schauen und zu horchen. Es ist, als würde mich etwas treiben, sie aufzusuchen. Als müsse ich das tun. Als würde mich eine unsichtbare Kraft dazu zwingen.

Und da sehe ich es.

Ich sehe, was kein anderer sieht, was kein anderer verstehen kann.

Wie ich gewartet habe. Wie ich gehofft habe, wie ich gewünscht habe, dass sie zurückkehrt.

Mein kleines Mädchen ist zurückgekehrt.

Meine Isabelle.

Da bist du.

Ich wurde einer Prüfung unterzogen, und ich habe die Prüfung bestanden. Ich habe Stärke bewiesen, keine Schwäche. Jetzt ist die überhebliche Schlampe an der Reihe, einer Prüfung unterzogen zu werden.

Ich nehme meinen Liebling hoch, vorsichtig, vorsichtig. Ich küsse ihre Stirn und ihre weiche kleine Wange. Bei mir ist ihr Zuhause.

Ich bin ihre richtige Mama.

Ich will Papa zeigen, welch Wunder geschehen ist. Wir sitzen im Schaukelstuhl neben dem offenen Kamin, als er nach Hause kommt. Ich wiege Isabelle hin und her, es macht nichts, dass sie weint. Sie weint viel. Ich tröste sie. Ich singe und summe. Summe leise in ihr Ohr.

Papa versteht nichts. Obwohl ich ruhig bin, obwohl ich es ihm erkläre. Er will nicht zuhören, er will nicht verstehen. Isabelle ist zu mir zurückgekehrt. Siehst du, Papa? Siehst du, was für ein Wunder?

Er will nicht zuhören, er will nicht verstehen.

Mein Vater ist schwach. Das ist er immer gewesen. Ein schwacher, feiger Mann. Ansonsten hätte er mich nicht alleine bei meiner Hure von Mutter zurückgelassen.

Er sagt, dass ich ihn erschrecke. Dass ich krank sei. Er sagt, dass ich ihm Angst mache.

Warum hast du Angst? Ich verstehe das nicht. Ich bin es doch, deine Tochter. Warum sollte ich dir Angst machen? Wie kannst du sagen, dass ich nicht ich selbst bin? Dass ich krank bin? Wie kannst du es wagen zu behaupten, dass Isabelle nicht mein Kind ist?

Ich hebe sie hoch und zeige sie ihm. Das ist *Isabelle*, dein Enkelkind. Wir werden hier zusammen wohnen. Du und ich und mein kleiner Liebling.

Papa weigert sich. Er holt eine Flasche. Er betrinkt sich. Lässt sich volllaufen wie ein Schwein. Genau wie Mama. Ein Saufschwein. Ein Trümmerhaufen von einem Menschen, der seine Würde verloren hat. Ich werde niemals so werden.

Später höre ich, wie Papa die Polizei anruft. Er lallt, er habe Informationen über das Mädchen in Strandgården. Das verschwunden ist. Er sagt, er wisse, was passiert sei. *Kommen Sie morgen früh hierher. Ich werde Ihnen alles erzählen.*

Mein Herz zerspringt. Ich sage ihm, dass ich alles gehört habe. Mein eigener Papa, du hast mich im Stich gelassen, du bist ein Verräter. Ich hasse dich.

Papa sagt: *Alles wird gut, Kerstin, alles wird gut.* Er hat Tränen in seinen rot gesprenkelten Augen. Und ich weiß, was er tun wird. Er wird mir mein Kind wieder wegnehmen. Es in eine Decke wickeln und in einen schwarzen Müllsack stecken. Als wäre es Abfall und müsse entsorgt werden. Er wird sie auf dem Boden des Sees versenken.

Er ist betrunken. Er lallt und stolpert im Haus herum. Plappert wie ein Verrückter. Er ist irre. *Er* ist der Kranke.

Schließlich liegt er fix und fertig auf dem Sofa.

Papa, hast du dein Insulin genommen? Ich werde dir helfen. Hier hast du deine Dosis.

Es ist leichter, als ich gedacht habe.

Genau wie damals, als ich mich um Isabelles Vater gekümmert habe. Damals, als er eine Überdosis Heroin genommen hat.

Ich verspüre Freude, ich verspüre Erleichterung.

Ich verspüre Erlösung.

Dennoch weine ich, als ich ihm das Insulin verabreiche. Ich habe Gefühle für meinen Vater, trotz all des Bösen, das er mir angetan hat. Und zu diesem Zeitpunkt weiß ich es noch nicht, doch ich werde das Gleiche bei Hans empfinden. Ich werde jedes Mal weinen, wenn ich ihm die blutverdünnende Medizin verabreiche.

Das Leben und der Tod.

Durch alles hindurch gibt es einen Weg. Das weiß ich aus eigener Erfahrung.

Mein geliebter Papa ist tot.

Die Polizisten kommen am nächsten Morgen, zeitgleich mit dem Notarzt, den ich gerufen habe. Ich bitte sie, leise zu sein, denn endlich ist meine Tochter eingeschlafen. Sie war die ganze Nacht unruhig und hat geweint. Sie hat gelernt, Mama zu sagen.

Mamma, Mamma, Mammaaaaa.

Das hat sie die ganze Nacht gerufen. Das Glück, das ich empfinde, ist unbeschreiblich.

Ich öffne die Tür. »Gut, dass Sie so schnell gekommen sind, Papa ist hier drinnen.« Der Sanitäter und einer der Polizisten gehen hinein.

»Er hat gestern Abend getrunken«, sage ich. »Er hat den ganzen Abend getrunken. Und wie üblich zu viel. Ich habe ihn heute Morgen gefunden. Er hat es sicher gespürt.«

»Gespürt?«, fragt der Polizist.

»Den niedrigen Blutzucker«, sage ich. »Das passiert nicht zum ersten Mal. Er hat, er *hatte* Diabetes.«

Sven Nilsson ist nett. Es ist leicht, mit solchen Menschen umzugehen. Sie sind leicht zu täuschen. Gewöhnliche nette Menschen, die nie die andere Seite des Lebens kennengelernt haben. Die selbst nie gezwungen waren, im Schatten zu leben.

»Wie Sie sicher wissen, ist aus Strandgården ein kleines Mädchen verschwunden«, sagt er. »Ihr Vater hat gesagt, er wüsste etwas. Ich verstehe, wenn Sie aufgewühlt sind, aber ich muss Sie das fragen.«

»Ich habe davon gehört. Wie grauenhaft. Wie traurig. Wir haben gestern darüber gesprochen, aber er war ja betrunken. Er trinkt viel. Trank, meine ich. Ich habe selbst eine Tochter, was die Mutter durchmacht, muss fürchterlich sein.«

»Was hat er gesagt? Erinnern Sie sich daran?«

»Woran?«

»Was er über das Mädchen gesagt hat. Alice. So heißt das Mädchen, das verschwunden ist.«

»Es tut mir leid«, sage ich. »Ich kann Ihnen nicht helfen.«

»Er hat gesagt, er wüsste, was passiert ist«, sagt Sven Nilsson. »Dass er alles erzählen werde. Haben Sie gar keine Ahnung, was er gemeint haben kann?«

»Er hat erzählt, dass der Wagen nahe am Wasser gestanden hat. Und dass gerade dort die Strömung sehr stark ist. Er hat das Wasser hier wie seine Westentasche gekannt. Aber Papa hat immer sehr viel geredet, wenn er betrunken war. Die Hälfte habe ich nicht verstanden. Die Kleine hat unruhig geschlafen, und ich war die meiste Zeit bei ihr.«

Ich wische mir die Tränen weg. Ich muss doch jetzt an so viel denken. Mein Papa ist tot. Ich stehe unter Schock. Mein armer Papa ist tot, und die Trauer ist überwältigend. Mein geliebter Papa. Er war der beste Papa, den man sich wünschen kann. Wir hatten ein wunderbares Verhältnis.

Sven Nilsson zeigt Verständnis. Er entschuldigt sich und hofft, nicht zu große Umstände bereitet zu haben. Die Polizisten fahren ab.

Wir haben eine neue Chance bekommen, Isabelle und ich. Wir haben ein neues Leben bekommen.

Und jetzt sind wir zurück an dem Ort, wo alles begann.

Isabelle

EIN GLEICHFÖRMIGER TON in den Ohren, flackerndes Licht.

Das Letzte, woran ich mich erinnere, ist, dass mein Kopf explodiert ist. Der Schmerz pulsiert noch immer. Ich versuche mich zu bewegen, um herauszufinden, wo ich bin, aber mein Nacken schafft es kaum, den Kopf zu halten. Ich fahre mir mit der Hand über den Scheitel, etwas Klebriges ist in den Haaren angetrocknet. Eisengeschmack im Mund, der Geruch von Blut. Ich wache zugedeckt in einem dunklen Raum auf.

Ich liege auf einer buckeligen Matratze, Schimmelgeruch steigt mir in die Nase. Boden und Wände strahlen Kälte aus. Die Luft ist rau und feucht. Zwischen den Fensterläden und an der Außenseite des Fensters dringt schwach Licht ins Innere.

Ich will nicht daran denken, was mit Ola passiert ist, aber ich sehe ihn vor mir. Seine Augen, den Schock und die Angst darin. Das spritzende Blut, das weiter aus seinem Hals herausgepumpt ist, obwohl Hanne versucht hat, es zu stoppen. Die Vorderseite meines Pullovers ist steif, dort, wo sein Blut eingetrocknet ist.

Und ich denke an Fredrik. Was macht er jetzt? Hat er mit Hanne gesprochen, und was hat sie ihm gesagt? Hat er die Polizei angerufen? Sucht er nach mir?

Ich schiebe die Decke von mir runter und setze mich auf. Strecke Arme und Beine. Die Gelenke sind steif und schmerzen. Der ganze Körper tut weh, vor allem die Hüfte. Ich bin barfuß, meine Strümpfe sind verschwunden. Ich habe Hunger. Trotz der Thermojacke zittere ich vor Kälte.

Es raschelt hinter der Wand. Ist das eine Maus? Eine Ratte? Ich ziehe die Füße vom Boden hoch und sehe mich im Dunkeln um. Ein Tisch, ein paar Stühle, eine alte Kommode und ein Bücherregal sind an der einen Wand aufeinander gestapelt.

In der Ecke stehen ein Plastikeimer und eine Rolle Klopapier. Ich erhebe mich von der Matratze und ziehe die Jeans herunter, setze mich auf den Eimer und pullere. Als ich fertig bin, gehe ich zur Tür. Ich stehe still da, atme so leise ich kann und lausche nach Geräuschen. Nichts. Ich drücke den Türgriff herunter.

Abgeschlossen.

Ich gehe zurück zur Matratze. Spüre irgendetwas unter dem Fuß. Ich beuge mich runter und hebe es auf.

Ein Prospekt.

Willkommen in Strandgården
Die Perle der Ostseeküste
Sonne, Wind und Wasser für die ganze Familie

Auf der Vorderseite ist unter dem Text eine glückliche Familie mit Kindern zu sehen, die an einem sonnigen Strand am Wasserrand herumtoben. Der Prospekt geht kaputt, als ich versuche, die von Nässe durchtränkten Seiten auseinander zu ziehen.

Nach einer Weile höre ich Schritte. Gelbes Licht gleitet unter der Tür hindurch. Ein Schlüssel kratzt im Schloss. Die Tür wird geöffnet.

Mama hält eine Petroleumlampe herein. Ihr Gesicht wird von unten her beleuchtet, und ich erkenne sie kaum wieder. Sie summt und lächelt. Ihre Augen glänzen wie Glaskugeln. Ich wage nicht zu fragen, was sie zu tun gedenkt.

Ohne ein Wort packt sie mich unter dem Arm, und wir verlassen den Raum. Wir gehen durch einen Flur und gelangen in eine Küche. Hier ist es heller als in dem verschlossenen Raum, es gibt keine Fensterläden. Und im Licht der Petroleumlampe sehe ich, dass es genauso schmutzig ist. Hier ist viele Jahre lang niemand gewesen. Aber es ist warm. Die Wärme vom Herd erfüllt den Raum, und es sticht in den Füßen, als sie auftauen.

Ich sehe mich um. Die Küche ist groß und offen, mit Fenstern zum Wasser und zum Garten hin. Arbeitsplatten entlang der Wände, blassgrüne Schranktüren. Ein aus breiten Brettern gefertigter Tisch steht mitten im Raum, um ihn herum sechs Stühle.

Über dem Meer glüht der Himmel in Farben, die einem Kind gefallen würden. Orange, rosa und rot. Es ist bald Abend.

Mama summt ununterbrochen. Sie wischt das Blut von meiner Stirn und sagt, dass bald alles gut werden wird. *Du Arme, dir ist so übel mitgespielt worden. Aber du warst unvorsichtig, du bist selbst schuld.*

Ich erkenne den Blick wieder, wie sie mich ansieht. Den Glanz in ihren Augen. Jedes Mal, wenn ich mir wehgetan hatte und sie mich anschließend getröstet hat, hat sie so geguckt. Sie liebt es zu trösten, sich um einen zu kümmern und sich fürsorglich zu geben. Allen zu zeigen, was für eine liebevolle Mutter sie ist.

Zum ersten Mal wird mir klar, dass es das ist, was sie immer getan hat.

Die Einsicht lässt die Schmerzen im Kopf verblassen. Die Angst, die sich in meinem Körper festgebissen hatte, verschwindet. Es ist, als würde ich aus einem lebenslangen, erstickenden Traum aufwachen. Ich habe keine Angst mehr.

Ich bin wütend.

»Jedes Mal, wenn ich mir wehgetan hatte, all die Verletzungen. Das warst du. Das warst immer du«, sage ich.

Mama hält inne. Sie legt den Kopf schief und sieht mich an.

»Mein Liebling«, sagt sie. »Du musstest lernen. Ich dachte, das hättest du begriffen.« Sie wäscht die Wunde erneut mit einem weichen Baumwolltuch aus. Es brennt, und ich ziehe den Kopf weg und sehe sie an.

»Und als ich mit der Klasse nach Gröna Lund fahren wollte? Du hast mir die Autotür gegen den Arm geknallt. Mehrfach. Es hat dich nicht interessiert, dass ich geschrien und dich angefleht habe aufzuhören. Warum? Was hattest du davon, mir Schaden zuzufügen?«

»Ich konnte dich nicht dort unten rumrennen lassen. Nicht mit ihr in der Nähe.«

»Wer? Wer war dort unten in der Nähe?« Ich will sie dazu bringen, es zu sagen. Ich will die Wahrheit hören.

»Ich habe dir nie Schaden zugefügt, Isabelle. Niemals. Ich habe dich beschützt. Ich habe dich großgezogen.« Sie holt ein Pflaster heraus und klebt es mir auf die Stirn. »Ich wollte dich stark machen. Das ist es, was eine Mutter tut. Sie tröstet. Sie kümmert sich und beschützt.«

»Wo sind wir?«, will ich wissen.

»Das hier ist unser ganz persönliches Versteck, verstehst du. Für die Welt macht es vielleicht nicht viel her, aber es gehört uns. Jetzt werden wir es uns zusammen richtig gemütlich machen.«

»In Strandgården? Wo liegt das?«

»Im Paradies.«

Sie wirbelt herum, holt unter der Arbeitsplatte einen Kochtopf hervor und öffnet eine Dose Erbensuppe. »Wir fangen mit essen an, denke ich. Du bist sicher ausgehungert.«

Mama lächelt mich an und streichelt meine Wange. Ihre Berührung jagt mir einen Schauer über den Rücken.

»Du bist krank«, sage ich. »Du bist vollkommen geisteskrank.«

Sie lacht. Lacht laut, als hätte ich gerade etwas richtig Dummes gesagt. Ich presse auch ein Lachen hervor, um zu zeigen, dass sie mir keine Angst mehr einjagen kann.

»Ich denke, dass wir wieder nach Hause fahren sollten«, sage ich anschließend in ruhigem Tonfall. »Wir können zu Hause von vorn anfangen. Es wird wie früher. Es wird noch besser. Jetzt, wo wir das hier zusammen durchgestanden haben. Wir sind jetzt noch stärker. Stärker als jemals zuvor.«

Ich sage alles nur Erdenkliche, um ihr etwas vorzuflunkern. Vielleicht funktioniert es, wenn ich sage, was sie hören will. Wenn ich so tue, als ob das, was sie getan hat, keine Rolle spielt. Wenn ich so tue, als sei alles wie immer.

»Und ich muss wirklich Johanna anrufen«, sage ich. »Ich habe einige Pflichtseminare verpasst. Sie wundert sich bestimmt.«

Mama seufzt. »Sie war nicht gut für dich, Isabelle.«

»Wenn du willst, ziehe ich wieder nach Hause. Wir können immer zusammen sein.«

Sie sieht aus dem Fenster und rührt mit dem Kochlöffel langsam im Topf herum. Das Spiegelbild ihres Gesichts im Fensterglas zeigt ein hohläugiges, verschrobenes Wesen. Hört sie zu?

Mama hört mit dem Rühren auf. »Es ist noch nicht lange her, dass du darüber nachgedacht hast, mich zu verlassen«, sagt sie. »Du hast überlegt, *sie* zu treffen.« Sie spuckt die Worte förmlich aus.

»Ich habe mit der Therapie aufgehört. Ich werde sie nie wiedersehen.«

»Es war dein Fehler, dass ihr Junge angefahren wurde. Ich war dazu gezwungen. Es war dieser grauenhafte Regenschirm, der mich getäuscht hat. Ich habe gedacht, sie sei es. Sie hätte sich um ihn kümmern sollen. Nicht versuchen sollen, an dich heranzukommen. Dich zum Schnüffeln zu animieren. Aber auch um ihr zweites Kind kümmert sie sich nicht. So ist sie. Sie denkt nur an sich.«

Übelkeit steigt in mir auf. Was hat sie getan? Wie viele Menschen hat sie noch umgebracht?

»Wovon redest du?«, flüstere ich.

Mama sieht mich an. Sie lächelt wieder und holt einen Laib Brot und ein Messer hervor. »Leider, mein Mädchen. Leider können wir nicht nach Hause fahren. Sie gibt nicht auf. Sie hört niemals auf. Sie hat uns dort gefunden. Sie wird uns auch hier finden.«

»Und warum will sie uns finden? Erzähl es mir.«

»Es ist ihr Fehler, dass wir hierher fliehen mussten. Alles ist ihr Fehler. Denk nach, Isabelle. Wie hast du dich gefühlt, seit du ihr begegnet bist? Du bist nicht du selbst gewesen. Was glaubst du, wie es sich anfühlt zu sehen, dass es der eigenen Tochter so schlecht geht, dass sie sich so verändert, und nichts tun zu können? Du wolltest auch nicht auf mich hören.«

Sie fängt an, das Brot aufzuschneiden, hält dann aber das Messer hoch und betrachtet es. Das ist kein Brotmesser, was sie da in der Hand hält. Es ist scharf und spitz, so eins, wie man es zum Schneiden von Fleisch verwendet.

Ihr Gesichtsausdruck verändert sich.

Wut. Schmerz. Bitterkeit.

»Sie hatte alles, obwohl sie es nicht verdient hat. Sie hat sich nichts aus dir gemacht. Glaub mir, ich habe dir einen Dienst erwiesen. Wir hatten es doch gut, du und ich?«

»Ich bin nicht deine Tochter«, sage ich. »Ich habe die falsche Blutgruppe. Du bist nicht meine Mutter.«

»Nichts davon spielt irgendeine Rolle. Jetzt bist du mein Kind. Und ich bin deine Mama.«

»Wer ist das Baby auf den Fotos, die du versteckt hattest?«

Mama fährt herum. Sie hebt den Arm und wirft das Messer nach mir, ohne dass ich Zeit habe zu reagieren. Es streift meinen Arm, und ich höre, wie es in der Wand hinter mir einschlägt, bevor es auf dem Boden landet.

Die Stille danach ist ohrenbetäubend. Mama kneift die Augen zusammen, presst die Hände gegen den Kopf. Sie zittert, schwankt. Ich sehe zur Haustür und frage mich, ob sie verschlossen ist. Doch selbst wenn sie weit geöffnet wäre, würde ich nicht weit kommen.

»Meine liebe Kleine. Sieh nur, was du getan hast.« Mamas Blick ist wieder freundlich. Ihre Stimme ist mild.

Sie kommt auf mich zu und berührt meine Haare. Streicht darüber, streichelt sie immer wieder.

»Du bist immer mein gewesen. Ich habe sofort gesehen, dass du es warst, dass du zurückgekommen warst. Beunruhige dich nicht, Isabelle. Wir werden für immer zusammen sein. Hans hat versucht, es uns zu verderben. Aber ich habe ihm Einhalt geboten.«

Ich will nichts mehr hören. Aber Mama fährt fort.

»Ich hatte keine Wahl, verstehst du. Ich war gezwungen, ihn gehen zu lassen. Aber sei nicht traurig, meine Kleine. Er hat nichts gespürt. Es hat nicht wehgetan.«

Sie hebt mein Kinn an und will meinen Blick einfangen. Ich schaue zur Seite.

»Du verstehst es jetzt nicht, Isabelle. Aber eine Mutter muss bereit sein, alles zu tun, um ihr Kind zu beschützen.«

Stella

ES IST ABEND, als ich auf die Straße einbiege, die nach Strandgården führt. Ich parke das Auto, steige aus und schließe die Tür. Das Einzige, was zu hören ist, sind der Wind zwischen den Bäumen und die Wellen, die weiter entfernt auf den Strand schlagen.

Der Sonnenuntergang färbt den Himmel rosa, orange und gelb. Alles fühlt sich unwirklich an. Das Wissen, dass Alice hier ist, in Strandgården. Die Einsicht, dass ich bereits seit dem Tag ihres Verschwindens auf dem Weg zu diesem Augenblick war.

Im Laufe der Jahre habe ich mir viele verschiedene Szenarien vorgestellt. Wie ich sie zurückbekommen würde, wie wir wieder vereint würden. Ich hatte Tagträume, ich hatte Albträume. Meine eigene Sehnsucht und die Angst, dass es mich komplett aufzehren würde.

Ich gehe zum Hauptgebäude. Keine Spur davon, dass jemand hier gewesen ist. Die Fensterläden sind noch immer verschlossen. Die Hütten leer und verlassen. Ich kehre um und gehe zum Problempfad. Das Haus weiter oben auf der Anhöhe muss Lundins Wohnhaus gewesen sein. Ich komme am Sorgenkreis vorbei, doch nach ein paar Metern halte ich inne und kehre um. Ich hebe einen Stein auf, wiege ihn in der Hand. Ich stecke ihn in die Tasche und gehe weiter.

Ich komme auf das Plateau hinauf und sehe das Haus. Im Fenster ist ein gelber Schein zu erkennen, und davor parkt ein Auto. Ein dunkler Nissan.

Das Auto war dunkel, vielleicht schwarz. Oder dunkelblau. Ein Kombi. Als es abgebremst hat, habe ich mich umgedreht, um zu gucken. Da hat der Fahrer mit voller Wucht aufs Gas getreten. Ist direkt auf mich zugefahren.

Ich nehme das Handy aus der Tasche und rufe Henrik an. Er geht nicht ran. Ich schicke ihm eine SMS und teile ihm mit, wo ich bin. Dann gehe ich weiter Richtung Haus. Es ist hübsch, mit den Holzverzierungen und den gesprossten Fenstern. Ich bin fast beim Aufgang, als die Tür aufgeht und eine Frau in einem unförmigen Seemannspullover herauskommt. Sie hält eine Petroleumlampe in der Hand.

»Ich wusste, dass du kommen würdest«, sagt sie. »Willst du eine Tasse Kaffee?« Kerstin sieht mich an und lächelt. Sie hat auf mich gewartet.

Sie geht ins Haus zurück.

Ich folge ihr.

Der Flur ist geräumig mit einer hohen Decke, die Küche liegt direkt linker Hand. Hier drinnen sind weitere Petroleumlampen aufgestellt. Es ist schmutzig, und das Fenster müsste geputzt werden. Der Strom scheint abgestellt zu sein, nicht sehr verwunderlich, da das Haus seit mehr als zwei Jahrzehnten unbewohnt ist. Die Wärme in der Küche kommt von einem alten Holzofenherd.

Ein Toaster, ein Marmormörser sowie ein paar Konservendosen stehen zusammen mit einem vollen Wasserkanister auf der Arbeitsplatte. Auf dem Tisch liegt ein Stapel Zeitungen, datiert auf 1994. Alles ist von Staub bedeckt.

»Was für ein schönes Haus«, sage ich.

Kerstin legt den Kopf schief. Sieht aus dem Fenster.

»Ja, das war es einmal. Aber jetzt kann es ebenso gut abbrennen.« Sie zündet noch eine Petroleumlampe an und lächelt erneut.

Kerstin.

Eva.

Meine neue Freundin.

»Das wäre schade«, sage ich und sehe ein Messer auf dem Boden unter dem Küchentisch liegen. Kerstin hat mir den Rücken zugedreht, ich gehe einige Schritte auf den Tisch zu. Ich sehe vor mir, wie ich mich herunterbeuge und danach greife, wie ich es vor Kerstin hochhalte und sie zwinge, mir zu sagen, wo Alice ist.

»Und wir sind uns schon einmal begegnet«, sage ich. »Im Kronobergsparken.«

Noch ein Schritt, ich bewege mich langsam. Noch ein Schritt, ein einziger.

Kerstin fährt herum und eilt zum Tisch. Sie bückt sich und hebt das Messer auf. Sie richtet es auf mich und schüttelt langsam den Kopf.

»Du hättest auf mich hören sollen«, sagt sie. »Ich habe dich gewarnt. Ich habe dir gesagt, dass du es lassen sollst. Ich habe gesagt, dass du es lassen sollst, wie es immer gewesen ist.«

»Du hast meinen Sohn angefahren«, sage ich. »Du hast ihn beinahe umgebracht.«

»Du hast mich dazu gezwungen. Ich war gezwungen, dich aufzuhalten.«

»Dennoch warst du es, die mir gesagt hat, ich solle die Wahrheit in Erfahrung bringen.«

»Weil ich dich verstehe«, sagt sie. »Seine Tochter zu verlieren, so wie du. Was für eine Tragödie, vor allem, weil es dein eigener Fehler war. Ich fühle mit dir, das tue ich. Aber du musst irgendwann begreifen, dass Isabelle *meine* Tochter ist. *Das* ist die Wahrheit.«

Sie glaubt an das, was sie da sagt. Sie ist überzeugt, dass sie recht hat.

»Du bist bei meinem Haus gewesen«, sage ich. »Ich habe dich auf der Straße gesehen, in einem Regenmantel, das Gesicht unter der Kapuze verborgen. Du hast meine Todesanzeige in den

Briefkasten geworfen. Du hast mich angerufen, dir Lügen über meinen Sohn ausgedacht. Warum?«

Kerstin lacht. Dann wird sie ernst. »Du warst immer so selbstgefällig. Hast dich für etwas Besseres gehalten. Obwohl du die ganze Zeit an der Grenze balancierst. Es war nicht schwer, dich über den Rand zu stoßen.« Sie kippt Wasser aus dem Plastikkanister in einen Kaffeekessel, stellt ihn auf den Ofenherd und misst Kaffeepulver ab. Wir sind zwei alte Bekannte, die Kaffee trinken und plaudern werden. Ich setze mich an den Küchentisch.

»Du hast es mir leicht gemacht«, sagt sie. »Hast mir alles erzählt, was ich wissen wollte. *Mein Mann, er wird mir niemals glauben. Er wird glauben, dass ich verrückt bin.* Du hast dir selbst leidgetan, versteht sich. Für jemanden, der so seltsam ist wie du, kann es nicht leicht gewesen sein, in der Klapse zu sitzen.«

Ihre Stimme ist mitfühlend und verständnisvoll.

»Du kennst mich nicht«, sage ich. »Du hast keine Ahnung, wer ich bin.«

»Sei dir da nicht so sicher. Ich weiß mehr über dich, als du glaubst.«

»Erzähl, ich bin neugierig. Hast du mich in all den Jahren im Auge behalten?«

Ihre Augen werden schmaler, ihr Gesicht erstarrt vor Wut. Zuerst glaube ich, dass sie mich mit dem Messer angreifen wird. Aber in der nächsten Sekunde ist sie wieder ruhig.

»Du bist nicht so wichtig, wie du glaubst«, sagt sie. »Aber selbstverständlich habe ich in Erfahrung gebracht, wer du bist, und was du gemacht hast. Du hast diesen Kerl aus der Oberschicht getroffen. Du hast reich geheiratet und bist aufgestiegen«, fährt sie fort. »Er ist nett, dein Mann, das muss ich sagen. Als ich ihm begegnet bin und von dir erzählt habe, hat er sich korrekt verhalten. Und er sieht richtig gut aus, mit weniger gibst du dich wohl nicht zufrieden. Obwohl ich doch weiß, wie die

Männer sind. Im tiefsten Inneren. Wie Schweine. Wie wilde Tiere. Nicht viele nehmen Rücksicht, so wie Hans es getan hat. Er hat mich in Frieden gelassen, sich mir nie aufgedrängt.«

Kerstin setzt sich mir gegenüber.

»Und selbstverständlich habt ihr ein Kind bekommen. Du hast offenbar geglaubt, dass es so sein soll, dass du wieder Mama wirst. Und ihr habt ein schönes Haus gekauft, in einer gut situierten Gegend. Du hattest alles, was man sich wünschen kann. Obwohl du es nicht verdient hast, nach dem, was du getan hast. Aber ich habe mich für dich gefreut, das musst du wissen. Sogar ein paar Tränen vergossen.«

»Das muss furchtbar für dich gewesen sein«, sage ich. »Isabelle ist zu mir gekommen. Von allen Therapeuten, die es gibt, ist sie an mich überwiesen worden. Glaubst du an Schicksal, Kerstin? An Karma? Glaubst du, dass unsere schlimmsten Taten bestraft werden? Dass die Wahrheit letztendlich gewinnt?«

Kerstin steht auf und wischt den Küchentisch ab. Dann holt sie eine Schüssel mit Hefeteilchen hervor. Die ganze Zeit über hält sie das Messer in der Hand.

»So was ist was für Weicheier«, sagt sie schließlich. »Für die Schwachen. Für solche wie dich.«

»Aber du bist stark? Du verfügst über die nötige Stärke?«

»Du wirst es nie verstehen«, entgegnet Kerstin. »Dich hat das Leben nicht so auf die Probe gestellt wie mich. Beim geringsten Misserfolg bist du komplett zusammengebrochen.«

»Ich weiß, dass Isabelle meine Tochter ist«, sage ich. »Dass sie Alice ist.«

Kerstin sieht mich an. »Du hast sie nicht verdient. Du hast es selbst gesagt, dass du es vielleicht nicht in dir hast. Du bist eine schlechte Mutter, das wissen wir beide, du und ich. Du lässt zu, dass deine Tochter verschwindet und dein Sohn angefahren wird. Du bist wirklich eine wertlose Mama. So war es am besten. Findest du nicht auch?«

»*Du* hast meinen Sohn angefahren. *Du* hast meine Tochter gestohlen. Was für Menschen machen so etwas?«

Kerstins Stimme ist voller Hohn: »Menschen, die sich trauen zu tun, was erforderlich ist. Die es schaffen, die Kontrolle zu übernehmen. Glaubst du, ich hätte nicht gelitten?«, sagt sie. »Glaubst du, ich wüsste nicht, was es heißt, von all dem ausgeschlossen zu sein, was alle anderen als gegeben betrachten? Weißt du, wie es sich anfühlt, zerschmettert zu werden? Wenn einem das Leben zerstört wird? Warum solltest du alles gratis bekommen, ohne teuer dafür zu bezahlen, so wie ich es getan habe?« Kerstin gießt das kochende Wasser über das Pulver.

Ich stecke die Hand in die Tasche und umklammere den Stein. Jetzt könnte ich es tun. Ihr damit auf den Kopf schlagen. Sie bewusstlos schlagen.

Aber ich warte noch. Zuerst muss ich in Erfahrung bringen, wo sie Alice versteckt hat.

»Wo ist sie?«, frage ich.

Im selben Augenblick klingelt das Telefon. Ich stecke die Hand in die andere Manteltasche, taste mit den Fingern, stelle den Ton aus. Ich halte das Telefon unter den Tisch und checke das Display.

Henrik.

Ruhig stellt Kerstin die Kaffeekanne auf den Tisch. Sie sieht mich an und streckt ihre Hand aus. Wenn ich rangehe, werde ich Alice niemals wiedersehen. Ich reiche ihr das Telefon. Kerstin nimmt es, guckt darauf, als es wieder klingelt. Dann öffnet sie die Ofenluke, wirf das Handy ins Feuer und macht die Luke wieder zu.

»Das brauchst du nicht mehr.«

»Ich frage erneut«, sage ich. »Wo ist sie?«

Kerstin antwortet nicht. Sie nimmt eine Petroleumlampe, geht hinaus in den Flur und macht mit dem Messer eine Geste, dass ich ihr folgen soll.

Wir gehen am Wohnzimmer vorbei, wo die Möbel mit weißen Laken bedeckt sind. Ich zucke zusammen, als vom Ofen her ein dumpfer Knall zu hören ist, als der Akku explodiert.

Die Sonne ist untergegangen, nur noch ein paar dunkle glühend rote Streifen sind am Himmel zurückgeblieben. Die hohen Fenster bieten eine großartige Aussicht auf das Meer.

Ganz hinten im Flur bleiben wir vor einer Tür stehen. Mir graut vor dem, was ich gleich sehen werde. Meine Hand umklammert den Stein in der Tasche. Kerstin steckt einen Schlüssel ins Schloss und dreht ihn um. Sie öffnet die Tür.

In der einen Ecke sind Möbel aufeinander gestapelt. In der anderen Ecke stehen ein Eimer und eine Rolle Klopapier. Es riecht stark nach Urin. Eine Matratze auf dem Boden, eine schmutzige Decke.

Und da liegt sie.

Sie bewegt sich nicht. Bin ich zu spät gekommen?

»Was hast du getan?«, sage ich. »Was hast du mit ihr gemacht?«

Ich mache einen Schritt nach vorn, aber Kerstin packt meinen Arm. Ich versuche, ihn loszureißen und den Stein aus der Tasche zu kriegen. Sie bohrt mir die Nägel in die Haut und hält mich weiter fest. Kerstin ist stark, ihre Nägel sind spitz wie Klauen. Sie erhebt das Messer gegen mich. Die Spitze ist nur ein paar Zentimeter von meinem Hals entfernt.

»Sie gehört jetzt mir. Sie ist mein.«

Isabelle

DAS ZIMMER IST DUNKLER als vorher. Ich sehe kaum noch etwas. Und trotz der Thermojacke und der Decke zittere ich in der Kälte. Die Wärme vom Ofen reicht nicht bis hierher. Aber ich bin lieber hier als im gleichen Zimmer wie sie.

Bei Papas Beerdigung hat sie geweint. Wie konnte sie das tun, wenn sie ihn selbst getötet hat? Ich weiß nicht, wer sie ist. Was sie ist. Und ich weiß nicht, was sie mit mir vorhat.

Hätte ich genügend Kraft, würde ich Widerstand leisten. Mich wehren. Versuchen, wieder zu fliehen. Aber das schaffe ich nicht.

Wenn ich sage, dass ich ihre Tochter bin, wird dann alles gut? Wenn ich so tue, als würde ich nur ihr gehören und keinem anderen?

Im Dunkeln ist es leicht, Dinge zu hören. Vorhin dachte ich, Stimmen zu hören. Hunderte Stimmen, die flüsterten und sangen. Es hat eine Weile gedauert, bis mir klar geworden ist, dass es die Wellen sein müssen.

Dann habe ich mir eingebildet, dass sich ein Auto nähert. Und ich habe Hundegebell gehört. Ich habe an Stella gedacht, daran, dass sie niemals aufgibt. Dass sie das vielleicht ist, die kommt, um mich zu holen. Meine richtige Mama. Ich habe mich an der Wand zusammengekauert, das Ohr gegen die Tapete gepresst und gelauscht. Das Einzige, was ich gehört habe, waren mein eigener Atem und mein Herzschlag.

Ich bin auf mich selbst wütend geworden. Enttäuscht. Typisch ich, zu fantasieren, sich wegzuträumen und sich etwas auszudenken, damit es mir ein bisschen besser geht. Stella hat keine Ahnung, wo ich bin. Und sie wird nicht auftauchen, um mich zu retten. Niemand wird das. Auch Fredrik nicht. Er findet mich hier nicht.

Ich bin alleine.

Wenn ich an Fredrik denke, sehe ich vor mir, wie der Rest meines Lebens hätte werden können. Ein Leben mit vielen tollen Menschen um mich herum. Ich mache meinen Abschluss als Ingenieurin, finde einen spannenden und gut bezahlten Job. Heirate die Liebe meines Lebens und bin glücklich. Wir reisen, sehen uns zusammen die Welt an. Irgendwann bekommen wir Kinder. Einen Jungen und ein Mädchen vielleicht.

Nichts davon wird geschehen.

Ich bin alleine, und niemand weiß, wo ich bin.

Meine Freunde sind beunruhigt, die Polizei sucht nach mir. Aber die Zeit vergeht, und ich bin noch immer spurlos verschwunden. Vielleicht bin ich heute in den Nachrichten. Im Fernsehen, in den Zeitungen, im Netz. Aber niemand wird mich jemals finden.

Weg, für immer.

Ein schwaches Licht unter der Tür. Ich habe wieder geschlafen.

Ich höre ihre Stimme.

Entfernt und schwach, aber ich höre sie. *Stella ist hier.* Sie ist gekommen, um mich zu holen. Sie hat nicht aufgegeben, sie hat weitergesucht.

Aber ich höre auch Mamas Stimme. Kalt und höhnisch. Ich höre, wie die Wut direkt unter der Oberfläche lauert.

Die Tür geht auf. Ich wage nicht aufzuschauen, ich warte.

Stella fragt Mama, was sie mit mir gemacht hat. Mama antwortet triumphierend, dass ich ihr gehöre.

Ich streiche mir die Haare aus dem Gesicht und schaue auf.

Kerstin hält Stellas Arm fest umklammert. Ich verabscheue es, wenn sie das tut. Wenn sich ihre Nägel in die Haut bohren.

Und sie hat ein Messer in der Hand. Das gleiche Messer, das sie vorhin nach mir geworfen hat. Sie schleift Stella mit, kommt zu mir und zieht mich auf die Füße hoch.

»Bist du verletzt?«, fragt Stella. Sie klingt bestürzt.

»Das ist nicht mein Blut, das ist … «

»Bist du jetzt munter, mein Mädchen?«, unterbricht Kerstin. »Komm, es gibt Kaffee und Hefeteilchen.«

Stella ballt die Fäuste, als wolle sie sich am liebsten auf Mama stürzen. Aber Kerstin ist nicht meine Mama. Ist es nie gewesen. Ich beschließe, sie niemals wieder so zu nennen.

Ich will Stella warnen, nichts Überstürztes zu tun, sie warnen, dass Kerstin unberechenbar und gefährlicher ist, als sie es sich überhaupt vorstellen kann.

Siehst du den Glanz in ihren Augen?

Ich versuche, es Stella verständlich zu machen, indem ich sie so intensiv anstarre, wie es mir möglich ist. Und das tut sie, sie versteht. Sie lächelt mich kurz an, was bedeutet, dass sie weiß, was ich sagen will.

Ich stütze mich bei Kerstin ab, als wir durch den Flur gehen. Ich schiele auf das Messer in ihrer Hand, aber Kerstin hält mich wie in einem Schraubstock, der zusammengedreht wird. Eine Warnung.

Wir sind zurück in der Küche. Hier und da sind Petroleumlampen aufgestellt, aber das Licht ist schummrig. Draußen hängt der Vollmond wie eine abgenutzte Silbermünze über dem Meer. Stella sitzt mir am Tisch gegenüber. Kerstin stellt vor jeden von uns eine Kaffeetasse. Sie setzt sich hin und wacht über jede Bewegung, die Stella macht.

Ich trinke nichts von dem Kaffee. Es hat viel zu lange gedauert, bis ich begriffen habe, dass sie mich unter Drogen gesetzt hat. Jedes Mal, wenn ich etwas gegessen habe, jedes Mal, wenn ich etwas getrunken habe. Wenn sie das tut, kommt keiner von uns hier weg.

Ich halte die Tasse in den Händen. Als Kerstin aufsteht, um die Zuckerdose zu holen, trommle ich rhythmisch mit dem Zeigefinger dagegen und ziehe eine Grimasse. Stella guckt ihre Tasse an und schiebt sie von sich weg. Geräuschlos formt sie mit dem Mund eine Frage: »Bist du okay?«

Ich nicke, kann die Tränen aber nicht zurückhalten. Mit einer plumpen Bewegung wische ich mir die Wangen trocken. Stella streckt mir ihre Hand entgegen.

»Aufhören!«, schreit Kerstin. Mit einem heftigen Knall landet der Marmormörser auf dem Tisch, in der Nähe von Stellas Hand.

»Trink«, sagt Kerstin. »Trink den Kaffee.« Sie stellt ein paar Kerzen auf den Tisch und setzt sich hin. Das Messer hält sie vor sich.

»Ich will dir eine Chance geben, alles klarzustellen, Stella.«

»Was soll ich tun?«, fragt sie.

»Bitte sie um Verzeihung.« Kerstin nickt mir zu.

»Um Verzeihung?«

»Bitte sie um Verzeihung, dass du so eine schlechte Mutter warst. Nutze die Gelegenheit. Solange du kannst.«

Stella sagt nichts. Stattdessen steht sie langsam auf, nimmt eine Kerze und geht zur Wand. Kerstins Blick haftet die ganze Zeit auf ihr. Stella hält die Kerze vor einen eingerahmten Zeitungsausschnitt. Ein Foto nimmt die Hälfte des Artikels ein, ein lächelnder Mann, der vor einem Gebäude steht. Unmengen an Blumen füllen die Veranda hinter ihm.

»Dein Vater, nicht wahr?« Stella dreht sich um. Sie stellt die Kerze wieder ab. »Roger Lundin. Er wusste, was du getan hast und wollte der Polizei alles erzählen. Aber er ist gestorben. Er ist nie dazu gekommen.«

»Er war ein Verräter«, sagt Kerstin. »Ein Säufer, genau wie Mama. Er hätte mir nicht mein Mädchen wegnehmen sollen. Sie musste nicht begraben werden. Und Gott sei Dank ist sie wieder zurückgekommen.«

Wovon redet sie? Wer ist das Mädchen, und warum wurde es begraben? Und was habe ich damit zu tun?

Stella sucht etwas in ihrer Hosentasche. Sie zieht es heraus und legt es vor Kerstin auf den Tisch.

»Ist das hier dein Mädchen? Ist das Isabelle?«

Ich sehe, dass es das Foto ist, das ich zu Hause im Schrank unter dem Schreibtisch gefunden habe. Ich verstehe nicht, woher Stella es hat.

Kerstin sieht sich das Foto an.

»Die richtige Isabelle«, sagt Stella sanft. »Deine Tochter.«

»Mein Mädchen«, sagt Kerstin. »Mein geliebtes kleines Mädchen.«

»*Dein* Mädchen, Kerstin. Nicht *meins*. Nicht Alice. Das hier ist die richtige Isabelle, nicht wahr?«

Kerstin blickt hoch und sieht Stella mit fragender Miene an.

»Die richtige Isabelle«, sagt sie und zeigt mit dem Messer auf mich. »Sie sitzt da.«

»Ich heiße nicht Isabelle«, sage ich. »Und ich hätte bei Stella aufwachsen sollen. Du hast mich meiner Mama gestohlen. Du hast mein Leben gestohlen.«

Kerstin dreht sich zu mir um. »Das ist nicht wahr. Was du da sagst, ist eine Lüge«, flüstert sie.

»Du bist es, die lügt. Das tust du immer. Nichts von dem, was du gesagt hast, ist wahr. *Nichts*. Mein ganzes Leben ist eine einzige Lüge. Ich bin bei einer Psychopathin aufgewachsen. Einer Mörderin.«

Kerstin fleht: »Ich liebe dich, Isabelle. Aber du hast mich nie geliebt. Was ich auch versucht habe, so sehr ich mich auch angestrengt habe, immer mein Bestes zu geben.«

Stella holt einen Stein aus der Manteltasche. Sie stürzt auf Kerstin zu und zielt mit einem Schlag auf ihren Kopf. Kerstin weicht aus und rammt ihr das Messer in den Arm. Stella schreit auf und lässt den Stein fallen. Sie hält ihren Arm und starrt Kerstin mit wütendem Blick an.

Kerstin stellt sich hinter mich. Sie hält mir das Messer an den Hals.

Die scharfe Klinge gleitet über meine Haut.

Stella

ALICE IST PARALYSIERT. Sie ist leichenblass und sieht mich mit angsterfülltem Blick an. Ihr Gesicht ist blau geschlagen, und sie hat ein Pflaster auf der Stirn. Ein kindliches, farbenfrohes Pflaster, zu klein für die Wunde. Kerstin drückt das Messer gegen ihren Hals. Ich muss sie ablenken.

»Ich will eine Sache wissen«, sage ich, halte den Arm hoch und drücke mit der linken Hand auf die Wunde.

»Was willst du wissen?«

»Ist Isabelle dort begraben, wo das Reh steht?«

Kerstin zieht Alice am Arm hoch, hält sie an sich gedrückt und geht zur Tür.

»Nimm die Petroleumlampe mit. Ich werde es dir zeigen«. Noch immer das Messer an Alices Hals gepresst, geht sie nach draußen. Ich nehme die Lampe und folge ihnen.

Der Himmel ist eine riesige Kuppel aus schwarzem Kristall. Die Sterne funkeln wie Scherben von zerbrochenem Eis. Vom Meer her fegt ein kühler Wind herüber, und unser Atem wird zu Rauch. Still, Seite an Seite gehen wir durch die Dunkelheit. Kerstin hält Alice mit einem harten Griff um ihren Arm zwischen uns fest. Der Mondschein spiegelt sich in der Klinge des Messers. Nicht für einen einzigen Augenblick lässt Kerstin das Messer sinken, es ist die ganze Zeit über auf den Hals meiner Tochter gerichtet. Ich kann nichts tun. Es ist zu riskant. Ich frage mich, wie weit zu gehen Kerstin bereit ist.

Meine rechte Hand ist im Großen und Ganzen unbrauchbar. Es fällt mir schwer, die Finger zu bewegen, und der Schmerz ist kurz davor, die Überhand zu gewinnen. Es fühlt sich an, als würde die Wunde brennen, und es strahlt bis in den Ellenbogen und in die komplette Innenseite meines Arms aus. Kerstin wirft mir misstrauische Blicke zu, aber ich lasse mir nichts anmerken. Ich weiß nicht, ob es funktioniert, aber ich will, dass sie glaubt, dass ich keinen Widerstand mehr leisten werde.

Bestimmt hat Kerstin gehofft, dass ich verstehe, wohin sie Alice gebracht hat und dass ich ihnen hierher nach Strandgården folgen werde. Aber was jetzt passieren wird, ist unmöglich zu sagen.

Wir kommen zu dem Reh neben dem Steilhang. Der Vollmond leuchtet über dem Meer, und der Wind zerrt am Geäst der Bäume, an meinen Haaren und an meinen Sachen.

»Das hier ist ein wunderbarer Platz«, sagt Kerstin. Sie klingt zufrieden, so als befänden wir uns auf einem entspannten Abendspaziergang und hätten eine schöne Aussicht entdeckt.

Das Reh blickt über das Meer. Kerstin zieht Alice auf den Boden herunter, hockt sich hin und streicht vorsichtig über den Rücken des Tiers, bevor sie sich erhebt. Sie zeigt mit dem Messer auf das Wasser.

»Dort unten liegt sie. Mein Mädchen.«

Ich stelle die Petroleumlampe auf den Boden. Versuche, den Arm zu strecken. Der Schmerz ist jetzt schlimmer, und ich kann die Finger nicht mehr bewegen.

»Wie ist sie gestorben?«, frage ich.

»Sie schlief und schlief und schlief. Sie ist nicht aufgewacht. Papa hat es nicht verstanden. Er ist hinausgerudert und hat sie im Wasser versenkt. Aber ich habe mir zurückgeholt, was mir gehört.« Kerstin sieht Alice an, dann mich. »Sie ist mein geworden. Sie ist meine Isabelle geworden, die zurückgekehrt ist.«

»Alice ist nie dein gewesen«, sage ich. »Du hast sie aus ihrem Wagen genommen, als sie schlief.«

Kerstin packt Alice an den Haaren und zieht sie hoch. Alice wimmert und fasst sich an den Kopf.

»Und du bist nie ihre Mutter gewesen«, zischt Kerstin. »Sie will nichts mit dir zu tun haben. Sie will, dass du verschwindest und uns in Frieden lässt.«

Ich gehe näher heran.

»Wir lieben einander«, sagt Kerstin, schlingt den Arm um Alice und presst das Meser gegen ihren Hals. »Sie ist mein Kind. Ich bin ihre Mama.«

»Nimm das Messer weg. Du tust ihr weh.«

»Du bist noch immer genauso anmaßend. Du hast sie damals nicht verdient, und du verdienst sie auch heute nicht.«

Sie stehen jetzt nahe am Steilhang. Alice sieht mich an, und der Blick in ihren Augen sagt alles. Das hier ist das Ende.

Isabelle

DAS MESSER RITZT meinen Hals. Ich halte die Luft an, als das rasierklingenscharfe Messer gegen meinen Kehlkopf gedrückt wird. Ich will nicht sterben.

»Alles, was passiert, hat einen Sinn«, flüstert mir Kerstin ins Ohr. »Du und ich, wir sind immer auf dem Weg hierher gewesen, Isabelle. Wir haben diesen Ort hier nie verlassen.« Ich versuche mich loszureißen, schaffe es aber nicht.

Stella kommt näher. Sie streckt ihre unverletzte Hand aus und zeigt auf das Messer.

»Du hast deine Stärke gezeigt. Jetzt reicht es.«

Kerstin klingt enttäuscht. »Du hast überhaupt nichts verstanden«, entgegnet sie. »Warum kannst du nicht zuhören? Isabelles Vater hat den gleichen Fehler gemacht. Mein eigener Vater auch. Und Hans. Keiner von ihnen hat zugehört.«

»Gib mir das Messer.« Stella hält den Arm noch immer ausgestreckt.

»Wenn du es haben willst, musst du es mir wegnehmen.«

Ich sehe Stella an, dass sie es weiß; es ist vorbei. Ich versuche zu sagen, dass es mir leidtut, dass es so gekommen ist, bringe aber kein Wort heraus.

Kerstins Griff wird fester. Sie macht noch einen Schritt zurück. Ich schiele zur Seite und sehe, wie weit es nach unten zum Wasser ist. Noch ein Schritt und wir stürzen beide hinunter auf die Steine.

»Wir waren glücklich«, schreit sie. »Du hättest uns in Ruhe lassen sollen.«

Stella stürzt sich auf uns. Sie packt Kerstin an den Haaren und zerrt sie zur Seite. Kerstin verliert das Gleichgewicht und lockert ihren Griff um mich. Ich stolpere von der Kante weg und falle zu Boden.

Sie umarmen einander, eine stille Umarmung. Kerstins Arm um Stellas Rücken, Stellas Arme um Kerstin. Ein langsamer Tanz unter dem Vollmond.

Dann dreht sich Stella zu mir, die Augen aufgerissen, der Mund aufgesperrt.

Kerstin hat das Messer in Stellas Bauch gerammt. Sie zieht es heraus, um ihr noch einen gewaltigen Hieb zu versetzen. Sie zieht ihren Arm zurück, aber Stella reißt sich los. Kerstin verliert das Gleichgewicht. Sie tastet in der Luft herum, auf der Suche nach etwas, woran sie sich festhalten kann.

Stella versetzt ihr einen Stoß, und sie wankt.

Kerstin streckt eine Hand nach ihr aus, aber Stella unternimmt nichts. Sie schaut nur zu, wie sie fällt.

Kerstins Schrei wird abgeschnitten, als sie auf den Steinen unterhalb des Steilhangs landet. Ich krieche nach vorn und schaue über die Kante. Da liegt sie, der Körper in einer unnatürlichen Haltung ausgestreckt. Aus ihrem Kopf fließt Blut, ihre Augen sind weit geöffnet, das Wasser schwappt über ihre Beine.

Stella sackt neben mir zusammen. »Wie geht es dir?«, fragt sie. Ihre Stimme ist nur mehr ein leises Flüstern.

Ich beuge mich zu ihr, ohne zu antworten. Stella zuckt zusammen und wimmert vor Schmerz.

Ich richte mich auf und sehe sie an.

Sie versucht zu lächeln.

Stella

WIR SITZEN DA und schauen auf das Meer. Unten, wo Kerstin liegt, peitschen die Wellen gegen die Klippen.

Ich habe sie gestoßen. Ich habe sie getötet. Habe sie fallen lassen, ohne ihre ausgestreckte Hand zu ergreifen.

Alice sagt, sie sei froh, dass Kerstin weg ist. Sie fragt sich, ob sie das zu einem grauenhaften Menschen macht. Ich antworte, dass es das nicht tut.

Mein Körper zittert. Ich atme in kurzen, heftigen Stößen, und mein Herz rast. Ich habe fürchterlichen Durst, wünschte, es gäbe etwas zu trinken.

Alice fragt, ob ich stark verletzt bin. Ich öffne den Mantel, um nachzusehen. Eine schwarze Blume aus Blut ergießt sich über meinen Bauch und breitet sich weiter zum Bein hinab aus. Sie legt die Hände vor den Mund, und ich sehe den Schock in ihrem Gesicht. Wir wissen beide, dass es schlimm ist. Dann zieht sie ihre Thermojacke aus und presst sie auf meinen Bauch. Sie fühlt meine Stirn, sagt, dass ich eiskalt sei und jegliche Farbe verloren hätte.

Ich höre die Sirenen der sich nähernden Polizeiwagen. Sehe das Blaulicht in der Dunkelheit leuchten. Alice bittet mich durchzuhalten, sagt, Hilfe sei unterwegs.

Ich falle zur Seite. Ich liege auf dem Boden und schaue über das Wasser, das im Mondschein glitzert. Alice beugt sich über mich, und ich will ihr sagen, dass es das zweite Mal ist, dass wir zusammen den Vollmond betrachten. Aber ich kann den Mund nicht mehr bewegen. Alles, was ich meiner Tochter sagen wollte. Kein Wort kommt heraus.

Alice hält mein Gesicht zwischen ihren Händen und sieht mir in die Augen. Sie sagt etwas, aber ich höre es nicht.

Sie legt ihren Kopf an meine Schulter, und ich spüre, dass sie vor Weinen zittert. Ich wünschte, ich könnte sie trösten.

Isabelle

DIE SOMMERWIESE LEUCHTET von Mohn und sonnengelben Butterblumen. Kornblumen, Flachs und rosa Klee, Wiesen-Kerbel und Gänseblümchen. Alles blüht.

Ich gehe langsam und lasse die Fingerspitzen über das hohe Gras gleiten. Die Sonne im Rücken, lauwarmer Wind in meinem Gesicht. Der Duft von frisch gemähtem Gras. Weiter entfernt zieht sich der Horizont wie ein blaues Seidenband entlang.

Ich will für immer hierbleiben.

»Alice.«

Ich drehe mich um.

Du sitzt auf einem Pferd. Die Sonne umrahmt dein Gesicht und blendet mich. Ich schirme die Augen mit der Hand ab.

Die Sonne leuchtet stärker und stärker. Ich blinzle, aber es hilft nicht. Die Sonne kommt immer näher, sie verändert sich und verbreitet eisige Kälte statt Wärme. Das ätzende Licht löscht alles aus.

Ich rufe nach dir. Rufe deinen Namen, so laut ich kann, aber du bist bereits weit weg. Die Sonne wächst, brennt sich in mich hinein.

Ich schreie.

»Isabelle?« Eine andere Stimme.

Ich kann meinen Körper nicht bewegen. Ich versuche, die Augen zu schließen und meinen Kopf wegzudrehen.

»Ganz ruhig, Isabelle«, sagt ein Mann. »Kannst du mich sehen? Weißt du, wo du bist?«

Der Mann hält eine Taschenlampe in der einen Hand, und mit der anderen hebt er mein Augenlid an. Er trägt eine Brille und einen weißen Kittel.

»Ich heiße Björn Söderberg und bin Arzt im Oskarshamns Krankenhaus. Das hier ist Schwester Lotta. Wie fühlst du dich?«

»Wo ist Stella?« Ich will mich aufsetzen, aber es spannt in der Hand. Ein Schlauch führt von einer Kanüle zu einem Tropf mit einem Beutel mit einer durchsichtigen Flüssigkeit. Eine andere Kanüle steckt in meiner Armbeuge.

»Wo ist Stella?«, frage ich erneut. »Wie geht es ihr?«

»Wen können wir anrufen, um mitzuteilen, dass du hier bist?«, fragt der Arzt.

»Wie geht es ihr?«

»Jetzt wollen wir uns auf dich konzentrieren, zusehen, dass du wiederhergestellt wirst.« Der Arzt sieht in seine Unterlagen. »Du hast vielleicht einen … «

»Warum wollen Sie mir nicht antworten? Ich habe mehrfach gefragt, seit ich hierhergekommen bin, aber keiner sagt mir etwas. Was stimmt nicht?«

»Sie ist in der Nacht operiert worden«, sagt Lotta.

»Wird sie es schaffen?«

»Es ist zu früh, um etwas zu sagen«, sagt der Arzt. »Sie ist noch nicht wieder aufgewacht.«

Da ist etwas mit seiner Stimme, und wie er vermeidet, mich anzusehen. Das macht mir Angst.

»Sie wird doch durchkommen?« Ich schaue die Krankenschwester an. Sie zögert.

»Die Lage ist kritisch«, sagt sie schließlich. »Sie hat sehr viel Blut verloren und hatte einen Herzstillstand.«

Der Arzt wirft ihr einen strengen Blick zu, und sie holt eine Blutdruckmanschette hervor. »Wir werden ein paar Tests mit dir durchführen und … «

Ich schlage ihren Arm weg und stehe langsam auf. »Wo ist sie? Ich will zu ihr.«

Lotta versucht, mich zurückzuhalten, aber ich widersetze mich. Der Schlauch verfängt sich irgendwo, und es brennt in der Hand. Sie nimmt meinen Arm.

»Liebe Isabelle, beruhige dich.«

»Wo ist sie?«

»Es gibt nichts, was du momentan tun kannst«, sagt Lotta.

Sie darf nicht verschwinden. Sie darf nicht.

Der Arzt umfasst meine Schultern und sagt, ich solle tief atmen. Gemeinsam helfen sie mir wieder ins Bett.

»Es tut mir leid«, sagt er.

»Nein«, schluchze ich. »Bitte.«

»Du musst dich jetzt eine Weile ausruhen.« Der Arzt nickt Lotta zu, die daraufhin etwas in die Armkanüle spritzt.

Ein Gefühl von Eis auf der Haut, die Kälte breitet sich durch die Adern aus. Dann sinke ich im Bett zurück. Sinke weiter nach unten. Verschwinde in einem warmen, sanften Gewässer. Über der Oberfläche stehen noch immer der Mann und die Frau und sehen mich an. Ich sehe an ihren Gesichtern, dass sie es wissen. Sie wissen es, wollen es mir aber nicht sagen.

Es ist zu spät. Alles ist zu spät.

Stella ist weg.

Sie ist tot.

Isabelle

DRAUẞEN REGNET ES. Der Wind peitscht gegen das Fenster, und es prasselt, wenn die Regentropfen auf der Scheibe landen.

Die Leere in mir schmerzt im Kopf und in den Augen.

Auf einem Stuhl neben meinem Bett sitzt ein Mann. Er bemerkt nicht, dass ich aufgewacht bin. Er sieht erschöpft aus, und offenbar hat er geweint. Ich ahne, wer er ist.

Ich ändere die Stellung, und der Mann sieht auf.

»Hallo«, sagt er. »Ich werde Bescheid sagen, dass du aufgewacht bist.«

»Das ist nicht nötig.«

»Möchtest du etwas haben? Hast du Durst?« Er öffnet die Wasserflasche, die auf dem Tisch neben dem Bett steht, und gießt etwas in einen durchsichtigen Plastikbecher. Er reicht ihn mir. Ich nehme ihn und trinke alles aus.

»Bist du mein Papa?« Ich bereue die Frage, als ich sehe, wie überrascht er ist. Ich schäme mich und sehe nach unten auf die gelbe Krankenhausdecke. Der Mann nimmt meine Hand in seine. Sie ist warm.

»Nein, ich bin nicht dein Papa«, antwortet er. »Ich heiße Henrik.«

»Bist du Stellas Mann?«

Er nickt.

»Habe ich einen Papa, weißt du das?«

»Er heißt Daniel.«

Ich ziehe meine Hand weg und wechsle erneut die Stellung. Ich spüre den Schlauch, der an meiner Hand befestigt ist. Blut ist unter das Pflaster über der Kanüle gelaufen. Das ist unangenehm, und ich wünschte, es wäre nicht da. Wünschte, ich wäre nicht hier.

Henrik studiert mich. Seine Augen sind rot. »Stella hat nie aufgehört, an dich zu denken. Sie hat nie aufgehört zu hoffen.«

Ich will nicht über Stella reden. Ich nehme die Wasserflasche, schraube den Deckel ab und trinke direkt aus der Flasche. Dann schraube ich den Deckel wieder drauf und stelle die Flasche zurück auf den Tisch. Ich spüre Henriks Blick, weigere mich jedoch aufzusehen und ihm zu begegnen.

»Alles ist meine Schuld«, sage ich.

Henrik lehnt sich zu mir vor. »Das ist nicht wahr. So darfst du nicht denken. Wenn jemand sich Vorwürfe machen sollte, bin ich es. Wenn ich ihr geglaubt hätte, hätte nichts von dem hier geschehen müssen.«

»Ich durfte sie nicht kennenlernen.«

Henrik sieht mich mit einer Miene an, die ich nicht deuten kann. »Wie meinst du das?«, sagt er.

Ich schaffe es nicht zu antworten. Die Zimmertür geht auf, und der Arzt kommt herein.

»Wie geht es dir, Isabelle?«, fragt er.

»Geht so«, antworte ich.

»Das verstehe ich.«

Er erklärt mir, dass ich stark unterkühlt war, als die Polizisten mit mir in die Notaufnahme gekommen sind. Ich habe kleine Verletzungen hier und da, die sicher eine Zeit lang wehtun werden. Die Erlebnisse, denen ich ausgesetzt war, haben eine Art traumatischen Effekt auf den ganzen Körper gehabt.

»Wir haben hier einen Ansprechpartner, mit dem du reden kannst. Nur, dass du das weißt.«

Ich antworte nicht, will nur, dass sie mich in Ruhe lassen.

»Ich bin auch da, Isabelle«, sagt Henrik. »Und Stella. Früher oder später.«

Ich starre ihn an. »Stella?«

»Es war eine komplizierte Operation«, sagt der Arzt.

»Sie hatte einen Herzstillstand«, sagt Henrik und nimmt wieder meine Hand. »Sie war weg. Niemand hat geglaubt, dass sie es schaffen würde.«

»Überlebt sie?«

»Wir müssen einen Schritt nach dem anderen machen.« Er lächelt. »Aber Stella ist der eigensinnigste Mensch, den ich kenne.«

»Hast du etwas dagegen, wenn ich mir Henrik für einen Moment ausleihe?«, sagt der Arzt. Ich schüttle den Kopf. Henrik steht auf und sagt, dass er bald zurück sei. In der Tür dreht der Arzt sich um.

»Es kommt gleich eine Schwester und macht noch ein paar Tests. Und die Polizei wird mit dir sprechen wollen. Wir sehen uns, Isabelle.«

»Ich bin nicht Isabelle«, sage ich.

Der Arzt sieht mich fragend an.

»Mein Name ist Alice.«